Du même auteur, chez le même éditeur :

Le Dernier Souffle :
1. *Le Don* (2006)
2. *Le Sang* (2007)
3. *L'Âme* (2008)

www.bragelonne.fr

Fiona McIntosh

Le Sang

Le Dernier Souffle – livre deux

Traduit de l'anglais (Australie) par Frédéric Le Berre

Bragelonne

Collection dirigée par Stéphane Marsan et Alain Névant

Titre original : *Blood and Memory*

Carte :
© Fiona McIntosh

Illustration de couverture :
Sarry Long

1re édition : juin 2007
2e tirage : février 2008
3e tirage : octobre 2008

ISBN : 978-2-35294-056-2

Bragelonne
35, rue de la Bienfaisance – 75008 Paris

E-mail : info@bragelonne.fr
Site Internet : http://www.bragelonne.fr

À la mémoire de... William Richards

Lorsque j'écrivais ce livre, j'ai eu la sensation d'endurer un vrai déchirement et j'ai le sentiment que les lecteurs français le trouveront parfois bien sombre. Néanmoins, j'espère qu'ils prendront plaisir à découvrir le volet central de cette fresque épique. On dit que le deuxième tome d'une trilogie est tout à la fois le plus dense et le plus difficile ; celui-ci n'échappe pas à la règle.

J'exprime mes plus sincères remerciements aux lecteurs-tests en Australie qui m'ont aidée à franchir les obstacles – Gary Havelberg, Pip Klimentou et Sonya Caddy – mais aussi à la fantastique équipe éditoriale de Bragelonne emmenée par Stéphane Marsan, et au traducteur Frédéric Le Berre, pour avoir impeccablement transposé *Le Sang* dans cette belle langue qu'est le français.

J'envoie un salut amical à Robin Hobb, mon amie et mentor malgré la distance, dont les livres restent pour moi une source d'inspiration et un exemple – tout comme ceux de mon autre auteur préféré, Guy Gavriel Kay. Tous deux m'aident à mesurer le chemin qui me reste à parcourir ! Je remercie aussi mes parents, qui s'occupent des enfants pendant que je parcours le monde pour mon travail et me permettent d'écrire sans culpabiliser, et tous ceux qui m'expriment leurs encouragements et leur soutien sur mon site.

Les nouveaux membres sont toujours les bienvenus.

Aucun remerciement ne serait complet sans une mention spéciale à mon agent, Chris Lotts, qui m'a mise en contact avec Stéphane Marsan, Alain Névant et toute l'équipe de Bragelonne – je vous adore. J'espère revenir en France très bientôt pour rencontrer les libraires qui font un travail fantastique et faire la connaissance d'autant de lecteurs que je le pourrai.

Enfin, mon amour et mes remerciements éternels pour leur patience aux trois hommes de ma vie – mes fils Will et Jack et leur père, Ian, mon rocher.

www.fionamcintosh.com

GRENADYNE
LES
Racklaryon
LA FORTERESSE
DE CAILECH
Yentro
Brightstone
Straplyn
Deakyn
Orkyld
Felrawthy
Rittylworth
Rostrovo
Renkyn
Tague
Farnswyth
PEARLIS
STONEHEART
Baelup
Sheryngham
MORGRAVIA
Argorn
Ramon

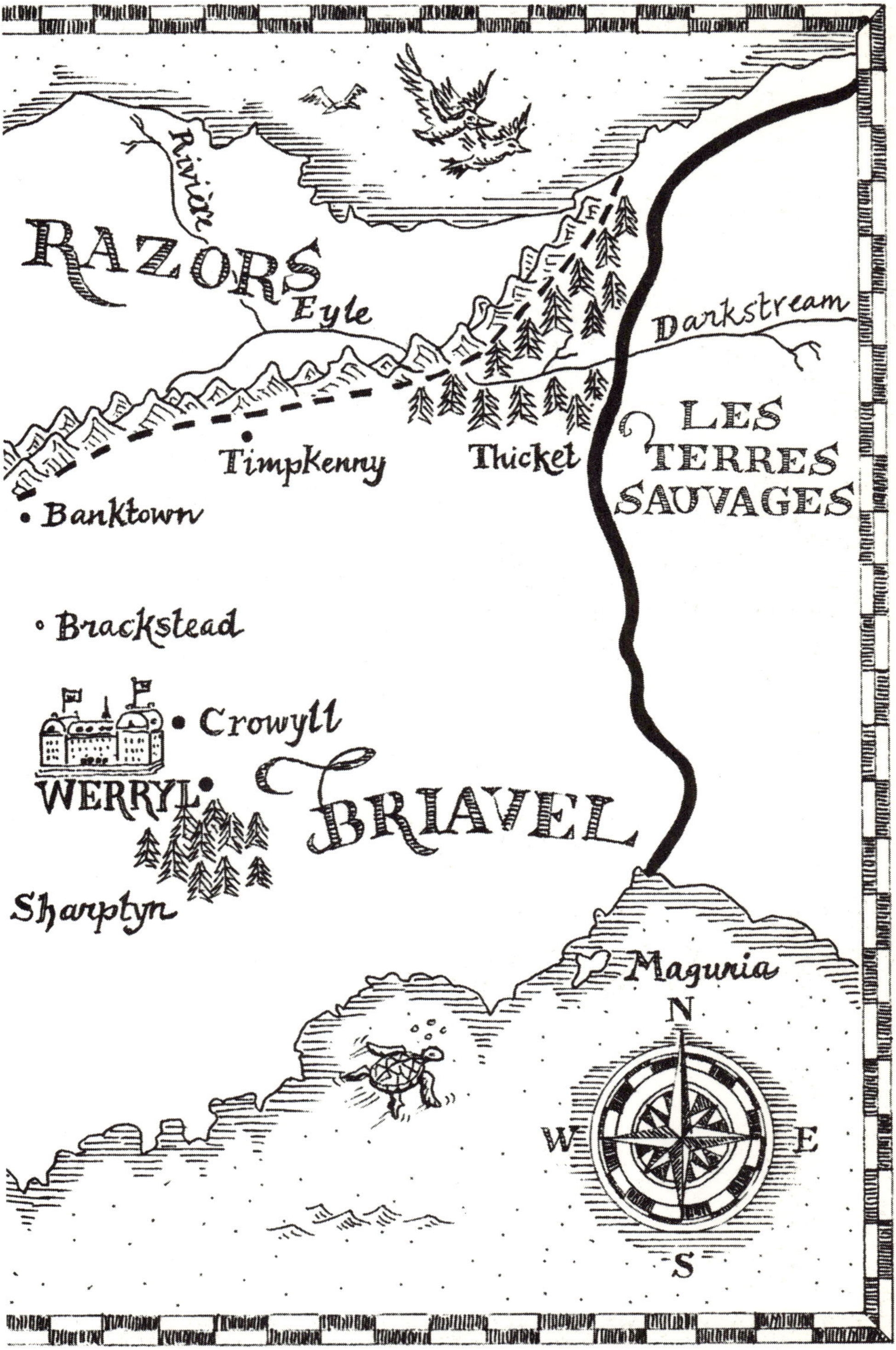
Rivière
RAZORS
Eyle
Darkstream
LES TERRES SAUVAGES
Timpkenny
Thicket
Banktown
Brackstead
Crowyll
WERRYL
BRIAVEL
Sharptyn
Magunia
N
W
E
S

Prologue

Il se laissa glisser à bas de la selle sur ses jambes flageolantes. Trop bouleversé pour entraver son cheval, Wyl se dit qu'il resterait bien là tandis que lui-même titubait au cœur d'un fourré pour y vomir. Le besoin d'évacuer la malédiction dura une éternité. Il lui fallait se purger de la sorcellerie et de sa sinistre emprise, mais la délivrance se dérobait. Dans un coin de son esprit embrumé, l'idée naquit que cette nuit froide éclairée par la pâle lueur de la lune était trop belle pour qu'il meure. Pas cette fois. Pas encore…

Wyl avait l'impression de sentir sur lui la main hideuse de la magie qui avait pris possession de son corps quelques heures plus tôt. La sensation était encore si vive, si horriblement présente, qu'il ne parvenait pas à la chasser. Le commandant Liryk de Briavel avait souri lorsque l'homme qu'on appelait Romen Koreldy, tout juste banni du royaume, avait suggéré de faire halte au Fruit défendu pour sa dernière nuit de ce côté-ci des frontières. Le vieux soldat s'était égayé à la pensée que le mercenaire avait choisi de noyer son chagrin dans les bras accueillants d'une prostituée du plus fameux bordel de la région ; et son sourire s'était accentué lorsque Romen avait accepté les propositions de la belle Hildyth. Le commandant Liryk avait eu l'occasion d'apprécier la qualité de ses services et il savait que son compagnon n'aurait pu trouver meilleure spécialiste pour oublier ses tourments. L'esprit de Wyl Thirsk, emprisonné dans le corps de Koreldy, avait en tout point partagé cet avis – du moins jusqu'à ce que la jeune femme plonge un stylet dans son cœur pour trancher le fil de sa vie. Mais elle n'avait pas tué Wyl. Au contraire, le corps de Romen avait libéré son hôte involontaire pour le laisser dériver jusqu'à celui d'Hildyth… qu'il avait projetée dans la mort.

Pour Wyl, l'expérience n'était pas nouvelle – une fois déjà, il avait éprouvé l'atroce déchirement – mais il ne parvenait pas à se convaincre que la chose venait de se produire à nouveau. Son estomac était vide maintenant et il se dit qu'il devait absolument faire cesser les spasmes. Il porta le regard sur ses mains – ses mains de femme, douces et belles – accrochées au tronc d'arbre contre lequel il s'appuyait, puis concentra toute son attention sur la sensation de l'écorce rude sous ses doigts pour que se calment enfin les vagues de terreur.

Ne pense pas à celle que tu es devenu. Rappelle-toi qui tu es, se dit-il. *N'oublie pas qui tu es !*

— Je suis le fils de Fergys Thirsk d'Argon, coassa-t-il de sa nouvelle voix étonnante.

» Je suis Wyl Thirsk, général de la légion de Morgravia.

Sa voix s'affermissait, mais il en détestait le timbre féminin et haut perché.

— Et je suis vivant !

Cette fois, il avait parlé avec conviction ; son esprit acceptait la situation et se forgeait une nouvelle résolution.

Il répéta son mantra jusqu'à ce que la nausée disparaisse et que ses muscles arrêtent de se cabrer contre la magie. De toute façon, il ne pouvait rien faire.

Wyl leva son visage vers le ciel nimbé d'étoiles pour hurler sa détresse. Sa voix était celle d'une femme assassin… celle de la femme qu'il était devenu.

Il n'y avait pas une once d'espoir dans son cri. Brandir le poing ou insulter le ciel ne servait à rien ; il ne le savait que trop bien. Rien ne pouvait plus lever le noir sortilège qui lui avait permis une nouvelle fois d'échapper à la mort. Il comprit à cet instant que son esprit était condamné à errer de corps en corps.

Il se remémora Romen, sa première « victime », et une nouvelle vague de tristesse déferla sur ses pensées. Le corps de Koreldy était mort désormais.

Wyl sentait ses entrailles se nouer d'avoir perdu cet hôte tout d'abord étrange mais auquel il s'était fait – un hôte qui l'avait accueilli et protégé et grâce à qui il était encore vivant. L'essence de Romen avait subsisté en lui, tandis que le vrai corps de Wyl dormait au tombeau. Les deux hommes n'avaient fait qu'un… et voilà qu'il lui fallait être trois, avec cette femme en plus parmi eux.

Elle était devenue leur cuirasse ; ils étaient désormais son secret.

Wyl se traîna jusqu'au petit ruisseau qui serpentait non loin, tout nimbé de taches de lumière. Il se laissa tomber pour y plonger son visage. Les larmes l'assaillirent. De lourds sanglots irrépressibles qui agitaient spasmodiquement le corps de cette femme ; le chagrin pourtant était bien le sien.

Je vis, se dit-il à nouveau, en cherchant fébrilement dans ses poches le mouchoir enfermant la clé de sa survie – le doigt ensanglanté qu'il avait récupéré dans la chambre du Fruit défendu, avec la chevalière de Romen Koreldy de Grenadyne, noble, mercenaire et soupirant de la reine de Briavel. Et maintenant, il allait s'en servir pour charmer Celimus, le roi infâme de Morgravia, et lui faire croire à la mort de Romen. Qu'il pense que la mystérieuse femme assassin – connue uniquement sous le nom d'Hildyth et aperçue jouant les putains – avait réussi là où d'autres avaient échoué.

Wyl fit le calme dans ses pensées agitées, usant de son savoir de stratège pour arrêter un plan. Pour commencer, il allait faire parvenir à Celimus le doigt de Koreldy – exactement comme le chancelier Jessom l'avait demandé à Faryl – et faire croire au traître occupant le trône de Morgravia qu'il était en sécurité.

Le royaume de Briavel était devenu le principal objectif de Celimus et la conquête de la main de la reine Valentyna devait occuper chacune de ses pensées. Quand il était encore Romen, Wyl avait aidé Valentyna à faire capoter ce projet de mariage d'une manière diplomatique ; aujourd'hui, la souveraine ne s'y risquerait plus si facilement. Wyl savait combien le chemin qu'elle empruntait était semé d'embûches. La noblesse de Briavel et ses propres conseillers la poussaient à accepter cette alliance et ses promesses de paix et de prospérité. À dire vrai, les deux royaumes appelaient d'une voix unanime à la conclusion d'une si brillante union. Des deux côtés de la frontière, on se pâmait à l'idée qu'une intrigue incroyablement romantique ouvre une ère d'harmonie entre deux peuples auparavant ennemis. C'était comme si l'on entendait déjà les cris du nouveau-né qui un jour hériterait d'un grand royaume réuni.

Bien sûr, politiquement et stratégiquement, tout cela ne manquait pas de bon sens. La première fois que Celimus lui avait fait part de son plan, Wyl avait été impressionné de la clairvoyance du jeune roi – quelle meilleure manière pour forcer deux peuples ennemis à oublier à tout jamais leurs différences, leurs histoires et leur haine ? Il avait même accepté de contribuer à ce projet, du moins jusqu'à ce qu'une petite voix intérieure lui souffle que les choses n'étaient pas aussi franches et honnêtes que le nouveau roi voulait bien le dire. Tout d'abord, la dépouille de son père Magnus n'était même pas encore froide lorsque Celimus lui avait exposé sa stratégie et présenté une bande de mercenaires étrangers prêts à partir. La part de Wyl qui connaissait bien le caractère sinueux de Celimus soupçonna une fourberie ; à juste titre. Hélas, son opposition à la volonté royale valut à son meilleur ami, Alyd Donal, d'être décapité, et il s'en fallut de peu que sa sœur ne subisse le même sort. Wyl dut se résoudre à partir en Briavel, sous la garde d'étrangers, afin d'y conquérir la main de la princesse pour le compte du roi de Morgravia.

À cet instant, alors que son cœur était empli de crainte pour sa sœur dont la vie n'avait tenu qu'à un fil, comment Wyl aurait-il pu deviner à quel point le plan de Celimus était tortueux ? Non seulement le jeune roi avait utilisé le glorieux nom des Thirsk pour obtenir une audience auprès du roi Valor et le convaincre de donner sa fille, mais il avait aussi planifié l'assassinat de Wyl et de Valor par deux mains différentes. Pire encore, Celimus s'était arrangé pour rejeter l'infamie du meurtre de Valor sur Wyl Thirsk et faire mourir tous les hommes impliqués dans cette machination, dont Romen Koreldy.

Cependant, Celimus avait compté sans la loyauté de l'assassin Koreldy envers sa parole donnée à Thirsk dans un pacte de sang. Le roi de Morgravia avait cru l'acheter avec de l'or quand Romen avait promis à Wyl que le vainqueur de leur duel à mort œuvrerait sans relâche pour dévoiler la fausseté du roi. Pourtant, à cet instant, ni Wyl ni Romen ne savaient qu'une menace plus grande encore était tapie au plus profond de Wyl. Mystérieux, brutal et dépourvu de toute loyauté, c'était le don fait par la sorcière Myrren à Wyl pour le remercier de l'humanité dont il avait fait preuve tandis qu'on la torturait. Pendant des années, ce don avait patiemment attendu son heure, mais quand il s'était réveillé il avait frappé avec une violence inouïe, imposant l'esprit de Wyl, tué par Koreldy, dans le corps même de son assassin. Thirsk était devenu Koreldy ; et voici qu'il était maintenant Hildyth, depuis que le don transmis par Myrren avait sévi à nouveau.

Comprenant soudain qu'il ne faisait que ressasser de vieilles choses, Wyl s'arracha à ses noires pensées. Il ne pouvait changer ce qui était accompli ; il ne lui restait plus qu'à protéger sa sœur – la dernière Thirsk encore en vie – et, d'une manière ou d'une autre, faire échec au plan de Celimus visant à s'emparer de Briavel en épousant Valentyna. Mais avant toute chose, il fallait qu'il trouve le sorcier, le véritable père de Myrren. L'homme qui aurait peut-être des réponses à lui donner.

De tout ce passé révolu, son regret le plus amer était de savoir que la reine Valentyna, qu'il avait aimée à la seconde même où elle était apparue aux yeux du général Wyl Thirsk de la légion de Morgravia, était tombée amoureuse de lui en tant que Romen Koreldy. Son sentiment pour elle n'avait fait que croître au cours des quelques semaines qu'il avait vécu dans le corps de Romen ; aujourd'hui, il ne pouvait se pardonner d'avoir mis en danger cet amour et de lui avoir laissé penser qu'il l'avait trahie alors même qu'elle avait placé tant de confiance en lui.

Une sourde douleur envahissait sa tête. Il fallait qu'il en apprenne le plus possible sur celle qu'il était devenu avant que la souffrance et le chagrin de son amour perdu ne l'anéantissent complètement. Jamais Valentyna ne pourrait l'aimer sous cette apparence féminine. Wyl ne parvenait même pas à regarder son nouveau corps ; encore moins à le toucher. En revanche, il n'en allait pas de même des souvenirs. Qu'ils soient ceux d'une autre importait peu. Tout ce qui restait était à lui et il entendait bien l'utiliser.

À bout de forces, Wyl s'allongea contre un arbre pour plonger dans ce qui avait été la vie de la putain Hildyth, pour découvrir que ce n'était là qu'un autre déguisement. En fait, il était Faryl de Coombe, une femme assassin de haute volée, native des plaines du milieu, qui avait bourlingué bien loin de Morgravia et de Briavel et emportait avec elle bien des secrets.

Chapitre premier

La reine avait enduré une nuit sans sommeil, ruminant sans relâche la décision qu'elle avait prise de bannir Romen Koreldy. Valentyna avait compté les heures aux petits bruits faits par les soldats pendant les changements de garde. Un chien avait hurlé dans la nuit – mais peut-être était-ce un loup ? Elle se demanda s'il était pris dans un piège posé par des braconniers… ou s'il criait son désespoir à la lune d'avoir perdu sa femelle.

Elle comprenait ce qu'il pouvait ressentir ; la tristesse de son hurlement faisait écho à la sienne.

Pour la énième fois, Valentyna se posa la même question – aurait-elle pu garder auprès d'elle l'homme qu'elle aimait et apaiser quand même le courroux d'un roi outragé ? Un roi, ajouta-t-elle pour elle-même, suffisamment puissant pour anéantir Briavel. De quelque manière qu'elle prenait le problème, la réponse était toujours « non ».

— Maudit devoir ! murmura-t-elle sous ses couvertures avant de frapper son édredon de plumes – qui ce soir-là ne lui était d'aucun réconfort.

Pour ajouter à sa détresse, elle ne parvenait pas à chasser l'image de Fynch de son esprit. Jamais elle ne pourrait oublier ce regard qu'il lui avait lancé. Malgré ses préventions, lui aussi avait fini par aimer le mercenaire. Pendant quelques journées, la reine de Briavel et le jeune garçon avaient partagé tant de choses ; cette complicité était maintenant réduite à néant. Fynch la fuyait comme la peste parce qu'elle avait tourné le dos à Romen et prononcé son bannissement.

Elle avait éloigné l'homme qu'elle aimait pour complaire à Celimus, alors même que le roi de Morgravia était tout ce qu'elle haïssait.

Aux yeux d'un enfant ne connaissant rien aux arcanes de la politique et de la diplomatie, son attitude n'avait aucun sens, mais Fynch n'était pas un enfant ordinaire. Grave et profond, il comprenait parfaitement les enjeux de la situation ; et n'en tirait aucun réconfort.

Elle ne voulait pas perdre son amitié, mais c'était à croire que la journée de la veille n'avait été créée que pour semer la dévastation dans sa vie.

D'un pied rageur, elle rejeta les couvertures. À cette heure-ci, le roi Celimus devait être loin, sans doute en train de franchir la frontière. Bien sûr, des espions ne manqueraient pas de le tenir informé – en particulier de l'éloignement de Koreldy. Il lui apparut soudain que cette nouvelle pourrait bien inciter Celimus à faire traquer le mercenaire. Bien sûr, averti que toute tentative d'entrer en Morgravia signerait son arrêt de mort, Romen ne manquerait normalement pas d'être prudent. Et au pire, le commandant Liryk le mettrait en garde. Avec un peu de chance, ils auraient chevauché toute la nuit, cap au nord, pour le ramener là d'où il venait.

— Là où l'attend Cailech, le roi des Montagnes, murmura-t-elle la gorge nouée.

La dernière fois que Valentyna avait pleuré toutes les larmes de son corps, c'était à la mort de son père ; et la fois précédente, après une chute de cheval dix ans auparavant. Elle se pensait solide, mais de grosses gouttes salées commencèrent à couler le long de ses joues ; elle mesurait maintenant toutes les implications de sa décision – Romen n'avait nulle part où aller. Pour lui, Briavel était la sécurité puisqu'au nord et à l'ouest, on ne rêvait que de le voir tué. Au sud, il n'y avait que l'océan et à l'est l'inconnu des Terres sauvages. Fynch le savait parfaitement et c'est pour ça qu'il lui avait lancé ce coup d'œil terrible et glacé.

Un regard accusateur qui parlait d'amitié trahie.

Et comme il avait raison. Mais à quoi Romen avait-il bien pu penser pendant ce combat ? À l'évidence, il voulait tuer Celimus, mais quel sort ensuite pour Briavel ?

Romen ne pouvait ignorer la précarité de sa position. Quelles étaient alors ses intentions ? À dire vrai, Valentyna n'avait pas encore eu l'occasion de se poser la question. Le temps était un luxe dont elle n'avait pu disposer ; il lui avait fallu agir dans l'urgence et de la seule manière offerte à une souveraine. Certes, elle avait procédé comme l'exigeait la politique, mais elle n'en tirait aucune consolation.

Son cœur se déchirait. Romen était l'homme qu'elle aimait et celui qu'elle avait chassé au loin – et pas seulement banni, compte tenu des risques qu'il encourait. Briavel ne lui reconnaissait plus aucune qualité; il ne pouvait plus remettre ne serait-ce qu'un pied sur son territoire, au risque sinon d'être capturé et emprisonné. Par sa décision, Valentyna l'avait piégé. Où qu'il aille, vers quelque frontière qu'il se tourne, il était condamné, aussi sûrement que l'avait été leur amour tout juste éclos.

Valentyna se recroquevilla sous son drap, s'efforçant de repousser le souvenir des mains de Romen sur elle. Une nouvelle forme de douleur s'emparait d'elle. Avec quelle joie elle se serait donnée à lui pendant cette nuit avant le tournoi. Et pourtant, dans le tumulte de la passion, Romen avait été la voix de la raison. C'est lui qui l'avait refrénée, lui qui lui avait rappelé quel était le plus précieux des trésors pour une jeune reine.

Plus que tout, sa virginité représentait un pouvoir, lui avait-il rappelé. Une reine vierge était comme un joyau irrésistible aux yeux des prétendants. Toutefois, elle ne voulait accepter aucun mari... autre que Koreldy.

Elle essuya ses yeux épuisés où luisait une lueur obstinée. Elle ne permettrait pas qu'il en soit ainsi. Passant à la hâte un gilet pour se protéger de la fraîcheur matinale, elle s'approcha de la fenêtre. Au loin s'étiraient les bois qu'elle aimait tant.

— Ça devrait fonctionner, murmura-t-elle tandis qu'une idée naissait dans son esprit.

Oui, elle pouvait le voir quelque part hors des frontières de Briavel, dans un lieu secret et sûr. Si elle pouvait sentir la douceur de ses lèvres ne serait-ce qu'une fois encore, cela serait suffisant, songeait-elle avec naïveté sans toutefois y croire tout à fait.

Son projet prenait forme. Elle rencontrerait Romen ailleurs et elle emmènerait Fynch également. Ensemble, ils feraient renaître l'amitié, renouvelleraient leurs serments, rallumeraient la flamme qui avait si bien brûlé. Elle saurait trouver les mots pour s'excuser et Romen comprendrait. Ses yeux lui avaient déjà dit tout ça tandis qu'ils la fixaient avec douceur malgré la rudesse des paroles. Elle lui demanderait pour quelle raison il avait couru tant de risques. Ils remettraient les choses en ordre. Son rêve éveillé l'entraînait loin, vers des instants où ils auraient trouvé le moyen de contourner l'ordre de bannissement, où le temps aurait fait son œuvre et où la vie serait plus douce. Peut-être l'avenir leur réservait-il de bons moments.

— Où es-tu, Romen? souffla la reine de Briavel en direction des arbres, maintenant bien décidée à voir son amant une dernière fois.

Elle ignorait qu'il n'était qu'à quelques lieues de là, en route pour la citadelle.

Bien plus tôt qu'elle ne l'avait imaginé, elle pourrait poser les yeux sur Koreldy et l'embrasser une ultime fois comme elle le désirait.

Le visage de Liryk était sinistre et une sourde colère bouillonnait en lui. Jamais cela n'aurait dû se produire. La reine avait choisi d'accorder à Koreldy la vie sauve. Elle avait voulu qu'il puisse refaire sa vie ailleurs quand elle aurait tout aussi bien pu le condamner à mort. Il y avait de l'amitié entre eux – et peut-être plus encore...

Personne n'aurait pu le lui reprocher, d'ailleurs. Comment ne pas tomber sous le charme de Koreldy ?

La troupe venait de sortir de la forêt à la lisière nord des terres du château. Le commandant Liryk ne put retenir un coup d'œil sur sa gauche, en direction du corps de l'homme qu'il connaissait à peine mais considérait comme un ami. Une vague de chagrin et de culpabilité passa sur lui, le contraignant à détourner la tête du chariot mortuaire.

Ils arrivaient sur le pont de Werryl, le long duquel les statues de marbre des fiers souverains des temps passés guidaient les visiteurs vers l'intérieur du palais. Liryk salua de la main les gardes sur les remparts qui voyaient la colonne sortir des brumes de l'aube. Il se dit qu'il lui faudrait renforcer la sécurité et veiller à ce que la citadelle reste inaccessible à tous. Après l'assassinat de Valor, la vigilance avait été resserrée, mais ces derniers temps il avait noté comme un début de relâchement. Avec un assassin dans le royaume, mieux valait prendre des précautions et assurer la protection de la reine.

Dans la grande cour, il tendit d'un air las les rênes de son cheval au garçon d'écurie avant de donner des ordres pour qu'on emmène la dépouille de Koreldy à la chapelle. À l'instar de ses hommes, Liryk était épuisé. Ils avaient chevauché toute la nuit, bien décidés à ramener le corps aussi vite que possible pour tuer dans l'œuf les rumeurs. Pendant un jour ou deux, on en parlerait, puis la chose serait oubliée. Sans cadavre, il n'y avait aucune trace de l'horrible forfait. Dès ce soir, les filles du Fruit défendu recevraient des clients dans la chambre fatale ; plus la moindre goutte de sang n'était visible. À cette pensée, le commandant tordit la bouche. Pauvre Koreldy. Il méritait mieux que ça, tout de même.

Aussi fatigué fût-il, il avait encore des obligations ; et l'heure à venir s'annonçait particulièrement difficile. Il avait l'intuition que, malgré tous ses conseils, la reine voudrait à tout prix voir le corps de ses yeux. Il secoua la tête, résigné à l'avance. Valentyna était une lève-tôt ; autant aller la voir immédiatement et se débarrasser de cette atroce mission.

Liryk fit prévenir Krell, le chancelier de la reine, un homme qu'il tenait en haute estime. Celui qui avait été l'ordonnance de feu le roi Valor était d'un calme à toute épreuve face à l'adversité.

— Commandant Liryk, puis-je connaître la nature de l'urgence ? demanda Krell en fourrageant dans les papiers sur son bureau.

» Voilà une heure pour le moins inhabituelle pour une audience.

— Un événement inattendu dont elle doit être informée, répondit Liryk avec un hochement de tête.

— Une mauvaise nouvelle ?

L'expression sur le visage du commandant laissait clairement entendre que l'entretien n'allait pas être placé sous le signe de la gaieté.

Dans tous les cas, Liryk entendait bien mettre Krell dans la confidence. Le chancelier savait faire preuve de discrétion et parvenait toujours à découvrir ce qu'il entendait connaître. Un homme digne de confiance.

— Je le crains, en effet. Koreldy est mort.

Le chancelier redressa vivement le regard qu'il tenait sur ses piles de documents bien ordonnées. Avec maestria, il avait su accompagner en douceur Valentyna dans son nouveau rôle, aplanissant les difficultés et calmant ses angoisses, sachant d'instinct ce que Valor aurait voulu pour elle. Sur le plan de la gestion du royaume, il était une véritable bénédiction pour Briavel et bien rares étaient ceux qui l'avaient déjà vu en difficulté. Pourtant, il fut incapable de dissimuler le choc ressenti à cet instant. Liryk aurait juré que Krell avait failli lui demander s'il était bien sûr de ce qu'il avançait – avant de retenir sa question *in extremis.*

Liryk confirma de toute façon.

— J'ai fait porter le corps dans la chapelle. Je suppose que la reine voudra le voir.

— Sûrement. Elle refuserait d'y croire autrement, confirma Krell la tête ailleurs.

Le chancelier se leva pour arpenter son bureau.

— Voilà une bien mauvaise nouvelle, commandant. J'en suis navré. Malgré les événements qui lui ont valu d'être banni, c'était un homme de bien pour Briavel...

Liryk supposa que le chancelier pensait qu'il était un homme de bien pour Valentyna également, mais Krell retint sa langue. À la place, il avertit le commandant qu'il allait solliciter une audience immédiatement. Il sortit de la pièce, laissant Liryk seul avec sa lassitude et ses ruminations.

Dès l'entrée du cabinet de travail, Liryk sut que Valentyna avait passé une très mauvaise nuit ; ses yeux n'avaient pas leur éclat habituel. Des cernes noirs et profonds les faisaient paraître comme vides dans son visage bien trop pâle. Une nouvelle fois, il maudit le sort qui lui imposait cette lourde tâche et souhaita que Krell l'ait déjà avertie.

Elle portait une robe de satin. À l'évidence, elle arrivait tout droit de sa chambre, sans s'être souciée de son apparence. Cela étant, Valentyna ne s'était jamais préoccupée outre mesure de ces choses-là. Il connaissait la jeune fille depuis sa naissance ; depuis toujours elle le traitait comme un oncle, si bien que le recevoir en tenue de nuit était le cadet de ses soucis. Oubliant une seconde les angoisses qui pesaient sur son âme, elle trouva la force de lui sourire.

— Je me réjouis de votre retour, commandant, dit-elle d'un ton formel en s'écartant de la fenêtre.

Elle traversa la pièce et, comme Liryk se redressait de sa profonde révérence, elle lui saisit les mains sans plus de façons.

— Et maintenant, apaisez mes craintes. Dites-moi que tout s'est déroulé sans accroc.

Liryk jeta un coup d'œil interrogateur en direction de Krell, qui précisément s'en allait, les bras chargés de documents, en se glissant silencieusement derrière la reine. Le chancelier fit un imperceptible signe négatif de la tête et Liryk sentit tout le poids de sa charge sur ses épaules. Krell s'en tenait strictement au protocole – il lui laissait entièrement le soin d'annoncer la mauvaise nouvelle.

Valentyna cherchait son regard, une amorce de sourire au coin des lèvres.

— Que se passe-t-il ? Krell vient de me prévenir que vous vouliez me voir pour une communication urgente. Je présume que vous venez m'annoncer que Romen Koreldy a passé une frontière, sain et sauf ? Mais laquelle ? Dites-moi vite, je vous prie.

Les yeux de Liryk se posèrent tristement sur elle.

— Majesté, pourrions-nous nous asseoir ?

— Mais bien sûr. Où avais-je la tête ? Vous avez dû chevaucher toute la nuit pour être de retour aussi vite.

» Asseyez-vous, ajouta-t-elle en lui désignant l'un des profonds fauteuils.

— Merci.

Il s'assit en grappillant chaque seconde possible pour retarder l'échéance. Le sort s'acharnait déjà tant sur la jeune et jolie reine. Il regrettait que Krell ne soit pas resté – même si le chancelier avait fait ce qui convenait en leur accordant un peu de tranquillité.

Valentyna s'installa en face de lui.

— Vous êtes très pâle, Majesté, lâcha-t-il sans y penser.

Elle hocha la tête.

— Vous me connaissez trop bien. J'ai mal dormi effectivement, trop angoissée par la décision d'hier. C'était pourtant ce qu'il fallait faire pour satisfaire le roi de Morgravia et assurer la sécurité de Briavel. Mais c'était une décision tragique pour moi. Koreldy me manque bien plus que vous ne pourriez le croire.

Liryk était soufflé. Il avait vu l'amitié entre ces deux-là, mais sans mesurer jusqu'où elle pouvait aller. Les mots soigneusement choisis qu'elle avait employés ne parvenaient plus à dissimuler la réalité. Liryk se laissa aller contre le dossier, les yeux clos. Il avait besoin de rassembler ses idées, fût-ce au risque d'ajouter à la confusion de Valentyna.

— Excusez-moi, commandant. Je ne voulais pas vous accabler avec mes histoires, dit Valentyna pour meubler l'étrange silence, désolée d'avoir autant livré son cœur.

Liryk se redressa et rouvrit les yeux ; l'accablement s'y lisait. Il prit doucement les doigts de Valentyna dans sa grande main calleuse de soldat, puis poussa un profond soupir.

— Majesté...

À peine avait-il lâché ce mot avec une lassitude pire que s'il avait porté le royaume à bout de bras qu'elle sut qu'elle n'avait aucune envie d'entendre la suite. Elle dut se mordre les lèvres pour ne pas lui interdire de parler.

Le commandant Liryk entama son récit, à mots prudents et bien pesés.

Valentyna s'était abîmée dans la contemplation de la main du vieil homme sur la sienne, pour ne plus entendre sa voix. Elle nota la présence de quelques poils roux, ce qui lui fit penser à Wyl Thirsk. Pauvre Wyl, si mignon au fond avec sa masse de cheveux orange et ses taches de rousseur. Il rougissait chaque fois que leurs yeux se rencontraient et son sourire, si difficile à conquérir, était un véritable enchantement. Jamais il n'aurait dû mourir. Il s'était battu avec tant de vaillance pour un royaume qui n'était pas le sien – pour sauver la vie de son ennemi. Dès le premier instant, elle avait pris plaisir à sa compagnie ; c'était comme si quelque chose d'indéfinissable les unissait. Curieusement, l'image du jeune homme s'imposait toujours à son esprit aux plus étranges moments et il lui arrivait même parfois de croire aux lubies de Fynch selon lesquelles Wyl Thirsk était toujours parmi eux ; bien sûr, jamais elle ne l'aurait admis ouvertement.

C'était pour le moins étrange. D'ordinaire, elle se montrait toujours circonspecte avec les gens qu'elle ne connaissait pas ; et à plus forte raison avec les étrangers de Morgravia. Mais Wyl n'était pas l'homme auquel elle s'était attendue ; il était franc et humble, peut-être un peu intimidé par son père, mais c'était une marque de respect qu'elle avait appréciée, surtout entre des représentants de royaumes ennemis. D'ailleurs, son père aussi l'estimait et, plus important encore, lui faisait confiance. Voilà au moins qui était clair. Elle se souvenait maintenant de ses sentiments lorsque Romen lui avait raconté que ça avait été le coup de foudre à la seconde même où Wyl l'avait vue. Elle était tombée des nues mais, aussi étonnant que cela puisse paraître, elle s'était sentie flattée. Wyl n'était pas quelqu'un d'ordinaire ; une aura particulière flottait autour de lui. Malgré sa taille modeste, dont elle s'était gentiment moquée, il possédait une présence indéniable... et un petit quelque chose auquel elle n'était pas restée insensible. Il avait été plein de prévenance envers elle ; il n'avait pas eu honte de verser des larmes sincères devant eux. Valentyna avait admiré sa force d'âme.

La voix de Liryk poursuivait son murmure.

La reine l'entendait à travers un brouillard. Le commandant parlait d'un endroit nommé le Fruit défendu, un genre d'établissement qu'à coup sûr elle ne fréquenterait jamais. À ce qu'elle comprenait, Romen était monté avec une femme. Valentyna savait ce que cela signifiait, mais elle faisait son possible pour prétendre l'ignorer. Elle voulait croire qu'il était allé prendre un bain et se faire masser en toute innocence pour oublier les tensions de cette triste journée. Mais ce n'était pas tout à fait ça. La manière dont Liryk en parlait ne laissait aucun doute.

Hildyth, c'est ainsi qu'elle s'appelait. Un nom détestable. Une bouffée de mépris lui vint pour cette femme... une étrangère qu'elle n'avait jamais vue et ne verrait sûrement jamais. Une putain.

La putain de Romen.

Elle l'imaginait en train de rire avec lui, absolument pas gênée d'être nue en présence de cet homme mystérieux et enjoué à la fois. Cette putain qui allait sentir sur elle ses doigts, ses lèvres, sa langue... Comme les images déferlaient fébrilement dans son esprit, Valentyna tenta de se convaincre que Romen utilisait cette femme par dépit de ne l'avoir pas elle – la reine qui l'avait banni. Chassé. Marqué du sceau infamant des indésirables en Briavel. Il lui fallait noyer son chagrin quelque part, au Fruit défendu par exemple, dans les bras d'une femme nommée Hildyth. C'était donc ça que Liryk avait tant de mal à lui dire ? Que Romen avait passé la nuit dans le lit d'une prostituée ?

Non, apparemment pas. Il y avait autre chose. Liryk continuait de parler ; la gorge de Valentyna se serra au point qu'elle ne parvenait plus à respirer. Quelqu'un avait été poignardé... Un doigt avait été tranché...

Elle releva les yeux et le commandant se tut, perturbé par sa soudaine attention.

— Je... Liryk... Je ne comprends pas.

Sa voix tremblait ; elle détesta cela. Elle haïssait cette marque de faiblesse au moins autant qu'elle haïssait Hildyth pour avoir pris le plaisir du corps de Romen, normalement destiné à une reine.

C'était une violation des règles du protocole, mais en cet instant Liryk n'en avait cure. La petite fille de Briavel aimée de tous avait besoin de réconfort et cela seul comptait. Il mit ses bras autour d'elle et l'attira contre sa large poitrine comme le ferait un oncle attentif. Elle le laissa faire ; elle était terrorisée. Les mots étaient entrés en elle, même si elle refusait de les croire. Il fallait qu'il les dise à nouveau.

Cette fois-ci, Liryk parla dans un souffle, sa bouche tout contre les cheveux et l'oreille de Valentyna, dans une bouffée de lavande fraîche.

— Majesté, Romen Koreldy a été assassiné la nuit dernière. Nous n'avons rien d'autre que la description d'un homme en fuite faite par la femme avec qui il était. Elle était affolée – ce qui est bien compréhensible –, si bien que nous n'avons quasiment aucun détail.

Il s'interrompit, incertain de ce qu'il convenait de dire maintenant. Il n'était même pas sûr qu'elle l'ait écouté.

Il se recula pour découvrir les yeux immenses de la reine fixés sur lui. Elle le regardait mais son esprit semblait parti très loin.

— Mort ? demanda-t-elle comme si elle avait essayé la sonorité d'un mot nouveau.

Liryk confirma de la tête. D'un bond, Valentyna s'était élancée sur lui, saisissant le jabot de sa chemise dans ses poings serrés.

— Romen est mort ?

— Oui, ma reine. On l'a assassiné, répondit le commandant du ton le plus doux qu'il pouvait.

La porte s'ouvrit doucement et, au grand soulagement de Liryk, Krell se glissa dans la pièce sans dire un mot, un plateau de tasses fumantes à la main. Liryk en prit une. De la *dramona* ; un choix judicieux. Ce puissant sédatif aiderait la reine à supporter le choc.

Valentyna s'aperçut de la présence de Krell et y puisa la force voulue pour reprendre contenance. Elle s'écarta de Liryk pour se laisser tomber dans le fauteuil derrière elle. Machinalement, elle s'était mise à se tordre les mains ; elle se contraignit à les laisser tranquilles. Elle prit une profonde inspiration, laissa filer quelques instants, puis releva le menton pour fixer un regard bleu qui ne cillait pas sur le messager dont la nouvelle avait été comme un couteau planté en plein cœur. *Étonnante symétrie*, songea-t-elle avec amertume – car si ses oreilles ne l'avaient pas trompée, c'était très exactement ainsi que Romen était mort.

— Commandant Liryk, racontez-moi cela une nouvelle fois, que je sois sûre de bien comprendre les événements de la nuit dernière.

Valentyna avait parlé d'une voix de glace tout à fait en phase avec l'expression dure et froide apparue sur les traits de son joli visage.

Pour la troisième fois ce matin-là, Liryk raconta sa triste histoire, n'épargnant cette fois-ci aucun détail. Il fit son rapport sur ce ton militaire précis et détaché qu'il maîtrisait si bien, sans la moindre fioriture ou la plus petite note d'émotion.

— … et ce n'est que plus tard que nous avons constaté qu'on lui avait prélevé l'annulaire et sa chevalière.

— Mais pour quelle raison ?

Liryk eut un haussement d'épaules.

— Comme trophée peut-être, mais j'aurais personnellement tendance à penser qu'il s'agit d'un assassinat. Ceux qui tuent pour de l'argent – en particulier lorsque la victime est de haut rang – doivent généralement fournir une preuve de leur forfait afin de se faire payer. C'est pour cela que je crois que Koreldy a été tué sur ordre.

— De qui ?

Un nom flottait dans l'air sans que personne ne l'ait prononcé. Si l'un d'entre eux se risquait à le dire à voix haute, tous seraient immédiatement convaincus ; et les implications seraient immenses.

Liryk opta pour la prudence.

— Nous n'avons aucun indice concernant l'identité du meurtrier.

— Hormis la lame, répondit la reine.

— Oui, Majesté. L'arme et rien d'autre.

Krell choisit cet instant pour tendre les tasses. Chacun prit la sienne en silence.

— Buvez, Majesté, dit le chancelier avant de se retirer aussi discrètement qu'il était entré.

Valentyna huma les vapeurs de *dramona* et, devinant les intentions de Krell, choisit de reposer sa tasse. Pas question de se laisser droguer.

— Koreldy vous a-t-il dit quelque chose avant de mourir ? demanda-t-elle.

Le vieux soldat but une gorgée du thé brun et fort que Krell lui avait servi, puis hocha la tête.

— Il m'a dit qu'il n'avait pas tué votre père. Et il aurait aimé un signe de vous lui laissant entendre que vous le pensiez innocent des crimes dont on l'accusait.

Une ombre douloureuse passa sur le visage de Valentyna ; ces mots lui faisaient si mal. Bien sûr, Liryk n'avait eu aucunement l'intention de l'accabler. La reine comptait sur lui, sans savoir qu'il n'était disposé à se montrer honnête que jusqu'à un certain point seulement. Koreldy l'avait supplié de dissuader la jeune reine de convoler avec Celimus, mais Liryk avait répondu qu'il ne ferait rien contre ce mariage. Et il s'en tenait à sa ligne de conduite en ne disant rien à Valentyna. Pour le bien de Briavel, cette union devait être conclue.

Valentyna devait puiser au plus profond d'elle-même pour ne pas s'écrouler. Cela viendrait plus tard. Pour l'heure, il lui fallait apprendre jusqu'au moindre détail concernant la mort de Romen.

— La putain… ?

— Hildyth ?

— Oui, elle. Où est-elle maintenant ?

— Après nous avoir tout raconté, elle nous a demandé si elle pouvait partir. Elle était bouleversée, vous imaginez bien.

— Commandant, vous ne vous êtes pas dit qu'elle pourrait être impliquée ? Qu'elle aurait pu faire entrer l'assassin ? Voire qu'elle aurait pu tuer Koreldy elle-même ?

— Si.

— Et ?

Le visage de Liryk s'empourpra.

— Jamais elle n'aurait pu tuer Koreldy – il était bien plus fort qu'elle. Vous savez quel fantastique combattant il était. Quant à l'implication d'Hildyth, oui, j'y ai pensé, mais j'ai choisi de croire à son innocence.

— Pourquoi ?

La rougeur montait de nouveau au front de Liryk. Il hésitait et paraissait pour le moins gêné.

— J'avais déjà fait sa connaissance et elle ne m'avait pas paru capable de violence. C'est juste une jeune femme qui essaie de s'en sortir du mieux possible.

— Je vois, répondit Valentyna qui comprenait parfaitement la situation.

Romen n'était donc pas le premier des hommes de son entourage à lui mentir au sujet de cette femme. À l'évidence, Liryk connaissait intimement la putain Hildyth.

— Envoyez immédiatement une troupe de soldats la chercher. Je veux qu'on ramène cette femme pour l'interroger. Puis-je vous confier cette mission ?

Liryk hocha la tête, toujours aussi embarrassé.

— Bien sûr.

— Où est Romen ? demanda-t-elle encore en faisant un effort incroyable pour que sa voix ne tremble pas en prononçant son nom.

— Dans la chapelle, Majesté.

— Merci, commandant Liryk. Vous devez être épuisé. Nous parlerons lorsque vous serez reposé. Je tiens à m'excuser de vous avoir gardé si longtemps. (Miraculeusement, sa voix s'adoucit à cet instant.) Et aussi de m'être perdue dans mes pensées pendant quelques instants. C'était un tel choc.

À ces mots, le rude visage de Liryk se détendit. Au fond, c'était peut-être le ton froid et distant de Valentyna qui l'avait désarçonné ? Pourtant, n'était-ce pas aussi la qualité première d'une reine, cette capacité à maîtriser ses émotions et faire face sans perdre son sang-froid ?

— Je comprends parfaitement, Majesté. À dire vrai, je crois que je ne me suis moi-même pas encore fait à l'idée.

— Il est bien mort d'un coup de couteau dans le cœur, n'est-ce pas ?

Liryk confirma d'un signe de tête.

— Porté avec une précision d'expert. L'assassin savait exactement ce qu'il faisait.

— Alors la mort a été rapide ?

— Koreldy est mort avant même d'avoir compris qu'on l'avait frappé, assura Liryk sans être véritablement sûr de ce qu'il disait.

Il salua d'une courte révérence. D'un signe, elle l'autorisa à se retirer ; ce qu'il fit le cœur allégé, soulagé d'avoir accompli son pénible devoir.

Chapitre 2

Filou savait. Le chien l'avait réveillé en pleine nuit avec un hurlement si plein de désespoir que Fynch en avait eu le cœur déchiré. Ils dormaient quelque part au milieu des bois, le garçon n'ayant pas eu la force de rester au château après tous ces événements. Plus que tout, il se sentait incapable de croiser encore la reine. Elle avait commis un acte si inattendu pour lui qu'il n'avait pu dissimuler ses sentiments ; mais qui était-il au fond pour lui marquer ainsi sa désapprobation ? En tout cas, ils étaient amis et les amis ne se rejettent pas de cette façon. Elle avait besoin de Romen… Pourquoi refusait-elle de l'admettre ?

Certes, Fynch lui-même s'était d'abord méfié de Romen, mais comment aurait-il pu en être autrement ? Après tout, c'était lui, Fynch, qui avait surpris les messes basses entre Celimus et Koreldy au sujet de l'assassinat de Wyl Thirsk. Toutefois, c'était lui aussi qui avait noté l'étrange attachement que Filou – le propre chien de Wyl Thirsk – montrait à l'égard du mercenaire lorsqu'ils avaient suivi sa piste jusqu'à Pearlis. Fynch avait été stupéfait de voir cet étranger en compagnie d'Ylena et d'apprendre qu'il avait ramené le corps de Wyl à la capitale de Morgravia pour qu'on lui rende les honneurs dus à son rang. C'était Fynch encore qui avait su lire le dessous des cartes ou, du moins, qui avait accepté l'idée qu'un événement extraordinaire s'était produit. Le jeune garçon croyait à la magie et n'avait donc pas les mêmes préventions que la plupart des gens de Morgravia – pour ne rien dire de ceux de Briavel qui la rejetaient purement et simplement.

Son sentiment selon lequel Wyl Thirsk restait présent parmi eux avait été peu à peu confirmé – tout d'abord par l'extraordinaire affection de Filou pour cet étranger, puis par le fait que Koreldy emmène Ylena au loin pour la mettre à l'abri. De plus, en ramenant la dépouille de Wyl à Pearlis, il avait sauvé le nom des Thirsk de l'infamie et du déshonneur. Finalement, Fynch avait été profondément soulagé lorsque Koreldy avait admis être Wyl et raconté l'incroyable phénomène du Dernier Souffle qui lui avait accordé la vie en échange de celle du vrai Koreldy.

Cependant, Wyl avait interdit à Fynch de partager avec quiconque ce secret. Lui seul connaissait donc la vérité au sujet de Koreldy et c'est pour ça que le bannissement prononcé par la reine lui avait été si douloureux. Fynch éprouvait une immense affection pour Valentyna ; il aurait tant voulu lui dire qui Romen était vraiment. Cependant, tout cela n'aurait été que pure perte. Comment une personne incapable d'imaginer que la magie puisse exister aurait-elle pu accepter une telle chose ?

Il avait espéré voir Romen avant qu'on l'emmène de Werryl – au moins pour entendre ce que Wyl avait l'intention de faire –, mais on ne l'y avait pas autorisé. Filou avait voulu suivre sa trace ; pour une fois, Fynch avait usé de son autorité pour lui ordonner de l'attendre. Il leur fallait réfléchir avant d'agir. Le garçon avait la certitude que le chien pourrait trouver son maître n'importe où ; ils pourraient donc le rattraper plus tard. Avant tout, Fynch voulait faire le point dans son esprit, explorer toutes les possibilités. La forêt était tout naturellement devenue leur refuge.

Fynch avait pensé qu'ils y resteraient quelques jours ; il se trompait. Les événements extérieurs commençaient à faire sentir tout leur poids.

Cette nuit-là, Fynch avait eu beau ordonner et cajoler, il n'était pas parvenu à arrêter le hurlement de Filou. Le garçon s'était dit que c'était pour éloigner les loups ou les braconniers, mais ce cri avait une étrange tonalité – celle du désespoir. Après tout, peut-être le chien souffrait-il de l'absence de Wyl. L'animal était juste à côté de lui ; Fynch se demandait ce qui pouvait bien arriver. Filou refusait que le garçon le touche, et même qu'il lui parle. En désespoir de cause, Fynch s'était tourné de l'autre côté, s'efforçant d'oublier la terrible complainte. Avant les premières lueurs de l'aube, le chien avait arraché le garçon à son sommeil. Les yeux encore mi-clos, Fynch avait obéi – de toute évidence, le chien avait un objectif. Comme il faisait encore noir, Fynch se dit que Valentyna ne pourrait pas les voir. Ils se glissèrent dans l'enceinte du château ; le garçon salua de la main les gardes de faction, s'attirant en retour des signes amicaux. Filou filait en direction de la grande cour. Fynch n'avait pas la moindre idée de ce qui se passait, mais il comprit à la seconde où arriva le commandant Liryk.

L'enfant et l'animal regardèrent la colonne faire son entrée. Le vieux soldat avait une mine grave et fatiguée. Ils le virent tendre les rênes de son cheval au garçon d'écurie et l'entendirent donner des ordres à ses hommes, sans saisir ce qu'il disait.

Lorsque Liryk fut entré à l'intérieur du palais, Fynch s'aperçut que Filou n'était plus à ses côtés ; il était en train de gémir devant le chariot arrivé avec les cavaliers. Les hommes s'étaient ensuite escrimés pour descendre quelque chose du plateau. Fynch les avait regardés faire sans pouvoir détourner la tête, la gorge serrée comme dans un nœud coulant. D'instinct, avant même de distinguer la forme, il sut qu'il s'agissait du corps de Romen Koreldy. Et son cœur se brisa.

Du fond de son désespoir, il ressentit un certain apaisement qu'on l'autorise à entrer dans la fraîcheur de la chapelle. Manifestement, les hommes le voyaient comme un ami de Koreldy. Raide et emprunté, Fynch s'approcha du corps et fut frappé de sa pâleur. Romen avait toujours eu le teint hâlé par le soleil ; comment pouvait-il ainsi ressembler à un spectre ?

Compatissant, un garde expliqua que Romen avait perdu une grande quantité de sang à l'instant de sa mort, d'où son teint presque transparent. Fynch n'était pas sûr d'apprécier d'avoir l'explication, mais il murmura tout de même un vague remerciement et se sentit mieux lorsque l'homme s'éloigna.

Les soldats, qui le connaissaient tous, exprimèrent leurs condoléances. L'un d'eux s'excusa même de n'avoir pas su protéger Koreldy. Fynch faillit hurler que Romen était de taille à veiller sur lui-même et qu'on avait dû l'assassiner par traîtrise – alors même qu'il ignorait encore tout des circonstances. Mais il ne dit rien, supportant en silence leurs marques de sympathie.

Finalement, Filou et lui restèrent seuls avec leur ami et Fynch se dit qu'il pouvait enfin pleurer. Doucement, il repoussa une mèche de cheveux tombée sur le visage de Romen. Wyl avait adopté le souci d'élégance de Koreldy et il n'aurait pas aimé apparaître aussi peu soigné.

Ceux qui s'étaient chargés de préparer le corps à Crowyll avaient bien fait les choses ; Romen était revêtu d'une chemise propre et plus aucune trace de sang n'était visible. Pour autant, il n'était pas à son avantage et Fynch avait la conviction que cela ne lui aurait pas plu. Le jeune garçon se pencha pour embrasser le front de son ami, puis vint poser sa tête sur son torse devenu froid et immobile. La complainte de son chagrin envahit la chapelle.

Filou passa un long moment à renifler le corps avant de venir se poster à côté de Fynch, sans doute enfin convaincu que son maître ne respirait plus. Le chien paraissait disposé à faire preuve d'une patience infinie, comme s'il comprenait que Fynch avait maintenant besoin de laisser sortir toute sa peine.

C'est ainsi que Valentyna les trouva.

À la seconde même où elle fit son entrée dans la crypte, flanquée de Krell et de Liryk qui avaient insisté pour l'accompagner, la reine sentit toute sa résolution s'évanouir. Elle vit l'enfant couché sur le corps et un cri de détresse monta dans sa gorge. La mort était là ; tout était réel. D'un geste protecteur fort opportun, Krell vint à sa rescousse, la prenant par le bras pour la conduire vers la nef. Valentyna ravala son chagrin et parvint à poser à nouveau les yeux sur la scène déchirante qui se jouait devant elle. Fynch était si petit, si vulnérable qu'elle ressentit une bouffée de tendresse pour lui. Elle avait envie de le serrer dans ses bras, qu'il s'accroche à quelqu'un de vivant – qu'il ne la déteste plus.

Elle n'en fit rien cependant. Après s'être approchée silencieusement, elle se risqua à lui prendre la main. Ce faisant, elle savait qu'elle s'exposait à un refus – qui aurait pu reprocher à un enfant d'exprimer ses sentiments ? Il ne la repoussa pas et elle en fut soulagée. Au lieu de cela, il se remit debout et s'éloigna du corps pour venir près d'elle. Valentyna plongea son regard dans les yeux de Fynch noyés de larmes et fut récompensée d'un pauvre petit sourire. C'était suffisant.

— Nous l'avons perdu, murmura Fynch d'une voix lourde de tristesse.

— Oui, répondit-elle.

Elle trouva alors assez de courage en elle pour regarder le corps de l'homme qu'elle avait aimé.

Elle s'avança. Ni Krell ni Liryk n'esquissèrent le moindre mouvement ; Fynch et Filou étaient pareils à deux statues. Pendant quelques secondes, elle ne vit qu'une seule chose – la beauté de Romen figé dans la mort. Malgré l'intensité du moment et de son émotion, elle sentit sur elle une paire d'yeux qui la fixait avec intensité.

Filou la suivait du regard. *À quoi pense-t-il ?* s'interrogea-t-elle, heureuse d'être distraite à l'instant où elle se retrouvait face à son amour défunt.

— Puis-je ? demanda-t-elle en désignant la chemise de Romen.

Les yeux tristes de Liryk clignèrent. Il hocha doucement la tête ; il avait compris ce qu'elle voulait.

— Il est si pâle, dit-elle dans un souffle.

— Il a perdu beaucoup de sang, expliqua Fynch d'une voix qui semblait venir d'outre-tombe.

L'image de Romen se vidant de son sang jaillit dans son esprit et elle eut un nouvel étourdissement. Ses doigts défirent les boutons, mettant à nu la poitrine désormais froide et qui la veille encore brûlait de passion pour elle. Valentyna ressentait le besoin de voir de ses yeux l'horrible blessure – l'endroit où la lame était entrée dans son cœur pour répandre son amour sur le sol d'un bordel, sous les yeux de la putain Hildyth en train de hurler.

À moins que ce soit elle qui l'ait tué ? Cette pensée entêtante refusait de la quitter.

Valentyna s'attardait sur le corps de Romen Koreldy dans un silence de plus en plus étrange. Krell et Liryk échangèrent des regards entendus.

— Majesté, murmura Liryk après s'être éclairci la gorge.

» Ne vous torturez plus ainsi.

— Il le faut pourtant. J'ai envoyé cet homme à la mort.

— Non, Majesté ! Vous lui avez accordé la vie sauve... et la possibilité d'une nouvelle existence. Sans vous, le roi Celimus l'aurait certainement fait assassiner.

— C'est peut-être bien ce qui s'est passé, intervint Fynch.

Valentyna s'arracha à la contemplation de Romen pour fixer un regard attentif sur le garçon.

— À quoi penses-tu ?

À l'unisson, Valentyna et Liryk retinrent leur souffle. Si cet enfant avait la même idée qu'eux, alors c'est qu'ils ne devaient pas être loin de la vérité.

— Celimus voulait la mort de Romen. C'est maintenant chose faite, dit Fynch d'une voix atone.

— Jamais nous ne pourrons prouver une telle chose, répondit Liryk d'un ton bourru et réprobateur.

— C'est vrai et c'est précisément toute la question, dit Fynch en tournant de nouveau la tête en direction du corps.

» Inutile d'être grand clerc pour voir que c'est un spécialiste qui a commis ce travail. Celimus ne peut se permettre d'avoir du sang sur les mains...

Fynch avait parlé avec une autorité qui le faisait paraître plus vieux, impressionnant les adultes par son emploi familier du prénom du roi de Morgravia.

— On dirait que tu connais bien le roi, mon garçon, constata Liryk.

— Je le connais suffisamment pour savoir que la mort de Romen pourrait très bien avoir été orchestrée par lui. Nous savons tous qu'il n'hésite pas à louer les services de mercenaires pour faire assassiner des souverains étrangers.

À ces mots, le commandant et le chancelier ne purent retenir un soupir ; Valentyna ne réagit pas. Fynch poursuivit tout comme s'il avait parlé de la pluie et du beau temps.

— Comment croire qu'il verrait le moindre problème à faire éliminer un noble en travers de sa route ? Quelqu'un qui en sait trop sur ce qui se trame en Morgravia ?

Le garçon s'interrompit soudain. Ses yeux accusateurs paraissaient les défier de le contredire.

— Je ne suis pas d'accord, mon garçon, mentit Liryk, pourtant impressionné par la clairvoyance de Fynch.

» Il est impossible de prouver que le roi de Morgravia est le commanditaire de ce meurtre.

— Exact. Et c'est pourquoi nous devons faire très attention à ce que nous disons, intervint Valentyna.

» Tout ce qui vient d'être dit ici doit rester entre nous cinq.

Fynch sourit intérieurement en constatant que la reine avait compté Filou. Cela dit, lui aussi était convaincu que le chien entendait et comprenait tout. Filou se coula près de lui et Fynch posa la main sur sa tête, heureux de ce contact réconfortant.

Soudain, une sensation de vertige désormais familière s'empara de lui ; Valentyna ouvrait la bouche pour parler.

— Krell, je sais que ma demande n'est pas ordinaire, mais vous et moi allons procéder à la toilette du corps de Koreldy.

— Majesté ! Je ne peux pas vous…

— Effectivement, vous ne pouvez pas me…, l'interrompit-elle gentiment.

» C'est un ordre, même si je préfère appeler ça une requête. Nous allons faire cela pour que la nouvelle de la mort de Romen reste aussi confidentielle que possible.

Krell hocha la tête, un air maussade plaqué sur le visage.

Il n'est pas mort! Wyl est vivant! dit une voix dans la tête de Fynch. Le monde autour de lui s'était mis à tourner ; son crâne palpitait. Un brouillard gris dansait devant ses yeux, mais il entendait distinctement les paroles venues de nulle part. Puis le rideau de brume se déchira soudain et il aperçut une petite ville cernée de champs de houblon à perte de vue. Il n'avait pas la moindre idée de ce que cela pouvait bien signifier.

Trouve-le! Il est dans un autre corps maintenant, l'exhorta encore la voix.

La sensation de vertige disparut aussi vite qu'elle était arrivée. De nouveau, il entendait la conversation de la reine et de ses deux conseillers. Fynch fit un effort pour se ressaisir. Une douleur sourde irradiait dans tout son corps tandis qu'il essayait de réfléchir au message qu'il venait de recevoir par l'intermédiaire du chien. Il savait désormais que Filou était celui par qui la voix lui parlait ; en revanche, il ne savait pas pourquoi. Une sensation de nausée lui venait et il avait du mal à se concentrer.

Son esprit était en plein maelström. Si ce qu'il venait d'apprendre était exact, alors ils étaient en train de pleurer un homme qui n'était pas mort. *Il est dans un autre corps maintenant.* Est-ce que cela pouvait vraiment s'être produit à nouveau ? Wyl Thirsk était-il devenu l'assassin de Romen Koreldy ? Valentyna avait le droit de savoir, mais que pouvait-il lui dire ? Jamais elle n'accepterait d'entendre pareille chose. Certes, la reine de Briavel était ouverte et on pouvait la considérer comme tolérante à l'égard de la magie, mais elle n'y croyait pas. Pour peu qu'il commence à bavarder au sujet d'un transfert dans un autre corps, il risquait fort de finir banni à son tour. Non ! Il allait garder ça pour lui, au moins pour l'instant.

Lorsque la voix s'évanouit, Valentyna n'avait pas fini de parler.

— … et Liryk, je veux que vous m'ameniez au palais, au plus tard demain soir, cette créature – cette Hildyth. Amenez-la-moi.

» Sur place là-bas, est-ce que beaucoup d'autres personnes sont au courant de ce qui s'est passé ?

Intérieurement, Liryk remerciait la reine du tact dont elle faisait preuve en cet instant.

— Il y en a plusieurs, mais aucune d'elles ne connaissait Koreldy. C'était un étranger. De plus, l'endroit n'était pas très fréquenté hier – ceux qui ont eu vent de quelque chose ignorent sûrement son nom. Tout au plus savent-ils qu'un homme a été tué.

— Bien. Vos hommes diront que cet homme était prisonnier de la Couronne de Briavel et que la vie sauve lui avait été accordée. Jusque-là, rien que la vérité. Toutefois, ils laisseront entendre que nous suspectons un loyaliste de Briavel d'avoir commis ce crime. Furieux de l'attitude de Koreldy au cours du tournoi, il aurait décidé de débarrasser nos deux royaumes de ce fauteur de troubles. Veillez à ce qu'on comprenne bien combien Briavel souhaite poursuivre les fiançailles – mais attention, ne parlez pas à titre officiel ! (Elle eut un geste sec de la main pour donner du poids à son propos, soulignant du même coup le dégoût que lui inspirait cette pensée.) Faites courir ce bruit dans les tavernes toujours pleines de bavards – je vous ferai tenir une bourse bien garnie pour cela. Peu importe qu'on embellisse l'histoire du moment qu'elle se propage. L'essentiel, c'est que tout le monde pense qu'il s'agit uniquement d'un problème interne au royaume.

— Pourquoi ? demanda Krell, incapable de suivre la pensée rapide de la reine.

Pour sa part, Liryk ne put contenir un mince sourire d'appréciation.

— Brillant, Majesté, dit-il en saluant sa souveraine du buste avant de se tourner vers son compagnon.

» Voyez-vous, chancelier Krell, c'est parce que ainsi l'affaire s'éteindra bien vite. La mort d'un simple prisonnier éveille bien moins les curiosités que l'assassinat d'un noble – en particulier s'il est étranger et jouit de notre soutien. Mais plus important encore, le plan de notre reine permet de détourner de Briavel les éventuelles conséquences fâcheuses. Que celui que nous suspectons soit ou non derrière tout cela, il ne pourra que savoir gré à Sa Majesté de l'honnêteté dont elle fait preuve en reconnaissant les torts de sa patrie.

— Je comprends, répondit Krell, manifestement impressionné.

» En matière de stratégie, Sa Majesté est la digne héritière de son père.

— Oh j'espère bien, dit Valentyna avec un petit rire rauque.

» Nous entrons dans des eaux pour le moins troubles, messieurs, et nous aurons besoin de tout notre sens tactique si nous voulons finement manœuvrer.

Les deux hommes marquèrent leur approbation d'un hochement de tête.

— Que faisons-nous du corps, Majesté ? demanda Krell.

Valentyna poussa un soupir, intérieurement satisfaite d'avoir su contenir jusque-là son chagrin devant eux. Désormais, ils lui obéissaient comme ils auraient obéi à son père.

— Commandant Liryk, si quelqu'un le demande, vous direz que Koreldy a été enterré à la hâte dans une tombe anonyme. Dites également que vous avez délégué cette tâche, de sorte que personne ne puisse savoir à qui en est revenue la responsabilité. Donnez l'impression que nul ne s'en soucie vraiment.

— Oui, Majesté.

— Krell, vous allez m'aider à préparer le corps. À qui pouvons-nous nous fier ?

— Le père Paryn est un homme bon, Majesté. Il nous aidera à donner une sépulture digne à Koreldy.

— Digne, c'est ça ! dit Valentyna, en revoyant en esprit Hildyth s'adonner à son « travail » avec Romen.

» Nous l'enterrerons au cours d'une petite cérémonie. Personne ne doit être mis au courant en dehors du père Paryn. Krell, vous ferez préparer une place près de mon père.

— Dans le carré royal, Majesté ?

Son ton exprimait tant de surprise que Valentyna sut tout le mal qu'il pensait d'une telle décision.

— Oui, répondit-elle avec fermeté, son regard rivé au sien.

» Il le mérite. Il s'est battu pour sauver la vie de mon père – et il a sûrement sauvé la mienne. Il était aussi... (Elle s'arrêta avant de lâcher les mots qu'elle avait été sur le point de prononcer, puis prit une profonde inspiration.) Telle est ma volonté.

— Il en sera fait ainsi, Majesté, dit Krell en exécutant une courbette.

— Commandant Liryk, qu'en est-il des hommes qui vous accompagnaient ?

— Je réponds d'eux, Majesté. D'ailleurs, avec votre permission je vais les rejoindre pour leur donner mes instructions.

— Chacun d'eux doit être promu et ils recevront double solde pour cette lune. Ils doivent comprendre que leur silence sera apprécié au plus haut niveau.

Liryk hocha la tête, puis salua.

— Des vêtements, murmura Krell. Je vais aller chercher une tenue pour lui.

Valentyna porta de nouveau les yeux sur le corps chéri de Romen dans sa tenue de voyage couverte de poussière.

— S'il vous plaît, chancelier, répondit Valentyna.

» Du gris foncé. Ça met ses yeux en valeur, ajouta-t-elle d'une voix subitement pleine de sanglots.

Krell jeta un coup d'œil aigu à sa souveraine, puis détourna la tête. L'expression de douleur sur son visage était trop forte ; elle avait besoin d'être seule.

— Tout de suite, Majesté. Je vais prévenir le père Paryn, souffla-t-il avant de sortir.

Valentyna entendit la porte de la chapelle.

— Fynch, tu veux bien aller fermer s'il te plaît ? demanda-t-elle.

» Juste un moment, ajouta-t-elle avant de laisser échapper le sanglot déchirant qu'elle ne pouvait plus contenir.

Face au corps glacé devant elle, elle n'était plus une reine tenue par le protocole – juste une jeune femme déchirée par la mort de l'homme qu'elle aimait.

— Celui qui l'a tué a aussi pris son bracelet, dit-elle à travers ses larmes.

Avec Fynch, elle ne se sentait pas obligée de dissimuler.

— Oui, Majesté. Je l'avais remarqué également, mais Romen m'avait dit qu'il n'avait aucune valeur. Sa sœur l'avait tressé pour lui… avec des perles qu'elle utilisait enfant.

— Une babiole peut-être, mais d'une valeur inestimable pour Romen. Et peut-être plus encore pour son assassin.

— Comment ça, Majesté ?

— Comme preuve supplémentaire de sa mort, répondit Valentyna avec un haussement d'épaules.

» Tous ceux qui ont connu Romen ont forcément remarqué qu'il ne quittait jamais ce bracelet.

Fynch hocha la tête sans rien ajouter.

— Il a l'air en paix, observa Valentyna.

Fynch vit qu'elle avait remis les boutons en place pour cacher la blessure.

— Endormi presque, renchérit le garçon.

— C'est vrai, si ce n'est que Romen ne tenait pas en place. Il y avait comme une énergie particulière en lui. Jamais plus nous n'entendrons son rire – ou sa manière bien à lui de se moquer de tous avec gentillesse.

Fynch se jeta à l'eau.

— Si je vous disais qu'il ne s'agit que d'un corps mort et non pas d'une personne, que diriez-vous ?

Valentyna posa un regard douloureux sur lui, avant d'essuyer les larmes qu'elle ne parvenait plus à endiguer.

— Je dirais que tu es cruel. Pourquoi dire une chose pareille alors que tu sais très bien ce que j'éprouve… ce que j'éprouvais pour Romen ?

Cette conversation ne menait nulle part, mais Fynch poursuivit néanmoins. Au moins pourrait-il ensuite se dire qu'il avait essayé. Il déglutit.

— Même si c'est bien le corps de Romen étendu là devant nous, je ne crois pas que l'homme que vous connaissiez… l'homme que vous aimiez, Majesté… soit mort.

La reine était stupéfaite.

— Mais qu'est-ce que tu racontes, Fynch ? Arrête ça immédiatement. C'est blessant.

Le garçon poussa un soupir, baissant la tête vers le sol.

— Mille excuses, Majesté.

Valentyna voulait conserver l'amitié de Fynch – surtout ne pas le perdre lui aussi – et pourtant, voilà qu'elle le rejetait. Elle s'approcha et s'accroupit devant lui pour lui permettre de plonger son regard directement dans ses yeux immenses et graves.

— Non, c'est moi qui suis désolée. Romen est mort parce que je l'ai banni – c'est ma faute, pas la tienne. Toi, tu n'aurais jamais fait une chose pareille à un ami. Tu sais, mon cher Fynch, que je suis tenue par mon devoir et le protocole. Et j'ai si peur. Je ne veux pas épouser Celimus, mais tout me donne à croire que je ne pourrai pas y échapper. Jamais je n'ai aimé quelqu'un comme j'ai aimé Romen. Je ne crois pas être capable de vivre sans lui – chaque jour je vais le pleurer en sachant que c'est moi qui l'ai envoyé au-devant du danger.

Fynch savait que ses larmes n'avaient aucune raison d'être. Ah, si seulement elle savait que c'était de Wyl dont elle était véritablement éprise.

— Je comprends. Sincèrement, je pense que mon esprit conçoit clairement les raisons pour lesquelles vous avez agi ainsi.

— Mais c'est ton pardon que je désire, Fynch. Je ne veux pas te perdre. Toi et ce chien étrange êtes mes seuls amis en ce monde. Sans Romen à mes côtés, je n'ai plus personne à qui confier mes joies et mes peines. Attention, je sais que les gens qui m'entourent ne veulent que mon bien, mais ils souhaitent également parvenir à une paix avec Morgravia dont je suis le sésame. Mes désirs, mes espoirs, mes rêves n'entrent pas en ligne de compte. Aussi étonnant que cela puisse paraître, avec la mort de Romen, c'est comme si j'avais perdu tout contrôle sur ma propre vie.

Les mots de la reine le touchaient au plus profond de lui.

— Alors vous devez avoir confiance en moi.

— C'est le cas, Fynch.

— Et comprendre que je dois absolument faire ce que je vais faire, ajouta le garçon.

— Mais que vas-tu faire ? demanda Valentyna subitement alarmée par la gravité de son ton.

— Je vais partir, Majesté.

Le choc de la nouvelle fut tel que ses larmes se tarirent.

— Mais pourquoi ?

— Il y a quelque chose que je dois faire.

— Fynch, dis-moi tout. Explique-moi ! ordonna-t-elle en scrutant désespérément sa frimousse franche et ouverte.

— Vous ne pouvez pas comprendre.

— Aide-moi alors.

Il sourit – un petit sourire timide plein de douceur.

— Je ne peux pas, Majesté. J'ai déjà essayé.

Valentyna prit une profonde inspiration avant de poser ses mains sur les épaules du garçon ; Fynch les sentait trembler de tant d'émotions refoulées.

— C'est à cause de Wyl Thirsk, c'est ça ? Du fait que Romen avait accepté de se charger de ses devoirs, de réaliser ses vœux... Tu m'avais dit que tu sentais sa présence.

Fynch hocha la tête. Sa mine s'était faite bien plus sombre.

— Bien plus que ça, mais je ne peux rien expliquer pour l'instant.

— La magie, lâcha Valentyna comme si le mot avait été du poison dans sa bouche.

Sous ses mains, les épaules du garçon s'affaissaient.

— Faites-moi confiance, répéta Fynch.

— Mais où vas-tu aller ? demanda-t-elle avec une note plaintive dans la voix.

» Je t'en prie, Fynch, ne me laisse pas.

— Je pars chercher le meurtrier de Romen Koreldy.

La reine passa une main sur son visage ; Fynch n'aurait su dire si son geste était dicté par la frustration, la colère, le désespoir ou un peu des trois.

— Mais tu n'es qu'un enfant, s'exclama-t-elle, désespérée d'en être réduite à marteler l'évidence sans pouvoir élever la voix.

— Ce qui me permet d'être on ne peut plus discret. Qui se soucie d'un enfant ?

— Et que comptes-tu faire ? dit-elle avec plus d'irritation que de sarcasme.

Si Fynch nota le ton acide, il n'en montra rien, répondant d'une voix égale.

— Je veux voir l'assassin de mes propres yeux.

Il s'efforçait de rester au plus près de la vérité ; le mensonge ne lui venait pas naturellement.

— Et ? demanda Valentyna en se contenant à temps pour ne pas le secouer.

Fynch demeura silencieux. Elle attendit, sachant qu'il réfléchissait à la meilleure manière de lui répondre. Toujours très attentif au choix de ses mots, le garçon ne parlait jamais au hasard.

— J'aviserai à ce moment-là, répondit-il en la plongeant plus encore dans la perplexité.

À l'intérieur d'elle-même, Valentyna sentait ses émotions devenir une véritable tempête. À chaque seconde, la peur et le chagrin menaçaient de la faire s'effondrer ; la décision de Fynch la laissait totalement anéantie. Elle ne savait plus quoi dire pour tenter de le retenir. Elle se redressa donc et pivota sur ses talons.

— C'est ton choix, mais tu me manqueras. Resteras-tu pour l'enterrement ? dit-elle par-dessus son épaule d'une voix devenue plus dure.

— Ça ne sert à rien, répondit-il d'un ton tranquille.

Elle se refusa à répondre quoi que ce soit, comme pour dénier toute crédibilité à cette idée.

— Je souhaite partir immédiatement, Majesté. Sauf si vous préférez qu'il en soit autrement.

— Je préférerais effectivement. C'est notre devoir d'honorer la mémoire de Romen.

— Ce n'est plus lui, Majesté.

— Arrête, je t'en supplie, implora-t-elle.

Les mots du garçon s'enfonçaient en elle comme des poignards.

Fynch fixa sur elle la loyauté de ses yeux qui ne cillaient pas.

— Une nouvelle fois, je vous demande de me faire confiance. Je ne vous abandonnerai pas. Et lui non plus…, conclut-il en désignant de la tête le corps de Romen.

Valentyna eut envie de crier, de secouer son petit corps tout en os, de faire enfin entrer un peu de bon sens dans sa tête. Elle n'en fit rien.

— Si tu permets, je voudrais maintenant rester seule avec lui. Et je tiens à ta présence à l'enterrement.

Fynch salua, mais la reine lui avait déjà tourné le dos.

La cérémonie fut aussi sobre que rapide. De petites chandelles disposées autour du corps brûlaient doucement. Quelques paroles, une courte prière, puis le père Paryn demanda aux personnes présentes de déposer dans le cercueil leurs offrandes au défunt, afin que son esprit puisse s'en aller librement tandis que reposerait son corps entouré des souvenirs de ceux qui l'avaient aimé. Liryk déposa une lame. Comme il regrettait maintenant de ne pas lui en avoir donné une avant – peut-être serait-il encore en vie ? Krell mit une plume, le symbole de sa charge en Briavel. Il n'avait rien trouvé d'autre à offrir à la mémoire d'un homme qu'il n'avait que peu connu mais qu'il respectait. Fynch plaça sur la poitrine de Romen une mèche de ses cheveux et une touffe de poils de Filou.

Enfin, Valentyna plaça sous les mains croisées du mercenaire une petite guirlande de menthe, de lavande et de basilic, confectionnée avec l'un de ses rubans et le lacet que Romen utilisait pour nouer ses cheveux. Il n'échappa à personne que la couronne avait la forme d'un cœur.

Qu'elle te rappelle l'endroit où l'aile de l'amour nous a touchés pour la première fois, songea-t-elle en silence, en espérant que l'âme de Romen entende l'écho de son vœu.

Deux soldats de confiance, choisis parmi ceux qui avaient escorté Liryk et Koreldy à Crowyll, scellèrent le tombeau où le corps de Romen avait été descendu en faisant glisser la lourde pierre sur laquelle aucune mention n'était inscrite.

Valentyna redressa la tête.

— Que personne ne parle jamais de ce qui s'est passé ici, dit-elle avant de fixer tour à tour chacun des hommes présents autour d'elle.

» Ou je lui ferai couper la langue. C'est un secret que le royaume de Briavel ne veut voir divulguer à aucun prix.

Tous hochèrent la tête de conserve.

— Merci messieurs, dit la reine, soulagée de pouvoir compter sur eux.

Fynch fut le dernier à quitter la crypte. En sortant au grand jour, il fut momentanément ébloui, mais comme ses yeux accommodaient il aperçut un soldat marchant à grands pas en direction du petit groupe devant la chapelle.

— Alors, quelles nouvelles ? demanda Liryk sans s'embarrasser des usages.

Le soldat était l'un de ses hommes les plus fiables.

— Majesté, commença l'homme hors d'haleine en mettant un genou à terre.

» Commandant, puis-je parler librement ?

— Bien sûr, qu'avez-vous à dire ?

— La femme n'est plus à Crowyll. Elle a quitté son logement la nuit même du meurtre ou le lendemain. Personne aux alentours ne se souvient de l'avoir vue au matin.

La bouche de Liryk se tordit de dépit.

— Vous êtes allés voir à l'endroit où elle travaillait ?

Le soldat ne parvenait toujours pas à reprendre son souffle ; à l'évidence, il avait chevauché à bride abattue.

— Oui, commandant. Nous sommes allés partout où elle avait l'habitude d'aller. Personne ne l'a vue.

— La thèse du complot se confirme, Liryk, dit simplement Valentyna en s'éloignant, désormais convaincue que la prostituée de Crowyll n'était pas étrangère à l'affaire.

» Fynch, je peux te parler une seconde ? ajouta-t-elle.

Le garçon se dépêcha de la rejoindre comme elle faisait halte près de son jardin favori, empli d'essences aromatiques.

— Alors tu vas partir maintenant ?

— Oui, Majesté. Il le faut.

— Tu vas me manquer jusqu'à ce que nos chemins se croisent à nouveau.

— Il en sera de même pour moi, Majesté.

Valentyna tira une bourse d'une de ses poches.

— Je ne comprends pas ta décision, Fynch, mais je vois bien que je n'ai pas mon mot à dire.

Il secoua la tête tristement, ne sachant quelle parole prononcer.

— Je sais, poursuivit Valentyna d'un ton un peu apaisé.

» Je dois te faire confiance.

Quand il tourna la tête vers elle, Valentyna s'efforçait de sourire. Il savait ce qu'il lui en coûtait après les heures qu'ils venaient de vivre. Aucun doute, elle traversait des instants de solitude et de chagrin – que l'annonce de son départ ne rendait que plus douloureux.

Bien vite, il tenta de la rassurer.

— Dès que j'aurai trouvé ce que je dois savoir, je reviendrai, Majesté.

— J'aimerais comprendre ce que c'est que tu dois savoir ainsi.

Sagement, il s'abstint de répondre.

— Tiens Fynch, prends ça, ajouta-t-elle en lui tendant la bourse.

Elle pesait lourd dans sa main, assurément pleine d'or et d'argent.

— Ne dis rien à ce sujet. Tu en auras sûrement besoin.

Fynch hocha la tête.

— C'est une personne dangereuse vers qui tu vas filer tête baissée. J'aimerais tant pouvoir te convaincre de rester, dit-elle en retirant sa main.

— Ce n'est pas possible. Je vous en prie, soyez forte, Majesté, dit Fynch.

» Koreldy n'en attendrait pas moins de vous.

— C'est ce que tout le monde attend de moi, mon ami, répondit-elle avec un pauvre sourire.

» Que Shar te protège, Fynch.

Valentyna lui laissa baiser sa main, avant de se retirer bien vite, trop émue pour le serrer dans ses bras. Fynch se souvint qu'elle avait quitté Romen de la même manière ; tous deux l'avaient donc pareillement blessée. Fynch se dirigea doucement vers Liryk, Filou trottinant silencieusement sur ses talons.

Le garçon avait refusé le cheval qu'on lui avait proposé. Avec Filou, ils composaient un duo bien solitaire sur le pont du château, en direction de la route menant à Crowyll. Surpris par la demande du garçon, Liryk lui avait néanmoins livré toutes les informations dont il disposait sur le meurtre, jusqu'à une description minutieuse de la femme.

— Où comptes-tu aller, mon garçon ? avait demandé le commandant, sa curiosité piquée au vif par les manières et les questions de l'enfant.

— Je vais trouver Hildyth, avait répondu Fynch.

Chapitre 3

Celimus mâchonnait un gâteau aux amandes frais du matin et peu lui importait de savoir que le pâtissier avait dû se lever des heures avant l'aube pour le lui préparer. Il lui avait fallu non seulement émonder et effiler les amandes, mais aussi pétrir vigoureusement la pâte avant de la travailler minutieusement pour lui donner son aspect si délicat, pour ne rien dire de l'allumage et de l'entretien des feux. Ces délicieuses pâtisseries étaient normalement réservées pour les grandes occasions, mais Celimus en raffolait, si bien que, sonné minuit, sur un coup de tête, il avait ordonné qu'on lui en serve au petit déjeuner. Personne n'avait osé lui objecter quoi que ce soit. L'idée que le boulanger en charge des gâteaux – un homme âgé et déjà usé – n'aurait que trois heures de sommeil cette nuit-là n'avait bien sûr pas traversé l'esprit de Celimus, tout entier centré sur sa petite personne. Après tout, il était roi. Quoi qu'il exige, il devait l'obtenir – et tant pis pour ceux qui avaient à en subir les conséquences. Lorsque le vieux pâtissier avait soupiré à l'annonce du travail qui l'attendait, c'était comme s'il avait exprimé l'opinion de tous les habitants de Morgravia sur les dissemblances entre leur souverain et feu son père, le bien-aimé roi Magnus.

Celimus jeta un coup d'œil au deuxième gâteau qu'il tenait à la main, savourant sa texture moelleuse et son goût subtil, avant de tourner à nouveau la tête en direction de l'étrange cadeau qu'il avait reçu ce matin-là par courrier spécial. Il s'en saisit une nouvelle fois. Depuis qu'il l'avait déballé, il ne parvenait plus à en détourner les yeux. Il le fit courir entre ses propres doigts ; la sensation était pour le moins étonnante. Il ressentait une immense satisfaction à le tenir enfin. Comme il serait agréable de pouvoir le conserver pour le plaisir de le contempler de temps en temps – et se rappeler qu'il avait encore une fois triomphé.

Il avait eu de l'estime pour Koreldy – et du goût pour le style sarcastique du mercenaire. Celimus avait apprécié également qu'il se charge d'éliminer Wyl Thirsk, mais ordonner son exécution était devenu une nécessité dès lors qu'il avait compris ne pas pouvoir compter sur sa loyauté.

Pour le moins, son comportement dans la cathédrale le jour des funérailles de Thirsk avait été étrange et inquiétant. En revanche, lorsque Koreldy avait fui Stoneheart, Celimus avait su sans le moindre doute qu'il ne pouvait courir le risque de croire que le mercenaire garderait secrètes ses sombres manigances. Or, les enjeux étaient immenses – outre la conquête de Briavel, il s'agissait aussi de sa propre survie sur le trône. Que la légion de Morgravia soupçonne seulement qu'il avait quelque chose à voir avec la mort de Thirsk, et son règne ne tiendrait plus qu'à un fil. La légion était trop puissante. Même sans son général, elle pourrait prendre à elle seule le royaume.

Non, songeait-il en ôtant d'un geste mécanique des miettes au coin de sa bouche, *se débarrasser de Koreldy était une sage précaution, sachant notamment qu'il venait de Grenadyne.* Qui sait quelles relations il pouvait entretenir avec le roi des Montagnes ? Apporter les secrets de Morgravia à Cailech dans les Razors, voilà qui devait être bien tentant.

— C'est mieux ainsi, murmura-t-il en replaçant dans sa boîte le doigt de Koreldy orné de sa chevalière.

Celimus se réjouissait à l'avance d'exhiber son nouveau trophée à Jessom – tout heureux que ce paquet ait échappé à la vigilance habituellement étroite de son chancelier. Par le plus grand des hasards, il était précisément en train de parler avec son palefrenier d'un nouvel étalon qui devait bientôt naître lorsque le porteur avait été annoncé. Ils revenaient des écuries – le palefrenier sautillant littéralement pour suivre les longues enjambées du roi – et leur conversation avait été interrompue par l'arrivée du messager au grand galop.

— Voyez ce qui se passe de si urgent, avait ordonné le roi à un page.

Subjugué et terrifié à la fois, le garçon – qui n'avait pas l'habitude d'apercevoir son souverain et encore moins de lui rendre service – s'était demandé s'il devait saluer ou partir immédiatement. Maladroitement, il avait tenté de combiner les deux. À son retour, il avait expliqué en bégayant qu'il s'agissait d'un paquet… à remettre au roi.

Piqué dans sa curiosité, Celimus s'était approché des gardes.

— Vous avez un paquet à me remettre ?

— Oui, Majesté, avait répondu le plus gradé d'entre eux en enchaînant les courbettes.

Le roi aimait les marques de servilité et le soldat estimait prudent de lui complaire sur ce chapitre.

— Eh bien, donne-le-moi. Je ne vais pas rester ici toute la journée.

— Sire, c'est que le chancelier Jessom a ordonné que...

Chez Celimus, la colère avait toujours été prompte à s'exprimer ; et puis, il était las. Agacé de ne pas avoir son nouveau cheval et fatigué de la morosité retrouvée depuis son retour de Briavel, il était instantanément entré dans une rage froide. Après tout, cette histoire de paquet venait casser un peu la routine ; c'était déjà ça.

— Que peut bien m'importer ce qu'a dit le chancelier ? Donne-le-moi immédiatement ou, par Shar, tu passeras le restant de tes jours à récurer les latrines... après que je t'aurai fait couper les pieds !

Abasourdi, l'homme avait dégluti avec la plus grande difficulté. Bien sûr, il ne manquerait pas d'avoir des ennuis avec Jessom, mais rien en comparaison de ce que lui promettait la colère royale. Il avait donc houspillé le planton de faction à l'entrée, récupéré le paquet d'apparence anodine, pour le remettre à Celimus avec une profonde révérence, le rouge de la honte aux joues d'avoir été ainsi bafoué devant ses hommes.

— Mille excuses, Majesté. Je ne fais que suivre les ordres, avait dit le soldat dans une ultime tentative pour sauver la face.

— Eh bien, continue, avait répliqué Celimus quelque peu calmé.

» Apparemment ce n'est rien d'important. J'attendais de nouveaux jets pour mon faucon. Ça doit être ça.

Le jeune roi avait menti. En fait, il se demandait s'il ne pouvait pas s'agir enfin de ce qu'il rêvait de tenir dans ses mains.

— Oui, Sire, avait dit le soldat en saluant encore plusieurs fois pour faire bonne mesure.

Ensuite, tandis que Celimus rejoignait son palefrenier pour reprendre sa conversation comme si rien ne s'était passé, il avait poussé un profond soupir de soulagement.

En y resongeant tout en mordant à belles dents dans son gâteau préféré, Celimus souriait pour lui-même. Il n'y avait aucune chaleur dans son sourire ; juste de la méchanceté.

— Adieu, Koreldy, murmura-t-il en se demandant une nouvelle fois si le doigt avait été coupé avant ou après la mort de son ennemi.

Dans le premier cas, Romen avait sûrement compris qu'il s'agissait d'un assassinat et que Celimus en était le commanditaire. Le roi de Morgravia espérait bien que les choses se soient passées ainsi.

On frappa à la porte. C'était sûrement Jessom. Celimus reposa le carré de tissu sur le doigt, puis rabattit le couvercle du coffret.

— Entre.

Jessom pénétra dans la pièce, les bras chargés de parchemins.

— Bonjour, Majesté. Quelques papiers à signer si vous le voulez bien.

Le chancelier remarqua alors l'étonnante allégresse du roi. En fait, il avait déjà eu vent de l'affaire du paquet, mais c'est à cet instant seulement qu'il fit le lien entre les deux événements.

— Ça y est, je suis débarrassé de lui, Jessom.

— Débarrassé de qui, Sire ? demanda distraitement Jessom en posant ses documents devant le roi en une pile parfaite.

— Mais de Koreldy, bien sûr. Vous voulez voir ? demanda Celimus en poussant la boîte vers lui.

Jessom ressentit un frisson d'exaltation. Elle l'avait fait ! Rapidement, il se composa une mine étonnée à l'intention exclusive de Celimus.

— De quoi s'agit-il, Majesté ? demanda-t-il en examinant la boîte sans y toucher.

— Ouvrez !

Il fit ce qu'on lui demandait. Il souleva le tissu avant de marquer une pause théâtrale, sachant pertinemment que son silence ne manquerait pas de mettre Celimus sur des charbons ardents.

— Alors ? demanda le roi avec humeur.

» Votre homme a réussi, non ?

Jessom reposa soigneusement le linge sur le doigt ensanglanté.

— On dirait bien.

— Dois-je comprendre que vous ne partagez pas ma joie ? demanda Celimus d'un ton indigné.

— Bien sûr que si, Majesté. Je me réjouis que nous soyons parvenus à combler vos attentes. Je n'ai pas de plus cher désir dans l'existence, Sire.

Celimus ignora la remarque dégoulinante d'obséquiosité.

— Et votre homme ?

— Hmm ? répondit Jessom, délibérément plongé dans les papiers.

Il n'avait aucune intention de répondre à la moindre question au sujet de la femme assassin qu'il connaissait sous le nom de Leyen. Et assurément, elle n'apprécierait pas qu'il divulgue la plus petite information la concernant.

— Majesté, ceux-ci sont assez urgents, reprit le chancelier en désignant les parchemins.

Celimus les repoussa ; certains tombèrent à terre.

— Jessom, faites-vous exprès de ne pas répondre ?

— Non, Sire. Telle n'est pas mon intention.

— Alors dites-moi son nom.

— Majesté, nous avons déjà parlé de ça auparavant. Je ne voudrais pas que vous soyez impliqué en quoi que ce soit dans des questions susceptibles de vous éclabousser. Or, par le simple fait de connaître le nom de l'assassin, vous seriez mêlé à l'intrigue.

— Mais c'est moi l'intrigue, Jessom !

Le regard brun-vert du roi s'était étréci.

Jessom savait qu'il ne lui fallait surtout pas prendre Celimus pour un idiot. Certes, le roi était prétentieux, souvent irritable et bon nombre de ses traits de caractère pouvaient le faire passer pour benêt. Néanmoins, le chancelier connaissait l'esprit parfaitement aiguisé du souverain, assorti d'une langue venimeuse et d'une absence totale de scrupules. En fait, peu de chose lui échappait ; Jessom allait devoir se montrer particulièrement prudent.

— Faites-le venir ici, à Stoneheart, ajouta Celimus en tendant la main vers son troisième gâteau.

Jessom sentit sa gorge se resserrer ; c'était exactement ce qu'il voulait éviter.

— Je ne sais pas si je peux faire ça, Sire.

— Et pourquoi pas ? demanda négligemment le roi en époussetant les miettes sur sa chemise.

Il se renversa en arrière dans son fauteuil, puis étendit une jambe pour poser un pied sur un tabouret.

— Expliquez-moi donc pourquoi ce ne serait pas possible.

Jessom savait qu'il ne devait surtout pas se fier au regard faussement décontracté.

— C'est que cet assassin n'est pas facile à contacter.

— Eh bien, trouvez-le. Je veux le rencontrer.

— Puis-je demander pourquoi, Majesté ?

— Parce que celui qui a su exaucer mon vœu là où d'autres avaient échoué mérite mon estime. Cet homme m'est précieux. Je veux donc le rencontrer, lui parler et pourquoi pas… lui confier d'autres travaux, dit Celimus en choisissant ses mots avec soin.

» L'avez-vous payé intégralement ?

— Non, Sire. Le dernier versement est dû une fois reçue la preuve de la bonne exécution du contrat, répondit Jessom d'un ton maussade.

— Et cette preuve vous l'avez maintenant. Lorsque votre homme viendra se faire payer, amenez-le-moi. C'est compris ?

— Je ferai de mon mieux, Majesté.

— Non, Jessom. Vous ne ferez pas de votre mieux. Vous réussirez.

Les propos du roi n'avaient plus rien d'affable ; sous le ton doucereux, la menace était plus que perceptible.

Le chancelier hocha la tête pour marquer son accord, avant d'enchaîner rapidement sur un autre sujet.

— Vous voici donc débarrassé de toute influence des Thirsk, Majesté. J'imagine que cela vous complaît.

— Pas encore complètement débarrassé.

— Ah bon ? s'étonna Jessom en se baissant pour ramasser les papiers.

— Il reste la question de la sœur. Lorsque celle-ci sera réglée, alors oui tous les liens avec la famille Thirsk auront été définitivement tranchés, répondit Celimus.

» Voici donc ce que je vous propose. Vous allez rechercher tout ce que vous pourrez sur la disparition de la belle Ylena. Où Koreldy l'a-t-il emmenée ? Il s'est bien joué de moi ce jour-là. J'ai vraiment cru qu'il comptait s'amuser avec. Cela cadrait avec mes plans – alors je suppose que je me suis dupé tout seul. Quoi qu'il en soit, il faut que je la retrouve.

Jessom n'était plus surpris par les subites sautes d'humeur du roi. Tout à coup, voilà qu'il avait oublié ses menaces et qu'il était tout bouillonnant d'énergie. Le chancelier se garda prudemment de secouer la tête devant cette manifestation d'inconstance ; précisément, elle faisait de Celimus la plus dangereuse des personnes.

— Que sait-on au juste des déplacements de Koreldy ? demanda Jessom.

— Rien en vérité. Il a quitté Stoneheart le soir des funérailles de Thirsk. Personne ne l'a vu partir, mais j'ai appris qu'un de mes gardes lui avait parlé un peu plus tôt dans la journée dans une petite cour du château.

— Une cour avec une porte, je suppose ?

— Exactement. La porte où le chien de Thirsk est venu semer le chaos ce même soir.

— Ah, c'était sûrement une diversion – même si je me demande bien comment on peut obtenir d'un chien qu'il coopère ? dit Jessom en suivant le fil des pensées du roi, satisfait de le voir confirmer d'un hochement de tête.

» Et où conduit la route la plus proche de cette porte, Majesté ?

Celimus fronça les sourcils.

— Ce doit être la route de Farnswyth.

— Voilà toujours un début de piste. Je vais mener mon enquête. Est-ce que quelqu'un a été chargé du service de Koreldy pendant son séjour à Stoneheart ?

— Un page, je crois. Pourquoi cela ?

— Pour rien peut-être, mais on ne sait jamais ce qu'un serviteur peut entendre à l'occasion. Je vais voir de ce côté-là. Merci, Majesté.

— Bien. Et sinon, du nouveau concernant les taxes et impôts détournés de mon trésor ?

— J'ai infiltré des hommes dans toute la légion, Sire.

— Vous restez convaincu que c'est quelqu'un de chez nous ?

— Absolument, Sire.

Celimus se tint silencieux quelques instants ; Jessom savait que quelque chose de douloureux se préparait, mais il n'était pas concerné. Depuis quelque temps, les collecteurs d'impôts du royaume étaient régulièrement attaqués – d'une manière trop systématique pour qu'il s'agisse de simples coups de main de bandits de grands chemins. Nécessairement, il y avait quelqu'un de l'intérieur qui donnait des informations.

— Dans ce cas, aujourd'hui, deux hommes de la légion seront suppliciés. Et il en sera ainsi chaque jour aussi longtemps que le coupable ne sera pas trouvé. Peu importe la manière dont vous les choisirez, mais il faut que ce soit des hommes forts et en pleine santé. La peur va se répandre plus vite que la peste. Ils ne tarderont pas à nous remettre celui qui a fait ça.

Ayant dit, Celimus reprit un gâteau.

Jessom fit une courte révérence, espérant être autorisé à se retirer. Comme il marchait en direction de la porte, la voix de son souverain l'arrêta.

— Jessom ?

— Sire ?

— Lorsque vous aurez trouvé Ylena Thirsk…

— Oui, Majesté.

— Je veux qu'elle soit tuée.

— Considérez cela comme fait, Sire.

Jessom quitta les appartements du roi en proie au doute. Il n'était pas parvenu à détourner Celimus de son envie de rencontrer Leyen ; cela n'allait pas être simple de la convaincre de venir à Stoneheart. Néanmoins, il n'avait pas le choix. Il allait la faire rechercher.

Chapitre 4

Cailech se tenait au-dessus de la silhouette couchée sur la paille humide de la petite cellule où ne pénétrait aucune lumière. Creusée au cœur même de la montagne à laquelle s'adossait la forteresse, elle aurait tout aussi bien pu être une tombe. Gueryn, le prisonnier, espérait de tout cœur qu'elle le devienne.

— Mourant ? demanda le roi entre ses dents serrées de colère.

Cailech était avare en mots et, sur ce terrain-là, son interlocuteur lui rendait la politesse.

— Fait tout pour, seigneur Cailech. Refuse de manger depuis bien longtemps.

Les mâchoires de Cailech accentuèrent leur pression.

— De l'eau ?

Le garde-chiourme secoua négativement la tête.

— Ne parle pas et ne bouge plus beaucoup.

— J'aurais dû être prévenu, dit Cailech avec dégoût.

» Fais venir Rashlyn immédiatement. Et laisse-nous.

L'homme sortit, bien conscient d'avoir déplu à son roi. Il appela un garçon et un message fut prestement envoyé à l'étrange homme en noir que personne n'aimait, mais qui était le *barshi* de leur souverain.

Cailech arpentait la cellule de long en large tout en réfléchissant. Il n'avait toujours pas la moindre idée de l'identité de son prisonnier ; il savait juste qu'il appartenait à l'infâme légion de Morgravia. Au début, il avait été heureux de le capturer pour pouvoir faire un exemple par la torture et l'humiliation – manière d'offrir une revanche à son peuple pour la perte des siens sauvagement exécutés par les hommes du roi Celimus. Ce massacre sans raison de jeunes gens innocents – pas même des guerriers encore – avait profondément offensé le roi des Montagnes. Cailech s'était dit qu'il allait rendre la monnaie de sa pièce au jeune présomptueux régnant en Morgravia. Toutefois, l'étrange comportement de Romen Koreldy à l'égard de cet homme l'avait troublé. Pourquoi diable Koreldy était-il revenu dans les Razors après la sévère mise en garde reçue lors de son précédent séjour ? Mystère. Romen – pour lequel Cailech ne pouvait s'empêcher d'éprouver une certaine amitié, voire de l'admiration – avait dévidé un tissu d'explications qui lui paraissaient toutes plus fausses les unes que les autres, même s'il ne pouvait rien prouver formellement. Cailech n'avait plus envie de tuer des hommes de Grenadyne, d'autant qu'il avait déjà prélevé un lourd tribut dans la famille Koreldy, mais tout cela c'était avant que Romen fuie les Razors. Depuis, il voulait la tête du mercenaire. Par ailleurs, l'attitude qu'avait eue Koreldy à l'égard du soldat de Morgravia le soir de la grande fête ne cessait de le tourmenter. Comment se connaissaient-ils ? Où s'étaient-ils rencontrés ? Pourquoi Koreldy avait-il pris fait et cause pour le prisonnier et tenté de sauver sa vie ? Et ensuite, pourquoi cet homme-là avait-il renoncé à son unique chance de réussir son évasion en attirant sur lui tous les guerriers des Montagnes pour qu'ils perdent la trace des autres fuyards – Koreldy et la femme, Elspyth de Yentro ?

Pour toutes ces raisons, le roi Cailech, qui pouvait percer un secret avec la patience implacable d'un chien rognant un os, avait épargné le soldat de Morgravia quand tout son être lui criait de le tuer. Écoutant un instinct dont il ne cernait pas nettement les contours, il l'avait fait mettre au cachot, avait soigné ses blessures potentiellement mortelles, en somme il l'avait préservé pour qu'il l'aide à faire revenir Koreldy dans les Razors.

Cailech n'avait vraiment pas apprécié la fuite de ses trois prisonniers. S'ils n'avaient pas repris Gueryn Le Gant, il aurait certainement fait exécuter ses propres hommes qui les avaient laissé s'échapper. Bien sûr, ils avaient bénéficié d'une complicité – en l'occurrence celle de son second. Encore aujourd'hui, la trahison de Lothryn était un souvenir qui lui nouait les tripes. C'est qu'une profonde amitié les avait unis ; ils avaient été comme des frères, ni plus ni moins. Les jours avaient passé et Cailech ne parvenait toujours pas à comprendre pourquoi Lothryn l'avait trahi – à cause de la femme pour laquelle il semblait éprouver quelque chose, à cause du décès de son épouse, morte en donnant naissance au fils du roi, ou plus vraisemblablement à cause de son désaccord quant aux traitements infligés aux prisonniers morgravians. Au fond, peu importait. Lothryn avait refusé de se soumettre et d'offrir sa loyauté ; il avait payé.

Reportant ses pensées sur le prisonnier, Cailech songea que Koreldy ne le laisserait sûrement pas tomber. À coup sûr, il reviendrait pour le sauver; et lui pourrait s'occuper des deux à la fois. Cette idée plaisante lui arracha un petit sourire.

Un mouvement de Gueryn le tira de ses méditations. Les yeux du prisonnier affamé papillotèrent; il devait donc savoir que le roi était là. À la faible lueur de la chandelle laissée par le garde, Cailech pouvait voir la pâleur du prisonnier. Le froid dans la cellule était mordant et le bruit des gouttes d'eau tombant à intervalles réguliers dans un coin était suffisant pour amener n'importe qui à la folie. L'humidité avait formé un épais limon sur l'un des murs, dont l'âcre odeur de moisi parvenait à peine à masquer la puanteur du captif. Depuis longtemps, Gueryn avait cessé de prendre soin de lui-même et de sa santé. En vérité, il restait délibérément au milieu de ses déjections, espérant que l'infection trouverait seule le chemin de sa blessure – un souvenir de Cailech – pour l'achever. Sans le moindre doute, il était déterminé à mourir.

Toutes ces contrariétés exaspéraient Cailech. Toutefois, pour s'adresser au prisonnier, il fit un effort sur lui-même afin de museler son mauvais caractère légendaire.

— Le Gant, comprends bien que je vais tout faire pour te maintenir en vie. Il le faut pour que Koreldy revienne te chercher. Je connaîtrai alors son secret et je prendrai sa vie qui m'appartient désormais. Je sais que tu m'entends, soldat.

La forme au sol bougea légèrement; suffisamment néanmoins pour que Cailech comprenne qu'il était entendu.

— Pourquoi ce silence, Morgravian? J'aurais pensé qu'un peu de compagnie était fait pour te plaire.

— Pas la tienne, dit Gueryn d'une voix de crécelle où perçait encore la colère.

Cailech hocha la tête de satisfaction; au moins, le prisonnier n'avait-il pas encore perdu la tête.

— On va te remettre sur pied, Gueryn. Ensuite, tu reviendras ici dans ta geôle.

— Alors, je recommencerai, dit Gueryn d'une voix pleine de défi, les yeux toujours obstinément fermés.

— Et moi aussi. Tu appelles peut-être la mort de tes vœux, soldat, mais je ne peux pas te laisser mourir. Il vaut mieux pour toi que tu te fasses à cette idée. Choisis de vivre. Qui sait, peut-être verras-tu Koreldy avant que vous mouriez tous deux – au moment et de la manière que moi j'aurai choisis.

— Tu es si naïf, Cailech, dit Gueryn sur le ton de la réprimande.

» Pas étonnant que Celimus ne craigne pas la menace venue du nord. Il sait pouvoir te pousser à prendre n'importe quelle décision à la hâte. Ton royaume sera défait au moment et de la manière qu'il aura choisis.

Gueryn savait que ses paroles allaient mettre en rage l'homme debout au-dessus de lui ; il attendit le coup de pied ou de poing qui n'allait pas manquer d'arriver. Toutefois, il perçut le souffle du roi des Montagnes refrénant sa colère.

— Ne sois pas si sûr de toi, soldat. Ton roi sera la ruine de Morgravia et moi j'en serai l'ultime vainqueur.

Gueryn n'eut pas le temps de répondre. Un bruit de pas venait du couloir ; le guérisseur arrivait. L'étrange homme en noir qui, une fois déjà, l'avait ramené des rives de la mort.

— Seigneur, dit une voix.

— Je veux qu'il recouvre la santé – quoi qu'il en coûte, grogna le roi.

Rashlyn hocha la tête.

— Je vais m'en occuper.

— Je veux qu'il soit nourri de force et qu'on veille à lui donner de l'eau chaque jour.

— Ce sera fait, seigneur Cailech.

Peu après, Gueryn fut tiré de son cachot pour être amené dans une pièce qu'il revoyait encore dans ses cauchemars.

C'était là qu'il avait vu Cailech exécuter sans autre forme de procès la femme, aimable et brave, qui s'était présentée à lui sous le nom d'Elspyth. Originaire de Morgravia elle aussi, elle avait été capturée avec Koreldy. Il se souvenait de la fierté qu'il avait éprouvée lorsqu'elle s'était dressée contre le roi des Montagnes. C'était elle aussi qui avait coupé, avec patience et précision, les points posés sur ses paupières cousues afin qu'il puisse voir ceux qui l'avaient sauvé. À cet instant, il avait alors découvert que celui qu'il prenait pour Wyl – qui avait parlé comme s'il était Wyl – n'était en fait qu'un mercenaire de belle prestance venu de Grenadyne. Indubitablement, cet homme connaissait bien Wyl, mais la déception qu'avait éprouvée Gueryn en découvrant la supercherie l'avait terrassé comme une lame. Pour sa part, Elspyth était aussi jolie qu'enjouée et Lothryn, qui l'avait tout d'abord tourmenté avant de se rallier à sa cause, était bien tel qu'il l'avait imaginé – un géant brun et massif. Sa barbe adoucissait sa forte mâchoire, tandis que son regard révélait une gentillesse qu'il n'avait pas su deviner lorsqu'il était aveugle. Gueryn était incapable d'imaginer quel sort avait été fait à l'homme des Montagnes qui avait trahi son roi. En tout cas, c'était un homme hors du commun. Jusqu'alors, il était le second de Cailech, si bien que sa défection était un rude coup porté au roi des Montagnes. Cette évocation allégeait le cœur de Gueryn ; il espérait pouvoir lui aussi porter des coups redoutables, mais son état de faiblesse était tel que la seule arme qui lui restait était de se laisser mourir. Pour l'heure, son combat était resté vain et le guérisseur se préparait à lui rendre toutes ses forces pour qu'ils puissent continuer à se gausser de lui.

Jamais de sa vie Gueryn n'avait été si près de pleurer ; il n'était pourtant pas homme à se laisser gagner par l'émotion. Formé par le stoïque Fergys Thirsk, il avait appris à garder pour lui ses pensées et ses sentiments. Au cours de son existence, bien des occasions s'étaient présentées où il aurait pu verser une larme et jamais il n'avait cédé ; aujourd'hui, la tentation était bien forte. Il se sentait inutile – lui, le vétéran de la légion de Morgravia et aide de camp personnel de la famille Thirsk, incapable d'opposer la moindre résistance à l'ennemi.

Il cracha par terre.

— Garde ta salive, dit Rashlyn arrivé dans son dos.

» Ça ne sert à rien de gâcher ce précieux liquide. Sinon, je vais être contraint, comme mon roi vient de le suggérer, de t'humilier plus encore en demandant à mes hommes de te tenir tandis que je te gaverai d'eau et de nourriture comme une oie.

Gueryn poussa un soupir. Il se souvenait de la triste fin qu'avait connue Elspyth – du coup de couteau que lui avait sauvagement porté Cailech et de son sang répandu jusqu'à ses propres bottes comme s'il avait lui-même été son bourreau – et tout cela parce qu'il avait refusé de dire au roi barbare ce qu'il voulait entendre. Mais le chantage n'était qu'une des armes de Cailech ; Gueryn n'avait pas oublié non plus le sourire de Rashlyn lorsque la jeune femme avait expiré, ni la flamme dans ses yeux. Si on l'y autorisait, nul doute que le *barshi* lui ferait endurer les pires tourments. *Pour l'heure, je dois donc guérir*, songea Gueryn en comprenant soudain que le roi des Montagnes était dans le vrai. À quoi bon résister quand ils pouvaient le maintenir en vie – à défaut de le garder en forme – aussi longtemps qu'ils avaient besoin de lui ? Pour autant, Gueryn pouvait sans doute espérer leur infliger encore quelques dégâts. Son esprit demeurait embrouillé à cause des privations, mais dès que possible il se promettait de trouver quelque chose pour toucher Cailech là où ça faisait mal.

— Inutile de me forcer, murmura Gueryn d'une voix rendue rauque d'être restée silencieuse.

— Ah tiens ? dit Rashlyn en se tournant vers lui.

— Je vais boire et manger.

— C'est parfait. Je dois avouer que l'autre méthode est plutôt salissante, ricana l'homme tout de noir vêtu et à la mine sauvage.

— Toutefois, j'ai une demande à faire en contrepartie de ma coopération.

— Je ne crois pas que tu sois en mesure d'exiger quoi que ce soit.

— Ton roi dément veut me maintenir en vie et en bonne santé. Je veux bien rendre les choses faciles pour tous, mais à la condition qu'il me permette d'aller dehors de temps à autre pour respirer le grand air et faire travailler mes muscles. S'il s'y oppose, je lutterai de toutes mes forces et je te jure que je mourrai – au grand dam de Cailech. N'oublie pas qui aurait alors la tête sur le billot, Rashlyn.

Il y eut un instant de silence tandis que le guérisseur digérait ces paroles.

— Bien, je parlerai au roi. Mais en attendant, tu te nourris. Doucement pour commencer, dit le *barshi* en frappant dans ses mains pour qu'on apporte à manger.

» Tu as de la chance, Morgravian, tu vas rester ici. Tu as des fenêtres sur l'extérieur et une paillasse pour dormir.

— Je veux pouvoir aller dehors régulièrement. Et pour ça, je suis prêt à retourner au cachot.

Rashlyn fit comme si Gueryn n'avait rien dit.

— Et tu seras enchaîné aussi longtemps que je m'occuperai de toi. Ne te trompe pas, soldat, tu n'as aucune chance de fuir. Pas même si on te laisse aller respirer dehors.

— J'ai déjà réussi, une fois, répliqua Gueryn, par bravade plus qu'autre chose.

— Avec une complicité. Mais cela ne se reproduira pas.

— Où est Lothryn ?

Rashlyn émit un rire cruel qui fut comme une gifle pour Gueryn.

— Nulle part où tu puisses l'aider, répondit un Rashlyn ravi de constater l'effet de ses paroles.

— Est-il vivant encore ?

— À peine, ricana l'âme damnée de Cailech.

» Mais je dois dire que j'ai eu grand plaisir à m'occuper de lui.

Malgré son état pitoyable, Gueryn se jeta en avant pour frapper la mince silhouette noire, avant d'éprouver, pour la première fois de son existence, une terreur indicible qui lui glaça le sang et fit se dresser les poils sur son corps et les cheveux sur sa tête.

À la seconde où Gueryn avait bougé, Rashlyn avait levé une main – et le soldat flottait maintenant au-dessus du sol, totalement figé, incapable du moindre mouvement. Quelque chose d'incroyable et de terrible venait de se produire ; Rashlyn était un sorcier qui venait d'employer un sort sur lui. Affolé, l'esprit de Gueryn ne parvenait pas encore à saisir ce qui se passait.

— La prochaine fois, je te ferai mal. Ne retente jamais une chose pareille, Morgravian. Si tu ne croyais pas à la magie, il est temps de changer d'avis – elle existe comme en témoigne l'étrange posture dans laquelle tu te trouves. N'oublie jamais ce que tu éprouves, Le Gant, car je peux te laisser ainsi pour l'éternité.

Rashlyn leva son sortilège et Gueryn s'effondra au sol. La douleur le foudroya, mais ce n'était rien en comparaison de la vague de désespoir qui le submergea à mesure que l'horrible réalité s'imposait à lui.

Chapitre 5

Fynch attendait à la porte de derrière du Fruit défendu. Conformément à ce que lui avait suggéré son ami, Filou restait camouflé à proximité, avec une vue imprenable sur le garçon en train de donner des coups de pied dans un caillou dans l'attente que quelqu'un arrive.

Plusieurs femmes avaient déjà emprunté l'étroit passage, mais Fynch ne les avait pas regardées ; elles ne lui avaient pas paru être l'aimable contact qu'il espérait. Confiant dans son instinct, il savait que celle qu'il attendait finirait par arriver. Il s'était armé de patience et deux heures déjà s'étaient écoulées. L'hiver était doux cette année, mais suffisamment frais pour glacer jusqu'aux os son petit corps frêle. Lorsque la jeune femme arriva, Fynch devait avoir l'air d'un oisillon frigorifié, assis sur sa barrière. Elle marchait d'un pas tranquille ; le garçon se demanda si le long manteau qui l'emmitouflait dissimulait une tenue plus suggestive. Sans savoir exactement ce qu'on pouvait faire dans un bordel, il se sentit émoustillé par cette pensée.

— Tu vas attraper la mort ici, dit-elle en l'apercevant.

Fynch reconnut l'accent de Briavel ; c'était donc une fille du cru.

— Oui, fait bien froid aujourd'hui, répondit-il avec le fort accent des zones de campagne du nord qu'il avait appris auprès des autres garçons des cuisines de Stoneheart.

Il parvenait à l'adopter à la perfection, en faisant totalement disparaître ses petites pointes méridionales.

— Oh, toi tu n'es pas d'ici, mon garçon. De Morgravia peut-être ?

Dans le mille, songea-t-il.

— Si fait, m'dame. Sacrée oreille que vous avez…

Elle sourit.

— Tu attends quelqu'un ?

— Ma sœur, répondit Fynch avec un hochement de tête.

— Ah bon ? Et qui est-ce ?

— Elle s'appelle Hildyth. J'ai marché pendant des jours pour venir la chercher. Notre mère est morte. On m'a envoyé pour la ramener chez nous.

Comme il l'avait prévu, le visage de la jeune femme se décomposa.

— Oh, mon pauvre chéri, elle n'est plus ici, dit-elle.

» Viens donc te réchauffer à l'intérieur. Je m'appelle Reine.

Fynch lui emboîta le pas, sans protester.

— Merci beaucoup, Reine, dit aimablement le garçon lorsqu'elle avança une chaise devant l'âtre pour l'y asseoir.

— Voilà, ici tu seras mieux. Et que dirais-tu d'un petit quelque chose à manger ? Tu dois avoir faim, non ? Les garçons ont toujours faim...

Ce n'était pas le cas. La nourriture n'était vraiment pas une de ses préoccupations majeures.

— Je meurs de faim, mentit-il.

Il se força pour faire fleurir un petit sourire sur sa frimousse ; tromper une si gentille personne le mettait vraiment mal à l'aise.

— Je l'aurais parié. J'ai deux petits neveux et on dirait bien qu'ils ne parviennent jamais à remplir leurs ventres.

Elle lui ébouriffa les cheveux et se mit en quête de quelques bricoles à grignoter.

Reine salua les quelques femmes qui passèrent dans la pièce ; toutes ignorèrent Fynch qui s'ingénia lui aussi à ne leur marquer aucun intérêt. Les yeux rivés sur les flammes dans le foyer, il s'efforçait d'avoir l'air transi, effrayé et peu disposé à accepter une conversation. Perdu dans ses pensées, il s'aperçut alors qu'il s'était déjà fait à l'idée que Wyl s'était sûrement incarné dans l'assassin de Romen ; mais dans la peau de qui pouvait-il bien être ? Malgré ce qu'avait dit Liryk à Valentyna, Fynch avait la certitude que la putain Hildyth était impliquée ; et il escomptait bien qu'elle le mène à Wyl.

— Tiens, mon petit chéri, dit Reine en le ramenant à la réalité de la douce chaleur régnant dans la cuisine.

» Du fromage et un peu de purée de légumes, c'est tout ce que j'ai pu te dénicher – avec un quignon de pain. Il y a aussi un verre de lait derrière toi sur la table. Et au fait, quel est ton nom ?

Fynch avait une sainte horreur du lait.

— Je m'appelle Fynch. Et tu es très gentille, Reine.

— Ça me fend le cœur que tu aies fait toute cette route pour rien, dit-elle avec un sourire bienveillant.

» Mon petit frère est mort il y a quelques années de ça. Il aurait quelques années de plus que toi aujourd'hui – une dizaine de printemps.

Fynch soupira intérieurement. Il avait neuf ans sonnés, mais il savait qu'il faisait bien plus jeune.

— Il doit te manquer ? dit-il en se forçant à goûter la nourriture.

— Énormément. C'était un si joli petit garçon. Il n'aurait jamais dû se noyer. C'était un accident, mais quand même…

— Je suis désolé, Reine.

Fynch remarqua qu'elle faisait un effort pour sourire.

— Merci. Tu me fais tellement penser à lui. Encore que je ne crois pas qu'il aurait fait des lieues et des lieues pour venir me chercher. Tu dois vraiment aimer ta sœur pour avoir fait tout ce chemin.

— Il fallait que je vienne. C'est que nous avons besoin d'Hildyth à la maison. Notre père est très malade lui aussi et il y a encore trois frères et sœurs plus petits à s'occuper, dit-il en forçant sur son accent, pour bien faire comprendre combien la situation lui pesait.

En vérité, c'était bien le cas ; Fynch détestait mentir.

— Oh, mon pauvre chéri. Hildyth ne travaille plus ici – je crois même qu'elle a quitté Crowyll, dit Reine sincèrement émue.

» Ne bouge pas, je vais voir ce que je peux apprendre pour toi.

Il hocha la tête en enfournant un nouveau morceau de pain dans sa bouche ; il ne voulait plus avoir à lui mentir.

Elle disparut quelques minutes. À son retour, elle était accompagnée d'une autre femme, un peu plus âgée, à qui elle parlait à voix basse. La nouvelle arrivante jetait des coups d'œil à Fynch.

— Alors comme ça tu es le frère d'Hildyth ?

Il confirma d'un signe de tête en l'examinant attentivement. Le silence était sa meilleure arme contre le mensonge. Elle tenait sur lui un regard interrogateur, sourcils froncés.

— Elle ne m'a jamais dit qu'elle avait un frère.

— Je t'en prie, intervint Reine.

» Sa mère vient de mourir et il a des petits frères et sœurs à sa charge. Sois gentille avec lui.

L'autre femme secoua la tête avec désolation.

— Hildyth n'est plus ici. Elle est partie la nuit où il y a eu un mort – celui qui a été poignardé.

Le visage de Fynch exprima l'étonnement et la confusion.

Reine roulait des yeux sévères à l'intention de sa collègue qui ne savait pas tenir sa langue.

— Il s'en est passé de belles ici il n'y a pas longtemps. Un noble qu'on ne connaissait pas, mais que quelqu'un voulait occire, pour sûr. Hildyth était en train de… prendre soin de lui quand c'est arrivé. Je l'ai ramenée chez elle.

La femme se pencha sur Fynch avant de poursuivre.

— Sais-tu ce que ta sœur fait comme travail ?

— Elle s'occupe de rendre les hommes heureux, répondit-il avec le plus grand sérieux.

Un sourire plein d'affection vint illuminer le visage de Reine.

— C'est exactement ça, mon petit chéri, dit Reine.

» Allez, raconte-lui la suite, ajouta-t-elle à l'intention de son amie.

Cette fois-ci, l'autre femme eut un soupir un peu lassé.

— Hildyth est revenue plus tard cette nuit-là, aux premières heures du matin lorsque toute l'animation ici s'était calmée. Tout le monde dormait ou était parti. Moi j'étais encore debout et je l'ai vue.

— Qu'a-t-elle dit ? demanda Fynch, maintenant tout ouïe.

— Rien de particulier. En fait, elle avait surtout l'air d'être terrifiée, mais cela n'avait rien d'étonnant vu ce qu'elle avait subi. Je lui ai alors demandé ce qui s'était passé, dit-elle avec un petit haussement d'épaules.

» Elle m'a rapidement raconté la mort de l'homme et annoncé qu'elle partait.

— Je me demande bien pourquoi elle est revenue cette nuit-là ? dit Reine.

— Elle a dit qu'elle voulait récupérer quelque chose dans sa chambre, mais sans avoir à subir à nouveau les soldats. C'est pour ça qu'elle a attendu le milieu de la nuit.

— Et c'était quoi ce qu'elle voulait ? demanda Fynch, dans l'espoir d'obtenir enfin un indice.

La femme eut un nouveau haussement d'épaules agacé.

— Et comment le saurais-je ? Elle est entrée dans une chambre et en est ressortie presque immédiatement.

— A-t-elle dit où elle comptait aller ?

Fynch retint son souffle.

— Je ne savais même pas qu'elle comptait aller quelque part. À dire vrai, elle n'avait pas l'air dans son état normal… Il y avait quelque chose en plus de la peur. C'était un peu comme si elle était ivre, mais elle ne sentait pas l'alcool.

— Qu'est-ce que tu veux dire exactement ? demanda Reine.

Muettement, Fynch la remercia d'avoir posé la question qui lui brûlait les lèvres.

— C'est difficile à dire. Elle titubait un peu et ne trouvait pas ses mots. Elle avait du mal aussi à me regarder en face. Je me suis dit qu'elle était juste très choquée, mais elle n'avait vraiment pas l'air à l'aise avec moi.

Fynch s'efforça de formuler autrement sa question.

— A-t-elle dit quelque chose qui m'aiderait à la retrouver ?

Tout à son objectif d'obtenir des informations, il avait un peu négligé son accent, mais aucune des deux femmes ne parut s'en rendre compte.

— Non. Peut-être a-t-elle décidé de retourner chez elle – du diable si je sais où ça peut être… Mais elle a quand même dit un nom… un nom de fille. « Miriam » ou quelque chose comme ça. C'est tout ce que je sais.

— Est-ce que cela t'est utile, Fynch ? demanda Reine, pleine d'espoir.

À son grand regret, Fynch mentit une fois encore. Alors que son cœur s'était accéléré à l'évocation de « Myrren », il secoua négativement la tête en adoptant une mine maussade.

— Non, mais je vais continuer à la chercher. En tout cas, merci pour le fromage et le pain, dit-il en en souriant à Reine.

» Et à vous madame pour votre aide, ajouta-t-il en se tournant vers l'autre femme.

Sur un ultime haussement d'épaules, elle les quitta. Le souvenir de Fynch était déjà oublié.

— Veux-tu que je te prépare quelques provisions à emporter ? proposa Reine.

— Non merci. Ça ira.

— Alors je te souhaite bonne chance.

À sa propre surprise, Fynch se retrouva dans ses bras. Après tant d'instants de tristesse, qu'il était bon de rencontrer quelqu'un d'aussi aimable et sincère.

— Je reviendrai te voir un jour, dit-il.

Elle lui sourit, sachant pertinemment qu'il ne ferait jamais une chose pareille.

Fynch rejoignit Filou et ils s'éloignèrent bien vite du Fruit défendu. L'esprit du garçon était en pleine effervescence.

— Je vais tout t'expliquer, dit-il au chien, essentiellement pour mettre de l'ordre dans ses idées.

» Trouvons d'abord un endroit tranquille dans la forêt.

Ils marchèrent en direction de la sortie de la ville. Plus tard, alors qu'ils buvaient dans le même ruisseau où Wyl devenu Hildyth s'était abreuvé, Fynch put enfin mettre en mots les idées qui l'agitaient. C'était bien utile de les dire à voix haute à un ami, de les mettre en forme à deux pour qu'ensuite il puisse s'en souvenir précisément.

— Wyl est vivant, j'en suis sûr. La vision me l'a dit et j'ai tout lieu de croire que la chose s'est produite à nouveau – il doit désormais être devenu Hildyth, celle qui l'a assassiné. Si tel est le cas, alors c'est Wyl qui a menti en racontant cette histoire d'un homme qui aurait surgi dans la pièce pour poignarder Romen, commença Fynch en s'allongeant contre Filou qui le lécha amicalement.

» Il s'est donc retrouvé vivant, mais en femme. (Fynch secoua la tête, incapable d'imaginer ce que devait être le désespoir de Wyl.) Il s'est alors enfui aussi vite que possible. Et nous devons maintenant le retrouver.

Fynch laissa ensuite ses pensées vagabonder. Lorsqu'il lui fallait examiner à fond une question, il avait appris à lâcher prise pour laisser flotter son esprit parmi toutes les informations qu'il avait pu collecter. Invariablement, les choses se mettaient en place à mesure que s'entrecoupaient les différents fils de la trame.

Filou s'était écarté pour se dérouiller les pattes ; Fynch se dit que le chien devait avoir faim et qu'il pistait quelque lapin égaré. Le garçon s'adossa confortablement contre un arbre et, yeux fermés, entreprit de méditer. *Où Wyl peut-il bien être allé ?* se demanda-t-il. Le souvenir de sa dernière vision remonta à son esprit. Les mots qu'il avait alors entendus résonnèrent à nouveau en lui ; l'image de la petite ville et des champs de houblon dansait devant ses yeux. Pourquoi cette vision lui avait-elle été donnée ? Il s'abandonna tout à fait au courant et laissa sa conscience dériver.

D'où Myrren était-elle originaire, déjà ?

Fynch passa au crible l'ensemble de ses souvenirs du procès de la sorcière et des bribes de conversations attrapées au vol à cette époque parmi la foule excitée. Tout son corps se relâchait ; il tendit le visage vers la lumière qui tombait sur lui à travers les frondaisons. Où ? La réminiscence lui vint quelques secondes plus tard. Baelup ! Est-ce que c'était bien cela ? Baelup était l'endroit où l'on produisait la meilleure bière du royaume. Les histoires de soldats entendues tout au long de sa vie lui avaient au moins appris cela – les chevaliers du roi adoraient être affectés dans ce petit bourg où l'on buvait si bien. La vision des champs de houblon lui revint à cet instant. La bière était faite à partir du houblon. Un indice…

Wyl devait certainement se rendre à Baelup – là où Myrren avait vécu. Peut-être cherchait-il à remonter la piste de sa famille.

Filou revenait, portant dans sa gueule quelque chose qui n'était pas une créature vivante. Le chien laissa tomber son offrande sur les genoux de Fynch. Cela ressemblait à une cordelette emmêlée, mais le garçon reconnut le bracelet dont Romen ne se séparait jamais.

— C'est un signe, Filou. Wyl a dû le cacher par ici la nuit même où il est devenu Hildyth. Il l'a fait délibérément, j'en suis sûr, pour que toi et ton flair le trouviez, dit Fynch en grattouillant le chien derrière les oreilles.

» Nous partons pour Baelup, murmura-t-il encore à son ami. Il va me falloir un cheval et la bourse de Valentyna va nous être utile.

Wyl avait récupéré une bourse bien garnie dans une cachette de Faryl à Crowyll – l'un des souvenirs légués par sa meurtrière. Elle en comptait d'ailleurs plusieurs autres dans les deux royaumes ; se procurer de l'argent ne serait donc pas un problème. Pourtant, les éléments qu'il avait pu glaner pour l'instant étaient insuffisants… très insuffisants. Par précaution, il avait noté par écrit les différents emplacements – juste au cas où l'essence et les souvenirs de Faryl viendraient à disparaître aussi rapidement que ceux de Romen la fois précédente.

Il avait toutefois remarqué combien l'esprit de la jeune femme était organisé et ses actions méthodiques. Il était très impressionné.

Quitte à devenir une femme, encore une chance que ce soit celle-ci, se disait-il à pratiquement chaque heure qui passait.

Dans la carrière qu'elle s'était choisie, Faryl n'était pas seulement excellente ; elle était la meilleure. Les meurtres qu'elle avait commis le choquaient – d'innombrables personnages éminents des grandes cités et même des royaumes par-delà les océans, tels que Tallinor et Cipres, avaient péri de sa main sans qu'elle ait éprouvé quoi que ce soit pour eux. Faryl était glacée ; pire encore, elle était amère. Pourquoi ? À ce qu'il percevait, la cause de ces tourments avait été enfouie au plus profond, sous le poids des ans et des souffrances qu'elle s'infligeait. Cela avait à voir avec sa famille, mais aucun élément tangible ne transparaissait. Wyl abandonna ses recherches. Tout cela pourrait ressurgir à un moment ou un autre, comme tant de souvenirs de Romen l'avaient fait.

Pour l'heure, il chevauchait vers Morgravia – cap sur Baelup. Là était le point de départ. Il savait que la mère de Myrren avait quitté la ville immédiatement après le décès de son mari et la mort affreuse de sa fille. À cette époque, le confesseur Lymbert avait du bout des lèvres indiqué à Wyl d'où provenait Myrren ; le jeune homme s'y était immédiatement rendu pour récupérer Filou, comme il l'avait promis à la jeune fille quelques instants avant sa mort. Il n'avait vu la mère qu'un bref moment – à peine avaient-ils échangé quelques mots. Il avait bien tenté de lui expliquer qu'il venait de Pearlis, qu'il appartenait à la légion de Morgravia, mais elle ne l'avait pas écouté.

— Que voulez-vous ? avait-elle demandé abruptement, sans autre forme de politesse.

Fébrilement occupée à préparer ses bagages, elle paraissait avoir perdu tout sens commun. Il lui avait raconté la promesse faite à Myrren de récupérer son chiot et elle le lui avait donné sans autre forme de procès.

Hormis un remerciement – dont il ne savait précisément à quoi il se rapportait – et une rapide salutation, aucune autre parole n'avait été échangée. Il n'avait pas la moindre idée de l'endroit où elle avait bien pu aller, mais c'était là l'unique piste dont il disposait. Mettant à profit le talent de Faryl pour ces choses-là, il s'était déguisé ; c'était infiniment plus facile et confortable d'être sur les routes en tant qu'homme. En cet instant, le calme qu'il avait pu retrouver après le désespoir des premières heures lui était d'un grand secours. Sans cela, il aurait certainement tiré sa dague pour s'ouvrir les veines.

La veille encore, il avait longuement considéré cette perspective ; plusieurs fois, il avait été tout près de franchir le pas. Tandis que les démons dansaient leur sarabande dans son esprit sous la lune, mourir définitivement lui avait paru être la solution préférable entre toutes. À quoi bon vivre et lutter encore ? Il haïssait l'idée d'être une femme ; la vue du corps qu'il avait désiré peu auparavant l'emplissait maintenant de dégoût.

Au dernier moment, des images de Valentyna étaient venues le visiter et l'avaient retenu. Et puis il y avait aussi Ylena, Gueryn, Lothryn, pour ne rien dire de son devoir et de ses serments sacrés. Il devait faire front, lutter et s'attaquer à celui par qui tout ce malheur était arrivé… Celimus.

Wyl en était donc à chevaucher sur une petite route poussiéreuse – homme dans un corps de femme, allant vêtue en homme, l'épée au côté. En l'apercevant, personne n'aurait imaginé qu'il était une proie facile. Largement exhibée, la lame à sa hanche incitait les détrousseurs à réfléchir à deux fois avant de se risquer. Sous ses vêtements, le baudrier avec ses deux lames de jet avait retrouvé sa place sur sa poitrine qu'il avait dû bander serrée. Il n'avait éprouvé aucune curiosité pour le corps de Faryl, qu'il n'avait regardé dans le miroir qu'après l'avoir rhabillé. Pour l'instant, c'en était encore trop pour son esprit ; il préférait l'inconfort du bandage plutôt que de sentir le mouvement de ses seins en liberté sous sa chemise.

Pendant un instant, il avait également été tenté de raser le crâne de Faryl, avant de se raviser en se disant qu'il pourrait avoir besoin d'utiliser son apparence féminine. Il avait donc dissimulé ses cheveux sous une perruque – de toute évidence fabriquée par un maître – et rabattu la capuche de sa cape sur sa tête. Une fausse barbe – elle aussi réalisée par un véritable artiste et certainement payée à prix d'or – et des touffes de poils collées sur le dos de ses mains complétaient l'illusion. S'il s'efforçait de ne pas trop y penser, il parvenait presque à se convaincre qu'il était redevenu homme.

D'après ses calculs, il devait être à une journée de cheval de la frontière, puis à quelques jours de Baelup. Presque une dizaine d'années s'étaient écoulées depuis le départ de la mère de Myrren, mais quelles que soient les difficultés, il n'avait pas d'autre choix que d'essayer de la retrouver. Par association d'idées, il songea à Filou. Il espérait que son chien avait senti sa mort ; apparemment, il savait toujours lorsque Wyl traversait des difficultés. Dans cette hypothèse, Filou avait peut-être déjà emmené Fynch à Crowyll et trouvé la trace du bracelet. Wyl avait toute confiance dans l'esprit aiguisé du garçon ; tous ces éléments ne manqueraient pas de l'amener à le rechercher. Comme il aimerait avoir ces deux-là à ses côtés lorsque viendrait l'heure de rencontrer le sorcier.

Il s'interdisait de penser à Valentyna. À cette heure, avait-elle été informée du sort de Romen ? Oui, sûrement. Avait-elle du chagrin ? Il l'espérait de tout cœur, mais peut-être voyait-elle sa mort comme la meilleure fin possible à une relation marquée du sceau de la fatalité. Il ne parvenait pas à chasser de son esprit l'image du chagrin qu'elle éprouvait à l'instant de le bannir ; la reine avait su le dissimuler à tous, mais rien ne lui avait échappé à lui. Elle lui reprochait sa perfidie et l'accusation de trahison portée publiquement contre lui avait presque été plus qu'il n'en pouvait supporter. Toutefois, il l'avait endurée au nom de l'amour pour cette reine, qu'il aimait plus que tout au monde – plus que lui-même. C'était avec joie qu'il aurait sacrifié sa vie pour elle, là, maintenant ; qu'enfin, il puisse quitter sa misérable existence.

Le soldat en lui clamait que la mort était la solution des lâches et que « tant qu'il y a de la vie, il y a de l'espoir ». Le corps de Faryl ne lui convenait pas, mais il lui restait son âme de guerrier pour faire échec à Celimus. Il devait aller trouver le sorcier ; telle était maintenant sa priorité.

Wyl éperonna son cheval en se faisant la promesse de ne plus perdre la moindre seconde en vaine tristesse. Il était Faryl désormais. Autant s'y habituer.

Chapitre 6

En entrant dans la ville de Grimble, Wyl savait déjà qu'il ne supporterait plus bien longtemps le tissu qui lui comprimait la poitrine. La tentation d'aller passer la nuit dans l'une des deux tavernes locales louant des chambres l'avait donc emporté. Il trouva bien vite une place pour son cheval, dans une écurie où le palefrenier ne lui accorda quasiment aucune attention ; pour la énième fois, Wyl s'exhorta à ne plus penser à son apparence.

— Laquelle des auberges me recommandez-vous, maître Paul ? demanda Wyl de la voix grave que Faryl pouvait adopter sans peine.

Selon sa bonne vieille habitude – héritée de l'enseignement de Gueryn –, il glissa quelques pièces supplémentaires dans la main du garçon d'écurie.

Veille toujours à bien payer celui qui s'occupe de ton cheval. Ta vie peut en dépendre, avait coutume de dire le vieux soldat qui avait fait son éducation.

Wyl avait étendu cette habitude à tous les domaines de la vie. Quelques pièces d'argent généreusement distribuées permettaient souvent de créer une loyauté instinctive. L'évocation de Gueryn avait fait monter en lui une boule de tristesse qu'il dut refouler tandis que maître Paul lui répondait.

— Eh bien, l'auberge des Quatre Plumes est certainement ce que vous trouverez de mieux dans les parages. La bière n'est que très légèrement coupée à l'eau et la femme de Kidger fait un ragoût acceptable.

— Merci, répondit Wyl. À demain.

— Merci à vous, dit le palefrenier en prenant de la paille fraîche pour bouchonner le cheval d'un si généreux voyageur.

Wyl sourit ; Gueryn disait vrai. Son cheval serait bien nourri et au mieux de sa forme pour la longue chevauchée du lendemain.

Wyl partit musarder dans les ruelles, dans le calme des instants qui précèdent le coucher du soleil. À cette époque de l'année, dès la tombée de la nuit, la température chutait abruptement et l'air devenait piquant. Il en sentait la morsure sur sa peau tandis qu'il promenait un regard nonchalant sur la grand-place de Grimble. C'était un lieu agréable et tranquille, connu pour ses vergers produisant les meilleures cerises et amandes de Morgravia. Lorsque arrivait l'été, la ville changeait de visage ; des dizaines de saisonniers s'y précipitaient pour participer aux récoltes. La bourgade était par ailleurs stratégiquement située – non loin d'une des grandes routes menant à Pearlis – et l'activité marchande y était ponctuellement importante.

Ce jour-là, tout était relativement calme – ce dont Wyl se réjouissait. Il rallia les Quatre Plumes où, à son grand soulagement, Kidger sembla à peine remarquer l'homme barbu qui lui demandait une chambre. Wyl s'était présenté sous le nom de Thom Bentwood, d'une voix suffisamment basse pour ne pas attirer l'attention. Dans les souvenirs de Faryl, il avait appris que la jeune femme avait passé des années à acquérir son talent d'imitation ; rétrospectivement, il la remercia pour ses efforts. Par précaution, Wyl paya d'avance deux nuits et plusieurs repas. Subitement, il se rendit compte à quel point il était affamé – une prise de conscience à laquelle le savoureux fumet s'échappant des cuisines n'était pas étranger.

—Ça sent bon. Qu'y a-t-il au menu ce soir ? demanda-t-il.

—La patronne a du ragoût de mouton sur le feu, mais il y a aussi des volailles à la broche.

Ces deux options lui mettaient pareillement l'eau à la bouche.

—Je prendrai du ragoût, se décida-t-il néanmoins.

—Très bien, messire, répondit Kidger.

» Les filles commencent le service au crépuscule.

Wyl hocha la tête, avant de gagner sa chambre, le cœur plein de reconnaissance pour le confort de cet établissement. Il s'écroula sur son lit avec volupté, comme si le matelas de crin et la toile rêche avaient été le plus moelleux des coussins sous le plus fin des draps de soie. Pour autant, la pièce était propre, bien tenue et parfaitement aérée. Sa première intention avait été de se défaire de son accoutrement toutes affaires cessantes, mais il s'endormit immédiatement sans même une pensée pour ses seins martyrisés.

Le bruit des cuisines sous sa fenêtre le réveilla un peu moins d'une heure plus tard ; la douleur dans sa poitrine était toujours là. Il demanda qu'on lui fasse monter un baquet et de l'eau chaude.

— Les bains en ville sont tout à fait convenables, messire, répondit la jeune fille renfrognée à qui il s'était adressé.

Comprenant qu'elle n'avait aucune envie de monter tout l'attirail, Wyl grimaça un sourire à travers sa barbe en espérant avoir l'air un tant soit peu amical.

— Je sais, mais je n'ai pas envie de quitter ma chambre, dit-il en lui tendant deux couronnes d'argent – une somme exorbitante pour elle.

— Oh messire, je...

— Ce n'est rien. Et fais vite avec l'eau s'il te plaît.

— Tout de suite, messire, dit-elle tout sourires en fourrant prestement les pièces dans son corsage.

Impressionnant, songea Wyl. Si jamais il paraissait un jour en femme, il faudrait qu'il se souvienne de cette technique d'escamotage. Comme promis, la fille fit bien vite monter l'eau chaude, ainsi que du savon et des huiles parfumées. Wyl remercia les deux garçons qui avaient charrié les seaux et le baquet ; de toute évidence, la finaude avait maintenant les moyens de sous-traiter les corvées.

Une fois seul et la porte fermée à double tour, Wyl se déshabilla. Il lui fallut lutter pour venir à bout des bandes de tissu qui comprimaient ses seins, mais lorsqu'il y parvint il éprouva une intense sensation de bien-être et de liberté retrouvée. Toujours sous le choc, il s'abstint à nouveau de regarder son corps. Quelques gouttes d'huile aux senteurs musquées, un ultime coup d'œil à la porte et il plongea dans l'eau, s'efforçant autant que possible de ne pas voir ses longues jambes douces et musclées, incontestablement féminines. Comme il avait aussi pris la précaution de se faire monter un pichet de vin, il se servit un verre. La première gorgée lui confirma qu'il avait bien fait de se montrer généreux ; c'était un cru tout à fait acceptable.

Il ferma les yeux et fit le vide dans son esprit, en se concentrant sur la seule sensation de l'eau réchauffant ce corps fourbu auquel il n'était toujours pas accoutumé. Mettant à profit la vapeur qui diluait la colle, il retira sa barbe et ses sourcils postiches ; sur ces questions, les souvenirs de Faryl étaient aussi précis que fiables. Wyl les posa précautionneusement sur une chaise, à côté de la perruque. C'étaient désormais des accessoires vitaux pour lui. Libérés, ses cheveux croulèrent sur ses épaules en une masse soyeuse dont l'ampleur l'impressionna. Les pointes trempaient dans l'eau ; de la main, Wyl repoussa les mèches sur son visage. Adieu les cheveux roux. Adieu les longs cheveux soigneusement tirés de Romen. À la place, il avait maintenant des boucles lustrées d'une curieuse teinte châtain doré. Incapable de résister plus longtemps, il les toucha ; la sensation sous ses doigts était fantastique. Il se souvint du frisson qu'il avait ressenti lorsque Faryl les avait promenés sur le corps nu de Romen.

Ses yeux restaient fixés sur le mur nu contre lequel était posée une petite commode. Il savait qu'il y avait de l'autre côté de la chambre une table avec un miroir ; il l'avait ignoré en entrant et il avait bien l'intention de continuer. Il n'était toujours pas prêt à se voir dans le corps d'une femme. Tout au fond de lui, il savait que ses doigts dans ses cheveux serait le contact le plus intime qu'il aurait jamais avec son nouveau corps. Il referma les yeux ; l'image de la mère de Myrren s'imposa à lui. Cette femme avait donc trompé son mari. Le père de Myrren avait-il jamais su qu'il élevait l'enfant d'un autre ? Et d'ailleurs, est-ce que cela avait de l'importance pour lui ? Comme il en avait coûté à Lothryn de devoir donner son fils à Cailech – quand bien même il en était le véritable père.

Le souvenir de Lothryn le conduisit tout naturellement à s'interroger sur son destin. *Qu'est-il advenu de toi, mon brave ami ?* Il avait fait une promesse à Elspyth – à laquelle il ne voudrait se dérober pour rien au monde. C'était le serment sacré de retourner là-bas un jour s'enquérir du sort de Lothryn. Il se disait aussi qu'il avait le devoir de ramener le corps de Gueryn pour qu'il repose en Argorn.

Argorn ! Ce simple nom avait suffi à évoquer son père, farouche et fier, et à lui faire monter les larmes aux yeux. Non, jamais il ne pourrait se supprimer. Les Thirsk constituaient une prestigieuse lignée, dont il était l'ultime représentant. Il allait donc faire front, lutter et s'attaquer à celui par qui tout ce malheur était arrivé… Celimus.

Où est Elspyth et comment s'entend-elle avec Ylena ? Les deux femmes allaient seules sur les routes, effrayées, désespérées d'avoir perdu ceux qu'elles chérissaient – leurs vies gâchées à cause de lui ; cette pensée plomba un peu plus son moral déjà au plus bas. Il n'avait même pas été capable de les protéger. Elles devaient veiller sur elles-mêmes et faire preuve de courage jusqu'à ce qu'il les retrouve. Il éleva une courte prière à Shar pour qu'il prenne soin d'elles.

D'avoir à s'en remettre à une puissance invisible acheva d'assombrir son humeur. Il se leva pour sortir sans même se savonner ; en l'état, il n'était absolument pas en mesure de toucher le corps dans lequel il se trouvait. Wyl tendit la main vers la serviette et le baquet pencha dangereusement sur son assise. Dans un mouvement réflexe, il s'agrippa, tourna la tête... et se vit dans le miroir.

Le choc!

Il lutta de toutes ses forces contre la vague qui montait en lui. Sa gorge palpitait; ses yeux étaient ronds comme des soucoupes. Face à lui, il y avait l'image d'une femme étonnante. Ce n'était pas une jolie fille comme Ylena, ou une beauté sublime comme Valentyna. Non, il s'en souvenait maintenant, Faryl possédait un quelque chose de spécial impossible à décrire – une espèce d'aura impalpable faite de sensualité et de confiance en elle. Il vit à cet instant l'amorce d'un petit sourire arrogant qui relevait un coin de ses lèvres parfaitement dessinées. Félins et prometteurs, ses yeux pétillaient dans un visage à l'ovale parfait, au teint légèrement hâlé par le grand air. Ses cheveux devaient faire la fierté de Faryl, songea-t-il. Sinon, elle les aurait sûrement coupés pour exercer sans entrave son dangereux métier. Aux yeux de Wyl, le corps de femme qui s'offrait à sa vue, à la fois tonique et tout en rondeurs sensuelles, était une pure merveille. Apparemment, elle courait pour conserver la ligne. Puisant dans les réminiscences qui rapidement s'estompaient, il apprit qu'elle allait faire ses exercices dans des collines – terrain difficile pour s'endurcir, terrain parfait pour se cacher. Avec sa discipline, son travail et ses qualités de combattante, elle aurait fait le meilleur des guerriers. La dague était son arme préférée, mais elle savait aussi manier l'arc et l'épée.

C'était idiot, il le savait, mais il sourit au reflet dans la glace; Faryl lui retourna un regard intense, chargé d'une douceur qu'il n'avait jamais remarquée. Il s'abîma dans la contemplation de ce sourire qu'il se faisait à lui-même et qui mettait de la lumière dans son regard et de la suavité dans ses traits de femme. Il était terriblement espiègle et infiniment féminin. Wyl regretta de n'avoir pas vu ce sourire lorsqu'elle était vivante; n'importe quel homme pouvait tomber instantanément amoureux en le voyant. Pourtant, Faryl n'avait pas souvent souri dans son existence. Wyl tenta de découvrir d'où venait sa sombre conception du monde, mais la mémoire se refusait encore à lui. Qu'il fasse preuve de patience et tout viendrait.

De nombreuses minutes s'étaient écoulées; il était presque sec maintenant. Puis, comme il se tenait là tel un voyeur observant une femme nue à la dérobée, un souvenir lui revint. Faryl tirait à l'arc bien mieux que chacun de ses cinq frères, mais aucun d'eux ne l'avait jamais su.

Comme il secouait la tête pour en chasser ces images, il vit qu'en plus d'être fines et musclées ses jambes étaient très longues aussi. Wyl appréciait d'être resté grand ; dans le corps de Romen, il avait pris goût aux hautes statures. Un gargouillement monta soudain de son ventre ; il avait beau être plat et ferme, il était surtout très vide. Tout en s'essuyant énergiquement, il sentit son esprit s'alléger quelque peu. Il s'en réjouit – ses pensées allaient gagner en clarté. Finalement, il était heureux que sa curiosité l'ait emporté. Le fait d'observer Faryl, d'entrer tout doucement dans ses secrets lui avait permis d'écarter le rideau – de faire glisser le verrou. Désormais, il était elle ; il n'avait pas d'autre choix que d'utiliser son corps du mieux possible pour trouver le vrai père de Myrren et percer les mystères du don.

À regret, il remit les bandes qui allaient lui permettre de reprendre l'apparence d'un homme. Wyl eut un soupir à l'idée qu'il allait se donner du mal pour une heure ou deux seulement, mais il ne s'attarda pas davantage, bandant prestement sa poitrine pour passer des vêtements propres, avant de plonger ceux qui étaient sales dans l'eau du bain encore tiède. Comme il les frottait énergiquement au savon, il vit que ces simples gestes étaient l'expression de ses trois personnalités réunies – la rapidité d'action et de décision de Faryl, le besoin compulsif de Romen d'être toujours impeccable et sa propre habitude de tirer parti de la moindre opportunité. Après les avoir essorés, il mit ses habits à sécher. La nuit était tombée ; il allait devoir se dépêcher. D'un coup d'œil, il s'assura que rien ne trahissait une présence féminine ; tout paraissait en ordre. Il remit sa barbe en place, puis coiffa sa perruque en prenant grand soin de dissimuler sa chevelure ; cette fois-ci, il n'aurait plus l'excuse du chapeau pour tout faire tenir. Ce soir, il allait devoir être prudent, même si ce n'était que pour aller manger avant de se coucher. Devant le miroir, il était redevenu Thom Bentwood ; tout était pour le mieux. L'instinct de Faryl lui soufflait que la présence d'un marchand dans cette ville à cette période de l'année paraîtrait peut-être étrange, mais Wyl se dit que son passage éclair dans Grimble était trop court pour éveiller les curiosités.

Il gagna la salle à manger par le grand escalier, s'émerveillant de la facilité avec laquelle Faryl adoptait une démarche masculine. Déjà, son esprit volait vers le ragoût de mouton. De son œil exercé, il embrassa toute la pièce sans avoir l'air de rien regarder, notant que la salle était pleine, avec notamment un groupe d'hommes de la légion.

Le cœur de Wyl manqua un battement sans qu'il n'en laisse rien paraître ; aucun de ces hommes ne pouvait le connaître. Lui néanmoins en reconnut un – un soldat un peu plus vieux que lui, avec lequel il n'avait jamais eu réellement de contacts lorsqu'il était général. D'après ses souvenirs, c'était un tire-au-flanc négligent, toujours prompt à éviter les corvées. En même temps, il savait parler et en imposait régulièrement aux jeunes recrues par son aisance et sa confiance en lui.

Tout en cherchant comment il pouvait bien s'appeler, Wyl avala une gorgée de bière, attentif à maintenir son regard braqué ailleurs. Subitement, le nom lui revint – l'homme s'appelait Rostyr. En le voyant décocher des œillades à une serveuse, Wyl se souvint également que c'était un coureur de jupons. En attendant d'être servi, Wyl observait la salle, les doigts en train de fourrager dans sa barbe. Il essayait de ne pas penser à ses seins, mais une douleur lancinante de ce côté-là menaçait de lui gâcher l'appétit.

— Ragoût de mouton, messire Bentwood. C'est bien ça ? lui demanda une jeune fille un peu boulotte en posant devant lui une immense assiette de grès.

Wyl confirma d'un hochement de tête distrait.

— Je vous apporte du pain tout de suite, poursuivit-elle.

» Et est-ce que je vous sers une autre bière ?

— Oui, s'il te plaît, répondit-il, ravi de constater à la vue du plat appétissant que sa faim était demeurée intacte.

Quelques légumes et boulettes de viande flottaient dans la sauce épaisse.

— Parfait, dit-il placidement, avant d'attaquer à belles dents.

Tout au plaisir de la mastication, il se concentra exclusivement sur la nourriture qu'il ingurgitait – au point d'ailleurs qu'il ne resta bientôt plus rien. C'était une portion gigantesque et il devait être sacrément affamé pour l'avoir engloutie en si peu de temps. Il repoussa son assiette vide et vit à peine quand on l'enleva pour lui mettre une nouvelle bière sous le nez. Enfin, il se sentait rassasié et en paix. Affalé contre le mur, il observait la salle à la dérobée ; son attention revint sur les soldats. En fait, ils n'étaient que trois militaires en compagnie de cinq civils – les deux groupes se connaissant à l'évidence. Poussiéreux et fourbus par la route, les civils étaient sans aucun doute des voyageurs. Wyl s'étonna de la facilité avec laquelle ils avaient pu faire connaissance, mais aussi de leur comportement de plus en plus bruyant. Ils avaient avalé de grandes quantités de bière et de vin ; l'argent leur brûlait les doigts. Ils avaient tous mangé ici et, s'ils poursuivaient sur le même rythme, ils y dormiraient assurément. En temps normal, les hommes de la légion ne passaient pas par Grimble ; s'ils étaient là, c'était donc qu'il y avait un détachement plus important dans le coin.

À force d'y réfléchir, Wyl finit par se dire que ce trio n'était pas censé être ici et qu'il devait agir en secret – d'autant plus qu'il n'y avait aucun officier à la ronde. Trois hommes du rang dans une bourgade perdue ? Il décida d'oublier cette histoire. Pour l'heure, il était Thom Bentwood et il avait une mission – ce que ces soldats de la légion pouvaient bien tramer par ici n'était pas son affaire.

Wyl finit sa bière. Tandis qu'il vidait sa chope, tête en arrière, il s'aperçut que l'un des civils ne le quittait pas des yeux. C'était un colosse, bâti comme un ours. L'homme détourna immédiatement le regard pour rejoindre la liesse autour de la table, sans pour autant paraître faire corps avec elle. Dans le fond, Wyl n'avait que faire de tout ça ; et puis il était largement l'heure d'aller se coucher. En retrouvant la verticale, il se rendit compte que sa tête tournait un peu. Trop de bière après le vin bu dans son bain – c'est qu'il en avait tout de même descendu deux pichets.

J'ai besoin de prendre l'air, se dit-il. Au lieu de regagner sa chambre, il décida de sortir faire quelques pas. D'un signe de la main, il remercia la servante, laissa quelques pièces sur la table et mit le cap sur la porte, sans même un regard pour le groupe qui avait tant retenu son attention.

Dehors, la fraîcheur de la nuit le saisit et le remit instantanément d'aplomb. Il s'autorisa le luxe de quelques pas dans la rue – le temps d'entamer la digestion de tout ce mouton. Alors qu'il faisait demi-tour dans la rue sombre pour regagner sa chambre – à une centaine de mètres à peine de l'entrée des Quatre Plumes –, son œil aperçut une silhouette ; c'était l'un des hommes du groupe. Wyl aurait voulu croire qu'il venait lui aussi prendre l'air, mais tous ses sens de soldat étaient en alerte. En lui, l'essence de Romen et celle de Faryl l'appelaient à la méfiance.

Wyl accéléra brusquement le pas vers l'auberge. La présence d'un seul homme ne le tourmentait pas – d'autant que quelques passants rentrant chez eux ou hâtant le pas vers les Quatre Plumes pour un verre étaient à portée de voix.

Il était tout proche maintenant, presque certain que son imagination lui jouait des tours et qu'il allait rentrer sans encombre, lorsque l'homme siffla doucement. Tout le corps de Wyl se contracta ; d'autres hommes sortaient de l'ombre d'une ruelle. Ils le saisirent et le tirèrent sans ménagement derrière l'auberge, là où il n'aurait aucune aide à espérer. Plutôt que de résister, Wyl se laissa entraîner. Ils étaient cinq, dont Rostyr – avec plaqué sur le visage l'un de ses sourires hypocrites et satisfaits que Wyl détestait tant.

— On peut savoir ce que tu avais à nous regarder comme ça ?

L'un des hommes portait une chandelle ; il vint la placer sous le nez de leur proie. Secouant la tête, Wyl mima la confusion.

— Je ne comprends rien à ce que vous dites. Lâchez-moi immédiatement ! ordonna-t-il avec ce qu'il espérait être le ton hautain d'un marchand outragé.

— Oh ! mais si, tu comprends parfaitement. Tu avais l'air beaucoup trop intéressé par notre table.

— Mes amis…, bredouilla Wyl en comprenant trop tard qu'il aurait dû écouter ce que lui soufflait l'instinct de Faryl.

Jamais la femme assassin ne se serait fait remarquer.

— Je m'appelle Thom Bentwood, je suis marchand et je n'ai jamais vu aucun d'entre vous. Et puis vous êtes des soldats. Au nom de Shar, pourquoi m'intéresserais-je à vous ?

— C'est exactement ce que je te demande, reprit Rostyr avec un calme olympien.

» Mais peut-être faudrait-il stimuler ta mémoire.

Le premier coup percuta Wyl de plein fouet ; la seconde suivante, il tentait désespérément de remplir ses poumons.

La toux lui déchirait la poitrine. Donné avec une précision chirurgicale, le deuxième coup le plia en deux. Ses assaillants prenaient tout leur temps. Le troisième coup le fit tomber à genoux.

— Relevez-le, ordonna Rostyr.

Ils le remirent sur pied. Encadré par les deux gaillards qui le tenaient, Wyl haletait, le visage ravagé, le corps en feu. Il s'aperçut que sa barbe s'était décollée et pendouillait sur sa joue ; son bourreau le vit aussi. D'abord stupéfait, il partit ensuite d'un grand rire.

— C'est un gosse, dit-il en laissant son bras redescendre le long de son corps.

» Et maintenant, voyons voir ce que tu vas nous chanter, ajouta-t-il en plaquant sur l'entrejambe de Wyl une main prête à tordre sa virilité.

Ce n'est que bien plus tard que Wyl apprécierait pleinement le souvenir de l'air hébété de Rostyr lorsque sa grande main ne trouva rien à saisir.

— Hé, qu'est-ce que…, commença-t-il avec un mouvement de recul.

» Baissez-lui ses braies !

— T'es fou, s'étonna l'un d'eux avec un rire.

» Tu n'as qu'à le faire toi-même.

Confus et plein de colère, Rostyr saisit violemment la ceinture de Wyl.

— Approche la chandelle !

Wyl ferma les yeux. Il pensait que le don fait par Myrren lui avait déjà fait toucher le fond ; il atteignait en cet instant de nouveaux abysses. Des mains fébriles arrachèrent son pantalon, révélant la réalité de ce qu'il était devenu.

— Une femme ! C'est une femme, dit une voix consternée.

L'expression sur le visage de Rostyr se transforma en une grimace répugnante à la lueur lugubre de la bougie.

— Cette salope va nous dire la vérité de la même manière. Tenez-la bien.

Wyl vit avec horreur un Rostyr devenu fauve se débarrasser à la hâte de ses vêtements. Quelque chose au plus profond de lui l'obligea à fermer les yeux. Des doigts fouineurs s'insinuèrent, bientôt remplacés par une abomination qui voulait forcer un passage. Un cri irrépressible, primal et violent, monta dans sa gorge ; cette fois-ci, c'était la voix de Faryl et d'elle uniquement. Une main immonde se plaqua sur sa bouche. Il tenta de mordre, y parvint un instant. Wyl emplit d'air les poumons de Faryl pour hurler à nouveau, mais un coup lourd s'abattit sur son crâne. Des éclairs de lumière jaillirent devant ses yeux ; le monde des souvenirs le happa.

Remontées des temps de douleur de ses premières années, les scènes défilaient devant lui. Les deux frères aînés de Faryl – des jumeaux – la violaient régulièrement ; son père aussi. Les cadets savaient, mais la peur les tenait. Tout ce qu'ils pouvaient faire, c'était la porter au ruisseau après les assauts des brutes pour qu'elle s'y lave et ôte de sa peau leurs traces et leurs odeurs. Le plus jeune de ses frères, douze ans à peine, pleurait tandis qu'elle tamponnait les bleus et les marques ; son cœur se déchirait qu'il ait à supporter ces atrocités avec elle.

Impuissante, la mère de Faryl assistait à tout ça ; depuis longtemps, les coups et la brutalité de son mari avaient fait taire en elle toute volonté de se rebeller. Les viols continuèrent donc ainsi, jusqu'à ce que Faryl tue son père d'une lame plongée dans la gorge à l'instant où il prenait son plaisir. Elle s'était longuement délectée de la vision du sang sur elle avant de repousser le cadavre d'entre ses jambes. Comme tant de fois auparavant, elle était allée au ruisseau, mais cette fois-ci elle ne pleurait pas. Et elle n'avait plus peur. Affolés et en furie, les jumeaux s'étaient précipités ; elle leur avait opposé la flamme de défi dans ses yeux de chat.

— Méfiez-vous ! avait-elle menacé.

» Un jour, ce sera votre tour.

Son calme et la lueur démoniaque dans sa prunelle les avaient domptés. Ils ne dirent rien, ne firent rien, hantés par le souvenir du corps ensanglanté et sans vie dans l'étable.

— Je m'en vais, avait-elle dit en sortant de l'eau, se rhabillant sans même prendre la peine de se sécher.

» Le mal est en vous deux. J'espère que Shar vous emportera bientôt, avait-elle ajouté en crachant par terre.

Faryl de Coombe, tout juste âgée de quatorze ans, avait alors ramassé sa lame rincée à l'eau claire pour tourner le dos à sa vie de désespoir, en faisant le vœu de ne jamais éprouver de désir pour un homme. Elle avait aimé ce qu'elle avait ressenti en tuant son père ; du fond de son dégoût, elle rêvait de faire subir le même sort à tous les hommes. Avec encore dans les narines l'odeur de son sang, la jeune fille qui n'était pas encore une femme comprit à cet instant ce qu'elle voulait faire de sa vie.

Wyl s'arracha de la brume des souvenirs pour revenir dans un présent totalement différent de ce qu'il avait cru. Le corps de Rostyr était tendu au-dessus de lui, mais ce n'était pas le plaisir qui lui donnait cette attitude – plutôt le poignard enfoncé jusqu'à la garde dans sa poitrine. Un spasme l'agita une ultime fois ; un flot de sang noir jaillit de sa bouche, inondant Wyl. Une ombre immense le saisit pour le jeter au loin comme un pantin de chiffon. Autour de lui, Wyl découvrit ses quatre autres assaillants morts ou agonisant. La chandelle s'était éteinte. Il eut la certitude que son tour était venu ; la lame allait le frapper.

Ce ne sera pas la première fois, songea-t-il sombrement. La silhouette l'enjamba pour achever le dernier mourant. Quelqu'un à côté de lui respirait bruyamment ; il s'aperçut que c'était lui.

Un visage apparut au-dessus du sien.

— Viens, dit une voix.

Il fut soulevé et emporté comme s'il n'avait eu aucun poids.

— Qui êtes-vous ? gémit-il.

— Aremys.

La brume s'abattit à nouveau sur lui, l'enveloppant totalement. Tout devint noir et Wyl fut englouti.

À son réveil, il était dans un lit. Lentement, Wyl ouvrit les yeux ; assis dans un coin, l'homme ne le quittait pas des yeux. Et tout revint à

Wyl – c'était l'ours qu'il avait vu dans la grande salle de l'auberge. Wyl se rendit compte qu'il était nu sous les draps, ce qui le perturba. Il se souvenait à peine du nom que l'homme lui avait dit.

— Aremys ? dit-il avec la voix de Faryl.

De toute évidence, l'homme savait déjà qu'il était une femme.

— Oui, je suis là.

— Pourquoi ?

— Je n'aime pas qu'on s'en prenne aux femmes.

Sur cette question, Wyl était tout à fait d'accord avec lui.

— Je pensais que vous étiez avec eux, monsieur l'Ours.

Aremys eut un sourire ; ça ne devait pas être la première fois qu'on l'affublait de ce surnom.

— Pas vraiment avec eux.

Effectivement, l'homme avait paru un peu en marge du groupe. Wyl hocha la tête, laissant glisser.

— Ils sont tous morts ?

— Oui.

— Et les corps ?

— Je m'en suis occupé, le rassura monsieur l'Ours.

— Occupé ? s'étonna Wyl d'une voix qui clamait son incrédulité.

» Cinq corps !

— Sept, pour être exact.

Wyl prit une profonde inspiration. L'homme avait partagé sa table avec les sept autres ; il les avait tous tués.

— Pourquoi ?

— On dirait que c'est votre question préférée, répondit Aremys, avec comme une ombre de sourire dans ses paroles.

— C'est la question appropriée dans le cas présent ! contra Wyl, avec comme un soupçon d'agacement dans les siennes.

Il redressa le corps de Faryl en position assise.

— Est-ce que je peux avoir un peu d'eau ?

Pour un homme de sa stature, Aremys se déplaçait vite et en souplesse. Néanmoins, avant de lui servir un verre, il prit le temps d'allumer une seconde lampe. Wyl but avidement, puis se laissa retomber sur les oreillers. Faryl avait mal partout.

— Racontez-moi ce qui s'est passé… s'il vous plaît.

Aremys hocha la tête à contrecœur.

— C'est une longue histoire.

— Personne ne m'attend, je ne suis pas pressée, répliqua Faryl.

La bouche du géant amorça un sourire qui s'acheva en soupir.

— Permettez alors que je me serve un verre de vin.

— Où sommes-nous ?

— Dans ma chambre. À l'autre auberge.

— Je vois. Et de quel côté êtes-vous ?

C'était une question piège.

— Le vôtre, on dirait bien.

Aremys se servit à une carafe.

— Qui m'a déshabillée ?

— J'ai détourné les yeux, répondit Aremys, avec cette fois un vrai sourire.

Wyl ne se souvenait pas de s'être senti aussi gêné ne serait-ce qu'une fois dans sa vie.

— Vous m'avez ôté mes vêtements ! s'écria Faryl avec une note stridente insupportable aux oreilles de Wyl.

— Vos seins sont magnifiques, ajouta Aremys.

Wyl était sur des charbons ardents, les joues en feu.

Le colosse partit d'un éclat de rire.

— Je n'ai pas pu m'en empêcher.

Malgré l'étrangeté de la situation, c'était finalement plutôt agréable d'échanger une plaisanterie.

— Je suis contente qu'ils vous aient plus…

Sans transition, l'humeur redevint grave.

— Je suis désolé de ne pas être arrivé plus tôt pour les empêcher de… enfin, vous voyez…

Wyl ferma les yeux ; dans son esprit revenaient les images du viol qu'il avait subi et de la misérable existence vécue par Faryl dans son enfance.

— Je sais, murmura Wyl.

Il espérait pouvoir oublier tout ça, tout en se demandant comment y parvenaient les femmes victimes d'un crime aussi odieux. Faryl n'avait jamais pu. Toute sa vie, elle avait haï les hommes.

— C'est pour cette raison que vous les avez tués ?

Aremys but une gorgée de vin, observant la jeune femme en face de lui par-dessus le rebord du verre.

— Non. Mais le fait qu'ils vous fassent subir ça m'a bien aidé à le faire.

Soudain, le jour se fit dans l'esprit de Wyl.

— Vous êtes un mercenaire, n'est-ce pas ?

— C'est donc si évident ? répondit Aremys en hochant affirmativement la tête.

— Disons que j'en ai connu quelques-uns…

Il y avait une certaine acidité dans sa voix qu'Aremys perçut, sans toutefois relever.

— Au service de qui ? demanda Wyl.

— Du royaume.

— Quoi ? De Celimus ? s'écria Wyl, choqué.

— Je suppose que oui. Son singe, Jessom, m'a embauché. À ce que j'ai compris le trésor royal est mis à mal avec une régularité inquiétante. Jessom soupçonne que des légionnaires trempent dans l'affaire.

— La légion contre Celimus, murmura Wyl. Excellente nouvelle.

Aremys haussa les épaules.

— Peu me chaut, je ne suis pas morgravian. Moi, j'aime bien ceux qui vont récupérer l'argent pris par les taxes et les impôts, mais votre roi n'a pas le sens de l'humour.

» Jessom m'a payé une fortune pour trouver les coupables. C'étaient trois hommes qui avaient organisé ça. Ça m'a pris des semaines pour les repérer, puis tout l'hiver pour infiltrer leur groupe et gagner leur confiance. Un certain Rostyr était leur chef – un sacré filou. Il utilisait des bandits de grands chemins pour faire les coups, mais c'était bel et bien lui qui tirait les ficelles.

— Je vois, dit Wyl en cherchant une position plus confortable.

» Ils ont volé beaucoup d'argent ?

— Suffisamment pour mettre le roi en rage.

— Est-ce qu'ils ont fait des victimes ?

— C'est arrivé, une ou deux fois. Pas de manière intentionnelle, mais c'est arrivé quand même.

— Des soldats ?

— Oui. On dirait bien que le sujet vous intéresse ?

— C'est un reproche ? demanda Wyl, hérissé.

» Un viol fait mal, Aremys. Bien plus que les hommes ne l'imaginent !

— Excusez-moi, c'était maladroit de ma part.

Wyl accepta gracieusement les excuses, mais la partie de lui qui était Faryl restait bouillante de colère.

— Et pourquoi ce soir aviez-vous décidé de les éliminer ?

— Ils préparaient un coup fumant, avec des morts innocents à la clé – notamment une personne de premier plan. Je ne pouvais pas les laisser faire. Le moment était venu de m'occuper d'eux comme on me l'avait demandé.

— Pourquoi ne pas avoir utilisé du poison ?

L'instinct de Faryl soufflait à Wyl que c'était la meilleure solution.

— Effectivement. C'était bien mon intention à l'origine... du moins jusqu'à ce que vous entriez dans la salle de l'auberge et flanquiez tout par terre. J'ai dû recourir à une méthode plus salissante.

— Je suis désolée d'avoir gâché votre plan. Qu'avez-vous fait d'eux ?

— Demain, leurs corps seront ramenés à Pearlis, à titre de preuve. J'ai déjà fait partir un messager pour informer Jessom de mes découvertes.

— Et accessoirement vous faire payer.

La pique de Wyl ne fit aucun effet sur Aremys, qui se contenta de hausser ses colossales épaules en émettant un son peu flatteur.

— Et maintenant, c'est votre tour. Je suis tout ouïe, dit le mercenaire en reposant son verre.

— Tout ouïe pour quoi ?

— Pour entendre l'histoire passionnante de Thom Bentwood, la femme déguisée en homme qui s'intéresse aux vauriens et se prétend marchand en visite dans une ville où la saison des marchands est finie depuis longtemps.

Mentalement, Wyl s'octroya une volée de bois vert. L'instinct de Faryl l'avait mis en garde contre cette stratégie et il l'avait ignoré. Et maintenant, Aremys le tenait bel et bien.

Il opta pour le plus simple.

— Ce n'est pas facile d'être une femme et de voyager seule. Ce déguisement m'aide à éviter les problèmes.

— Je peux comprendre ça, mais alors pourquoi voyager seule ?

— J'ai besoin d'une raison particulière pour ça ?

Aremys fit peser un regard sombre sur la femme couverte de bleus qui se tenait devant lui. Des secrets, donc... Parfait. Lui aussi avait son lot de mystères.

— Je suppose que non. Mais vous ne voudriez pas m'expliquer quand même ?

Voilà qui était inattendu. Wyl se sentait un peu pris au piège.

Aremys s'en rendit compte.

— Vous me direz ça demain. Pour l'instant, je crois que c'est surtout de sommeil dont vous avez besoin, dit-il en notant immédiatement le soulagement chez son interlocutrice.

» Mais permettez au moins que je m'occupe des blessures sur votre visage.

Wyl hocha la tête.

— C'est grave ?

— Je ne vous conseillerais pas de vous regarder dans un miroir ce soir.

— Voilà qui n'est pas très encourageant, répondit Wyl d'une voix dépitée.

Aremys fouilla dans un vieux sac de cuir, pour en extraire une petite boîte de verre.

— Ce serait le cas si je n'avais pas mon baume miracle avec moi, dit le colosse en s'approchant du lit.

» Je ferai monter un baquet d'eau chaude demain, ajouta-t-il en plongeant un doigt dans la préparation.

Il étala généreusement la pommade sur le visage de Wyl, qui ressentit un picotement.

— Les bleus disparaîtront bien vite, expliqua le mercenaire.

» Et maintenant, dormez.

— Où allez-vous ?

— Pas bien loin. Je serai par terre à vos côtés. Je vais juste allumer une chandelle neuve pour laisser un peu de lumière.

Wyl se sentit touché. En temps normal, il était plus que capable de prendre soin de lui, mais c'était réconfortant d'avoir quelqu'un sur qui compter. Cela lui rappelait son enfance, lorsque Gueryn prenait toutes les décisions pour lui ; soudain, il eut la nostalgie de ce temps-là. Gueryn lui manquait. Sur cette triste pensée, il ferma les yeux et se tourna vers le mur. Le sommeil ne serait pas long à venir ce soir.

Il écouta Aremys chercher une position confortable sur le rude plancher. Wyl lui savait gré de n'avoir pas poursuivi ses questions sur Thom Bentwood.

— Je m'appelle Faryl, murmura Wyl dans l'obscurité, se surprenant lui-même à dire la vérité… et à finalement l'accepter.

Chapitre 7

À Rittylworth, les journées s'écoulaient lentement, au rythme particulier du travail et des dévotions des hommes de Shar. Certains passaient leur vie à la bibliothèque, absorbés dans la lecture des ouvrages sacrés qu'ils annotaient soigneusement ; d'autres recopiaient les enluminures anciennes dans l'atelier somptueusement décoré. Tous enfin travaillaient dans les vergers et potagers, s'occupaient des troupeaux de chèvres et de moutons qui leur donnaient leur chair à manger et leur laine, ou surveillaient leurs quelques vaches dont le lait désaltérait la petite communauté, produisait le beurre et la crème et permettait la production du très réputé fromage de la région.

Le Coquard de Rittylworth devait son nom à sa forme ronde et à la pellicule de cire dont on le recouvrait, d'un violet profond tirant sur le noir. Les meules étaient conservées dans un cellier spécialement aménagé sous la chapelle. Profondément creusée sous la terre, cette vaste salle n'était toutefois pas enfouie aussi loin que la grotte secrète du monastère – dont bien peu à l'extérieur connaissaient l'existence.

C'était là qu'Ylena aimait passer ses journées. Conscient de l'ampleur du chagrin de leur hôte, frère Jakub lui avait offert d'y aller. Bien sûr, elle aimait sa chambre, avec sa vue magnifique sur les vergers, mais c'était dans la grotte qu'elle venait se réfugier et trouver la solitude. Là, parmi les sifflements de vapeur de la source d'eau chaude, elle avait entamé le long chemin de sa guérison.

Au début, elle avait essentiellement récupéré physiquement, mais la douce monotonie de la vie monacale avait nourri et raffermi sa force mentale. L'épreuve n'avait pas été simple et le chagrin avait bien souvent failli la faire sombrer. Dans ces moments-là, elle s'accrochait au souvenir du surnom qu'on lui donnait pour puiser en elle les ressources dont elle savait disposer. Aujourd'hui, elle pouvait repenser à l'exécution d'Alyd sans être submergée par les larmes ; peu à peu, le choc de la perte de tous ceux qu'elle aimait s'était mué en une acceptation teintée d'amertume. Tous ces tourments l'avaient laissée comme assommée et hébétée, mais elle apprenait à mettre ça de côté.

Un jour, Wyl lui avait expliqué comment il avait fait pour museler le chagrin causé par la mort de leur mère, puis celle de leur père. Suivant son exemple, elle avait déposé toutes ces émotions douloureuses au plus profond d'elle-même, dans un lieu sûr et sombre où elles reposaient désormais sans plus jamais la perturber. Celimus était celui qui avait orchestré toutes ces morts et ces souffrances ; c'est sur son nom honni qu'elle allait bâtir son propre monument de haine.

En apprenant que Romen n'avait pas emporté avec lui la tête d'Alyd, elle avait finalement trouvé en elle la détermination pour se ressaisir totalement. Sur le coup, une vague immense de colère l'avait submergée et, en vérité, c'était cette rage vibrante qui l'avait sauvée. Jakub lui avait dit que Romen avait sans doute de bonnes raisons d'agir ainsi – la tête d'Alyd était la preuve des crimes odieux commis à Stoneheart. Un grand calme s'était alors levé en elle ; quelles que soient ses motivations, Romen avait à cœur d'agir pour le mieux.

Depuis ce jour, elle avait laissé filer le temps jusqu'à ce que son corps et son âme aient retrouvé leur équilibre. Dans ces instants de malheur, le novice Pil avait été son meilleur ami et soutien ; Shar lui pardonne, mais il semblait bien être un tout petit peu amoureux d'elle. Prenant son rôle très à cœur, il faisait preuve d'un dévouement sans limites ; combien de fois n'avait-elle pas dû lui rappeler qu'elle n'était pas impotente et qu'elle pouvait se débrouiller toute seule ? Chaque fois, il souriait timidement, s'excusait, puis renouait bien vite avec ses innombrables petits soins. À dire la vérité, il avait été déterminant dans sa guérison – son désir enfantin de la voir sourire et se sentir mieux était contagieux.

Originaire du nord-ouest, Pil était l'un des très nombreux rejetons d'une famille de pêcheurs. Son père et ses frères allaient en mer, tandis que sa mère et ses sœurs préparaient et vendaient le poisson. Tous les habitants de son village vivaient de la mer ; Pil était le seul de la région à n'avoir jamais ressenti l'appel du large. En fait, il souffrait du mal de mer – il le reconnaissait bien volontiers – et détestait tout ce qui avait trait aux bateaux et aux poissons. Dire ces choses était sacrilège dans le village, aussi souffrait-il en silence. Mais malgré son courage, son travail était déplorable ; il ne parvenait même pas à ravauder convenablement un filet. Pour finir, son père en eut tellement assez qu'un soir de grande colère il demanda à un moine de passage d'emporter son bon à rien de fils pour l'instruire dans les mystères de Shar.

— Peut-être sera-t-il utile à quelque chose ? Au moins, il pourra prier pour notre sécurité et notre prospérité.

Un jour, Pil avait ouvert son cœur et raconté cette histoire à Ylena. Le moine avait dit oui et, après plusieurs mois de pérégrinations, Pil s'était rendu compte qu'il aimait tout à la fois les travaux d'écriture et servir Shar. Son aimable mentor avait alors pris contact avec son vieil ami Jakub à Rittylworth ; à la fin de cette même année, Pil avait un nouveau foyer et une nouvelle famille. Pour la première fois de sa vie, il s'était senti aimé et accepté. Les frères couvaient littéralement leur cadet, redoublant d'attentions à son endroit ; Pil n'avait eu aucun mal à se fondre dans la communauté. Ylena voyait comment l'amour reçu s'était transformé chez Pil en ardeur à faire le bien autour de lui. Récemment, elle lui avait dit qu'elle remerciait sa bonne étoile qu'il se soit montré si piètre pêcheur ; Pil n'avait pu s'empêcher de rougir.

Et puis il y avait frère Jakub – son calme, sa patience, sa sagesse –, dont les yeux semblaient capables de lire au fond des cœurs.

De toute évidence, il savait plus ou moins ce qu'elle avait subi – et par la faute de qui –, mais il ne lui avait jamais rien demandé directement. Peut-être Romen lui avait-il dit quelque chose ? Dans le fond, toutefois, elle en doutait. Les quelques jours passés avec Koreldy lui avaient au moins appris qu'il cultivait le secret et n'était pas homme à dévoiler ceux des autres. Il y avait eu des moments, pendant leur chevauchée depuis Pearlis, où Romen lui rappelait Wyl – des petites phrases ici et là et même la manière qu'il avait de la réconforter. Par instants, elle pouvait presque croire que c'était son frère. Romen lui avait expliqué avoir fait le serment à son frère mourant de la tirer de son cachot. Elle avait la conviction qu'il ne s'était ouvert à personne de ces tristes histoires. Il avait dû lui paraître inutile d'infliger ces tourments à Jakub et aux frères ; qu'ils ouvrent leur sanctuaire était déjà suffisant.

Ce jour-là était en tout point semblable à tous ceux qui s'étaient déjà écoulés. Malgré le ciel clair, le froid restait vif ; dans les arbres, les tout premiers bourgeons indiquaient cependant que le printemps n'était plus très loin désormais. Ylena resserra son châle autour d'elle ; les matins étaient encore bien frais ici au nord. Même le bol d'avoine au lait chaud et le gros morceau de gâteau de miel qu'elle avait engloutis plus tôt n'étaient pas parvenus à la réchauffer complètement. Elle frissonna, savourant à l'avance le plaisir de son bain quotidien dans les eaux chaudes de la grotte.

Dans la grande cour du monastère, elle sourit à deux frères, qui inclinèrent la tête en réponse – sans briser le silence imposé jusqu'à la troisième sonnerie du matin. Ylena se demandait où Pil pouvait bien être. À cette heure-ci, il était généralement à ses côtés, à la faire rire avec ses histoires énormes.

Parfois, elle avait l'impression d'avoir vécu une vie entière ici parmi les moines, alors que quelques semaines seulement s'étaient écoulées.

Ses bottes résonnaient sur les pavés du grand cloître voûté. Elle tourna la tête sur sa gauche, là où frère Tomas était dans son petit jardin à soigner ses arbres. Il lui avait expliqué que la peau du fruit d'Akin avait des propriétés bienfaisantes qui, curieusement, étaient à leur maximum aux premières heures de la journée. Chaque matin, il était donc là à toucher délicatement ses fruits. Elle lui fit un petit signe de la main, auquel il répondit d'un signe de tête, ses deux mains enveloppant l'une des petites sphères d'un bleu tirant sur le vert. Il souriait ; le fruit était bon. Tomas avait dit qu'il s'estimait heureux s'il pouvait cajoler ne serait-ce qu'un fruit par semaine. Les arbres d'Akin comptaient au nombre des plus capricieux de dame nature et seule une extraordinaire patience permettait de les faire pousser. Comme il est simple ici d'être patient, songea Ylena, en promenant son regard sur la quiétude tranquille du hameau.

Tandis qu'elle descendait d'un pied léger la courte volée de marches reliant le cloître à la grande cour, Ylena songea que cela faisait bien longtemps qu'elle ne s'était pas sentie aussi bien. « Heureuse » n'était peut-être pas le mot qu'elle aurait employé, mais elle était à présent prête à envisager la vie après Rittylworth et à se rendre dans la famille d'Alyd. Le puissant duc de Felrawthy saurait quoi faire ; elle ne doutait pas qu'une fois informé du sort fait à son fils, il se tournerait contre Celimus. Si elle-même parvenait à réunir les hommes d'Argorn sous la bannière des Thirsk, alors les jours du roi pourraient bien être comptés. Si la légion savait qui était responsable de la mort du général Thirsk et du capitaine Donal, jamais elle ne lèverait les armes contre eux – Ylena en avait la certitude.

Les cloches de la troisième sonnerie résonnèrent et Ylena sourit ; c'en était fini du silence jusqu'au soir. Bientôt, les frères allaient sortir de leur méditation et commencer leur journée. Il lui revint à l'esprit qu'elle avait prévu d'aller chercher un gargarisme chez frère Farley pour soigner un mal de gorge qu'elle traînait depuis la veille. Tiraillée entre l'envie d'aller se plonger dans l'eau chaude et le souci de ne pas tomber malade maintenant qu'elle se sentait mieux, elle vira brusquement en direction du cabinet du vieux guérisseur, pour se retrouver nez à nez avec frère Jakub qui arrivait.

— Ah ! ma chère enfant. Vous êtes vraiment une vision faite pour réchauffer le cœur d'un vieillard.

Elle le serra dans ses bras.

— Bien le bonjour, frère Jakub. Vous n'êtes pas à l'office du matin ? Seriez-vous souffrant ?

Un chaud sourire éclaira la face ridée du vieil homme.

— Non, ma chère, mais il y a des enfants malades au village et je voulais en parler à frère Farley avant qu'il soit trop pris par son travail. J'aimerais qu'il les voie ce matin.

Elle eut un hochement de tête entendu.

— Et vous ? reprit-il.

— Ma gorge, répondit-elle en se touchant le cou.

— Ma brave femme de mère disait toujours « Qui sort les cheveux mouillés ne doit pas s'étonner d'avoir la goutte au nez », dit-il en agitant un doigt dans ce qui avait tout l'air d'être l'imitation d'une vieille femme.

Elle rit et, de joie, il prit sa main dans les siennes.

— Comme c'est bon de vous voir rire.

Ylena prit un air un peu triste.

— Il y a des moments où j'ai presque du mal à croire combien la vie peut être belle. Je me surprends à sourire et aussitôt je me sens coupable.

— Il ne faut pas, dit Jakub.

» C'est ainsi que l'esprit humain se reconstruit, mon enfant – ainsi qu'il se soigne. Laissez votre âme s'envoler quand elle en a envie, Ylena… Ayez confiance en elle. Cela signifie juste qu'elle a retrouvé l'espoir. C'est une arme très puissante, l'espoir.

Elle hocha la tête ; les larmes lui montaient aux yeux devant tant de bonté et de générosité.

Jakub sentit son émotion et, pour ne pas nuire à son humeur joyeuse, changea bien vite de sujet.

— Est-ce que Pil s'occupe bien de vous, Ylena ? demanda-t-il.

— Beaucoup trop bien, frère Jakub ! répondit-elle avec une pointe de dérision désespérée.

— Ah, c'est un bon garçon… Et il prend son rôle de protecteur très à cœur.

— Je sais. Il est adorable… et vous êtes tous adorables. Mais il va falloir que je songe à partir.

— Pas trop vite, j'espère, murmura-t-il.

» Prenez votre temps. Remettez-vous tranquillement.

Ylena saisit l'occasion qui se présentait.

— Je sais que je ne devrais pas vous retenir, frère Jakub, mais je voulais savoir si vous aviez reçu des nouvelles de Romen ?

— Pas un mot, répondit-il en lui tenant la porte du cabinet de travail du frère guérisseur.

En cet instant, frère Farley était occupé à broyer des herbes en poudre pour les peser méticuleusement. Perdu dans ses pensées, il murmurait pour lui-même des choses indistinctes.

— Puis-je alors vous demander des nouvelles du paquet important qu'il vous a laissé en garde ?

L'expression sur le visage de Jakub devint subitement grave.

— C'est bon, le rassura-t-elle.

» Je peux en parler maintenant. Je me sens suffisamment forte.

— Je le sais, mon enfant. Vous êtes exceptionnelle – et ce n'est pas étonnant quand on sait qui étaient vos parents.

— Vous connaissiez mon père ? demanda-t-elle, surprise.

D'un signe de tête, Jakub demanda à frère Farley de les laisser seuls.

— De réputation seulement. Je n'ai jamais eu le plaisir de rencontrer personnellement votre père ou votre frère. C'étaient des hommes remarquables, à ce que j'ai entendu dire.

— Merci, murmura-t-elle.

» Où est la tête ?

Il la prit paternellement dans ses bras.

— Elle est à l'abri, dans la grotte.

Ylena se sentit fléchir en comprenant qu'elle venait de passer des semaines aussi près d'Alyd.

— Où ça ? demanda-t-elle dans un souffle.

— L'armoire où nous gardons les cierges comporte un double fond – elle est là. Elle est à l'abri, comme Romen l'avait demandé.

Elle fut sur le point d'en dire plus, mais des cris au-dehors retinrent les mots dans sa bouche. Sourcils froncés, frère Jakub lui intima l'ordre de rester où elle était tandis que lui-même se précipitait aux nouvelles. Quelques instants plus tard, il revint, le visage pâle comme la mort.

— Ylena, cachez-vous vite, dit-il en lui saisissant la main.

— Que se passe-t-il ?

— Des cavaliers. Des hommes du roi ! cria Pil en entrant dans la pièce, totalement terrorisé.

» Ils font du mal aux frères.

Les yeux de la jeune femme s'agrandirent de surprise. La panique montait en elle ; une boule dans la gorge lui avait fait oublier jusqu'au souvenir de la douleur.

— Mais que…

— Faites ce que je dis, ordonna Jakub d'une voix plus dure.

» Cachez-vous derrière ce comptoir tous les deux et dès que possible rejoignez la grotte en passant par cette fenêtre. De ce côté, vous serez invisibles. Vous savez ce que vous avez à faire, mon enfant, dit-il en fixant Ylena d'un regard devenu sombre.

» C'est le moment de prouver ta valeur, mon garçon. Veille sur elle. Emmène-la loin d'ici dès que la voie sera libre, ajouta-t-il à l'intention de Pil.

— Jakub ! répliqua-t-elle d'une voix tremblante.

» C'est pour moi qu'ils sont venus, n'est-ce pas ?

— Mais ils ne vous trouveront jamais. Aussi longtemps que je respirerai, affirma-t-il avant de se tourner vers l'autre moine.

» Allons-y, Farley. Sois fort. Nous n'avons rien à voir avec ces hommes.

Jakub chercha le regard d'Ylena, déposa un rapide baiser sur sa joue et murmura un ultime encouragement. Ensuite, il saisit la main d'un Farley sidéré et les deux hommes sortirent dans la lumière du jour.

Abasourdie, Ylena resta clouée sur place un moment – jusqu'à ce qu'elle entende les éclats de voix des cavaliers.

— Venez ! souffla Pil en la tirant par la main.

Ils plongèrent derrière le comptoir sur lequel le moine guérisseur faisait ses mesures, pour se tasser sous un rayonnage. Un bruit de pas retentit dans la pièce ; Ylena retint son souffle. Pil maintenait un index sur ses lèvres – par réflexe sans aucun doute, à en croire ses yeux fermés.

Jakub parlait – d'une petite voix aimable pleine de confusion feinte.

— Il n'y a pas de femme dans notre monastère, mon fils, disait-il à un soldat.

» Mais bien sûr, vous pouvez chercher si vous voulez…

Sa voix s'amenuisait tandis qu'ils ressortaient de la pièce. Heureusement, les hommes s'étaient contentés d'un coup d'œil rapide.

— Ils vont revenir, murmura Pil.

— Je veux voir ce qu'ils font, répondit-elle.

Pil secoua négativement la tête avec une énergie farouche.

— Non, j'ai promis à frère Jakub.

Ylena savait qu'il parlait juste – tout comme elle savait que les intrus étaient là pour elle et que s'ils l'attrapaient, elle ne vivrait pas assez longtemps pour se venger.

— Je sais. Mais si ce qui arrive est à cause de moi, je dois savoir ce qui se passe.

Vaincu, Pil se soumit à sa volonté, la tête baissée.

— On peut peut-être monter dans la tour pour voir, proposa-t-il.

Cette tour était une zone désaffectée du monastère où naguère des frères venaient faire des retraites solitaires. Le plancher s'était en partie effondré quelques années plus tôt, si bien que frère Jakub avait déclaré l'endroit fermé. Faute de frères désireux de vivre dans l'isolement, la tour était restée en l'état.

— Ça ne devrait pas être difficile d'y aller, ajouta-t-il avec circonspection.

» Et si besoin, on peut accéder à la grotte par le cellier aux fromages.

Pil sortit de leur cachette, puis s'assura que la voie était libre. Ils ouvrirent la petite fenêtre et se glissèrent au-dehors ; fort heureusement, tous deux étaient minces.

— J'ignorais qu'on pouvait y entrer en passant par là, murmura-t-elle en jetant des coups d'œil autour d'elle.

Ils avançaient sur la pointe des pieds dans le petit passage menant à la tour. Les bruits de voix se faisaient plus proches.

— Il y a un passage secret, expliqua Pil, terrorisé.

» Vite ! On vient !

Les deux fuyards se faufilèrent à l'intérieur de la tour sans perdre une seconde. Appuyés contre le mur de pierres, ils reprenaient leur respiration avec peine, la peur au ventre ; des bruits de bottes sur le pavé leur parvenaient. Les pas s'arrêtèrent devant la porte.

— Tu as regardé ici ? demanda une voix.

Ylena n'osait plus respirer ; elle éleva une prière à Shar pour qu'on ne les voie pas.

— Oui. De toute façon, ce n'est qu'une ruine. Il n'y a personne là-dedans.

— Bien, alors place une poutre contre la porte, que personne ne puisse entrer… ou sortir. Les autres sauront que l'endroit a été vu.

— Tout de suite.

Les pas s'éloignèrent ensuite. Ylena tourna les yeux vers le visage de Pil devenu crayeux ; pour la première fois, elle mesurait à quel point il était jeune – quinze ans au plus. Elle allait maintenant devoir se montrer forte, au moins pour lui.

Elle lui saisit la main pour la serrer fort.

— On va s'en sortir, Pil. Fais-moi confiance, dit-elle, avec tellement de certitude dans la voix qu'elle se surprit elle-même.

Elle se demanda d'où ce courage pouvait bien lui venir et les paroles de Jakub sur l'esprit et l'espoir lui revinrent en mémoire. *Pas l'espoir*, songea-t-elle. Alyd et Wyl étaient morts. *Juste la haine, le désir de vengeance… et une détermination inflexible.*

— Allez, montre-moi le chemin.

Après un petit sourire nerveux, Pil s'engagea dans l'escalier tournant, sans lâcher la main qu'elle lui donnait. Des meurtrières dans le mur laissaient entrer l'air ; une nouvelle pointe de terreur se ficha dans son cœur.

— Pil, ça sent la fumée.

Le garçon ne répondit pas, concentré sur son ascension. Parvenu au sommet, il montra quelques madriers rongés à cœur.

— Faites très attention, dit-il à voix basse.

— Tu te sens bien ? demanda-t-elle.

— Ils frappent les frères, répondit-il, des larmes plein les yeux.

» Je n'ai pas bien vu. Je vais regarder à nouveau.

Ylena déglutit avec difficulté. Comment avait-elle pu se montrer aussi insensible ? Ces hommes n'appartenaient sûrement pas à la légion. Elle connaissait bien les soldats de son frère ; jamais ils ne commettraient pareil crime.

— Tu as dit que c'étaient des hommes du roi ?

— Ils arborent sa bannière, répondit le jeune homme.

— Alors Celimus a formé une troupe de mercenaires… Aucun légionnaire ne ferait quelque chose d'aussi vil, dit-elle, dents serrées.

» Ne bouge pas, je vais voir.

Pil obéit sans discuter, se contentant de lui montrer où poser les pieds. Elle franchit le petit espace avec la légèreté d'un oiseau, et ensuite seulement s'autorisa à regarder en bas.

Au premier gémissement étouffé qu'elle émit, Pil s'effondra au sol ; inutile pour lui de voir de ses yeux pour comprendre que son monde

– l'univers qu'il connaissait et chérissait – était en train de s'écrouler. Ylena sentit sa gorge se bloquer. De lourdes volutes de fumée noire entraient maintenant par toutes les ouvertures ; le monastère était en flammes.

Des hommes qu'elle connaissait gisaient au sol, dans les positions grotesques où la mort les avait saisis dans leur jardin, avec épars autour d'eux leurs outils abandonnés. Ils avaient été tués pendant qu'ils travaillaient, d'une épée passée dans le corps sans le moindre avertissement – sans même une parole. D'autres, couverts de sang, des flèches fichées dans le dos, avaient tenté de fuir, pour finir massacrés.

Ylena posa une main sur sa bouche ; elle venait de reconnaître la silhouette de frère Farley. Il était encore en vie, mais plus pour très longtemps. Une de ses mains avait été tranchée net à hauteur du poignet ; hébété, il contemplait son sang qui coulait. *Comment va-t-il faire maintenant pour peser ses ingrédients et préparer ses onguents ?* songea-t-elle bêtement, sachant pertinemment que dans quelques minutes il serait mort. D'autres encore étaient interrogés, et parmi eux la frêle silhouette de frère Jakub qui faisait son possible pour ramener le calme parmi les siens – ou ce qu'il en restait. Mains tendues, il implorait la pitié des barbares étrangers, les suppliant d'épargner les serviteurs de Shar qu'ils étaient.

Lorsqu'ils le saisirent pour le clouer sur une croix de bois, Ylena sut que si elle consacrait le reste de ses jours à une seule chose – tuer Celimus –, au moins aurait-elle fait œuvre utile. Elle ravala le hurlement qui montait dans sa gorge. En bas, les assaillants aspergeaient le moine d'un liquide épais ; une torche atterrit sur lui et la toute petite silhouette s'embrasa. Sans qu'elle n'y puisse rien, elle laissa échapper un sanglot de douleur.

— Jakub…, murmura-t-elle.

Pil pleurait à chaudes larmes, les mains plaquées sur ses oreilles. Il avait vu les mots sur ses lèvres et l'angoisse sur son visage ; il savait ce qui s'était passé. Ylena comprit que ces hommes n'étaient pas venus la chercher – ils étaient venus l'exécuter. D'une manière ou d'une autre, ils savaient qu'elle était à Rittylworth et s'il le fallait ils réduiraient la communauté en cendres pour la débusquer.

Mais ils ne me trouveront pas ! se promit-elle. Ne serait-ce que pour venger la mort de ces hommes généreux et pacifiques, elle devait vivre. Il fallait qu'elle fasse échec aux plans de Celimus de toutes les manières possibles, pour ensuite se consacrer entièrement à sa chute.

Elle s'approcha du jeune garçon, recroquevillé sur lui-même. Pour lui, elle s'efforça de repousser ses propres peurs ; il ne devait pas soupçonner à quel point elle était terrifiée, sans quoi jamais il n'aurait la force d'accomplir ce qu'elle attendait de lui. Sa voix était ferme, vibrante de colère.

— Viens, Pil. Il faut y aller maintenant.

— Où ça ? pleurnicha le garçon.

— À la grotte pour commencer – je dois y récupérer quelque chose et puis nous y serons à l'abri. Nous attendrons qu'ils partent et préparerons un plan.

— Ils sont tous morts ?

— Je ne sais pas.

Une bien pauvre réponse, mais qui avait au moins le mérite d'être sincère. Ylena savait qu'elle n'avait rien à gagner à lui raconter les horreurs qu'elle avait vues.

— Dépêchons-nous maintenant ! ajouta-t-elle avec vigueur.

— On ne peut plus sortir d'ici, gémit-il en s'efforçant de contenir ses larmes.

— Mais si, on peut ! On va sortir par cette fenêtre derrière toi. Ils ne nous verront pas.

Il la regarda comme si elle avait perdu l'esprit ; elle lui rappela quelle était la situation.

— On ne peut pas rester ici. Or, ils ont bloqué la porte et ils peuvent revenir à tout moment.

— Mais c'est trop dangereux par le toit.

— Lorsque je suis arrivée ici et que j'avais si peur que je ne supportais même pas d'être seule, tu m'as raconté que frère Jakub t'avait appris à fixer ton regard sur les choses effrayantes et à marcher droit sur elles, dit-elle d'une voix aussi douce que possible.

» Tu t'en souviens, Pil ?

Le jeune garçon hocha lentement la tête.

— Eh bien, c'est ton conseil qui m'a aidée à m'en sortir. C'est toi qui m'as permis de dompter la terreur qui me hantait depuis les événements de Stoneheart…

Il n'avait entendu que des bribes de cette histoire, mais la gravité de son ton lui disait assez à quel genre d'horreurs elle avait été confrontée.

— Vraiment ?

— Oui, vraiment ! Et maintenant c'est ton tour de suivre les conseils de Jakub. Tu dois regarder tes démons au fond des yeux et leur dire que tu ne les crains pas. Je ferai comme toi.

— Que faut-il que je fasse ?

— Traverser le toit avec moi et m'accompagner dans la grotte où nous pourrons préparer notre évasion.

À l'expression peinte sur le visage du garçon, Ylena sut qu'il pensait sincèrement qu'elle avait perdu la tête. Elle lui fit ce petit sourire carnassier qu'elle avait souvent vu naguère chez Alyd et Wyl lorsqu'ils s'apprêtaient à commettre une bêtise.

— Fais-moi confiance.

— Et où allons-nous ? demanda-t-il, maintenant subjugué par la femme qui se tenait devant lui.

— À Felrawthy, pour lever une armée.

Chapitre 8

Aremys n'avait qu'une parole ; le lendemain matin, un baquet rempli d'eau chaude agrémentée d'huiles aromatiques était apporté dans la chambre. Une nouvelle fois, Wyl eut l'occasion de s'étonner de la prévenance de cet étranger.

Debout sur le pas de la porte, le gigantesque mercenaire parla par-dessus son épaule.

— Je vais faire un tour. Prenez tout votre temps.

— Qu'avez-vous dit dans l'auberge à mon sujet ?

— Rien, ça ne les regarde pas. Et puis, ils peuvent bien imaginer ce qu'ils veulent, répondit-il avec un petit clin d'œil.

La note d'effroi subitement apparue sur le visage de Faryl fit sourire Aremys ; Wyl venait de comprendre tout ce que cela impliquait. Au moins, l'ancien général de la légion se réjouissait de voir que le baume avait été efficace sur ses bleus. Même avec le visage abîmé, Faryl restait d'une beauté sauvage à couper le souffle.

— Fermez derrière moi, conseilla Aremys avant de sortir.

Wyl suivit sa recommandation, puis s'abandonna pour la seconde fois en bien peu de temps au contact voluptueux de l'eau chaude. Délicatement, ses doigts passèrent sur les zones les plus douloureuses. Ensuite, en les évitant scrupuleusement, il se savonna de la tête aux pieds. Jamais il n'aurait pensé éprouver un jour de telles sensations ; être une femme était totalement différent de ce qu'il avait imaginé. Il n'eut toutefois pas le courage de pousser trop loin son exploration – d'autant que Faryl avait encore les nerfs à vif. *Plus tard*, se dit-il avec un soupçon de gêne.

Wyl savait qu'il se souviendrait toujours du sentiment de vulnérabilité qu'il avait éprouvé. Au moins, Rostyr était mort. Justice avait été faite, grâce à Aremys – et même grâce à Jessom d'une certaine manière. Ce qui restait de Faryl en lui partageait pleinement son sentiment. Il se demanda jusqu'où Celimus avait été pour démasquer les voleurs du trésor royal – le connaissant comme il le connaissait, aucun doute que le roi cherchait des informations d'une manière bien moins subtile que celle de son chancelier.

La réponse allait lui venir plus vite qu'il ne l'avait pensé.

Ce matin-là, Wyl avait pris grand soin de ses cheveux, les brossant jusqu'à ce qu'ils donnent tout leur éclat, avant de les attacher comme Faryl l'aurait fait. Les marques de coups sur son visage l'avaient un peu effrayé ; elles risquaient vraiment d'attirer l'attention. Néanmoins, hormis quelques douleurs ici et là, il pouvait se féliciter de s'en être sorti indemne.

Lorsque Aremys revint, une Faryl toute pimpante l'attendait, enveloppée dans l'une de ses immenses chemises qu'elle avait dû aller pêcher au fond de son bagage. Il la vit et déglutit avec difficulté ; c'était vraiment une femme magnifique. Il n'avait jamais été du genre à s'amouracher des beautés fragiles qu'il risquait de briser contre lui en les prenant dans ses bras – ce qui ne voulait pas dire que les aguicheuses trouvaient plus grâce à ses yeux. Ces femmes savaient y faire au point d'user de leur corps et de leurs charmes comme de véritables armes. À dire vrai, il n'avait jamais éprouvé un penchant profond pour une femme – à l'exception peut-être d'Elly de la ferme d'à côté lorsqu'il n'était même pas encore jeune homme. Et puis, Elly était bien plus un garçon manqué qu'une primevère, ce qui expliquait qu'elle avait toujours été sa préférée. Elle courait plus longtemps, tirait mieux à l'arc et dépiautait un lapin bien plus efficacement que lui. Elle aussi d'ailleurs l'appelait monsieur l'Ours – et tout comme Faryl, ce n'était pas une beauté classique. En revanche, son rire emplissait de joie le cœur d'Aremys et son esprit acéré avait le tranchant d'une épée.

Sous le regard un peu fixe du mercenaire, Wyl sentit la gêne monter en lui.

— Je crois que je ne vais pas mettre de déguisement aujourd'hui, dit-il.

Aremys approuva d'un hochement de tête, mais ne répondit rien pour autant. Un silence étrange s'installait entre eux ; ni elle, ni lui ne savait ce qu'il convenait de faire maintenant.

Wyl haussa les épaules, avant de porter une main à l'une des contusions sur son visage.

— Vous vous êtes montré particulièrement aimable avec une étrangère. Je ne sais pas comment il convient que je vous exprime mes remerciements, mais considérez néanmoins que vous avez ma gratitude. Et je suis sincère.

Aremys retrouva sa langue.

— Je suis passé à l'auberge des Quatre Plumes pour récupérer vos affaires. Je pense que vous n'avez pas envie de retourner là-bas.

— Ah… Voilà qui me rend encore plus redevable envers vous. En tout cas, merci.

Le mercenaire fit un pas vers le centre de la pièce, indiquant d'un geste de la main que tout cela n'était que bien peu de chose.

Tout en réfléchissant à toute vitesse à ce qu'il allait bien pouvoir faire, Wyl s'empressa de parler pour meubler.

— Est-ce que je vous dois quelque chose pour l'auberge ?

— Non, vous aviez tout réglé d'avance, répondit Aremys.

» Exactement mon type… Moi aussi, je paie toujours d'avance – juste au cas où il me faudrait partir d'urgence.

À son tour, Wyl hocha la tête pensivement.

— Eh bien…, commença-t-il avec un large sourire.

» Je crois que l'heure est venue pour moi de vous laisser à vos occupations. Vous avez déjà tant fait.

— Et vers où allez-vous vous diriger ? demanda Aremys.

Wyl botta en touche ; ils en venaient aux sujets délicats.

— Oh, je me rends dans un petit village à quelques journées de cheval d'ici.

— Voir de la famille ?

— Euh… eh bien… oui, d'une certaine manière. En fait, je recherche la mère d'une amie, répondit Wyl en constatant que le plus simple était encore de coller au plus près de la vérité.

» Et vous ? demanda-t-il ensuite, dégoûté de ce ton de politesse forcée.

— Nulle part en particulier. Maintenant que j'ai fini mon travail pour Jessom, je suis comme qui dirait libre comme l'air.

Aremys fit se toucher les extrémités de ses grands doigts, avant de croiser ses mains dans son dos pour les laisser retomber le long de son corps à la seconde suivante.

Il était grand temps d'agir.

— J'espère que nos chemins se croiseront à nouveau, dit Wyl en s'avançant résolument pour serrer la main du mercenaire dans la sienne.

» Je vous suis infiniment reconnaissante, ajouta-t-il en le regardant dans les yeux. Que Shar vous protège.

Les yeux sombres de « monsieur l'Ours » la regardaient à présent avec une pointe de mélancolie.

— Je vous ai également rapporté votre cheval.

Wyl sourit fugacement. Ce petit changement dans son visage transformait totalement le maintien de Faryl ; Aremys ne manqua pas de l'observer.

Elle avait un joli sourire – qui illuminait son regard et transcendait son expression généralement grave, voire austère, en quelque chose de pétillant et plein de vie.

— J'aurais pu m'en charger toute seule, mais merci quand même.

D'un geste négligent, Aremys indiqua qu'il ne lui en avait rien coûté.

— Je me suis dit que vous n'alliez sans doute pas remettre vos postiches et que vous n'auriez pas envie de vous présenter en tant que Faryl au palefrenier pour demander le cheval de Thom Bentwood, commença-t-il en brodant un peu sur la réalité, avant d'opter pour une franche sincérité.

» Mais je me suis aussi dit que nous pourrions faire route ensemble. Il n'y a qu'une route qui part d'ici et je suppose que vous allez plutôt dans la direction de Pearlis. C'est bien le cas, n'est-ce pas ?

— Eh bien oui, c'est le cas, répondit Wyl, déconcerté par la question et incapable de trouver quoi que ce soit à objecter.

— Alors nous pourrions chevaucher ensemble ?

Ce coup-ci, l'heure était venue de se montrer directe.

— Aremys, c'est inutile de vous inquiéter pour moi. Contrairement aux apparences, je sais tout à fait me défendre.

— Oh, mais je ne suis pas inquiet. Je vois bien à vos muscles et aux armes que vous transportez qu'il ne doit pas faire bon vous chahuter.

— Vous avez fouillé dans mon bagage ? demanda Wyl d'une voix soudain cassante.

— C'était difficile de ne pas les voir, Faryl. Comme je vous l'ai dit, j'ai ramassé vos affaires.

— On dirait bien que je n'ai plus de secrets pour vous ! Qu'avez-vous trouvé encore ?

— Je vous donne ma parole que je ne voulais pas être indiscret.

— Vous êtes un mercenaire, Aremys. Je ne sais pas ce que vaut votre parole.

Wyl vit immédiatement que ses mots avaient fait mal. Pourtant, étaient-ils vraiment justifiés ? Pourquoi Faryl se montrait-elle si ombrageuse ? Après tout, cet homme lui avait certainement sauvé la vie.

— Désolée, reprit Wyl, je suis un peu nerveuse aujourd'hui – à cause d'hier, sûrement. Maintenant, une longue route m'attend et il faut que j'y aille. Plutôt que de vous critiquer, je ferais mieux de vous remercier encore une fois.

— Ce n'est rien.

Finalement, par égard pour son sauveur, Wyl capitula.

— Écoutez, ça ne me dérange pas de chevaucher avec vous. Je voulais juste vous dire qu'il ne faut pas s'en faire pour moi.

Aremys hocha la tête.

— Parfait, répondit-il en tout et pour tout.

Ce n'était pas la solution idéale – Wyl en était parfaitement conscient –, mais ils iraient ensemble jusqu'aux abords de Pearlis ; ensuite, il trouverait bien un moyen pour prendre la tangente, seul.

— Permettez-moi de m'habiller. Et au fait, j'espère que ça ne vous dérange pas que j'aie emprunté l'une de vos chemises.

— Pas du tout. Ça ne m'offusque pas le moins du monde que vous fouilliez dans mes affaires, répondit le mercenaire, avec une once de sarcasme dans la voix.

Leur départ de l'auberge se passa sans le moindre incident. Pour Wyl, sans bandages ni postiches à coller, voyager en femme se révélait infiniment plus confortable – aussi bien physiquement qu'émotionnellement. Il était vêtu simplement d'un pantalon de cuir, de bottes souples et d'une veste chaude par-dessus sa chemise.

— Vous avez gardé l'allure d'un homme, dit Aremys sur le ton de la gentillesse.

Il l'observa tandis qu'elle bondissait en selle avec aisance, pariant qu'elle devait être à cheval aussi habile qu'avec les armes glissées dans son baudrier. Elle l'avait laissé regarder ses couteaux – des armes magnifiques telles qu'il n'en avait jamais vu.

— Lancez-vous aussi bien que ces lames sont belles ? avait-il demandé facétieusement en revenant dans la chambre.

Pour seule réponse, il avait senti l'air vibrer à son oreille tandis qu'un couteau venait se ficher dans une poutre derrière lui après avoir tranché net une boucle de ses cheveux. La rapidité et la fluidité de ses gestes l'avaient laissé bouche bée.

— Désolée… c'était un peu démonstratif, avait dit Wyl en muselant la satisfaction qu'il éprouvait à utiliser les talents de Romen.

Aremys était maintenant plus que convaincu – cette femme était largement capable de veiller sur elle-même.

Ils traversaient une zone particulièrement agréable des régions rurales du sud de Morgravia et, pour la première fois depuis longtemps, Wyl sentit le calme se répandre en lui. Depuis plusieurs heures, ils chevauchaient côte à côte dans un silence apaisant.

Aremys fut le premier à le rompre.

— Puis-je vous demander où vous avez appris à lancer vos couteaux aussi bien ?

Cela faisait déjà longtemps que Wyl attendait cette question ; sa réponse était prête.

— Lorsqu'on grandit au milieu d'une ribambelle de frères, on apprend ce genre de choses.

— J'ai moi-même six frères, mais aucun de nous n'a appris à lancer le couteau.

— Six ! s'extasia Wyl avec emphase, désireux d'amener la conversation vers d'autres sujets.

» Moi, je n'en avais que cinq. Et d'où êtes-vous ?

— Minlyton. C'est le nom du village où j'ai grandi.

— Jamais entendu parler.

— Ce n'est pas étonnant. En fait, je viens d'une petite île au large des côtes du nord du royaume.

Wyl sentit chacun des nerfs de son corps se mettre à vibrer.

— Ah bon ? Et laquelle ? demanda-t-il d'une voix aussi neutre que possible, en espérant très fort qu'Aremys ne prononce pas le nom qu'il craignait d'entendre.

— De Grenadyne.

Wyl sentit le sang refluer de ses joues. Comme Aremys tenait sur lui son regard sombre, il masqua son trouble en repoussant nerveusement une mèche de cheveux qui lui balayait le visage.

— Vous connaissez ?

— Euh… j'en ai entendu parler, bien sûr.

— Mais vous n'y êtes jamais allée ?

— Non, répondit Wyl, heureux de dire la vérité.

» Pourquoi ? demanda-t-il ensuite avec circonspection.

— Oh rien, je… connaissais quelqu'un de Grenadyne qui était aussi doué que vous avec un couteau. À dire vrai, je suis même en dessous de la vérité. Ses lancers étaient si précis que je ne pensais pas que quelqu'un puisse faire aussi bien – jusqu'à ce que je vous voie bien sûr.

Wyl sentit sa gorge se nouer.

— Ah bon ? Et comment s'appelle-t-il ?

— Romen Koreldy. Un noble d'une très riche famille.

Cette fois-ci, Wyl ne parvint pas à dissimuler la crainte qu'il éprouvait.

— Et il vous connaissait ?

Quelle question stupide ! songea-t-il.

— Je veux dire, vous le voyez encore ? corrigea-t-il tandis que son esprit explorait les fragments de souvenirs de Romen à la recherche d'informations sur l'homme à ses côtés.

— Non. Il est plus vieux que moi – je le voyais juste lorsqu'il venait chahuter avec mes frères aînés. Je me souviens d'une démonstration qu'il avait faite pour les gosses, lorsque j'avais cinq ans environ. Il était si bon qu'il pouvait couper un fil en deux à vingt-cinq pas – et ce n'était même pas encore un homme alors.

Quelque chose cherchait à capter son attention ; Wyl l'ignora. Il était totalement fasciné de découvrir ce que l'esprit de Romen ne lui avait pas encore dit. Il comprenait maintenant pourquoi le nom de son compagnon n'avait rien évoqué pour lui.

— Et ?

Aremys eut un haussement d'épaules.

— Rien de bien remarquable. Quelques années plus tard, notre famille est venue s'installer sur le continent, mais nous ne sommes restés que deux ou trois ans – Grenadyne nous manquait trop. Entre-temps, Romen était parti. Il y avait une histoire de scandale autour des Koreldy, mais je n'ai jamais su pourquoi exactement. Depuis, je n'ai plus jamais entendu parler de lui.

Il était de nouveau temps de changer de sujet.

— Et vous y êtes retourné ?

— À Minlyton ?

Wyl confirma d'un signe de tête.

— Non, mais maintenant que vous en parlez… Quand je vais avoir récupéré mon argent, peut-être irai-je y faire un tour.

» Il va être temps de manger, qu'en pensez-vous ? demanda Aremys en s'étirant sur sa selle.

Au grand soulagement de Wyl, l'évocation de la nourriture mit un terme à cette conversation sur les talents de lanceuse de couteau de

Faryl. Au moins, la leçon lui serait profitable ; dorénavant, il éviterait les démonstrations intempestives. Ils partagèrent le généreux repas préparé par les cuisines de l'auberge – poulet, fromage et fruits, accompagnés d'un pain noir et dense. Ensuite, tous deux admirent qu'ils feraient volontiers une sieste dans l'herbe tendre, mais ils s'incitèrent mutuellement à faire preuve de courage pour repartir. Pendant une bonne heure, ils chevauchèrent de nouveau dans un silence qui n'avait rien de pesant.

À l'approche de Pearlis, Wyl eut la réponse à une question qu'il se posait – quelles sanctions Celimus avait-il prises contre la légion pour les détournements de taxes ? À l'évidence, le roi avait consacré un peu de temps à punir avec la plus grande fermeté.

— Par la colère de Shar ! s'exclama-t-il en apercevant le premier homme torturé.

Préservé par le froid, le corps pourrissait lentement, empalé sur une pique dont la pointe terrifiante saillait par la bouche ouverte dressée vers le ciel comme pour un ultime cri. Ses jambes tordues formaient un angle étrange.

— Cet homme s'est vu mourir, constata Aremys.

» On a commencé par lui briser les jambes – et de manière plutôt efficace.

— Jamais auparavant je n'avais vu pareille cruauté en Morgravia, murmura Wyl, tremblant de rage.

» C'est à cause des taxes volées, c'est ça ?

— Comment le saurais-je, Faryl ? Avançons plutôt.

Ils comptèrent neuf autres corps le long du chemin, tous soldats et tous empalés pour une souffrance atroce dans une interminable agonie. Certains étaient en plus mauvais état que d'autres, indiquant que l'infâme inquisition à laquelle se livrait Celimus durait depuis un certain temps déjà.

— Et ce ne sont là que les corps pour cette partie de la route. Shar seul sait combien d'autres pourrissent de l'autre côté de Pearlis, dit Aremys.

L'odeur des chairs en putréfaction leur mettait le cœur au bord des lèvres, menaçant la digestion de leur déjeuner.

Horrifié par ce qu'il voyait, Wyl songeait que ces hommes – « ses » hommes – avaient subi ce sort à cause des trafics de Rostyr et de ses complices.

— Je le hais, murmura-t-il.

— Qui ?

— Le roi, répliqua-t-il au bord de la transe, les yeux rivés sur deux cadavres atrocement tordus.

Aremys fixait sur lui un regard inquiet et indécis, presque soupçonneux.

Cela ne servait plus à rien de rattraper ce qu'il avait dit.

— Et si tu répètes ça à quelqu'un, ma lame ne te loupera pas la prochaine fois, dit Wyl avec un soupir.

» Nos routes se séparent ici, Aremys. À deux lieues environ, il y a la piste que je veux suivre vers les comtés de l'ouest. Je te remercie une nouvelle fois de m'avoir tenu compagnie.

Wyl faillit faire le salut de la légion, mais il se retint à temps. Au lieu de cela, il approcha sa monture de celle de son compagnon pour lui claquer familièrement l'épaule ; le geste n'avait rien de féminin, mais il avait décidé qu'une femme portant des armes telles que les siennes n'était de toute façon pas de celles à qui on fait des ronds de jambe.

— Faryl, je t'en prie, ne pars pas encore.

— Il faut que je parte. Il est temps.

— Qu'as-tu de si important à faire ?

— Rien. Je veux juste aller de mon côté. J'en ai assez vu pour savoir que je n'ai rien à faire dans la ville.

— Moi, j'ai surtout l'impression que tu as des choses à cacher.

Wyl se hérissa. *Si seulement tu savais*, pensa-t-il.

— Rien d'autre que ma haine pour ces actes ignobles, répondit-il, heureux de constater que sa voix ne tremblait pas.

» Laisse tomber, Aremys.

— Très bien, je comprends, répondit son compagnon avec un sourire.

» Écoute, viens avec moi jusqu'à Smallhampton. C'est à une lieue à peine et de là part une bonne piste pour la route des comtés de l'ouest. Ça ne te fera pas un bien grand détour.

— Pourquoi aller là-bas ?

— J'y ai une cache. Il faut que je récupère un peu d'argent.

— Tu ne devais pas aller à Pearlis te faire payer pour ta mission ?

— Non, j'ai changé d'idée – je pourrai me faire payer plus tard. Depuis qu'on a parlé de Grenadyne, j'ai envie d'y retourner… voir les miens avant qu'ils meurent ou que je sois tué.

Déconcerté, Wyl repoussa d'autres boucles qui tombaient dans la figure de Faryl. C'était un geste agaçant, mais il se souvenait à quel point il rendait Valentyna irrésistible.

— D'accord, mais qu'est-ce que j'ai à voir dans cette histoire ?

Une nouvelle fois, Aremys eut l'air ennuyé.

— Rien en vérité, c'est juste que j'ai envie de rester avec toi encore un peu. Nous pourrions…, commença-t-il, avant de s'interrompre comme gêné de ses propres paroles.

» Je t'aime bien, Faryl. J'ai juste… Enfin, j'aime bien être avec toi.

Wyl ne savait pas s'il devait se sentir flatté ou piégé. Aremys disait vrai – aller à Smallhampton ne le détournerait guère de son chemin et puis il pourrait y boire une bière et s'approvisionner avant de poursuivre vers l'ouest, le cas échéant en chevauchant toute la nuit. Toutefois, Aremys lui paraissait bien insistant, ce qui ne lui disait rien qui vaille. Jusque-là, le mercenaire lui avait plutôt paru indépendant, voire solitaire. En fait, il était certain qu'Aremys préférait se tenir à l'écart de ses contemporains. Quelque chose clochait. Comme Wyl se faisait ces réflexions, les éléments se mirent en place dans son esprit – Aremys évitait son regard et rougissait en la regardant à la dérobée. La lumière se fit.

Que Shar me protège ! Il est amoureux de moi. Ce n'est pas bon, Wyl. Pas bon du tout !

— Je t'en prie, ajouta Aremys d'une voix douce et suppliante, au plus mauvais moment.

Wyl n'avait qu'une envie : éperonner son cheval et s'enfuir au grand galop. La situation devenait intenable. Pour autant, Aremys lui avait sauvé la vie et Wyl se sentirait ensuite le pire des hommes si Faryl ne se montrait pas au moins un tant soit peu gentille.

— Aremys…

— Non, attends. Je t'ai gênée, je le vois bien, commença le colosse.

» Si tu préfères aller de ton côté, je le comprendrai très bien. Tu n'es obligée à rien, Faryl. Mais si tu me fais le plaisir de ta compagnie, j'en serai ravi.

Wyl se laissa convaincre, certain au fond qu'Aremys ne tenterait rien – surtout pas après les événements de la veille.

— D'accord, en route pour Smallhampton. Mais après, je pars vers l'ouest… seule.

Aremys lui fit un large sourire, heureux de sa victoire.

— On pourra quand même boire une bière à l'auberge avant de se séparer.

Wyl reporta son regard sur les deux cadavres empalés à côté d'eux.

— Allons-nous-en d'ici, dit-il.

Et ils se lancèrent au galop.

Ils quittèrent la piste pour emprunter une petite sente, avant de longer des champs déserts, puis de pénétrer dans un épais maquis.

— Tu sais ce qu'est une cache ? demanda Aremys.

— Non, mentit Wyl.

Faryl en comptait des dizaines dans tout le royaume.

— En fait, les assassins les utilisent plus que nous les mercenaires, mais je préfère toujours être prudent. C'est d'ailleurs un bon conseil que je peux te donner – et qui te sauvera peut-être la vie à l'occasion.

— Je ne vis pas aussi dangereusement que toi. Mais j'en prends bonne note quand même.

À la lisière du taillis, ils aperçurent une cabane abandonnée.

— C'est là ? demanda Wyl.

— Non, trop évident. N'importe quel vagabond qui s'y réfugierait pourrait tomber dessus. En revanche, j'utilise cette cabane comme repère. Je vais te montrer.

Aremys descendit de cheval, puis tira une petite longueur de corde de ses fontes.

Wyl mit pied à terre à son tour.

— À quoi sert cette corde ?

— Attends, tu vas voir.

Ils s'approchèrent de la cabane, s'arrêtèrent devant la porte, puis Aremys fit demi-tour sur lui-même.

— Et maintenant, compte trente pas avec moi.

Ils avancèrent de conserve.

— Maintenant, va sur la gauche.

Wyl le suivit vers un tronc creux, mais resta en arrière tandis que le mercenaire jetait un coup d'œil dedans.

— Merde ! s'exclama Aremys.

— Envolé ? demanda Wyl en se penchant à son tour.

Ils étaient épaule contre épaule. Aremys tourna la tête vers la femme qu'il aimait beaucoup – à laquelle il s'était même autorisé à rêver dans son lit. Comme il aurait aimé passer du bon temps avec elle. Il détestait ce qu'il allait faire.

— Je suis désolé, Faryl, murmura-t-il dans ses cheveux.

» Pardonne-moi, reprit-il plus fort.

— Te pardonner ? Mais quoi ?

Avant que Faryl ait pu faire quoi que ce soit, Aremys l'avait retournée pour lui tenir les mains dans le dos. Dans la même seconde, il balayait ses deux jambes d'un coup de pied ; Wyl s'écroula lourdement au sol, sentant ses vieilles douleurs se réveiller et de nouvelles apparaître. Aremys lui lia les mains à l'aide de sa corde. S'il avait été payé pour la tuer, les choses auraient été plus simples ; là, elle se débattait et ruait des quatre fers, si bien qu'elle faillit même lui faire perdre l'équilibre. Faryl était forte – bien plus qu'il ne l'avait imaginé –, mais il était plus fort encore et il parvint à s'asseoir sur ses jambes et à la maîtriser.

—Aremys ! hurla Wyl de cette voix suraiguë qu'il détestait tant.

» Que fais-tu ?

—Mille excuses, Leyen, dit une nouvelle voix qui poussa Wyl à se redresser en direction de la cabane.

» Je savais que je ne parviendrais pas à moi tout seul à vous convaincre. Aussi ai-je dû faire appel à de la main-d'œuvre extérieure.

—Jessom ! cracha Wyl, en reconnaissant le chancelier qui avait accompagné Celimus en Briavel.

Aremys remit Faryl sur ses pieds, poussant la galanterie jusqu'à épousseter ses vêtements.

Wyl décocha un coup de pied ; ses yeux luisaient de haine envers l'immonde traître.

—Que Shar fasse pourrir ton âme, Aremys !

Jessom fit claquer sa langue de désapprobation.

—Leyen, voyons, surveillez votre langage. C'est très vilain dans la bouche d'une femme.

Wyl cessa de se débattre pour regarder derrière les deux hommes, où se tenaient quelques soldats. Inutile de tenter de fuir ou de se battre ; il était piégé pour de bon.

—Que veux-tu ? aboya-t-il.

—Eh bien, ma chère, vous avez su si parfaitement mener à bien votre dernière… euh… mission que vous avez attiré sur vous l'attention d'une personne qui souhaite maintenant vous rencontrer.

—Moi, je ne suis pas intéressée, dit Wyl, sur le qui-vive.

La situation devenait franchement périlleuse.

—Je n'en attendais pas moins de vous – vous êtes une personne discrète. Est-ce un déguisement que vous portez, avec tous ces bleus et contusions ?

Wyl ne répondit rien. Jessom interrogea Aremys du regard.

—Elle est naturellement comme ça, autant que je sache, murmura le mercenaire.

—Non pas que je ne saurais m'en satisfaire – je ne l'ai jamais vue aussi jolie –, mais comment pouvez-vous en être sûr ? demanda tranquillement Jessom.

— Je l'ai déshabillée, ça vous va ? grogna Aremys, de mauvaise grâce.

Le mercenaire n'appréciait pas Jessom outre mesure, mais la somme payée était telle qu'il ne pouvait refuser. Le chancelier lui avait versé cinq fois le prix d'un meurtre pour retrouver la piste de cette femme et la capturer. La chance lui avait incroyablement souri et il avait pu dans le même temps éliminer les conspirateurs et débusquer la femme assassin. Dès qu'il avait aperçu ses armes, il avait deviné – ce devait être sa proie. Ensuite, avec les déguisements trouvés dans ses affaires et tous les indices – ses talents de cavalière, son corps musclé, son goût du secret –, la certitude avait commencé à prendre corps. Mais lorsqu'elle avait lancé son couteau, il n'avait plus eu le moindre doute : c'était la femme que Jessom voulait.

Il se détestait de la livrer ainsi. De toute évidence, Faryl n'avait nulle envie de rencontrer le roi. *Des secrets, encore des secrets*, se dit-il. *Prends l'argent et pars au loin ! Ne te mêle pas de ça !* Il n'osait plus croiser son regard.

Jessom ricanait.

— Très convaincant, en effet. Je me réjouis donc que vous ayez pu passer un agréable moment en sa compagnie… tout en étant payé pour ça. Et je suppose que les bleus sont de vous aussi ? Tss, tss…

Wyl espérait pouvoir atteindre ses couteaux. Avec eux, il pourrait laisser quelques morts derrière lui. Il ne dit rien, se contentant de lancer à Aremys un de ces regards chargés de meurtre que Faryl faisait si bien.

Jessom revenait au sujet qui l'intéressait.

— Je la connais sous le nom de Leyen et elle excelle dans l'art du déguisement. Vous a-t-elle dit autre chose ?

Aremys réfléchissait. Si les yeux de Faryl avaient été des armes, il serait déjà mort plusieurs fois. C'était une bien dangereuse ennemie qu'il se faisait là – car manifestement on allait la laisser vivre. Après tout, le jeu en valait-il la chandelle ? Elle allait le traquer à coup sûr. Or, il avait précisément trouvé le moyen de lui dire d'où il venait. Étrangement, elle s'était montrée honnête avec lui, au moins jusqu'à un certain point. Elle avait partagé des choses dont elle ne devait pas s'ouvrir à beaucoup et, en retour, lui avait fait preuve de sincérité à son égard… du moins jusqu'à un certain point. Toutefois, cela avait été une erreur.

— Alors ? demanda Jessom avec irritation.

Faryl regardait Aremys avec une intensité incroyable ; ses yeux lui communiquaient autre chose que la simple haine de tout à l'heure.

— Désolé, je réfléchissais à nos conversations. Non, elle m'a simplement dit qu'elle s'appelait Leyen, dit-il.

Le soulagement passa sur le visage de la jeune femme. Puis elle détourna la tête.

— Bien, alors sans doute connaissons-nous son vrai nom maintenant. Évidemment, on ne peut jamais être sûr, mais nous ferons avec. Allez venez, ma chère. Nous allons vous escorter jusqu'à Pearlis.

— Pour voir qui ? demanda Wyl.

— Pour voir Son Altesse Royale, le roi Celimus, que vous avez beaucoup impressionné par vos talents.

Chapitre 9

Elspyth avait été fidèle à la promesse faite à Wyl. Après leurs adieux, elle avait résisté à l'envie irrépressible qu'elle avait de filer chez elle, pour se mettre plutôt en route en direction du sud, voyageant tour à tour avec une famille, une caravane de marchands, puis une troupe de ménestrels. Tout le monde s'était montré aimable avec elle ; personne n'avait demandé d'argent pour l'hospitalité. Aucun de ces voyageurs n'était vraiment pressé, mais Elspyth ne l'était pas non plus ; elle avait donc goûté leur cheminement paisible et les arrêts aux portes des bourgades pour des représentations ou la vente de produits. Toujours joyeux, les troubadours parvenaient parfois à la faire rire et l'invitaient souvent à se joindre à eux autour des feux. Ils faisaient route vers Pearlis – où ils espéraient remplir leur bourse aux beaux jours – en suivant avec bonheur les chemins détournés. À l'évidence, ils appréciaient sa présence parmi eux et, à sa grande surprise, elle-même savoura chaque journée en leur compagnie ; le moment de la séparation la laissa pleine de mélancolie. Au fil des jours et de la marche, ils avaient atteint les hameaux au large de Rittylworth. Toute la troupe lui fit ses adieux et ils échangèrent des promesses de se revoir bientôt.

Elspyth se réjouissait de finir la route seule, en marchant, ce qui allait lui permettre de réfléchir – qu'allait-elle bien pouvoir dire à la sœur de Wyl et comment celle-ci allait-elle l'accueillir ? Wyl lui avait extorqué une promesse qui allait l'obliger à mentir à tous ceux qui avaient connu le général de la légion. *Advienne que pourra*, avait-elle songé. Elle et Wyl, devenu Romen Koreldy, avaient traversé tant d'épreuves ensemble qu'elle ne se sentait plus le droit d'abandonner. En outre, Wyl avait lui aussi fait un serment. Elle ne manquerait donc pas à sa parole – en espérant la même vaillance de sa part lorsque l'heure serait venue de retourner dans les Razors.

Si la jeune femme ne voyait pas pourquoi Wyl tenait tant à maintenir le secret sur son identité, en revanche elle comprenait très bien qu'il ne veuille pas parler de son aventure ; la méfiance à l'égard de la magie restait bien trop profondément ancrée. Le sort qui lui avait été jeté n'était pas un tour d'illusionniste, loin de là, et le commun des mortels était incapable de concevoir ce qui lui arrivait. Pour Wyl, cela avait été un vrai miracle que Lothryn et elle croient à la magie – une situation que leurs histoires et leurs origines respectives expliquaient.

Elle se souvenait du récit plein d'hésitations qu'il leur avait fait de sa malédiction – le « don de Myrren » comme il l'avait appelée avant de lâcher un petit rire amer. Aussi incroyable que son histoire leur avait paru, tout ce qu'il avait dit avait été corroboré par des faits. D'ailleurs, son aventure expliquait l'étrange comportement de sa tante à son égard, de même que l'étonnante prédiction qu'elle avait faite après le tournoi de Pearlis : « Nous n'avons pas fini d'entendre parler de lui. »

Lothryn aussi l'avait cru ; elle n'avait pas oublié comment l'homme des Montagnes avait accueilli tout naturellement et sans même être troublé cette histoire de magie. Sur cette question, elle partageait totalement son point de vue – une raison de plus de l'aimer. Ses pensées dérivèrent vers ce coup de foudre inattendu pour ce géant qui l'avait d'abord malmenée chez elle, l'avait enlevée pour l'emporter contre son gré au cœur des Razors – tout ça pour la faire s'évader quelques jours plus tard au péril de sa vie. Son cœur avait littéralement fondu lorsqu'elle l'avait vu, tenant son fils dans ses bras et pleurant sa femme morte en couches. De cet instant, leur relation avait été transformée. Soudain, c'était comme si un lien brûlant et invisible les unissait, alors même qu'ils n'avaient jamais échangé ne serait-ce qu'un baiser. Elle le voyait encore, seul et sans arme, faire face à leurs poursuivants tout en lui criant par-dessus son épaule de s'enfuir au loin. Lothryn avait obligé Wyl à partir aussi. Ce qui avait bien pu lui arriver ensuite était une interrogation qui la rongeait – une épine de douleur fichée dans son cœur. Aucun doute, ils l'avaient pris vivant – ne serait-ce que pour le traîner aux pieds d'un Cailech fulminant qui ne devait rêver que de lui infliger le pire des châtiments. La mort sans doute, par quelque méthode horrible que seul le roi des Montagnes pouvait concevoir.

Elspyth ne voulait plus y songer. Bien résolue à croire qu'il était vivant, elle pensa à l'étrange destin de Wyl, prisonnier dans le corps de Koreldy. Pendant qu'elle-même était à la recherche de sa sœur, lui devait être en train de tout faire pour sauver la reine de ce royaume qui avait causé la mort de son père et qui depuis des siècles était l'ennemi héréditaire. *Tout de même, quel sort tragique pour cette famille… tant de désespoir dans leurs vies.* Wyl et elle avaient conclu un pacte – elle prendrait soin d'Ylena et lui retournerait chercher Lothryn dans les Razors.

Elspyth avait placé toute sa confiance en lui. En d'autres circonstances, comme il serait agréable de parler avec lui, de lui demander ce qu'on découvre à devenir un autre. Au fond, songeait-elle, Wyl avait de la chance d'être devenu le beau Romen Koreldy ; il aurait tout aussi bien pu être tué par quelqu'un au corps difforme ou à l'esprit dérangé… quelqu'un de la plus basse extraction. *Pire encore,* songea-t-elle avec un petit rire nerveux, *une femme !*

Elle approchait du sommet de la colline d'où elle pourrait découvrir la vallée où se nichait le monastère aux abords du village. Soulagée d'être parvenue à destination après un si long voyage, elle achevait son périple d'un cœur allégé, presque joyeux.

Toujours amusée de sa pensée d'un Wyl devenu femme, elle récapitula tout ce qu'il lui avait recommandé de dire à frère Jakub. À cet instant, elle franchit la crête et fut comme frappée de ce qu'elle découvrit ; le sourire disparut de son visage et son humeur joyeuse s'évanouit.

La minuscule enclave de Rittylworth n'était plus que ruines – un amas encore fumant de bâtisses détruites. Un silence lourd et glacé pesait sur le monastère, toujours debout mais aux murs noircis par endroits ; même à cette distance, elle savait sans l'ombre d'un doute que les lieux avaient été désertés. Que s'était-il passé ? Elle s'arrêta pour rassembler ses pensées agitées et pleines d'angoisse. Wyl lui avait certes bien recommandé de se montrer prudente, mais il avait dit aussi qu'elle serait à l'abri dans ce petit hameau.

De son poste d'observation, elle scruta longuement l'endroit, s'efforçant de rassembler autant d'informations que possible. Un détail intrigant attirait son regard ; lorsqu'elle comprit de quoi il s'agissait, elle ne put retenir un gémissement. C'étaient des personnes crucifiées.

De son surplomb, elle ne voyait pas si certaines vivaient encore. Sans perdre une seconde, elle saisit le bas de sa robe pour s'élancer en courant.

À mesure qu'elle approchait, toutes ses craintes trouvèrent confirmation. Hors d'haleine, elle découvrit les murs calcinés des granges et des habitations. À son grand soulagement, elle ne vit pas d'autres corps ; cette attaque avait dû être menée pour donner une leçon aux villageois… ou les punir de quelque chose. Selon toute vraisemblance, ils avaient fui et reviendraient plus tard, une fois le danger passé, pour reconstruire leurs maisons et leurs vies.

Les jambes encore tremblantes de son effort, elle constata dans le monastère que les moines n'avaient pas eu autant de chance ; c'était dans cette enceinte sacrée que le pire châtiment avait été infligé. L'air empestait encore l'odeur des chairs brûlées ; des corps calcinés étaient accrochés à des croix hâtivement érigées.

Une rafale de vent lui fouetta le visage et elle sentit que ses joues étaient mouillées ; elle pleurait. Les moines avaient été transformés en torches vivantes, puis abandonnés à leur terrible agonie. Elle marchait parmi les corps, enjambant ce qui avait été des hommes… et des garçons même, comprit-elle en décryptant ce que voyaient ses yeux horrifiés. Apparemment, ils travaillaient dans les jardins lorsque le raid avait eu lieu ; c'était là que les corps étaient les plus nombreux. Elspyth était convaincue qu'il y en avait d'autres à l'intérieur, mais elle n'était pas prête à affronter une telle vision.

Un supplice plus atroce encore avait été réservé à certains moines, cloués sur la croix par les poignets, puis brûlés. Elle en compta six – les dignitaires probablement. Tous étaient morts. Elle n'avait aucun moyen de deviner depuis combien de temps ces crimes avaient été commis, mais la putréfaction avait à peine commencé son œuvre ; les meurtriers n'étaient sans doute pas très loin.

Il fallait qu'elle laisse s'échapper le trop-plein de désespoir qui l'oppressait ; ne se sentant pas le courage d'entrer dans la chapelle, elle se laissa tout simplement tomber à genoux aux pieds d'un des suppliciés. Comme elle murmurait une prière à Shar, elle entendit une voix coasser au-dessus d'elle. De frayeur, Elspyth tomba à la renverse, ses yeux vrillés sur le visage difforme d'où pendaient des morceaux de chair gonflée.

Pétrifiée d'effroi, elle prit tout de même sur elle pour approcher aussi près que possible son oreille des lèvres noircies qui bougeaient faiblement.

— Trouve Ylena, murmura l'homme.

» Elle est vivante. Pil l'a emmenée.

— Êtes-vous Jakub ? demanda-t-elle fébrilement.

Un hochement quasi imperceptible – et sûrement douloureux – lui confirma qu'elle était bien en présence de frère Jakub.

— Je vais vous aider, dit-elle en cherchant désespérément autour d'elle un outil pour retirer les clous.

— C'est trop tard, souffla le moine.

Elle plongea son regard dans les yeux injectés de sang du religieux.

— Dites à Romen…, reprit-il avant d'être déchiré par une quinte de toux.

» … Dites-lui que c'est le roi qui a fait ça.

— Mais pourquoi ?

La mort étendait sa main sur le vieil homme.

— Thirsk… il…

Il ne put en dire davantage. Ses yeux devinrent vitreux ; il avait cessé de vivre.

Elspyth laissa les larmes couler. Elle pleurait sur les malheurs endurés par ces hommes sages et vertueux. En elle, la rage commençait à bouillir contre ce nouveau roi ; et elle comprenait maintenant pourquoi l'identité de Wyl devait être protégée. Délicatement, elle referma les yeux ouverts de frère Jakub. Elle ne pouvait plus rien faire pour eux – hormis témoigner des atrocités commises. Jamais elle ne pourrait oublier ce qu'elle avait vu. Sa main vint caresser la joue noircie du vieux sage qui avait vécu suffisamment longtemps pour lui communiquer l'information dont elle avait besoin. Mais où devait-elle chercher cette femme traquée par un roi sans pitié ?

Pendant près d'une journée entière, elle avait marché en proie à une véritable stupeur dont elle ne s'arracha qu'en entendant le cri d'une chouette ; le crépuscule était en train de devenir nuit et elle était épuisée. Depuis son départ du village de Rittylworth, elle n'avait croisé personne sur les sentiers du nord de Morgravia. Trop choquée pour réfléchir, elle n'avait fait que mettre un pied devant l'autre pour s'éloigner le plus possible de l'horreur et de la mort. De longues heures de solitude s'étaient enchaînées.

Du fond de son esprit embrouillé, Elspyth sentit le froid s'insinuer à mesure que l'obscurité l'enveloppait. Elle s'enfonça au cœur d'un taillis et s'effondra. Elle n'était pas tant rompue de fatigue que vidée par le choc émotionnel enduré le matin.

Elle demeurait convaincue que l'odeur de chair brûlée s'était incrustée en elle ; le son déchirant de la voix de frère Jakub résonnait encore à son oreille. Le courage du vieil homme et l'horreur de son martyre se mêlaient dans son esprit. Des larmes coulèrent sur ses joues, mais elle se dit que son chagrin ne devait pas durer ; elle ne pouvait pas se permettre de s'écrouler maintenant.

C'était à cause du nom des Thirsk que Rittylworth avait été incendié. Des hommes de foi et de paix avaient perdu leur vie en endurant mille tourments à cause de ce nom – Thirsk. Même Lothryn avait souffert à cause de… non ! Surtout qu'elle ne se complaise pas dans ces pensées. Qu'elle chasse tout cela de son esprit – au risque sinon de sombrer.

Elspyth renifla, puis fouilla dans ses poches à la recherche de quelque chose à grignoter. Ses amis y avaient glissé quelques noisettes et fruits secs – et même deux biscuits durs comme la pierre qu'elle choisit de garder pour le matin, lorsque la faim serait aiguë comme une lame. Elle mâchonna sans penser à ce qu'elle mangeait, concentrée uniquement sur ce qu'elle devait faire désormais. Il fallait qu'elle fasse des choix, qu'elle prenne des décisions – et rapidement.

Jakub lui avait dit qu'Ylena avait fui – à pied selon toute vraisemblance. Elle ne devait pas être loin de Rittylworth. Qui était ce Pil dont avait parlé le vieil homme ? Un moine, sûrement. Dans tous les cas, Ylena devait être perdue et effrayée. Cette pensée lui fit venir un triste sourire. *Tout comme moi*, songea-t-elle, en se rappelant qu'en plus elle n'avait pas un sou vaillant sur elle ; tout ce qu'elle possédait avait servi à acheter un cheval pour Wyl à Deakyn. Ils s'étaient dit qu'Ylena lui remettrait de l'argent, mais elle semblait condamnée à ne rien pouvoir récupérer dans l'immédiat. Elle secoua la tête pour chasser ses doutes, avala sa dernière noisette, puis se laissa aller contre un arbre pour dormir.

Invariablement, ses pensées revenaient à son périple et à la destination qu'elle devait prendre – Felrawthy. Voilà où elle devait aller. Elle avait en sa possession une lettre de Wyl pour le duc. Toutefois, elle était seule et sans protection ; autrement dit, elle devait trouver un nouveau moyen de se déplacer, le cas échéant en se joignant à un groupe de voyageurs allant vers l'est. Et si elle ne trouvait personne, qu'elle se dégotte au moins un travail pour se nourrir et se loger.

Bon, voilà au moins qui faisait un plan – quelque chose qui méritait d'être tenté. La chouette poussa un nouveau ululement lugubre, ce qui fit penser à la jeune femme qu'elle ferait mieux de dormir à cette heure où sortent les créatures de la nuit. Elle se contorsionna jusqu'à trouver la position la moins mauvaise ; sa pensée se fixa sur Lothryn et elle s'endormit.

Elspyth rêvait.

Lothryn l'appelait – hurlait son nom pour être exact. Il souffrait, de tout son être. Une douleur totale, infinie, inhumaine. Elle avait l'impression qu'il pouvait sentir sa présence aussi fortement qu'elle sentait la sienne. D'où venait cette souffrance et qui la lui imposait ? Elle ne le savait pas. L'obscurité était partout. Et la colère aussi. Autour de Lothryn, elle percevait une amertume et un accablement qui n'étaient pas les siens ; pour autant, elle ne le distinguait pas – pas plus que la personne qui éprouvait ces émotions. La magie l'enveloppait totalement. Où était-elle ? La magie sentait sa présence, mais ne pouvait l'atteindre.

Était-ce elle qui venait de crier ou bien Lothryn ?

Lothryn ! cria-t-elle.

Sa voix lui répondit, à peine audible.

Préviens Romen que je l'attendrai, murmura-t-il du ton d'un agonisant. *Je ne suis plus tel qu'il me pense.*

Elspyth poussa un cri, hurla le nom de Lothryn à s'en déchirer la gorge dans ce vide de ténèbres et de magie ; celui qu'elle aimait n'était plus là. Le lien entre eux – ou quoi que ce fût qui les avait rapprochés – s'était rompu comme si celui qui maîtrisait les arcanes avait tranché le fil entre leurs esprits.

Elle se réveilla en criant ; l'aube s'annonçait doucement et une lourde brume flottait autour d'elle. Elle eut un instant de panique dans ce gris fantomatique, battant des bras contre les lambeaux d'humidité ; puis ses yeux accommodèrent et elle reconnut où elle était – seule et perdue. Son souffle était court ; il fallait qu'elle se calme. Avec difficulté, elle se mit debout, s'obligeant à inspirer profondément, pour expirer aussi lentement que possible. Des larmes se mirent à couler le long de ses joues tandis qu'une nouvelle crainte s'emparait d'elle – qu'était-il arrivé à Lothryn ?

Lui parlait-il de par-delà la mort ? Lui avait-il vraiment parlé ou avait-elle fait un cauchemar ? Elle se contraignit à réfléchir et agir logiquement, alors même qu'elle était encore plus épuisée qu'avant son court sommeil. D'un revers de manche, elle s'essuya les joues, souffla, puis s'assit pour manger lentement ses deux biscuits. Elle n'avait pas faim, mais le fait de mâcher et avaler allait lui permettre de retrouver un peu de sérénité – du moins l'espérait-elle. Lorsqu'ils étaient en train de fuir dans les montagnes des Razors, Lothryn les avait forcés à se nourrir. Elle entendait bien maintenant suivre son conseil.

Jamais dans toute sa vie de solitude, Elspyth ne s'était sentie aussi seule. Réels ou imaginaires, les mots de Lothryn étaient l'unique chose à laquelle se raccrocher. Elle devait à tout prix mener à bien sa mission si elle voulait que Wyl Thirsk tienne sa promesse.

Finalement, elle se mit debout, épousseta sa robe, puis débroussailla tant bien que mal ses cheveux. Elle se dit qu'elle devait faire peur, mais n'en avait absolument pas cure. Lothryn souffrait ; c'était depuis la vie qu'il lui avait parlé et non pas depuis la mort. Elle le savait ; tout comme elle savait qu'il lui avait parlé parce qu'elle était réceptive à la magie.

Elle avait entendu sa voix et Lothryn avait besoin de son aide. Serrant les dents d'une manière que seule sa tante aurait pu reconnaître comme le trait de famille de ses ancêtres, Elspyth se mit en route, cap à l'est, vers Felrawthy.

Chapitre 10

Au moment où Elspyth découvrait l'horreur à Rittylworth, Fynch faisait son entrée dans le village de Baelup. Grâce à l'amabilité d'un commerçant pressé de livrer ses marchandises à Pearlis, il avait rapidement couvert la distance depuis Crowyll jusqu'en Morgravia. Le garçon lui avait rendu un fieffé service et en contrepartie l'homme l'avait emmené jusqu'à destination.

En fait, c'est Filou qui avait fait tout le travail en mettant en fuite une paire de malandrins faisant main basse sur sa cargaison laissée quelques instants sans surveillance. Fynch avait remarqué leur manège et compris à leurs manières furtives qu'ils n'étaient pas les propriétaires légitimes du chariot bâché. Il avait donc envoyé le chien, sachant que Filou était de taille à mettre n'importe qui en fuite. D'ailleurs, il avait suffi qu'il pousse son monstrueux grognement, ponctué de deux ou trois aboiements, pour les faire filer ventre à terre.

La scène avait fait naître sur le visage de Fynch un sourire dont il était d'ordinaire plutôt avare. Alors qu'il félicitait le chien, le marchand ambulant était revenu à son chariot; lui aussi jetait des coups d'œil inquiet à l'énorme animal. Fynch lui avait alors tout expliqué et le visage de l'homme s'était éclairé.

— Voyage avec moi, petit, avait-il dit.

» Je te paierai.

Fynch en avait été tout surpris.

— Mais pourquoi ?

— C'est la deuxième fois qu'on essaie de me voler – il y a deux mois, des coquins m'ont emporté la moitié de ma cargaison. Et je suppose que ce ne sera pas la dernière. Or, dame Bench attend sa commande. C'est une nouvelle cliente et je ne voudrais pas lui manquer.

—Et en quoi pourrais-je vous aider? avait demandé Fynch étonné.

Il songeait qu'il ne faisait guère le poids, puis la lumière s'était faite en lui.

—Je comprends. C'est pour mon chien.

—Exactement! avait répondu l'homme, avant de poursuivre subitement inquiet.

» Il t'obéit au moins?

—Uniquement lorsqu'il le veut bien. Mais n'ayez crainte, il ne vous attaquera pas.

—Shar t'entende. Alors c'est d'accord?

—C'est que je vais à Baelup.

—Pas de problème. Je t'y emmènerai dès que ma marchandise sera livrée, avait-il répondu.

» Monte. J'ai de quoi manger pour la journée. Je compte rallier Grimble d'une traite pour y changer d'attelage. Nous serons à Baelup avant même que tu aies pu te curer le nez. Qu'en dis-tu?

Le bonhomme et ses manières joviales plaisaient bien à Fynch. En outre, le garçon savait parfaitement que la piste d'Hildyth refroidissait un peu plus à chaque heure; cette proposition ne pouvait que lui faire gagner un temps précieux.

—C'est d'accord.

Ils n'avaient eu à subir aucune autre tentative de vol au cours du voyage. Tailleur de profession, maître Rilk se présentait comme le meilleur du royaume de Briavel – et seule la modestie lui interdisait de préciser qu'il était le préféré de tous les nobles dotés d'un tant soit peu de goût. D'ailleurs, on s'était donné le mot et il était désormais réclamé par des hauts dignitaires du royaume de Morgravia. Dame Bench, qui était la plus importante de ses clientes à ce jour, avait payé une véritable fortune pour qu'il confectionne la robe de bal de sa fille. Elle avait toutefois exigé qu'il la livre en personne – juste au cas où des retouches seraient nécessaires.

Compagnon plaisant et intelligent, Rilk avait fort apprécié Fynch et son maintien sérieux, d'autant plus que le garçon semblait maîtriser tous les rouages de la cour de Pearlis et connaître tout ce que le royaume comptait de nobles. Fynch s'était prêté bien volontiers au jeu, citant tous les noms qui lui revenaient en tête avec un commentaire sur leurs goûts vestimentaires. La mémoire et le sens du détail de Fynch avaient impressionné le tailleur de Briavel. Maître Rilk avait l'ambition d'étendre ses affaires à la capitale de Morgravia, de sorte que les informations de Fynch étaient une véritable bénédiction.

Ils s'étaient séparés à Baelup tels les meilleurs amis du monde, avec force promesses de se revoir. Fynch avait refusé d'être payé ; Filou et lui avaient déjà parfaitement mangé aux frais de Rilk, sans compter qu'ils étaient parvenus à destination en un temps record.

Sur un ultime signe d'au revoir, Fynch s'était rendu à pied jusqu'à la place centrale du village, se demandant par où il allait bien pouvoir commencer ; Filou, lui, avait disparu. Plusieurs heures plus tard, après s'être fait passer pour un lointain cousin d'une branche éloignée de la famille venu annoncer le décès de sa propre mère, il avait pu établir que la mère de Myrren – Emily – avait quitté Baelup peu après avoir appris la nouvelle de l'infâme exécution de sa fille. Avec son mari tout juste décédé et sa fille brûlée comme sorcière, tout le monde avait admis qu'elle craigne pour sa propre vie.

Le forgeron du village s'était révélé être la meilleure source d'informations. Apparemment, il fréquentait la famille, mais il n'avait pas la moindre idée de l'endroit où Emily avait bien pu aller.

— C'est tout ce que je peux dire sur elle. Je sais également qu'un jeune gars est venu la voir le lendemain de la mort de Myrren. Il était accompagné d'un grand type, mais qui n'est pas rentré à l'intérieur si je me souviens bien.

— Est-ce que le plus jeune ne s'appelait pas Thirsk ? demanda anxieusement Fynch.

Le forgeron avait paru dresser l'oreille en entendant ce nom.

— Je ne sais pas, mon garçon. Je l'ai juste vu arriver, puis repartir avec le chiot. Je suppose que Myrren lui avait demandé de récupérer son chien. En tout et pour tout, il n'est resté que quelques minutes.

— Avez-vous noté quelque chose de particulier, un détail qui me permettrait de le retrouver ?

— Des cheveux orange, si ça peut t'être utile…

— Ça l'est, répondit Fynch avec un sourire.

» Celui qui l'accompagnait devait être Gueryn.

Le forgeron haussa les épaules, indiquant qu'il n'en savait rien.

— Comment avez-vous su qu'ils étaient passés ? demanda encore Fynch.

— Ma moitié et moi, on était à aider Emily à faire son bagage, je me souviens, commença l'homme en fourrageant dans les cheveux à l'arrière de son crâne.

» Elle n'avait qu'une seule idée en tête – partir d'ici le plus vite possible. Lorsqu'on lui avait raconté la fin de Myrren, elle n'avait plus pensé qu'à ça – quitter sa maison, son village, tout. Quelle tristesse ! C'était la deuxième fois de sa vie que cela lui arrivait. C'est que Myrren avait des yeux étranges, vois-tu, et ces maudits Traqueurs ne pouvaient pas la laisser en paix. Pauvre petite, elle méritait mieux que ça. C'était un beau brin de fille – et gentille avec ses parents avec ça. Son père est tombé raide mort devant eux. Le cœur a lâché ; cela faisait tant d'années qu'il craignait ça.

— Je vois, avait dit Fynch, soucieux avant tout que le forgeron n'interrompe pas le récit de ses souvenirs.

» Et que s'est-il passé ensuite ?

— Eh bien, quand la nouvelle est arrivée de Pearlis, Emily était bien contente de donner le chien à ce rouquin – c'est qu'elle ne savait pas quoi en faire. C'était le chien de Myrren et comme ce gars-là avait été aimable avec elle le jour de l'exécution, elle avait dû lui en faire cadeau.

Si seulement tu savais, songea Fynch.

— Et puis Emily est partie, avait conclu le forgeron.

» Elle n'a plus jamais reparlé du chien ou de son nouveau maître. Nous n'avions pas assisté à leur conversation, mais comme je te l'ai déjà dit, elle n'a pas duré longtemps. Ce jour-là, Emily parvenait à peine à aligner deux mots.

Fynch hocha la tête pour marquer sa sympathie et sa compréhension.

— Elle est partie sans dire où elle allait ?

Le forgeron avait toujours sa grande main posée sur son crâne.

— Attends un peu… Je crois bien me souvenir qu'elle avait parlé d'une sœur. Où diable était-ce ? C'est qu'elle nous avait fait jurer le secret à ma moitié et moi.

— Je vous en prie, c'est important.

— Euh… laisse-moi réfléchir. C'était quelque part dans le nord. Rothwell, peut-être bien ?

— Où est-ce ?

— À cinq ou six jours d'ici. Un petit village. Mais je ne suis plus bien sûr, fils. Promis, je ne me souviens plus de ce qu'elle a dit.

Il n'avait plus guère le choix maintenant – Fynch allait marcher vers le nord, vers Rothwell, juste au cas où cette piste le rapprocherait de la mère de Myrren ou, plus vraisemblablement, de Wyl. Avant de partir, il passa chez le boulanger du village, prendre un gâteau et un verre de jus de pomme. À peine venait-il de tremper les lèvres – en songeant qu'il lui faudrait acheter de la viande pour Filou – que cela survint.

Consternés, les clients alentour virent le verre s'écraser au sol, puis le corps inanimé du garçon tomber dans le liquide renversé. Quelques secondes plus tard, un chien gigantesque faisait irruption, terrorisant tout le monde avec son grondement sourd. L'animal vint se poster au-dessus du garçon, comme pour veiller sur lui.

Puis il attendit, la tête penchée sur le côté, apparemment à l'écoute.

Fynch entendit la voix qu'il commençait à bien connaître. Elle n'était pas désagréable, loin de là, mais ferme et insistante.

—*Regarde-moi, mon garçon.*

Fynch se retourna. Il se vit au sol, couché parmi les débris du verre et le jus de pomme répandu. Les gens autour discutaient. Un constat s'imposait – il était mort. Pareil à une statue effrayante, fermement campé sur ses pattes, Filou veillait sur lui.

—*Suis-je mort ?*

C'était sa voix qu'il entendait sans qu'il n'ait rien dit ; il parlait avec son esprit.

—*Non. Utilise ton pouvoir, mon enfant. Projette-toi et viens à moi.*

Il fit comme on lui demandait, sidéré de découvrir qu'il pouvait s'accrocher à la voix et remonter le long de son écho comme s'il avait suivi un fil. Il n'éprouvait aucune sensation physique – hormis le petit picotement qu'il percevait toujours au contact de la magie. Il ressentait l'existence de son corps, sans être en mesure de l'utiliser ; c'était comme s'il était sorti de lui-même. Son esprit était le pouvoir qui étendait au loin ses perceptions en se nourrissant du son d'une voix.

Fynch se propulsa dans le néant. L'impression était saisissante ; il s'était dissous dans une dimension immatérielle, mais jamais il ne s'était senti aussi vivant.

Un moment s'écoula, puis il se vit devant la silhouette d'un homme. Ils étaient face à face, de part et d'autre d'un rideau mouvant de fine brume. Fynch songea qu'il pouvait le toucher, mais il était aussi irréel que lui-même en cet endroit. Le visage devant lui souriait chaleureusement ; Fynch ressentait des vibrations amicales. Tout autour, rien d'autre n'avait de substance. Le garçon songea que l'homme était étonnamment petit. Rien n'indiquait son âge ; Fynch ne distinguait même pas ses traits, hormis ses cheveux bruns.

— *Qui êtes-vous?* demanda finalement Fynch.

— *Un ami.*

Il y avait comme de l'hésitation dans la voix.

— *Qu'êtes-vous donc?*

— *Wyl Thirsk me connaît sous le nom du sorcier.*

— *Le père de Myrren!*

L'homme en face de lui confirma d'un hochement de tête.

— *Êtes-vous Filou également?*

Un sourire passa fugacement sur le visage, comme pour féliciter le garçon de sa perspicacité.

— *D'une certaine manière. Mais le chien est tout ce qu'il y a de réel.*

— *Qu'attendez-vous de moi?*

— *Que tu m'aides, Fynch.*

— *Comment?*

Elysius secoua négativement la tête.

— *Pas maintenant. C'est trop dangereux ainsi. Viens à moi. Suis le chien, fais-lui confiance.*

— *Mais...*

— *Repars maintenant. Retourne à ton corps. Oublie Emily. Nous parlerons bientôt.*

Fynch fit ce qu'Elysius lui demandait et s'éveilla quelques instants plus tard. Filou avait disparu; des visages qu'il reconnaissait étaient penchés sur lui. Il revenait à lui avec l'impression de sortir d'un rêve.

— Qu'est-ce qui t'est arrivé, garçon? demanda quelqu'un.

— Je suis désolé, répondit Fynch.

» Ça fait plusieurs jours que je n'ai pas mangé.

Il y eut un brouhaha dans lequel il saisit quelques remarques sur sa maigreur et sa petite taille; il en avait l'habitude. Des mains l'aidèrent à se redresser, puis à s'asseoir; d'autres déposaient du pain sur ses genoux. Des gens lui parlaient et d'autres parlaient entre eux autour de lui; tous s'inquiétaient que l'énorme chien puisse revenir.

— Non, murmura Fynch. Il ne reviendra pas.

Filou devait déjà l'attendre quelque part, prêt à l'emmener là où il devait aller.

Plus la peine désormais de chercher la mère de Myrren puisqu'il allait rejoindre Elysius et retrouver Wyl – ou du moins celui ou celle que Wyl était devenu.

Chapitre 11

Revenir à Stoneheart lui procura à la fois un sentiment d'étrangeté et une sensation de danger imminent. La dernière fois qu'il avait franchi ces portes immenses et magnifiques, il était Romen Koreldy ramenant le corps de Wyl Thirsk à son roi pour éviter que ne soit sali le nom du général – et accessoirement pour sauver sa sœur. Ses pensées volèrent vers Ylena ; il espérait qu'elle était en sûreté maintenant, à Felrawthy avec Elspyth.

Aremys vint à sa hauteur, le tirant de ses méditations.

— J'espère que ça en valait la peine, dit Wyl avec amertume.

» En tout cas, profite bien vite de ton argent, Aremys, car je te retrouverai pour te tuer.

Wyl tourna la tête vers celui qui l'avait trahi et, pour la première fois, vit du chagrin sur son visage.

— Je regrette ce qui s'est passé… et ce que j'ai fait, confessa le mercenaire.

— Trop tard, répliqua Wyl. Tu n'as pas la moindre idée des conséquences de ton acte.

— Je…

Wyl ne resta pas pour écouter ce que monsieur l'Ours avait à dire ; d'un coup d'éperons, il fit bondir son cheval pour entrer dans la grande cour aux côtés de Jessom.

— Tranquillisez-vous, Leyen, dit le chancelier. Le roi n'a aucune envie de vous voir morte.

— Que me veut-il alors ?

Jessom eut un petit rictus difficile à déchiffrer.

— Vous avez accompli pour lui quelque chose d'important… quelque chose que personne d'autre ne pouvait faire.

— Payez-moi, ça suffira ! grogna Wyl en tendant les rênes aux garçons d'écurie qui s'étaient précipités.

— Il a d'autres idées, dirait-on, répondit Jessom en se laissant glisser au bas de sa monture.

» Et au fait, tant que j'y pense… Il croit que vous êtes un homme.

Jessom ordonna à Aremys de se joindre à Faryl et lui pour l'audience auprès du roi. Manifestement, cette convocation mettait le mercenaire sur des charbons ardents, mais il ne dit rien, se contentant d'un hochement de tête. Ils suivirent donc Jessom, à qui on venait de dire que le monarque les attendait dans l'orangerie – un lieu qu'il avait récemment choisi d'annexer. Pour Wyl, c'était un crève-cœur supplémentaire – cet endroit spécialement imaginé par feu le roi Magnus pour sa filleule Ylena aujourd'hui souillé par Celimus… L'air soudain s'était chargé d'une douce fragrance d'agrumes que Wyl inspira profondément ; les souvenirs affluaient.

— Espérons que le roi soit de bonne humeur aujourd'hui, murmura Jessom comme ils pénétraient dans la petite cour couverte bordée d'orangers croulant sous les fruits.

» Majesté, dit-il ensuite d'une voix forte tout en exécutant une profonde révérence.

Celimus se retourna vers eux ; Wyl laissa fuser un filet d'air chargé de haine. Appuyé nonchalamment sur la balustrade, le jeune roi contemplait l'envoûtant panorama des prairies devant lui. Wyl regretta de tout son être de n'avoir pas de couteau sur lui – un geste du poignet, un seul, et c'en serait fini de cet homme cruel. Soudain, même la roue, l'écartèlement et les pires tortures promises à un régicide lui parurent un doux prix à payer pour le plaisir de voir Celimus mort.

Wyl baissa la tête pour saluer, soulagé ainsi que l'autre en face ne puisse pas voir le froid dégoût sur le visage de Faryl.

— Ah, Jessom, soyez le bienvenu, ainsi que vos invités.

Même sa voix chaude et vibrante – si proche de celle qu'avait son défunt père – hérissait Wyl.

Les trois nouveaux arrivants se redressèrent et Celimus s'approcha. Grand, souple et élégant, il honora Faryl d'un coup d'œil appréciateur, mais son attention était tout entière pour Aremys, à qui il tendit sa main à baiser ; le mercenaire s'exécuta promptement.

— Vous devez être celui que je souhaitais rencontrer. Je tenais à vous remercier personnellement pour vos services. J'espère au moins que vous avez été correctement payé ?

Aremys plongea son regard dans les yeux brun-vert de ce roi magnifique dont il avait tant de fois entendu parler sans jamais avoir eu l'occasion de le rencontrer ; le rose de la confusion lui montait aux joues.

— Majesté, je... Oui bien sûr, la récompense est plus que suffisante, bafouilla-t-il avant de jeter un coup d'œil en direction de Jessom.

— Sire, intervint Jessom. Cet homme est Aremys Farrow de Grenadyne. C'est lui qui nous a débarrassés des légionnaires qui rançonnaient le trésor royal.

Celimus fixa Jessom d'un œil aigu.

— Dites-moi si je me trompe, chancelier, mais j'avais cru comprendre que vous m'ameniez celui qui s'était chargé d'un certain mercenaire constituant une menace pour la Couronne.

Le roi était mécontent ; son ton s'était soudain fait dur et glacé. Se sentir pris en faute l'horripilait au plus haut degré. Jessom s'empressa d'expliquer.

— Et c'est bien le cas, Majesté. Permettez-moi de vous présenter Leyen.

Les yeux du roi passèrent d'Aremys au visage féminin derrière lequel l'âme de Wyl Thirsk était tapie. Faryl soutint ce regard qu'il connaissait si bien, malgré la désagréable impression qu'il avait d'être face à un serpent. Pendant de longues secondes, Celimus ne dit rien ; le silence devenait d'une intensité presque palpable.

— Une femme ? dit-il enfin.

Wyl s'inclina une nouvelle fois. Dans les vêtements qu'il portait, il ne savait pas très bien comment l'étiquette voulait qu'il se comporte ; peut-être Faryl le savait-elle ? Ces pensées fulgurèrent dans son esprit tandis que Celimus faisait peser sur lui tout le poids de son attention.

Suffisamment proche pour que je puisse le tuer d'un seul coup, songea Wyl en espérant que son visage conservait l'immobilité marmoréenne qu'il s'efforçait d'avoir.

— J'en reste sans voix, finit par dire Celimus.

» Une fois encore, vous me surprenez, Jessom.

— Majesté... Je suis votre serviteur en toutes choses, minauda Jessom.

Puis vint l'instant que Wyl redoutait entre tous ; la main du roi se tendait vers lui. Les yeux de Faryl clignèrent nerveusement – pas question qu'il embrasse cette main, jamais! Il n'avait pas fait allégeance à ce roi ; plutôt mourir que de s'y résoudre. Le geste de Celimus était plein de naturel, mais son regard luisait de fatuité satisfaite face à cette femme superbe et fière. Wyl se pencha sur la main, tendit la sienne pour la saisir, avant d'exploser subitement en une quinte de toux irrépressible ; Celimus bondit en arrière, interrogeant du regard un Jessom tout aussi surpris et alarmé que lui.

C'est Aremys qui vint à la rescousse de Wyl.

— Pardonnez-nous, Majesté, mais cela fait deux jours que nous chevauchons sans relâche, sans même boire ni manger, mentit-il.

» Leyen a été victime d'une lâche agression de la part précisément des hommes dont je vous ai fait parvenir les corps, Majesté. C'est d'ailleurs dans ces circonstances que nos routes se sont croisées. Maintenant, elle a besoin de calme et de soins.

C'était un bien long discours pour quelqu'un comme Aremys – *peut-être même un peu trop long pour être convaincant*, songea Wyl. Toutefois, en dépit de la méfiance qu'il éprouvait pour le mercenaire, il lui savait gré de son intervention.

— Je vois, dit Celimus, qui ne voyait rien du tout tandis que Wyl continuait de tousser comme un perdu.

» J'avais noté les marques sur votre visage, Leyen. Nous allons vous donner les soins voulus – Jessom va s'en occuper.

Le chancelier marqua son obéissance empressée d'une courte flexion du buste.

L'humeur du roi avait viré à l'aigre ; il poursuivit son propos d'un ton devenu las.

— Nous nous verrons plus tard, lorsque vous aurez suffisamment récupéré.

Celimus porta ensuite sur Jessom un regard où se lisaient l'ennui et la contrariété.

— Très bien, Majesté, dit Jessom passablement embarrassé.

— Faites-les venir ce soir pour un souper intime. J'aimerais parler de certaines choses avec ces gens.

Celimus avait parlé comme si ni Wyl ni Aremys n'avaient été là. Trop contents d'être ignorés, ni l'un ni l'autre ne jugèrent bon de dire quoi que ce soit. Ils saluèrent, puis sortirent dans le sillage du chancelier.

— Pas franchement un bon début, cracha Jessom lorsqu'ils furent hors de portée.

— J'en suis désolée, dit Wyl qui n'en pensait pas un mot.

» Je ne me sens vraiment pas bien.

— Faites un effort. Ce soir, montrez-vous sous votre meilleur jour, l'avertit Jessom.

» Il ne serait pas prudent de déplaire au roi une seconde fois. Il peut se montrer imprévisible, ajouta-t-il encore, juste au cas où son conseil n'aurait pas été pris avec le sérieux requis.

Aremys était logé dans une aile distincte de Stoneheart, non loin des quartiers de la légion, ce qui convenait très bien à Wyl. Il n'avait aucune intention d'être en contact avec lui plus que nécessaire – au dîner du roi le soir même. Les appartements dont il avait hérité étaient spartiates mais confortables. À sa grande joie, Wyl aperçut la silhouette de Jorn courant dans les couloirs, la mine préoccupée ; il le héla.

— Oui, madame ? demanda le page d'un ton laissant clairement entendre qu'il était pressé – mais qu'il ne saurait pour autant déplaire à une invitée du roi.

Comme Wyl aurait aimé pouvoir lui dire la vérité.

— Comment t'appelles-tu, jeune homme ?

— Jorn, madame. En quoi puis-je vous être utile ?

— Pour l'instant, tu m'as l'air plutôt occupé.

— Je serais néanmoins ravi de vous aider si je le peux, répondit Jorn.

De toute évidence, il avait vite grandi et appris dans la citadelle de Stoneheart ; la petite flamme dans son œil et ses manières ardentes s'en étaient allées, supplantées par un maintien posé, un langage choisi et une attitude qui disait combien il n'était pas heureux.

— Eh bien... je souhaitais effectivement te demander conseil, mais peut-être pourras-tu repasser plus tard, lorsque tu auras un peu plus de temps.

Les yeux de Jorn s'agrandirent de surprise.

— On ne vous a affecté aucune femme de chambre ?

— Apparemment pas, mais seul un jeune homme tel que vous peut me fournir le conseil dont j'ai besoin.

Cette fois-ci, c'était de l'inquiétude qu'on pouvait lire dans le regard du garçon.

— En ce cas, madame, je repasserai vous voir dès que j'aurai accompli mon devoir pour Sa Majesté.

— Tu travailles pour le roi ?

— C'est exact. Je suis l'un de ses porteurs de messages personnels.

— Eh bien merci, Jorn. Et j'attends donc ta visite lorsque tu auras un moment.

Le garçon salua rapidement avant de décamper ; Wyl retourna dans sa chambre pour méditer sur tout ça. Jorn avait accès aux affaires personnelles du roi – peut-être allait-il enfin pouvoir se montrer l'allié qu'il avait tant voulu être lorsque Romen s'était enfui du château avec Ylena. Mais quoi lui dire exactement ? Et comment ? Il devait encore réfléchir. Dans l'immédiat, une question plus urgente se posait à lui – qu'allait-il bien pouvoir porter ce soir ? Wyl se renfrogna à l'idée qu'il se comportait comme n'importe quelle jeune femme conviée à dîner par un roi.

Après examen, il comprit qu'il n'avait rien d'adapté à l'événement ; il lui faudrait parler à Jessom. D'ici là, un bon bain s'imposait. À contrecœur, avec un rictus de gêne sur le visage, il mit le cap sur le bâtiment des bains réservé aux femmes.

À l'orée de ce monde inconnu – jusqu'alors demeuré totalement inaccessible –, il n'avait pas la moindre idée de ce qu'il allait découvrir. Le jardin entourant le pavillon était silencieux. Aux abords des pavillons de bains réservés aux hommes, on entendait les rires et plaisanteries que les représentants de la gent masculine se croient toujours obligés d'échanger bruyamment. Là, rien de tout ça ; les femmes entraient et sortaient en devisant tranquillement. D'ailleurs, elles avaient l'air de venir par deux le plus souvent – quand les hommes arrivaient en ribambelles criardes. En tant que général, il avait accès à une zone plus calme réservée aux officiers. Pour autant, même moins nombreux, les gradés faisaient au moins autant de tapage que les hommes de troupe. Wyl espérait de tout son cœur que la féminité de Faryl l'aiderait à surmonter cette épreuve. Même si aucun souvenir n'affleurait pour l'instant, elle était forcément déjà allée dans un tel établissement. Comme il décidait finalement de s'en tenir au plus sage et au plus simple, il comprit qu'il avait assez longuement hésité sur le seuil.

— Tout va bien ? s'enquit quelqu'un.

C'était une femme d'âge mûr dont le visage lui parut familier ; il lui était arrivé de la croiser à la cour.

— Euh… c'est la première fois que je viens à Stoneheart et je suis un peu intimidée. C'est très beau ici.

C'était effectivement le cas. Avec ses lignes fluides et délicates que rehaussaient les décorations de verre brillamment colorées, le bâtiment offrait une architecture somptueuse.

— Il ne faut pas, ma chère, répondit la femme.

» Venez avec moi, je vais vous montrer. Et pour commencer, comment vous appelez-vous ? poursuivit-elle en prenant familièrement le bras de Faryl.

— Leyen.

— C'est joli. Vous n'êtes pas de Pearlis ?

— Non, répondit Wyl, l'esprit en surchauffe.

Il n'avait pas encore réfléchi à quelle histoire raconter, mais il voulait à tout prix éviter les recoupements possibles avec la vraie vie de Faryl.

— Euh... je viens d'un petit village dans le nord.

— Ah bon, et lequel ?

De toute évidence, elle n'avait pas l'intention de lâcher aussi facilement l'affaire. Il ne lui restait plus qu'à mentir.

— Rittylworth.

C'était le premier nom qui lui était passé par la tête.

— Que Shar ait pitié ! C'est affreux ce qui est arrivé là-bas... dit la femme, la voix subitement devenue grave.

— Pardon ?

Avant même d'avoir répondu, l'aimable personne qui l'avait pris sous son aile reporta toute son attention sur un groupe d'amies à elle qui arrivaient. *On dirait un troupeau d'oies*, songea Wyl, stupéfait du soudain brouhaha de rires et de conversations entremêlés.

— Je ne vous abandonne pas, très chère, dit la femme. Prenez une serviette et un peignoir ici et vous pouvez vous déshabiller là-bas. J'arrive tout de suite.

Il n'y avait plus rien d'autre à faire que suivre ses instructions. Par pudeur, il entra dans une petite cabine élégamment isolée, tandis que la plupart des femmes se dévêtaient directement dans la grande salle collective. C'était terrifiant. Il allait maintenant devoir marcher nue jusqu'aux bains ; jamais Wyl ne s'était senti aussi mal.

Il porta les yeux sur sa poitrine, muselant *in extremis* le cri qui lui venait, puis se calma. Plusieurs inspirations profondes lui furent nécessaires pour parvenir à dompter un peu son anxiété.

Dents serrées, il s'invectiva à voix basse, récapitulant tout ce qu'il ne devait plus oublier. *Tu es Leyen. Aremys est le seul à savoir que ce n'est pas vrai, mais il ne connaît que ton nom. Ici, elles ne verront que ton corps de femme ! Alors maintenant tu...*

— Leyen ? dit son amie en frappant doucement à la porte.

» Vous êtes là ?

Wyl ferma les yeux.

— Oui, j'arrive tout de suite, répondit-il du ton le plus léger qu'il pouvait.

Il s'arma de courage, inspira, ouvrit la porte, puis sortit d'un pas résolu, les yeux obstinément fixés au sol.

— Oh, mais c'est que vous êtes timide, gloussa la femme. Pourtant, avec un corps tel que le vôtre, la seule chose que vous ayez à craindre c'est la jalousie des autres. Je ne crois pas qu'on puisse voir ici de ventre plus plat ou de cuisses plus fermes. Allez, venez que je vous présente.

— Je ne connais même pas votre nom, mentit Wyl, toujours incapable de regarder la femme nue qui marchait à ses côtés en lui donnant le bras, sa peau mate touchant la sienne.

— Bien sûr, je suis impardonnable. Je suis dame Bench, mais je vous en prie, maintenant que nous nous sommes vues nues, appelez-moi Helyn, répondit-elle avec un grand sourire chaleureux.

Wyl était rouge jusqu'à la racine des cheveux.

— Merci, Helyn, dit Wyl en s'exhortant à se comporter enfin comme une femme et non plus comme un imposteur.

Finalement, il trouva la force de lever la tête pour regarder devant lui ; et il en fut récompensé par une vue pour laquelle n'importe quel homme de la légion aurait volontiers sacrifié un bras. Une bonne cinquantaine de femmes nues étaient là dans les bassins et sur les rebords, à se laver ou se détendre langoureusement, à parler, se masser ou s'enduire d'huile. L'atmosphère était tout à la fois joyeuse et sereine. Ébahi, Wyl se demandait comment elles parvenaient à créer cette ambiance ; Helyn répondit précisément à cette question muette.

— Bienvenue au pavillon des bains des femmes, Leyen. Ici, nous n'avons le droit de faire qu'une seule chose : échanger des ragots. Bien évidemment, nous ne parlons que de nous-mêmes... mais avec mesure.

Elle ponctua son propos facétieux d'un clin d'œil et Wyl constata que sa bonne humeur était contagieuse.

En tout cas, il appréciait sa compagnie. Quand il entra dans le bassin au fond duquel apparaissait la même mosaïque que celle ornant le pavillon des hommes, l'eau sur sa peau lui parut plus chaude qu'il ne l'avait pensé. Les lieux étaient plus grandioses que du côté des hommes, plus raffinés, avec plus de verre, de lumière, de marbres et de décorations aux murs. Les tables de massage le long du grand bassin comportaient des coussins pour le confort. Tout était plus luxueux et agréable que pour les hommes. Pour son usage personnel, le roi disposait bien sûr d'une maison de bains privée – d'un style infiniment plus décadent qu'ici. Wyl était l'une des rares personnes à avoir visité cette maison de bains – sur une invitation qui ne venait pas de l'actuel roi.

Ici, le caquetage se faisait plus discret – probablement à cause de la nécessité de « garder ça entre nous ». *Voici donc ce à quoi Ylena était accoutumée.*

— Détendez-vous, Leyen. Pas de chichis entre nous, l'admonesta gentiment Helyn.

» Ah, voici mon endroit favori.

D'un geste affable, la noble invita sa nouvelle amie à la rejoindre sur un banc de pierre spécialement ménagé dans le mur. Ainsi, elles pouvaient jouir de l'eau chaude tout en étant confortablement installées pour papoter. Des volutes de vapeur stagnaient paresseusement à la surface. Pour faire la conversation, Wyl évoqua le phénomène. Il faisait son possible pour maintenir son regard plus ou moins fixe et contenir la lueur paillarde qui semblait vouloir s'allumer dans ses yeux.

— À ce qu'on m'a dit, la température serait maintenue plus élevée ici chez les femmes que chez les hommes. Apparemment, c'est ainsi que nous préférons l'eau pour le bien-être de notre peau, expliqua doctement Helyn, avant de tourner un regard interrogateur sur Wyl.

» Alors Leyen, qui êtes-vous ?

— Une invitée du roi, répondit Wyl. Je porte sa correspondance vers d'autres royaumes.

— Aucun des messagers que je connais ne bénéficie du statut d'invité du roi, releva Helyn.

— Aucun des messagers que vous connaissez n'est émissaire spécial pour Briavel, répondit Wyl d'un ton égal, s'étonnant lui-même de sa propre inventivité.

Cette facilité dans l'élocution... et le mensonge, c'était à Romen qu'il la devait.

— Vraiment ? demanda Helyn, sourcils levés, piquée au vif dans sa curiosité.

» Briavel, avez-vous dit ? C'est donc au sujet du mariage...

— Je vous en prie, ne me posez pas de questions dame Helyn – j'ai juré le secret, répondit Wyl avec un geste théâtral, espérant ainsi clore le débat.

Ce fut tout le contraire qui se produisit ; la curiosité d'Helyn était devenue dévorante.

— Hmm, vous n'avez pas l'air d'être un simple messager, observa-t-elle, bien déterminée à percer à jour tous ces mystères.

— C'est que je n'ai jamais été – et ne serai jamais – simple, dit Wyl avec une coquetterie affectée.

Il se souvenait comment Faryl avait usé de mêmes manières au Fruit défendu.

— Vous ne m'échapperez pas, Leyen de Rittylworth, je veux tout savoir de vous, murmura Helyn avec un sourire mi-complice, mi-prédateur.

— Ce qui me fait penser, dame Helyn – que vouliez-vous dire tout à l'heure en parlant de mon village ?

— Vous y avez encore de la famille ? répondit Helyn avec un petit coup d'œil en coin.

— Non…

— C'est une chance alors – et qui explique sans doute que vous n'ayez pas appris qu'il avait été incendié.

Wyl eut l'impression qu'un poids venait de s'abattre sur sa poitrine.

— Incendié, répéta-t-il d'une petite voix, oubliant jusqu'à la présence de toutes ces femmes nues autour de lui.

» Mais par qui ?

— On a parlé de brigands, mais je n'ai jamais entendu dire que cette sorte de gens s'embarrassait de brûler les villages. Les rançonner, sans doute, mais les réduire en cendres, j'en doute… À quoi bon ? Non, quand on incendie un village, c'est pour punir les habitants, n'est-ce pas ?

Une servante, portant un plateau chargé de feuilles multicolores, s'approcha d'elles pour le leur présenter.

Un étonnement embarrassé parut sur le visage de Faryl.

— Mais, ma chère, où étiez-vous cachée jusqu'à aujourd'hui ? Ce sont des feuilles de savon. Prenez-en plusieurs – chacune a un parfum différent.

— Merci, murmura Wyl qui se sentait dans la peau du pire des balourds.

Dans le pavillon des hommes, il n'y avait guère que de gros pots contenant une pâte pompeusement appelée savon, disséminés ici et là ; en tout cas, rien d'aussi délicat que ces feuilles. Toutefois, à dire vrai, sa gaucherie était en grande partie la conséquence de ce qu'il venait d'apprendre.

— Pardonnez mon ignorance, mais c'est que je ne connais que les routes poussiéreuses et les tristes auberges où l'on se trempe dans des baquets d'eau chaude péniblement charriés à l'étage, ajouta Wyl.

» Mais dites-moi, qu'est-il advenu du monastère ?

Dame Helyn poussa un profond soupir tout en entreprenant de se savonner. Gêné, Wyl détourna la tête, préférant verrouiller son regard sur une splendide paire de seins de l'autre côté du bassin.

— C'est la partie la plus horrible de cette histoire, Leyen – mais aussi la raison pour laquelle tout cela ne saurait être l'œuvre de bandits. Les moines ont tous été assassinés de manière atroce. Personne n'en a réchappé.

Le teint de Faryl avait dû brutalement pâlir, car sa nouvelle amie se précipita pour la soutenir.

— Je suis désolée de vous annoncer ces tristes nouvelles. Vous connaissiez des moines peut-être ?

— Oui... j'en connaissais certains. Vous avez bien dit que tout le monde a été tué ?

— C'est malheureusement ce qui s'est passé. Mon mari, qui est en contact avec de très nombreux marchands passant parfois par Rittylworth, a entendu l'un d'eux dire qu'il avait reconnu le corps d'un moine appelé frère Jakub parmi les morts, dit Helyn avec un petit haussement d'épaules indiquant que pour elle ce nom ne signifiait rien.

» Les supérieurs du monastère ont tous été cloués sur des croix et brûlés vifs. Et toutes les personnes présentes au monastère ont subi le même sort... Horrible.

Dame Bench poursuivit sur le ton de la conversation, mais Wyl n'écoutait plus ; la monstruosité de ce qu'il venait d'apprendre était insupportable pour lui. Ylena, morte ? L'image de son joli visage passa devant ses yeux ; il s'aperçut qu'il ne se souvenait même plus de son sourire. Les souvenirs qu'il avait d'elle s'étaient dépouillés de toute joie – son rire s'était tu le jour où elle avait vu mourir son mari. Sa vie avait alors paru être vouée pour toujours au chagrin. Peut-être avait-elle accueilli la mort avec joie. Sa famille tout entière était morte, y compris son frère d'une certaine manière. Wyl partageait le point de vue d'Helyn – ceux qui avaient commis ces crimes n'étaient pas des brigands. Jamais des rançonneurs n'auraient incendié tout le village. Seul un sadique pouvait faire cela – un sadique possédant suffisamment de pouvoir... Celimus ! Qui d'autre ? Mais comment le roi pouvait-il avoir appris où sa sœur était cachée ? La trace de Romen avait été effacée à la perfection. Wyl dut faire un immense effort sur lui-même pour ne pas foncer aux appartements royaux et tuer Celimus, quoi qu'il doive en coûter.

Une autre pensée atroce le traversa à cet instant. Elspyth était-elle morte elle aussi ?

— Quand est-ce que tout cela est arrivé ? demanda-t-il d'une voix blanche.

— Excusez-moi ? dit dame Bench en se retournant vers lui.

Le laissant à son mutisme, elle avait salué une amie et commencé à discuter.

— Oh…, reprit-elle, c'était il y a trois jours environ.

Sur un clin d'œil aimable à Faryl, comme pour ponctuer un bavardage anodin, elle revint à son autre amie.

— Je reviens tout de suite, dit-elle en s'éloignant.

En fait, Wyl était soulagé qu'elle le laisse seul quelques instants ; il se sentait anéanti. Ce qu'il venait d'apprendre était bien pire encore que la perspective de souper avec Celimus. Comment cela avait-il pu arriver ? Qui savait ? Qui avait pu dire au roi où chercher Ylena ? Ils avaient si bien brouillé les pistes.

D'après ses calculs, Wyl estimait qu'Elspyth devait être là-bas au moment de l'attaque. Tout ce qui lui restait, c'était l'espoir qu'Elspyth soit arrivée avant et que les deux jeunes femmes aient eu le temps de s'en aller. Et soudain, de manière irrationnelle, il souhaita de tout son cœur que la nièce de la voyante ait manqué à sa parole pour s'en retourner directement chez elle, à Yentro. Pourtant, une part de lui-même savait que ce n'était pas possible – Elspyth était trop sincère et droite pour ça. Elle avait forcément tenu son serment – et marché droit vers le danger. Pauvre Ylena, si belle et si fragile, qu'il n'avait pas su protéger.

Dame Bench revenait vers lui, dérivant doucement au gré de l'eau.

— Ma chère, que se passe-t-il ? Vous êtes si pâle.

— Je suis désolée. C'est cette nouvelle au sujet de Rittylworth qui me trouble.

— Et moi je suis toute marrie d'en avoir été la messagère. Lavez-vous – ensuite vous viendrez avec moi.

— Où ça ?

— Chez moi.

Wyl avait envie d'être seul avec son chagrin, mais en même temps rester à Stoneheart ne le tentait guère.

— C'est à deux pas du palais, insista-t-elle. Nous prendrons une collation et vous pourrez vous reposer dans mon jardin – vous y serez mieux qu'ici. Je vous laisserai tranquille et si vous voulez, vous pourrez même y rester pour la nuit.

— C'est que je suis conviée à souper avec le roi ce soir, répondit Wyl sans réfléchir.

— Par Shar, ma fille ! Mais c'est que vous êtes une personnalité.

— Pas vraiment, répondit Wyl en se morigénant d'avoir lâché une telle information.

» D'ailleurs, je n'ai rien à me mettre.

— Laissez-moi arranger ça, j'ai tout ce qu'il faut ! s'écria Helyn, soudain galvanisée.

» Pas de discussion, vous venez avec moi.

Sans autre forme de procès, Wyl se retrouva bientôt séché, habillé et installé dans le carrosse d'Helyn et en route vers sa maison. Elle était seule chez elle – son mari encore en tournée d'inspection et sa fille chez des amis.

En toute honnêteté, il devait bien admettre que cette diversion était la bienvenue. Spontanément, il aurait plus volontiers sauté sur un cheval pour rejoindre Rittylworth à bride abattue, mais son âme de soldat savait qu'il n'y avait plus rien à tenter là-bas. Ce qui est fait est fait et son arrivée n'aurait pas rendu le carnage moins tragique. Et puis, il avait un rendez-vous avec Celimus qu'il ne pouvait manquer. Au fond de lui commençait à s'insinuer l'idée qu'Elspyth était arrivée à temps au monastère pour sauver sa sœur et l'emmener à Felrawthy.

Jamais Jakub n'aurait permis qu'on fasse du mal à Ylena ; au premier signe d'agitation, il l'aurait sûrement mise à l'abri dans leur grotte secrète.

Dame Bench avait raison, la solitude lui faisait du bien. Fidèle à sa parole, elle lui avait offert quelques instants de paix. Aucun doute pourtant, Helyn était ravie d'avoir de la compagnie – et de pouvoir être aux petits soins de sa nouvelle amie. Pour autant, Wyl n'était pas dupe ; dame Bench était assurément une éminente représentante de la noblesse, flattée de pouvoir s'immiscer par son intermédiaire dans les secrets du roi. Elle avait elle-même avoué à Wyl combien tout Pearlis aimait les indiscrétions et les histoires – elle comme les autres. En tant qu'épouse d'un riche dignitaire, avec pour seule préoccupation d'occuper ses loisirs, Helyn raffolait tout naturellement des intrigues de cour. Toutefois, elle était suffisamment fine mouche pour deviner quand il fallait ne pas trop insister. Ainsi, lorsqu'elle la rejoignit sur un banc au soleil, elles papotèrent de tout et de rien – mais surtout pas du mariage du roi.

Du moins jusqu'au moment où il fallut bien se mettre en quête d'une tenue convenable pour que Faryl paraisse en beauté devant le souverain.

— Leyen, il faut absolument qu'on vous trouve une robe digne de vous pour votre rendez-vous avec Celimus.

Les deux femmes étaient installées dans les somptueux jardins, à boire du thé. Non loin, la volière où s'ébattaient des canaris composait une masse de couleurs vives d'où s'élevait un mélodieux gazouillis. Devant elles, parmi les nymphéas en fleur, de longs poissons orange vif venaient frôler la surface de l'eau du grand bassin. Le soleil baignait ce lieu enchanteur, si bien que Wyl n'avait pas eu besoin pour se réchauffer de la couverture qu'on lui avait proposée et qu'il avait tout de même poliment acceptée. La douce sérénité ambiante l'aidait grandement à maîtriser ses émotions.

— Helyn, j'espère que vous ne prendrez pas en mauvaise part ce que je vais vous dire, mais je crains que nous ne soyons pas faites à l'identique. En premier lieu, je suis plus grande…, dit Wyl d'un ton un peu gêné.

Malgré ses précautions oratoires, il avait le sentiment de commettre une véritable maladresse ; aucune femme au monde, quel que soit son âge, n'aime s'entendre dire qu'elle est plus petite, plus forte ou moins jolie.

— … et bien plus élancée aussi, compléta Helyn en riant, avant de reposer sa tasse sur la table.

» Je pensais plutôt à une robe de ma fille. Que Shar me soit témoin, je dépense des fortunes pour la vêtir. Elle ne remarquera même pas qu'une tenue a disparu. Tenez, il y a quelques jours à peine, Amos Rilk lui-même, le maître tailleur de Briavel, m'a livré la première toilette de soirée de ma fille – pour un prix exorbitant soit dit en passant.

— Vous faites appel à un tailleur de Briavel ?

— Non, au meilleur tailleur. À ce qu'on m'a dit, c'est lui qui habille la reine Valentyna.

— Il a bien de la chance alors, répliqua Wyl, souhaitant lui aussi avoir le privilège de l'habiller… ou plutôt de la déshabiller.

— Vous connaissez Sa Majesté ? demanda innocemment Helyn.

— Oui.

— Et ?

— Elle est très… (il fut sur le point de dire *facile à aimer, merveilleuse à embrasser*, mais se retint à temps)… sculpturale. Ce Rilk doit être en extase pendant les essayages.

— Oui, j'ai entendu vanter son extraordinaire beauté.

— C'est vrai, mais Valentyna… (les yeux d'Helyn s'agrandirent en entendant Leyen à côté d'elle parler si familièrement de la reine)…

euh, je veux dire la reine, n'est pas vaniteuse à ce que j'ai pu voir. En fait, elle est plus à l'aise dans sa tenue de cavalière que dans ses robes de bal.

— Bien sûr, vous avez eu l'occasion de l'approcher lors d'occasions officielles, mais l'avez-vous aussi vue dans des circonstances… moins formelles ?

— Cela m'est arrivé parfois.

— Et bien sûr en tant qu'invitée j'imagine, dit Helyn, incapable de dissimuler l'ironie dans sa voix.

— Pardonnez-moi, Helyn, mais comme je vous l'ai dit tout à l'heure, mes rapports avec les deux souverains sont couverts par le sceau du secret. Je ne suis pas autorisée à en parler.

— C'est moi qui vous demande de m'excuser. Je n'avais aucunement l'intention d'être indiscrète, mais comme vous l'imaginez certainement, cette question du mariage passionne tout le monde en Morgravia.

— Vraiment ?

— Bien sûr ! Vous ne trouvez pas ça follement excitant ? Nous voulons tous la paix et Valentyna peut nous l'apporter en épousant Celimus. Et puis, qui sait, peut-être parviendra-t-elle à dompter son tempérament indocile ? Mais attention ! Si vous répétez ce que je viens de dire, je nierai tout !

Malgré le tourbillon d'émotions qui l'agitaient, Wyl ne put s'empêcher de rire à cette saillie ; d'un doigt sur ses lèvres, il indiqua qu'il resterait muet comme une tombe.

— Où en sont-ils dans leur rapprochement ? demanda Leyen.

— Pas assez loin malheureusement, répondit Helyn au grand soulagement de Wyl.

» Je pense néanmoins que cette union se fera. Toute la noblesse milite pour que le mariage soit célébré à l'équinoxe de printemps.

— Au printemps, murmura Wyl.

Seulement quatre lunes pour sauver Valentyna.

— Donc, il ne fait aucun doute qu'on vous confiera ce soir un nouveau message à porter à la belle Valentyna.

— Aucun doute, oui, répondit Wyl avec une pointe d'amertume.

— C'est très intelligent de sa part d'utiliser une femme pour cette mission. Qui pourrait croire ? Et maintenant, allons choisir quelque chose dans les armoires de ma fille. Il faut absolument le mettre de bonne humeur.

C'était pourtant la dernière chose au monde dont Wyl avait envie. Dans son esprit agité roulaient sans fin des images du massacre de Rittylworth ; heureusement que les essences combinées de Romen et de Faryl lui donnaient la force de n'en rien montrer.

Dame Bench le conduisit dans l'un des cabinets de sa demeure, sans cesser de babiller un instant au sujet des types de femmes que Celimus distinguait généralement. Wyl laissait dire.

— Je crois que quelque chose dans les verts et dorés vous irait à ravir, très chère. Avec de pareils cheveux…, dit Helyn.

» Et un manteau dans les mêmes tons, bien sûr. Au fait, vous ont-ils donné une femme de chambre ?

Wyl agita négativement la tête.

— Très bien, je vais vous envoyer l'une des miennes. Elle vous coiffera à ravir avec quelques fleurs piquées ici et là. Des gardénias de mon jardin d'hiver. J'espère que leur parfum ne vous incommode pas ?

— Non, mais je suis confuse d'accepter votre générosité, Helyn.

— Mais je vous en prie. Je veux vous voir sourire à nouveau après la triste nouvelle que je vous ai donnée plus tôt. Et puis qui sait, peut-être serai-je celle qui vous aura permis d'entrer dans son lit ?

Helyn ponctua sa prophétie égrillarde d'un petit clin d'œil de conspiratrice, avant de s'alarmer soudain de l'air horrifié apparu sur le visage de Leyen.

— Oh non, ma chère, ne vous inquiétez pas. Ce n'était qu'une plaisanterie un peu folle… d'une femme qui n'a rien d'autre pour s'occuper l'esprit.

Chapitre 12

Après le départ de la femme de chambre prêtée par dame Helyn Bench, Wyl se contempla dans la grande psyché ; il se reconnaissait à peine. Devant lui se tenait une femme magnifique, à l'élégante coiffure piquée des délicates taches bleues des gardénias. Il n'aurait pas besoin de se parfumer ce soir – les fleurs y pourvoyaient amplement.

Finalement, Helyn avait renoncé aux tons verts et dorés pour une tenue d'un blanc cassé tout simple, dont le drapé enveloppait suavement ses épaules bien dessinées pour suivre ensuite la courbe de ses bras musclés. L'habile jeune fille avait unifié son teint hâlé jusqu'à le rendre lisse et éclatant, avant de le rehausser de petites touches de poudre d'or. Wyl avait été fasciné par cette incursion dans les coulisses de l'intimité féminine. Devant une lampe ou une chandelle, sa peau chatoyait maintenant ; il était devenu une femme véritablement splendide, faite pour séduire.

La générosité d'Helyn n'était pas un vain mot puisque la charmante noble lui avait également fait passer quelques bijoux, dont une sublime parure à porter sur son décolleté. Posé comme une goutte de sang à la naissance de sa gorge, un rubis jetait des lueurs rouges sur le velouté de sa peau. Un trait de khôl pour donner de la profondeur à son regard parachevait l'ensemble – plus une touche de couleur sur ses lèvres dont Wyl n'appréciait ni le goût ni le contact pâteux, mais qui lui faisait une bouche irrésistible. Enfin, polis et brossés par la femme de chambre, ses ongles brillaient de tout leur éclat.

Wyl se sentait prêt ; dame Bench avait même joint une éblouissante cape indigo qu'il essaya sur ses épaules, avant de renoncer à la porter.

Wyl avait bien mûri sa stratégie, mais il espérait tout de même que Celimus ne serait pas outre mesure séduit par ce qu'il verrait – autre que sur le plan des strictes compétences professionnelles, bien sûr. Il savait néanmoins que le roi avait toujours eu un faible pour les blondes aux cheveux fins – il l'avait même entendu dire une fois que leur pâleur mettait en valeur son propre hâle – et les femmes d'allure gracile qu'il pouvait plus aisément dominer. Pour toutes ces raisons, il devait permettre à la forte personnalité de Faryl de donner toute sa mesure en pleine lumière – ce qui aurait également pour effet d'atténuer dans l'esprit de Celimus l'aura de Valentyna, qui en outre n'avait pas des cheveux d'or et dont le port royal ne convenait pas à son goût dominateur.

Wyl savait parfaitement que ce n'était pas de Valentyna dont Celimus avait faim, mais des richesses qu'elle possédait et de la paix qu'un mariage apporterait. Que Morgravia s'unisse à Briavel et toute la région deviendrait plus riche, tandis que l'héritier de Celimus régnerait sur deux royaumes. La pensée que Valentyna pourrait donner un fils à Celimus lui arracha une grimace de dégoût, puis une autre idée le traversa soudain : avec la paix venue, les royaumes du sud sous la bannière de Celimus pourraient bien partir en guerre contre le roi des Montagnes et son peuple.

L'équinoxe de printemps – l'image de cette échéance mortelle restait gravée dans son esprit.

Il y eut un coup frappé à la porte ; c'était Jorn.

—Trop tard, j'ai déjà choisi, dit Wyl avant d'ajouter une question :

» Tu aimes ?

—Ma dame, dit le garçon en rougissant. Qui pourrait trouver à y redire ?

—Bien dit, Jorn. Allez entre. Tu as eu une journée bien remplie on dirait.

—Oui, ma dame, répondit Jorn en pénétrant à pas prudents dans la chambre et en prenant la précaution de laisser la porte entrouverte.

—Ferme la porte s'il te plaît, ordonna Wyl.

Le garçon s'exécuta, manifestement mal à l'aise. Wyl perçut son trouble.

—Jorn, ne t'inquiète pas – nous avons un ami commun.

Faryl avait maintenant toute son attention.

—Je suis une amie de Romen Koreldy.

À ces mots, les yeux de Jorn s'illuminèrent ; Wyl se réjouit que Romen ait laissé si bonne impression.

—Alors je suis honoré de faire votre connaissance. C'est un homme que j'admire.

De mentir, Wyl éprouvait un sentiment de culpabilité, mais il n'avait pas le choix pour autant ; personne n'aurait pu entendre la vérité.

— Raconte-moi comment ça se passe pour toi ici ?

— Koreldy vous a demandé d'enquêter sur moi ? répliqua Jorn, d'un ton plein d'impatience.

— D'une certaine manière, oui.

— Et dame Ylena ? Savez-vous comment elle va ?

— En vérité, cela fait très longtemps que je ne l'ai vue. Je...

Jorn l'interrompit.

— C'est que je suis mort d'inquiétude depuis que j'ai entendu dire que Rittylworth a été dévasté par une attaque – sachant qu'elle s'était réfugiée là-bas...

Wyl sentit une pointe au creux de l'estomac ; une pièce du puzzle venait de trouver sa place. C'était Jorn qui avait parlé – Jorn plein d'ardeur et d'innocence qui sans penser à mal avait mené Celimus à Ylena comme un chat à une souris. La nausée monta en lui comme il pensait au sort subi par le sage et doux frère Jakub, le jeune novice, Pil, et tous les autres moines sauvagement exécutés pour complaire à la volonté de Celimus de détruire la maison Thirsk.

La vision du corps brisé de sa jeune sœur gisant quelque part le frappa comme un éclair. *Elle est en vie*, se dit-il à lui-même.

Il prit une profonde inspiration, puisant au plus profond de lui pour dissimuler la frayeur et la colère qui l'agitaient ; après tout, le garçon n'était pas responsable de ce qui arrivait.

— Jorn, savais-tu précisément où Romen Koreldy comptait aller après son départ de Stoneheart ?

— Pas vraiment, ma dame. Il avait parlé du nord-ouest et peut-être de Rittylworth, mais je me souviens qu'il n'avait pas encore vraiment choisi.

Wyl se rappela qu'il avait regretté ces paroles à la seconde même où elles lui échappaient.

— Et en as-tu parlé à quelqu'un ? demanda Wyl du ton le plus naturel possible sans cesser d'examiner son reflet dans le miroir, manière de ne pas éveiller les soupçons du garçon.

— Je... hmm. C'est possible en effet. Le chancelier Jessom posait des questions à ce sujet.

— Ah oui, je connais Jessom, mentionna Wyl d'une voix égale.

— Est-ce que tout va bien ?

— Bien sûr, le rassura Wyl en s'efforçant de ne rien laisser paraître de ses émotions dans sa voix.

» En fait, j'ai promis à Romen de passer voir dame Ylena à mon prochain passage dans la région.

— Alors elle n'est pas en Argorn ? demanda Jorn d'un ton où perçait une note d'angoisse et de tristesse.

Wyl se souvint qu'Ylena lui avait promis de le faire venir à son service dès qu'elle aurait regagné ses terres et son fief.

— Je ne sais pas, Jorn, peut-être…, répondit Wyl en secouant négativement la tête, soucieux avant tout que nul ne connaisse la vérité.

— Ah…, murmura le garçon, dépité, avant de poursuivre sous le coup d'une inspiration subite, une lueur d'espoir revenue dans ses yeux.

» Vous devriez aller voir du côté du duché de Felrawthy. Son mari appartient à la famille Donal et peut-être est-elle là-bas, dans le nord. Je crois savoir que ce n'est pas très loin de Rittylworth.

Maudite soit la mémoire de ce garçon ! Un lourd sentiment d'inquiétude s'insinuait en lui. Comment faire maintenant pour obtenir que Jorn se montre discret sans éveiller ses soupçons ?

— Merci, Jorn. Je vais faire quelques recherches.

Pauvre garçon. Il était déterminé à tout pour que la promesse d'Ylena soit tenue – même à rebattre les oreilles de ceux qui la verraient bientôt.

— C'est que dame Ylena Thirsk a promis de me faire venir auprès d'elle.

Malgré la crainte qui le mordait au ventre, Wyl fit venir un sourire aimable sur le visage de Faryl.

— La servir te paraît donc plus important que de servir le roi, Jorn ?

Le page rougit jusqu'à la racine des cheveux.

— Je donnerais ma vie pour elle, bégaya-t-il.

Wyl reçut de plein fouet le choc de l'aveu. Dans l'instant, il fut tenté de dire au garçon qu'il ne la connaissait pas suffisamment pour parler de pareil sacrifice, puis il se souvint que lui-même était tombé amoureux de Valentyna à la seconde où le bleu de ses yeux s'était posé sur lui. Il soupira ; Jorn se dandinait, toujours cramoisi et sur des charbons ardents.

Wyl trouva la force de lui faire un sourire.

— Espérons que tu n'aies jamais à en arriver là, Jorn, dit-il en priant pour que sa sœur soit toujours en vie.

» Mais maintenant que tu as ouvert ton cœur, ajouta-t-il en tirant parti de son faible pour Ylena, je te recommanderai d'y être absolument fidèle et de n'en parler à personne. Tu comprends ? Il faut que tu te montres discret et gardes le silence sur cette question.

Jorn hocha la tête pour signifier qu'il saisissait le message, mais ses yeux exprimaient la surprise. Wyl songea que le garçon allait devoir maintenant réfléchir et comprendre seul ; lui ne pouvait rien dire de plus précis.

— Je crois que je suis attendue dans les appartements du roi, dit Wyl. En tout cas, merci d'être venu, Jorn.

— Je suis à votre service, dame Leyen. Et transmettez mes respects à Romen Koreldy lorsque vous le verrez.

— Et que dois-je transmettre de ta part à dame Ylena si nos chemins viennent à se croiser ? demanda Wyl comme le page s'apprêtait à sortir.

Jorn sourit, au grand soulagement de Wyl. Le garçon avait donc de l'humour et n'était pas tout d'une pièce. Wyl lui sourit en retour ; après tout, Jorn pourrait peut-être se montrer utile.

La soirée était douce et l'air rendu encore plus doux par les braseros disposés en cercle dans l'une des cours intérieures de Stoneheart. Le château en comptait au moins une dizaine que Wyl se souvenait avoir visitées au cours de son enfance – mais celle-ci, il ne la connaissait pas. Étroite et intime, elle était bordée de deux parterres d'herbes aromatiques, avec ici et là quelques arbres fruitiers. Si l'on n'y voyait aucune des superbes fleurs qui avaient fait la renommée de jardinier du roi Magnus, son style sobre et dépouillé n'en dégageait pas moins une profonde impression d'harmonie.

En contrepoint des lignes subtilement agencées de l'endroit, les douces senteurs boisées qui montaient par bouffées dans l'air calme achevaient de créer une atmosphère de volupté. Une table était dressée au centre de la cour, avec quatre couverts. Wyl fut de nouveau frappé par l'austérité de l'apparat ; venant de Celimus, il s'était attendu à quelque chose de beaucoup plus ostentatoire. Fondamentalement, le roi avait du goût, mais avec une forte inclination pour l'esbroufe et le clinquant. Or, ce qu'il voyait était d'une indéniable modestie – bien plus proche de ses propres goûts en réalité. D'ailleurs, il se sentit immédiatement à l'aise dans ce lieu étonnant niché au cœur de Stoneheart.

Aremys était déjà installé, un verre de vin à la main et en grande conversation avec le chancelier ; Wyl supposa que ce dernier serait le quatrième à table. Il vit le mercenaire tourner la tête vers lui à l'entrée de

Faryl, puis retenir son souffle de saisissement ; pour la première fois, Wyl éprouvait véritablement le pouvoir qu'a une jolie femme sur les hommes.

— Leyen, vous êtes très en beauté, complimenta Jessom en accordant à Wyl le rarissime honneur d'une petite courbette.

Aremys se ressaisit tant bien que mal pour saluer à son tour.

— Leyen.

— Merci, messieurs. Une aimable personne de la noblesse m'a prise en pitié et m'a ouvert sa garde-robe pour ce soir, s'empressa d'expliquer Wyl de crainte qu'ils ne s'imaginent la voir souvent dans une telle toilette.

— Elle a vraiment bien fait, dit Aremys d'une voix étranglée.

Il s'éclaircit ensuite la gorge avant de vider son verre d'un trait.

— Puis-je vous proposer du vin ? offrit Jessom.

— Bien sûr, accepta gracieusement Wyl en levant son verre.

» À quoi buvons-nous ? Au pardon et à l'indulgence, je suppose...

Les deux hommes saisirent parfaitement le sens du commentaire qui leur était adressé.

— Au devoir, répondit Aremys.

Jessom eut un petit sourire sans chaleur avant de lever son verre.

Wyl goûta le vin doux et fruité, tout en se délectant à nouveau du jardin alentour.

— Cet endroit est vraiment délicieux.

— Je suis content qu'il vous plaise, dit Celimus d'un ton aérien, en faisant une arrivée majestueuse au sommet de la courte volée de marches.

Tous ses invités saluèrent ; Wyl dut même se résoudre à la profonde révérence qu'imposait la robe qu'il portait. Il n'osait pas imaginer à quel point il devait paraître empoté. Pour autant, Celimus ne paraissait pas avoir noté quoi que ce soit, laissant plutôt courir un regard appréciateur sur la femme devant lui. Le roi s'attarda quelques instants sur l'escalier, avant de condescendre à venir à leur niveau. Wyl ne put faire autrement que se dire une nouvelle fois à quel point Celimus était un homme en tout point remarquable, resplendissant dans ses superbes habits, taillés à la perfection pour mettre en valeur sa silhouette parfaite. Même récuré de pied en cap, Aremys n'avait l'air que d'un ours minable à côté.

Wyl sentit monter en lui la pointe de haine glacée qu'il connaissait si bien ; tous ses sentiments enfouis revenaient à la surface, menaçant de le déstabiliser. Il s'obligea à se souvenir qu'il n'était plus ce jeune homme courtaud et massif, au visage constellé de taches de rousseur et à la chevelure orange. Il était désormais grande et fine et s'il n'était pas belle – pas même jolie au sens strict –, au moins il était une femme qu'on n'oublie pas. En tout cas, il n'y avait plus rien en lui dont il aurait eu à rougir. Il était la personne féminine ce soir-là et il allait devoir tirer pleinement parti de ses atouts pour négocier et mettre la plus grande distance possible entre Stoneheart et lui.

Finalement, Celimus se décida à descendre les marches. Ensuite, contrairement aux usages, il prit la main de Faryl pour venir y déposer un baiser. Wyl était abasourdi et choqué, mais il ne devait surtout rien montrer. Le contact sur sa peau de ces lèvres qui avaient ordonné la mort de son ami Alyd le révulsa ; il dut bander toute sa volonté pour ne pas retirer violemment sa main.

Le regard sombre de Celimus remonta doucement pour venir se plonger dans le sien.

— Je l'ai dessiné moi-même, dit-il en reprenant le cours de la conversation.

» En l'honneur de ma future promise, dont je sais qu'elle adore les plantes aromatiques et les agencements tout en sobriété. Bien le bonsoir, Leyen.

Les yeux de Celimus pétillaient.

— Majesté, répondit Wyl en courbant la tête, le cœur ravagé par la certitude affichée par le roi de posséder bientôt Valentyna.

Les deux autres l'imitèrent, saluant une nouvelle fois à leur tour.

— Qu'y a-t-il à boire, Jessom ? demanda Celimus, avec son aisance et son charme inimitables.

— Le Cherenne, Sire. Votre préféré.

— C'est vrai. Asseyons-nous, dit le roi.

Sur un signe de tête du souverain, une armada de serviteurs s'empressa d'apporter des plateaux d'amuse-gueules délicieux.

Ils entretinrent une petite conversation anodine jusqu'au plat de poisson, puis Celimus congédia toute sa domesticité. Aucun doute, ce que le roi s'apprêtait à leur dire était frappé du sceau du secret.

— Dites-moi, Leyen… j'ai cru comprendre que vous étiez de Morgravia ?

Wyl confirma prudemment de la tête. Dans sa bouche, la sauce délicate qui avait si magnifiquement accompagné la chair blanche des filets prit soudain un goût sur.

— D'où exactement ? poursuivit Celimus.

Wyl devait à tout prix dissimuler la vérité à Celimus, mais il n'oubliait pas non plus les déclarations qu'il avait faites à sa nouvelle amie, dame Helyn. Mieux valait autant que possible coller à son histoire.

— Rittylworth, Majesté, répondit Wyl, avant de poursuivre pour couper court à tout embarras.

» Depuis mon arrivée, j'ai d'ailleurs entendu parler du triste sort qui avait frappé le village.

À ces mots, le roi reposa le verre dans lequel il était en train de boire.

— Je suis navré d'apprendre que c'est là-bas que vous avez grandi, mais c'était une punition nécessaire.

Wyl apprécia la franchise de Celimus ; il s'était attendu à des mensonges.

— Ah bon, une punition, Majesté ? demanda-t-il innocemment en grignotant négligemment un bout de pain sans tourner les yeux vers le roi.

— Les traîtres et tous ceux qui les accueillent seront traqués et subiront le même sort.

Wyl hocha la tête d'un air entendu ; son visage était demeuré impassible, mais son sang bouillait littéralement. Il savait qu'Aremys ne le quittait pas des yeux lui non plus, en premier lieu parce qu'il savait pertinemment qu'elle venait de Coombe et non pas de Rittylworth ; Wyl le lui avait dit pendant leur chevauchée.

— Aremys, vous connaissez ce village ? demanda Celimus en se tournant vers le mercenaire.

— Oui, Majesté. J'y suis passé à l'occasion – ou plutôt, je suis passé à proximité.

— Un coin plutôt ennuyeux, intervint Jessom, soucieux de ne pas être tenu à l'écart de la conversation.

— Et où l'on est stupide au point de protéger ceux qui trahissent la Couronne, déclara Celimus.

— Majesté, puis-je vous demander quelles personnes de mon village vous recherchiez ?

Wyl avait parlé d'une voix douce, en affectant cette fois-ci de boire pour dissimuler le rictus de haine qui lui montait aux lèvres.

— Ylena Thirsk.

— Une femme ? s'exclama Aremys étourdiment, s'attirant un coup d'œil furibond du chancelier.

Celimus ne réagit pas.

— Oui, répondit-il d'une voix tranquille. Comme le prouve Leyen ici présente, en matière d'intrigue et de trahison, les femmes peuvent se montrer infiniment plus perverses que les hommes.

Wyl sourit au roi ; la haine brûlait en lui.

— En quoi cette Ylena constituait-elle un problème pour vous, Majesté ?

Celimus poussa un soupir.

— À dire vrai, toute la famille Thirsk n'a jamais été qu'un ramassis de traîtres. Mon père – que son âme repose auprès de Shar – les a protégés pendant bien trop longtemps. Toute cette histoire est bien fastidieuse, mais sans doute vaut-il mieux que vous l'entendiez, dit-il en s'emparant de son verre avant de se laisser aller en arrière sur sa chaise.

» Le vieux Fergys Thirsk était le meilleur ami de mon père… du moins en apparence. En fait, c'était un scélérat de la pire espèce qui n'aurait pas hésité à le poignarder dans le dos à la première occasion, s'il n'avait trouvé plus simple de l'empoisonner – métaphoriquement bien sûr.

Celimus ricana doucement ; ses dents blanches impeccables luisaient. Jessom salua son bon mot de son éternel rictus impassible, tandis qu'Aremys se tenait immobile et silencieux, incertain d'être bien à sa place à cette table. Pour garder contenance, Wyl serra les poings si fort que ses phalanges devinrent blanches ; la pénombre du soir, heureusement, lui permettait de camoufler son trouble. Il lui fallut mobiliser tout ce qui restait en lui de Romen et de Faryl pour continuer à sourire. Le roi poursuivait son récit.

— Lorsque j'ai appris que le vieux Thirsk avait été coupé en deux sur le champ de bataille, j'ai connu une joie plus intense encore que je ne l'avais rêvée. Pour moi, sa mort était une bénédiction, lâcha-t-il d'une traite avant de prendre une gorgée de Cherenne.

» Je sais ce que vous pensez tous : Comment un enfant peut-il haïr autant ? C'est simple, je le haïssais parce qu'il volait l'amour de mon père, son amitié… pour ne rien dire des terres et des richesses. Et surtout, il complotait en permanence contre le royaume.

— Pardonnez-moi, Sire, intervint Wyl, incapable de se contenir plus longtemps. Je croyais avoir entendu dire que le général Fergys Thirsk avait pris un coup d'épée destiné au roi Magnus. Dans toutes les tavernes du nord où je voyageais à l'époque, on racontait qu'il s'était interposé et avait donné sa vie pour sauver celle de son suzerain.

Le roi haussa les épaules. Un sourire triste parut fugacement sur ses lèvres délicatement dessinées.

— Qui sait ce qui s'est réellement passé sur ce champ de bataille, Leyen ? Mon père a sans doute voulu protéger le nom des Thirsk jusqu'au bout. Pour ce que nous en savons, il y avait une machination en cours.

Heureusement, quelqu'un de notre camp a tué le général pour le punir de ses manœuvres misérables. Et je récompenserais celui qui a fait ça si seulement je le connaissais.

De saisissement, Wyl laissa échapper un hoquet qu'il maîtrisa bien vite en serrant son verre à le briser. L'histoire de Celimus était trop ridicule pour qu'il se sente réellement insulté. Le monarque de Morgravia n'avait rien pour étayer ses diffamations éhontées ; il inventait au fur et à mesure qu'il parlait.

— Vous paraissez amusée, Leyen ? s'enquit Celimus à qui rien n'échappait.

» Expliquez-nous pourquoi.

— Mille excuses, Majesté. Je ne suis pas amusée, c'est un petit morceau de ces délicieuses figues qui est resté coincé dans ma gorge.

Wyl avala plusieurs gorgées de vin, tandis que son regard dérivait vers Aremys ; le mercenaire maintenait ses yeux fixés sur Faryl, un sourcil haussé en signe d'étonnement.

— Je vous en prie, Majesté, pardonnez mon interruption et poursuivez.

C'est ce que fit Celimus, leur décrivant sa haine ravivée à l'arrivée à Stoneheart du fils de Fergys Thirsk, leur enfance tumultueuse, ainsi que la traîtrise de Wyl Thirsk en Briavel.

— Oh ! comme j'aimerais que notre armée fonctionne au mérite. Cette tradition consistant à donner le commandement à l'héritier d'une famille de guerriers convenait peut-être aux temps anciens, mais aujourd'hui les choses sont différentes. Qu'un Thirsk naguère ait été un héros ne signifie pas que toute la lignée soit digne d'en porter le titre, cracha Celimus.

— C'est tellement vrai, Sire, murmura Jessom, en indiquant d'un signe aux valets qu'ils pouvaient desservir.

Un somptueux assortiment de fromages, de fruits givrés et de caramels fut prestement servi. Une fois encore, les serviteurs faisaient preuve d'une maestria aussi grande que leur discrétion.

Lorsqu'ils furent à nouveau seuls, Aremys s'éclaircit la gorge pour prendre la parole.

— Majesté, je ne suis pas sûr de bien comprendre pour quelle raison j'ai été instruit de cette histoire, mais je me demande néanmoins en quoi une jeune femme, fille de la noblesse et la tête plus sûrement farcie de visions de dentelles et de satin que de politique, pourrait bien menacer votre règne ?

Celimus hocha la tête.

— Bonne question, Aremys. Mais la réponse est complexe et je ne veux pas vous importuner plus longuement avec ces histoires.

Évidemment que tu ne veux pas! songea Wyl, tandis que Celimus poursuivait.

— Sachez seulement qu'Ylena Thirsk est la digne héritière de la solide tradition familiale en matière de trahison. À l'heure qu'il est, je pense d'ailleurs qu'elle est en route pour le fief du puissant duc de Felrawthy afin d'aller y fomenter quelque trouble.

Wyl eut toutes les peines du monde à dissimuler la joie que lui causèrent ces paroles.

— Vous ne l'avez donc pas trouvée à Rittylworth, Sire ?

— Effectivement, nous ne l'avons pas trouvée – ce qui m'amène d'ailleurs à l'objet du dîner de ce soir, répondit Celimus d'un ton qui indiquait que l'heure n'était plus aux digressions.

» Je veux que vous, Leyen, et vous, Aremys, vous rendiez à Felrawthy. Si tout va bien, vous pourrez intercepter Ylena Thirsk en chemin.

— Et ? demanda Wyl, qui osait à peine respirer.

— Et tuez-la, répondit Celimus. C'est bien votre spécialité, n'est-ce pas ?

Aremys et Faryl hochèrent la tête de conserve, tous deux pareillement stupéfaits, mais pas pour les mêmes raisons.

— Parfait, clama Celimus. Jessom, vous prendrez les dispositions habituelles et leur fournirez chevaux, argent et tout ce dont ils auront besoin. Personne – et je dis bien personne – ne doit jamais entendre parler de cette mission.

Il laissa peser son regard tour à tour sur Aremys et sur Leyen, avec dans la prunelle une lueur de menace parfaitement claire.

Aremys s'éclaircit une nouvelle fois la gorge. Il avait vu passer l'angoisse sur le visage de Faryl, puis noté qu'elle se maîtrisait avec adresse. *Que se passe-t-il exactement ?* se demandait-il.

— Des questions ? reprit Celimus.

Aremys se redressa sur son siège.

— Majesté, puis-je vous demander pour quelles raisons le duc la protégerait contre votre volonté ? Ne devrait-il pas préférer s'attirer les bonnes grâces de la Couronne plutôt que de tout risquer pour la fille d'un vieil ami ?

— Il existe certaines raisons qui le poussent à agir ainsi – faites-moi confiance sur ce point. Je vous paie pour suivre mes instructions, mercenaire, pas pour réfléchir.

Aremys hocha poliment la tête, mais n'en poursuivit pas moins son raisonnement.

— Alors puis-je demander pour quelles raisons un simple meurtre nécessite les services de deux assassins ?

— Je pars du principe que si Ylena est parvenue auprès du duc, alors les choses seront plus délicates à mener à bien. Donal de Felrawthy est bien protégé – avec ses propres hommes. Qui plus est, je crains que ce ne soit un vieil ami de Fergys Thirsk – enrichi aux dépens de la Couronne lui aussi. Vous, Aremys, je vous envoie donc à titre de soutien, au cas où les choses tourneraient mal – même si Leyen serait certainement capable de s'en tirer seule au vu de son récent succès pour moi.

Avec un petit sourire entendu, Celimus fit glisser son regard sur Wyl, qui s'était composé un masque de politesse figée.

— Je veux une preuve de sa mort – et plus qu'un doigt cette fois, Leyen.

Lèvres serrées, Wyl se leva, repoussant sa chaise.

— Alors je crois qu'il faut nous préparer afin de partir demain à la première heure, Sire, dit-il, incapable d'envisager de passer une minute de plus en présence du roi.

» J'accepte l'engagement, Majesté. Et je me retire immédiatement pour aller me préparer.

— Si vite, Leyen ? J'avais pensé que nous pourrions partager encore un verre de vin, répliqua Celimus.

— Euh… Veuillez m'excuser, Majesté, commença Wyl, qui sentait sur lui le regard effaré d'Aremys et voyait en face de lui le visage ahuri de Jessom, stupéfait de son audace.

» J'ai besoin d'une bonne nuit de repos pour avoir les idées claires. Mon intention est d'intercepter cette Ylena Thirsk avant qu'elle atteigne Felrawthy. À ce sujet, combien d'avance compte-t-elle sur nous ?

Il avait ramené la conversation sur le seul plan professionnel, pressé d'en finir avec cette assemblée d'hommes.

— Trois jours me semble-t-il, dit Celimus en se tournant vers Jessom qui confirmait de la tête.

» Mais elle est à pied – l'un des villageois l'a vue partir. Selon lui, elle a bénéficié de l'aide d'un jeune moine, si jeune d'ailleurs qu'il n'a pas même encore la tonsure.

Que Shar te bénisse, Pil! songea Wyl en se remémorant le jeune ami de Koreldy au monastère.

— Il n'y a plus un instant à perdre, dit Aremys en repoussant sa chaise à son tour.

» Leyen a raison, nous devons partir à la première heure pour accroître nos chances de les capturer.

— Eh bien qu'il en soit ainsi, répondit Celimus avec un haussement d'épaules.

» Mais rappelez-vous, je veux un corps. Réussissez et votre fortune est faite – vous verrez les modalités avec le chancelier. D'ailleurs, Jessom, peut-être pouvez-vous régler cela maintenant puisque nos hôtes paraissent vouloir quitter Stoneheart aussi vite qu'ils y sont arrivés...

Ayant dit, il leva la main pour se tourner vers ses deux mercenaires assassins.

— Je ne peux qu'approuver votre volonté de bien faire. Débarrassez-moi de la malédiction des Thirsk et vous n'aurez pas affaire à un ingrat.

Aremys, qui s'était approché de Faryl, salua profondément, appuyant de tout son poids sur le bras de la jeune femme pour l'obliger à faire de même. Wyl s'exécuta du mieux qu'il put.

— Ah, Leyen, reprit Celimus comme si une pensée lui revenait à l'esprit.

» J'ai une autre mission pour vous, lorsque celle-ci sera achevée.

— Je vous écoute, Sire, répondit Wyl d'une voix à laquelle il s'efforçait de donner un semblant de suavité.

— Accordez-moi un instant, répondit le roi. Aremys, Jessom, vous pouvez vous retirer.

Wyl regarda Aremys sortir de la cour ; quelque chose dans son attitude lui clamait de se montrer particulièrement vigilant. Celimus reporta son regard sur Faryl.

— Lorsque vous en aurez fini avec Ylena Thirsk, je veux que vous vous rendiez immédiatement en Briavel.

Wyl ne put que hocher la tête, l'esprit déjà en alerte pour deviner quelle atrocité Celimus allait bien pouvoir lui confier.

— Je veux que vous remettiez à la reine Valentyna un document que je vous ferai porter ce soir. Ce sera une proposition de mariage... ma dernière, en fait. Je veux que vous me la rameniez signée par elle, avec son accord pour célébrer notre union ce printemps.

— Et si elle n'entend pas mes arguments, Sire ? demanda Wyl d'un ton neutre, en s'efforçant d'ôter toute trace d'émotion de sa voix.

La réponse lui vint exactement sur le même ton dénué de passion – et même d'humanité.

— Vous la tuerez, j'envahirai Briavel et détruirai sa couronne une bonne fois pour toutes. Veillez à réussir avec ces deux femmes. Vous pouvez disposer maintenant.

Wyl quitta la cour – si belle, si paisible – le cœur en lambeaux, l'esprit agité de mille pensées, passant presque en courant devant Aremys et Jessom abasourdis.

Chapitre 13

Wyl n'avait nullement l'intention d'attendre Aremys, ni même de patienter jusqu'à l'aube. La vie des trois femmes qui importaient le plus pour lui était menacée par le même homme ; et lui était confronté au plus cornélien des choix : laquelle aider en premier ?

Ylena, sans aucun doute.

Si Aremys la trouvait avant lui, autant dire qu'elle était morte. Wyl pouvait compter sur la bravoure d'Elspyth – elle avait sûrement tout tenté pour rejoindre Ylena et, si d'aventure la jonction ne s'était pas faite, elle poursuivrait jusqu'à Felrawthy pour remettre son message. Il songea alors que la jeune femme était sans le sou ; heureusement qu'elle était courageuse et avait de la ressource. Pour sa part, Valentyna était certainement la mieux entourée et la mieux protégée – du moins pour l'instant. Tandis que ces pensées tourbillonnaient dans sa tête déjà bien occupée, il retournait à toute allure vers sa chambre pour faire ses bagages. Il réveilla un page assoupi pour lui demander d'aller chercher Jorn séance tenante. En l'attendant, il griffonna à la hâte un message pour dame Helyn, qu'il glissa dans la cape qu'elle lui avait prêtée mais qu'il n'avait pas utilisée. Ensuite, il troqua sa toilette resplendissante pour ses habits de voyage, infiniment plus confortables.

Sur ces entrefaites, Jorn arriva, les yeux toujours bouffis de sommeil.

— Dame Leyen, murmura-t-il en remarquant sa tenue. Où partez-vous à cette heure de la nuit ?

— Chut, Jorn ! ordonna Wyl en attirant le garçon à l'intérieur de la pièce. Tu ne devras jamais parler à quiconque de cette conversation.

Les yeux du garçon, maintenant parfaitement réveillé, s'agrandirent.

— Je ne dirai rien, promit-il en traçant un signe sur sa poitrine. Croix de bois, croix de fer, si je mens je vais en enfer.

Wyl sourit.

— Très bien et maintenant écoute-moi bien. Dame Ylena a des problèmes. Je pars immédiatement pour la trouver, mais il faut que cela reste secret. C'est là que tu vas m'aider.

Faryl plongea ses prunelles fascinantes dans les yeux du page ; Jorn hocha la tête sans rien dire.

— Va chercher mon cheval, dit Wyl en fourrant une bourse dans la main du garçon.

» Tiens, voici de l'or pour payer ce qu'il faut à qui il faut afin que je puisse sortir de Stoneheart.

Jorn n'eut même pas un regard pour le sac de pièces.

— Mais quelle excuse vais-je donner ?

— Tu es messager du roi, non ? Alors utilise ton statut et raconte à l'écurie que je suis en mission pour Celimus – tout le monde sait que je suis son invitée. Sois tranquille, ils te croiront. Utilise l'argent pour graisser des pattes et personne ne posera de questions. Et n'oublie pas de présenter mes excuses pour le dérangement à une heure aussi tardive.

— Je vais le faire, dame Leyen, mais tout ça a l'air bien dangereux.

— Non, ce n'est pas le cas, je te le promets. C'est juste inhabituel. S'il faisait grand jour, personne n'y trouverait à redire.

— Dois-je également amener le cheval de messire Aremys ? demanda Jorn.

— Non ! Il ne doit pas être averti de mon départ, lui encore moins que quiconque, dit Wyl en saisissant le bras de Jorn, inquiet que le garçon connaisse l'existence de cet autre invité.

» Promets-le-moi !

Cette fois encore, Jorn hocha la tête. Sans bien comprendre ce qui se passait, il était néanmoins prêt à faire ce que dame Leyen lui demandait.

Wyl désigna ensuite le lit.

— Cette robe et cette cape doivent être rapportées à dame Helyn Bench, avec ces bijoux. Prends-en le plus grand soin.

Jorn s'était attendu à quelque chose de plus difficile.

— Je peux m'occuper de ça.

— Merci.

— Voulez-vous que je porte un message avec ?

Wyl réfléchit un instant ; la vérité pouvait représenter le pire danger pour ce garçon.

— Non, mentit-il. Rapporte le tout avec mes remerciements.

Il avait déjà glissé son message dans la poche intérieure de la cape ; il ne restait plus qu'à espérer que dame Helyn le trouve.

— Et maintenant, fais aussi vite que tu peux, dit Wyl, en embellissant sa demande d'un nouveau mensonge.

» Je crois que la fille de dame Helyn a besoin de sa robe pour demain soir.

C'était une piètre excuse, mais Jorn ne sembla pas y accorder d'attention. Ses missions lui avaient été assignées et il avait maintenant hâte de partir.

— Je vais m'occuper de tout ça pour vous, dame Leyen. Promis…

Wyl posa son regard sur lui ; il sentait peser sur ses épaules le poids des responsabilités qu'il confiait à cet enfant innocent.

— Merci.

— Et transmettez mes respects à dame Ylena. Dites-lui que j'attends toujours qu'elle me fasse venir à son service.

Wyl sentit un soudain accès de chagrin pour Jorn. Dès qu'il aurait rallié Felrawthy, il s'occuperait lui-même de le faire venir.

— Je ferai tout ça. Attends son message.

Jorn sourit de toutes ses dents.

— Alors je cours tout de suite, ma dame, dit-il en se penchant sur la main de Faryl qu'il avait saisie.

À la grande surprise de Wyl, Jorn y déposa un baiser avant de s'avancer vers la porte.

— Venez lorsque sonnera la prochaine heure. J'aurai tout préparé et votre cheval sera à l'extrémité sud des écuries.

— Merci, Jorn… Merci pour tout.

Le garçon disparut dans le couloir sur un ultime sourire.

Wyl mit à profit le temps dont il disposait pour attacher ses cheveux et enfiler une veste. Ensuite, il s'assura d'un coup d'œil que tout était bien à sa place dans la chambre. Demain matin, Aremys ne manquerait pas de venir aux nouvelles et il ne voulait laisser aucun indice derrière lui. Il vérifia une nouvelle fois que son message était bien à sa place dans la poche de la cape. Un rictus lui vint au visage. Les risques qu'il courait n'étaient pas minces – et les conséquences catastrophiques si ce mot était intercepté –, mais il était presque certain de ne pas se tromper sur la noble dame Helyn Bench.

Les cloches de la citadelle sonnèrent peu après et Wyl quitta sa chambre en catimini, avançant furtivement dans les couloirs et les grands halls. Il ne croisa pas âme qui vive, hormis une femme de chambre, qui d'ailleurs ne lui accorda aucune attention – les bras encombrés de serviettes propres et d'une bassine d'eau chaude, elle se hâtait vers quelque endroit reculé du château. *Un enfant doit être sur le point de naître*, songea Wyl. Il poursuivit ainsi sa route jusqu'à l'extérieur, longea les cuisines où il aimait tant aller lorsqu'il était enfant, traversa un potager dont les légumes magnifiques étaient réservés à la seule table du roi, puis enfin franchit une cour menant aux écuries.

Comme promis, Jorn l'attendait à l'extrémité sud, avec le cheval de Leyen sellé et harnaché.

— Des problèmes ? demanda Wyl un peu oppressé.

— Aucun. Venez, je vais vous conduire jusqu'à la porte. Ça aura l'air plus naturel.

Wyl hocha la tête puis, posant un pied sur les mains que Jorn offrait pour une courte échelle, monta souplement en selle. Le garçon attacha son bagage derrière la selle.

— Merci encore, Jorn, murmura Wyl.

— Ce n'est rien, dame Leyen. Nous œuvrons pour la même cause.

Devant tant de dévouement, Wyl se sentit soudain empli de fierté. Au moins, la famille Thirsk comptait encore un ami fidèle. Jorn menait lentement le cheval par la bride.

— Tu as parlé au garde ? demanda Wyl dans un murmure.

— Oui. Ne craignez rien.

Wyl était impressionné par le sang-froid dont le garçon faisait preuve. Ils approchaient de la porte ; un garde les arrêta.

— C'est une heure inattendue pour partir, fit-il observer sans plus d'intérêt.

— Je suis désolée, mais comme vous le savez le service du roi ne connaît pas d'heure, dit Wyl en se risquant à accompagner ses paroles d'un clin d'œil.

Saisissant le sens des paroles de la cavalière, le garde haussa des épaules fatalistes.

— Ça vous pouvez le dire. Bonne route, ma dame.

— Vous êtes sûre que ça va aller dans l'obscurité ? C'est que Felrawthy est à plusieurs journées de cheval d'ici, demanda Jorn, inquiet.

Wyl ne put retenir une grimace de dépit – quand donc le garçon apprendrait-il à garder ce qu'il savait pour lui ?

— La nuit est mon alliée, Jorn. Elle seule garantit ma sécurité.

— Je ne comprends pas, dit le garçon en menant le cheval à l'extérieur.

Wyl se retourna pour saluer le garde d'un signe de la main. Il savait que l'homme avait sans doute entendu le nom de sa destination ; avec un peu de chance, il ne retiendrait pas l'information. De toute façon, il était trop tard pour s'inquiéter, mais il était encore temps pour édifier Jorn.

— Tu finiras par comprendre. Mais d'ici là, tiens ta langue, ne dis à personne où je vais. Que Shar te protège, Jorn.

— Et qu'il veille sur vous.

Wyl prit les rênes, puis ébouriffa les cheveux du page avant d'éperonner sa monture pour s'élancer au galop. Il ne se risqua pas à jeter le moindre regard en arrière.

Aremys marchait de long en large, incapable de trouver le sommeil. Logé près des quartiers de la légion, il entendait des soldats chanter d'une voix sourde ou parler à mi-voix dans la nuit. Pourtant, ce n'étaient pas les hommes qui l'empêchaient de dormir ; c'était Leyen... ou Faryl, pour être exact. L'empressement qu'elle avait mis à quitter la petite cour du souper royal avait été une véritable surprise – d'autant plus qu'elle avait l'air passablement troublée. Ce soir, les secrets qu'elle gardait avaient encore gagné en épaisseur et en mystère. Elle avait été mal à l'aise tout au long de la soirée ; il l'avait vu à son comportement, un léger raidissement lorsque le roi s'approchait, et plus encore à ses réactions à toute discussion sur la famille Thirsk.

À ses yeux, il était évident que Faryl n'appréciait pas du tout la mission qui lui avait été confiée. Il se demandait maintenant pour quelle raison Celimus avait bien pu la retenir. Faryl n'était pas restée plus que quelques minutes seule avec le roi ; ils n'avaient fait que parler, forcément. Et pourtant, quelque chose s'était passé entre eux, qui l'avait profondément perturbée.

Tout cela ne le regardait pas – il le savait. Pourtant, il avait menti pour l'aider. Pourquoi ? Bien sûr, il avait un faible pour elle, mais il y avait encore autre chose qu'il ne parvenait pas à cerner précisément. Au fil des ans, il avait appris à écouter son instinct. Or, celui-ci lui hurlait que Faryl était dans les ennuis. Peut-être avait-elle besoin d'aide ?

Pouvait-il aller la voir ? Lui ouvrirait-elle seulement sa porte à cette heure tardive ? Probablement pas… Sûrement pas. La froideur qu'elle manifestait à son égard paraissait sans appel. Sa trahison l'avait choquée au plus profond.

— Si j'en avais le pouvoir, j'effacerais tout, Faryl, murmura-t-il pour lui-même. Je suis tellement désolé.

Sa mère lui avait toujours dit de ne pas aller se coucher sur une dispute avec un être aimé. Même s'il pouvait difficilement se considérer comme quelqu'un aimé de Faryl, il y avait tout de même eu un semblant d'amitié entre eux au début. Peut-être pouvait-il la faire renaître ? S'il lui expliquait, lui disait ses remords de l'avoir livrée si vite à Jessom, peut-être pourraient-ils tout recommencer ? La longue route ensemble qui les attendait allait être un véritable calvaire si elle refusait de lui adresser la parole…

Soudain, une pensée le frappa avec la violence d'un éclair.

Tu es partie, n'est-ce pas ?

Aremys jaillit de sa chambre, enfilant ses bottes tout en sautillant dans les vastes couloirs. Il dut demander son chemin à plusieurs reprises à des servantes et des pages étonnés, tout occupés qu'ils étaient à leurs tâches tranquilles de la nuit. Ce fut uniquement par hasard qu'il sut être arrivé à destination – un jeune page sortait d'une chambre, portant sur ses bras la robe dont Faryl était vêtue ce soir, ainsi qu'une cape. Il fondit sur le garçon, à bout de souffle et au bord de la fureur.

— Où vas-tu avec ça, mon garçon ? demanda-t-il.

Le page sursauta comme si on l'avait mordu, mais se reprit bien vite.

— Messire ?

— Réponds-moi !

— Je fais une course pour dame Leyen. Veuillez m'excuser.

— Comment t'appelles-tu ?

Jorn le lui dit, en levant le menton bien haut.

— Et je suis le messager personnel du roi, ajouta-t-il, sans obtenir cependant l'effet escompté.

— Très bien, Jorn, vaque à tes affaires.

Le page parut sur le point de demander à Aremys ce qu'il faisait là ; après une hésitation, il se ravisa et choisit de tenir sa langue. En saisissant à pleines mains les jupons de la robe pour qu'ils ne traînent pas sur les dalles, il se hâta et disparut.

Aremys se tourna vers la porte, sentant au creux de son ventre que son intuition était juste ; il frappa néanmoins. Aucune réponse ne vint, aussi tourna-t-il la lourde poignée de métal. Il voulait encore croire qu'un verrou intérieur était mis, que la porte allait rester fermée... Le panneau pivota sans un bruit. Il ferma les yeux une seconde, mort d'inquiétude.

— Leyen ?

Rien.

— Faryl ? reprit-il, plus fort.

Toujours aucune réponse. Il franchit le seuil et referma derrière lui ; la chambre et la pièce contiguë étaient vides. Plus rien n'indiquait qu'elle avait séjourné ici. La robe aperçue à l'instant était l'unique indice qu'elle y était venue – ça et les senteurs de gardénia qui, il s'en souvenait, nimbaient Faryl de leur douceur entêtante au dîner.

Il se sentait anéanti ; elle était partie. Elle avait fui Stoneheart – et le roi Celimus plus sûrement. À moins qu'elle n'ait voulu s'éloigner de lui, Aremys ? Il était trop dangereux pour elle ; il l'avait déjà trahie une fois et elle n'entendait pas lui laisser une seconde chance. Elle s'était enfuie avec son secret. Qui protégeait-elle ? C'était inutile d'essayer de trouver les réponses en lui-même ; Faryl était une énigme.

Aremys s'élança à son tour dans les couloirs, sur les traces du page, qu'il ne trouva pas. Après s'être perdu dans les couloirs tortueux de l'immense construction, il regagna sa chambre, l'humeur au plus sombre. Quelque part entre le moment où il entreprit de fourrer ses affaires dans son sac et celui où il entendit un léger coup frappé à la porte, il prit la décision de partir sur sa trace sans plus tarder. C'était une folie, il le savait ; Faryl attirait les ennuis. La seule chose qu'il ignorait, c'était où la chercher – mais il avait comme un pressentiment. Finalement, il évacua toutes les objections sensées qu'il pouvait faire à l'idée de se lancer à sa poursuite.

Il ouvrit la porte à la volée, s'attendant à tomber nez à nez avec un messager ; c'était Jessom.

— Vous partez déjà ? demanda le chancelier, les yeux fixés sur les fontes du mercenaire prêtes pour le départ.

— Je n'arrive pas à dormir, répondit platement Aremys. Je me suis dit qu'autant valait se rendre utile – démarrer tôt et tout ça.

— Et Leyen ?

Une petite note sournoise perçait sous le ton anodin du chancelier. Aremys opta pour la prudence.

— Oui, eh bien ?

— Elle est partie, vous ne le saviez pas ?

Aremys réfléchissait à toute allure. Malgré ses sentiments pour Faryl, il n'avait sûrement pas besoin de se faire un ennemi du roi de Morgravia.

L'arrivée inopinée de Jessom et ses questions lui offraient une chance unique de paraître loyal des deux côtés – même si à cet instant, et malgré quelques réserves, sa loyauté était tout entière acquise à la femme assassin.

Sourcils froncés, le mercenaire paraissait tomber des nues.

— Qu'est-ce que vous racontez ?

— J'arrive de sa chambre, expliqua le chancelier. Puis-je entrer ?

Aremys s'écarta pour le laisser passer.

— Fermez, ordonna Jessom d'une voix calme.

» Je voulais m'entretenir avec elle au sujet de la raison pour laquelle le roi lui a demandé de rester après notre départ. Je n'aime pas les secrets auxquels je ne suis pas invité – et puis son comportement juste après m'a intrigué. Pas vous ?

Aremys ne répondit rien, se contentant de lever un sourcil pour signifier qu'il était tout ouïe.

— Et voici donc maintenant que je découvre qu'elle est partie. Plus aucune trace d'elle dans sa chambre, poursuivit Jessom de sa voix douce.

— C'était il y a combien de temps ?

— Quelques instants à peine.

— Je vois, répondit Aremys, en remerciant la bienveillance de Shar qui l'avait fait quitter la chambre de Faryl aussi vite.

— Vous ne savez pas pour quelle raison elle vous a abandonné derrière elle ?

À l'intention toute particulière du chancelier, il secoua négativement la tête, un air profondément songeur plaqué sur le visage.

— Non. Nous étions convenus de partir à l'aube.

— Oui, c'est ce que j'avais compris moi aussi. Je me demande si le roi ne lui aurait pas confié une autre mission.

Cette fois-ci, Aremys haussa ses épaules massives. C'était pourtant le sentiment qu'il avait lui aussi, mais pas question qu'il partage sa conviction avec ce fouinard de chancelier.

— Pourquoi alors nous faire un exposé sur une mission prioritaire pour la Couronne, puis nous ordonner de nous mettre immédiatement à la tâche, si c'est pour ensuite changer d'avis et donner des ordres contradictoires ? demanda-t-il.

— Exactement ce que je me demandais, répondit Jessom. Même s'il faut aussi tenir compte des caprices et sautes d'humeur du roi. Il est vraiment imprévisible.

— Je ne vois pas comment je pourrais vous aider, désolé.

— Qu'allez-vous faire ?

— Suivre les instructions qui m'ont été données. Je crois que je ferais bien de me mettre en route tout de suite.

— Pourquoi pas, en effet. Ça ne sert plus à rien que vous restiez, dit Jessom en tendant une bourse rebondie au mercenaire.

» Voici qui devrait couvrir vos frais. Sinon, je me suis occupé du paiement, selon les modalités habituelles, pour la capture de Leyen. La capture et l'élimination des soldats de la légion vous sont maintenant intégralement réglées, poursuivit le chancelier en tendant au mercenaire une bourse d'or plus grosse encore.

Aremys émit un grognement satisfait tout en hochant la tête. Pourtant, en cet instant, l'argent était bien le cadet de ses soucis. Il raccompagna Jessom vers la porte, pressé d'être seul à présent.

— Je vais enquêter sur ce mystérieux départ de Leyen. Je me demande qui peut bien l'avoir vue partir ? murmura Jessom comme pour lui-même.

Aremys tenait la porte ouverte en se composant un air étonné de circonstance ; il avait surtout hâte que le chancelier s'en aille.

— Vous devriez voir du côté d'un page nommé Jorn. Il me semble avoir entendu Leyen dire qu'il s'occupait d'elle.

À la seconde où ces mots sortaient de sa bouche, Aremys sut qu'il commettait une erreur. Il avait juste voulu donner un os à ronger au chancelier pour qu'il s'en aille au plus vite. Mais au visage assombri qu'il présentait tout à coup, Aremys savait qu'il n'avait fait qu'apporter plus de problèmes encore.

— Jorn ! Le messager du roi ? s'étonna Jessom.

Aremys tenta de faire machine arrière.

— Sincèrement, je ne sais pas. En fait, je ne suis pas sûr du nom. Il me semble que c'est ce qu'elle a dit, mais je crois me souvenir aussi qu'une dame de la noblesse lui avait envoyé une femme de chambre...

C'était déjà trop tard ; le mal était fait. Le chancelier s'abîmait dans ses pensées.

— Faites ce que vous avez à faire, dit Jessom d'un ton distrait. Moi, il faut que je retrouve le garçon.

Aremys haussa les épaules. Après tout, Jorn en savait sûrement moins que lui.

Jessom l'arrêta.

— Vous me tiendrez informé par la voie habituelle dès que vous aurez des nouvelles d'Ylena Thirsk. Nous voulons son corps ici à Stoneheart dans les semaines à venir… mais sa tête fera aussi bien l'affaire, dit-il avec un petit rire grinçant.

Aremys s'éloigna ; le gloussement du chancelier s'amenuisait dans son dos. À l'écurie, il réveilla un palefrenier de fort méchante humeur, que la vue d'une pièce d'argent ne parvint même pas à apaiser. En parlant, Aremys apprit que Faryl n'avait guère plus de deux heures d'avance sur lui. À la porte, c'était le même garde qui était de faction depuis le début de la nuit.

— Il y a du va-et-vient ce soir, dit l'homme d'un ton las.

— J'en ai peur, admit Aremys. C'est le service du roi qui l'exige. En fait, on vient de me demander de rattraper la femme partie un peu plus tôt.

— Ah oui, celle qui a filé comme si elle avait le diable à ses trousses… En mission pour le roi elle aussi, répondit-il un peu embarrassé.

— C'est elle. Savez-vous vers où elle allait ?

— Non, messire. Je crois que le jeune Jorn a dit quelque chose au sujet de Felrawthy, mais je ne pourrais pas en jurer. Je n'ai fait qu'ouvrir et fermer les portes selon les ordres, messire.

Avec une expression de sympathie forcée, Aremys lança une pièce d'argent au garde.

— Merci quand même.

Et il quitta Stoneheart au grand galop.

Le lendemain dans la matinée, un serviteur de dame Helyn lui apportait la bouteille de vin doux qu'elle venait de demander.

— Ma dame, un paquet est arrivé pour vous, dit-il en remplissant son verre.

— Ah bon ? Et quand ?

— Aux premières heures, mais j'ai jugé préférable de ne pas vous déranger.

— Comme c'est étrange. Mais qu'était-ce donc ?

— Rien de bien important, ma dame. Juste une robe, une cape et quelques bijoux rapportés par l'un des pages du roi avec des remerciements.

Dame Helyn eut un sourire.

— Je vois ce que c'est, Arnyld. J'avais prêté ces affaires à l'une des invitées du roi, en visite imprévue à Stoneheart et donc dépourvue d'habits de cour. Faites-les nettoyer, voulez-vous, et rangez-les dans les affaires de ma fille.

— Bien, ma dame, répondit le serviteur en saluant.

— Au fait, Arnyld. Vérifiez les poches auparavant – ma fille est si négligente parfois.

— Tout de suite, ma dame.

Dame Helyn n'avait guère eu le temps de boire plus que quelques gorgées lorsque son valet refit son entrée.

— Qu'est-ce que c'est encore ? demanda-t-elle avec une pointe d'agacement.

— Mes excuses de vous déranger ainsi, ma dame, mais j'ai trouvé ceci dans la cape. Je suivais précisément vos instructions quand j'ai découvert ce mot adressé à votre intention.

— Oh, dit-elle en tendant une main empressée vers le parchemin roulé, se délectant à l'avance des informations exceptionnelles dont Leyen lui laissait peut-être la primeur.

» Où sont mes verres ?

Arnyld saisit sur une petite table une paire de lentilles de verre renflées en leur milieu, qu'il tendit à sa maîtresse.

— Merci, Arnyld. Vous pouvez disposer.

Son serviteur parti, elle se hâta de dérouler le document pour placer dessus les disques translucides au pouvoir grossissant.

Elle lut le message plusieurs fois. Finalement, elle releva la tête, sourcils froncés, lèvres serrées, avec une note d'inquiétude dans le regard. Ce qu'elle venait de lire la laissait abasourdie. Elle repassait dans son esprit les mots écrits, tout en froissant le parchemin pour le jeter dans le bassin. Ses yeux ne quittèrent pas la petite boule claire tandis qu'elle s'enfonçait dans les eaux grises ; personne ne devait poser les yeux sur son contenu.

Chapitre 14

La sente qu'Elspyth suivait depuis deux jours devenait plus large. Finalement, elle rejoignit une vraie piste ; ses prières avaient été exaucées. La jeune femme aperçut deux chariots qui voyageaient ensemble. Avec l'énergie du désespoir, elle jaillit des fourrés devant eux pour les arrêter.

Certes, les deux attelages stoppèrent, mais Elspyth faillit bien y laisser sa vie ; les ruades de l'un des chevaux effrayés l'avaient jetée à terre.

— Par la colère de Shar ! cria quelqu'un.

À cause de la fatigue, de la faim ou même du soulagement, Elspyth perdit connaissance quelques instants. Lorsqu'elle rouvrit les yeux, elle était allongée sous la bâche tendue d'un chariot couvert, sous les yeux écarquillés de plusieurs enfants déployés en éventail autour d'elle.

— Elle est réveillée ! cria l'un d'eux.

Une femme – la mère de toute cette progéniture à l'évidence – parut dans l'ouverture ménagée dans la toile.

— Ça va mieux ?

Elspyth fit une grimace avant de hocher la tête.

— Oui, je suis désolée.

— Tu nous as fait une sacrée peur, répondit la femme avec une amorce de sourire aux coins des lèvres.

» Je suis Ruth et voici toute ma famille.

La brave femme cria ensuite à l'intention de quelqu'un à l'extérieur.

— Ham, elle est réveillée. Arrête-toi !

Les enfants échangèrent quelques sourires timides, puis cessèrent de s'intéresser à la jeune femme.

Le chariot ralentissait ; Elspyth s'assit sur le plancher.

— Je vous remercie de votre gentillesse.

— Allez viens, il va être temps de manger, dit Ruth avec un franc sourire plein de chaleur.

L'évocation de la nourriture fit gronder le ventre vide d'Elspyth.

— Tu as peut-être faim d'ailleurs ? demanda Ruth en lui jetant un coup d'œil entendu.

Comme il était rassurant d'être de nouveau parmi des gens aimables et humains. Autour d'elle, dans un concert d'exclamations joyeuses, on s'activa bien vite pour allumer un feu, mettre de l'eau à chauffer, préparer les plats. Elspyth sentit toutes ses peurs s'évanouir. Ce n'était qu'un modeste repas, tout simple ; pour elle, c'était un vrai festin.

— Mange, dit Ruth d'un ton encourageant. Depuis quand n'as-tu rien avalé ?

— Des jours… Mais y en a-t-il assez pour tout le monde ?

— Toujours !

Les hommes arrivaient. En fait, il y avait deux familles. Meg – la seconde femme – avait deux grands garçons, en âge de rester à l'avant sur le banc du cocher.

Ham, le mari de Ruth, se présenta en premier, puis ce fut au tour des autres. Elspyth sourit à tous en hochant doucement la tête.

— Je tiens à m'excuser à nouveau de vous avoir causé pareille frayeur. J'avais tellement envie de parler à quelqu'un – cela faisait si longtemps…

— Pendant que tu manges, nous allons te dire un peu qui nous sommes. Déjà, sache que nous avons toujours bon appétit à cette heure du jour, commença Ruth en l'invitant des yeux à se resservir de la viande du cuissot fumé.

Elspyth obtempéra bien volontiers. Tout en mastiquant de bon cœur, elle apprit qu'ils étaient deux familles de marchands de Briavel rentrant chez eux après avoir fait de bonnes affaires en Morgravia.

— Et que vendez-vous ? demanda-t-elle entre deux bouchées.

L'un des garçons prit la parole pour expliquer fièrement.

— Nous sommes apiculteurs. Nous produisons du miel.

Elspyth déglutit avant d'exprimer son étonnement.

— On ne produit donc pas de miel en Morgravia ?

Tous échangèrent des sourires entendus ; ce n'était à l'évidence pas la première fois qu'on leur posait cette question. Le garçon poursuivit ses explications.

— Ah, mais c'est que nos abeilles sont spéciales. Elles n'ont été croisées avec aucune autre souche et sont donc de pures abeilles Magurian, en provenance directe de l'îlot Maguria au sud-est des côtes de Briavel.

— Comment faites-vous donc pour empêcher les croisements ? demanda Elspyth intriguée.

Les deux familles d'apiculteurs se réjouissaient de la voir montrer tant d'intérêt pour leur art. Ce fut Ham qui répondit cette fois.

— Eh bien, ma famille produit du miel depuis des générations, mais je ne suis que le troisième fils. En Maguria, nous étions trop pauvres pour vivre tous, alors je suis allé sur le continent en Briavel dès que j'ai eu l'âge de m'envoler du nid.

Il tira une profonde bouffée sur sa pipe, les yeux un peu rêveurs d'évoquer ces temps enfuis.

— Je suis ensuite tombé amoureux de la plus jolie fille de Briavel, mais je n'aimais pas du tout le miel qu'on trouvait là-bas ; rien à voir avec les arômes de lavande et de trèfle de l'or de Maguria, poursuivit-il en s'attirant un regard indulgent de sa femme.

» J'ai donc proposé à mon père d'importer une partie de sa production.

— Et je suis sûr que les gens de Briavel l'ont adoré ! s'exclama Elspyth, conquise par l'histoire.

— Le fait que le roi Valor – paix à son âme – en soit devenu friand a été un sacré coup de pouce. Il l'avait goûté lors de son passage dans notre région, expliqua Ruth d'une voix douce.

— Et donc, vous êtes maintenant les fournisseurs de la jolie jeune reine ?

L'un des fils saisit l'occasion pour prendre la parole.

— Oui. À ce qu'on dit, elle en mange chaque jour et dit toujours qu'il est bon pour la santé.

Elspyth hocha la tête.

— J'ai entendu dire qu'elle était magnifique.

— C'est le cas, répondit le garçon en rougissant. Aucune femme ne peut lui être comparée.

— Alors il faut absolument que je goûte à votre miel, dit Elspyth avec un sourire. Je suis sûre que c'est le secret de sa beauté.

Tout le monde rit et l'on resservit du thé à la ronde.

— Et vous ? demanda Elspyth en se tournant vers Ruth. Que fait votre famille ?

— Ham va vous expliquer, répondit-elle en invitant son mari à parler pour elle tandis qu'elle entreprenait de débarrasser.

— Eh bien, de ce côté-là, ce sont des viticulteurs. Mais attention, ils ne font pas pousser n'importe quelle vigne. Uniquement des vendanges tardives, récoltées grain par grain après les premières gelées de la fin de l'automne. Les fruits sont gorgés de sucre et le vin produit est le plus doux et le plus riche qu'on puisse imaginer...

— Et les têtes couronnées en raffolent évidemment, intervint Elspyth, au grand amusement de tous.

— C'est surtout vrai de votre monarque, répondit Ham, enthousiasmé par l'effronterie de la jeune femme.

» Nous avons récemment fait une livraison à la cour du roi Celimus, avant de sillonner un peu le nord du royaume. C'est le premier millésime de mon fils – et il est fameux ! ajouta-t-il empli de fierté en se tournant vers son garçon qui haussait les épaules et jouait les timides.

» Ne fais pas le modeste. Tu as le palais le plus fin et le meilleur nez qu'on ait jamais vus dans la famille.

— Aujourd'hui, les vins et le miel de Briavel entrent donc régulièrement en Morgravia ? demanda Elspyth.

Les adultes confirmèrent en hochant la tête de conserve.

— Quel bonheur d'entendre ça, poursuivit-elle. Le commerce est plus fort que la politique.

— Certes, mais uniquement parce que nos produits plaisent aux souverains, tempéra Ham.

— Tout sera beaucoup plus facile lorsque votre Celimus aura épousé notre Valentyna. Alors, nous pourrons commercer librement, sans nous inquiéter en permanence, soupira Ruth.

— Vous pensez vraiment que cela arrivera ? demanda Elspyth en pensant à Wyl.

— Il le faut, affirma l'apiculteur en tirant longuement sur sa pipe.

» C'est la seule manière de faire de nos deux royaumes un espace de paix et de prospérité. Tout ce que les guerres du passé ont jamais réussi à faire, c'est ruiner les artisans et ceux qui travaillent. Or, si ces deux-là se marient, il n'y aura plus de batailles et nos enfants pourront espérer une vie meilleure.

Autour d'elle, tous clamèrent combien ils étaient d'accord ; Elspyth ressentit une bouffée de tristesse pour son infortuné compagnon. Wyl aimait Valentyna, mais le devoir semblait plus fort que leurs désirs.

— Vous m'avez dit venir du sud-est de Briavel. Allez-vous parfois à la capitale ? demanda-t-elle en mordant à belles dents dans une figue.

— Oui, bien sûr, répondit Ham avec un hochement de tête. Mon fils aîné et moi y allons très souvent. D'ailleurs, nous y étions il n'y a pas si longtemps.

— Peut-être avez-vous entendu parler d'un noble appelé Romen Koreldy ? Il se trouve que je le connais bien et la dernière fois que nous nous sommes vus, il se rendait à Werryl. Au hasard des rencontres sur la route, j'ai entendu dire qu'il s'était battu en duel contre le roi Celimus lors du tournoi de la reine.

Et de fait, c'était une histoire qu'on lui avait racontée.

— Nous y étions, répondit le fils. C'était plus qu'un duel.

— C'était un vrai combat à mort, ajouta Ham. Notre reine a dû intervenir pour éviter un bain de sang.

Elspyth était sous le choc. Elle ignorait que les choses avaient pris cette tournure – même si elle savait que Wyl avait de bonnes raisons de haïr le roi.

— Que s'est-il passé ensuite ? demanda-t-elle.

— Guère plus ce jour-là, jeune Elspyth, mais... je suis désolé d'avoir à t'apprendre ça... Koreldy nous a quittés.

— J'imagine en effet, dit la jeune femme en secouant la tête. Après un tel événement, il a forcément dû partir de Briavel. D'ailleurs, je me demande où il est allé ? Je...

— Non, tu ne comprends pas, intervint Meg en prenant ses mains dans les siennes.

Soudain, tout le monde autour du feu eut l'air embarrassé.

Elspyth se tourna vers Ham.

— Il est mort, ma pauvre petite.

Elle eut l'impression que de longues minutes s'écoulèrent avant qu'elle respire à nouveau. En réalité, quelques battements de cœur seulement étaient passés, mais le silence pesait sur eux comme une chape.

— Vous devez vous tromper, finit-elle par bégayer.

Un froid intense s'emparait d'elle.

— Ça s'est passé à Crowyll, expliqua Ham. Nous y sommes arrivés le jour suivant. D'après la rumeur, une putain l'aurait assassiné – mais la garde de Briavel raconte une autre histoire. Comment s'appelait-elle déjà, fils ? Quelqu'un nous a dit son nom.

Le garçon posa un doigt sur son menton tout en fermant les yeux d'un air pensif.

— Ce n'était pas Hilda ?

— Non, Hildyth ! C'est ça. À ce qui se racontait, c'est une femme qu'on remarque, grande avec des cheveux châtains et des yeux de chat.

Elspyth s'était mise à trembler ; le monde autour d'elle perdait de sa consistance.

— Pourquoi ? dit-elle d'une voix plaintive.

— Pas la moindre idée, répondit Ham. Il se raconte que la reine Valentyna avait banni ce Koreldy de Briavel. Comme on l'escortait vers une frontière, il a fait halte à Crowyll avec la patrouille qui l'accompagnait, pour un massage et toutes ces choses…

Il s'éclaircit la gorge, heureux que les plus jeunes se soient éloignés pour jouer.

— Et ? demanda Elspyth au bord de l'anéantissement.

— C'est arrivé, répondit Ham avec un haussement d'épaules fataliste.

— Mais pour quelle raison ? s'écria-t-elle. Pourquoi le bannir ? Pourquoi le tuer ?

Ruth passa un bras autour de ses épaules.

— Elspyth, je suis tellement désolée que ce soit nous qui te donnions cette mauvaise nouvelle. Ce devait être un ami très proche, dit-elle avant de lever un visage renfrogné vers son mari.

» Ham, dis-lui tout ce que tu sais !

L'homme eut une mimique désolée d'endosser ainsi le rôle du méchant.

— Les ragots allaient bon train lorsque nous étions là-bas – tout le monde avait quelque chose à dire. Certains racontaient que la putain travaillait pour Celimus, qui aurait ordonné la mort de Koreldy. En fait, personne ne sait la vérité. J'ai même entendu dire que ce serait un soldat de chez nous qui l'aurait tué, un renégat ou quelque chose comme ça.

— Avez-vous vu le corps ?

— Un de nos amis a aidé à laver le corps de Koreldy. Il… avait été poignardé dans le cœur, murmura Ham en hésitant, incertain quant au degré de précision que sa femme entendait donner.

» Hmm… mon ami travaille à la morgue de Crowyll et on l'avait appelé pour arranger le cadavre avant son transport à Werryl. C'est un homme de confiance et s'il m'a parlé c'est uniquement parce qu'il était encore sous le choc d'avoir vu l'œuvre d'un « maître assassin de haute volée » – selon ses propres mots. Il a également indiqué que la garde de la reine était rapidement intervenue pour mettre l'affaire sous le boisseau.

On lui a même donné l'ordre de n'en parler à personne. D'ailleurs, je suis sûr qu'il ne comptait pas m'en dire autant. Ah oui, l'assassin avait aussi coupé un doigt de Koreldy – ce qui tendrait à prouver que c'était bien un meurtre commandé.

— Que voulez-vous dire ? demanda Elspyth en pleine confusion.

— Le doigt permet de prouver la mort de la personne visée. Apparemment, il portait une bague aux armoiries de sa famille, ornée d'une pierre rouge.

À ces mots, Elspyth s'effondra. Tout était vrai ; elle connaissait cette bague. Elle savait qu'ils étaient bel et bien en train de parler de Wyl – mort aujourd'hui. Lothryn n'avait plus aucune chance d'être arraché à la douleur et à la magie noire.

Les autres s'écartèrent doucement ; Ham posa sa large main sur son épaule.

— Je suis désolé, ma fille.

Elle ne répondit rien, mais se laissa aller contre l'épaule de Ruth.

— Reste avec nous, Elspyth, murmura la brave femme. Tu n'es pas en état d'aller seule sur les routes.

Finalement, ses sanglots se calmèrent et les larmes séchèrent sur ses joues. Elle aurait été bien incapable de dire combien de temps s'était écoulé. Elle ne se souvenait pas du moment où Meg et Ruth l'avaient allongée dans le chariot, sous une chaude couverture. En revanche, elle était heureuse d'accueillir l'oubli qui lui permettait d'échapper à sa fatigue et à son chagrin.

Cette fois-ci, elle rêva d'une femme très grande, avec des cheveux châtain doré et des yeux de chat – une putain qui avait réduit ses espoirs à néant. Désormais, jamais Wyl ne pourrait sauver Lothryn ; la charge lui revenait donc. C'était elle et nulle autre qui irait délivrer l'homme qu'elle aimait – dès qu'elle aurait remis son message à Felrawthy comme elle l'avait promis à un ami naguère connu sous le nom de Koreldy.

Chapitre 15

Terrifiés, ils avaient couru droit devant eux sans oser regarder en arrière, jusqu'à ce que leurs jambes refusent de les porter et que leurs poumons soient sur le point d'éclater.

— S'il vous plaît, ma dame, on s'arrête ! haleta Pil, le corps cassé en deux. Je n'en peux plus.

— On ne s'arrête pas, Pil !

Avec ses cheveux défaits et ses habits déchirés et couverts de boue, Ylena avait un air à la fois sauvage et un peu fou.

— Je n'ai pas osé te dire ce qu'ils étaient en train de faire, poursuivit-elle d'un ton qui s'acheva sur une note brisée.

» Par les larmes de Shar..., ajouta-t-elle avant de se laisser tomber à genoux, vidée de toute force, le visage enfoui dans ses mains sales.

Épuisée, elle s'abandonna à ses sanglots.

Pil s'assit, incapable de trouver le moindre mot à dire – bien aise d'être trop épuisé pour parler. L'horreur commise à Rittylworth était incompréhensible, d'autant qu'il savait qu'Ylena lui épargnait le plus insupportable. En silence, il éleva une courte prière à l'ange qui avait eu la prévenance de préserver leurs vies.

Dès le début, frère Jakub lui avait demandé de rester aux côtés d'Ylena. Il se souvenait des mots qu'il avait prononcés de sa voix douce.

— Parce que tu es jeune, elle ne se sentira pas menacée par toi. Elle a vu et enduré trop de chagrin à cause des hommes.

Pil ne connaissait pas toute l'histoire, mais il avait saisi qu'Ylena avait été terrorisée par le roi et ses séides. Koreldy avait dit que sa raison avait peut-être été altérée, à cause d'un meurtre hideux dont elle avait été témoin ; il n'en savait pas plus. Dans les semaines qui avaient suivi, alors qu'il avait passé le plus clair de son temps avec elle, l'escortant partout et lui servant ses repas, à sa disposition pour répondre au moindre de ses désirs, elle s'était montrée réservée et polie. Son silence et les larmes qui lui venaient parfois avaient été les seuls symptômes de son trouble.

La femme qui était devant lui maintenant n'avait plus rien à voir avec la jeune noble confiée à ses soins. Elle avait pris en mains la direction des opérations, avec la même vigueur qu'un général rompu à la bataille galvanisant ses troupes. D'ailleurs, son père et son frère avaient été des généraux admirés de la légion de Morgravia ; Pil en était désormais convaincu, les Thirsk avaient le courage dans le sang. Dans leur situation, elle faisait preuve des mêmes qualités. Il se demandait ce qu'elle pouvait bien transporter dans son sac, et pour quelle raison elle refusait qu'il le porte. En vérité, ce mystérieux sac l'impressionnait et il devait bien admettre qu'au fond il craignait de découvrir ce qu'il contenait.

Le novice mourait d'envie de s'endormir – de poser la tête dans l'herbe pour s'abandonner à l'oubli ; il n'osait pas cependant, certain que des visions cauchemardesques de corps brûlés viendraient peupler ses rêves. Il supposa que cela faisait une heure ou deux qu'ils étaient partis ; le soleil dans le ciel était celui du milieu de la matinée.

— Dame Ylena, murmura-t-il gentiment, je ne crois pas que nous ayons été suivis. Je suis sûr qu'on ne nous a pas vus partir.

Il espérait que le ton de sa voix contribuerait à la rassurer.

— Ils sont tous morts, dit-elle d'une voix sourde et monocorde.

Son visage était caché entre ses genoux qu'elle enserrait de ses bras minces.

— Et ils me traqueront jusqu'à ce que Celimus ait la satisfaction de me savoir morte moi aussi.

— Ne dites pas ça, ma dame, répondit Pil, tandis qu'une nouvelle vague de frayeur le submergeait.

Elle releva la tête ; dans ses yeux rougis par les larmes, il y avait une note de sauvagerie qui désarçonna encore plus le garçon.

— Qui crois-tu donc qu'ils poursuivent ?

— Je ne sais même pas pourquoi ils sont venus, répondit Pil avec un haussement d'épaules.

Ylena eut un rire plein d'amertume.

— C'est moi qu'ils veulent, dit-elle en secouant la tête. Moi et Koreldy ! Et où est-il ? Il avait promis de ne pas m'abandonner.

Pil voulut objecter qu'elle n'avait pas été abandonnée aux moines – que tout le monde au monastère l'aimait. Il retint sa langue comme elle continuait.

— Mes parents sont morts, mon frère a été tué, mon mari – si jeune, si magnifique – a été assassiné... Tu ne vois donc pas que ce roi est déterminé à envoyer le nom des Thirsk au fond des oubliettes de l'histoire ?

C'était donc ça le cœur de sa tristesse. Il savait qu'elle avait vu quelqu'un se faire assassiner, mais Jakub avait refusé de lui en dire plus ; il supposait donc maintenant qu'elle avait assisté à la mort de son mari. Il choisit ses mots avec le plus grand soin, soucieux de n'attiser ni sa colère ni son chagrin.

— Je veux être moine, ma dame. Je n'entends rien à la politique ou aux intrigues de cour.

La tristesse envahit le visage d'Ylena.

— Au fond, peu importe. Le fait est juste que je suis traquée, moi, l'ultime représentante des Thirsk. Pour ton propre bien, tu ferais mieux de t'éloigner de moi.

— Je ne peux pas faire une chose pareille, s'exclama Pil, choqué. J'ai promis à frère Jakub de veiller sur vous.

— Et qui veillait sur frère Jakub et les autres moines ? Tu sais ce que les soldats ont fait, Pil. Tous les frères sans exception ont été frappés... assassinés là où ils se trouvaient. Shar seul sait ce qu'ils ont enduré sur ces croix. Comment un garçon comme toi pourrait bien me protéger quand toute une communauté ne l'a pas pu ?

Pil sentit soudain peser sur ses épaules le poids de ses jeunes années. Il comprit à cet instant ce que signifiait l'expression « avoir le sang qui se retire du visage ». Il le sentait refluer tandis qu'une immense faiblesse l'envahissait, bloquant tous ses mouvements, sa parole et même son cœur. Il y a peu encore, il était un novice insouciant, plaisantant avec les moines et n'aspirant qu'à devenir leur digne frère. Maintenant qu'Ylena lui avait révélé la vérité dans toute son horreur, son esprit était empli de la vision atroce de tous ces saints hommes égorgés, mutilés, massacrés... cloués sur des croix. Jamais il ne pourrait oublier cette image. Il sentait encore dans son nez l'odeur de brûlé ; le village avait été incendié lui aussi. Les soldats avaient peut-être détruit le monastère également ?

Tout son être jusqu'à la plus infime partie n'aspirait plus qu'à une chose – pleurer et mourir ici même pour ne plus voir toute cette horreur. Dans son âme pourtant résonnaient encore les mots de frère Jakub et c'est du même ton paisible qu'il s'efforça de parler.

— Nous avons été épargnés, ma dame. Shar nous a protégés en permettant que nous soyons dissimulés à l'arrivée des soldats – et que personne à l'extérieur ne connaisse l'existence de la grotte…

» Frère Jakub tenait beaucoup à ce que vous ayez un endroit tranquille et intime où vous baigner et vous reposer, ajouta-t-il d'une voix douce empreinte d'une grande tristesse.

Un sourire pâle apparut fugacement sur le visage d'Ylena.

— Pars tant qu'il est temps, Pil. En restant avec moi, c'est ta vie que tu mets en danger. Je ne pourrai pas veiller sur nous deux. Prends bien soin de toi.

— Non ! répondit-il d'un ton devenu ferme. Nous restons ensemble comme promis à frère Jakub. N'oubliez pas que tel est mon devoir. Il m'a dit que l'heure était venue de montrer ce dont je suis capable.

Il se rendit compte à cet instant qu'Ylena n'écoutait même plus ses paroles vibrantes. Un long silence s'installa entre eux et Pil finit par se dire qu'elle avait perdu le fil de leur conversation. Aussi sursauta-t-il lorsqu'elle se redressa d'un coup pour lui répondre.

— Seul le duc Donal peut nous protéger !

— Alors c'est à Felrawthy que nous devons aller, ma dame, répondit-il en essayant de paraître brave, malgré la peur qui l'habitait.

— Je ne vous suis pas, Jessom. Sincèrement, j'apprécie son initiative, dit Celimus en donnant un coup de pied dans le bras du garçon d'écurie qui maintenait son étrier en place d'une main tremblante.

» Lâche ça ! aboya-t-il.

L'homme recula sans rien dire, s'écartant de la magnifique jument rouanne sur laquelle le roi venait de se hisser.

— Je vais la faire galoper, dit-il. Tu es sûr au moins que son sabot va mieux ?

— Oui, Sire. Elle n'a plus mal, répondit l'homme avec force hochements de tête.

» Bonne promenade, ajouta-t-il sur une ultime courbette.

— Ça suffit, chancelier ! s'emporta Celimus, irrité de voir ainsi retardé son galop matinal.

» Dites-moi ce que vous avez sur le cœur.

— C'est juste que je trouve étonnant, Sire, que Leyen parte ainsi à la faveur de la nuit.

— Je croyais pourtant que les assassins n'étaient jamais autant à leur aise que dans l'obscurité, rétorqua Celimus d'un ton sarcastique qui fit mouche.

Jessom ignora la remarque.

— Elle est partie sans Aremys. Et sans un mot d'explication.

— Et où est-il maintenant ?

— Il a quitté Stoneheart, répondit Jessom en choisissant de ne pas donner de détails.

» Parti pour accomplir sa mission.

— Et ?

— Eh bien, je me demande ce que Leyen peut bien être en train de faire, Sire ? Vous aviez spécifiquement précisé qu'ils devaient rechercher ensemble la personne à trouver.

— Vous ne faites donc pas confiance à ceux qui vous servent, Jessom ?

Le chancelier considéra la manière sinueuse et rusée qu'avait toujours Celimus de détourner les accusations de sa personne. Il cligna des yeux dans la lumière blanche de l'aube ; un halo doré nimbait la silhouette du roi.

— Je ne fais confiance à personne, Majesté.

— Sage précaution, admit Celimus. En fait, je lui ai demandé de porter un message à Valentyna de ma part.

— Je vois, répondit Jessom en jetant un coup d'œil à la ronde pour voir si quelqu'un pouvait les entendre.

» Et lui avez-vous demandé de commencer par cette mission ?

— Non. J'avais pensé qu'elle réglerait d'abord l'affaire avec Aremys pour se rendre ensuite en Briavel.

— Il est donc surprenant qu'elle soit partie si vite. Et si je puis me permettre, elle avait l'air passablement troublée en vous quittant hier soir, Majesté.

Le visage de Celimus n'était plus qu'un masque où se lisait l'irritation.

— Où voulez-vous en venir à la fin ?

Jessom haussa les épaules.

— Peut-être n'a-t-elle pas apprécié le message que vous lui avez demandé de porter en Briavel, suggéra-t-il prudemment, en supposant que le roi allait maintenant lui en dévoiler la teneur.

Mais Celimus était bien trop perspicace.

— Tout cela mérite réflexion. Que savons-nous au sujet de son départ ?

— Uniquement qu'un de nos pages – Jorn – s'occupait d'elle. Il l'a accompagnée jusqu'à la porte du château. Peut-être sait-il quelque chose ?

Le cheval piaffait et le roi s'impatientait maintenant.

— Jorn ? Peut-être lui a-t-il porté le message écrit que je lui ai demandé de remettre à Valentyna ?

Le visage de Jessom prit un air peiné, comme si le chancelier regrettait à l'avance d'avoir à dire les mots qu'il allait prononcer.

— C'est que voyez-vous, Majesté, ce Jorn qui est à votre service et qui s'est aussi occupé de celui de Leyen – sans autorisation, je tiens à le souligner – était également le page affecté à Romen Koreldy lors de son séjour à Stoneheart.

Cette fois-ci, la remarque retint l'attention du roi – exactement comme l'avait prévu Jessom. Il n'en dit pas plus, laissant à l'esprit aiguisé de son souverain le soin de reconstituer le puzzle.

Dans ses yeux dorés, l'irritation avait cédé le pas à la franche colère.

— Trouvez le garçon et jetez-le dans un cachot en attendant mon retour. Effrayez-le et faites en sorte qu'il soit prêt à tout nous dire. Sur ce point, je fais confiance à votre instinct, Jessom – il y a quelque chose là-dessous.

— Il en sera fait selon vos désirs, Sire, répondit Jessom en accompagnant sa flatterie d'une profonde révérence.

Celimus éperonna sa jument et partit au grand galop.

Chapitre 16

Mort de peur, Jorn était recroquevillé dans un coin du cachot humide et glacé. Deux soldats étaient venus s'emparer de lui dans l'un des nombreux vergers du château, où il était occupé à ramasser des parillions pour le petit déjeuner du roi. En l'occurrence, il s'était levé particulièrement tôt pour être sûr que Celimus ait le jus de fruit qu'il aimait tant boire au retour de son galop matinal, en sueur et tout couvert de poussière.

Maussade, Jorn se rappelait le fruit particulièrement mûr qu'il était en train de cueillir lorsque les gardes étaient arrivés. Ils l'avaient saisi sans ménagement et le fruit était tombé ; tous l'avaient piétiné tandis qu'on l'amenait ici, dans la sinistre tour. Un frisson lui parcourut l'échine ; ses yeux agrandis par la peur parcouraient pour la énième fois les murs de pierres noires. Qu'avait-il bien pu faire – ou ne pas faire – pour encourir les foudres de ses chefs ? Qu'avait-il fait pour mériter d'être jeté dans un cul-de-basse-fosse ? Inlassablement, il repassait dans son esprit le déroulement de ces derniers jours, cherchant en vain quelle terrible erreur il avait pu commettre.

Par un caprice du hasard, c'était précisément dans cette cellule que Myrren avait été enfermée près de dix années auparavant lorsqu'on l'avait livrée à ses bourreaux. Bien sûr, même s'il l'avait su, Jorn n'aurait su que faire de cette information. En revanche, s'il avait examiné attentivement la dernière pierre au pied du mur derrière la porte, il aurait relevé une curieuse inscription qui n'aurait pas manqué de l'intéresser, compte tenu de l'adoration qu'il vouait à Ylena Thirsk.

Sur cette pierre, trois mots étaient en effet lisibles – VENGE-MOI, WYL.

Une personne telle que Fynch, sensible aux souffles de la magie dans un monde niant son existence, aurait certainement touché du doigt cette inscription et ressenti la vibration de l'enchantement utilisé pour la graver. Malheureusement, Jorn n'avait pas ces talents et ses yeux lourds de tristesse passèrent sur ces trois mots sans même les remarquer.

La présence devant lui de la silhouette mince et toujours sombre du chancelier n'était pas faite pour le rassurer.

— Je vous en prie, chancelier Jessom, dites-moi au moins ce que j'ai fait de mal, supplia le page à travers les barreaux de la porte.

Pendue au bout d'une lourde chaîne, l'insigne de la charge que le chancelier occupait depuis peu de temps, finalement, se balançait doucement au rythme de son pas lent.

— Je suis désolé, mon garçon, dit Jessom, qui avait opté pour une attitude paternaliste.

» Tout est encore confus, mais l'affaire porte au plus haut niveau, Jorn. D'une manière ou d'une autre, tu as attiré l'attention du roi… en mal, évidemment.

— Mais, chancelier Jessom, je n'ai pas de plus grand désir que de servir loyalement le roi. Jamais je ne ferais quoi que ce soit contre lui.

— Vraiment ?

Le garçon secoua négativement la tête sans oser rien dire. Même du fond de sa terreur, il sentait bien qu'il manquait un élément essentiel ; il pouvait le lire dans le regard noir des yeux profondément enfoncés du chancelier.

— Ah, voici Sa Majesté, Jorn. Si tout va bien, nous pourrons tirer ça au clair rapidement et tu seras de retour à ton travail pour la cloche de midi.

— Oh oui, messire, s'exclama le page, le cœur subitement allégé par une vague d'espoir.

» Je ferai tout pour réparer ce que j'ai pu faire.

— Tu es un bon garçon. Et maintenant, tiens-toi tranquille – ton souverain arrive.

Le bruit des bottes du roi sur les dalles du corridor parvenait jusqu'aux oreilles de Jorn. Il n'avait pas entendu les paroles prononcées, mais il comprit que le roi avait dit une plaisanterie qui avait amusé les gardes. Il y eut des éclats de rire et le martèlement des pas reprit. Soudain, la haute et magnifique silhouette de Celimus apparut devant lui à côté de Jessom. Sur son visage coulaient quelques gouttes de sueur ; il arrivait tout droit de sa chevauchée matinale, songea misérablement le garçon. Quel que soit le secret qu'il détenait, celui-ci était plus important encore que le confort du monarque de Morgravia. Celimus fit peser sur lui son regard d'aigle ; Jorn se sentit défaillir.

— Majesté, dit Jessom en saluant du buste.

Plus terrifié que jamais, Jorn tomba immédiatement à genoux.

— Majesté, murmura-t-il, déjà prêt à confesser toutes les fautes de la terre.

Sur un coup d'œil de Celimus, Jessom indiqua d'un signe que le garçon était suffisamment terrorisé pour leur dire tout ce qu'ils voulaient savoir. Le roi eut un mince sourire satisfait. Si Jorn avait levé la tête à cet instant, il aurait compris que son sort était déjà scellé ; pour son malheur, il maintint la tête baissée, serrant convulsivement ses mains dans l'attente du bon plaisir du roi.

— Relève-toi, mon garçon, ordonna la voix sèche du chancelier.

Jorn obéit, en gardant toutefois la tête baissée ; il venait de souiller ses braies et la honte l'envahissait.

Enfin, le roi parla.

— Regarde-moi.

Sa voix était dure. Jorn fit un violent effort sur lui-même, relevant son visage trempé de larmes.

— Je vais te poser quelques questions auxquelles tu répondras en toute honnêteté, poursuivit-il, en maintenant le page sous le feu de son regard.

» Car tu n'as rien à craindre de moi, mentit-il.

Jorn hocha vigoureusement la tête, les yeux agrandis par son désir de complaire à son souverain.

— Oui, Majesté. Je promets de dire tout ce que vous voulez.

— Bien. Te souviens-tu d'une invitée que nous avons eue récemment à Stoneheart et qui a dîné avec moi hier soir ? Elle est arrivée en compagnie d'un homme nommé Aremys et…

— Dame Leyen, bien sûr, dit Jorn, pressé d'impressionner le roi.

Celimus apprécia d'un hochement de tête ; Jessom eut un sourire fugace.

— Est-il exact que tu t'es occupé de son service… sans en avoir reçu l'autorisation de moi-même ou de tes chefs ?

— Je ne me suis pas occupé de son service, Majesté, répondit-il en fronçant les sourcils d'étonnement.

— Ah bon ? Ce n'est pas ce que j'ai cru comprendre.

Les mains de Jorn serraient les barreaux à les tordre.

— Oh non, Sire, je…

Le roi et le chancelier observèrent ses sourcils se hausser comme le fil des événements défilait dans son esprit.

— En fait, ce matin-là, je faisais une commission urgente pour l'un de vos secrétaires dans l'aile du château où dame Leyen était installée. J'étais très pressé, je me rappelle, dit-il tandis que les deux hommes écoutaient en hochant la tête.

» Dame Leyen m'a alors appelé comme je passais dans le couloir.

— Que voulait-elle ? demanda Celimus.

— Un conseil, Sire.

— Quel genre de conseil, mon garçon ? demanda Jessom avec un sourire affecté.

— Je ne l'ai appris que plus tard ce soir-là parce qu'elle a alors vu à quel point j'étais pris par l'accomplissement de mon devoir. Je suis parti immédiatement, sans avoir échangé plus que quelques mots avec elle, Sire. Pour moi, c'était une étrangère.

Celimus ne perdait pas de vue son objectif.

— Et plus tard, donc ?

— Ensuite, Sire, je suis repassé à ses appartements comme elle me l'avait demandé. Je me suis senti dans l'obligation de le faire, Majesté – c'était tout de même l'un de vos invités personnels et elle n'avait personne pour son service.

Celimus s'efforçait de ne pas perdre patience.

— Et ?

— Elle voulait un conseil au sujet de sa robe.

Il y eut un instant de silence un peu étrange, que Celimus finit par rompre.

— Tu plaisantes, bien sûr ? dit-il avec une pointe de menace dans la voix.

— Non, Sire, répondit Jorn sur un ton suppliant. Jamais je ne ferais une chose pareille. Dame Leyen voulait vous impressionner au dîner. Elle n'avait pas d'habit de soirée avec elle et avait donc emprunté une robe. Elle voulait que je lui donne mon opinion.

— L'opinion d'un page ? intervint Jessom d'un ton empli de dégoût.

Par réflexe, Jorn entama un haussement d'épaules – qu'il travestit aussi vite que possible en courbette soumise lorsque lui apparut la portée de son geste.

— C'est la vérité, Sire. Peut-être pensait-elle que je pouvais l'éclairer – je lui avais dit que j'étais votre messager personnel.

— C'est tout ? dit Celimus, manifestement pas convaincu pour deux sous.

» Et tu espères que nous allons croire que ton… ton opinion est tout ce qu'elle voulait de toi ?

Jorn hocha la tête avec l'énergie du désespoir.

— Majesté, c'est tout ce qu'elle m'a demandé cette fois-là.

Jorn vit les mains du roi se transformer en poings tandis que montait en lui l'une de ses fameuses colères.

— Mais j'y suis retourné plus tard dans la nuit, lâcha Jorn.

— Ah… et pourquoi donc as-tu fait cela ?

— Pour lui remettre un parchemin qu'un de vos secrétaires m'avait chargé de lui remettre, en spécifiant bien que c'était urgent. Pour le service du roi.

Jorn saisit le coup d'œil que les deux hommes en face de lui échangèrent à cet instant – et son esprit comprit où cette conversation les menait. Le jeune page, qui s'était toujours considéré comme un garçon futé, sut que ce n'était pas après lui qu'ils en avaient, mais bien après Leyen. Ou plus précisément après celle que lui-même révérait entre toutes – Ylena Thirsk. La belle et tragique Ylena, qu'il ne trahirait pour rien au monde, fût-ce au sacrifice de sa vie. Or, c'était bien une trahison qu'ils attendaient de lui. Les choses étaient maintenant limpides comme de l'eau de source ; ils voulaient qu'il leur dise où dame Leyen était partie en toute hâte pendant la nuit. Ils voulaient faire du mal à son Ylena bien-aimée.

Eh bien, il ne les laisserait pas faire ! Il n'était qu'un humble messager – autant dire rien aux yeux du roi – mais lui, Jorn, avait fait un serment à la jeune femme, qui en retour lui avait fait une promesse. D'un jour à l'autre, on viendrait le chercher pour l'emmener loin de Stoneheart, en Argorn. Là-bas, Ylena l'attendait pour le prendre à son service ; il n'avait pas de plus cher désir.

Jamais il ne leur révélerait ses secrets. *Mes lèvres resteront scellées*, songea-t-il en sentant naître en lui une détermination inédite trempée à la plus vive des flammes. Jorn n'était pas d'un tempérament fougueux ; très rares étaient les fois où la colère s'emparait de lui. D'humeur toujours égale, il laissait glisser les aléas quand tant d'autres s'emportaient. Mais une étincelle de colère s'était allumée en lui, que l'œil accusateur du roi et la lueur faussement compatissante apparue dans le regard du chancelier transformaient peu à peu en brasier.

— Et ? s'impatienta le roi.

— J'ai remis le parchemin à dame Leyen et j'ai pris sa robe, sa cape et quelques bijoux qu'elle m'a chargé de rapporter à la demeure de dame Bench, déclara Jorn d'un ton assuré.

— Menteur ! Leyen est partie cette nuit-là et tu le sais ! cracha Celimus entre les barreaux.

— Je n'ai aucune raison de mentir, Majesté. J'allais y venir, répondit-il, satisfait de n'avoir pas flanché face à l'hostilité, en dépit de l'humidité qu'il sentait couler le long de ses jambes.

Jorn puisa dans ses ultimes ressources pour oublier sa peur, se composer une mine sincère et enjoliver la vérité.

— Cette nuit, elle m'a dit qu'elle partait. Je ne sais pas pour quelle raison, Sire. Elle m'a demandé de l'accompagner jusqu'aux écuries par peur de ne pas trouver son chemin dans le château. Il ne m'appartenait pas de discuter ses décisions, Majesté. Je ne suis qu'un simple messager, qui ne désire rien d'autre que servir son roi et ses invités.

— Et c'est ce que tu as fait ? demanda Celimus d'un ton cauteleux.

— Exactement, Sire.

— A-t-elle dit où elle comptait aller ?

Jorn prit le temps de réfléchir avant de répondre.

— Non, affirma-t-il en toute sincérité.

— C'est bizarre, mon garçon, parce que le garde de faction se souvient t'avoir entendu parler du duché de Felrawthy.

Jorn mentit alors avec un aplomb dont il ne se serait pas cru capable. Jamais il n'avait été aussi convaincant de sa vie – et jamais plus il ne le serait. L'expression sur son visage demeura absolument impassible, malgré la soudaine bouffée de haine pour l'homme de garde à qui il avait donné tant de pièces pour son silence.

— C'est vrai, Sire, je crois bien que j'en ai parlé.

— Et pourquoi ? demanda Celimus en s'approchant des barreaux, comme un prédateur resserre son étreinte avant le coup de grâce.

— Parce que j'ai cru comprendre que c'est de là que dame Leyen est originaire, Sire.

Celimus se tourna vers Jessom, dont les yeux papillotaient d'étonnement.

— Je ne sais rien de la vie de Leyen, Sire, reconnut le chancelier pour le moins désarçonné.

» Elle nous a parlé de Rittylworth, mais c'est une femme mystérieuse qui vit dans le secret. En vérité, je ne l'avais jamais vue aussi clairement qu'hier soir. D'ordinaire, elle est toujours déguisée.

— Pour ce que nous en savons, elle aurait aussi bien pu être déguisée à ce dîner, grogna le roi, sans mesurer à quel point il était près de la vérité.

» T'a-t-elle dit dans quelle direction elle partait ? demanda-t-il ensuite à Jorn.

Le page secoua négativement la tête.

— Elle a dû parler de Felrawthy en passant, sinon je ne vois pas comment je pourrais savoir une telle chose. Je suis désolé, Sire, de ne pas mieux me souvenir de nos brèves conversations, mais je suis certain qu'elle ne m'a pas dit précisément où elle comptait se rendre – j'ai juste supposé qu'elle rentrait chez elle, répondit Jorn d'un ton tranquille, pour le dernier mensonge de sa vie.

Pardonne-moi, Shar, implora-t-il muettement.

Le magnifique regard de Celimus vint se poser sur le garçon avec une insoutenable intensité. Sous ce feu direct, Jorn sentit sa résolution vaciller ; il lui fallut convoquer tout ce qui lui restait de courage pour dompter sa peur et résister à la tentation de dire tout ce qu'il savait de Leyen et de ses intentions – bien peu de chose en vérité. Instinctivement, il baissa néanmoins les yeux, commettant sans doute à cet instant son ultime erreur. S'il avait trouvé la force de soutenir le regard glacé et impérieux de son souverain, peut-être le roi Celimus toujours imprévisible se serait-il montré enclin à la mansuétude. Au lieu de cela, son humeur bascula du côté de la cruauté. Celimus voyait parfaitement que le garçon ne savait pas grand-chose – et qu'il était peu vraisemblable qu'il soit dans le secret des intentions d'une meurtrière de haute volée –, mais il sentait d'instinct qu'on tentait de se jouer de lui.

— Il ment ! Passez-le à la roue !

Jorn entendit son sang qui battait comme un marteau dans ses oreilles. Abasourdi, il s'effondra au sol ; pour la première fois, ses yeux aperçurent les trois mots gravés dans la pierre. Puis il perdit conscience.

— Majesté, je vous en prie…, intervint Jessom, lui-même alarmé à l'idée d'une torture inutile.

— N'essayez même pas de me contredire, chancelier, l'avertit Celimus d'une voix dure, tandis que ses yeux lançaient des éclairs.

» Je veux qu'il soit roué. Il ne résistera pas à la douleur et je veux savoir où va la loyauté de Leyen.

Jessom savait que Leyen n'était loyale qu'à elle-même, mais l'heure était sûrement mal choisie pour mettre à l'épreuve la patience du roi en lui rappelant cette simple vérité. Il acquiesça, maintenant sa tête baissée, de sorte qu'il entendit plus qu'il ne vit la sortie pleine de dédain que fit le roi.

Le chancelier fit venir le chef de la chiourme. Lorsque l'homme eut entendu l'impitoyable sanction qui avait été prononcée, Jessom se retourna vers Jorn.

— Je suis désolé, mon garçon, dit-il, pour une fois avec sincérité.

Mais Jorn n'entendit pas ses paroles ; pas plus qu'il ne sentit les mains qui le saisissaient pour l'emporter vers une partie de Stoneheart qu'il n'avait jamais imaginé découvrir un jour.

Les maîtres bourreaux de l'escouade que Celimus avait réunie depuis son accession au trône éprouvèrent une véritable surprise – jamais ils n'auraient pu penser que le garçon tiendrait aussi longtemps. Soumis à pareil traitement, bien des soldats aguerris avaient demandé le coup de grâce ; quand ils n'étaient pas simplement morts sous le choc d'avoir tous leurs membres brisés. Pour son malheur, Jorn avait survécu à cette première épreuve, exécutée avec une froide maîtrise par un homme qui accomplissait sa tâche ignoble sans se poser de questions.

En temps normal, il faisait durer les choses en prenant son temps pour placer les coins de bois sous le corps en sueur de ses victimes hurlantes, avant d'abattre son lourd maillet. Généralement, deux fémurs fracassés suffisaient à vaincre la résistance des condamnés. Cette fois-ci, il voyait bien que le garçon ne méritait pas d'être tourmenté de manière prolongée ; aussi procéda-t-il rapidement, à la satisfaction des deux autres assistants.

Ils entamèrent ensuite la deuxième phase qui consistait à faire passer une énorme roue d'acier sur le corps broyé de Jorn. L'opération leur prit du temps, non pas parce qu'ils voulaient allonger son agonie, mais parce que la roue était lourde et qu'il leur fallait déployer des efforts immenses pour la faire avancer. En fait, ils béaient d'admiration devant la résistance du garçon à ce que dans la profession on tenait pour le plus insupportable des supplices.

Sa bravoure finissait par devenir embarrassante pour eux ; la honte leur venait d'infliger pareille cruauté à un jeune garçon. Le bruit des os écrasés par la roue leur tirait des grimaces de dégoût. Puis la roue atteignit la poitrine du garçon et son pauvre cœur cessa enfin de battre.

À l'instant de son dernier soupir, Jorn éprouva l'ultime satisfaction de n'avoir rien cédé, hormis quelques gémissements lâchés sous la douleur. Comme la mort le prenait, sa dernière pensée consciente fut non pas pour Ylena, mais pour les trois mots gravés dans le mur de la cellule ; soudain, tous les éléments se mirent en place et il vit la vérité dans sa sublime clarté. Il éleva une prière à Shar pour qu'il protège la famille Thirsk et fasse en sorte que sa mort ne soit pas vaine.

Selon la norme, les bourreaux étaient tenus de passer la roue sur l'ensemble du corps du supplicié ; dès que les yeux du garçon se furent fermés, ils s'arrêtèrent néanmoins.

— Ça suffit ! dit l'un d'eux.

Il faisait toujours consciencieusement son travail, mais il n'aimait pas faire souffrir les innocents – bien trop nombreux à passer ici ces derniers temps.

— Je n'écraserai pas la tête de celui-ci pour le plaisir de Sa Majesté. Il a suffisamment souffert comme ça… et avec courage en plus.

— Tu es sûr ? demanda son compagnon. C'est avec nos tripes qu'il nous pendra si on n'y prend pas garde.

— Jessom n'était pas d'accord non plus. Il nous a demandé de faire vite.

— De toute façon, on n'a rien tiré de lui.

— Sûrement parce qu'il n'y avait rien à tirer. Allez, on ramène la roue. Au moins, si sa famille récupère le corps, elle aura sa tête en entier.

— Et on ne peut pas en dire autant du reste, ajouta l'autre, avant de pousser un sifflement en contemplant l'amas sanguinolent des chairs broyées devant lui.

Plus tard dans la journée, lorsque Jessom eut à passer dans les appartements du roi, la première question que posa Celimus concernait Jorn.

— Alors, le page a-t-il dit ce que nous voulions entendre ?

— Non, Majesté, répondit Jessom qui n'avait pas à se forcer pour avoir un air grave et solennel.

Les événements de la matinée l'avaient laissé d'humeur maussade.

Celimus fixa son chancelier, les mains posées sur le parchemin qu'il était en train de parapher.

— Vraiment ?

— Il a emporté dans la tombe les secrets que vous pensiez qu'il détenait.

Qu'un jeune garçon lui ait damné le pion mettait Celimus en rage.

— Il a été passé à la roue comme j'en avais donné l'ordre ?

Sa question sonnait presque comme une accusation.

Jessom répondit d'une voix étale.

— Oui, Sire. Exactement comme vous l'aviez demandé, mentit-il. Apparemment, le garçon a survécu un temps interminable. Ce n'est qu'après que la roue eut écrasé son cœur qu'il a enfin cessé de vivre.

Intérieurement, Jessom était fier de la résistance du garçon ; c'était une mort qu'il n'approuvait pas.

— Il n'a rien dit ?

Jessom eut un petit geste désapprobateur, signifiant que selon lui le garçon n'avait rien à dire.

— Il n'a vraiment prononcé aucune parole ? insista Celimus pour s'assurer que son chancelier ne lui dissimulait rien.

— Juste le concert habituel de cris et gémissements, mais pas un mot, répondit Jessom d'une voix parfaitement monocorde.

— Admirable, dit Celimus en venant se placer devant la fenêtre.

» Car je suis sûr qu'il cachait quelque chose. Où est le corps ?

— Prêt à être enterré, je suppose.

— Je veux que vous réfléchissiez, chancelier.

— Pardon, Sire ?

— Réfléchissez ! C'est pour votre esprit agile que vous êtes à mes côtés. Alors trouvez ce qui peut bien nous échapper. Il y a forcément quelque chose que nous n'avons pas vu. Cogitez et trouvez ce que c'est. J'attends vos conclusions pour demain. Nous nous verrons dans la matinée après ma promenade à cheval.

Jessom n'eut que la force de saluer ; il sentait le nœud qui s'était formé dans son ventre à la pensée de venir voir le roi le lendemain sans aucune réponse à lui fournir. Les colères du roi finissaient toujours par coûter la vie à quelqu'un.

— Au fait, pas d'enterrement pour Jorn. Faites-le empaler sur la route de Felrawthy… juste au cas où.

— Il en sera fait selon vos désirs, Sire, dit Jessom, accablé de dégoût.

Il ne devait plus rester grand-chose de Jorn à empaler. La brutalité du roi n'avait donc aucune limite ?

— Je vais m'en occuper tout de suite, ajouta-t-il d'une voix qu'il s'efforçait de tenir posée.

— Et moi, je vous vois demain, chancelier. Avec des réponses à mes questions.

Chapitre 17

Tout le reste de la journée plus la nuit complète s'étaient écoulés avant qu'Elspyth émerge de son état d'absence presque catatonique. À son réveil, elle savait avec certitude qu'il était temps pour elle de quitter les deux familles qui avaient pris soin d'elle. Elle voyait bien que sa présence parmi eux avait pour effet de mettre les enfants sur les nerfs ; Ruth et Meg, naguère si volubiles, en étaient maintenant à surveiller tout ce qu'elles disaient, de crainte de lui provoquer plus de chagrin encore.

Comme les chariots faisaient halte aux Cinq Chemins – un endroit particulièrement bien nommé puisque cinq routes en partaient dans toutes les directions –, elle annonça son intention, faisant fi des protestations qu'elle devinait être de pure forme. Après un sourire à l'intention de tous, elle serra les deux femmes dans ses bras – et Ruth en particulier.

— Je vais me faire du souci pour toi, lui dit l'aimable femme.

— Il ne faut pas, répondit Elspyth. Je suis tout à fait en mesure de prendre soin de moi.

— Tu sais que tu peux rester avec nous si tu veux, insista Meg.

Elspyth sentit un élan de gratitude envers tous ces gens.

— C'est vrai. Mais je dois trouver la sœur de Koreldy – ce que je faisais d'ailleurs lorsque nos routes se sont croisées.

— Je suis sincèrement navré, ma fille, dit Ham, toujours décontenancé, en lui remettant un petit sac de provisions.

Elle prit la nourriture qu'il lui offrait, avant de lui serrer la main – manière de lui redire qu'elle ne lui en voulait pas de la mauvaise nouvelle qu'il lui avait annoncée.

— Vous avez tous été si bons avec moi. J'aime autant avoir appris ça de la bouche de bonnes personnes plutôt que par d'autres qui s'en seraient réjouis. Ça va aller maintenant, je vous le promets. C'était juste le choc de la nouvelle. Dès que j'aurai porté mon message à la famille de Koreldy, je pourrai m'en retourner à ma vie, mentit-elle.

Elle espérait qu'aucun d'entre eux ne lui demanderait où pouvait bien vivre cette fameuse sœur dont elle parlait, ou encore d'où elle venait. Personne ne le fit. Après une ultime séance d'au revoir, les chariots se mirent en route, cap à l'est vers la frontière de Briavel. Lorsqu'ils eurent disparu, Elspyth examina la situation, opta pour la route vers le nord-est – la plus directe vers le duché –, puis se mit en marche. Une lourde brume pesait toujours sur son esprit. D'abord il y avait eu l'appel à l'aide de Lothryn, puis ensuite la nouvelle de la mort de Koreldy ; elle se sentait vidée.

— À moi de jouer maintenant, dit-elle à voix haute à la piste déserte devant elle.

Le son de sa voix si plein de défi et de confiance lui donna du courage. Pour commencer, elle allait tenir sa promesse à Wyl – trouver Ylena pour la mettre sous la protection du duc de Felrawthy. Ensuite, elle retournerait à Yentro ; après tout, Lothryn avait pu se tromper et sa tante était peut-être encore en vie. Une fois là-bas, elle rassemblerait tout ce qu'elle pourrait, laisserait passer le printemps, puis s'enfoncerait loin au nord, dans les Montagnes. Elle n'avait guère apprécié les Razors au début de l'hiver, mais le souvenir de la détresse dans la voix de Lothryn lui vint à cet instant et elle sut qu'il n'était pas question pour elle d'attendre une saison ; pas plus que de perdre du temps sur la route de Felrawthy. Non, elle allait immédiatement se procurer quelque équipement, trouver un peu d'argent et partir sans délai vers la place forte de Cailech.

Subitement, il n'y avait plus qu'une seule chose qui comptait pour elle – savoir ce qu'il était advenu de Lothryn ; et si elle devait mourir en cours de route, eh bien qu'il en soit ainsi. L'amour qu'elle avait éprouvé pour l'homme des Montagnes avait été l'unique occasion dans sa vie où elle avait partagé quelque chose, où elle n'avait plus été seule ; pas question qu'elle y renonce sans se battre.

Une nouvelle fois, Elspyth n'était plus qu'une silhouette esseulée, perdue sur une route poussiéreuse menant vers l'inconnu. Elle redressa ses frêles épaules, releva fièrement le menton et entama la longue marche qui allait lui permettre de tenir son serment.

Ylena et Pil se joignirent au troupeau épars d'hommes et de bêtes errant sur la grand-place de Dorchyster. C'était jour de marché et les odeurs de pain frais et de tourtes à la viande tout juste sorties du four qui emplissaient l'air attisaient leur faim.

— Quand avons-nous mangé pour la dernière fois ? demanda Ylena en jetant des regards d'envie sur les meules de fromage et les terrines de viande.

Le ventre de Pil grondait comme un volcan.

— Je ne m'en souviens même plus, ma dame, répondit Pil en s'écartant du chemin d'une vache allant de son pas lourd.

» Mais je crains que nous ne puissions nous arrêter – nous n'avons pas d'argent.

Le désespoir d'Ylena se mua en colère.

— Ce n'est pas juste ! J'ai de l'argent – même si je ne l'ai pas sur moi. Je suis désolée, Pil.

— Ne vous mettez pas dans cet état-là, dit-il d'un ton apaisant.

Il comprenait ce qu'elle éprouvait. Elle était accoutumée à tout avoir dans l'existence – à ne jamais se demander d'où viendrait son prochain repas. À bien y regarder, lui aussi avait vécu une vie facile au monastère, où il n'avait jamais manqué de rien.

— Venez. Allons-nous-en.

Ils étaient arrêtés devant un étal de fruits magnifiques et colorés dont ils ne parvenaient pas à détourner les yeux. Une nouvelle bouffée chargée d'un délicieux fumet de viande rôtie vint leur chatouiller les narines ; leurs estomacs gargouillèrent à l'unisson.

— Et où ça ? Nous ne pouvons plus nous passer de manger.

Elle avait raison, mais que pouvait-il faire d'autre que hausser les épaules avec fatalisme ?

— À moins de voler, ma dame – ce à quoi je ne me résoudrai jamais –, je ne vois pas ce que nous pouvons faire.

— Alors nous allons mendier !

Ylena paraissait si déterminée que Pil demeura la bouche ouverte, incapable de prononcer le moindre mot.

— Absolument ! répondit-elle à la question qu'il n'avait pas posée.

» Je vais chanter – on m'a toujours dit que j'avais une jolie voix. Je vais donc chanter pour nous nourrir… et toi… toi tu danseras à mes côtés, ajouta-t-elle sur un ton de désespoir.

— D'accord, dit-il bravement, en espérant que le rythme guilleret dans sa propre voix allait aider Ylena à trouver la force de s'humilier ainsi.

» Ça ne coûte rien d'essayer – d'autant que j'ai vraiment faim, ma dame.

L'ombre d'un sourire sans chaleur passa sur les lèvres de la jeune femme.

— Viens, nous allons nous mettre là-bas, près du puits.

Il la suivit en se demandant bien comment elle pouvait imaginer couvrir le brouhaha du marché de sa seule voix.

— Ici, dit-elle. Pose ton chapeau par terre.

Avec un profond sentiment de gêne, Pil s'exécuta.

— Vous n'attendez pas vraiment de moi que je danse, ma dame ? demanda-t-il d'une voix implorante.

» J'ai déjà toutes les peines du monde à marcher sans trébucher.

— Ce ne sera pas la peine, répondit Ylena en lissant sa robe maculée, avant de ramener en arrière ses mèches rebelles.

» C'était juste une idée comme ça, mais essaie au moins de sourire aux gens autour. Quel dommage que tu n'aies pas la tonsure – le statut de moine nous aurait été d'un grand secours, ajouta-t-elle en s'éclaircissant la voix.

Pil ne répondit rien, se contentant d'attendre, les yeux obstinément fixés au sol. Cependant, à l'instant où la première note s'éleva dans l'air, son regard écarquillé revint sur elle.

Le son de sa voix magnifique était la chose la plus pure qu'il eût jamais entendue. Son chant montait vers le ciel comme un oiseau prend son envol. Pil connaissait cette chanson – une ballade pleine de tristesse contant les malheurs de deux jeunes amants promis l'un à l'autre, dont le félicité paraît bénie des dieux jusqu'à ce qu'un rival jaloux tue le jeune homme. Triste et bouleversante, la fable distillait de subtiles émotions au fil des couplets.

Bientôt, une petite foule se forma. Ylena avait bien choisi sa romance – suffisamment longue pour donner aux personnes alentour le temps de l'apprécier. Il s'écarta d'elle ; sa présence à ses côtés n'était plus nécessaire. Les spectateurs amassés n'avaient d'yeux que pour la jeune femme, magnifique malgré sa mise en désordre, captivés par l'envoûtante mélancolie de sa complainte chantée d'une voix d'ange. Toute à son chant, Ylena ne les voyait même pas – pas plus qu'elle ne remarquait les pièces pleuvant dans le chapeau ou le silence qui s'était soudain fait sur le marché.

En revanche, Pil observait tout. Il nota en particulier l'apparition d'un homme de haute stature, sorti de l'auberge de la ville – Aux Armes de Dorchyster.

À ses riches habits, nul doute qu'il appartenait à la noblesse ; même parvenu au seuil de son existence, il demeurait un homme de belle prestance et plein de vie. Ses cheveux autrefois blonds et aujourd'hui devenus blancs étaient ramenés en arrière, ce qui faisait ressortir les lignes volontaires de son visage. Sa barbe taillée courte composait une mosaïque de teintes blondes, rousses et même argent, qui ne faisait qu'ajouter à son charme. Ses yeux d'un bleu profond restaient fixés sur Ylena ; d'une main gantée impérieusement dressée, il fit signe à l'homme à ses côtés de se tenir silencieux. À l'évidence, c'était un homme habitué à commander et à être obéi. Même le dessin de ses lèvres pleines et généreuses marquait l'homme de pouvoir – un chef incontesté. Pil le regarda s'avancer en direction d'Ylena, fendant la foule. Devant lui, les gens s'écartaient, ôtant prestement leurs animaux et leurs paniers de son passage.

Ylena arrivait au point culminant de son chant ; les yeux du noble s'étrécissaient sous l'effet de la concentration. D'autres hommes s'approchèrent – des hommes à lui de toute évidence.

La chanson s'acheva sur un final poignant et des acclamations montèrent de la foule. On se pressait pour mettre des pièces de cuivre dans le chapeau maintenant rempli. Le noble s'avança à son tour. Devant lui, des hommes s'écartaient en baissant la tête ; des femmes faisaient des révérences.

Aucun doute, ce n'était pas un personnage de petite importance.

Pil s'approcha prudemment, penché au sol pour ramasser son chapeau. Adossée à la margelle du puits, Ylena gardait les yeux fermés, vidée de ses forces. Cette complainte qui racontait si précisément ce qu'elle avait vécu en perdant l'homme qu'elle aimait avait réveillé dans son cœur un tourbillon d'émotions. Le noble prit sa main et posa ses lèvres sur ses doigts blancs et délicats ; Pil se dit qu'il avait reconnu en elle une princesse, malgré son apparence sale et misérable. *Ce doit être ses habits*, songea le novice. *Seuls les nobles peuvent s'offrir pareille qualité.*

— Ma dame, dit le vieil homme d'une voix chaude. Vous chantez comme un ange.

Le ton qu'il employait était empreint de douceur, mais Pil était certain que rares étaient ceux accoutumés à l'entendre parler ainsi.

Ylena ouvrit les yeux, sans paraître le reconnaître, se contentant de le saluer d'une charmante inclinaison de la tête.

— Merci, messire. J'espère que ma voix permettra à mon compagnon et à moi-même de manger ce soir, répondit-elle en jetant un coup d'œil en direction de Pil, avant de revenir se perdre dans le regard couleur de mer sous la tempête.

— Par la colère de Shar ! s'exclama l'homme. Mais vous n'avez pas besoin de chanter pour manger, ma dame. Qui est votre famille ? Dites-moi qui ose vous laisser dans cet état ?

— Ma famille ? répondit Ylena dans un souffle.

» Ma famille…, reprit-elle, est morte.

Elle releva bravement son petit visage. Malgré leurs efforts conjugués, la fatigue et la poussière des chemins ne parvenaient pas à masquer sa beauté.

— Je suis la seule qui reste, messire. Et je fuis ceux qui veulent me faire du mal.

Le noble émit un grognement inquiet, avant de faire un signe à l'un de ses hommes derrière lui.

— Elle défaille, emmenez-la ! ordonna-t-il en retirant son manteau.

Son second s'empressa immédiatement, tandis que lui-même étalait son vêtement sur la jeune femme. À ce stade, Pil jugea préférable d'entrer en scène.

— Seigneur, dit-il en courbant la tête. Je m'appelle Pil.

— Et ?

— Mille excuses, messire. Je suis moine – enfin novice, à dire vrai – et j'ai reçu pour instruction de veiller sur elle. Elle meurt littéralement de faim. Elle a repris des forces pendant ces dernières semaines passées avec nous, mais je crains que notre fuite à travers la campagne ne l'ait de nouveau anéantie.

Pil espérait s'en être bien tiré ; frère Jakub lui avait toujours dit que la concision était la première des qualités.

L'homme le tint quelques secondes sous son regard scrutateur avant de répondre.

— Suis-moi, dit-il simplement.

Et le moine de trottiner derrière le vénérable noble, avec à la main son chapeau plein de pièces sonnantes qu'il s'efforçait de ne pas semer. Ils retournèrent dans l'auberge, où on les installa directement dans la grande salle à manger. Leur sauveur aboya des ordres et une activité fébrile s'empara de toute la pièce. Des hommes entraient et sortaient, prenant des instructions pour repartir immédiatement accomplir quelque mission.

Bien vite, une odeur de bacon frit aussi irrésistible qu'affolante parvint à leurs narines, plongeant Pil dans un véritable vertige.

— Mange d'abord, nous parlerons ensuite.

Un bol de lait chaud légèrement épicé fut glissé devant Ylena ; elle le but sans dire un mot, mais son regard à la jeune fille qui l'avait servie était empli de gratitude. On apporta la même chose à Pil, qui l'avala d'un trait ; immédiatement, une chaleur bienfaisante se répandit dans tout son corps.

— Merci, messire, commença-t-il, avant que la vue de grosses tranches de pain beurré accompagné d'épaisses tranches de bacon croustillant lui fassent illico oublier ce qu'il allait dire ensuite.

Il mangea avec délectation et en silence, en jetant de fréquents coups d'œil vers Ylena. La jeune femme grignotait son pain, n'osant pas encore s'attaquer à la viande. Le noble les laissa tranquilles, accaparé par une conversation avec l'homme que Pil identifiait comme son lieutenant. Une fois repu, Pil sentit immédiatement l'effet de béatitude et de somnolence que lui procurait son estomac plein ; pourtant, le luxe d'un petit somme ne lui serait certainement pas accordé.

— Et maintenant, parlons, dit l'homme en indiquant à Pil un coin de la salle où était dressé un plateau de pichets de bière.

— Messire, intervint Ylena. Je peux parfaitement vous raconter moi-même.

— Alors dites-moi, répondit l'homme avec une certaine brusquerie.

» Vous pouvez parler sans crainte.

Ylena tourna la tête vers Pil avec un sourire de compassion ; tous deux savaient qu'il allait leur falloir revivre leur cauchemar pour en rendre compte à leur bienfaiteur. Il l'encouragea d'un hochement de tête, heureux de constater que la petite flamme de détermination était revenue dans ses yeux. Le miracle de la nourriture faisait déjà effet. Ylena attaqua son récit d'une voix ferme et posée.

— Nous venons du monastère de Rittylworth, d'où nous nous sommes enfuis.

— Pourquoi cela ? demanda le noble, sourcils froncés.

Ylena poussa un profond soupir.

— La nouvelle n'est donc pas encore parvenue jusqu'ici ?

L'homme ne répondit pas ; ses yeux assombris par les épais sourcils poivre et sel ne la quittaient pas, comme pour l'inviter à poursuivre.

— Il a été incendié. La plupart des moines ont été massacrés sur place et les frères supérieurs ont été torturés.

À ces mots, le noble et son lieutenant abattirent d'un même geste leur chope sur la table, répandant de la bière sur leurs poings serrés.

— Quoi ? s'exclama l'homme d'une voix dure, où perçait l'incrédulité.

— C'est la vérité, messire. J'ai tout vu. Nous étions cachés lorsque des hommes portant les couleurs du roi se sont répandus comme des barbares dans le village avant d'exécuter un par un tous les moines. Ensuite, ils ont crucifié et brûlé vifs tous les chefs de la communauté, raconta-t-elle, tandis que des visions de cette matinée d'horreur dansaient dans son esprit et lui nouaient le ventre.

» Ils sont arrivés juste après la fin du silence. Depuis, nous n'avons cessé de fuir.

— L'heure parfaite pour être sûr d'avoir tout le monde, fit judicieusement observer le compagnon du noble.

Ylena posa ses yeux sur lui, remarquant pour la première fois sa ressemblance avec le noble âgé, mais aussi son sourire aimable et spontané, ainsi que la mèche de ses cheveux blonds et fins. Avec sa barbe taillée courte, il lui rappelait son Alyd de manière saisissante. Étaient-ce là un père et un fils ? se demanda-t-elle sans se rendre compte qu'elle pensait à voix haute.

— Oui, c'est bien mon fils, Crys. À cet égard, pardonnez-moi, je manque à tous mes devoirs. Je suis Jeryb, duc de Felrawthy.

Ylena était abasourdie ; ses yeux allaient de l'un à l'autre – du père d'Alyd au frère d'Alyd, ce dernier aussi séduisant que son défunt frère.

Ce fut Pil qui se chargea d'expliquer.

— Par Shar, messire, c'est chez vous que nous venions chercher refuge, bafouilla-t-il en tournant la tête vers Ylena.

» Elle n'a cessé de répéter votre nom. C'est dame Ylena Thirsk.

À leur tour, les deux hommes de l'autre côté de la table restèrent saisis d'étonnement.

— La fille de Fergys Thirsk ! La promise de mon fils ? rugit le duc.

— Oui, messire, répondit Ylena qui s'était un peu ressaisie. Et je vous apporte la plus triste des nouvelles.

— Je suis désolé de faire votre connaissance dans ces circonstances, dit Crys en tendant la main vers elle.

Son sourire se figea subitement ; l'incompréhension se peignait sur ses traits.

— Où est Alyd ?

— Mon fils, Alyd. Pourquoi n'est-il pas avec vous ? dit le duc en lui saisissant le bras.

Après le bref instant d'euphorie d'avoir enfin trouvé le duc, le monde d'Ylena sombrait de nouveau dans le plus noir désespoir.

— Non, messire, il n'est pas avec moi, commença-t-elle prudemment en tirant nerveusement ses cheveux en arrière.

» Pardonnez-moi, poursuivit-elle en portant ses yeux sur l'expression d'hébétude du visage de Crys. C'est pour ça que je suis ici. Pour vous dire qu'Alyd est mort.

Souffle suspendu, la jeune femme attendit leur réaction dans le lourd silence tombé sur eux. Le sentiment de pitié qui émanait d'elle pour ces hommes de Felrawthy prenait une consistance palpable. Elle avait déjà tant pleuré Alyd qu'elle avait fini par accepter l'idée qu'il n'était plus là ; elle savait désormais que la vengeance était l'unique moyen de continuer à avancer. Rien ne le ramènerait jamais à la vie, mais abattre son meurtrier lui permettrait peut-être de retrouver la sérénité. En revanche, il restait au père et au frère d'Alyd à prendre la mesure de ce qu'elle venait d'annoncer – et à découvrir ensuite le pire.

Jeryb fixa sur elle un regard où couvait la tourmente, le front creusé de profonds sillons de colère.

— Mort, avez-vous dit ?

Elle hocha la tête.

— Je suis désolée, messire. Et j'ai tant de choses à vous dire encore que je ne sais par où commencer. Mais une chose est sûre, vous êtes le dernier rempart qui me protège de la mort.

— Nous ne pouvons pas parler de ça ici, dit le duc en fermant les yeux sous le coup d'un chagrin qu'il parvenait encore à contenir.

» Vous me direz tout plus tard. Si nous chevauchons à allure forcée, nous pourrons être à Tenterdyn au coucher du soleil.

Crys saisit la main d'Ylena pour la rassurer. C'était exactement ce genre d'attentions qu'Alyd avait toujours – jamais effrayé à l'idée de montrer ses émotions ou de toucher quelqu'un. Elle osait à peine le regarder, de peur de s'effondrer.

— C'est la demeure familiale, murmura-t-il. Vous serez en sûreté chez nous. Sais-tu monter à cheval, Pil ?

Le novice confirma d'un signe de tête. Crys Donal avait pris les choses en main ; son père ne paraissait plus en mesure de dire quoi que ce soit. Sans cesser de prendre des dispositions, le fils posa une main sur l'épaule de son père.

— Parfait, Pil. Alors sors et demande à Parks de te trouver une monture. Je prendrai dame Ylena en selle avec moi. Ça vous va de chevaucher ainsi, ma dame ?

— Oui… bien sûr, répondit Ylena – alors qu'au fond, l'idée d'être tout contre un homme qui était le portrait vivant de son défunt mari l'emplissait de crainte.

Chapitre 18

Wyl savait qu'il avait beaucoup exigé de sa monture ; finalement, il la fit passer du galop au canter, puis à un trot léger qu'elle pourrait encore tenir un moment. Penché sur l'encolure, il lui flatta le museau pour la remercier de ses efforts ; la jument agita la crinière comme pour lui répondre.

Le murmure de l'eau dans le sous-bois annonçait enfin le ruisseau qu'il cherchait. Il obliqua hors de la piste, baissant la tête pour franchir les frondaisons basses des arbres et déboucher dans une charmante clairière. Ravie de faire une pause, la jument baie but longuement pour étancher sa soif. Wyl mit pied à terre en souplesse. Dévoré de crainte pour Ylena, il aurait aimé poursuivre encore, mais il savait aussi qu'il comptait une bonne avance sur les poursuivants que le roi avait peut-être envoyés à ses trousses. Il espérait que Celimus ne découvrirait pas la disparition de Leyen avant le milieu de la matinée – et même qu'il ne verrait dans son départ précipité aucune forme d'indiscipline justifiant des mesures. Après tout, Jessom et Celimus pouvaient fort bien penser qu'elle était partie ventre à terre accomplir sa mission. Bien sûr, ils ne manqueraient pas de trouver sa conduite un peu étrange, mais sans se formaliser outre mesure qu'elle ne les ait pas même salués. Non, en fait le problème n'était pas là.

Le problème, c'était Aremys. Une nouvelle fois, Wyl se rassura en se disant qu'il avait la nuit et une partie de la matinée d'avance sur le mercenaire. Lorsque Aremys découvrirait la disparition de Faryl, il aurait déjà couvert la moitié du chemin.

Sur cette pensée, il s'obligea à octroyer un peu de repos à sa monture. Il enleva la selle, lui attribua une ration de picotin, la bouchonna rapidement, avant de s'installer commodément contre un arbre pour réfléchir. Il n'avait certainement pas prévu de s'assoupir aussi rapidement et d'ailleurs, s'il avait été éveillé, il aurait perçu bien plus tôt le martèlement de sabots ferrés. Bondissant sur ses pieds, il libéra les lames de Romen de leur fourreau et adopta une position de combat ; le bruit d'un cheval et de son cavalier passant à travers les branchages se rapprochait.

Wyl n'avait pas la moindre idée de qui cela pouvait être, mais il était déterminé à éliminer l'importun. Il fléchit bas sur ses appuis, prêt à frapper.

Aremys jaillit à travers le rideau vert en poussant un rugissement. À l'ultime seconde, Wyl le reconnut et infléchit la course de son poignet pour dévier la lame. Le mercenaire mit à profit cette seconde d'hésitation pour bondir de son cheval – et atterrir lourdement sur sa proie. Leurs corps se percutèrent avant de rouler au sol ; Aremys émit un grognement, puis expulsa tout l'air contenu dans ses poumons. Couché sur sa victime, il resta un instant immobile ; sonné par le choc, Wyl parvenait à peine à respirer.

— J'avais oublié tes couteaux, Faryl, soupira Aremys, avant de rouler sur le côté, révélant une tache de sang qui allait s'élargissant sur sa chemise.

— Espèce d'idiot ! hurla Wyl avec la voix de Faryl.

— Je l'ai bien cherché, dit Aremys avec un sourire bien vite transformé en rictus.

» Mais qu'est-ce que ça fait mal, ajouta-t-il en fermant les yeux.

— Ne bouge pas ! ordonna Wyl en utilisant sa seconde lame pour découper le vêtement.

» Encore heureux que ce ne soit que ton bras et pas ton poitrail de bravache.

— Et moi qui pensais que tu visais juste.

— C'est le cas et c'est pour ça que tu n'es pas mort, gronda Wyl.

— Pourquoi as-tu hésité alors ?

— La ferme ! Dis-moi plutôt ce que tu fais ici ? dit Wyl avec colère, sachant pertinemment ce qu'il allait entendre.

Faryl déchira un bout de sa propre chemise qu'elle alla ensuite tremper dans l'eau pour nettoyer la plaie.

— Je te suivais.

Le ton d'Aremys était réprobateur. Il la laissa faire et, malgré la douleur, trouva agréables les mains de Faryl sur lui.

— Pourquoi es-tu partie sans moi ?

— Je ne travaille jamais avec quelqu'un d'autre. Tu devrais le savoir.

— Pas même sur ordre de ton roi ?

— Surtout pas dans ce cas-là. Il veut du travail rapide et propre et moi je n'ai besoin de personne autour de moi qui commette des erreurs.

— Sauf que tu ne vas pas le faire, n'est-ce pas ? affirma Aremys en bloquant l'une de ses mains à l'aide de son bras encore valide.

» Dis-moi la vérité.

— La vérité sur quoi ? cria Wyl.

Il détestait les sonorités criardes de sa voix ; la proximité du mercenaire le mettait mal à l'aise.

— Sur les raisons pour lesquelles tu ne voudras pas tuer Ylena Thirsk.

Wyl se rassit, jetant le linge ensanglanté.

— C'est assez profond – il va falloir recoudre. En tout cas, tu as de la chance que rien de vital n'ait été touché. Veux-tu un bandage pour l'instant ?

— Faryl, je t'en prie...

Wyl se remit à l'ouvrage, posant d'abord un garrot pour arrêter le saignement, puis appliquant un linge propre sur la plaie.

— Ça ne tiendra pas longtemps. Il faudra montrer ça très vite à un médecin-guérisseur.

— Oublie un peu ma blessure, femme. Je veux que tu me répondes.

— Laisse-moi tranquille.

— Je ne peux pas faire ça. Tu sais que le roi de Morgravia nous a confié une mission – et particulièrement bien payée en plus. Alors je ne vois pas pour quelle raison je ne la mènerais pas à son terme.

— Tu es un homme mort, répondit Wyl, du ton calme de celui qui ne fait que souligner une évidence.

Pour Aremys, cela ne faisait aucun doute – Faryl pensait sincèrement ce qu'elle disait.

— Tu as donc l'intention d'utiliser ton autre couteau sur moi ?

— S'il le faut, répondit Wyl en s'écartant un peu plus de son compagnon.

— Alors la vie de cette femme vaut quelque chose pour toi. Pourquoi la protèges-tu alors que Celimus nous a assuré qu'elle constituait une menace pour le royaume ?

Wyl eut un petit rire plein d'amertume qui arracha un rictus au mercenaire. Dans le même temps, il eut aussi pour effet d'ouvrir les vannes ; Wyl se mit à parler avec colère.

— Elle n'a même pas encore dix-huit ans. Elle a perdu sa mère à la naissance, son père lorsqu'elle n'était qu'une enfant et son frère récemment, commença-t-il d'une traite jusqu'à ce que sa voix se brise.

» Son frère, Wyl Thirsk, a été assassiné sur ordre du roi parce que Celimus a toujours été jaloux de la préférence que lui marquait son père, le roi Magnus.

» Quelques heures seulement après son mariage, Ylena Thirsk était déjà veuve. Elle a vu son mari innocent se faire décapiter pour le seul crime d'être amoureux et d'avoir soufflé une conquête à Celimus. On l'a obligée à s'agenouiller dans le sang encore chaud de son mari et à se pencher sur le corps sans tête de celui qu'elle aimait, tandis qu'on posait sa propre tête sur le billot.

Aremys était stupéfait.

— Comment peux-tu savoir tout ça ?

— Parce qu'on m'a obligée à regarder !

Les mots sortaient de sa bouche avec la force irrésistible de l'eau quand cède une digue, empêchant Aremys de poser les questions qui lui brûlaient les lèvres.

— La vie d'Ylena n'a été sauvée que parce que j'ai accepté de me soumettre à un chantage. Je n'avais pas le choix – c'était ça ou la regarder mourir devant moi.

— Que voulait-il que tu fasses ? murmura Aremys en pleine confusion, ne sachant pas vraiment si Faryl parlait d'elle-même ou de quelqu'un d'autre.

— Que je m'arrange pour tuer un roi. Au début, il s'agissait seulement d'une rencontre entre Valor et Wyl Thirsk – le roi de Briavel respectait le nom des Thirsk ; il avait de l'estime pour mon père, même s'ils étaient ennemis. C'est pour cette seule raison qu'il a accepté de laisser entrer quelqu'un de Morgravia dans son château.

Aremys secoua la tête. La conversation avait subitement dévié et il ne comprenait plus. Pourquoi donc Faryl faisait-elle comme si elle était Wyl Thirsk ?

Faryl parlait maintenant d'une voix redevenue calme, les yeux perdus dans le vague devant elle ; il n'avait plus du tout envie de l'interrompre.

— Celimus a utilisé Wyl Thirsk pour obtenir une audience auprès du roi Valor afin de demander la main de sa fille en mariage – et de faire miroiter à la couronne de Briavel la perspective d'une ère de paix. Or, il avait en même temps commandité l'assassinat du roi Valor et le mien. Ces deux meurtres ont été perpétrés dans le cabinet de travail du roi, pendant que je négociais les épousailles entre sa fille et Celimus.

C'étaient des souvenirs de douleur que Wyl ressassait là, mais un grand calme s'était fait en lui ; yeux mi-clos, il balançait la tête de droite et de gauche en un lent mouvement lourd de tristesse. Immobile, Aremys n'osait même plus respirer ; il voulait à tout prix connaître la fin de cette incroyable histoire.

— Tu te souviens de m'avoir parlé d'un homme nommé Koreldy ? demanda soudain Faryl en redressant la tête.

Aremys confirma d'un hochement de tête.

— Eh bien, j'ai menti, je le connais... le connaissais plutôt. Il était du nombre de ceux envoyés en Briavel, où il a sauvé la vie de Thirsk – dans une certaine mesure. Ensemble, ils ont ensuite sauvé la princesse Valentyna, devenue reine de Briavel.

Aremys était de nouveau perdu. Il savait que Thirsk était mort ; alors pourquoi Faryl disait-elle qu'on lui avait sauvé la vie ? Prudemment, il se tut pour que la jeune femme continue de parler.

— Koreldy a ramené le corps de Thirsk à Pearlis pour s'assurer qu'aucune accusation de traîtrise ne puisse être lancée contre lui – comme Celimus en avait certainement l'intention pour camoufler ses propres actes.

» À cause de l'initiative de Koreldy, Celimus n'a pu faire autrement qu'organiser des funérailles grandioses au général Thirsk – dont le nom reste aujourd'hui sans tache. Mais Koreldy avait aussi promis à Thirsk, à l'instant de sa mort, de se porter au secours de sa sœur Ylena pour la protéger de Celimus.

Les choses se mettaient peu à peu en place. Aremys y voyait d'autant plus clair que Faryl n'évoquait plus sa propre participation à tout ça ; c'était tellement étrange qu'elle ait parlé de Thirsk à la première personne.

— Lorsque Koreldy a retrouvé la piste d'Ylena, elle était enfermée dans les geôles de Stoneheart. Or, c'est une fille de la noblesse, qui a grandi dans les couloirs de ce château. Elle était la pupille du roi Magnus, dit Faryl avec un soupir.

» Il l'aimait comme si elle avait été sa propre fille – elle était traitée comme une princesse. Ce que Celimus a fait subir à cette jeune femme lorsqu'elle était enfermée au cachot est inimaginable. Il a détruit son esprit. Aujourd'hui, ma sœur n'est plus la même.

Et voilà, ça recommence, songea Aremys. *Mais que raconte-t-elle ?*

— Koreldy l'a sauvée en faisant croire qu'il la voulait pour lui-même. Celimus l'a cru – convaincu que Koreldy avait assassiné Thirsk. Je suis sûr que le roi jouissait de l'ironie qu'il y aurait à faire violer la sœur par l'assassin du frère. C'est exactement le type d'horreur que son esprit pervers adore, dit Wyl avec amertume.

— Et maintenant, tu essaies de la protéger ? Pourquoi ? demanda Aremys.

— Parce qu'elle est innocente. Parce que je hais Celimus. Parce qu'elle est la dernière représentante de ma famille et parce que j'ai juré de donner ma vie pour la préserver.

Une nouvelle fois, Aremys fit abstraction du passage à la première personne. Il nageait en pleine confusion, mais s'efforçait tant bien que mal de trouver un sens à tout ça – ne serait-ce que pour Faryl.

— Où est Koreldy ? Il est avec elle ?

— Non, il est mort, répondit Faryl en se remettant debout.

— Comment ?

— Je l'ai tué, répondit Wyl en s'approchant de sa jument pour la seller.

Aremys tenta de se redresser à son tour, avec toutes les peines du monde.

— Aide-moi, par Shar ! cria-t-il.

— Non, tu te débrouilles tout seul maintenant. Va faire soigner ta blessure. Je t'ai dit tout ce que j'avais à dire et je te demande de me laisser tranquille. Je te suggère de repartir en Grenadyne, comme tu en avais d'ailleurs l'intention, dit Wyl.

» Ne t'approche surtout pas d'Ylena Thirsk ou je te jure que je finirai ce que j'ai si bien commencé.

— Alors il va falloir que tu me tues, répondit Aremys avec un rictus de regret.

» Tant que je ne connais pas la vérité, Faryl, je n'ai aucune raison de ne pas traquer ma proie. Aussi triste son histoire soit-elle, je ne suis en rien responsable de ce qui est arrivé à cette Thirsk.

— Au moins, je t'aurai prévenu. Et la prochaine fois, je n'hésiterai pas.

Les yeux brun-vert de la jeune femme lançaient des éclairs.

— D'accord, mais réponds au moins à cette question : pourquoi as-tu dit que Fergys Thirsk était ton père ?

Aremys vit Faryl se figer comme une statue. Elle lui tournait le dos, mais il sut qu'elle ne pensait même plus à harnacher sa jument. Les bras de la jeune femme retombèrent le long de son corps.

— Tu viens de me dire que le roi exerçait un chantage sur toi et que tu avais assisté à l'exécution du mari d'Ylena, poursuivit Aremys.

» Or, lorsque nous avons rencontré Celimus, il était clair que c'était la première fois qu'il te voyait. Alors qui de nous deux ici est fou ?

Faryl pivota sur ses talons et le mercenaire sentit peser sur lui tout le poids de son regard. Il ne s'en laissa pas conter pour autant.

— Tu as parlé comme si Ylena était ta sœur – mais comment cela serait-il possible, Faryl ? Hein, comment ? cria-t-il, plein de colère et de confusion – et bien décidé à obtenir une réponse.

Le mouvement avait été si fluide et si rapide qu'Aremys n'aurait jamais pu parer l'attaque – même avec l'usage de ses deux bras et en ayant été prévenu la veille. En une fraction de seconde, il se retrouva avec le couteau de la meurtrière posé sur sa gorge et son bras blessé méchamment tordu dans le dos. Faryl le poussa contre un arbre ; une douleur atroce lui vrillait le corps. Aremys sut immédiatement que la plaie s'était rouverte et saignait abondamment. La poigne de la jeune femme le sidérait. Il tenta de se dégager sans parvenir à rien. La lame entama la peau de son cou. *Encore du sang*, songea-t-il, toujours incapable de bouger.

Faryl parla contre son oreille ; sa voix feulait comme celle d'un animal.

— Maudit sois-tu Aremys de Grenadyne ! Soyez maudits, toi et ta curiosité !

» C'est parce que je suis Wyl Thirsk, dit Wyl en repoussant le mercenaire.

Aremys chancela en avant, la main crispée sur sa blessure, mais parvint à se retourner sans tomber. Face à lui, Faryl était pareille à une bête traquée. Il crut qu'elle allait frapper à nouveau et sut que c'en serait alors fini de sa vie – la lame trancherait sa gorge et il expirerait pour de bon.

La respiration de la jeune femme sifflait, entrecoupée de hoquets rageurs ; des larmes brillaient dans ses yeux.

— Va-t'en, Aremys !

Mais le colosse ne pouvait pas bouger, tétanisé par le choc, abasourdi par ce qu'elle venait de dire. Quitte à rallumer sa colère, il parla encore, d'une voix sourde emplie de crainte et d'émotion.

— Faryl… s'il te plaît…

— Je m'appelle Wyl ! répondit-elle pleine d'amertume, avant de se détourner pour cacher sa détresse infinie.

Il laissa filer quelques minutes, le temps pour eux deux de se ressaisir un peu. Finalement, il s'approcha doucement, la main toujours plaquée sur son bras, devenu intolérablement douloureux.

— Je t'en prie, explique-moi, dit-il d'une voix qu'il découvrit suppliante.

» Je veux t'aider.

— M'aider ? répondit-elle tristement. Mais tout ce que je te demande c'est de laisser Ylena en paix.

Aremys déglutit avec difficulté.

— Je te promets d'empêcher quiconque de toucher ne serait-ce qu'un seul de ses cheveux – aussi longtemps que je vivrai.

Faryl, ou Wyl – ou qui que fût la personne devant lui –, se tourna doucement pour lui faire face. Une nouvelle lueur était apparue dans ses yeux de chat – une lueur d'espoir lui sembla-t-il.

— Sur ton honneur ?

Il hocha la tête avec lassitude.

— Un serment par le sang si tu veux.

— Et en échange ?

— Je veux que tu me racontes toute l'histoire, répondit-il en levant immédiatement sa main valide pour couper court à l'objection qu'il voyait venir.

» Et je t'aiderai à mener à bien ce que tu as entrepris.

— Pourquoi ferais-tu cela ?

Il haussa les épaules, comme pour évacuer la gêne qu'il ressentait.

— Parce que j'ai eu tort de te livrer à Jessom.

— Tu ne me devais rien – et puis je suis sûre qu'il t'a grassement payé.

— Pas assez pour obtenir que je lui sois loyal. Toi, en revanche, tu as ma loyauté – même si je ne suis pas bien sûr de savoir à qui je dis ça.

Wyl prit la gourde attachée à sa selle pour la tendre à Aremys.

— Tiens, bois ! Ensuite, assieds-toi et écoute-moi bien.

Si Aremys pensait être un homme qui avait tout vu et tout entendu, il se trompait lourdement. À mesure que l'histoire de Wyl Thirsk lui était dévoilée, le mercenaire se sentait pris d'un insondable vertige, avec l'impression effrayante d'avoir trois personnes en une en face de lui.

Tout avait été dit. Tous deux étaient assis, abîmés dans un profond silence, les yeux perdus dans l'observation des abeilles qui vrombissaient autour d'eux, s'en allant butiner les grosses fleurs orange au bord du ruisseau. Des moineaux pépiaient au-dessus de leurs têtes, tandis qu'une merlette s'activait furieusement parmi les feuilles au sol, à la recherche de quelques vers pour sa nichée fraîchement éclose.

Ça y est, le printemps est là, songea Aremys.

— Merci, murmura-t-il, incapable d'imaginer ce qu'il pourrait bien dire ensuite.

— Et maintenant, je serai définitivement obligé de te tuer si tu me trahis, dit Wyl.

D'avoir raconté son histoire, lui aussi éprouvait un sentiment un peu étrange – mêlé d'un certain soulagement.

Aremys inspira profondément.

— Je t'ai promis ma loyauté et je ne me suis pas engagé à la légère. Aucun homme ne l'avait eue avant.

— Je te remercie de me considérer comme un homme, répondit Wyl avec un petit sourire.

— Et dire que je voulais coucher avec toi, lâcha le mercenaire avec un reniflement.

Wyl ne trouva rien à répondre ; ils éclatèrent de rire. Étonnamment, leur hilarité contribua à dissiper l'étrangeté de la situation.

Aremys ne voulait pas que leur joie s'en aille.

— Tu sais que tu as des seins splendides ? dit-il.

— Apparemment, répondit Wyl en haussant l'un des sourcils de Faryl.

— J'imagine que…

— Certainement pas ! répliqua Wyl, indigné, avant qu'un nouvel accès de rire les saisisse tous deux.

» Ces seins ne sont pas à moi… Je ne suis que… Je n'en suis que temporairement dépositaire.

— Qui d'autre est au courant ?

— Un garçon nommé Fynch, en qui j'ai une confiance absolue. Une vieille femme aussi – une voyante – qui la première a senti en moi la présence de cette magie. Je ne sais toutefois pas si elle est encore en vie. Il y a aussi sa nièce, Elspyth, qui normalement se trouve maintenant aux côtés d'Ylena, dit-il en levant au ciel des yeux plein d'espoir.

» Enfin, il y a un brave guerrier des Razors.

— Quoi ? Un Montagnard ?

— Il s'appelle Lothryn et je crois bien qu'il a donné sa vie pour sauver la mienne.

— Tu crois ? Tu ne sais donc pas s'il est mort ?

— J'espère qu'il l'est, répondit Wyl avec un haussement d'épaules fataliste.

Aremys tourna un regard surpris vers son compagnon.

— Je pense que la mort est de loin préférable à ce que peut lui faire subir Cailech, dit Wyl avec une profonde tristesse dans la voix.

Aremys n'insista pas, changeant obligeamment de sujet.

— La reine Valentyna pense donc que tu es mort ?

Wyl eut un sourire forcé.

— Je le suis vraiment. C'était Romen Koreldy qu'elle aimait. Et Faryl de Coombe est celle qui l'a tué.

— La reine ne sait donc rien de ce sortilège qui s'est emparé de ta vie.

Wyl secoua négativement la tête.

— Je crois que Fynch a dû essayer de lui en parler, mais les gens de Briavel sont encore plus hermétiques à la magie que ceux de Morgravia. Il n'y a pas si longtemps encore, on traquait, torturait et brûlait celles et ceux qu'on suspectait de sorcellerie. En Briavel, on refuse tout bonnement de croire qu'un tel pouvoir existe. Non, je ne crois pas qu'elle pourrait accepter la vérité.

— J'ai moi-même du mal à y croire, admit Aremys. Mais toi, je te crois – il y a trop de mystère autour de toi pour que je ne te croie pas.

En disant cela, Aremys en était toujours à essayer d'admettre que la personne devant lui avait un jour habité le corps du Romen Koreldy originaire de la même île que lui.

— Est-ce que tu as des contacts avec eux parfois ? demanda Aremys.

— Avec Romen et Faryl ?

— Non, avec tes seins !

Wyl explosa de rire – pour le plus grand bonheur du mercenaire. Dans son étrange existence, Wyl Thirsk n'avait jamais eu beaucoup d'occasions de plaisanter.

— Ça me fait plaisir de t'entendre rire, dit le colosse.

— Ça faisait bien longtemps que j'en avais perdu l'envie...

— Bien sûr, je parlais de Romen et de Faryl.

— Je les sens toujours présents en moi, mais plus comme une présence évanescente d'eux-mêmes. Parfois, j'ai accès à certains de leurs souvenirs, mais ces impressions s'effacent très vite. En revanche, j'ai hérité de leurs talents et de toutes les choses qu'ils avaient apprises. Quoi qu'il en soit, Wyl Thirsk prend le dessus et tout ce qu'ils étaient disparaît.

— Que fait-on maintenant ?

— Pour commencer, on va aller te faire recoudre.

— Attends. Avant que je te livre à Jessom, tu allais en direction de Baelup. Pourquoi ?

— Ah oui, répondit Wyl avec un soupir. J'essayais de retrouver la trace de la mère de Myrren – et je reprendrai lorsque Ylena sera en sûreté. J'espère que cette femme m'aidera à comprendre ce qui m'arrive, ou du moins qu'elle m'indiquera où chercher.

— Tu me caches quelque chose, dit Aremys. Rappelle-toi, tu me dois toute l'histoire.

Wyl hocha la tête, luttant contre la répugnance qu'il avait à livrer les secrets des autres.

— J'ai découvert que l'homme auquel la mère de Myrren était mariée n'était pas son véritable père. Il faut que je trouve cet homme. La voyante de Yentro dont je t'ai parlé – la tante d'Elspyth – m'a dit que lui pourrait m'en dire plus sur ce prétendu « don » qui m'a été fait.

— Est-ce que ce n'est pas dangereux pour toi d'aller à Felrawthy ?

— Pas plus qu'à Baelup.

— Tu devrais quand même chercher le père de Myrren plutôt que de traverser le royaume en tous sens pour retrouver ta sœur. D'ailleurs, tu m'as dit toi-même qu'elle était probablement à l'abri et entre de bonnes mains.

— Rien n'est sûr, surtout avec Celimus à ses trousses.

— Le roi n'est pas à ses trousses – c'est moi qu'il a envoyé pour cette mission. En ce moment, Celimus est persuadé d'avoir dépêché ses agents pour s'occuper d'elle et je ne pense pas qu'il s'appesantisse outre mesure sur la question, au moins dans l'immédiat.

— Où veux-tu en venir ? demanda Wyl.

— Je peux essayer de trouver Ylena pendant que toi tu recherches le père de Myrren.

Il y eut un instant de silence ; Aremys savait exactement ce que Wyl était en train de penser.

— Tu peux me faire confiance. Je la protégerai de ma vie, reprit Aremys.

» Tu sais, j'avais une sœur autrefois, qui est morte accidentellement. Mon père l'avait confiée à ma surveillance – j'étais le plus jeune des garçons et c'est à moi que cette tâche incombait. Mais je mourais d'envie d'aller chasser avec mon père et mes frères et j'ai laissé Serah dans ce que je croyais être un lieu sûr dans les bois.

Wyl écoutait de toutes ses oreilles cette confession inattendue ; il n'était donc pas le seul à avoir des secrets.

— Continue.

— Elle a été tuée, piétinée par un sanglier. Qui sait, l'animal nous aurait sans doute tués tous les deux, mais je ne me suis jamais pardonné de l'avoir abandonnée, dit-il, avant d'ajouter d'un ton calme :

» Et je crois que les miens ne me l'ont jamais pardonné non plus.

— Excuse-moi, Aremys. C'est une histoire bien triste, mais je ne comprends toujours pas pourquoi tu te sens obligé de faire comme si mon combat était le tien ?

— Peut-être que les choses seraient plus claires si je te racontais tout, répondit le mercenaire.

» Mon père est un noble. Il y a de nombreuses années de cela, avec ma famille, nous étions venus visiter Pearlis. Je devais avoir une dizaine d'années – et ma sœur quatre environ. Celimus avait huit ans.

— Celimus ?

— Oui, je crains que nous n'ayons tous deux de bonnes raisons de haïr le roi de Morgravia.

— Et ? insista Wyl.

La manche d'Aremys était imbibée de sang, même si l'hémorragie paraissait heureusement s'être tarie.

— Mon père et mes frères furent conviés à chasser avec l'équipage du roi. Ma mère – que Shar la protège – avait pour sa part été invitée à se joindre au bain des femmes de la cour. Venant de Grenadyne, jamais nous n'avions vu autant de magnificence qu'à Stoneheart. Elle m'a donc demandé de veiller sur ma sœur pendant une paire d'heures. « Joue avec elle », m'a-t-elle dit. « Veille à ce qu'il ne lui arrive rien », expliqua Aremys en levant les yeux vers le ciel.

» J'étais furieux d'être privé de chasse à cause de Serah. C'est alors que Celimus et sa clique d'amis sont passés. Ils m'ont dit qu'ils allaient faire une battue dans des bois où rôdaient des sangliers, pour jouer eux aussi à la chasse.

» C'était stupide, mais nous n'étions que des gosses, pressés de faire comme les grands et de mériter le respect de nos pères. À aucun moment, je n'ai pensé que Serah courait un danger. Je me suis donc joint à eux. Comme de juste nous avons débusqué un sanglier, mais plus encore nous l'avons excité et fait paniquer jusqu'à ce qu'il fuie droit devant lui – là où était ma sœur.

— Par la colère de Shar ! Et Celimus ne sait pas qui tu es ?

Aremys secoua la tête.

— Je n'étais pas suffisamment important pour qu'il se souvienne de moi – d'autant qu'à cette époque mes parents m'appelaient Remy. Il n'a pas fait le rapprochement. Pendant des années, j'ai rêvé à la meilleure manière de le tuer. Je le tenais pour responsable. Plus tard, j'ai compris que tout cela n'était que folie. Je n'allais sûrement pas tuer l'héritier de Morgravia – pas plus que je ne vais le tuer maintenant qu'il est roi. Au lieu de cela, je le saigne de son or qu'il aime tant…

Dans l'esprit de Wyl, tous les éléments trouvèrent leur place.

— C'est toi ?

— J'en ai bien peur, répondit Aremys, décontenancé par son propre aveu.

— Tu leur disais par où transitaient les taxes et impôts, bafouilla Wyl. Tu étais celui qui dirigeait Rostyr et ses hommes.

— C'est la vérité. Et je continuerai à rendre la vie de Celimus misérable – tout en exécutant ses basses œuvres pour de l'or.

— Mais ces sept hommes que tu as tués ?

— Ils méritaient de mourir. Ils étaient corrompus.

— Tu es un assassin sélectif, en somme, dit Wyl, sans pouvoir dissimuler le sarcasme dans sa voix.

— On peut dire ça.

Wyl eut un sourire sinistre.

— Eh bien moi, je ne suis pas aussi clément que toi. Je veux la perte de Celimus.

Aremys lui retourna son sourire.

— Et je t'y aiderai. Je le hais au moins autant que toi. Est-ce que tu crois à ma loyauté maintenant ?

Wyl hocha la tête.

— Allons te faire recoudre. Ensuite, nous irons chercher ma sœur – ensemble.

Chapitre 19

La demeure du duc Jeryb se composait d'un ensemble d'élégants bâtiments répartis de part et d'autre d'un corps principal de deux étages. Niché au milieu d'un vaste causse, le domaine de Tenterdyn était entouré de hautes collines et bordé au nord par une vaste forêt.

Depuis des temps immémoriaux, le clan Donal entretenait des liens étroits avec la couronne de Morgravia – et jouissait depuis toujours d'une réputation de farouche défenseur du nord. Au cours de l'histoire, il était advenu que des rois de Briavel se mettent en tête de s'emparer du royaume voisin en attaquant par le nord ; chaque fois, ils s'étaient heurtés à l'inébranlable résistance de Felrawthy. Tout comme les Thirsk au sud, cette lignée pouvait s'enorgueillir d'une longue succession de guerriers héroïques. Pour autant, la famille n'avait jamais été prolifique – du moins jusqu'à ce que Jeryb devienne le duc en titre, à un âge assez avancé. Après que sa femme lui eut donné son premier fils – Crys –, il se montra bien décidé à rompre avec la tradition de l'héritier unique.

Aux premiers temps de leur mariage, c'était devenu comme une boutade entre eux.

— C'est juste une question de pratique, ma douce, disait Jeryb, une lueur dans les yeux.

Et la jeune Aleda de lui sourire en retour, en répondant qu'ils n'auraient qu'à pratiquer chaque soir.

Fruits de ce strict programme, les jumeaux Daryn et Jorge avaient vu le jour peu après – l'arrivée d'Alyd cinq ans plus tard survenant comme une divine surprise. Aleda avait alors suggéré à l'homme qu'elle aimait que l'heure était peut-être venue de pratiquer un petit peu moins.

— Je crois que nous tenons bien notre sujet maintenant…, avait-elle dit un soir, au grand amusement de son mari.

Jeryb avait combattu aux côtés de Fergys Thirsk en vaillant capitaine. Non seulement leurs deux épouses s'entendaient à merveille, mais les deux hommes avaient une confiance absolue l'un dans l'autre – ce trésor incomparable au combat.

Fergys s'en remettait aveuglément à Jeryb pour tenir le nord face aux tensions croissantes entre Morgravia et le peuple des Montagnes. Il avait placé sa foi en lui et à ses yeux aucun autre soldat – outre bien sûr Gueryn Le Gant – n'en était plus digne ; la Couronne n'avait pas de plus fidèle serviteur. Bien que Jeryb Donal se rende rarement au sud, hormis pour les grandes occasions, un lien solide et profond l'avait uni au roi Magnus. Par une nuit glacée sur quelque champ de bataille, ils avaient évoqué en vidant quelques bières l'avenir radieux du royaume aux mains de leurs fils.

Les yeux d'Ylena embrassaient maintenant cet agréable manoir sur la lande qu'elle avait tant rêvé de découvrir au bras de son mari. Elle était seule, les bras enserrant la taille d'un bel homme aux yeux rieurs qui lui rappelait celui qu'elle avait adoré ; un voile de chagrin s'abattit sur son cœur. Crys n'avait pas ménagé sa monture, exigeant qu'elle donne tout ce qu'elle pouvait avec deux cavaliers. Après avoir laissé des instructions pour que leurs hommes les rejoignent plus tard, il avait pris le même chemin que son père, déjà parti ventre à terre en direction du duché avec deux hommes en escorte.

— Vous voici en sûreté, ma dame, dit-il par-dessus son épaule. Bienvenue dans notre demeure.

Sa voix était si douce, si charmante, si semblable à une autre tant aimée qu'un sourire resplendissant illumina le visage d'Ylena ; aucun homme l'apercevant n'aurait pu manquer d'être frappé par sa beauté, malgré les journées harassantes de voyage.

— Vous vous sentez bien ? demanda-t-il.

— Et vous ? répondit-elle.

— Encore sous le choc de la nouvelle et incapable de penser, dit-il avec une sincérité sans calcul qui la toucha.

» Mais le pire reste à venir, j'en ai peur. Même si mon père l'a préparée à la nouvelle, annoncer la mort d'Alyd à ma mère ne va pas être simple. C'était son préféré, vous savez, dit-il avec un petit sourire.

» Ce n'est pas parce que lui le réclamait… mais c'était le plus jeune. Le petit dernier. Tout le monde l'adorait et le gâtait – et comme vous le savez certainement, on ne pouvait pas s'empêcher de faire les deux.

Ylena ravala les larmes qui lui étaient montées aux yeux.

— Je suis prête. Vous savez, Crys, je ne suis pas venue pour me cacher. Je suis ici pour demander à votre père de m'aider à combattre celui qui a commis cette atrocité.

— Vous ne trouverez que des guerriers prêts à vous suivre, ma dame. Pour la mémoire d'Alyd.

— Attendez d'abord d'apprendre qui est notre ennemi, messire, répondit-elle d'un ton bien plus amer qu'elle ne l'avait voulu.

Crys éperonna son cheval en direction de son père qui venait d'apparaître sur le perron du château, en bas de la colline.

Aleda, l'épouse du duc, avait rejoint son mari pour les accueillir. Dans son visage livide, les marques du chagrin étaient apparues, mais elle n'en trouva pas moins la force de les saluer d'un sourire plein de courtoisie.

— Bienvenue, mon enfant, dit-elle en serrant dans ses bras une Ylena qu'elle n'avait vue qu'enfant.

L'intensité solennelle de cet instant chargé d'émotion les saisit avec une force incontrôlable. Sans qu'elles n'en puissent rien, elles s'étreignirent tandis que coulaient les larmes sur leurs joues – deux étrangères unies par l'amour pour un homme qui leur avait été arraché. Elles restèrent un long moment ainsi, spasmodiquement secouées de sanglots, si longtemps même que les deux hommes durent s'arracher à la vision de cette scène déchirante pour entrer.

Finalement, Aleda repoussa doucement la jeune femme.

— Je suis heureuse que vous soyez venue, Ylena.

— Je n'ai plus nulle part vers où me tourner. J'en suis infiniment désolée, mais ce que j'ai à raconter dépasse en horreur tout ce que vous pouvez imaginer.

— Nous allons vous écouter, mon enfant. Nous entendrons la vérité dans toute sa cruelle nudité… après que vous aurez pris un bain et un peu récupéré.

Ylena fixa un regard incrédule sur la femme pleine d'autorité et d'élégance en face d'elle.

— Vous nous raconterez tout ça avec plus de concision et de précision lorsque vous serez rafraîchie et reposée. Je peux sûrement attendre encore un peu.

Ylena était subjuguée par la mère d'Alyd – sa force et son courage. Elle sentait au fond d'elle-même tout ce qu'il lui avait fallu de vaillance pour accueillir si aimablement la fiancée de son fils, tout en sachant ce qu'elle venait leur annoncer.

Bras dessus, bras dessous, elles pénétrèrent par l'imposante porte, essuyant les larmes qui roulaient encore sur leurs joues.

Jeryb n'étant nulle part en vue, Aleda se tourna vers son fils aîné – qui instantanément lui sourit. Sur ses traits, la duchesse voyait non seulement le portrait de son mari, mais aussi celui de son fils cadet qu'elle ne pourrait jamais plus tenir dans ses bras.

Lèvres serrées, elle l'apostropha d'un signe de tête.

— Cette malheureuse a besoin d'un bon bain et d'un peu de repos. Nous parlerons ensuite, dit-elle d'un ton qui ne souffrait aucune contradiction.

» Nous nous réunirons dans une heure. Préviens ton père, je te prie, et avertis les garçons, ajouta-t-elle en parlant de ses jumeaux.

Une fois Ylena installée dans une chambre confortable et laissée à ses ablutions, Crys suivit son aristocratique mère dans son boudoir personnel – le lieu où elle aimait se reposer, loin de l'agitation de ses garçons turbulents et de son mari plein de vie. Là, elle venait lire, mais aussi méditer et réfléchir. Un serviteur discret leur servit à tous deux un verre de vin doux, avant de se retirer sans un bruit.

— Tu as l'air fatigué, mon fils, observa Aleda avant de porter son verre à ses lèvres.

— Vous a-t-elle dit quelque chose ? demanda-t-il.

Aleda secoua négativement la tête.

— De toute façon, j'aimerais ne pas avoir à l'entendre.

Crys vit un voile de chagrin passer fugacement sur le visage de sa mère, bien vite maîtrisé et dissimulé. Il savait combien elle détestait être percée à jour.

— Ici, ma chère, entrez et asseyez-vous, dit Aleda lorsque Ylena parut enfin dans la grande salle du manoir où toute la famille était réunie.

La robe prêtée par Aleda était un peu grande pour elle, mais ainsi vêtue Ylena Thirsk d'Argorn ressemblait à la digne fille de la noblesse qu'elle était.

— Crys, fais venir de notre bière aux épices, ajouta Aleda.

Son fils aîné s'exécuta, s'arrachant à la fascination qu'exerçait sur lui la femme que son frère cadet avait choisie pour épouse. D'un geste, Aleda invita son hôte à prendre place dans un profond fauteuil ; soudain, la pièce paraissait s'être remplie.

— Merci, dit Ylena en rassemblant son courage. Je vais maintenant tout vous raconter.

— Attendons Crys, répondit la duchesse en lui serrant affectueusement la main.

» Lui aussi doit savoir.

Une ombre de sourire illumina le magnifique visage d'Ylena.

— Bien sûr, répondit-elle. D'autant que je n'aurais sûrement pas la force de le dire une seconde fois.

Crys revint dans la pièce, un air lugubre peint sur le visage; toujours en état de choc, son père ne disait rien. Interceptant le coup d'œil de son fils, le duc banda sa volonté pour sortir de sa stupeur.

— Allez-y, mon enfant, ordonna-t-il de sa voix basse. Racontez-nous tout.

Ylena ne leur épargna aucun détail de la fin atroce de leur fils ou des traumatismes qu'elle avait dû endurer; personne ne l'interrompit. Lorsqu'elle eut fini son récit, un grand froid s'était abattu sur la pièce. Puis ce fut une chape de glace lorsqu'elle leur dit qu'on avait exposé la tête exsangue de leur fils – de leur frère – dans le cachot où sa femme avait été jetée. Le silence qui suivit paraissait plus implacable encore que la mort.

— Alyd a été exécuté, avez-vous dit? demanda Crys d'une voix blanche d'incrédulité.

Toujours vert et plein d'allant, le duc avait maintenant l'air d'avoir trois fois son âge. Pâle et immobile, la duchesse se mordait la lèvre – seule indication qu'elle était elle aussi aux prises avec ses propres démons. Les deux autres frères d'Alyd restaient frappés de stupeur.

Ylena déglutit avec difficulté.

— Alyd a été décapité sous mes yeux, dit-elle en luttant de toutes ses forces pour ne pas pleurer.

» À la hache… comme s'il n'était même pas noble, ajouta-t-elle d'une voix amère.

Tant bien que mal, Aleda fit abstraction de son désespoir. Elle se sentait misérable jusqu'à la moelle des os, mais elle voulait entendre toute l'histoire avant de se laisser aller au chagrin.

— Vous étiez donc mariés? demanda-t-elle.

— Oui, confirma leur hôte avec un hochement de tête.

» Comme je vous l'ai expliqué, c'était la seule solution que nous avions trouvée pour prendre Celimus de vitesse. Il voulait me mettre dans son lit en réclamant le sang d'une pure. Son intention était de blesser

Alyd et, ce faisant, d'amener Wyl à s'opposer à lui pour commencer à saper son prestige et l'ascendant qu'il avait sur la légion.

Ylena fixa un regard plein de détermination sur Jeryb.

— Si vous le souhaitez, je lèverai une troupe en Argorn, messire, dit-elle, l'éclairant par là même sur les intentions qu'elle poursuivait en venant à Tenterdyn.

— Nous vengerons Alyd et Wyl Thirsk pour ces actes barbares, s'exclama le duc, les yeux fixés sur son fils aîné.

Les traits séduisants de son visage faisaient comme un écho à ceux de son fils cadet – dont le corps sans tête pourrissait dans une fosse anonyme quelque part à Pearlis.

À ces mots, le masque impassible qu'Ylena s'était composé se fissura ; les sanglots jusque-là refoulés jaillirent avec la force d'un torrent. La duchesse annonça qu'après avoir revécu ces instants de douleur, la jeune femme avait maintenant besoin d'un sommeil sans rêve ; une décoction narcotique allait lui être servie. Pour les autres, nul soulagement ne viendrait atténuer la monstruosité de ce qu'ils venaient d'apprendre – Alyd sauvagement décapité… sans même avoir été jugé… sans même que quoi que ce soit lui soit reproché. Même convaincu de crime, jamais un noble n'avait été soumis à pareille infamie sans qu'au préalable sa famille n'ait comparu devant la Couronne.

Ensuite, la découverte de la tête tranchée de leur Alyd bien-aimé avait plongé tous les Donal dans un profond désarroi. C'était à Crys qu'était revenue la charge de tirer ses restes macabres de leur sac. Dans le secret de son cœur, Aleda regrettait d'avoir eu à poser les yeux sur ce qui restait de son fils ; elle aurait tant voulu conserver de lui l'image du garçon lumineux qu'il était lorsqu'il avait quitté Tenterdyn pour la dernière fois.

Frappé de stupeur, chacun des présents avait plongé en lui. Finalement, Jeryb se retira pour aller s'enfermer dans son cabinet de travail où, avait-il dit, il allait réfléchir à la meilleure façon de mener ses représailles. Choisis et prononcés avec circonspection, ses mots ne laissaient aucun doute dans l'esprit des siens ; bientôt, Felrawthy allait mener une guerre fratricide contre la couronne de Morgravia.

Chapitre 20

À peu près au moment où Ylena et Pil entraient dans Dorchyster, Jessom était occupé, dans l'une des cours de Stoneheart, à exposer au roi les dernières informations qu'il avait dénichées sur Leyen. Au fond de lui, il savait que tout cela était sans doute exagéré, mais Celimus l'avait menacé et mieux valait lui livrer quelques éléments d'une prétendue intrigue plutôt que de lui avouer qu'il n'avait rien. C'était une question de survie – et en la matière, il préférait qu'on fouette le dos d'une vieille noble désœuvrée plutôt que le sien.

—Ainsi donc, vous pensez que cette dame Helyn pourrait nous trahir ? demanda Celimus en se retournant, saisi d'étonnement à cette simple insinuation.

—Pas le moins du monde, Sire! répondit Jessom d'une voix doucereuse. Je pense juste qu'elle pourrait être complice malgré elle – pour autant d'ailleurs que Leyen se soit bien rendue coupable de quelque crime à votre endroit. Nous n'avons toujours aucune confirmation qu'elle conspire contre la Couronne.

Le roi émit un petit claquement sec de la langue.

—Certes, mais je n'en conçois pas moins des soupçons. Tant que nous n'aurons pas d'autres échos d'Aremys, je persisterai à trouver son attitude pour le moins étrange.

Jessom esquissa un hochement de tête.

—Racontez-moi tout encore une fois. Et surtout, n'omettez aucun détail.

Protester n'aurait servi à rien ; Jessom s'exécuta.

—Sur vos recommandations, Sire, commença-t-il fort diplomatiquement, j'ai entrepris d'enquêter sur ce qu'avait bien pu faire Jorn au cours de la nuit qui nous intéresse. Et il est apparu qu'après avoir escorté Leyen jusqu'à la porte du château, il est retourné dans sa chambre pour y récupérer la robe qu'elle avait portée ce soir-là.

D'un index brandi devant lui, Celimus le fit taire.

— Comment avez-vous appris cela ?

— Il a été vu quittant le château en direction de Pearlis, Majesté.

L'esprit aiguisé du roi fonctionnait à plein régime.

— Agissait-il de manière dérobée ?

— Non, Sire. Des hommes du château qui avaient passé la nuit en ville l'ont vu et reconnu – et ont même plaisanté avec lui comme le font les soldats.

— Et ?

— Le garçon n'avait pas l'air particulièrement pressé ou gêné. En fait, il a spontanément indiqué qu'il allait livrer quelque chose chez dame Helyn.

— Fort bien, poursuivez, dit le roi, qui manifestement n'éprouvait aucun remords pour la mort du garçon.

— J'ai vérifié auprès du serviteur de dame Helyn, qui a confirmé qu'on avait bel et bien rapporté une robe, une cape et un bijou aux premières heures du jour, le lendemain du dîner. L'homme, un certain Arnyld, a ajouté que Jorn n'avait pas traîné là-bas. Il a remis son paquet en transmettant les remerciements de la part de Leyen, puis est reparti sur-le-champ.

Celimus avait déjà entendu le récit jusque-là, mais il espérait bien maintenant que ses interrogations allaient faire surgir quelque chose.

— Aucun détour ?

— Aucun dont je sois parvenu à trouver trace, Sire, mais…

Le chancelier marqua une hésitation ; quelque chose dans son froncement de sourcils alerta le roi.

— Ah, dit Celimus en se penchant en avant, nous y voilà.

Jessom avait manœuvré à la perfection ; il ne lui restait plus maintenant qu'à ouvrir le piège et à y faire entrer doucement Celimus. Pourtant, ce chiffon rouge n'était que du vent – il le savait pertinemment –, mais au moins détournerait-il le roi de l'idée que son chancelier était responsable de tout ce qui n'allait pas.

— Apparemment, Leyen n'a pas transmis que des remerciements oraux. En effet, Arnyld a ensuite découvert un billet dans une poche de la cape, presque par hasard.

— Eh bien vous voyez, dit Celimus en marchant de long en large.

C'est l'expression « presque par hasard » qui retient mon attention. Pensez-vous que ce mot a été délibérément dissimulé ?

— Je ne saurais dire, Sire, répondit Jessom avec un haussement d'épaules. Peut-être Leyen n'a-t-elle pas voulu charger Jorn d'un message trop détaillé.

— Bien, alors que disait ce billet ? demanda avidement le roi.

— D'après dame Helyn, rien d'important – juste des remerciements polis. Elle pense qu'elle a dû s'en débarrasser avec les rebuts du jour.

— Vous la croyez ?

— Elle a fort obligeamment passé un grand moment à le chercher en ma présence – juste au cas où sa mémoire sur ce sujet lui aurait joué des tours, Sire. Elle a appelé Arnyld pour qu'il cherche avec elle. En vain.

— Hmm... Je suppose que tout cela a l'air parfaitement plausible.

— C'est ce que j'ai pensé moi aussi, Sire. Raison pour laquelle je n'ai pas poussé plus loin.

— Comment était-elle lors de votre entretien ?

— Charmante. Comme je vous l'ai dit, elle voulait vraiment se rendre utile et s'est excusée mille fois d'avoir si vite jeté le billet. Je n'ai pas senti la moindre duplicité chez elle.

— J'aimerais toutefois lui parler moi-même.

— C'est bien ce que j'avais pensé, Majesté. Elle attend votre bon plaisir.

Celimus eut un petit sourire appréciateur.

— Faites-la venir.

Pour quelqu'un de sa corpulence, dame Helyn bougeait avec une certaine grâce ; en tout cas, elle gratifia son souverain d'une révérence parfaite.

— Majesté, c'est un plaisir rare que vous me faites.

— Venez, dame Helyn, allons faire quelques pas. Je vais vous montrer mon nouveau jardin de florianas.

Subtil, se dit-elle, *il sait combien je suis sensible aux beautés de la nature.*

— Bien volontiers, Majesté. C'est un honneur, répondit-elle, en remerciant Shar de lui avoir permis d'apprendre parmi les dames de la cour à si bien dissimuler ses sentiments.

Elle prit le bras qu'il lui offrait, puis se laissa conduire par le roi dans un petit jardin divin d'où montaient mille fragrances.

— Oh, Sire, c'est magnifique ! s'exclama-t-elle en humant l'air, sincèrement impressionnée.

Celimus accorda un splendide sourire à cette dame de premier plan parmi toutes celles de sa cour. Il savait qu'il devait faire preuve de la plus grande prudence ; son mari richissime et très influent verrait sûrement d'un mauvais œil que sa femme soit maltraitée pour une information apparemment anodine.

— Ce n'est pas encore tout à fait fini, mais je me réjouis qu'une personne si fine connaisseuse des œuvres de Shar puisse le voir aujourd'hui, dit-il en désignant d'un geste une tonnelle délicieusement aménagée.

» J'ai demandé qu'on nous apporte du jus de parillion. J'espère que vous aimez ?

— C'est mon préféré, répondit-elle en fronçant délicatement son nez charmé par les senteurs environnantes.

» Les florianas sont vraiment des fleurs magiques, Sire. Et toutes ces couleurs… C'est somptueux.

Pour sa part, Celimus restait totalement insensible à ces splendeurs.

— Merci, dame Helyn, répondit-il néanmoins d'un ton aimable. Mes jardiniers se plaignent toujours que ce sont les plantes les plus délicates à faire fleurir. Qu'est-ce donc déjà que l'un d'eux dit toujours… ?

Sous le coup de la réflexion, il inclina légèrement la tête, évoquant immédiatement dans l'esprit de dame Helyn l'image de sa mère, feu l'épouse du roi Magnus. Une beauté glaciale, se souvenait-elle – sans une once de chaleur dans le cœur. En revanche, elle était d'une beauté saisissante ; pas une femme à Pearlis – pas même dans le royaume – ne rivalisait avec elle. Le fils avait hérité de sa grâce et de son aplomb – de son allure incomparable. Quel dommage vraiment qu'il ait si peu tiré de son père.

— Pardon ? dit Celimus. Je n'ai pas bien saisi.

Dame Helyn se sentit défaillir – avait-elle pensé à voix haute ?

— Mes excuses, Majesté. Je me disais juste à quel point vous ressembliez à votre mère, si belle… que Shar la protège.

— C'est très généreux à vous, ma dame, répondit-il avec un sourire. Très souvent, je me souviens moi aussi à quel point c'était une personne extraordinaire.

Il conclut par un aimable hochement de tête ; un immense soulagement envahit dame Helyn.

— Ça me revient maintenant, poursuivit Celimus. Mon jardinier en chef appelle ces fleurs les « Folies de Shar ».

— Le nom est bien choisi, Majesté. Les faire pousser est presque impossible – et pourtant, quel magnifique résultat. Je dois dire que je n'aurais jamais cru que vous vous intéressiez à ces choses.

Sur le visage de Celimus apparut une nouvelle note de douceur – et presque de repentir.

— Il est vrai, ma dame, dit-il avec un soupir, que mes passions vont à la chasse, à mes chevaux et à mon royaume.

— Et à votre peuple, Sire, ajouta judicieusement dame Helyn.

— Cela va sans dire, répondit-il d'un ton uni.

» Mais depuis peu, mon cœur brûle d'une nouvelle passion… pour une femme, ma dame, qui a su y faire naître le désir. C'est elle qui m'a fait apprécier les côtés plus délicats de la vie.

» Ce nouveau jardin est pour elle. J'en fais créer plusieurs en son honneur.

Éviter le sujet était maintenant impossible.

— Vous parlez de la reine Valentyna, Majesté.

— En effet. J'espère que nous serons mariés avant la fin du printemps. Je sais que cette union apportera beaucoup de joie à nos deux royaumes – ce qui m'amène d'ailleurs à la raison pour laquelle j'ai souhaité vous voir, dame Helyn.

Les jus de fruit, parfaitement frappés et servis dans des gobelets de métal magnifiquement ouvragés et tout embués de fraîcheur, furent servis à cet instant – au grand soulagement de l'invitée du roi.

— Si délicieux et rafraîchissant, Majesté…, dit-elle pour retarder le plus possible l'inévitable conversation.

Le message de Leyen l'avait littéralement stupéfaite – pour ne pas dire plus. Si ce que la jeune femme disait était vrai, alors elle se trouvait en ce moment même en compagnie d'un fou. Leyen affirmait que Celimus avait organisé l'assassinat du roi Valor de Briavel, laissant sa fille dans une situation des plus vulnérables. Elle prétendait également que le roi avait orchestré le meurtre de Wyl Thirsk – ce délicieux jeune homme élevé non seulement pour suivre les pas de son père, mais aussi pour occuper sa place. À sa mort, si brutale et prématurée, tout le peuple de Morgravia l'avait pleuré ; mais d'apprendre que son propre souverain pouvait être l'instigateur de ce crime avait laissé dame Helyn en état de choc. Et Leyen avait gardé le pire pour la fin : Celimus en avait maintenant après la sœur de Wyl, la belle Ylena. Dame Helyn avait eu peine à croire l'accusation selon laquelle la pauvre jeune fille avait vu son mari se faire exécuter, avant d'être jetée elle-même dans un cachot de Stoneheart. Le message de Leyen était des plus concis – écrit à la manière des soldats – mais amplement détaillé. En bref, elle annonçait que l'intention du roi était d'épouser Valentyna, pour la détruire ensuite – et Briavel avec elle. Leyen, qui connaissait la vérité, annonçait qu'il ne restait plus qu'elle pour faire obstacle à ces projets.

Si le roi venait à vous poser des questions, ma dame, soyez assurée que je suis bien votre amie et une fidèle servante du royaume de Morgravia.

Le message lui recommandait ensuite de rester sur ses gardes et l'avertissait que le royaume lui demanderait peut-être un jour de faire des choix difficiles – auquel cas elle devrait se souvenir des informations secrètes transmises par Leyen.

Depuis qu'elle avait lu ce billet, dame Helyn Bench était passée par des moments de désespoir, convaincue d'être le jouet d'un terrible canular. Tout cela était-il vraiment crédible ? Pourtant, elle avait la conviction d'avoir bien jugé l'honnêteté de Leyen. Et puis, qu'est-ce que la jeune femme pourrait bien avoir à gagner à créer un tel tissu de mensonges ?

Elle prit une nouvelle gorgée de jus, qu'elle avala sans la savourer.

— Pas trop sucré ? demanda Celimus en la ramenant au temps présent.

— Il est parfait, Majesté. Où en étions-nous ?

— Hmm, oui, reprit Celimus d'un ton délibérément distrait, comme pour signifier que cette visite n'était pas le premier de ses soucis du moment.

» Je crois que nous parlions de la raison pour laquelle je vous ai demandé de venir aujourd'hui.

— C'est exactement ça, Majesté. En quoi puis-je donc vous servir ?

— Eh bien, voyez-vous, c'est une question de sécurité. Pour le royaume.

— Juste ciel, Majesté. Je ne vois pas en quoi mes petits commérages et autres ragots de cour pourraient être utiles pour de si hautes considérations, dit-elle avec un petit rire modeste.

— Vous avez prêté une robe à l'une des invitées du palais, attaqua Celimus, bien décidé à en finir avec les circonvolutions.

— Si fait, dit-elle avec un hochement de tête. À une belle jeune femme du nom de Leyen.

Celimus sourit.

— C'est bien d'elle dont il s'agit. Avez-vous passé du temps avec elle ?

— Oh oui, plusieurs heures. Nous avons fait connaissance au pavillon des bains. Je ne résiste pas à l'envie de lier connaissance avec les nouvelles têtes, Majesté. Je me flatte de parler à tout nouvel arrivant dans les heures qui suivent sa venue, dit-elle en pouffant, sur le ton qu'elle employait avec ses amies.

— Qu'avez-vous appris ? demanda-t-il sans relever son accent affecté.

Abandonnant son air badin, elle prit une mine interrogative.

— Au sujet de Leyen ? Pas grand-chose, Majesté. Elle m'a paru particulièrement discrète. Elle m'a juste dit qu'elle dînait avec vous ce soir-là et qu'elle n'avait rien de convenable à se mettre.

— Votre robe était tout à fait adaptée.

— Une robe de ma fille, Majesté. J'ai également envoyé ma femme de chambre la coiffer et je lui ai aussi prêté une cape et un bijou. Un messager a tout rapporté quelques heures plus tard, avec des remerciements.

Dame Helyn choisit de prendre le risque de hâter la fin de cette conversation, incertaine de pouvoir tenir encore bien longtemps sous le regard pénétrant du roi.

— Je sais que le chancelier Jessom était très intéressé par le mot que nous avons ensuite trouvé dans la cape.

— C'est le cas. Ce mot nous intéresse.

— Avez-vous des raisons de suspecter Leyen de quelque chose, Majesté ?

— Effectivement, dame Helyn. J'ai des raisons de croire qu'elle pourrait comploter contre la Couronne.

Elle savait qu'un air ébahi contrefait ne suffirait plus désormais ; la situation exigeait un doigté tout particulier.

Elle posa donc sur lui un regard interrogateur délibérément prolongé, comme si elle prenait le temps de réfléchir avant de parler.

— Non, Sire, je crois qu'il n'y a rien, dit-elle finalement d'un ton apaisant.

Voilà, les dés étaient jetés. Tout allait dépendre maintenant de son attitude dans les minutes suivantes. Désormais, soit le roi acceptait son explication, soit dame Helyn allait grossir les rangs des invités des cachots de Stoneheart.

— Cette jeune femme n'avait que du bien à dire à votre sujet, Majesté. Elle a exprimé le vœu que vous épousiez la reine Valentyna et a simplement indiqué que sa mission consistait à porter des messages entre les deux royaumes. Bien sûr, elle ne pouvait pas m'en dire davantage et elle m'a même reproché ma curiosité en précisant qu'étant votre agent particulier, elle n'était pas autorisée à parler.

— Elle a fait ça ?

— Vous avez ma parole, Sire.

Pardon, Shar ! songea-t-elle.

Le roi ne cilla pas, mais elle avait le sentiment qu'il ne mettait pas en doute ses dires.

— Vous l'avez crue ?

— Je n'avais aucune raison de douter, Sire. Je l'ai trouvée d'un abord franc et déterminée à vous servir honnêtement.

— Vous a-t-elle saluée à son départ ?

— Pas en personne, Sire. Tout était dans son message à mon intention. Je regrette tellement de ne l'avoir pas conservé pour que vous puissiez vérifier vous-même qu'il ne contenait que des formules de politesse.

» En tout cas, si elle nourrissait la moindre animosité à votre égard, je n'ai rien noté de suspect dans son attitude – et si vous m'autorisez cette précision, Majesté, je crois avoir un instinct très sûr en la matière.

Crois-moi, je t'en supplie, se dit-elle intérieurement en attendant sa réponse.

Celimus prit tout son temps, plongeant son regard inquisiteur jusqu'aux tréfonds de son âme ; elle résista de toutes ses forces à l'envie de se tortiller sous ces yeux-là. Pour finir, le roi battit des paupières, puis saisit doucement sa main pour y déposer un baiser.

— Merci, dame Helyn. Grâce à vous, j'ai l'esprit tranquille. Jessom va vous reconduire.

Le chancelier se matérialisa soudain à leurs côtés, avec ce sourire obséquieux et plein d'onction qui était sa marque. De soulagement, les genoux de la noble s'étaient mis à trembler ; elle remerciait Shar d'être toujours assise.

— Je me réjouis, Sire, d'avoir apaisé vos craintes, dit-elle en trouvant le courage de se lever sur ses jambes flageolantes.

» Nous avons tous grand-hâte d'assister à votre mariage, ajouta-t-elle encore.

Le roi lui accorda un autre sourire carnassier avant de l'autoriser à partir. Tout au long du trajet hors du palais, dame Helyn résista à la tentation de se mettre à courir, parvenant à marcher d'un pas lent tout en saluant les personnes de sa connaissance. Elle fit même une halte – au grand dam du chancelier – pour échanger quelques potins avec une amie qu'elle n'avait pas vue depuis longtemps.

Ce ne fut qu'une fois à l'abri dans son carrosse qu'elle sentit son cœur se calmer un peu ; elle se félicita pour la qualité de sa prestation. Soudain, l'idée lui vint qu'elle était désormais traîtresse à sa patrie – Morgravia. En mentant à son roi, elle avait cessé d'être loyale envers la Couronne.

Certainement pas à la couronne de cet homme, songea-t-elle, *mais je demeure loyale à Morgravia*. Elle allait maintenant devoir parler de tout ça avec son mari – lorsqu'il daignerait rentrer à la maison. D'ici là, elle ne manquerait surtout pas de suivre les conseils de prudence de Leyen.

Dame Helyn Bench n'était pas comme son mari – elle n'aimait pas voyager. Le plus souvent, elle était certaine qu'Eryd inventait des histoires pour s'éloigner de Pearlis, mais peu lui importait. Dès leur première rencontre, elle avait su qu'il était un solitaire dans l'âme, bien plus heureux seul sur les routes qu'à la capitale avec sa foule et les petites intrigues de sa femme. Riche et puissant, Eryd Bench était écouté à la cour – notamment par le roi, l'actuel comme le précédent – et lorsqu'il mettait son poids dans la balance, on faisait grand cas de son avis. En outre, les autres nobles respectaient son point de vue et n'hésitaient pas à prendre conseil auprès de l'inébranlable et apparemment incorruptible messire Bench.

Il avait fait fortune dans le commerce d'épices exotiques et des magnifiques pierres des îles du nord. En fait, il pouvait fournir à un client à peu près n'importe quelle marchandise en provenance de n'importe où – du tabac de qualité ou un cheval d'exception.

Eryd Bench était l'exact contraire de sa moitié – casanière et replète –, qui ne pensait qu'à dilapider son argent en fêtes somptueuses ou en poissons rarissimes pour son bassin. Ils formaient un couple bizarrement assorti et pourtant uni ; leur affection mutuelle n'avait jamais tiédi. L'incessant babillage de dame Helyn aurait conduit bien des hommes de sa trempe dans la tombe, mais Eryd appréciait de retrouver son entrain tout aussi bruyant que réconfortant lorsqu'il rentrait chez lui. De même, Helyn ne s'inquiétait pas de son caractère fuyant – elle était de taille à affronter les événements les plus mondains sans la présence de son mari à ses côtés, et sa relative solitude lui permettait de vivre à sa guise.

Lorsque la famille Bench était réunie, il régnait dans la demeure une atmosphère d'amour et de joie, pleine de musique, de lecture, de petites intrigues et d'histoires à raconter. Généreuse et toujours disponible pour les amis et connaissances, la maison Bench dégageait une aura de puissance et de solidité. Rien ne semblait manquer à leur bonheur et la qualité de leur relation mais aussi leurs richesses étaient unanimement enviées.

Pourtant, quiconque passant sous les fenêtres de dame Helyn ce soir-là aurait eu une tout autre histoire à raconter le lendemain au pavillon des bains. En effet, le silence de la nuit était troublé par des éclats de voix – heureusement inintelligibles, la querelle se déroulant dans la pièce où Helyn entassait ses dizaines de robes et d'étoles, de jupes et de manteaux.

— C'est de la pure folie ! rugit Eryd. Je n'ai jamais rien entendu de plus dément.

— Vraiment, mon ami ? répondit Helyn de cette voix animée qu'elle n'utilisait qu'avec lui.

Comprenant qu'il n'allait pas se laisser déstabiliser si facilement, elle interrompit ses recherches parmi ses vêtements pour fixer sur lui un regard exaspéré.

— Ne pointe pas cette pipe sur moi, Eryd. Je ne suis pas un de tes employés à qui tu donnes des ordres.

— Effectivement, répondit-il un ton en dessous.

» Mais tu es ma femme et tu vas m'écouter.

— Bien sûr, que je vais t'écouter. Pour autant, je ne suis pas obligée de faire ce que tu décides, répondit-elle en quittant brusquement son dressing pour repasser dans sa chambre.

Rentré chez lui l'après-midi même, Eryd était encore sous le choc d'avoir appris qu'elle avait eu une entrevue avec le roi – au cours de laquelle elle lui avait menti uniquement parce qu'une étrangère nommée Leyen le lui avait recommandé.

Il opta pour une stratégie moins dictatoriale.

— Helyn… ma chérie. Je t'en conjure, ne te mêle pas des affaires du royaume.

— Et pourquoi ça ? Tu le fais bien, toi !

Il la fixa avec un air peiné sur le visage.

— Ce n'est pas juste, ma chérie.

Elle émit un petit bruit d'indignation, coupant court par avance à la posture de martyr qu'il s'apprêtait à prendre.

— Mais c'est de la folie, répéta-t-il, soudain à court d'arguments.

— J'en conviens, mais je ne ferai rien d'autre qu'ouvrir grandes mes oreilles pour recueillir toute information qui pourrait se révéler utile.

— Utile pour jeter ton roi à bas du trône, dit-il abasourdi.

— Chut ! ordonna-t-elle, avant de poursuivre d'une voix moins forte.

» Plus qu'aucun autre tu devrais saisir l'importance de ce qui nous a été dit.

— Pour autant que ce soit vrai, répliqua-t-il, toujours excédé qu'elle accorde si facilement crédit à la parole d'une étrangère.

— Oui, répondit Helyn, pour autant que ce soit vrai. Et c'est précisément ce que je veux découvrir – parce que si c'est le cas, oh, Eryd, qu'adviendra-t-il de notre royaume ?

Il poussa un soupir avant de s'asseoir à côté d'elle sur le lit.

— Une guerre civile.

— Exactement. Et je crois que c'est ce que Leyen veut éviter.

— En conspirant contre la Couronne, dit-il tristement. C'est de la trahison, Helyn.

— Tout comme l'assassinat de nobles innocents – pour ne rien dire du meurtre du roi de Briavel, siffla-t-elle. Je ne peux tout simplement pas faire comme si de rien n'était.

— Tu ne crois donc pas que tout cela pourrait être une horrible méprise ?

— J'espère que c'en est une, répondit-elle avec un sourire triste.

— Comment peux-tu faire confiance à une étrangère ?

Helyn eut un haussement d'épaules.

— Des années d'expérience avec les menteurs, mon chéri. Appelle ça de l'intuition – mon petit talent à moi. Leyen m'a frappée par sa franchise et sa sincérité. Elle est secrète assurément, mais il n'y a aucune fausseté en elle.

» J'ai aussi senti une grande vulnérabilité – elle sait des choses qui l'effraient. Je sais par ailleurs qu'elle travaille pour le roi – mais je sais aussi depuis ce qui ressemblait fort à un interrogatoire que Celimus est déterminé à découvrir ce qu'elle a bien pu me dire.

» Or, en premier lieu, pourquoi me dirait-elle quoi que ce soit – à moi, une étrangère comme tu dis – si ce n'était pas la vérité ? Pourquoi prendre le risque de m'écrire quelque chose d'aussi accablant – qui aurait pu lui valoir d'être exécutée – si elle ne savait pas pertinemment que c'était la vérité ? Et enfin, plus étonnant encore, pourquoi Celimus m'a-t-il fait venir sous le prétexte d'une conversation quand en fait il ne voulait que des informations sur Leyen ? Ne t'y trompe pas, il voulait apprendre ce qu'elle savait – ce qu'elle m'a dit. L'attitude du roi démontre sa culpabilité.

— En effet, murmura Eryd, vaincu par sa logique. Mais tout cela est dangereux, ma chérie.

Helyn hocha la tête.

— Je le sais, dit-elle en se penchant vers son mari pour l'embrasser. Merci de m'avoir écoutée.

— Crois-tu qu'il pense encore que tu es impliquée ?

Cette fois-ci, elle secoua négativement la tête.

— Non. Je n'ai jamais été aussi convaincante qu'aujourd'hui. Pour autant, tu as raison, je vais agir avec la plus grande prudence.

— Imaginons que tu découvres que tout cela est vrai..., commença-t-il avant de s'interrompre.

C'était une question qu'il n'était pas encore prêt à poser.

Helyn ne répondit rien ; elle retenait son souffle, s'interrogeant pour savoir si le cœur de son mari pourrait supporter le choc de ce qu'elle avait en tête.

Eryd répondit de lui-même à sa propre question.

— Tu trahirais Morgravia ?

Sa voix était chargée de la peur qu'elle aussi éprouvait.

Elle n'avait aucune explication à lui donner – pas même une parole de réconfort. Sous son calme apparent, elle aussi était ébranlée. Le message de Leyen était d'une intensité irrésistible ; elle ne pouvait tout simplement pas l'ignorer.

— Jamais je ne pourrai trahir Morgravia, mon chéri, dit-elle, les yeux embués tout en caressant la joue piquante de son mari adoré.

» Mais ce nouveau roi que nous avons... Je ne sais pas. S'il y a ne serait-ce qu'une once de vérité dans ce que Leyen m'a dit, alors ce roi n'est pas digne de notre loyauté.

Eryd prit les mains potelées de sa femme dans les siennes, avant de plonger son regard dans ses yeux.

— Il est peut-être jeune et encore novice, mais ce n'est pas quelqu'un à prendre à la légère. Sous ses dehors superficiels et un peu vains se cache un esprit suffisamment aiguisé pour trancher et suffisamment brillant pour éblouir. Tu as bien fait de détourner ses soupçons, mais ne te laisse pas abuser par ce qu'il paraît être... Jamais.

Chapitre 21

Ce même soir, Elspyth parvenait aux abords du duché alors que l'obscurité commençait à tomber. Ému par la jeune femme esseulée et à bout de forces, un vieux moine pèlerin flanqué d'un âne l'avait prise en pitié, proposant qu'elle grimpe sur sa monture jusqu'à la ville de Brynt – la plus importante de Felrawthy. C'était de grand cœur qu'elle avait accepté cette offre ; plein d'attentions, l'homme de Shar lui avait paru être une vraie bénédiction. Lorsque, au sommet d'une colline, il désigna Brynt à l'ouest et les pâtures du domaine ducal au nord, elle eut le sentiment que le temps avait filé trop vite.

— C'est là que vous allez, ma fille, dit le moine. Mais vous êtes la bienvenue aussi si vous voulez vous joindre à moi jusqu'à la ville.

Elle eut un petit sourire fatigué.

— Je dois poursuivre ma route, mon père. Merci néanmoins de votre compagnie… et du fier coursier que vous m'avez prêté, répondit Elspyth en descendant du baudet.

Elle caressa le poil rêche de l'animal, s'extasiant intérieurement de la sérénité qu'elle pouvait voir dans ses grands yeux bruns. *Je donnerais n'importe quoi pour pouvoir mener ta vie simple, mon ami*, songea-t-elle.

Pivotant sur elle-même, elle rencontra le doux regard illuminant l'aimable figure du moine.

— Je devrais pouvoir m'en passer pendant une journée ou deux, dit le vieil homme. Pourquoi ne le prendriez-vous pas ? J'imagine que le duc trouvera bien un moyen de me le faire rapporter. Je vais rester à Brynt pendant plusieurs jours.

Elspyth sentit la sérénité emplir son cœur ; après tout, il y avait peut-être encore de l'espoir pour Morgravia si l'on y trouvait des personnes aussi bienveillantes. Dans son état de faiblesse, c'était une offre qu'elle n'était pas en mesure de refuser.

— C'est Shar lui-même qui vous a mis sur ma route, mon père. Merci de votre générosité. Je veillerai à ce qu'il soit bien nourri et à ce qu'on vous le rapporte dès demain.

— Oh, rien ne presse, mon enfant. D'ailleurs, lui-même ne se presse pour personne, répondit le moine avec le plus enjoué des sourires.

» Que Shar vous guide et vous protège.

Non sans une certaine surprise, la noble famille de Felrawthy recueillit donc une autre jeune femme aussi dépenaillée qu'épuisée. À son arrivée, Crys était précisément au corps de garde du château en train de donner ses nouvelles instructions concernant la sécurité et le verrouillage des portes de Tenterdyn. Par-delà la herse, il la vit glisser de son âne pour atterrir sur les fesses sans plus de cérémonie. Depuis la nouvelle du sort infâme fait à son frère, c'était la première fois qu'il trouvait une raison de sourire.

— Quelle arrivée, dit-il avant de l'aider à se relever.

— Mille excuses, répliqua Elspyth un peu froissée. Cela fait bien longtemps que je voyage sans m'arrêter.

Elle s'écarta de ses bras secourables.

— C'est ce que je vois effectivement, dit-il en jetant un coup d'œil à sa mise.

» Mais veuillez excuser mes manières. Je suis Crys, le fils aîné du duc de Felrawthy.

— Oh ! s'exclama-t-elle, un peu désarçonnée.

Son œil notait maintenant la qualité de ses habits, ainsi que l'élégance de sa silhouette. Alors que d'autres personnes sortaient du manoir pour rejoindre le jeune homme qui l'accueillait, Elspyth constata combien tous ceux de cette famille avaient belle prestance. Personne pourtant n'avait l'air particulièrement heureux de l'accueillir ; à dire vrai, ils affichaient tous une mine affligée.

— Crys ? dit la grande femme au port de reine. Tu oublies les règles de politesse.

— J'étais précisément en train de m'excuser, mère. Et je vous présenterais bien à la personne qui nous fait l'honneur d'une visite, si toutefois je savais qui elle est.

Elspyth rougit, puis épousseta tant bien que mal ses vêtements crasseux d'une main sale.

— Veuillez m'excuser. Je m'appelle Elspyth et je suis une amie de…

Elle s'arrêta, soudain prise de confusion. Wyl était son ami, mais sous l'identité de Romen.

— … de Wyl Thirsk, dit-elle d'une voix ferme, avant de voir la consternation se répandre sur les visages autour d'elle.

» Ai-je dit quelque chose qu'il ne fallait pas ? demanda-t-elle à Crys à voix basse.

— Non, répondit-il en secouant tristement la tête. Ce n'est juste qu'un choc de plus pour une famille déjà éplorée.

» Elspyth, permettez-moi de vous présenter la duchesse Aleda, ma mère. Et voici mon père, le duc Jeryb, poursuivit Crys tandis qu'Elspyth saluait d'une révérence.

» Daryn ici présent est l'un de mes trois frères. L'autre, Jorge, est sans aucun doute avec ses chevaux bien-aimés.

» Quant à mon plus jeune frère, poursuivit Crys d'une voix soudain altérée, nous venons d'apprendre sa mort… Vous voudrez donc bien nous excuser si notre accueil manque de chaleur.

Le duc intervint dans la conversation.

— Peut-être le saviez-vous déjà si Wyl Thirsk est votre ami ?

Elspyth tourna la tête vers lui, pour le regarder en face. Elle pouvait ressentir le chagrin qu'il éprouvait ; ce fut d'un ton adouci qu'elle répondit.

— C'est le cas, messire. Je suis profondément désolée pour vous et votre famille. Votre fils cadet devait être Alyd.

Le duc confirma d'un hochement de tête.

— Vous le connaissiez ? demanda la duchesse, dont les yeux brillaient de larmes contenues, sans pour autant être gonflés.

Elspyth mesurait sa force d'âme.

— Non, ma dame. J'ai juste entendu parler de lui.

La duchesse hocha doucement la tête. Ses mains s'étreignaient au point que ses articulations en étaient blanches.

— Puis-je me permettre de vous demander si Ylena Thirsk a pris contact avec vous ? poursuivit Elspyth.

Ce fut Crys qui répondit.

— Nous l'avons rencontrée par hasard dans un village à une demi-journée de cheval d'ici.

— Donc… elle est ici ? demanda la jeune femme qui ne parvenait pas à croire que la chance lui souriait enfin.

— Épuisée et endormie à l'étage, répondit Aleda. Mais entrez donc. Vous avez l'air d'être épuisée par la route, ma chère – nous allons prendre soin de vous.

Des ordres furent vivement donnés et, avant de s'être rendu compte de quoi que ce soit, Elspyth se retrouva plongée dans un bain chaud aux huiles parfumées. Elle avait la sensation de renaître à la vie ; plus que la poussière des chemins, l'eau emportait avec elle ses émotions tourmentées et lui permettait de se concentrer. Pendant qu'elle marchait, la faim et la fatigue avaient aiguisé sa rage envers tout ce qui était arrivé – à elle et à ceux qu'elle aimait. Maintenant, plongée dans les subtiles fragrances de l'eau et de la mousse, au milieu d'une jolie chambre confortable, elle sentait sa colère se diluer. Seule restait, comme cristallisée, sa volonté de retrouver la femme nommée Hildyth. Mais avant cela, elle entendait bien ne pas se laisser dissuader de retourner dans les Razors chercher Lothryn ; lui seul comptait maintenant qu'Ylena était à l'abri. Tenir ses serments, voilà quel serait son objectif désormais. Malheureusement, en tuant Koreldy, cette maudite femme assassin avait aussi assassiné Wyl, la privant de son unique allié pour sauver Lothryn. Si jamais elle en avait l'occasion, s'occuper d'Hildyth lui procurerait une grande satisfaction.

Malgré les dizaines de questions qu'ils brûlaient de lui poser, le duc et la famille Donal avaient la délicatesse de lui offrir cet instant de réconfort dès son arrivée. En vérité, c'était la duchesse qui avait exigé qu'on la laisse tranquille jusqu'à ce qu'elle ait pu se laver et se sente de nouveau femme. Elspyth éprouvait une sympathie spontanée pour la duchesse Aleda, quand bien même elle la connaissait à peine. Un sourire passa sur ses lèvres ; elle se remémorait le regard outragé que la duchesse de Felrawthy avait lancé à ses hommes lorsqu'ils l'avaient pressée de questions dès la porte franchie.

Il y eut un coup discret frappé à la porte et Aleda entra dans la chambre.

— Tout va bien, ma chère ?

— Oh oui, merci, répondit Elspyth. Je ne me suis jamais sentie aussi gâtée.

La vieille dame sourit tristement.

— Vous n'avez probablement jamais été aussi fatiguée et éprouvée, dit-elle doucement en allumant une chandelle pour éclairer.

Elspyth confirma d'un hochement de tête ; les larmes lui brûlaient les yeux.

— Ça n'a pas été facile.

— Je vous réitère mes excuses pour les manières un peu rudes de mon mari. Il souffre énormément, vous savez… comme nous tous.

» Vous vous joindrez à nous pour discuter, tout à l'heure ? ajouta-t-elle d'un ton soudain moins morne.

— Bien sûr, ma dame. C'est pour cela que je suis venue jusqu'à vous.

— C'est bien. Je vais aller prendre quelques dispositions. Peut-être pouvez-vous vous reposer un peu. Comme je vous l'ai dit, Ylena est en train de dormir, mais elle ne tardera plus à se réveiller maintenant. Vous allez l'adorer, vous verrez – comme nous l'adorons tous, dit Aleda en serrant les dents pour ne pas être submergée par l'émotion.

— Comment va-t-elle ?

— Sincèrement, elle est étonnante – très forte. C'est une vraie Thirsk.

— Je vois ce que vous voulez dire, répondit Elspyth avec un sourire. Si elle ressemble un tant soit peu à son frère, alors elle traquera Celimus pour le faire payer.

La duchesse fronça les sourcils.

— Vous parlez de Wyl comme s'il était vivant. Vous savez ce qui lui est arrivé, n'est-ce pas ? demanda-t-elle avec prudence.

Elspyth se sentit piégée. Elle répondit d'un hochement de tête silencieux, ne sachant comment répondre sans mentir, avant de changer rapidement de sujet.

— Je suis désolée de ce qui est arrivé à Alyd, duchesse.

Elle n'avait rien trouvé d'autre à dire – et son intervention n'apportait que bien peu de réconfort.

La duchesse se força à sourire.

— Je n'ai pas la force d'y penser pour l'heure. Et vous devez m'appeler Aleda, dit l'aristocrate en se relevant.

» Reposez-vous, ma chère. Nous nous verrons plus tard.

Cet instant vint plus vite qu'Elspyth ne l'aurait souhaité, mais elle se sentait plus assurée tout de même d'avoir pu se reposer. Aleda lui avait fait préparer des vêtements et quelques accessoires de toilette ; pour la première fois depuis longtemps, Elspyth se sentait de nouveau pleinement elle-même.

Trois membres de la famille Donal étaient réunis dans le salon de réception. Un feu dans l'âtre apportait une note joyeuse bienvenue ; un jeune novice était assis un peu à l'écart. Après avoir marqué son appréciation pour son invitée baignée et reposée, Crys lui indiqua qu'il s'agissait de Pil – le jeune moine qui avait tenu compagnie à Ylena à Rittylworth et qui avait marché avec elle jusqu'à Tenterdyn.

— Qu'allez-vous faire maintenant, Pil? demanda-t-elle avec gentillesse.

Elle avait reconnu en lui un compagnon d'infortune, piégé malgré lui dans la toile étrange de la sorcière Myrren.

Le jeune moine haussa les épaules.

— Pas la moindre idée – jusqu'à maintenant, je n'ai pensé à rien d'autre qu'amener dame Ylena en sécurité à Felrawthy.

» J'aimerais rejoindre mon ordre, mais à Rittylworth il ne reste plus rien ni personne, ajouta-t-il plein de tristesse.

Elspyth hocha la tête; elle ne savait que trop bien dans quel état était le monastère. Elle accepta le verre de vin que lui offrait Crys.

— Buvez, murmura-t-il, cela vous fera du bien.

Elle lui sourit avant de se tourner à nouveau vers le novice.

— Pil, j'espère que ceci ne va pas te paraître déplacé, mais j'ai rencontré un homme merveilleux en venant ici. Un moine, tout comme toi, qui va de ville en village prêcher la parole de Shar et le servir du mieux qu'il peut. C'est grâce à sa bonté que j'ai pu gagner Tenterdyn aussi vite.

» J'ai promis de lui rendre l'âne qu'il m'a prêté – peut-être pourrais-tu le ramener à frère Tewk qui passe encore quelques jours à Brynt. Vous avez beaucoup de choses en commun.

Les yeux de Pil étaient devenus brillants; le garçon avait immédiatement saisi ce qu'elle suggérait.

— Vous pensez qu'il serait d'accord?

Elspyth sourit de voir la joie qu'il éprouvait.

— Tu veux dire d'accord pour que tu l'accompagnes dans son ministère?

Pil hocha vivement la tête.

— Je ne vois ce qu'il pourrait objecter, Pil. Il n'est plus tout jeune, mais c'est un sage. Je crois que vous feriez deux bons compagnons de route.

Le visage du novice rayonnait littéralement. Pour avoir vu les ruines fumantes de Rittylworth, Elspyth imaginait sans peine qu'il n'avait guère eu de motifs de se réjouir ces derniers temps.

— Oh oui, je vais aller le voir, Elspyth. Merci.

Aider quelqu'un par quelques mots simples mettait du baume au cœur bien lourd de la jeune femme. Elle but une gorgée de vin; une nouvelle chaleur se répandit en elle. Remerciant Crys d'un geste de son verre, elle aperçut son regard qui pétillait de galanterie. Elspyth s'empressa de détourner les yeux; si Alyd était le digne frère de son aîné, elle comprenait pourquoi Ylena avait eu tant de hâte à l'épouser. À l'instant où cette pensée la traversait, elle sentit que tous autour d'elle se raidissaient soudain – la tête tournée vers le seuil sur lequel se tenait une jeune femme magnifique.

—Ah, ma chère Ylena, dit la duchesse en traversant élégamment la pièce pour venir prendre son hôte par l'épaule.

» Venez, nous allons vous présenter… une amie.

Aleda conduisit Ylena jusqu'à la jeune femme.

—Voici Elspyth. C'est une relation de votre frère qui a fait un long voyage pour vous retrouver.

Ylena posa son regard sur Elspyth qui, soudain, se sentit mal à l'aise en si noble compagnie. D'une beauté exceptionnelle, Ylena était aussi très différente de ce qu'elle avait pensé. Wyl lui avait dit combien sa sœur était jolie, mais la jeune femme qui se tenait devant elle était à couper le souffle.

—Comme c'est aimable à vous d'avoir fait tout ce chemin, dit Ylena en saluant Elspyth d'une courte révérence.

—Ma dame, répondit Elspyth en lui retournant la politesse avec un peu moins de grâce et d'élégance.

» Je me réjouis de voir que vous êtes en sécurité. Wyl m'avait demandé de veiller à ce que vous parveniez saine et sauve à Felrawthy.

Les sourcils d'Ylena se haussèrent.

—Quand a-t-il fait ça ?

Elspyth prit une profonde inspiration. Simple et directe, la question d'Ylena avait mis un terme à la politesse et aux gracieusetés. L'heure était venue ; elle devait leur dire la vérité. Wyl lui avait demandé de garder le secret, mais sachant ce qu'Ylena avait déjà subi, Elspyth avait décidé de tout lui révéler.

L'attention de tous était fixée sur elle.

—C'est une longue histoire que j'ai à vous conter – longue et difficile. Vous serez choqués et peut-être même effrayés par ce que je vais dire, mais vous devez savoir pour comprendre à la fois pourquoi je suis ici et pourquoi vous devez protéger Ylena.

Elle les vit échanger des coups d'œil intrigués ; le duc eut un hochement de tête. Les serviteurs remplirent les verres, puis quittèrent la pièce.

Pil s'éclaircit la voix.

—Dois-je rester aussi ? demanda-t-il, incertain d'être bien à sa place.

— Pas si la magie te fait horreur, répondit mystérieusement Elspyth.

Ensuite, elle entama son long récit qui commençait le soir où un jeune soldat – un général en fait – était entré dans la tente d'une diseuse de bonne aventure avec son ami Alyd de Felrawthy.

Le duc se leva impérieusement.

— Vous espérez nous faire croire que Wyl Thirsk a été tué par la magie ! s'écria-t-il.

— Pardonnez-moi, messire, répondit calmement Elspyth. Je me suis peut-être mal expliquée. Wyl Thirsk a été tué par un homme nommé Romen Koreldy qui…

— Oui, oui ! Qui est ensuite devenu Thirsk – j'ai bien compris, répliqua le duc, à la fois perturbé et en colère de ce qu'il venait d'entendre.

Elspyth ouvrit la bouche pour dire quelque chose, avant de se raviser ; une repartie cinglante ne contribuerait certainement pas à clarifier la situation.

— Père, je vous en prie ! dit Crys depuis la cheminée devant laquelle il se tenait.

— Jeryb, intervint la duchesse d'un ton conciliant, je ne crois pas que cette jeune femme ait marché du grand nord de Deakyn à Felrawthy pour faire une plaisanterie à vos dépens.

Le duc grommela une phrase indistincte dans sa barbe.

Le visage de Pil était exsangue.

— C'est stupéfiant, murmura-t-il.

— Oui, ça l'est, répondit Elspyth d'une voix douce en regardant tour à tour chacun de ses interlocuteurs.

» Mais c'est la plus exacte vérité.

Ses yeux vinrent ensuite se poser sur Ylena qui n'avait toujours rien dit.

— Mon frère est donc vivant ? dit-elle, d'une voix où chacun percevait son trouble.

Le cœur d'Elspyth battait à tout rompre ; elle se demandait soudain si cela avait été une bonne idée de ne pas suivre les instructions de Wyl. Elle confirma néanmoins d'un hochement de tête, sans quitter Ylena des yeux.

— Et votre tante avait vu cette… calamité en lui ?

Elspyth confirma.

— Elle a le don de double vue. Elle dit qu'il s'agit du Dernier Souffle.

Ylena était devenue pensive.

— Vous savez, je me souviens de cette nuit-là. C'était après le tournoi… le lendemain de mon mariage avec Alyd.

Tout le monde tressaillit à l'évocation de ce nom, mais la voix d'Ylena ne faiblit pas ; Aleda fut emplie de fierté de voir la jeune femme si maîtresse de ses émotions. Elle seule savait combien son fils adorait Ylena – il le lui disait toujours dans ses lettres vibrantes d'amour. Alyd avait ensuite fait sentir à ses parents combien la jeune femme l'aimait en retour. Une fois mariés, ils avaient le projet de venir s'installer près de Tenterdyn. *Tout cela n'arrivera pas*, songea Aleda, le cœur ravagé par le chagrin.

En tout cas, le courage d'Ylena l'impressionnait. Aleda ne pouvait qu'imaginer tout ce qu'elle avait déjà enduré – et voilà qu'on lui apprenait d'autres nouvelles pénibles concernant son frère. La duchesse se concentra sur les paroles d'Ylena.

— Ils étaient allés se promener dans les allées de la foire – en jeunes hommes faisant la fête. Alyd était saoul, dit-elle avec un petit rire amer.

» Le pauvre. J'imagine qu'il était plus enivré par la vie que par la bière. Wyl l'avait ramené dans mes appartements. Après avoir couché mon mari tout juste épousé, nous avons parlé jusque tard dans la nuit. Mon frère m'a raconté ce qui s'était passé sous cette tente avec… (l'intensité de sa réflexion lui fit faire une grimace)… la veuve Ilyk, si je me souviens bien.

Elspyth confirma d'un énergique hochement de tête – pour que chacun voie bien que leurs récits concordaient.

— Wyl était troublé, poursuivit Ylena. Perturbé même par ce que la voyante avait dit. Ni lui ni moi n'avions oublié ce qui s'était passé avec Myrren. Je n'étais pas là ce jour-là, mais on me l'a raconté. À l'instant où la sorcière est morte, Wyl s'est effondré. Gueryn – notre protecteur, l'homme que vous avez rencontré chez le roi des Montagnes – m'a avoué que les yeux de Wyl avaient changé de couleur à cet instant. L'incident l'avait effrayé à cause de sa dimension magique et mystérieuse, puis il avait dû l'oublier par la suite. Et franchement, je ne m'en souvenais plus moi-même jusqu'à maintenant.

Elle s'interrompit pour regarder son auditoire.

Un lourd silence s'était abattu.

Crys intervint, en regardant avec désespoir en direction d'Ylena.

— Et ce Romen Koreldy est aujourd'hui…

— Mort… et Wyl avec lui, répondit Elspyth, le cœur serré.

» C'est une femme qui l'a tué – une tueuse en mission sûrement –, qui s'appellerait Hildyth. Je pense que c'est un faux nom, mais je sais à quoi elle ressemble.

— Comment est-elle ? Nous pouvons diffuser sa description, dit Crys avec un haussement d'épaules.

Il se sentait impuissant, mais voulait montrer sa détermination à aider la sœur de Wyl Thirsk.

— Tous les hommes loyaux de Felrawthy doivent être mis en alerte. Qui sait si elle ne va pas retenter quelque chose ? Nous ne savons rien – pas même qui a loué ses services, poursuivit-il.

— Oh ! pour ça, je crois que nous pouvons deviner sans risque d'erreur, dit Aleda d'un ton acide.

Ylena restait tétanisée par les révélations d'Elspyth.

— On la décrit comme une femme impressionnante à défaut d'être vraiment belle. Immanquable en tout cas. Grande avec des cheveux châtains aux reflets blonds et des yeux de chat, dit obligeamment Elspyth.

— Difficile à manquer effectivement, observa Crys pour lui-même.

— Koreldy est mort ? demanda soudain Ylena, en s'arrachant de ses pensées vertigineuses.

» C'est lui qui m'a sauvé la vie.

Se tournant vers Ylena, Elspyth prit ses mains dans les siennes.

— C'est Wyl qui vous a sauvé la vie. Il était Romen à ce moment-là.

Les yeux de la jeune femme s'embuèrent ; personne n'aurait songé à lui en tenir rigueur.

— Je n'en crois pas un mot, dit-elle dans un murmure.

— Frère Jakub a dit qu'il y avait quelque chose de changé en Romen la dernière fois qu'il l'a vu, intervint Pil, les yeux luisants d'étonnement.

» Moi aussi, j'avais remarqué quelque chose. Si vous n'étiez pas en train de parler de magie, Elspyth, je penserais que vous dites la vérité.

— C'est le cas. Vous devez tous me croire. Ensemble, Wyl – prisonnier du corps de Romen Koreldy – et moi avons échappé aux griffes de Cailech. C'est au cours de cette fuite dans les Razors qu'il m'a confié tout ça. Ce n'était pas un mensonge – il parlait comme un homme à bout.

Le duc vint poser un regard d'aigle sur Elspyth.

— Attendez, qu'est-ce que vous racontez maintenant ? Vous avez fui du repaire de Cailech ? Le roi des Montagnes ?

— Exactement, messire duc. Je vous avais dit que mon histoire était difficile à entendre. Je mesure à quel point tout cela doit être un choc pour vous. Je vais tout vous expliquer – même si ça ne signifie plus rien maintenant que Wyl est mort avec Romen.

— Je vais préparer une hache pour Celimus et pour cette Hildyth aussi, dit Ylena avec colère.

Personne ne pouvait douter de la sincérité de ses intentions.

Aleda prit une profonde inspiration.

— Je pense que nous devrions manger. Ensuite, nous écouterons ce qu'Elspyth a encore à nous apprendre. Venez, Ylena. Vous êtes toute pâle, ma chère enfant.

À l'étonnement de tous, Ylena fit ce qui lui était demandé. Comme les deux femmes quittaient la pièce, Crys secoua la tête d'un air navré.

— C'est la veuve d'Alyd. Nous prendrons tous soin d'elle, Elspyth, expliqua-t-il d'une voix rassurante.

» Et vous, qu'allez-vous faire ?

— Maintenant que j'ai tenu la promesse faite à Wyl de mettre sa sœur en sûreté, je crois que je vais rentrer chez moi, dit-elle en soupirant.

— À Yentro ?

Elle confirma d'un hochement de tête. Elle n'avait aucune envie de dévoiler à quiconque ses intentions ; ils seraient trop nombreux à vouloir l'en empêcher.

— Messire ? dit-elle en s'adressant au duc.

Jeryb leva vers elle un regard franc et direct.

— Oui ?

— Wyl m'a demandé de vous remettre ça.

Après un instant d'hésitation, elle tendit au duc la lettre froissée qu'elle avait tirée d'une de ses poches.

Il la prit ; Crys et elle retinrent leur souffle comme le duc brisait le sceau avant de déployer le parchemin près d'un flambeau.

— Père ? demanda Crys.

Le duc avait pris un air songeur.

— Il confirme la mort d'Alyd, mais ne dit rien au sujet de cette fameuse magie. Il termine en signant Thirsk et nous demande de n'entreprendre aucune rétorsion jusqu'à ce qu'il vienne. Or, il est mort – ou du moins ce Romen l'est.

» C'est bien ce que vous nous avez dit, n'est-ce pas ? demanda le duc en se tournant vers Elspyth.

— Ce sont des étrangers qui m'ont dit ça – nous ne savons pas avec certitude si cette information est fiable. Je vous supplie d'attendre encore.

— D'attendre quoi ? demanda-t-il d'une voix où perçaient ses émotions difficilement contenues.

» Mon fils a été assassiné. Il était innocent. Personne ne peut me demander de rester là sans rien faire !

Elspyth leva les mains comme pour se protéger de la colère du duc. C'était un geste plein d'un chagrin qui faisait écho à la peine du vieil homme.

— Je vous ai transmis les recommandations de Wyl, messire. Il ne m'appartient pas de dire ce qu'il faut faire.

Jeryb émit un grognement ; Crys saisit le regard de la jeune femme et haussa doucement les épaules en signe d'excuse. Pourtant, il n'y avait rien à excuser. Si on lui demandait ce qu'elle voulait vraiment, Elspyth recommanderait que Felrawthy se lève pour attaquer immédiatement Pearlis. Elle aussi avait de bons motifs pour haïr Celimus – et rien ne pourrait mieux lui convenir que de chevaucher aux côtés de ce duc puissant pour aller écraser ce souverain honni. Elle n'avait aucune raison de reprocher sa colère à Jeryb.

En revanche, Crys n'appréciait pas l'attitude de son père. La rage ne servait à rien, en particulier lorsqu'elle se tournait contre une femme courageuse qui avait déjà suffisamment souffert.

— Peut-être voudriez-vous rejoindre ma mère au petit salon ? proposa Crys diplomatiquement.

Lui seul savait à quel point la nouvelle de la mort d'Alyd avait profondément touché son père.

Elspyth accepta l'aimable proposition, laissant le duc ruminer seul sur ce message qu'avait envoyé un homme mort.

Chapitre 22

La famille Donal et ses hôtes partagèrent un repas au cours duquel Elspyth décrivit ses impressions sur la forteresse de Cailech, avant de répondre à toutes les questions concernant leur évasion. Le duc ponctua ce témoignage de nombreux murmures et autres hochements de tête. Ylena quant à elle avait les yeux brillants ; Elspyth comprit qu'elle éprouvait de la fierté – pour la ténacité et le sens du sacrifice de Gueryn, mais aussi pour son frère. En revanche, Elspyth se garda d'évoquer ses sentiments pour Lothryn ; c'était son secret et aucune des personnes présentes n'était concernée.

La duchesse avait proposé un repas simple et léger ; au demeurant, ils n'avaient guère d'appétit. Personne – pas même sa patiente épouse – ne parvint à tirer quoi que ce soit du duc Jeryb au sujet de ses intentions. Inévitablement, la conversation se tarit peu à peu, chacun s'absorbant dans ses pensées maussades. Quand Elspyth se tut à son tour, un lourd silence régnait.

Rien d'étonnant donc à ce que les hommes bondissent sur leurs pieds lorsque retentirent dans la nuit des martèlements de sabots ferrés sur les pavés de la route. Jeryb calma les femmes alarmées, avant de dépêcher Crys au corps de garde pour savoir qui venait d'arriver à Tenterdyn. Les épées furent tirées de leur fourreau – juste au cas où – et Aleda glissa à l'oreille de son mari qu'ils auraient dû convoquer encore plus d'hommes armés dès l'arrivée d'Ylena.

Ils attendirent. Par les fenêtres, les deux jumeaux observaient leur frère aîné dans la cour et le duc sur le perron. Des torches jetaient des lueurs dans la nuit. Plus tôt dans la journée, la duchesse avait estimé regrettable que les portes du domaine soient fermées pour la première fois dans l'histoire de la famille. Maintenant, elle remerciait Shar d'avoir soufflé cette précaution à son mari.

— Il revient, dit l'un des garçons par-dessus son épaule.

Tout le monde retint son souffle.

Crys pénétra dans la pièce, enveloppé dans un tourbillon d'air frais. Ses joues avaient rougi et il paraissait profondément troublé. Ses yeux restaient rivés sur Elspyth.

— Vous n'allez jamais le croire, mais j'ai l'impression que la fameuse Hildyth dont vous avez parlé est à la grille. Elle demande à être reçue.

Ce n'était pas une plaisanterie – Elspyth le voyait bien.

— Cheveux châtains avec des reflets d'or. Grande, habillée en homme avec des yeux de chat, précisa encore Crys.

Elspyth frémit d'horreur – et d'autres avec elle. Ylena bouillait d'une colère froide et silencieuse.

— Seule ? demanda le duc.

— Non, répondit son fils. Il y a avec elle un homme gigantesque… presque un géant. Il dit se nommer Aremys.

— Que viennent-ils faire ici ? demanda Aleda.

— Hildyth dit qu'elle veut voir Ylena.

— Bien sûr qu'elle veut la voir ! s'exclama Elspyth, le cœur battant la chamade. Elle a l'ordre de la tuer elle aussi !

» Est-on en sûreté ici ? Y a-t-il seulement assez de gardes ?

— Mon enfant, personne n'entre dans Tenterdyn sans mon accord. Nous sommes en sécurité et bien gardés, répondit le duc d'un ton calme.

» Ma chérie, poursuivit-il en se tournant vers sa femme, j'ai pris la précaution que tu recommandais. Cinquante hommes armés sont actuellement en route pour nous rejoindre.

À cette annonce, Aleda éprouva un intense soulagement.

— Que fait-on en attendant ?

— Je vais aller la voir, dit Ylena d'une voix ferme et posée.

Une expression de terreur parut sur le visage de Pil.

— Messire, je vous en supplie…, murmura-t-il.

Le duc vint à la rescousse d'une voix autoritaire et sans appel.

— Non, Ylena, vous ne ferez rien de ce genre. Vous êtes ici sous ma protection et mon devoir est de veiller sur vous – non seulement en vertu de qui vous êtes et de celui qui fut votre mari, mais aussi en mémoire de votre père. Vous allez donc faire comme je dis – nous devons tous garder notre sang-froid.

» Je vais aller parler à ces gens. Venez les garçons, dit-il, quittant la pièce escorté de ses trois fils.

— Sois prudent, Jeryb, dit la duchesse dans son dos.

Il n'y eut aucune réponse.

Les femmes attendirent, agglutinées aux fenêtres. Pil était avec elles. Dehors, les quatre derniers hommes de Felrawthy marchaient vers les grilles d'un pas décidé. Aleda se sentait rassurée que son mari passe devant ses garçons dans la petite tour près des grilles.

— Très bien, il est prudent.

— Votre mari ne mettrait jamais aucun de ses fils en danger, dit Pil, tout en sachant qu'il ne rassurait que lui-même.

L'attente s'éternisa quelque peu avant qu'ils voient finalement les quatre hommes ressortir de la tour. Le duc avait dû donner des ordres, car les jumeaux s'empressèrent de relever les lourds madriers bloquant les portes.

— Mais que fait-il ? s'écria Elspyth.

— Vite, une épée ! ordonna Ylena en cherchant fébrilement autour d'elle.

Pour finir, elle saisit un couteau de cuisine, avant d'aller se cacher derrière la porte.

— Que Shar nous protège ! dit Pil tandis que les lourdes portes s'ouvraient inexorablement.

— Attendez ! s'exclama Aleda en luttant de toutes ses forces pour museler ses propres peurs.

» Jeryb a forcément appris quelque chose.

Le crépuscule avait cédé le pas à la nuit noire. Dehors, à la lueur mouvante des torches, un homme gigantesque s'avançait dans la cour. Quelqu'un d'autre le suivait. Homme ou femme ? Personne ne pouvait le dire, mais la silhouette était plus petite, plus mince et pleine d'allant. C'était sûrement la femme aux yeux de chat dont Crys avait parlé. Stupéfaite au-delà des mots, Aleda la vit serrer la main que son mari lui tendait.

D'un regard, Aleda calma ses compagnons ; il fallait faire confiance à Jeryb. De la tête, elle fit un signe d'encouragement à l'intention d'Elspyth, manifestement inquiète, puis des bruits de voix retentirent tandis que les derniers arrivants entraient dans la maison. Le pas du duc approchait ; la duchesse tourna la tête vers l'entrée.

— Aleda, dit Jeryb en agitant la tête. J'ai une nouvelle extraordinaire.

Il n'eut pas le temps d'ajouter quoi que ce soit – une grande femme entra dans la pièce puis retira son chapeau. Une masse de cheveux auburn croula sur ses épaules.

— Elspyth ! s'exclama Wyl en marchant résolument en direction de son amie en pleine confusion.

» C'est moi ! ajouta-t-il en riant.

Soudain, Ylena jaillit de l'endroit où elle s'était cachée. Elle n'avait qu'une seule idée en tête – tuer cette femme qui avait assassiné Koreldy, et son frère aussi selon toute vraisemblance. Dans sa rage glacée, elle ne voyait plus rien d'autre que sa bouche et ses yeux de chat.

— Ylena, non ! cria Elspyth.

Aremys s'élança en direction de Wyl, tandis que le duc lui-même tendait le bras pour empêcher que le coup n'atteigne sa cible.

En vain.

Ylena était rapide. Elle avait été élevée dans une famille de guerriers et, toute fille choyée de la noblesse qu'elle était, jamais elle n'avait oublié les leçons de son frère naguère en Argorn. Elle vit leurs mouvements pour s'interposer, esquiva chacun d'eux, avant de frapper.

— Assassin ! hurla-t-elle.

Avec tout son élan et toute la force de son corps, elle bondit sur sa proie pour plonger la lame dans le cou de l'infâme meurtrière qui souriait.

— Oh non, ma sœur, qu'as-tu fait ? cria la femme appelée Faryl en portant ses mains à son cou d'où jaillissait un flot de sang.

Ylena entendait des cris de consternation autour d'elle, mais elle-même ne ressentait qu'un immense sentiment de triomphe à voir la vie quitter les yeux verts de la femme tombée à terre.

Elspyth avait attrapé Faryl à l'instant où elle s'écroulait ; elle était maintenant couverte de sang. Crys et Daryn maintenaient les bras d'Ylena, mais la jeune femme avait lâché le couteau, haletante et vidée de toute énergie. Elle ne voulait plus qu'une seule chose désormais – voir la mort s'emparer de celle qu'elle haïssait.

Mais il n'en fut rien.

Avec une horreur indicible, Elspyth qui avait posé la tête de Faryl sur ses genoux vit les yeux de la meurtrière se transformer, l'un devenant gris et l'autre vert émeraude.

Le corps de l'agonisante s'arc-bouta de manière stupéfiante. Avec sa sensibilité à la magie, Elspyth devinait quel sortilège était à l'œuvre ; elle pouvait presque le sentir sur elle. Elle avait envie de crier.

Ylena la devança. Des clameurs à la fois stridentes et déchirantes s'échappaient de la gorge de celle qui avait été la femme d'Alyd de Felrawthy et qui n'était plus qu'un corps déserté de toute âme. Dans le corps de Faryl, son frère luttait de toutes ses forces contre le transfert, dans le vain espoir de sauver sa sœur, mais il n'y avait rien à faire ; le don transmis par Myrren était bien trop puissant.

En fait, c'était Wyl, désespéré de prendre la vie de sa sœur, qui hurlait sa rage par sa voix. Crys et Daryn s'étaient précipités pour soutenir fermement Ylena. La plus grande confusion régnait dans la pièce. Jeryb s'époumonait pour ramener le calme, tandis qu'Aleda restait pétrifiée d'horreur devant cette scène atroce, incapable de bouger ou de parler. Le sang de Faryl qui l'avait éclaboussée coulait lentement sur ses joues.

Frappé de stupeur, Aremys s'était agenouillé silencieusement à côté de son amie Faryl.

— Laissez-la ! cria Elspyth suffisamment fort pour couvrir tous les autres bruits.

Crys eut l'air encore plus perdu.

— Laissez-la ! Ce n'est plus Ylena ! tonna-t-elle tandis que les larmes ruisselaient sur son visage couvert de sang.

» C'est Wyl !

Le corps d'Ylena se cabra violemment ; Wyl était foudroyé par la plus grande des peines qu'il éprouverait jamais. Il était en train de tuer sa sœur... de prendre la vie de celle pour qui il avait tant lutté. Son esprit tourbillonnait dans ce corps de femme ; il perçut sa confusion et le vain triomphe qu'elle avait éprouvé, puis sentit sa surprise à l'instant de sa mort, presque reçue comme une délivrance.

Il projeta sa tête en arrière, avec un craquement sec qui glaça chacun jusqu'aux os. Wyl repoussa les mains qu'Elspyth lui tendait et s'enfuit hors de la maison.

Il avançait droit devant lui, dans les ténèbres impénétrables de la lande au-delà des grilles – silhouette folle dans une robe de soie couverte de sang et les pieds nus. Wyl s'enfonçait dans les collines, au plus profond de leur néant, consumé de haine et de chagrin ; sa propre colère se mêlait au désespoir sans fond de sa sœur. Des cris et des sanglots jaillissaient sans fin de sa gorge, jusqu'à ce qu'il n'en puisse plus.

Sa bouche était à vif et tout son nouveau corps tremblait. Il ne savait pas si c'était à cause du choc ou du froid ; au fond, peu lui importait. Plus rien n'avait d'importance désormais. La dernière des Thirsk avait perdu la bataille et lui-même n'avait plus qu'une seule envie – mourir. Il allait devoir se tuer ; il ne voulait plus prendre une autre vie.

— Je suis désolé, murmura doucement une voix à côté de lui.

C'était une nuit sans lune et le ciel était chargé de nuages ; il régnait un noir d'encre. Pourtant, Wyl reconnaissait cette voix.

— Je n'ai pas été assez rapide, dit encore Aremys, d'un ton chargé de regret.

Le corps d'Ylena grelottait, mais Wyl était incapable de bouger ; il n'en avait aucune envie d'ailleurs.

— Elle était lumineuse… pareille à une étoile de Shar. Elle ne méritait pas cela, coassa-t-il de sa nouvelle voix, si douloureusement familière.

— Les innocents ne méritent jamais leur sort, Wyl. Et pourtant, ce sont toujours eux qui souffrent.

— C'était quoi ?

Aremys comprit le sens de la question.

— Un couteau de cuisine.

Wyl hocha la tête, mais son compagnon ne pouvait pas le voir.

— Un coup chanceux, dit-il lugubrement.

— Aussi mortel qu'un des stylets de Faryl.

Wyl émit un rire amer, tandis que l'idée se frayait un chemin dans son esprit.

— Mais qu'est-ce qui lui a pris ? demanda-t-il en pensant à voix haute.

Il n'attendait pas de réponse, mais Aremys répliqua néanmoins.

— La peur que Celimus envoie quelqu'un pour la tuer.

— Je n'aurais jamais dû venir. Tu avais raison – j'aurais dû te laisser et suivre la piste de la mère de Myrren. Quelle erreur de dévoiler qui j'étais. Et d'ailleurs, comment pouvaient-ils me connaître sous cette apparence ?

— Ton amie Elspyth. Elle a entendu parler de la mort de Koreldy, puis a assemblé les morceaux du puzzle. C'est elle qui a averti la famille. Elle s'en veut de n'avoir pas songé que le don était permanent.

Un rire désabusé lui échappa à nouveau. Wyl comprenait maintenant qu'il n'avait pas suffisamment insisté sur la nécessité du secret.

— Ce n'est la faute de personne, dit-il dans un souffle. C'est moi qui ai commis toutes les erreurs. Je me suis montré imprudent. J'aurais dû te laisser entrer d'abord et les prévenir de ce qui était arrivé… les préparer.

— À quoi bon, Wyl. Je ne crois pas qu'on t'aurait cru.

— Elspyth aurait accepté. Ylena aussi peut-être... avec du temps.

Wyl perçut le mouvement du colosse, avant de voir son ombre massive se diriger vers un bosquet de petits arbres.

— Tu ne peux pas changer ce qui a été fait, dit Aremys d'une voix douce.

Il attendit ensuite le reproche et la colère.

Les deux vinrent.

— Ma sœur est morte, Aremys ! cria Wyl. Même si elle vit encore. Tous les miens sont morts, plus Alyd, Gueryn, Lothryn... et même Koreldy. Tous morts à cause de moi.

Le géant saisit Wyl pour le remettre sur pied. La légèreté d'Ylena le surprit ; le corps de Faryl était bien plus solide. Elle se retrouva dans ses bras. Aremys reposa Wyl au sol, remerciant le ciel de ne pas voir la colère qui certainement devait flamber dans les yeux de son ami.

Le mercenaire poursuivit néanmoins.

— Tu ne peux plus revenir en arrière. C'est fini ! Mais tu peux encore trouver ce sorcier et comprendre le don de sa fille. Peut-être peut-il inverser le cours des choses – y mettre fin.

— Est-ce que ça s'arrêtera jamais ? demanda Wyl, avec une note suppliante dans la voix de sa sœur.

— Je ne sais pas, mon ami. Mais je te promets, ici et maintenant, de tout faire pour t'aider. En revanche, tu dois t'aider toi aussi. Personne ne comprend rien à cette magie. Pour percer ses secrets, tu dois trouver ce sorcier. Cherche-le !

— Où ?

— Cherche la mère de Myrren, comme tu avais prévu de le faire. Commence par ça.

Un bruit de pas leur parvint ; le duc arrivait, le souffle court.

— Ça va ? demanda-t-il d'une voix rauque, mesurant toute l'absurdité de sa question dans ces circonstances.

Jeryb passa une main dans sa chevelure d'argent.

— Je suis désolé, poursuivit-il avec un haussement d'épaules.

» Nous nous inquiétions tous pour vous. Tous ces événements, en particulier cette maudite magie, c'est plus que je n'en puis supporter. Pour couronner le tout, ma chère femme a décidé de prendre les choses en mains – et elle peut être assez terrifiante dans son genre. J'ai pris ce prétexte pour m'éloigner.

Wyl s'approcha du vieil homme et prit sa main dans la sienne à la manière des légionnaires.

— Cette épreuve est la pire de toutes, messire. Abandonner mon corps a été un millier de fois plus facile que de prendre celui-ci.

— Je suis désolé, mon garçon. Je… j'en perds mes mots. Je dois croire à cette histoire parce que je pense que c'est vraiment toi… mais je n'y comprends rien.

— J'ai juste eu un peu plus de temps pour m'habituer à cette malédiction, répondit Wyl avec un haussement d'épaules.

Le duc s'assit lourdement sur le sol.

— Excuse-moi. Les deux dernières journées ont été particulièrement éprouvantes.

— C'est moi qui vous demande de m'excuser, répondit Wyl en s'asseyant à son tour à côté du duc.

» Je sais que toute votre famille est dans l'affliction, messire. Alyd était le meilleur des hommes et sa disparition est une douleur de chaque instant.

Le vieil homme hocha doucement la tête dans le noir.

— Nous ferons notre deuil plus tard, Wyl – pour ta sœur et pour mon fils. Désormais, c'est le roi qui m'inquiète. Peut-on parler franchement ?

Wyl hocha la tête.

— Aremys est impliqué au moins autant que moi dans cette affaire, messire.

Le mercenaire éprouva un certain soulagement d'entendre ces paroles ; il s'assit à son tour dans la bruyère.

— Raconte-moi tout, demanda le duc. Depuis le début.

Plus tard, Wyl se retrouva face au reste de la famille réunie autour de la grande table nettoyée. Tous restaient si profondément choqués que leurs visages étaient comme dénués d'expression. À son retour avec Aremys et le duc, Wyl avait été accueilli par des regards que l'incrédulité rendait vides. Dans la pièce à côté, il entendait les deux fils cadets en train de nettoyer de leur mieux.

Elspyth était encore secouée de tremblements. Elle n'avait pas laissé Ylena s'approcher. À son arrivée, elle avait instinctivement porté ses mains devant sa bouche ; ses grands yeux montraient toutes les émotions accumulées au cours de ces derniers jours. Elle se mit à pleurer et ses larmes se transformèrent bien vite en lourds sanglots qui agitaient son corps frêle. Elspyth savait qu'elle était la cause du traumatisme causé à Wyl – elle avait révélé son secret. Toujours incapable de parler, elle ne pouvait même pas lui offrir ses excuses. Un lourd silence pesait sur la pièce ; tous ressentaient l'intensité de son chagrin. Wyl s'approcha d'elle et la prit dans ses bras – exactement comme Crys aurait aimé le faire. Il la tint contre lui et embrassa ses cheveux.

— Ça va aller, Elspyth, souffla Ylena. Je vais tout expliquer.

Derrière les deux jeunes femmes, Aremys salua la duchesse d'une courte révérence silencieuse, à laquelle elle répondit par un sourire. C'était là tout ce qu'ils pouvaient échanger sans autre forme de présentation plus formelle. Aremys vint ensuite se placer à côté de Pil.

— Je suis Aremys, murmura-t-il, faute de pouvoir dire mieux dans cette atmosphère pesante.

— Et moi Pil, répondit le novice. Je suis venu avec…

Le garçon marqua une hésitation, ne sachant s'il pouvait continuer à l'appeler Ylena.

Le colosse hocha la tête.

— Avec la sœur ?

Pil confirma d'un signe de la tête, trop désemparé pour dire quoi que ce soit d'autre.

— Je vais préparer du thé, dit Aleda. C'est un excellent remède.

Toutefois, elle n'alla pas plus loin que la cheminée, devant laquelle elle s'assit sur un petit sofa, totalement hébétée par les événements de la nuit.

Finalement, Elspyth s'écarta de Wyl pour plonger ses yeux dans le regard d'Ylena.

— Est-ce vraiment vous ? C'est encore arrivé ?

— Hildyth a tué Romen comme elle en avait reçu l'ordre. Elle ignorait tout de la malédiction.

— J'aimerais que vous prouviez que vous êtes vraiment Wyl, dit-elle, subitement soupçonneuse.

— Il l'a déjà fait, mon enfant, intervint le duc, debout aux côtés de sa femme.

» Seul un Thirsk pouvait connaître ce qu'il m'a dit sur la lande, ajouta-t-il en se grattant le crâne.

» Ce n'est pas de thé dont nous avons besoin, ma chérie, mais plutôt d'un sherlac. Tout cela est très déroutant et bien trop brutal pour mon pauvre esprit.

La duchesse trouva la force de sourire à son mari. Elle avait l'impression qu'elle ne pourrait plus jamais connaître le bonheur dans sa vie ; toutefois, en posant les yeux sur lui, elle se dit que l'amour pourrait sans doute la tirer de ce cauchemar de mort, de tromperie et de magie. Elle fit un geste pour demander à Crys d'apporter la carafe et des verres.

Wyl se tourna vers Elspyth.

— Non, tu as raison. Que pourrais-je te dire que seul Wyl Thirsk pourrait savoir ?

La jeune femme réfléchit un instant.

— Lorsque nous avons fui des montagnes…

Elspyth avait eu l'intention de poursuivre, mais un sourire était apparu sur le visage d'Ylena.

— … nous n'avions plus d'argent. Du moins, c'est ce que je croyais, poursuivit Wyl à sa place.

» Car toi, tu avais une bourse dissimulée sous ta robe. Nous avons dormi à l'auberge du Flûtiau à Deakyn et tu as acheté un cheval pour moi avec tout ce qui te restait de monnaie. Je t'ai demandé d'aller à Rittylworth, alors que ton cœur s'inquiétait pour quelqu'un – un homme courageux que nous avions dû laisser derrière nous. J'en suis tellement désolé.

Elspyth eut un sourire de soulagement – bien vite suivi de larmes.

— Oh, Wyl… J'ai tellement de choses à te dire.

Aleda décida qu'il était temps pour elle de reprendre en mains cette situation si chargée d'émotions.

— Soyez le bienvenu dans cette maison… euh… Wyl Thirsk. Je ne comprends rien à cette histoire horrible, mais…

Wyl s'inclina profondément devant la duchesse – une femme qu'il admirait depuis son enfance.

— Je me souviens que mon père racontait combien vous vous étiez montrée bonne pour ma mère après leur mariage, duchesse Aleda. Vous l'aviez aidée à choisir sa robe pour un bal à la cour, alors qu'elle était si jeune et si timide, tout juste mariée à l'homme qui appelait notre roi son « meilleur ami ». Elle savait que la reine se moquait d'elle, mais vous lui rappeliez toujours qu'elle était celle grâce à qui Fergys Thirsk ne perdait jamais une bataille. Vous lui disiez, ma dame, qu'il ne pourrait supporter l'idée de ne pas rentrer chez lui, retrouver la plus jolie et la plus aimée des épouses, dit-il d'une traite avant de s'éclaircir la gorge.

» J'aurais aimé que nous nous rencontrions dans de meilleures circonstances, ma dame, pour que je puisse vous remercier de ces bontés.

Cette fois, c'était Aleda qui sentait ses yeux la trahir. Elle s'inclina doucement devant lui.

— J'aurais aimé vous rencontrer en tant que Wyl Thirsk, répondit-elle.

» Je crois que je vais devoir m'allonger.

Elle crut qu'elle allait s'effondrer à la pensée qui lui vint alors, mais elle la dit à voix haute néanmoins.

— Notre fils Alyd vous vénérait.

— C'était le meilleur ami qu'on puisse rêver, ma dame. Il me manque tellement, répondit Wyl.

» Je vengerai sa mort, ajouta-t-il calmement.

Au ton glacial de sa voix, personne ne pouvait douter de sa détermination.

Chapitre 23

Sur les instances d'une duchesse tatillonne, ils allèrent tous se coucher ; les décisions seraient pour le lendemain. Aleda insista pour que tout le monde laisse Wyl seul avec ses pensées et, malgré ses protestations, elle eut gain de cause. Le corps de sa sœur rejoignit donc le lit qu'Ylena avait quitté quelques heures plus tôt – mais ce fut Wyl qui but la tasse de lait chaud qu'on lui proposait.

— Qu'avez-vous mis dedans ?

— Quelque chose pour vous aider à dormir, répondit gentiment Aleda en faisant bouffer l'édredon.

Wyl retrouvait les sensations qu'il éprouvait lorsque sa mère venait le border.

— J'aimerais tant me réveiller et découvrir que tout cela n'a été qu'un cauchemar, confessa-t-il à son hôtesse.

— Moi aussi, répondit-elle.

Il comprit qu'elle parlait de son fils adoré. Il lui prit la main.

— Je regrette tellement de n'avoir pu le sauver.

Les yeux d'Aleda s'embuèrent, mais elle lutta contre l'envie de pleurer – pour l'instant.

— Il vous adorait tous les deux, vous et Ylena. Je sais que les années passées à Stoneheart ont été heureuses grâce aux Thirsk – et je vous en remercie. Mais écoutez-moi bien, Wyl.

Wyl nota avec satisfaction qu'elle n'hésitait pas à l'appeler par son vrai nom – ce qui la rendait plus chère encore à ses yeux. Qu'ils croient ou non à la magie, certains Morgravians – comme la famille Donal – plaçaient la vie et le devoir au-dessus des superstitions.

— Pleurer ne sert à rien, poursuivit-elle, ça ne fera revenir personne.

En revanche, nous pouvons nous montrer dignes d'eux en vengeant leurs morts prématurées. Peut-être pouvez-vous blâmer cette Myrren pour ce qu'elle vous impose, mais il n'y a qu'un seul monstre dans cette histoire.

La duchesse soulignait son propos d'un index brandi dans l'air.

— Celimus…, murmura Wyl.

Ses paupières s'alourdissaient sous l'effet des drogues d'Aleda.

— Ne l'oublions jamais, dit-elle avec défi.

— Je le tuerai, duchesse.

Dans la bouche d'Ylena, ces mots sonnaient plus glacés que la neige sur la lande en hiver.

— Faites-le et fasse Shar que vous sentiez aussi le poids de ma main sur l'épée… Et celle d'Alyd, d'Ylena et de tous ceux dont vous avez parlé… Et même de cette femme, Faryl.

Ce fut au tour de Wyl d'avoir les yeux pleins de larmes ; Aleda savait qu'elles étaient versées pour Ylena Thirsk.

— C'était une jeune femme courageuse, mon garçon – même si je doute qu'elle aurait jamais pu redevenir celle que vous aviez connue. Elle avait trop souffert. Ylena était pleine de haine et de désir de vengeance – ce dont personne ne pouvait la blâmer. Elle a fait preuve d'une bravoure immense en fuyant Rittylworth pour venir à pied jusqu'ici. C'était une Thirsk avant tout – et une sœur dont on pouvait être fier. Je la pleurerai comme ma fille. Dans le peu de temps que nous avons passé ensemble, un lien particulier s'était créé entre nous.

Wyl ne voulait pas pleurer ; il tourna la tête de l'autre côté.

— Croyez-vous qu'il y a une vie après la mort, Aleda ?

— Oui, je le crois, dit-elle avec conviction, un sourire apparu sur ses lèvres. Ils sont ensemble maintenant, de nouveau réunis avec Shar. Et nous, nous allons poursuivre le combat, Wyl.

— Merci de votre gentillesse, dit-il en glissant dans le sommeil.

» Et le corps de Faryl ? demanda-t-il dans un murmure.

— Nous allons nous en occuper, le rassura-t-elle. Faites de beaux rêves, Wyl Thirsk, ajouta-t-elle en déposant un baiser léger sur son front.

Les rêves de Wyl furent tout sauf beaux.

Il vit une grange aux portes fermées, depuis laquelle montait le bruit effrayant d'un homme en train de crier. Ses hurlements démentiels donnaient à penser qu'il endurait une douleur abominable.

À cet instant, une pensée extérieure vint percuter l'esprit de Wyl.

— *Aide-moi !*

Wyl ne savait pas comment répondre. Il implora l'homme de lui dire qui il était et où il se trouvait, mais tous ses efforts restèrent vains ; la terrible complainte continuait. Plus Wyl tentait d'y échapper et plus les cris devenaient forts – jusqu'à ce qu'ils finissent par envahir jusqu'au dernier recoin de sa tête – la plus petite parcelle de son être. Il s'enfuit en courant – ou s'imagina fuir – mais les hurlements le suivaient. Lorsqu'il se retourna pour faire face, il vit qu'il n'avait pas bougé ; il était toujours devant la grange, dans laquelle une noire magie était à l'œuvre.

Une nouvelle voix s'adressa à lui – une voix douce et amicale qui semblait venir de très loin.

— *Tourne-toi vers moi, fils.*

— *Je ne peux pas*, pensa Wyl, en tendant sa volonté pour résister aux cris.

— *Trouve la force. Tourne-toi et regarde-moi.*

Il lui fallut puiser au plus profond de son courage et de sa volonté pour réussir à se tourner. Cependant, dès que ses yeux quittèrent les portes de la grange, les cris cessèrent.

Son corps s'amollit de soulagement ; son souffle était court.

— *Qui êtes-vous ?*

— *Je suis celui que tu cherches*, répondit aimablement la voix.

— *Le père de Myrren ?*

— *Oui.*

— *Où êtes-vous ?*

— *Viens à moi.*

— *Comment ? Je ne sais pas où vous êtes.*

— *Tu me trouveras.* Il y eut une pause. Il entendit l'homme murmurer quelque chose d'inintelligible, puis : *Je suis là où personne n'ose aller.*

— *Pourquoi ne pouvez-vous pas me le dire ?*

— *Fais confiance au chien*, dit Elysius d'une voix mourante.

— *Revenez !* cria Wyl, mais son interlocuteur n'était plus là. Wyl aurait voulu lui demander qui poussait ces cris d'agonie ; c'était trop tard maintenant. Il n'avait même pas demandé son nom au père de Myrren.

Son rêve se poursuivait.

Une nouvelle vision tournoyait devant lui – il vit Valentyna. Elle s'approchait de lui ; son cœur s'emballa. Elle était toujours aussi belle dans une robe rouge sang, mais son expression était celle d'une hallucinée. Il sourit, tendit les mains pour la toucher ; en vain.

— *Pardonne-moi*, murmura-t-elle. Il poussa un cri, puis s'éveilla en sursaut, l'esprit vide, sans parvenir à se souvenir pour quelle raison il avait crié. Quelque chose l'avait-il effrayé ? Sa chemise était trempée et ses cils collés. Il sortit ses jambes de sous les draps pour les poser sur les couvertures. Devant lui, au bout du lit, il apercevait les jolis pieds d'Ylena. Les événements de la nuit lui revinrent et une vague de vertige et d'amertume le submergea.

Grelottant, il se dirigea d'un pas chancelant vers la bassine d'eau posée sur la desserte. Il s'aspergea la figure, frottant doucement ses yeux poisseux ; sous ses doigts, le visage d'Ylena était totalement différent de celui de Faryl. Ses pommettes étaient plus rondes, son front moins large. Wyl approcha la chandelle pour observer dans le miroir le reflet illuminé qui lui faisait face. La bouche de sa sœur et celle qui avait été la sienne se ressemblaient comme deux gouttes. Il se demanda comment il avait fait pour ne jamais le remarquer ; dans le fond, c'était rassurant.

— J'ai failli, murmura-t-il. Pardonne-moi, ajouta-t-il comme en écho aux mots entendus dans son rêve – les seuls dont il se souvenait.

Mais qui lui avait demandé pardon dans sa vision ? Il ne s'en souvenait plus. *Ce devait être une femme*, se dit-il… Ylena probablement.

Malgré le chagrin, le minois dans la glace face à lui restait magnifique – creusé tout de même et tellement pâle. Tout ce qui avait fait d'Ylena une jeune femme si pétillante, si pleine de vie était maintenant fané. Ne restait plus que l'ombre de celle qu'il avait connue et aimée.

Il plongea en lui pour saisir tout ce qui pouvait rester de son Ylena adorée. Plus qu'avec chacune de ses victimes précédentes, il voulait voir ce qui demeurait d'elle. Après un long moment et beaucoup de patience, il finit par apprivoiser l'ultime empreinte de son essence ; sa douce chaleur l'inonda.

— Je savais que tu n'avais pas pu m'abandonner totalement, dit-il à son reflet, tandis que les réminiscences remontaient en lui.

Des souvenirs d'enfance et de grandes joies revenaient ; et puis d'amour aussi – pour lui, pour Magnus et Gueryn… et plus tard pour Alyd. Wyl savoura le bonheur de ses sentiments pour lui, mais verrouilla tous les élans passionnés concernant Alyd. C'étaient des pensées intimes qui n'appartenaient qu'à elle seule.

Des images sombres de mort et de sang, d'incendie et de crucifixion surgirent également. Il se sentit dévasté par leur intensité, au point de s'agripper au meuble pour ne pas vaciller. Une terrible colère lui venait pour tout ce qu'elle avait dû voir et endurer. Rittylworth était le châtiment ultime imposé à Wyl – il avait apporté la destruction sur la paisible communauté.

—Je tuerai le roi rien que pour toi, ma tendre, murmura-t-il à l'image évanescente d'Ylena.

» Repose en paix maintenant.

D'avoir prononcé cette sentence à voix haute, il se sentit plus fort. Après avoir renfilé tant bien que mal sa robe – toujours étranger dans le corps de sa sœur –, il sortit de la chambre pour descendre le grand escalier de pierre sur la pointe des pieds.

Dans l'arrière-cuisine il trouva une silhouette familière penchée sur une tasse de thé noir fumant.

—Tu ne pouvais pas dormir ? dit-il, faisant sursauter Aremys.

—Ça, je ne risquerais pas d'y arriver, répondit-il en jetant des coups d'œil à la dérobée au nouveau Wyl.

» Tu veux du thé ?

—Avec du miel dedans, s'il te plaît, répondit Wyl, en trouvant Shar sait où la force d'esquisser un petit sourire.

Heureux d'avoir quelque chose à faire, le mercenaire s'exécuta immédiatement, passant dans le dos de Wyl pour aller remplir une nouvelle tasse.

—C'est si difficile de me regarder, Aremys ?

—Non, répondit son ami sans se retourner. C'est juste que j'aimais bien Faryl. Il va falloir que je m'habitue à toi sous les traits de ta sœur.

Son regard finit par se poser sur Wyl et un courant de sympathie passa entre eux.

—Comment les autres le prennent-ils ?

Aremys haussa les épaules.

—La duchesse est extraordinaire. Si j'ai bien compris, c'est aujourd'hui seulement qu'ils ont appris le sort fait à leur fils et la voilà qui passe son temps à s'inquiéter pour toi. Le duc, lui, est en colère. Pour ses fils, je ne sais pas.

—Ils me croient au moins ?

—Oh, sans aucun doute, le rassura Aremys. Mais il faut un peu de temps pour s'y habituer.

—Comme si je ne le savais pas, répondit Wyl en prenant la tasse.

—Il faut bien voir ce qu'ils éprouvent. Même le fait d'être témoin ne simplifie rien pour ce qui est de comprendre ou de croire à cette magie. Shar sait combien moi-même je dois lutter.

Wyl ne répondit pas immédiatement. Il vint poser son menton au creux de ses mains, puis secoua lentement la tête avec accablement.

— Alors qui pourra jamais me faire confiance ?

— Eh bien, ton amie Elspyth te croit et le Montagnard aussi – Lothryn. Et puis Fynch et la voyante, énuméra Aremys tout en calculant sur ses doigts au fur et à mesure.

» Sans compter que tu m'as convaincu moi aussi – et pourtant, je suis un sceptique, Wyl. Tous nous te faisons confiance.

— Pourquoi me croyais-tu avant même de voir le phénomène se produire ? insista Wyl.

— À cause des couteaux. À ma connaissance, personne n'est jamais arrivé à la cheville de Koreldy. Et puis, il y a eu aussi ton comportement étrange avec le roi – et d'autres choses encore, dit-il avec un haussement d'épaules fataliste.

» Enfin, il y a une dernière chose qui m'a prouvé sans conteste que tu étais un homme, ajouta le mercenaire avec un sourire, c'est le fait que tu aies été capable de résister à mon charme.

Wyl pouffa de rire ; comme toujours, Aremys savait parfaitement amener ses effets.

— Tu vois bien qu'il te faut admettre que tout le monde te fait confiance.

— D'accord, dit Wyl en soufflant sur son thé.

— Je suis désolé qu'il ait fallu que ça tombe sur elle, Wyl, dit le colosse, qui avait finalement trouvé le courage de cet aveu.

— Moi aussi, répondit Wyl avec un coup d'œil à son ami indiquant qu'il ne voulait plus jamais en parler.

Ils méditèrent quelques instants au-dessus de leur thé, dans un silence léger. Les craquements du bois dans l'âtre concouraient à créer une atmosphère sereine. Wyl réchauffait les longs doigts d'Ylena contre la tasse – tout en luttant contre le sentiment de répulsion que leur vue lui inspirait.

— Que va-t-on faire maintenant ? demanda finalement Aremys.

— Comme tu as dit – il faut que je trouve le père de Myrren.

Aremys but une gorgée en hochant la tête.

— J'ai bien réfléchi et…

— C'est dangereux ça, dit Wyl en retournant à son ami le sourire complice apparu sur son visage.

Après tout, peut-être survivraient-ils à tout ça.

— Tu ne peux pas voyager seul.

— Ah non ! Tu ne vas pas me dire que tu veux aussi coucher avec Ylena, dit Wyl avec une grimace d'horreur feinte.

Un gros rire roula dans la gorge du colosse ; après toutes ces horreurs, c'était réconfortant d'entendre un peu de gaieté.

— Je ne dirais pas non, bien sûr, si tu me le proposais…, commença-t-il en notant le coup d'œil de Wyl dans le joli visage de sa sœur.

» Mais je voulais surtout dire que tu avais besoin d'un compagnon à tes côtés.

— Tu penses que je ne peux pas prendre soin de moi sous cette apparence ?

— Je sais que tu peux le faire, mais tu restes une cible. Si tu m'autorises à voyager avec toi, ça évitera d'éveiller l'intérêt que suscite inévitablement une jeune femme noble seule sur les routes.

Wyl pesa le pour et le contre. Après tout, Aremys n'avait pas tort – en tant qu'Ylena, sa vulnérabilité était réelle. Sans compter que la compagnie du géant n'était pas désagréable.

— C'est d'accord, dit-il finalement.

Aremys leva des yeux étonnés sur Wyl.

— Quoi, tu n'essaies même pas de discuter ? Pas de couteaux ? Rien ?

— Non, tu as parfaitement raison. Je n'ai pas de temps à perdre avec tous ceux qui pourraient s'intéresser à moi.

— Bien, alors ça y est, grogna Aremys avec soulagement.

» Où allons-nous ?

— J'ai fait un rêve cette nuit.

— Ah ? répondit son ami en haussant un sourcil.

— Peut-être même était-ce une vision, soupira Wyl en se grattant l'oreille.

Aremys avait déjà noté ce geste chez Faryl ; c'était sans doute un tic de Wyl Thirsk. Quelque part, tout cela était plutôt rassurant.

— On parle bien trop de magie, reprit Wyl. Mais c'était tellement réel… du moins c'est l'impression que j'avais.

— Raconte.

— Une voix m'a dit d'aller là où personne n'ose aller.

— Voilà qui est précis. Avec ça, on va le trouver sans problème.

— C'est tout ce qu'il m'a dit, répondit Wyl avec un petit coup d'œil aimable.

— D'accord. Alors, où cela peut-il bien être ?

— De l'autre côté des mers ? hasarda Wyl.

— Laquelle ?

Wyl haussa les épaules.

— Dans les Razors alors. Personne n'a envie d'aller dans les Montagnes en ce moment, avec la guerre qui couve.

— Est-ce que c'était une voix d'homme ? demanda Aremys.

Wyl confirma d'un hochement de tête.

— Son accent n'était pas celui du nord, si c'est ce à quoi tu penses. En fait, c'était un accent de Morgravia avant tout – avec une pointe méridionale, un peu comme celui que j'avais.

— Pour un Morgravian, Briavel est un endroit où l'on ne va pas.

— Si ce n'est que les deux royaumes commercent depuis quelques années déjà, répliqua Wyl en secouant la tête.

» Non, je ne crois pas que ce soit Briavel.

— Eh bien, il reste les Terres sauvages, dit Aremys en se levant pour s'étirer.

— Les Terres sauvages ? À l'est de Briavel ? Mais il n'y a rien là-bas.

— Comment le sais-tu ? Aucun de nous n'y est jamais allé.

— Il n'y a pas une histoire de malédiction ? ajouta Wyl. Ceux qui s'y rendent ne peuvent plus en repartir ?

Aremys hocha la tête d'un air entendu.

— On dit que c'est un lieu enchanté. Tout à fait le genre d'endroit où vont ceux à qui on a jeté un sort, non ?

— Ce n'est pas drôle, siffla Wyl, hérissé.

— Ce n'était pas censé l'être, répondit son ami d'un ton uni. Mais pour moi, l'association est évidente – est-ce qu'un sorcier ne doit pas vivre dans un lieu enchanté ?

Wyl ferma les yeux et inspira profondément, dans l'espoir de retrouver un semblant de sérénité.

— Je n'ai pas de meilleure idée.

— Bien. Alors allons y jeter un coup d'œil.

— Et comment va-t-on là-bas ?

— Vous n'irez nulle part sans moi, dit Elspyth depuis le seuil de la pièce.

» Je ne pouvais pas dormir et j'ai entendu des voix, ajouta-t-elle en haussant les épaules à leur intention.

Ses yeux vinrent ensuite se poser sur Wyl, avec une certaine hésitation ; le visage d'Elspyth montrait toutes les émotions qu'elle éprouvait.

Wyl contourna la table pour prendre son amie dans ses bras.

Elspyth pleurait doucement, mais les yeux d'Ylena restaient secs – elle en avait fini avec les larmes.

— Ne pleure pas, Elspyth. Les larmes ne leur servent à rien.

— Je sais, répondit-elle. Mais tout est ma faute. Tu m'avais dit de ne pas parler. J'aurais dû tenir ma langue, ne pas révéler ton secret...

Wyl posa son doigt féminin sur sa bouche.

— Arrête. Ylena aurait tué Faryl dans tous les cas. C'est moi qui ai commis une erreur. J'aurais dû le prévoir et réagir plus vite... Mieux, j'aurais dû envoyer Aremys en premier pour expliquer que je n'étais pas venue la tuer.

— Tout ça est tellement... tellement triste.

Il la serra une nouvelle fois dans ses bras, très fort ; il fallait qu'elle accepte son pardon.

— Au fait, est-ce que quelqu'un a songé à te présenter mon ami Aremys ? Il sait tout.

— Je suis désolée, Aremys, que nous nous rencontrions dans des circonstances aussi difficiles, dit-elle en lui tendant la main.

Le colosse serra doucement sa menotte dans son énorme battoir.

— Wyl m'a dit quelle chance il avait de vous avoir pour amie, dit-il en lui faisant grand plaisir avec ses paroles aimables.

» Même si vous êtes trop bavarde, ajouta-t-il.

Un voile de tristesse tomba sur le visage d'Elspyth.

— Ne fais pas attention, la rassura Wyl. Aremys aime bien taquiner les autres.

Sourcils froncés, Elspyth se tourna vers le géant et sa mine de plaisantin ; elle accepta la raillerie de bonne grâce.

— Pourrais-je en avoir un peu ? demanda-t-elle en désignant le thé du menton.

— Bien sûr, s'empressa Aremys en souriant pour confirmer qu'il n'avait pas voulu la blesser.

Il appréciait d'avoir à s'occuper.

— Et où allez-vous maintenant ? demanda Elspyth d'un ton accusateur à la jeune femme angélique assise en face d'elle.

— Avant d'entreprendre quoi que ce soit, je dois d'abord trouver le vrai père de Myrren. Il faut que j'en apprenne plus sur cette magie qui m'habite.

— Je comprends, répondit-elle d'un ton ferme.

— Ça ne change rien au serment que je t'ai fait. Je retournerai dans les Razors pour le chercher.

— Il m'a parlé, Wyl, avoua-t-elle avec un tremblement dans la voix. Il était plongé dans les ténèbres et la douleur – et il était terrorisé. Il y avait quelqu'un d'autre également, mais je n'ai pas vu qui. En tout cas, la magie était là tout autour – j'en suis sûre.

— Qu'a-t-il dit ?

Les mots d'Elspyth avaient renvoyé son esprit à son propre rêve.

— Il m'appelait, répondit-elle, rendue songeuse par le souvenir de sa souffrance.

— C'est tout ?

Ses sourcils s'arquèrent sous l'effet de la concentration.

— Non, il y a autre chose. Il m'a demandé de dire à Romen qu'il attendrait. Ensuite, il a ajouté quelque chose d'étonnant, d'incompréhensible – que je n'ai pas saisi.

— C'était quoi ? l'exhorta Wyl.

— Il m'a demandé de te dire qu'il n'était plus tel que tu le pensais, dit-elle en regardant intensément le visage d'Ylena.

— C'est tout ?

— Oui, répondit-elle en remerciant d'un signe de tête Aremys qui déposait une tasse devant elle.

» Qu'est-ce que ça peut bien signifier ?

Wyl se mit debout avec grâce et légèreté, avant de se mettre à faire les cent pas. Si ses amis avaient connu Fergys Thirsk, ils auraient vu que Wyl avait pris l'habitude qu'avait son père de marcher pour réfléchir.

— Je n'en ai pas la moindre idée, mais étonnamment j'ai moi aussi fait un rêve cette nuit – du moins, je crois que j'ai rêvé. Tu viens juste de me le rappeler. Je ne sais pas quel était celui qui m'appelait, mais de toute évidence il endurait une terrible souffrance. C'était un homme… qui hurlait pour qu'on vienne le délivrer.

— Il le torture, s'exclama Elspyth d'une voix blanche.

Tous savaient qui était le bourreau dont elle parlait.

— En tout cas, si c'est bien lui qui nous appelle, nous savons au moins qu'il est en vie.

Aremys s'assit à la table.

— Est-ce qu'il s'agit de ce Lothryn dont tu nous as parlé ?

Elspyth et Ylena hochèrent la tête de conserve.

— Je n'ai jamais abandonné l'espoir que Cailech l'ait gardé vivant, dit Wyl.

— Mais tu pensais également que la torture n'était pas assez pour Cailech – « pas son style », tu as dit.

— C'est exact. Mais la douleur peut venir d'autre chose.
— Comme quoi ? demanda Aremys.
— La magie, murmura Elspyth.
Wyl la regarda en face ; il n'avait pas voulu prononcer le mot lui-même.
— Pourquoi pas ? poursuivit-elle, en colère maintenant que l'idée avait pris corps en elle.
» Cailech a ce maudit conseiller – Rashlyn – avec lui. N'est-il pas magicien ? La simple vue de ses yeux fous m'a glacée jusqu'au sang.
— Entre autres choses, oui, répondit Wyl avant de boire une gorgée.
» Je ne tiens pas à ce que tu te précipites seule dans les Razors, Elspyth. Je sais que cette idée t'a traversé l'esprit, ajouta-t-il.
Les joues d'Elspyth s'enflammèrent.
— Je ne peux tout de même pas m'asseoir et rester les bras croisés.
— Cailech te tuera – sans discuter, sans la moindre pitié. Tu peux me croire.
— Et comment peux-tu en être sûr ?
Wyl hocha lentement la tête, en s'interrogeant sur la tension entre Ylena et elle ; les choses étaient différentes lorsqu'il était Koreldy – plus harmonieuses. Le fait qu'il soit femme créait peut-être un obstacle. Sans doute Elspyth se serait-elle sentie plus à l'aise s'il avait été un homme et non pas cette beauté fragile qui avait été sa sœur.
— Parce que Cailech est impitoyable. Il te fera exécuter à vue.
— Et qu'est-ce qui te permet de croire que toi tu pourrais vaincre ses défenses, Wyl Thirsk ?
— Le fait que je ne suis plus Romen Koreldy ! Il ne connaît pas Ylena Thirsk – alors qu'il te connaît, toi. De plus, je ne suis pas impressionnante avec ma tresse blonde, ma robe de soie et mes mains fines, dit Wyl tandis que le visage d'Elspyth s'éclairait.
» C'est notre meilleure arme. Fais-moi confiance et sois patiente… Lothryn résistera.
À cet instant, la duchesse Aleda surgit dans la pièce.
— J'ai entendu des voix, dit-elle. Tant pis pour l'heure, faisons quelque chose à manger.
» Comment allez-vous ? demanda-t-elle en posant son regard plein de bonté sur Wyl.
— Ça va mieux, merci, répondit Wyl.

— C'est le sang des Thirsk qui parle en vous, répliqua Aleda en lui retournant son sourire.

» J'avais dit à Jeryb que vous retrouveriez tout votre mordant avant l'aube.

Wyl était seul avec le duc. Il avait atténué la féminité d'Ylena en adoptant une tenue de cavalière et en rassemblant son opulente chevelure en une tresse informe tirée en arrière. Pourtant, malgré tous ses efforts, il ne se sentait pas en Ylena comme il s'était senti en Faryl ; il ne pouvait dissimuler sa beauté éthérée ou rendre ses mouvements moins élégants. Néanmoins, quoi qu'il en pense, il n'avait d'autre choix que de s'accoutumer à être Ylena.

La duchesse Aleda lui avait remis une bourse contenant une vraie fortune.

— Achetez ce qu'il vous faut de vêtements et de nourriture – tenez votre rang, avait-elle dit. Pardonnez-nous pour tout ce qui est arrivé. Je me sens responsable.

— Il ne faut pas, l'avait-il rassurée.

Il avait voulu refuser l'argent, sachant pouvoir compter sur les nombreuses caches de Faryl, mais il s'était alors rendu compte qu'Aleda s'efforçait simplement de participer de la seule manière qu'elle pouvait. Il accepta donc gracieusement son geste.

— Vous me croyez donc ? avait-il encore demandé.

— Comment pourrions-nous ne pas vous croire ? Nous avons vu deux personnes souffrir l'agonie et l'une d'elles est morte – ensuite, l'Ylena que nous avions connue n'était plus là. Vous nous avez dit des choses que seul Wyl Thirsk peut savoir. Même votre façon de parler n'est plus celle qu'avait votre sœur. Et puis, avec les événements horribles qui se passent, nous devons croire en cette magie effrayante.

— Vous avez fait preuve d'une grande vaillance, Aleda, avait-il encore dit en la prenant dans ses bras pour lui dire au revoir.

» Merci de croire en moi au milieu de tous ces mystères.

— Vous êtes la preuve vivante que tout est vrai. Je m'efforcerai d'y voir plus clair dans les temps à venir. D'ici là, je compte sur vous pour tenir la promesse de nous aider à venger Alyd et Ylena.

La duchesse n'avait pas pleuré. Elle était le socle de la famille et pas question pour elle de se laisser aller à la faiblesse et aux émotions alors qu'un combat restait à livrer. Tournant les talons, elle l'avait laissé avec son mari.

— Crys va la conduire jusqu'à la frontière, dit le duc en désignant du menton l'endroit où Elspyth était assise à côté de Pil.

— Je sais qu'elle sera en sécurité une fois en Briavel, répondit Wyl.

Crys s'approchait.

— Peut-être devrions-nous convenir d'un mot de reconnaissance… euh, juste au cas où la malédiction se reproduirait, suggéra Jeryb.

Wyl soutint le regard du duc ; il avait raison.

— Que proposez-vous, messire ?

Le vieil homme réfléchit quelques instants, les yeux levés au ciel.

— « Couteau de cuisine » – parfaitement anodin, mais je suis sûr qu'aucun de nous ne l'oubliera.

— C'est sûr que je ne l'oublierai pas, messire, répondit Wyl, dont les yeux avaient foncé à l'évocation de ce souvenir.

— Vous êtes sûr que vous ne voulez pas que je conduise Elspyth en sûreté jusqu'à Werryl ? demanda Crys.

— Non, Crys, il y a trop d'espions. Votre nom et votre famille ne doivent surtout pas être associés à Briavel. Amenez-la à la frontière – la lettre que je lui ai remise lui servira de sauf-conduit.

Crys hocha la tête.

— Que Shar vous protège.

Wyl serra la main du jeune homme, une nouvelle fois frappé de sa ressemblance avec Alyd. Crys les quitta ensuite pour aller donner ses instructions à ses frères.

Le duc secouait la tête d'un air navré.

— Après toutes ces années de combat, voilà que Felrawthy pactise avec l'ennemi, dit-il d'un ton lourd.

— Briavel n'est pas l'ennemi, messire – c'est notre propre roi qui l'est. En fait, Valentyna et Briavel sont nos alliés.

— Fergys Thirsk doit se retourner dans sa tombe, dit le duc avec un air dégoûté.

— Non, messire. Mon père approuverait notre stratégie.

— En es-tu bien sûr ?

— Aussi sûr que c'est moi qui suis ici, affirma Wyl. (Les deux hommes eurent un sourire forcé.) Nous nous sommes bien mis d'accord sur l'histoire à raconter : Ylena n'est jamais venue ici, contrairement à Faryl qui n'a fait que passer. Cela laisse Tenterdyn hors de cause. Entre-temps, vous ne devez donner à Celimus aucun motif de croire que vous nourrissez des soupçons contre lui.

» Je sais que vos hommes doivent arriver bientôt – alors préparez une explication au cas où l'on poserait des questions. Quels que soient les mensonges que pourra vous servir le roi, acceptez-les sans discuter. Ne lui montrez rien – aucune émotion. Il va certainement préparer quelque chose pour expliquer la disparition de votre fils.

— Pourquoi ne puis-je pas simplement le tuer ? dit le duc – et cette fois, sa voix se brisa.

— Parce que vous ou celui à qui vous confieriez cette tâche ne sortirait jamais vivant de Stoneheart. Les légionnaires ont prêté serment de mourir pour leur roi… et ils tiennent leurs promesses. Vous et votre famille seriez traqués et massacrés – puis il ferait pourchasser tous vos partisans. Je vous en supplie, croyez-moi lorsque je dis qu'il est sans pitié. Vous n'imaginez pas son ambition – vous avez quitté Pearlis depuis trop longtemps.

— Pour livrer les combats de la Couronne ! grogna le duc, sans vraiment de conviction.

— Par ailleurs, Celimus s'est constitué une armée privée de mercenaires, poursuivit Wyl. Il est bien protégé. Non, duc, écoutez mes conseils – mieux vaut prendre Celimus à son propre jeu.

» Moi, j'ai bien moins à perdre que vous. Laissez-moi le soin de le tuer.

— Je dois donc rester assis sans lever la main.

— Comme nous en avons convenu ce matin, messire. Rassemblez des troupes autour de Tenterdyn, mais au nom de Shar, faites que cela ait l'air aussi innocent que possible. Parlez avec lui – voyez ce qu'il a à dire. Et si dans le même temps vous pouvez infiltrer la légion et passer le mot, ça n'en sera que mieux. Voyez qui est loyal à notre cause.

» Et méfiez-vous de Cailech, messire. Il est imprévisible et bien plus puissant que nous ne le pensons.

— Tu crois vraiment qu'il va lancer un raid sur Morgravia ?

— Pas pour l'instant, mais il est capable de tout. N'oubliez pas, il est aussi rusé qu'intelligent. Il n'agira pas ouvertement – voire il ne fera rien du tout –, mais maintenez toujours vos hommes en alerte. En fait, prenez l'excuse de Cailech pour amener vos troupes ici. Celimus n'y trouvera rien à redire.

— Est-ce que je devrais offrir mes services au roi ? demanda Jeryb, comme s'il venait de mordre dans un fruit amer.

— Montrez-vous serviable. Ça le tiendra éloigné de votre piste, messire.

— Que sont devenues les bonnes vieilles guerres d'antan ? dit le vieil homme avec un soupir.

Wyl tendit vers lui la main blanche et fine de sa sœur.

— C'est un combat inédit que nous livrons aujourd'hui, messire – en recourant à l'intrigue… et à la magie.

Jeryb ne put retenir une grimace.

— Que Shar te guide dans ton étrange existence, mon garçon, dit le duc.

» J'attendrai ton message.

— Soyez patient et fort, messire, répondit Wyl, qui sentait le désir de revanche chez le vieil homme.

» Vous recevrez de mes nouvelles.

Ylena traversa l'élégante cour du manoir pour rejoindre Elspyth, debout près de son cheval. Le duc avait fourni d'excellentes montures à ses hôtes.

— Comment te sens-tu ? demanda-t-il.

— En colère.

— Fais-moi confiance. Je te tiendrai informée.

— Tu sais pourtant combien j'ai envie de rentrer chez moi, à Yentro.

— Ne me mens pas. Je sais combien tu as envie de filer droit vers les Razors.

— Je ne t'appartiens pas, Wyl Thirsk, je fais ce que je veux, répondit Elspyth avec une mine boudeuse.

» Je suis sincèrement désolée de ce qui t'arrive, mais toi au moins tu vas où tu veux – là où ton cœur et ton devoir t'appellent. Et moi ?

— Pardonne-moi, Elspyth, tu as raison, répondit Wyl en courbant la tête. Toutefois, je ne veux pas te perdre toi aussi. Tu ne comprends donc pas que je fais ça pour te sauver, pas pour te nuire ?

— Et Briavel est tout ce que tu as à m'offrir ?

— Pour l'instant, oui. C'est important – pour ta sécurité et pour notre cause. Toi aussi tu veux que Celimus paie. Alors fais ce que je te dis. Va te mettre sous la protection de Valentyna. Je te rejoindrai là-bas et je verrai alors ce que nous pouvons faire pour Lothryn.

Elspyth braquait son regard sur lui, sachant pertinemment qu'il parlait juste, mais le haïssant en cet instant de s'occuper autant d'elle. Bien peu de personnes avaient pris soin d'elle comme ça.

— Et je ne peux rien lui dire, bien sûr.

— Rien ! Et cette fois, je veux que tu gardes mon secret – de toute façon, elle ne comprendrait pas. Deviens son amie, si elle le veut bien – tu sais quoi dire. Tu seras en sûreté jusqu'à ce que je vienne te chercher.

— Tu viendras ? demanda-t-elle en lui saisissant le bras.

Wyl hocha la tête ; la tresse d'Ylena bougeait dans son dos.

— Je te le promets. De toute manière, je ne parviens pas à mourir malgré tous mes efforts, dit-il en plaisantant à moitié, sans parvenir à arracher un sourire à Elspyth.

» Du moins, pas encore, ajouta-t-il en serrant amicalement son épaule.

Ylena se tourna ensuite vers Pil.

— Dans toute l'agitation de la nuit dernière, je ne crois pas avoir eu l'occasion de te remercier pour tout ce que tu as fait pour ma sœur.

— J'aurais voulu faire tellement plus – la protéger…, répondit le novice, intimidé.

Wyl prit sa main dans la sienne.

— Tu as fait énormément. C'est moi qui ai failli, pas toi.

— Je ne comprends toujours rien, avoua Pil. Vous étiez Koreldy lorsque vous êtes passé à Rittylworth ?

— J'en ai bien peur. J'espère que tu me pardonnes mes mensonges.

— Je sentais bien qu'il n'était plus le même, répondit Pil en agitant la tête. J'étais plus jeune lors de sa première venue, alors j'ai pensé que ma vision sur lui avait changé avec l'âge.

— Pil, j'apprécierais que tu gardes tout ça pour toi.

— Je crois qu'on m'enfermerait comme fou si je racontais cette histoire, répondit le novice.

» Je ne dirai rien de votre secret.

Wyl changea de sujet.

— Tu te souviens de ce que tu dois dire ?

Pil hocha la tête, l'air subitement mécontent.

— La femme dénommée Faryl est venue, puis repartie immédiatement.

— Très bien, Pil – n'oublie pas que ce mensonge sert une bonne cause, dit Wyl à qui sa gêne n'avait pas échappé.

» Et maintenant, tu vas rejoindre le moine, à Brynt ?

— Oui, je vais ramener son âne à frère Tewk. Si vous avez besoin de moi, mon aide vous sera toujours acquise – même si j'ignore comment nous pourrions nous retrouver, dit Pil en haussant les épaules, l'air embarrassé.

— Nos chemins se croiseront peut-être à nouveau, qui sait ? Que la lumière de Shar soit toujours sur toi.

Elspyth serra le garçon dans ses bras. Pil fit ensuite ses adieux à la famille Donal, avant d'enfourcher sa bête.

— Alors, on se sépare une nouvelle fois, Wyl, dit Elspyth, bien déterminée à ne montrer ni sa peine, ni sa peur.

— Oui, je te demande une nouvelle faveur – un nouveau voyage, répondit-il en passant ses bras autour d'elle.

» Merci de croire en moi.

Elspyth se dégagea de son étreinte, pour fixer le nouveau corps de Wyl.

— Je te fais confiance. Ne m'abandonne pas.

— Promis. Et au fait, nous avons un code de reconnaissance.

Elspyth fronça les sourcils ; Wyl expliqua l'idée du duc.

— Comme ça, si tu viens sous les traits de notre ennemi, on saura que c'est toi et on ne te tuera pas.

— Exactement. Le mot de passe est « couteau de cuisine » – je pense que le duc a fait de l'humour malgré lui.

Elspyth eut un petit sourire.

— Fais attention à toi, Wyl. Je veillerai sur ta reine pour toi, dit-elle, tout heureuse que son commentaire l'ait fait se retourner.

« Ta reine. »

Même dans le corps d'Ylena, Wyl ne pouvait dissimuler sa passion pour elle.

Aremys était déjà en selle.

— Nous ferions mieux d'y aller, dit-il, sauvant Wyl de son au revoir interminable.

— Où allez-vous ? demanda Elspyth.

— Apparemment, là où personne n'ose se rendre, répondit Aremys avec un regard indiquant qu'il n'en avait pas la moindre idée.

Sans façon, il enserra son petit corps entre ses bras.

— Prends soin de toi, la « bavarde ».

Ils avaient décidé que Wyl voyagerait sous l'identité de dame Rachyl Farrow de Grenadyne – en priant Shar que Celimus ne pousse pas ses investigations si ce nom revenait à ses oreilles.

— C'est ton vrai de nom de famille, n'est-ce pas ? demanda Wyl.

Aremys buvait une bière de très honorable qualité tandis qu'Ylena devait se contenter d'une version largement coupée à l'eau. Ils avaient fait halte dans une auberge de Brynt convenant à une dame de haut lignage.

Aremys confirma d'un hochement de tête.

— Au moins, comme ça je peux te donner toutes les informations dont tu as besoin.

— Tu es sûr que Celimus ne soupçonnera rien ?

— D'accord, nos familles se sont vues, mais c'était il y a longtemps. Tu pourrais très bien être une petite sœur.

— Plus jeune que ta vraie sœur, alors.

— Ou une autre encore. Ne t'inquiète pas, dit le colosse en buvant une gorgée.

» La Couronne n'a jamais vraiment entretenu de liens avec Grenadyne. Il s'est juste trouvé que nos pères avaient combattu ensemble – et qu'ils se connaissaient un peu. Pour Celimus, Grenadyne est juste un trou perdu où on élève des chevaux – ça doit être la seule chose qu'il en connaisse.

— De quoi j'ai l'air ? demanda Wyl en lissant de la main le corsage de la robe qu'il venait de passer dans sa chambre.

— D'une jeune noble dans toute sa splendeur, répondit Aremys, en détaillant les atours de son ami.

— J'ai hâte d'être à demain, pour troquer ces jupons contre ma tenue de cavalière.

— Tu souffres pour notre bien à tous.

— Au fait, où est le corps de Faryl ?

— Les jumeaux sont allés l'enterrer au loin.

— Parfait. Donc si les hommes du roi viennent…

— Ils ne trouveront rien et se diront qu'elle est en route pour Briavel ou ailleurs. Aucune importance.

— Pil pourrait nous trahir, dit Wyl, les yeux fixés au fond de son verre.

— Tu crois vraiment ?

— C'est un homme de Shar. Les mensonges au sujet d'Ylena et de Faryl ne lui viennent pas facilement.

— Il préfère sans doute finir facilement au fond d'un cachot…

Ylena esquissa une petite grimace.

— Je suppose que ça ne sert à rien de s'inquiéter – de toute façon, nous ne pouvons plus rien. Je me demande quand même pourquoi le sorcier ne m'a pas dit où aller ?

— Peut-être ne pouvait-il pas ? répondit Aremys avec un haussement d'épaules.

— Et pourquoi ça ? Même si, à bien y réfléchir, il n'a effectivement pas dit grand-chose… En tout cas, après mûre réflexion, je ne vois rien d'autre que les Terres sauvages.

— Ça, c'est incontestablement un endroit où personne n'ose aller.

— Que sais-tu à leur sujet ?

— Pas grand-chose, répondit Aremys avec un soupir. On dit que c'est un lieu hanté – comme vivant en quelque sorte. Tu sais à quel point les gens étaient superstitieux en Briavel et en Morgravia autrefois.

— Les vieilles histoires… Et tu y crois ?

— Un lieu « enchanté » – c'est plutôt ça.

— On dit que beaucoup ont tenté de percer leur mystère, mais que personne n'en est revenu.

— Je l'ai entendu dire. Ça pourrait bien être vrai, tu ne crois pas ?

Wyl agita tristement la tête.

— Jusqu'à ce que je devienne Koreldy, cette idée m'aurait fait rire. Depuis, je suis forcé de croire que la magie existe. J'avais toujours pensé que les Terres sauvages n'étaient qu'une légende à cause de l'inhospitalité de ces territoires.

Aremys vida son verre, avant de s'étirer.

— S'il n'y avait aucun danger, ces terres auraient déjà été annexées par Briavel. Or, il y a bien quelque chose qui tient à distance tous les conquérants.

— Il y a un autre élément, dit Wyl, en vidant son verre à son tour, d'une manière bien plus raffinée qu'il ne l'aurait souhaité.

— Qu'est-ce que c'est ?

— Filou.

— Ce chien dont tu m'as parlé ?

— Oui. Je crois qu'il va me trouver pour me guider.

— De plus en plus étrange, murmura Aremys en s'essuyant la bouche d'un revers de manche.

» Alors on attend ?

— Non, on avance. Il nous retrouvera.

— Est-ce que tu fais confiance à Elspyth ?

— Absolument, répondit Wyl avec emphase.

— Plus précisément, est-ce que ses sentiments pour Lothryn ne risquent pas de devenir un problème ?

Wyl finit son verre en s'efforçant de ne pas faire trop de manières.

— Le pire dans tout ça, c'est de toujours s'en remettre aux autres, Aremys. Je compte sur Elspyth pour transmettre un message à la reine Valentyna. J'espère que le duc, malgré son chagrin et sa colère, saura se montrer ferme, tiendra le nord… et restera loyal au roi – alors qu'il ne rêve que de lâcher son armée sur Pearlis. Et je prie pour que Valentyna garde son sang-froid et ne capitule pas face à Celimus – tout en espérant que Cailech n'entreprenne rien de téméraire, énuméra Wyl en terminant par un soupir d'agonie.

—Ne compte sur personne, Wyl, dit le mercenaire en fixant Ylena dans les yeux. Telle est ma devise. Tu ne peux pas diriger la vie des autres. Fais ce que tu as à faire et prends les problèmes un par un, au fur et à mesure.

» Je ne crois pas qu'Elspyth saura attendre si tu tardes trop. Et je ne pense pas que ta reine pourra repousser Celimus encore bien longtemps ou que Cailech ne prendra pas d'initiative. Et qui pourrait en vouloir à Felrawthy de lancer des représailles ?

» Tout ce que toi tu dois faire, c'est te concentrer sur une seule et unique priorité – tu ne peux pas être partout à la fois. Tu veux des réponses au sujet de ta malédiction ? Alors, allons les chercher.

—Pourquoi fais-tu cela pour moi, Aremys ?

Le colosse secoua son verre vide.

—Franchement, parce que je n'ai rien de mieux à faire.

Chapitre 24

Le roi Cailech prit l'enfant avec un tel élan d'affection qu'il le sentit haleter entre ses bras. Il calma son gémissement et s'extasia de la vigueur qu'il montrait déjà. Il l'avait vu ruer des quatre fers sous le coup de la joie ou de la faim et avait ri de bonheur d'entendre ses cris puissants.

Un jour, tu seras un grand roi, songea le seigneur des Montagnes empli de fierté.

Caressant ses fins cheveux blonds, Cailech eut un doux sourire en apercevant la fossette dans sa joue. Enfant, il avait eu la même ; c'était bien son fils. Sa mère lui avait dit que c'était un signe divin – la marque d'Haldor réservée à ceux dont le destin s'annonçait exceptionnel.

— Aydrech, murmura-t-il doucement.

Jamais Cailech n'avait éprouvé un tel sentiment d'amour. La force du lien qui l'unissait à ce petit d'homme issu de sa chair était si puissante qu'il se sentait submergé.

— Mon fils, ajouta-t-il en l'embrassant doucement.

Son cœur battait à tout rompre. En cet instant de tendresse infinie, il sut qu'il ne pourrait jamais adorer personne plus qu'Aydrech – son héritier.

Des éclats de voix le tirèrent de son extase. Il plongea son regard dans les yeux encore foncés du bébé – mais qui ne manqueraient pas de devenir verts comme les siens.

— Viens voir mon nouvel étalon, mon fils, dit-il en tendant à regret son enfant à sa nourrice.

Rashlyn arrivait avec sa mine sauvage.

— C'est prêt ? demanda le roi.

Le *barshi* confirma d'un simple hochement de tête.

— Amène l'enfant, ordonna-t-il à la femme, qui leur emboîta le pas.

Ils s'approchèrent d'un enclos de terre battue, cerné d'une palissade – l'arène de dressage. Cailech gravit les trois marches menant à une petite plate-forme ; la nourrice suivait avec son fils, la bouche goulûment accrochée à un sein dissimulé sous un châle.

L'attention du roi était totalement captivée. Ses yeux suivaient son nouvel animal, dont la robe noire luisait sous les feux vifs du soleil hivernal. La bête sauvage souffla de manière menaçante ; ses narines palpitaient tandis que ses sabots martelaient le sol furieusement.

— Il est magnifique, souffla Cailech, ébahi. Vraiment magnifique.

Il était encore plus beau qu'il ne l'avait imaginé.

Un dresseur – l'un des meilleurs, si ce n'est le meilleur des Montagnes – s'inclina devant son souverain.

— Seigneur Cailech, voulez-vous que je commence ?

— Non ! Il est à moi, répondit le roi en sautant en souplesse dans l'arène.

Il jeta un coup d'œil en direction de Rashlyn, dont les lèvres esquissaient un infime sourire.

— Comme il vous plaira, répondit l'homme. Attention tout de même, seigneur. Il est très agressif. Un traitement spécial va être nécessaire.

Cailech hocha la tête en prenant les gants et la corde que l'homme lui tendait.

— Pas question de l'entraver ou de le frapper, Maegryn.

Immédiatement, l'inquiétude apparut sur le visage du dresseur.

— Mais, seigneur Cailech, il ne comprend que ce langage.

Devant la mine inflexible de son roi, l'homme baissa la tête, vaincu.

— Au moins, permettez que je commence.

Cailech posa une main sur l'épaule du dresseur qu'il dominait de toute sa taille.

— Ne t'inquiète pas. Il ne me fera aucun mal. Je ne veux pas le faire souffrir – je vais le soumettre selon l'ancienne méthode – par la douceur. Lui et moi devons être en confiance. Il doit apprendre à me craindre sans avoir à connaître la douleur. C'est la meilleure façon de la conquérir, tu ne penses pas ?

Le dresseur n'entendait rien à ces paroles.

— Seigneur Cailech, vous...

— Suffit, Maegryn. Je sais ce que je fais, affirma Cailech en pénétrant dans l'enclos.

Plusieurs spectateurs assistaient à la scène. Le mot se répandit bien vite que le roi en personne soumettait un nouvel étalon – particulièrement sauvage. Cailech fit claquer la corde sur sa cuisse ; l'animal tourna vers lui le regard furieux de ses yeux noirs. Après plusieurs jours passés à l'intérieur, à l'isolement, le grand air des montagnes, vif et piquant, l'emplissait d'une énergie bouillonnante. Cailech voyait maintenant le blanc de ses yeux – signe évident qu'il était sur le point de devenir fou d'avoir été enfermé.

L'étalon souffla. C'était une menace à laquelle Cailech devait répondre.

— Haa ! hurla-t-il en claquant de nouveau la corde sur ses cuissardes de cuir.

Le cheval piaffa violemment. Une nouvelle menace – dangereuse cette fois.

D'un coup d'œil, Maegryn indiqua aux aides alentour de se tenir prêts à bondir dans l'arène pour détourner l'attention de l'animal s'il venait à charger.

Cailech se redressa de toute sa taille, menton levé. Il avait hérité du talent de son père, fameux dresseur en son temps. Les initiés comprirent que par cette simple attitude, Cailech jetait le gant à l'animal – le défiait de mesurer sa puissance à la sienne. C'était un vrai bras de fer – force vitale contre force vitale, mâle contre mâle. Le fait qu'ils appartiennent à deux espèces différentes n'avait aucune importance. Le cheval connaissait exactement la nature de l'enjeu – il ne pouvait y avoir qu'un seul dominant.

Le roi fit un petit pas agressif et déterminé en avant, corde levée. Sans reculer d'un pouce, l'étalon avait marqué une hésitation. Pour l'œil expérimenté de Maegryn c'était signe qu'il ne se sentait pas si sûr. *Il ne va pas réagir brutalement*, songea-t-il avec soulagement.

Cailech fit claquer la corde vers l'avant, en direction de la croupe. Plein de courroux, l'animal souffla et rua. Le roi poussa un nouveau cri. De la voix, il focalisait son attention ; de la corde sur ses flancs, il la détournait. L'animal hennit – non pas de douleur, mais de colère et de confusion aussi. Il avança vers l'homme devant lui. Tendus comme des cordes, les aides étaient sur le qui-vive. L'un d'eux encocha une flèche sur son arc ; la pointe en avait été trempée dans la sève de *falava*. D'un tir, il endormirait l'animal, mais l'effet n'était pas instantané. Si les choses tournaient mal, il leur faudrait plonger dans l'arène.

Cailech ne céda rien ; pas un pouce de terrain. Et il reprit sa marche en avant.

Cette fois, l'étalon se cabra ; Cailech recula, mais en poussant un cri féroce et en cinglant les flancs. Un coup sec, donné pour faire mal. Piqué, l'animal recula. Les regards de l'homme et de la bête étaient rivés l'un à l'autre. C'était comme si le reste du monde n'avait plus existé. Cailech n'entendait qu'un seul bruit – le souffle lourd de son adversaire. La corde claqua encore sur sa cuisse. À regret, le cheval recula dans l'enclos.

Tous les spectateurs soupirèrent à l'unisson. C'était un début.

Le dressage se poursuivit sans relâche pendant plusieurs jours. Au matin du quatrième, l'étalon était tout écumant et tremblant sur ses pattes. La sauvagerie était toujours là dans ses yeux, mais il respectait maintenant le géant devant lui. Cailech aussi était en nage, mais ses yeux d'un vert glacé ne quittaient pas le museau majestueux de son opposant.

Maintenant, seigneur ! pensa Maegryn, empli d'admiration. Comme si son roi avait pu entendre ses pensées, Cailech voûta subitement ses épaules – une attitude synonyme d'amitié et de paix dans la langue des chevaux. L'étalon hennit doucement. Jusqu'à cet instant, Cailech n'avait fait qu'imposer sa domination – et l'animal avait systématiquement regardé à côté, préférant fuir le contact de leurs regards. Or, il le fixait maintenant d'un œil ferme. Toujours plein de superbe, il défiait Cailech du regard mais, à sa posture, Maegryn savait que le roi était accepté.

Le maintien un peu courbé de l'homme mettait à l'aise le cheval – l'invitant à venir frotter son épaule contre une créature qui n'était plus ni un concurrent, ni même son égal, mais son maître. Une autre journée de ce dialogue silencieux s'écoula encore avant que l'étalon – baptisé « Fier » par les Montagnards qui avaient passé une semaine à suivre le dénouement de l'affrontement – baisse finalement la tête en signe de soumission à celui qui l'avait dompté. Le cheval s'approcha de Cailech pour frotter doucement ses naseaux contre son épaule.

Lorsque sa victoire fut consommée, Cailech se redressa de toute sa hauteur, lançant ses ordres à la ronde.

— Attachez-le et apportez une selle, cria-t-il, bien décidé à ne pas perdre un instant.

— Peut-être vaudrait-il mieux attendre, seigneur, intervint Maegryn.

— Maintenant ! répliqua Cailech.

Sa décision ne souffrait aucune discussion.

Rashlyn tendit une gourde à son ami et maître, tandis que les hommes encerclaient l'animal pour lui passer un licou.

— Alors ? demanda Cailech.

— Impressionnant.

— Merci.

— Maintenant, ce sera un cheval parfaitement fiable et soumis, affirma Cailech avant de s'octroyer une longue rasade.

» Je le chevaucherai cet après-midi, ajouta-t-il farouchement.

Rashlyn hocha la tête ; son sourire rusé apparaissait sous sa masse de cheveux et de poils.

— Prêt, seigneur, dit Maegryn.

Cailech s'approcha du cheval noir de nouveau perturbé, tout soufflant et pantelant. La colère revenait en lui d'être ainsi attaché à un poteau.

— Sellez-le, ordonna Cailech.

C'était plus facile à dire qu'à faire, mais les hommes étaient rapides et habiles. Cailech s'approcha prudemment, murmurant sans arrêt des paroles de réconfort. Puis, précisément à l'instant voulu, il bondit en souplesse sur le dos de sa monture ; au même moment, Maegryn libérait le licou. Affolé, l'étalon se mit à ruer et sauter, hennissant furieusement, aussi décidé à jeter à bas son cavalier que Cailech l'était à rester en selle.

Les Montagnards agglutinés n'imaginaient même pas la force qu'il fallait pour rester sur son dos. Cailech s'accrochait farouchement, bien déterminé à résister à tous les assauts. Pour finir, le cheval se calma, vidé de toute force. Le roi sentait sous lui la grande carcasse pantelante du cheval, épuisé et désespéré.

Il avait tout tenté ; il avait échoué.

Cailech se laissa glisser à bas de la selle ; l'étalon tourna la tête vers lui. Le roi était prêt pour la morsure, l'ultime effort du vainqueur pour imprimer sa marque en infligeant une douleur. D'un revers de la main, Cailech assena de toutes ses forces un coup sur le museau. L'animal poussa un hennissement de surprise et de terreur mêlées.

— Dessellez-le ! ordonna Cailech en frottant sa main endolorie.

Il ne voulait pas faire mal à son cheval, mais il le fallait. Seuls Rashlyn et lui savaient toute l'émotion mise dans ce coup.

Maegryn était choqué de la brutalité de son souverain, mais il était soulagé aussi. Le roi et le cheval avaient passé tant de temps à s'affronter, chacun voulant dominer l'autre. L'animal avait perdu la bataille ; c'était dans l'ordre des choses, mais le dresseur avait hâte qu'il puisse maintenant aller souffler. En vérité, l'homme croyait que ce cheval étrange préférerait encore mourir que se soumettre.

— Qu'il soit prêt pour cet après-midi.

— Seigneur ? s'étonna Maegryn, interloqué pour la seconde fois en l'espace de quelques minutes.

— Il s'appelle Galapek et je le monterai à cru.

Maegryn n'osa pas le contredire.

— Comme vous voudrez.

Cailech s'éloigna, Rashlyn à ses côtés.

— As-tu prévenu la nourrice ? demanda le roi.

— Oui. Elle attend ton ordre.

— J'emmènerai mon fils cet après-midi, seul.

— Sur lui ? demanda Rashlyn, surpris.

— Qu'on m'amène Aydrech au bord du lac juste après le repas. Je veux qu'il fasse connaissance avec mon cheval.

— Est-ce bien prudent, seigneur Cailech ?

— Tout ira bien. Il ne fera pas de mal à Aydrech, répondit le roi, allongeant le pas au point que le *barshi* devait faire des bonds pour rester à sa hauteur.

— Je ne connais pas ce nom que tu as donné à l'animal, dit Rashlyn.

— C'est un mot de la langue de nos ancêtres.

Le sorcier n'était pas originaire des Montagnes.

— Que signifie-t-il ?

— « Traître », dit le roi dans un grognement, en laissant le magicien loin dans son sillage.

Maegryn conduisit l'étalon à Cailech.

— Seigneur Cailech, permettez que je le selle, implora-t-il, inquiet de ce que l'animal pouvait faire.

— Retire-lui le licou. Je vais monter à cru et avec l'enfant.

Les yeux de Maegryn papillotèrent. Même s'il savait en son for intérieur qu'il avait tort, pas question de contredire son seigneur. Cette bête colossale était plus que capable de le tuer – mais le dresseur était suffisamment sage pour savoir qu'irriter Cailech pouvait lui valoir la corde. Tel était le roi des Montagnes.

— Je grimpe sur lui, puis tu lâcheras toutes ses entraves, ordonna Cailech.

Maegryn aida le roi à se hisser ; à son grand soulagement, l'animal ne protesta que légèrement, avant de se calmer. Le dresseur retint son souffle, puis releva les yeux. Cailech fit un signe de la tête et le dresseur défit les cordes. L'étalon secoua sa tête massive ; il avait senti la liberté.

— Laisse-nous ! dit le roi.

Maegryn s'exécuta, malgré ses réticences. Après qu'elle eut remis son petit paquet vagissant à son seigneur, la nourrice fut elle aussi priée de partir. Une fois seul, Cailech se pencha pour poser sa tête sur le cou de l'animal. Tout en le caressant, il murmura à son oreille.

— Ça y est, tu m'appartiens pour de bon. Viens, mon ami, chevauchons.

Et l'homme, naguère connu sous le nom de Lothryn et devenu Galapek – le traître –, fit ses premiers pas de destrier magique du roi Cailech.

Dissimulé dans l'ombre, Rashlyn souriait doucement, admirant son œuvre.

Couché sur son grabat, Gueryn fixait le mur. Il était dans cette posture depuis que Cailech l'avait remis sur pied et renvoyé dans son cachot ; il n'avait toujours pas desserré les dents. Les gardes allaient et venaient, vaquant à leurs occupations. Brave homme, le garde-chiourme qui changeait régulièrement la paille et apportait eau et nourriture avait plusieurs fois tenté de lui parler ; en vain. Depuis, il entrait et sortait de la cellule sans rompre le silence.

Toutefois, aujourd'hui était un jour différent. L'homme vint secouer Gueryn.

— Debout ! J'ai reçu l'ordre de te faire prendre de l'exercice.

Gueryn remua ; même sa fierté ne l'aurait pas empêché d'aller marcher au grand jour et respirer l'air frais. Cailech ne lui avait rien promis ; c'était donc une avancée intéressante. De toute évidence, le roi avait pris ses menaces au sérieux et semblait déterminé à préserver sa vie. Il avait bien tenté de refuser de s'alimenter, mais sans succès. Rashlyn l'avait fait nourrir de force. Et puis la faim était pire que la mort ; tout son corps s'y refusait.

Mieux valait donc coopérer – manger et chercher autre chose puisque Cailech voulait le maintenir en vie. Gueryn s'était donc réfugié dans le silence ; ils n'obtiendraient rien de lui. Ces derniers temps, il s'était même aperçu qu'il avait encore le désir de vivre… ne serait-ce que pour avoir des nouvelles de Wyl – s'il n'était pas mort – et d'Ylena. Le vieux soldat resterait donc en vie – et en forme autant que possible – jusqu'à ce qu'il trouve quelque chose pour nuire au roi des Montagnes.

Après tout ce temps, marcher se révéla plus difficile qu'il ne l'avait cru ; il fallut deux hommes pour le soutenir. Lorsqu'ils parvinrent à l'extérieur, ce ne fut pas dans la lumière du jour, mais dans l'encre de la nuit. Un ciel incroyablement étoilé saluait le retour de Gueryn dans le monde des vivants. Il inspira à pleins poumons l'air frais, si léger et bienfaisant, avant d'être déchiré par la toux.

— Doucement, vieil homme, murmura l'un des gardes.

Gueryn grogna quelque chose d'inintelligible entre deux quintes.

— Hein, qu'est-ce que tu dis ? demanda l'homme, d'un ton goguenard.

— Je crois qu'il te prédit ton avenir, Myrt, répondit l'autre garde, dans un rire.

Gueryn s'éclaircit la gorge.

— J'ai dit que je t'assommerai la prochaine fois que tu oses me traiter de vieux.

Les deux hommes éclatèrent de rire et Gueryn gloussa aussi. Soudain, il se sentait autorisé à plaisanter avec ces hommes, même s'ils étaient l'ennemi.

— Quel âge as-tu ? demanda Myrt.

— Quarante-cinq ans, répondit-il, en titubant bizarrement entre eux.

— Eh bien, comporte-toi comme un jeune homme, répliqua Myrt. Le roi te veut en pleine forme et pas agonisant au fond d'un cachot.

— C'est ce que j'ai cru comprendre. Comme c'est aimable à lui.

— Maintenant que ta blessure est guérie, il est temps de reprendre des forces.

— C'est ce que je vais faire – pour avoir le plaisir de vous botter lorsque l'occasion se présentera.

Myrt ricana.

— Voilà, c'est exactement ça. Est-ce que tu peux marcher seul ?

— Je vais essayer, répondit Gueryn d'un ton bourru.

Une nouvelle toux le secoua, mais il parvint bientôt à faire quelques pas sur ses jambes malhabiles.

— Pas d'inquiétude, je ne vais pas m'éloigner, ajouta-t-il à ses ravisseurs qui sourirent.

— Si tu essaies, Dyx qui se tient là-haut te fera une autre blessure non mortelle, répondit Myrt en désignant un archer posté en hauteur.

Gueryn hocha la tête ; ils savaient bien qu'il avait à peine la force de se tenir debout. À cet instant, il décida de tout faire dorénavant pour retrouver sa forme d'antan. Il voulait à tout prix redevenir utile à Morgravia… ne serait-ce qu'en tant qu'espion, captif mais infiltré.

Alors qu'il passait près des deux hommes au terme d'une petite boucle d'intenses souffrances, Gueryn entendit prononcer le nom « Lothryn » ; immédiatement, son attention fut éveillée. Raccourcissant ses cercles, il fixa un regard loin devant lui tout en tendant l'oreille sans paraître écouter.

— … alors tu l'as vu ?

— Non, répondit Myrt. Et il n'est pas dans les cachots non plus. J'ai vérifié.

— Où peut-il être ?

Sans distinguer les deux hommes dans son dos, Gueryn supposa que Myrt avait répondu par un haussement d'épaules.

— Il ne serait pas mort quand même ? demanda l'autre, d'un ton où perçait l'effarement.

— Loth nous a toujours dit que le roi était imprévisible. Personne, pas même Loth, ne pouvait prédire son humeur – et pourtant, c'était le seul à pouvoir parler à Cailech un jour de colère.

— Ils sont si proches, presque des frères, insista l'autre, profondément étonné.

— Loth nous a trahis, Byl. Tu comprends ça ? C'était le pire crime qu'il pouvait commettre contre le roi. Cailech place la loyauté au-dessus de tout.

Son compagnon, plus jeune et moins expérimenté, émit un grognement.

— Ce serait quand même étrange qu'il ait fait exécuter l'un des meilleurs d'entre nous sans plus de formalités.

— C'est la règle. Loth savait parfaitement ce qui l'attendait en la violant, répondit Myrt, maussade.

Gueryn remerciait sa bonne étoile de lui permettre d'entendre ça lorsque retentit l'éclat d'une troisième voix.

— Il n'est pas mort !

Une silhouette sortit des ténèbres environnantes et Gueryn eut toutes les peines du monde à conserver un visage dénué de la moindre expression.

C'était l'affreux guérisseur – celui qui l'avait sauvé, mais celui aussi qui avait contemplé avec plaisir le meurtre de la pauvre Elspyth.

— Il est parmi vous, ajouta Rashlyn, avec une note de joie dans la voix.

Du coin de l'œil, Gueryn vit les deux Montagnards faire le dos rond à l'approche du *barshi*. Apparemment, seul Cailech appréciait sa présence.

— Je ne l'ai pas vu, déclara Myrt, prudemment.

— Oh! mais si, tu l'as vu. C'est juste que tu ne t'en rends pas compte, répondit Rashlyn, en jetant un coup d'œil en direction du prisonnier de Morgravia.

» On dirait bien qu'il peut marcher tout seul.

Gueryn imaginait les deux hommes en train de hocher la tête dans son dos.

— C'est parfait. Il faut qu'il soit en forme.

— Pourquoi? demanda Myrt, qui brûlait d'en apprendre plus sur Lothryn.

— Ah, ça je ne peux pas le dire. En tout cas, votre roi a des projets pour lui.

Gueryn sentit son estomac se nouer; il détestait les manières furtives et sinueuses.

— Est-ce que tu pourrais passer un message à Loth de ma part? demanda Myrt, ignorant délibérément les paroles évasives du sorcier.

Rashlyn émit le ricanement fourbe de celui qui sait ce que les autres ignorent.

— Non, je ne peux pas faire ça. Au fait, avez-vous vu le nouvel étalon du roi?

— Le plus bel animal que j'aie jamais vu, répondit Myrt, dépité par l'esquive du *barshi* et son habitude de sauter du coq à l'âne.

— Et savez-vous ce que « Galapek » signifie dans l'ancienne langue de vos ancêtres?

— Non.

— Alors il est peut-être temps pour vous de réviser, répondit Rashlyn en s'éloignant, un sourire hypocrite sur les lèvres.

— Qu'est-ce que ça signifie? demanda Byl.

— Crois-moi, répondit Myrt, son esprit est aussi fou qu'il a une sale tête. Il me donne la chair de poule. Superstitieux ou pas, je ne sais pas comment Cailech fait pour le supporter.

— Bon, on dirait que notre prisonnier en a assez fait, dit Byl, en avisant Gueryn qui s'était arrêté.

— Allez viens, on va te ramener dans ta chambre douillette.

Gueryn ne fit aucun commentaire, mais remercia les deux hommes pour le rare plaisir qu'il avait eu à prendre l'air.

— Il n'y a pas de quoi, répondit Myrt. Et ce sera la même chose tous les soirs jusqu'à ce que tu sois vaillant.

Une fois seul, Gueryn réfléchit aux informations troublantes qu'il avait récoltées. Myrt et son acolyte n'avaient peut-être pas saisi le sens caché des propos obscurs du guérisseur, mais Gueryn, lui, avait bénéficié d'une éducation traditionnelle. Originaire des petites îles du nord, sa grand-mère avait été mariée à un noble de Morgravia et si elle s'était bien faite à la vie sur le continent, elle n'avait jamais oublié sa langue d'origine. Elle l'avait religieusement enseignée à sa fille – qui à son tour l'avait transmise à son fils.

Gueryn savait donc parfaitement ce que signifiait le mot « Galapek » dans le parler ancien ; « Traître », un drôle de nom pour un cheval.

Il frissonna dans le froid humide de la cellule et resserra sa couverture autour de lui. Qu'est-ce que Rashlyn avait voulu dire ? Que Cailech avait baptisé son étalon en l'honneur de son ami ? Ou pour une raison plus retorse et mystérieuse encore ?

Rashlyn avait dit également que Lothryn était vivant et parmi eux. Or, aucun des deux hommes – apparemment ses amis – ne l'avait aperçu. Que signifiaient les ricanements et insinuations du *barshi* ? Quel lien pouvait-il y avoir entre Lothryn et le cheval ?

La tête farcie de ces questions, Gueryn sombra dans le sommeil – en se promettant de faire l'effort de parler à ses gardes le lendemain. Maintenant, il voulait savoir ce qu'était devenu Lothryn.

Au même moment, dans l'écurie, prisonnier d'un puissant sortilège de Rashlyn, un homme lançait son corps massif contre la porte de bois, hurlant pour qu'on vienne le délivrer.

Chapitre 25

Filou percevait autour de lui les vibrations de la pensée de Wyl. Le chien savait déjà que le Dernier Souffle avait encore frappé ; la nuit précédente, il avait surpris son jeune ami par un terrible hurlement. Avec sa perception suraiguë, Fynch n'avait pas manqué de reconnaître ce qui se passait ; il n'avait pas oublié la fois précédente. La pensée que Wyl était une nouvelle fois mort et revenu à la vie – qu'il habitait un nouveau corps – le mordit aux tripes. Cependant, Fynch était bien trop préoccupé par ses propres peurs pour laisser cette pensée envahir son esprit.

Ils étaient assis à la lisière d'une forêt dense et épaisse à la frontière nord de Briavel – une région qu'on appelait le Thicket. Pour le commun des mortels, c'était la barrière naturelle érigée pour empêcher le voyageur imprudent de s'égarer dans les sinistres Terres sauvages. Au-delà du Thicket coulait le Darkstream – petit affluent de la rivière Eyle séparant Morgravia de Briavel. Ce petit cours d'eau lugubre était le seul point donnant accès à un territoire qu'on disait sans retour.

— Tu es sûr, Filou ? murmura Fynch encore une fois.

Le chien frotta son museau contre sa frimousse. La réponse était claire ; Filou ne l'aurait jamais exposé à un danger. En fait, le chien avait déjà réussi l'exploit de les mener en un temps record de Baelup jusqu'au nord de Briavel. Fynch savait qu'il recourait à la magie et l'acceptait désormais. Ils s'étaient mis en route en empruntant les voies traditionnelles, acceptant d'être transportés par des marchands ou caravanes, mais Fynch s'était rendu compte qu'ils avançaient bien plus vite lorsqu'ils étaient seuls – notamment pendant la nuit, lorsqu'ils dormaient… Mais au fond, une seule chose importait – trouver Elysius.

— Comment fais-tu ça ? demanda-t-il à son ami.

Le chien posa sur lui l'immensité de ses yeux noirs.

— Tu sais bien, je me couche à un endroit et je me réveille à un autre. Peut-être que tu me portes ? poursuivit-il en réfléchissant à voix haute, une main posée sur la tête du chien.

» À moins que tu nous « envoies » d'un point à un autre – un peu comme ce qui m'est arrivé avec Elysius ?

Filou grogna de plaisir sous la caresse du garçon ; ce serait sa seule réponse. D'après ses calculs, Fynch estimait que le voyage de Baelup jusqu'aux contreforts des Razors au fin fond de Briavel aurait dû leur prendre des semaines. Or, en quelques jours à peine, ils étaient parvenus à l'embouchure du Darkstream.

— Je suppose qu'il faut que j'arrête de tergiverser, dit Fynch en espérant trouver un peu de réconfort dans ses propres paroles d'encouragement.

Filou se frotta à lui ; il voulait que le garçon se décide.

— J'ai peur, avoua Fynch.

Sa mère lui avait raconté des tas d'histoires sur les Terres sauvages, lui farcissant la tête d'images d'épouvante quant au sort réservé aux voyageurs intrépides. Tous ceux qui se risquaient dans l'inconnu devaient au préalable se faire enregistrer ; c'était ainsi que les autorités tenaient le décompte des disparus au fil des ans. Cette pensée rendit toutes molles les jambes du garçon. Et s'il disparaissait à tout jamais ? Comment Wyl saurait où chercher son corps ? Qu'arriverait-il à Valentyna ?

Filou grogna doucement, l'exhortant à avancer. Fynch dénoua la ficelle de Romen qu'il portait à son petit poignet pour l'accrocher à une branche – avec une courte prière à Shar pour que quelqu'un la trouve un jour. En l'occurrence, il espérait que ce quelqu'un soit Wyl – même s'il se demandait ce que son ami pourrait bien venir faire ici !

Fynch prit une profonde inspiration, rassembla son courage et pénétra d'un pas résolu dans le Thicket. À l'extérieur, c'était le crépuscule, mais sous les impénétrables frondaisons régnait la plus épaisse des nuits. Était-ce son imagination ou les branches se penchaient-elles vraiment pour le toucher ? Fynch ne lâchait pas des yeux la silhouette du chien devant lui, qui se frayait un chemin dans les broussailles et les taillis en toute tranquillité. Aucun bruit ne peuplait l'air – pas un cri d'oiseau, pas le moindre gémissement d'animal, pas même un crissement d'insecte. Le silence était si oppressant que Fynch resserra ses bras minces autour de son corps maigre. Quelque part non loin, coulaient les eaux noires du Darkstream. Le garçon allongea le pas pour rester dans le sillage de Filou qui forçait l'allure maintenant.

Soudain, Fynch se rendit compte qu'une pensée tournait en boucle dans son esprit – *Je viens en paix, je ne veux aucun mal.* Il eut l'impression que le Thicket lui répondait, mais peut-être n'était-ce que sa sensibilité à la magie qui le lui faisait croire. En tout cas, il aurait été aussi incapable d'exprimer ce qui lui était dit que de se faire pousser des ailes pour s'envoler.

Au bout d'un certain temps pendant lequel il avait inlassablement répété son mantra, le Thicket lui parut moins hostile. Les murmures – seul mot qui lui paraissait traduire ce qu'il ressentait – se faisaient de plus en plus chaleureux. Ce qui lui avait d'abord paru tellement sinistre prenait maintenant des allures étonnamment accueillantes. Les feuillages frôlaient doucement son visage, même lorsqu'il se baissait pour les éviter ou cherchait à les écarter. Chaque feuille, chaque branchette lui communiquait quelque chose. Engagé dans une folle course derrière le chien, il n'avait malheureusement pas le temps de s'arrêter pour s'intéresser au phénomène.

Pour finir, ils débouchèrent de l'autre côté. Fynch avait l'impression qu'il leur avait fallu un temps infini pour traverser. Toutefois, maintenant que la présence étouffante du Thicket se dissipait un peu, il comprenait qu'ils n'étaient restés que quelques minutes dans ces ténèbres lugubres et denses.

Fynch ressentit un curieux tintement dans tout son corps, mais l'oublia bien vite ; ses yeux venaient de se poser sur le Darkstream. L'étrange cours d'eau leur avait tenu compagnie tout au long du passage ; c'était la première fois pourtant qu'ils le voyaient vraiment. Son débit et sa largeur étaient plus modestes que son bruit ne le laissait croire. Pour autant, il était incontestablement menaçant avec ses eaux noires et insondables. De l'autre côté d'un pont de bois se dressait une cabane, au milieu des premières collines de ce qui devenait ensuite les Razors ; des volutes de fumée s'échappaient de sa cheminée. Un chemin menait à une jetée à laquelle trois petites embarcations à rames étaient amarrées. Il se dégageait de cet endroit une étonnante impression de réconfort, mais le murmure de l'eau sombre avertissait Fynch que les lieux n'étaient pas sûrs.

Filou s'engagea sur le pont, pour s'arrêter quelques pas plus loin, la tête retournée vers Fynch. Le garçon perçut une nouvelle fois le tintement et comprit qu'il était lié au chien ; d'une manière ou d'une autre, ils étaient reliés par cette sensation. Son attention dériva de nouveau comme il comprenait qu'il lui fallait s'engager à son tour. Pendant une seconde, il se demanda si son imagination ne lui jouait pas des tours – s'étonnant des effets surprenants que produisait la peur. Il repartit, souriant brièvement à l'idée que s'il avait vécu dans un conte de fées, le ponton lui aurait demandé: «Ami ou ennemi?» Et puis, il y aurait un troll vivant dans la cabane.

Il frappa à la porte; pas de troll. La voix qui lui répondit était incontestablement celle d'un humain – et plutôt aimable dans l'ensemble.

— J'arrive, dit l'homme en ouvrant la porte. Par la fureur de Shar, regardez-moi la taille de cette chose!

— Il ne vous fera aucun mal. Il est juste imposant, le rassura Fynch, lui-même rasséréné d'avoir affaire à une personne pas du tout effrayante – et sans aucun rapport avec les trolls.

L'homme posa sur lui un regard interrogateur. Comme il était un peu dodu, le mouvement fit naître un menton supplémentaire sous son visage. Son teint rougeaud confirma Fynch dans l'impression que c'était une bonne nature qui appréciait sûrement de boire un coup et de discuter lorsque l'occasion se présentait.

— Entre, mon garçon. Ton… animal peut rester dehors.

— C'est un chien, messire.

— Chien ou pas, dépêche-toi de fermer la porte. On chauffe.

Fynch jeta un coup d'œil à Filou, qui s'était déjà assis sur son arrière-train. Le chien savait quoi faire; le garçon suivit le large postérieur de l'homme à l'intérieur. Une délicieuse odeur de soupe lui rappela qu'il n'avait rien mangé depuis longtemps – malgré les lapins ponctuellement rapportés par Filou presque chaque soir. Son imagination lui dit que c'était à cet instant normalement que l'aimable bonhomme allait l'enfermer dans un placard et l'engraisser pour le dévorer plus tard. Il secoua la tête pour chasser ces idioties.

— Alors, mon garçon, qu'est-ce qui t'amène dans le Thicket?

— Il faut que j'aille dans les Terres sauvages, dit-il après une nouvelle inspiration.

» J'ai besoin d'un de vos bateaux.

— Je vois. Et pour quoi faire, je te prie?

— Sans vouloir vous offenser, messire, est-ce que la loi m'oblige à répondre? demanda Fynch avec son honnêteté désarmante.

— Exactement, fils. Sans ma permission, tu n'as plus qu'à faire demi-tour.

— Je croyais pourtant, commença Fynch avec une circonspection de diplomate, que le passeur n'avait pas le droit de refuser ses services ?

L'homme poussa un soupir ; ses yeux luisaient dans son visage.

— C'est exact. Tu es bien informé.

— Vous ne pouvez donc pas m'interdire de passer ?

— Effectivement. Si tu peux payer, je ne peux pas m'y opposer. En revanche, j'ai le droit de tout tenter pour te dissuader, jeune homme. Tu me parais bien jeune pour un tel périple.

— Je cherche quelqu'un, dit Fynch, répondant à la toute première question.

— Quelqu'un de disparu ?

Fynch confirma d'un hochement de tête. Ce n'était pas la stricte vérité mais, comme il avait le mensonge en horreur, ne pas parler rendait les choses plus simples.

— Quelqu'un de ta famille ?

— C'est possible.

— Quel âge as-tu ?

— Un âge suffisant.

De toute évidence, l'homme ne le croyait pas.

— Tu sais à quel point cet endroit est dangereux ?

— Oui, mais j'ai mon chien pour me protéger.

— Oh, imparable ! s'exclama le passeur.

» Allez, viens t'asseoir au coin du feu, mon garçon. Je vais chercher mon registre.

Fynch s'exécuta, appréciant la douce chaleur.

— Vous vivez seul ici ? demanda-t-il à l'homme qui fouillait dans une commode.

— Oui. Depuis toujours.

— Vous n'avez pas de famille ?

— Plus depuis que mes parents sont morts des fièvres, marmonna l'homme, plongé sous des monceaux de vêtements et de papiers empilés.

» J'ai grandi seul dans les collines. Un moine m'a appris à lire et à écrire – puis est parti quand il a jugé que j'en savais assez pour me débrouiller.

— Depuis combien de temps êtes-vous le passeur ?

— J'ai toujours été le passeur...

» Ah, le voilà ! s'exclama-t-il ensuite en soufflant sur la couverture poussiéreuse d'un grand livre relié de noir, qu'il venait de sortir du bas de son meuble.

» Au fait, puis-je t'offrir un bol de soupe, fils ? J'en ai plus qu'il ne m'en faut.

Fynch eut un sourire un peu étrange – il n'avait rien contre l'idée d'un repas chaud.

— Merci, messire, répondit-il en se demandant si elle n'était pas empoisonnée.

Qui disait que ce n'était pas ainsi que l'aimable bonhomme piégeait ses visiteurs ? Fynch secoua la tête ; il fallait que ça s'arrête.

— Tu es du genre poli, hein ? Il y a un bol sur l'étagère. Sers-toi pendant que je m'occupe de mes écritures.

Simple potage de légumes, le brouet convenait d'autant plus au garçon qu'il n'avait rien de vénéneux. Il remplit son écuelle et s'assit à la table branlante pour manger.

— Du pain ? demanda l'homme sans lever la tête.

— Merci, mais j'en ai déjà plus qu'assez.

Le passeur grogna ; pour lui, ce repas n'était guère plus qu'un amuse-gueule.

— Comme tu veux, fils.

L'homme s'éclaircit ensuite la voix, ses yeux métalliques fixés sur Fynch, avant d'entamer son avertissement d'un ton officiel.

— Mon devoir est de t'avertir que la loi des Terres sauvages, établie voici plus de deux siècles par les deux royaumes de Briavel et de Morgravia, stipule que leurs peuples respectifs jouissent d'un libre accès au Darkstream, étant bien entendu qu'aucune mission de secours n'a jamais été et ne sera jamais envoyée à la recherche des disparus. Tous sont considérés comme morts. Est-ce que tu comprends ?

— Je comprends, messire. Mais si personne ne revient jamais de là-bas, comment se fait-il que vous ayez toujours vos bateaux ? Ils n'ont pourtant pas l'air neuf ?

— Et intelligent avec ça… Quel est ton nom ?

Dire la vérité ne risquait pas de lui nuire. Il y avait peu de chances que Celimus vienne jusqu'ici.

— Fynch.

— Et moi, c'est Samm. Enchanté, jeune Fynch.

Le garçon hocha la tête – incapable de parler la bouche pleine de soupe.

— Et pour répondre à ta brillante question… les bateaux reviennent toujours à leur point de départ, expliqua le passeur avec un sourire.

» Vers l'amont et à contre-courant.

Les yeux de Fynch étaient devenus comme des billes.

— La magie, murmura-t-il d'un ton plein de déférence.

— Pour ma part, je n'en sais rien. Ma tâche, c'est d'inscrire les noms dans le registre et d'encaisser le droit de passage.

— Une taxe sur la mort, souffla Fynch avant d'avaler sa dernière cuillère.

— Une taxe ? Comme tu y vas… Une formalité tout au plus. En tout cas, ce n'est pas avec ça qu'on fait fortune. La dernière personne à avoir remonté le Darkstream est passée voici plus de vingt ans. Près de vingt-cinq même, si ma mémoire est bonne. C'était une femme et la taxe perçue était la même que pour toi.

L'idée qu'une femme seule se soit lancée dans les Terres sauvages enflammait l'imagination du garçon.

— Je me demande ce qu'elle pouvait bien chercher ?

— Personne ne le dit jamais, répondit Samm, la tête inclinée sur un côté avec un air méditatif.

» Tout comme toi… En tout cas, c'était un beau brin de femme – quel gâchis. Je me suis presque usé la voix à essayer de la dissuader, mais elle n'a rien voulu entendre.

— On dirait qu'il fallait vraiment qu'elle y aille.

— Une histoire de cœur, sans doute.

— Comment ça a fini ?

— Son bateau est revenu vide et la belle n'a jamais reparu, répondit Samm avec un soupir.

» Tiens, son nom est inscrit là – Emily qu'elle s'appelait… Ses cheveux étaient aussi noirs que les eaux de la rivière.

La soupe tournait à l'aigre dans le ventre de Fynch.

— Vous avez bien dit « Emily » ?

— Ouais. Un joli nom, non ? répondit le passeur.

» Pourquoi ?

— Oh, pour rien, enchaîna rapidement Fynch.

Un vertige le saisissait. La mère de Myrren s'appelait Emily… Bien sûr, c'était peut-être une coïncidence, mais ce prénom n'était pas si commun.

— Elle était de Morgravia ? demanda-t-il d'un ton aussi neutre que possible.

— Euh… oui. De Pearlis si j'en crois ce qui est écrit.

Trop étonnant pour n'être qu'une coïncidence – la mère de Myrren était bien originaire de Pearlis et l'époque cadrait parfaitement. Myrren avait dix-huit ans environ à sa mort – six années auparavant. Non, cela faisait beaucoup d'éléments convergents. Selon toute vraisemblance, une personne au moins était revenue des Terres sauvages. Emily avait élevé son enfant en Morgravia – tous les espoirs étaient donc permis pour Fynch.

— Il y a quelque chose qui ne va pas, fils ?

— Non, tout va bien. Votre soupe était un délice. En fait, j'envisageais de me resservir, mais je crois plus sage de renoncer.

— Tu as un appétit d'oiseau !

Fynch se félicitait d'avoir détourné l'attention du passeur.

— C'est ce qu'on me dit, répondit-il avec un sourire.

» Est-ce que je peux partir de nuit ?

— Je ne te le conseillerais pas. Mieux vaut partir à l'aube – ça te laisse la nuit pour réfléchir.

— Vous ne me ferez pas changer d'avis.

Samm lui sourit amicalement.

— Je comprends. Repose-toi bien alors. Si tu veux, tu peux rester ici avec moi. De toute façon, il va faire nuit dans quelques instants.

— Puis-je vous payer maintenant ?

— Oh, ça peut attendre demain.

— Vous savez, Samm, j'irai quoi qu'il advienne, affirma Fynch d'un ton ferme.

Le passeur lui sourit.

— Est-ce que ton chien est bien, dehors ?

— Filou est bien partout. Merci pour votre hospitalité.

— Je t'en prie. J'ai rarement le plaisir de discuter – c'est qu'il n'y a guère de compagnie par ici…

» Mets-toi à ton aise, fils.

Fynch ne dormit pas bien, s'éveillant dès les premières lueurs, heureux de s'arracher au sommeil et de quitter ces lieux. Pourtant, son esprit restait engourdi alors même que son corps trépignait à l'idée du voyage qui l'attendait. Il tira Samm de son lit, mit de l'eau à chauffer, puis partagea poliment un peu de porridge avec son hôte. En réponse aux questions du passeur – dont aucune ne lui parut trop indiscrète – il navigua au plus près de la réalité, donnant l'impression qu'il était de Briavel et avait travaillé au château.

— Tu ne veux toujours pas m'expliquer pourquoi tu risques ce voyage ? Tout cela me paraît un tel gâchis.

— Je reviendrai peut-être, Samm, répondit Fynch avec entrain, pour éviter la question.

— Il faut que je te demande à nouveau si tu comprends bien les conditions de ton voyage. Dès lors que tu montes dans un bateau, tu ne dois plus compter sur le moindre secours.

— Je comprends parfaitement, répondit Fynch avec le plus grand sérieux.

— Parfait. Donne-moi une couronne.

Fynch lui remit la pièce demandée.

— Je suis prêt. Merci encore pour tout.

Samm consigna consciencieusement tous les détails dans son registre.

— J'ai indiqué que tu venais de Werryl. C'est correct, plus ou moins ?

Une nouvelle fois, Fynch hocha la tête, mortifié de mentir encore.

— Je t'ai préparé un petit sac de nourriture – avec une couverture pour le froid. Tu m'as l'air bien trop maigre pour tenir plus d'une journée, grogna Samm, embarrassé, en désignant le paquet sur une petite table près de la porte.

— Je peux vous payer...

— Non, ce n'est rien. J'ai tout ce qu'il me faut. Emporte tout ça, fils. Et que Shar et ton chien noir te protègent.

Samm se leva et Fynch suivit, pressé d'être parti maintenant. Il prit le sac et ouvrit la porte – sur le pas de laquelle Filou attendait en s'étirant.

Ensemble, ils s'avancèrent sur le ponton.

— Fais ton choix, dit Samm en montrant d'un geste les bateaux.

Fynch embarqua sur le plus proche ; Filou sauta à sa suite.

— Au revoir, Samm. Je n'oublierai pas votre gentillesse.

— Prends soin de toi, Fynch, répondit l'homme d'un ton triste, bien certain que le garçon ne reviendrait pas.

Le passeur défit l'amarre.

— Que Shar veille sur toi...

Ils étaient partis. Le courant les entraînait vers la bouche d'un sombre tunnel naturel formé par deux gros saules pleureurs dont les frondaisons se rejoignaient. Comme l'ombre des arbres les avalait, Fynch se retourna pour un ultime adieu ; Samm n'était déjà plus là.

Chapitre 26

À l'instant où Fynch se retournait vers les saules, le ventre noué par la peur de l'inconnu, Elspyth faisait tout son possible pour se convaincre que Wyl avait eu raison. Elle n'était pas heureuse – loin de là – d'aller une nouvelle fois retrouver une femme qu'elle ne connaissait pas ; heureusement que Crys lui tenait compagnie, malgré son chagrin.

— Votre mère est merveilleuse – si forte, lui dit-elle pour rompre l'étrange silence qui s'était installé entre eux, tout juste ponctué de quelques échanges polis.

Trop d'événements étaient survenus au cours de la nuit précédente pour qu'ils fassent comme si rien n'était arrivé – d'autant plus qu'ils étaient en passe d'arriver à la frontière.

— J'oublie souvent à quel point, répondit-il. J'ai le sentiment que nous considérons tous que c'est normal – et mon père en particulier.

Elle saisit l'occasion pour aborder le plus délicat des sujets.

— Crys, je n'ai pas encore trouvé l'occasion de vous dire combien je suis désolée pour votre frère. C'est très étrange – je ne l'ai jamais rencontré et pourtant j'ai l'impression de le connaître à travers vous tous.

Il lui sourit tristement.

— Merci. C'était un garçon extraordinaire – de ces rares personnes qui sont toujours capables de voir le côté positif de la vie. Père nourrissait de grands espoirs pour lui à Stoneheart. Dès que Wyl en aurait fait son adjoint, un brillant avenir l'attendait.

— C'était le quatrième frère ? demanda Elspyth.

Crys confirma d'un hochement de tête.

— Comment se fait-il qu'il ait quitté Tenterdyn pour Pearlis ?

Son compagnon de voyage haussa les épaules.

— C'est une longue histoire – mais voyons voir si je peux vous la résumer. Mon père et Fergys Thirsk se connaissaient de longue date – ils ont toujours été en affaires et ils partageaient une certaine vision du monde. En outre, tout comme Fergys, mon père était indéfectiblement loyal au roi Magnus, de sorte que de puissants liens existaient depuis longtemps entre ma famille, Stoneheart et la Couronne. Peu après la mort du général Thirsk, le roi est venu en tournée dans le nord – et il s'est naturellement arrêté à Tenterdyn.

» Je crois que mon père a dû dire quelque chose au sujet de l'avenir d'Alyd et le roi lui a suggéré de le lui envoyer à la capitale. Il a dit qu'il connaissait un garçon du même âge à peu près qui apprécierait certainement de l'avoir à ses côtés.

— Wyl ?

— Exactement. Mon père était aux anges de pouvoir transmettre les liens d'attachement à une nouvelle génération – alors même qu'il ne pouvait pas prévoir qu'Alyd tomberait amoureux d'Ylena.

— Je suppose qu'ils formaient le couple idéal.

Crys hocha la tête.

— Nous ne la connaissions pas personnellement, mais son charme était célèbre dans tout le royaume.

— Comment se fait-il que l'envoi d'Alyd à Stoneheart n'ait jamais été envisagé auparavant ? s'étonna Elspyth.

— Eh bien, Magnus et mes parents s'étaient quelque peu perdus de vue – je crois savoir que le roi avait eu un petit béguin pour ma mère dans ses jeunes années, répondit-il.

» Mon père préférait sans doute qu'ils n'aient pas trop souvent l'occasion d'être en présence l'un de l'autre…, ajouta-t-il avec un clin d'œil.

— Vraiment ?

— Non, je plaisante. Mais, il est exact que le roi avait eu un faible pour ma mère et qu'il a eu de l'affection pour elle jusqu'à sa mort – même s'il savait aussi combien elle aime mon père. En réalité, je pense que leurs visites espacées à Pearlis s'expliquent par le fait que Felrawthy est le véritable bastion de la Couronne dans le nord. Traditionnellement, c'est le duc qui commande les légionnaires en poste sur la frontière avec les Razors.

— Je comprends. Et c'est pour ça que Jeryb n'était pas présent lors du tournoi.

— Exactement. Et nous étions tous furieux, d'ailleurs, expliqua Crys.

» Ma mère mourait d'envie de voir Alyd et le tournoi était une occasion toute trouvée pour un déplacement à Stoneheart. Toutefois, les menaces sur la frontière n'ont cessé de se renforcer ces dernières années et mon père ne voulait courir aucun risque.

— Vous savez que Cailech et ses hommes passent régulièrement des Razors en Morgravia.

— Nous nous en doutions effectivement, répondit-il en tournant la tête vers elle.

— Je les ai vus – et personne n'y prête plus attention à Yentro. Ils restent entre eux, font un peu de commerce et disparaissent aussi vite qu'ils arrivent.

Crys hocha pensivement la tête.

— Ils ont des éclaireurs de première force. Nous ne parvenons jamais à les prendre en Morgravia – et encore moins à les suivre dans les Montagnes.

— Ce ne serait pas prudent – ils les connaissent trop bien, répondit Elspyth, sourcils froncés.

» Mais au fait, pourquoi vos soldats ont-ils assassiné tous ces jeunes gens ? Ça a mis Cailech hors de lui. Il a juré de se venger de la plus horrible des manières. C'est pour cette raison précisément que Gueryn Le Gant a été fait prisonnier et torturé.

Crys ralentit l'allure de son cheval.

— Elspyth, ce ne sont pas nos hommes qui ont tué ces gosses. Et pas eux non plus qui étaient avec Le Gant.

La jeune femme fit une petite moue.

— Encore et toujours Celimus, dit-elle d'un ton amer.

— Il a tout manigancé – avec ses hommes de main bien sûr. Je n'ai jamais vu mon père aussi furieux que le jour où il a reçu l'ordre d'envoyer Le Gant en mission avec cette horde de bons à rien dépenaillés – même pas de vrais soldats. Le Gant a insisté pour que mon père ne s'en mêle pas, mais il a tout de même précisé que Celimus agissait ainsi pour l'éloigner de Wyl. Il soupçonnait une manœuvre là-dessous.

— C'est ce qu'il m'a dit.

— Croyez-vous qu'il soit toujours en vie ?

— Il était à l'article de la mort lorsque nous l'avons quitté, répondit-elle en secouant négativement la tête.

» Si aucune flèche ne l'a achevé cette nuit-là, la fièvre s'en sera chargée.

— Je suppose que Wyl refuse de le croire ?

— Il pense que Cailech a épargné Gueryn pour s'en servir comme appât – et c'est pour cette raison qu'il est déterminé à retourner vers la forteresse des Montagnes… Pour ça et pour la vie d'un homme courageux qui s'appelle Lothryn.

— Vous avez déjà évoqué son nom… et toujours avec tendresse.

Crys risqua un coup d'œil en direction d'Elspyth – qui avait rougi.

— Vraiment ?

— Hmm, répondit le jeune homme avec un hochement de tête.

Ils chevauchèrent quelques instants sans rien dire. Ce fut elle qui rompit le silence.

— Je suis amoureuse de Lothryn.

— C'est ce que j'avais compris.

— Ah ?

— Oui. Normalement, aucune femme ne me résiste, dit-il malicieusement avec un grand sourire.

— Sûrement conquises par votre modestie, répondit-elle, sans prendre ombrage de ses propos – bien au contraire.

— Lothryn a bien de la chance, Elspyth.

— C'est un homme exceptionnel, dit-elle dans un souffle. C'est un vrai déchirement pour moi que de m'éloigner de lui.

— Et un déchirement pour nous de ne pas partir en guerre contre la Couronne, ajouta-t-il d'un ton plein d'amertume.

— Que va-t-il se passer selon vous ?

— Wyl a supplié mon père de ne rien faire. J'espère qu'il sait ce qu'il fait.

— Vous devez lui faire confiance… comme moi je lui fais confiance, répondit-elle. Il a absolument besoin de notre soutien.

— Mais quel est son plan ?

— Vos déductions valent sûrement les miennes. Il recherche le père de celle qui a lancé ce sortilège sur lui.

— C'est tellement incroyable – ça doit être si bizarre de devenir une femme.

— Imaginez ce qu'il ressent ! Il était Romen Koreldy lorsque je l'ai rencontré, puis il est devenu cette Faryl et ensuite…, dit Elspyth en secouant la tête d'un air navré.

» Sa pauvre sœur.

— Il n'arrivera à rien en tant que femme, s'exclama Crys.

— N'en soyez pas si sûr ! répliqua-t-elle. Les femmes ont bien plus de ressources que vous ne semblez le croire. Sous sa nouvelle apparence, il pourrait bien réussir à passer là où Koreldy ou Wyl Thirsk lui-même ne pouvaient pas aller.

— N'oubliez pas que Celimus connaît très bien Ylena. Il l'a fait traquer – il la fera assassiner à vue.

— Wyl le sait parfaitement, j'en suis sûre – ce qui explique d'ailleurs qu'il tienne tant à trouver le père de Myrren. Peut-être pourra-t-il annuler le sort qu'elle lui a jeté ?

Crys leva soudain une main, mettant un terme à leur conversation.

— Nous sommes arrivés à la frontière, dit-il en désignant une borne sur la piste.

— Il ne me reste donc plus qu'à franchir cette ligne imaginaire ?

— Oui. Depuis la mort du roi Valor, la sécurité a été renforcée – ils ne tarderont pas à vous intercepter. La région grouille de gardes.

— Ce n'était pas le cas auparavant ?

— Eh bien, les marchands circulaient sans trop de difficultés. Maintenant, il faut des autorisations et des sauf-conduits – ou un bon motif.

— Et moi, quelle raison vais-je invoquer ? demanda-t-elle, subitement inquiète.

Crys sourit.

— Je peux vous faire passer la garde du côté morgravian. Ensuite, il reste à espérer que la lettre de Wyl convaincra les troupes de Briavel.

— Et si ce n'est pas le cas ?

— Vous rentrerez avec moi – et rien ne saurait me faire plus plaisir, répondit-il en accentuant son sourire.

Elspyth se sentait gagnée par le charme du jeune homme. Sans le souvenir de Lothryn au-dessus d'elle, elle aurait fort bien pu être tentée de succomber.

— Vous avez vraiment été d'une grande amabilité avec moi, Crys. J'espère pouvoir vous rendre la pareille un jour.

— Alors épousez-moi, dit-il en plaisantant, avant de répondre à son air bougon par une grimace.

» D'accord, je vous demande de m'excuser. Et maintenant, allons vous mettre en sûreté de l'autre côté.

Comme il faisait un geste pour l'inviter à le suivre, ils entendirent le bruit d'une cavalcade furieuse. Un cavalier arrivait sur eux à bride abattue.

—Attendez ! ordonna-t-il. J'aperçois les couleurs de mon père. Quelque chose ne va pas.

Le cavalier arrivait en vue ; le cheval était couvert d'écume.

—C'est Pil ! s'exclama Crys, en sautant à bas de sa monture.

Elspyth sentit un frisson de terreur la parcourir, des pieds jusqu'à l'extrémité de ses cheveux. Personne ne chevauchait à cette allure sans une bonne raison. Elle distinguait maintenant la même lueur de peur et d'égarement dans l'œil du garçon et de l'animal.

Pil tira les rênes si violemment que la bête se cabra, le projetant à terre. Comme il se remettait péniblement debout, le cheval s'enfuit dans les bois, terrifié et épuisé à la fois.

Elle bondit à son tour pour rejoindre Crys auprès du jeune novice.

—Faut-il que j'aille chercher le cheval ? demanda-t-elle, sachant combien la famille Donal tenait à ses coursiers.

—Laissez, ordonna Crys entre ses dents serrées.

» Pil, que se passe-t-il ?

Elle reconnaissait la force et l'autorité du duc dans l'attitude de son fils aîné – des qualités réconfortantes. L'assurance qu'il montrait calma un peu sa peur.

—Respire, Pil, dit-elle.

Les yeux fous du garçon étaient emplis de frayeur. Il frottait son coude endolori.

—Shar merci, je vous ai trouvés.

—Qu'est-il arrivé ?

—Ils sont tous morts, messire, bafouilla le garçon. Toute votre famille.

Elspyth sentit le corps de Crys devenir raide comme un piquet.

—Qu'est-ce que tu racontes ? grogna-t-il.

Pil tourna un regard d'agonie en direction d'Elspyth. Dans son désir désespéré d'expliquer, il laissait les mots se bousculer dans sa bouche.

—Frère Tewk voulait présenter ses hommages au duc et à la duchesse. J'ai proposé de l'accompagner à Tenterdyn, mais lorsque nous sommes arrivés…

Sa voix se brisa.

—Dis-moi tout, cria Crys.

La douleur se répandait en lui.

Selon le novice, Aleda avait entendu le martèlement de cavaliers arrivant au galop et demandé à Pil et à frère Tewk si c'étaient bien les hommes de son mari qui venaient d'arriver. Ce n'étaient pas eux, mais il était déjà trop tard ; la troupe était à l'intérieur de l'enceinte du château. La duchesse était effrayée par ces hommes armés qui n'appartenaient pas à la légion, mais agissaient apparemment sous l'autorité du roi.

— Cachez-vous à l'étage ! nous a-t-elle dit.

Elle voulait dissimuler toute trace de personnes étrangères à la maison – surtout après que Daryn eut expliqué que ces hommes cherchaient une femme correspondant à la description de Faryl, ou d'Ylena.

Pil expliqua que la duchesse, outrée de leur audace, s'était précipitée dans la cour où son mari parlementait avec leur chef.

— L'homme n'avait même pas mis pied à terre, raconta Pil à Crys et Elspyth terrifiés.

» Il parlait à votre père depuis sa monture.

Des combles où ils étaient cachés, le novice et le moine avaient vu la conversation s'envenimer entre les deux hommes.

— L'homme pointait un doigt menaçant sur votre père en hurlant des ordres, mais le duc restait imperturbable. Il a dû leur proposer de fouiller la demeure et c'est à cet instant que les choses ont mal tourné. Je ne sais pas ce qui a pu se passer, mais je crois que votre frère Daryn n'a pas supporté le ton employé envers votre père, expliqua Pil.

Le visage de Crys était pareil à celui d'une statue.

— Il a saisi la jambe du cavalier pour le faire tomber de sa monture.

— Quel idiot ! Daryn n'a jamais su garder son sang-froid.

— L'enfer s'est alors déchaîné, messire duc, dit Pil, chacun notant l'usage du nouveau titre.

» L'un des cavaliers a tiré une flèche dans le cœur de Daryn. Il s'est écroulé comme une masse. Votre mère a crié, puis s'est précipitée au sol sur lui. Peut-être vivait-il encore, je ne saurais dire. Votre père avait tiré son épée, mais il n'avait aucune chance. Il a courageusement combattu. Ils l'ont forcé à se mettre à genoux, messire.

— Arrête ! cria Elspyth, les yeux noyés de larmes. Crys… je…

— Je veux tout entendre, gronda Crys, ignorant les larmes dévalant son visage ravagé.

» Tout !

Pil frissonna, puis hocha la tête. Frère Jakub lui avait toujours dit de s'en tenir strictement aux faits pour expliquer quelque chose d'important. Il leur raconta tous les événements, exactement de la manière dont ils s'étaient déroulés, détestant chacun des mots qu'il prononçait.

— Ils l'ont décapité, messire duc. C'était atroce – j'ai dû détourner la tête. Ils tenaient votre mère. Ils l'ont obligée à regarder. Ensuite, ils ont arraché ses vêtements, puis l'ont violée chacun leur tour dans la cour. Votre frère Jorge est arrivé des écuries, mais est mort à son tour en luttant pour la sauver.

Crys tomba à genoux; un hurlement de douleur s'échappait de sa gorge. Il implorait le ciel de mettre un terme à ce cauchemar. Elspyth s'effondra à ses côtés, l'entourant de ses bras pour pleurer avec lui. Elle seule pouvait comprendre sa douleur; elle voulait l'absorber, la prendre sur elle pour l'en débarrasser. Crys gémit longuement contre elle. Pil s'était assis, la tête plongée entre ses genoux, muré dans un silence horrifié.

Finalement, Crys parla d'une voix sourde et brisée.

— Pardon, messire duc, qu'avez-vous dit? demanda Pil.

— Comment? Comment pouvaient-ils savoir? cria le nouveau duc de Felrawthy au visage du novice.

Il avait bougé si vite qu'Elspyth en était tombée au sol; il ne parut même pas le remarquer. Il avait saisi le garçon dans sa poigne de fer; leurs visages se touchaient presque.

Tout bredouillant, Pil leur assena l'ultime vérité, comme un coup de poignard dans le cœur.

— Frère Tewk, messire. C'était un espion, dit-il en sanglotant.

» Et c'est moi qui l'ai mené à votre famille, qui ai insisté pour qu'on le reçoive. Je me suis efforcé de m'en tenir à l'histoire qu'on avait arrêtée, mais comment pouvais-je mentir à un homme de Shar? Bien sûr, je ne lui ai pas dit que Wyl était Faryl, mais je lui ai confessé avoir amené Ylena à Tenterdyn.

Crys avait l'air féroce d'une bête sauvage blessée. Il repoussa la main d'Elspyth et bouscula Pil en se remettant debout. Sans un regard, il s'enfuit dans les bois où le cheval de Pil avait disparu.

— Laisse-le, dit Elspyth.

Elle sentit la tension s'accumuler dans ses mâchoires, au point que ses tempes se mirent à palpiter. Une question lui brûlait les lèvres; elle craignait plus que tout de la poser.

— Et la duchesse?

— Je ne sais pas si elle est morte ou vivante.

La jeune femme se sentait dévastée.

— Et tous les autres sont morts, tu es sûr?

Le garçon hocha un visage ravagé par les larmes.

— Le duc, sans aucun doute. Jorge a été massacré et le corps de Daryn ne bougeait plus lorsqu'ils ont arraché Aleda qui s'accrochait à lui. La flèche l'avait atteint en plein cœur.

— Par Shar… tous tués. Tous tués, murmura-t-elle pour elle-même, comme l'immensité du désastre s'imposait à elle.

» Et c'est moi qui t'ai envoyé à ce frère Tewk. Tout est ma faute, encore et toujours. Je suis responsable ! Je suis une malédiction !

— Non, Elspyth. Comment pouviez-vous savoir que c'était un imposteur ? Moi aussi j'ai cru en lui. Comment aurais-je pu faire autrement ?

— Comment t'es-tu échappé ?

— Je me suis battu avec lui. Lorsque l'attaque a commencé, j'ai senti son regard sur moi – et soudain quelque chose n'allait plus. Tout s'est mis en place dans mon esprit – en venant à Felrawthy, je chantais un cantique et il n'en connaissait pas les paroles. De plus, il m'a affirmé être passé à Rittylworth, mais ne se souvenait pas de frère Bors. Or, tout le monde connaît frère Bors – le doyen de plus de quatre-vingt-dix ans, expliqua-t-il en secouant la tête.

» J'ai tout compris – il m'avait trompé. Lorsque je les ai vus faire du mal à Aleda, j'ai cherché quelque chose pour m'en faire une arme. Je sais, c'était stupide – comment aurais-je pu les combattre ? Mais il fallait que je fasse quelque chose. C'est à cet instant qu'il m'a saisi… et confirmé quel traître il était. Je me suis battu. J'ai frappé, frappé… et par chance sans doute, je l'ai assommé. Je me suis glissé par une fenêtre sur les toits – comme je l'avais fait avec Ylena. Ils n'ont jamais vu que j'étais là. Ensuite, je me suis glissé dans les écuries. J'ai volé un cheval pour venir vous prévenir.

— Est-ce que tu l'as tué ?

— Frère Tewk ?

Elle confirma d'un hochement de tête.

— Non, je… je crois qu'il n'était qu'assommé.

— Alors il va tout leur dire et ils vont nous traquer, dit-elle, sentant la panique la gagner.

Elspyth marcha là où Crys se tenait.

— Allez-vous-en ! Laissez-moi ! gronda Crys en se tournant vers elle.

— Écoutez-moi, l'implora-t-elle. Ils vont nous rechercher, j'en suis sûre. Ils vont achever ce qui reste de Felrawthy. Vous êtes le duc désormais. Il ne reste plus que vous. Nous les vengerons, mais à la seule condition de nous mettre en sûreté tout d'abord.

Crys eut un ricanement amer – un son horrible.

— Duc de Felrawthy !

Elspyth se tourna vers Pil.

— Regroupe les chevaux. Le tien est là-bas, dit-elle en prenant les choses en main.

» Crys, regardez-moi. Ce n'est pas l'heure des récriminations – pas encore. Nous devons fuir et sauver nos vies.

— Elspyth !

Son visage perdu lui brisait le cœur.

— Je sais, sanglota-t-elle en s'approchant de lui. Je sais, mais il faut que vous soyez fort. Vous mènerez votre guerre contre Celimus, mais avant cela…

Elle ne put pas finir sa phrase. Il la prit dans ses bras, enfouissant son visage dans ses cheveux. D'un signe de tête en direction de Pil, elle envoya le garçon s'occuper des chevaux. Elle éprouvait un sentiment de menace à tenir cet homme tout contre elle ; une dangereuse étincelle était en train de naître entre eux. Elle se détacha de lui – l'offusquant par son brusque mouvement de rejet.

Les yeux fixés sur son beau visage douloureux, elle lui parla d'une voix douce. Elle espérait qu'il sente l'affection qu'elle avait pour lui – peut-être pas maintenant alors que le chagrin le submergeait, mais plus tard lorsqu'il aurait recouvré suffisamment de maîtrise pour comprendre que son cœur était déjà pris.

— Venez. Nous devons aller nous mettre à l'abri.

— Où ça ? demanda-t-il, l'air perdu.

— En Briavel. Ils n'oseront pas nous suivre.

Crys hocha la tête, capitulant devant sa volonté – subitement allégé qu'on s'occupe de lui. Il comprenait maintenant ce qu'avait dû éprouver Ylena.

— Allons-y, dit-il, avec dans la voix une sévérité qu'Elspyth ne lui avait jamais entendue.

Chapitre 27

Celimus chevauchait une splendide jument alezane – sa nouvelle coqueluche dans les écuries royales. Il l'appelait Grâce et ce nom était ô combien mérité. Vive et élégante, elle était en outre la plus rapide des montures qu'il eût jamais eues. Il avait lâché les rênes pour lui laisser prendre sa pointe de vitesse et il était encore hors d'haleine de leur superbe galop. Elle récupérait tout doucement, tandis qu'il la conduisait vers un arbre, à l'ombre duquel il voulait attendre. Jessom et son fauconnier n'allaient plus tarder. Celimus se pencha pour lui flatter l'encolure ; elle agita sa crinière, impatiente de repartir.

— Pas si vite, ma jolie. J'ai des choses importantes à faire tout d'abord.

Le roi de Morgravia s'accorda une rasade d'eau fraîche, tout en laissant courir son regard sur le paysage alentour.

— Il faut que j'aie un héritier à qui léguer tout ça, Grâce, dit-il en flattant le cou tout en muscle de la bête.

» Je veux qu'il ait deux royaumes à lui, au moins. (Il rit.) Trois seraient encore mieux. Je veux qu'il devienne empereur… après moi, bien sûr. De gré ou de force, l'impératrice Valentyna sera sa mère et je lui apprendrai à rire de l'imposteur Cailech – dont la tête sera exposée devant Stoneheart pour l'éternité.

Il but à nouveau ; les deux cavaliers attendus venaient d'apparaître au sommet d'une colline.

Ils se présentèrent à lui, essoufflés.

— Tout est prêt, Sire, dit le fauconnier.

» J'ai apporté vos trois oiseaux favoris et nous sommes postés là-bas, Majesté, ajouta-t-il en désignant deux hommes en contrebas.

— J'arrive tout de suite, dit Celimus.

Le fauconnier salua son souverain, jeta un coup d'œil à Jessom figé dans l'attente, puis se retira. Resté seul avec le roi, le chancelier adopta une attitude plus tranquille.

— Sire, je crois qu'il serait bon de prendre des nouvelles dispositions. Vous ne devriez pas partir chevaucher sans au moins un garde avec vous.

— Bah ! Nous sommes en Morgravia ici. Et puis j'ai mon arc avec moi, répondit Celimus avec dédain.

— Quand bien même..., répondit Jessom d'un ton un peu brusque.

C'était sa réponse du moment.

— Je n'ai besoin de personne. Je suis le roi.

— D'où la nécessité de veiller sur votre sécurité, Majesté. C'est votre rang qui l'exige.

Celimus hocha la tête à contrecœur – ce qui ne signifiait pas pour autant qu'il se soumettrait à l'idée.

Jessom abandonna prudemment le sujet.

— Voulez-vous que je vous regarde lancer vos oiseaux ou tirer quelques flèches sur un cerf, Sire – ou bien y a-t-il une autre raison pour laquelle je me gèle les couilles dans ce magnifique paysage ?

Celimus éclata de rire ; Jessom savait toujours avec une science infaillible à quel moment se permettre une plaisanterie.

— Je dois voir quelqu'un – loin des yeux et des oreilles du château.

— Ah, répondit son chancelier d'un air entendu.

» Désirez-vous que je prenne part à la conversation ou que je demeure dans l'ombre, Sire ?

— Vous pouvez rester. D'ailleurs, le voici, répondit Celimus en désignant un cavalier d'un mouvement du menton.

— Parfaite ponctualité, admira Jessom, transis dans l'air frais de ce matin de printemps.

» Qui est-ce, Majesté ?

— Il s'appelle Shirk – et me rend quelques services.

— Je vois, dit Jessom.

Le chancelier saisissait parfaitement à qui il avait affaire – l'un des hommes de main dont le roi s'était attaché les services pour les basses œuvres impossibles à confier à la légion. Ils le regardèrent approcher.

— Dame Bench ? demanda Celimus à Jessom, sans quitter Shirk du regard.

— J'ai entendu dire qu'elle organise une grande fête dans quelques jours, Sire. Son mari est à Pearlis pour l'un de ses rares séjours, mais j'imagine qu'il ne restera pas très longtemps.

— Il ne tient pas en place celui-là, mais mon père m'a toujours recommandé d'écouter ses conseils. Autant je haïssais mon père, autant ses recommandations en la matière étaient justes – je n'ai jamais eu à me plaindre des avis d'Eryd Bench.

Jessom hocha la tête, impassible, dans l'attente de ses instructions.

— Donc, rien qui ne sorte de l'ordinaire chez dame Bench ?

— Apparemment rien, Majesté. Je fais surveiller sa maison nuit et jour, selon vos ordres. Il n'y a eu aucune allée et venue suspecte.

— Bien. Ne la lâchez pas des yeux.

— Encore une semaine, Sire ?

— Ça devrait être suffisant, répondit Celimus.

» Ah, Shirk.

— Majesté, répondit le nouvel arrivant en saluant sans mettre pied à terre.

— Voici le chancelier Jessom. Vous pouvez parler sans crainte.

L'homme fit un signe de tête en direction de Jessom.

— Merci, Sire. Voulez-vous entendre mon rapport ?

— Je vous écoute, répondit Celimus en regardant ses fauconniers au loin, comme si la conversation l'indifférait.

Jessom nota la qualité des vêtements de Shirk – un mercenaire grassement payé à coup sûr.

— Nous n'avons trouvé aucune trace de dame Ylena Thirsk, pas plus que de cette Leyen dont vous nous aviez donné une description.

Le chancelier vit les mâchoires du souverain se crisper de dépit. Lui seul savait lire et décrypter les subtils symptômes des humeurs de Celimus. Il redoutait maintenant d'entendre la suite, regrettant que le roi ne l'ait pas chargé de cette délicate mission. Tout cela exigeait de la finesse et du doigté ; quels dégâts allait-il avoir à rattraper ?

— Mais… ? demanda Celimus sans que le ton de sa voix trahisse quoi que ce soit.

L'homme hocha lentement la tête.

— L'un des fils a refusé de coopérer pendant que nous interrogions le duc. Il a tiré l'épée.

— Je vois, dit Celimus.

» Il y avait donc quelque chose à cacher. Avez-vous procédé selon mes instructions ? poursuivit-il en choisissant soigneusement ses mots.

Jessom craignait ce qui allait suivre. Était-il arrivé quelque chose au duc et à la duchesse ?

— Oui, Majesté. Exactement comme vous l'aviez demandé. Le duc, la duchesse et leurs fils sont morts.

Jessom se sentit défaillir. Il fit un immense effort sur lui-même pour conserver une mine impassible – bien certain pourtant de ne pas y parvenir. C'était une nouvelle pour le moins désastreuse. Ses pensées d'ordinaire ordonnées partaient en tous sens pour imaginer quelles allaient en être les conséquences. Comment allaient-ils faire pour couvrir cette nouvelle atrocité ? Tout cela dépassait largement ses compétences en matière de manipulation. Il se sentait incapable d'inventer un scénario crédible justifiant le massacre des loyalistes du nord qui à eux seuls protégeaient la moitié sud du royaume contre les invasions. Depuis que Jessom occupait sa charge, le duc Jeryb avait toujours fait preuve d'une indéfectible loyauté envers la Couronne. Ses espions étaient de première force et les renseignements qu'il transmettait à Stoneheart étaient toujours impeccables. Il menait ses légionnaires d'une main à la fois ferme et juste. Même d'aussi loin, Jessom devinait que la légion éprouvait pour le duc et les siens le même genre de respect que pour la famille Thirsk. Exécuter leur cadet avait été une erreur terrible – certes commise avant son arrivée, mais qui l'avait tout de même glacé d'effroi. Ils avaient eu beau prendre toutes les précautions, ils en étaient encore à subir les conséquences de ce meurtre. La tête décapitée pouvait ressurgir à tout moment et les démasquer. Il ne voyait vraiment pas comment ils allaient expliquer cinq nouveaux décès dans cette famille ; pourtant, alors même qu'il s'alarmait, son esprit commençait déjà à échafauder des plans.

— Vous êtes sûr qu'ils sont tous morts ? demanda Celimus en posant sur Shirk son regard qui ne cillait pas.

Le chancelier vit le mercenaire tressaillir ; c'était la première fois qu'il marquait une hésitation. Tout à la fois discret, nerveux et ô combien éloquent, ce tic révélait peut-être que tout ne s'était pas déroulé selon les plans.

— Eh bien, la tête du duc n'est plus sur ses épaules, répondit Shirk avec un sourire incertain. Sa femme est morte – je m'en suis assuré moi-même – et…

— Comment vous êtes-vous occupé d'elle ? demanda Celimus, d'un ton innocent – que contredisait son corps tendu à l'extrême.

— Comme vous nous l'aviez demandé, Sire. Nous l'avons humiliée.

— Vous l'avez violée ?

— Oui, Majesté. Chacun des hommes à son tour. Je crois bien que les derniers se sont farci un cadavre… si vous me permettez l'expression.

— Quelqu'un a vérifié que son cœur ne battait plus ? demanda Celimus, pas le moins du monde perturbé par l'écart de langage.

Jessom vit que le mercenaire hochait la tête avec moins de vigueur que précédemment. De toute évidence, il n'était pas catégorique quant à l'état de santé de la duchesse.

Le roi laissa filer.

— Et les fils ? Morts tous les trois ?

Cette fois, le mercenaire leva un regard angoissé, ses yeux glissant du roi vers le chancelier, avec une expression suppliante.

Jessom vint à son secours.

— Il restait trois fils – l'héritier, Crys, grand, les cheveux blonds, joli garçon à ce qu'on dit. Les deux autres ont les cheveux bruns comme leur mère – Daryn et Jorge.

C'était la première contribution de Jessom à la conversation ; ses mots firent pâlir le mercenaire.

— Je vois, dit Celimus d'un air pénétré. Lequel n'avez-vous pas vu ?

— Le joli garçon, bafouilla Shirk. Il n'était pas là.

— Bien. Autre chose ? demanda Celimus, en contrôlant le ton de sa voix pour masquer son dégoût.

Jessom se sentit presque désolé pour le mercenaire luxueusement vêtu ; aucun doute dans l'esprit du chancelier, ses jours étaient désormais comptés.

— Oui, Sire, répondit l'homme d'une voix qu'il s'efforçait de maintenir haute et claire sans y parvenir vraiment – sentant déjà sans doute sa disgrâce arriver.

» Notre espion… euh, il s'appelle Tewk… est arrivé à Felrawthy déguisé en moine. En chemin, il a rencontré une jeune femme, une certaine Elspyth. D'après Tewk, elle ne présentait aucun intérêt, uniquement de passage dans le duché pour remettre un message de sa tante – une vague connaissance de la duchesse. Tewk a bien pris soin de vérifier qu'Elspyth ne correspondait à aucun des signalements. Toujours est-il que le lendemain, elle a envoyé un jeune novice du nom de Pil ramener l'âne qu'elle avait emprunté.

— Et donc, l'interrogatoire de ce Pil…, commença Celimus.

Shirk perdit toute contenance, désarçonné à la fois par l'interruption et par ce qu'il avait à dire.

— Le garçon s'est enfui par les toits, Sire.

— Mais vous l'avez rattrapé, intervint Celimus.

Jessom éprouvait maintenant de la pitié pour le mercenaire pris au piège. Même parfaitement maîtrisée, la voix de Celimus distillait un insupportable sentiment de menace.

Le mercenaire hocha vigoureusement la tête.

— Nous l'avons poursuivi, Majesté. Il doit avoir été pris à l'heure qu'il est.

— Un novice, as-tu dit ? Que faisait-il avec ton espion ?

Shirk amorça un mouvement pour hausser les épaules qu'il termina prudemment en hochement de tête ; l'heure était bien mal choisie pour offenser un roi connu pour ses sautes d'humeur.

— Je ne sais pas, Sire, mais c'est lui qui a amené Tewk dans la famille Donal – où il pensait pouvoir découvrir si les deux femmes étaient passées à Tenterdyn.

— Et l'a-t-il découvert ?

— Oui, s'exclama triomphalement Shirk. Ylena et Leyen s'y sont rendues. En fait, c'est le novice lui-même qui a amené la noble là-bas.

Pauvre imbécile, songea Jessom. C'était la première chose qu'il aurait dû dire. Le chancelier se mit à craindre pour la vie du mercenaire dans les prochaines minutes.

— Par la colère de Shar, beugla Celimus.

Penché sur sa selle, le roi frappa Shirk au visage, le jetant à bas de sa selle. Dans le même mouvement, Celimus bondit de sa jument avec une grâce féline pour assener un coup si violent au mercenaire qu'il demeura sonné au sol, gémissant de douleur.

— Où sont-elles ? hurla-t-il.

Saisi de terreur, l'homme bafouilla sa réponse.

— La femme, Leyen, s'appelle Faryl en réalité, Sire. D'après le novice, elle n'est pas restée longtemps à Tenterdyn. La noble est introuvable. Le moinillon nous a dit qu'il l'avait laissée au château du duc, avant de repartir presque tout de suite.

— Mensonges ! gronda Celimus. Felrawthy la protège. J'avais raison de soupçonner le duc – il m'a trahi.

Jessom avait un point de vue différent ; jamais le duc n'avait manqué de loyauté envers la couronne. Toutefois, la vérité sur la mort de son fils Alyd avait peut-être modifié son attitude. *Au moins,* se dit-il, *tout cela a peut-être permis de maintenir le secret.* Le chancelier tenta d'intervenir.

— Sire…

Le regard chargé de fureur de Celimus lui referma la bouche ; il préféra se murer dans le silence.

— Hors de ma vue ! cracha Celimus au mercenaire à terre. Rampe jusqu'en bas de cette colline et ne reparais jamais devant moi.

Shirk fit comme on lui ordonnait sans même reprendre son cheval, soucieux uniquement de s'éloigner de la furie du roi. Sans hâte, Celimus saisit son arc derrière lui et préleva une flèche dans son carquois.

Jessom eut une bouffée de pitié pour l'homme qui s'éloignait à quatre pattes, comme un animal. Il n'avait pas été déloyal – négligent uniquement. Celimus ne tolérait pas les incapables. Le chancelier poussa un soupir.

— Sire, voudrez-vous me voir dans votre bureau lorsque j'aurai terminé de régler cette affaire ici ?

Connaissant à l'avance la réponse, il cherchait déjà une manœuvre pour camoufler les dégâts dans le nord.

Celimus encocha sa flèche et banda son arc.

— Immédiatement ! répondit-il – avant de lâcher toute sa hargne sur le dos courbé de l'homme qui l'avait déçu.

Jessom observait sa proie en train de descendre de son carrosse. Il avait décidé de s'occuper en personne de ce problème. Traversant la rue – le bas de sa tunique délicatement relevé pour qu'il ne traîne pas dans la crasse des pavés humides de la place du marché –, il vint subtilement buter dans l'épaule de l'homme devant lui, comme par mégarde.

— Veuillez m'excuser, je…, commença Jessom, avant de feindre un air de surprise ravie.

» Messire Bench, quel plaisir. Je suis infiniment désolé de vous avoir bousculé, mais je me hâtais de traverser.

— Il n'y a pas de mal, chancelier Jessom, répondit Eryd Bench avec un petit geste apaisant de la main.

— Dame Bench, ajouta Jessom en saluant d'une courte révérence.

— Chancelier, répondit-elle en resserrant imperceptiblement son étreinte autour du bras de son mari.

» Quel dommage que vous n'ayez pas pu assister à notre soirée.

— J'en suis le premier désolé, ma dame. C'est que le roi me tient particulièrement occupé, dit-il avec un sourire dont il était pourtant avare.

Elle ressentit toute sa fausseté – immédiatement convaincue qu'il nourrissait des soupçons. Heureusement, elle savait aussi qu'il n'avait pour l'heure rien à se mettre sous la dent.

— C'est bien triste. Il y avait de la lotte au menu – et je sais combien vous l'aimez.

Il émit quelques soupirs de regret d'avoir manqué ces délices.

— Êtes-vous en ville pour longtemps, messire Bench ?

— Non. À dire vrai, nous sommes sur le point de partir quelque temps en famille.

— Ah ? répondit Jessom – qui en était déjà informé.

» Où allez-vous donc ? Quelque part où il fait beau, j'espère ? glousse-t-il en resserrant les pans de sa cape autour de lui.

— En fait, pas du tout, répondit Eryd Bench avec un triste sourire. Nous partons dans le nord, à Brightstone, où je dois réceptionner une somptueuse cargaison de produits exotiques. Helyn et Georgyana ont pensé qu'elles pourraient m'accompagner pour une fois.

— Oui, j'ai décidé qu'il était grand temps que je voie ce que fait mon mari pendant ses absences, compléta Helyn d'un ton moqueur.

— Et où allez-vous séjourner ? demanda Jessom sur le ton de la plus exquise politesse.

— D'ordinaire, je vais à l'auberge, mais avec ces dames, nous irons dans une vieille maison de famille que nous avons dans le nord, non loin de Yentro et de Deakyn. J'ai pensé qu'elles y seraient plus confortablement installées.

— En effet, murmura Jessom. Vous serez partis longtemps ?

Eryd savait qu'il subissait un interrogatoire – tout comme sa femme quelques semaines auparavant.

— Je ne sais pas encore. Ma famille sera avec moi – je suppose que nous pourrons prendre notre temps. J'ai pensé que nous pourrions aller faire un tour dans l'est – peut-être jusque chez ce bon vieux Jeryb et toute sa marmaille.

Jessom ressentit une pointe d'inquiétude, mais n'en montra rien.

— Brrr, il fait froid aujourd'hui. Puis-je vous offrir un verre de Shorron pour nous réchauffer ?

Aucun des membres du couple Bench n'en avait la moindre envie.

— Bien sûr, répondit Eryd. Je ne suis pas du genre à refuser un verre.

— Nous ne pourrons pas nous éterniser, mon chéri, intervint Helyn, regrettant qu'il n'ait pas décliné.

» J'ai des tas d'achats à faire pour notre voyage.

Eryd tapota gentiment son bras et le trio mit le cap sur le plus proche établissement où l'on débitait de la Shorron – la liqueur légèrement amère servie chaude dans un verre avec une cuillerée de miel pour l'adoucir. C'était une spécialité de Pearlis, que l'on trouvait à peu près partout en ville. En été, on la servait frappée, mais ses effets revigorants et légèrement aphrodisiaques étaient plus affirmés par un jour frais et venteux.

Jessom commanda trois Shorron.

— Eryd, vous ne vous formaliserez pas si je vous recommande de renoncer à votre voyage en Felrawthy ? demanda-t-il posément pendant qu'ils attendaient.

De son côté, Helyn avait engagé la conversation avec une connaissance.

— Et pourquoi cela ? s'étonna messire Bench, s'interrogeant également sur la soudaine cordialité dont le chancelier faisait preuve.

— Je crains que de mauvaises nouvelles ne nous soient parvenues de là-haut – le roi en fera l'annonce demain à la cour. Nous n'en avons eu connaissance que ce matin.

— De quoi s'agit-il ? demanda Eryd tandis qu'un frisson lui parcourait l'échine.

— Nous avons reçu un rapport selon lequel le duc pourrait avoir été assassiné.

— Que Shar nous protège !

À cette exclamation, Helyn s'excusa auprès de son amie pour se retourner d'un bloc.

— Eryd ? Qu'y a-t-il ?

— Ce n'est pas tout, poursuivit Jessom d'un ton attristé. Nous n'avons pour l'heure aucune confirmation, mais cette même source laisse entendre que la famille Donal tout entière serait morte.

— Ce n'est pas possible, bafouilla Eryd.

Jessom secoua la tête, l'air navré.

— Nous ne sommes encore sûrs de rien, dit-il d'un ton mesuré.

» J'ai envoyé une troupe d'hommes fiables pour vérifier – c'est épouvantable. Le roi est dévasté, comme vous pouvez l'imaginer. C'est qu'il compte énormément sur le duc pour tout ce qui touche au nord.

— Et la protection de la frontière, ajouta Eryd.

» Mais comment cela a-t-il bien pu arriver ?

Helyn comprenait enfin la situation.

— Bois ça, dit-elle en tendant son verre à son mari.

Jessom renversa la tête en arrière ; la chaleur de l'alcool se répandit dans son ventre. Eryd l'imita – profondément horrifié. Helyn agitait son verre d'une main indécise. Tout comme son mari, elle avait le sentiment qu'on leur racontait une fable. Pourtant, la nouvelle était si énorme qu'elle s'appuyait forcément sur une certaine réalité ; la famille Donal avait donc souffert.

— Vous avez bien dit que tout le monde était mort ? demanda Eryd, abasourdi.

Jessom hocha la tête.

— Nous attendons encore confirmation. Apparemment, ce seraient les hommes du roi barbare. Les Donal attendaient des renforts et avaient laissé ouvertes les grilles de Tenterdyn. Nous en saurons plus dans un jour ou deux. En tout cas, je crois plus sage que vous n'emmeniez pas votre famille dans cette zone dangereuse.

— Cailech ! Mais pourquoi en voulait-il à Jeryb ? s'exclama Eryd, en commandant d'un geste une deuxième tournée.

— Je crois que ce fou qui se dit roi du nord a estimé que le duc constituait un obstacle. En décapitant Felrawthy, il pense probablement avoir affaibli les défenses de Morgravia.

Helyn eut un haut-le-corps de dédain impossible à réprimer.

— Vous croyez vraiment que le roi des Montagnes a fait ça pour ensuite se tourner vers le sud ?

Jessom mit un doigt sur ses lèvres pour demander à ses invités de surveiller leurs paroles.

— C'est ce que pense le roi Celimus. Le duc lui-même a souvent signalé des incursions d'hommes de Cailech sur notre territoire. Je crains, ma dame, que ce ne soit qu'une question de temps avant que le roi des Montagnes se sente suffisamment fort pour tenter de nous envahir.

— Eh bien, merci de nous avoir prévenus, chancelier, dit Eryd en tendant la main pour le saluer.

» C'est une bien triste nouvelle que vous nous avez donnée. En tout cas, nous éviterons soigneusement la région.

Jessom cligna des yeux et hocha la tête, avant de serrer la main tendue. En le voyant, Helyn ne pouvait s'empêcher de penser à un vautour.

— Je m'en réjouis, messire Bench. Je vous souhaite un bon voyage, dit-il avec une inclinaison de la tête.

Il se tourna ensuite vers Helyn, dont il prit la main.

— Dame Bench, vous transmettrez mon souvenir à votre fille. Que Shar vous accompagne.

— Merci, répondit-elle avec un sourire, retirant sa main aussi prestement que la décence le lui permettait.

Messire et dame Bench partirent ; Eryd n'avait même pas touché son verre. Jessom le but d'un trait, fort satisfait de son travail de la matinée. Il avait la quasi-certitude de pouvoir bientôt lever la surveillance de la famille Bench. Il les ferait suivre à leur départ pour le nord, mais s'ils mettaient cap à l'ouest – en direction du port de Brightstone – plutôt qu'à l'est vers Felrawthy, alors Celimus et lui pourraient à coup sûr estimer que les Bench ne constituaient pas une menace.

À l'extérieur, dame Bench trottinait pour rester à la hauteur de son mari.

— Le crois-tu ? demanda-t-elle, le souffle court.

— Oui, quand il annonce la chute de Felrawthy. Non, quant à la manière dont c'est arrivé. Cailech n'est pas assez fou. Jessom oublie que je connais le nord mieux que quiconque.

» Non, il s'agit d'une sombre machination. J'ai bien l'impression que les mises en garde de Leyen et tes doutes sur le roi pourraient être fondés.

— Que va-t-on faire ?

— Rien ! Pour l'instant, on observe – c'est ce que nous avons de mieux à faire.

Le roi Celimus réfléchissait à tout ce que lui avait dit Jessom.

— Je suis enclin à être de votre avis – la famille Bench n'est pas une menace. Vous pouvez lever la surveillance.

» Et maintenant, je veux que vous fassiez porter un courrier à Valentyna. De toute évidence, Leyen – ou Faryl ou quel que soit son nom – a échoué avec Ylena et il est possible qu'elle n'aille pas en Briavel comme je le lui ai demandé. Nous devrons donc compter sur Aremys pour s'occuper de la jeune Thirsk.

» Prenez note, s'il vous plaît. Je vais vous dicter la lettre.

— Tout de suite, Sire, répondit Jessom en fouillant dans une pile de plumes et de parchemins.

» Voilà, je suis prêt.

Celimus traversa son cabinet de travail pour se poster devant une grande fenêtre, les yeux plongés dans la cour en contrebas.

— « Chère Valentyna », commença-t-il. Non, attendez ! Mettez plutôt « Ma très chère Valentyna ».

Il marqua une petite pause, écoutant la plume crisser sur le vélin.

— « J'espère que la présente vous trouvera en bonne santé, même si vous devez être aussi occupée que je le suis par les affaires de votre royaume. Néanmoins, peut-être avez-vous trouvé du temps à consacrer à l'exquise pouliche que je vous ai envoyée ? C'est la dernière-née de ma meilleure poulinière. Il m'a été rapporté qu'elle vous était parvenue en excellente condition et je sais qu'elle est entre les mains de la plus généreuse et aimante des propriétaires. Dites-moi également si vous avez aimé le nom que je lui ai donné ? J'ai la conviction qu'ensemble vous passerez de merveilleux moments dans les bois autour de Werryl. »

Celimus s'arrêta de nouveau, le temps que Jessom écrive.

— « Valentyna chérie » – j'espère que ce n'est pas trop ?

— Non, Sire, c'est parfait, répondit Jessom.

— « Valentyna chérie, reprit Celimus, vous savez, je l'espère, que le plus cher désir de mon cœur est que nous concrétisions notre union sans délai. Depuis que je vous ai vue, je n'ai cessé de songer à notre mariage et à la réunion de nos deux royaumes dans la paix et l'harmonie. »

Jessom grattait furieusement.

— Et maintenant, une petite menace, Sire, suggéra-t-il.

Celimus laissa échapper un gloussement.

— Vous lisez en moi comme dans un livre, chancelier, dit-il. Effectivement, je crois qu'il conviendrait de relever cette lettre d'un petit avertissement bien senti. Voyons voir...

Le roi s'abîma dans la contemplation des allées et venues dans la cour.

— Ça y est, reprit-il. « Le temps est une menace pour la paix, mon aimée. Le roitelet du nord – Cailech – a fait couler le sang bleu de Morgravia en massacrant sauvagement le duc de Felrawthy et toute sa famille. Je suis sûr que vous les connaissiez de réputation et que vous pleurerez avec tout le peuple de Morgravia la tragique disparition de cette noble lignée.

» Nous prenons des dispositions pour renforcer nos défenses au nord, mais j'ai le sentiment que Cailech se sent pousser des ailes. Enivré par l'odeur du sang morgravian qu'il a répandu, il va se tourner vers le sud. Face à notre résistance – et par Shar, je promets qu'elle sera inflexible –, ma crainte est qu'il tourne ses appétits de conquête vers Briavel. Je ne peux pas laisser ce sauvage vous menacer, mon aimée – mieux, je ne le permettrai pas !

» Nous étions autrefois ennemis – nous devons aujourd'hui marcher ensemble. Avec votre permission, je veux assurer la protection de Briavel. Dès que vous aurez confirmé votre accord à notre mariage, toutes les forces de ma légion seront au service de notre sécurité commune. »

Celimus se retourna vers son chancelier, un sourire éclatant sur les lèvres. Jessom se demanda comment Valentyna pouvait résister à son charme si envoûtant.

— Brillant, Sire. Peut-être pourrions-nous suggérer une date ?

— Tout à fait ! Relisez-moi la dernière phrase.

Jessom s'exécuta.

— Très bien. Écrivez : « J'ai fixé comme date la dernière lune de l'équinoxe de printemps, lorsque la terre tout entière renaît à la vie. Dans mon cœur, vous êtes la fiancée du printemps. Tel est le sentiment que vous m'inspirez, Valentyna, dit-il avant de marquer une pause pour réfléchir à la fin de sa missive.

» Mon porteur vous communiquera tous les papiers nécessaires que vous n'aurez plus qu'à signer. De mon côté, j'entamerai les préparatifs de notre mariage somptueux – ce jour béni où les peuples de Morgravia et Briavel se réjouiront de concert… et où nos ennemis trembleront, ô mon aimée.

» Personne ne menacera jamais notre nouvel empire », conclut-il en tapant joyeusement dans ses mains. Terminez ensuite avec les formules d'usage.

— Je m'en occupe immédiatement, Sire.

— Que notre porteur attende sur place la réponse. Ce sera l'affaire de quelques jours, j'imagine.

— Si le temps le permet, Majesté.

— Occupez-vous-en, Jessom.

Le chancelier rassembla ses papiers.

— Au fait, où en est-on avec Felrawthy ? demanda Celimus.

— J'ai envoyé des hommes fiables pour effacer toutes les traces.

— Et les corps ?

— Ils seront brûlés.

— Excellent. Vous veillerez à laisser quelques indices indiquant que c'est l'œuvre des Montagnards.

— C'est déjà fait, Sire.

Celimus se sentait satisfait, parfaitement maître de la situation – l'humeur parfaite pour prendre du plaisir avec une femme.

— Vous pouvez disposer, maintenant. Et vous m'enverrez dame Amelia.

— Tout de suite, Majesté.

Chapitre 28

Les hommes étaient regroupés autour du puits, plongés dans le plus grand étonnement. Certains se grattaient nerveusement la tête, tandis que d'autres trépignaient sur place en s'efforçant de ne pas respirer. Aucun ne savait quoi dire. Ils étaient censés retrouver quatre corps ; il n'y avait que trois cadavres à l'odeur pestilentielle.

— Allez me chercher l'un de ceux qui étaient là, grogna le chef.

Quelques minutes plus tard, on amena un homme.

— Combien y avait-il de corps ici ?

L'homme leva un regard effaré.

— Quatre – trois hommes et une femme.

— Eh bien, il n'en reste plus que trois. Le duc et ses deux fils probablement, ceux dont vous avez été *capables* de vous occuper. Sinon, il n'y a pas de femme – à moins qu'elle soit déguisée.

Le sarcasme arracha une grimace à l'homme, qui répondit avec méfiance.

— Le troisième fils n'était *pas* à Tenterdyn. En revanche, la femme y était.

— Et elle n'y est plus ! rugit le chef. Veux-tu aller l'expliquer à celui qui nous paie pour faire ça ?

— Qu'est-ce que tu insinues ?

Le chef de la petite bande ricana.

— J'insinue, imbécile, que la femme n'était pas morte. Elle en avait peut-être l'air, mais elle est partie maintenant… À moins que quelqu'un l'ait aidée.

Cette fois l'homme se hérissa sous l'insulte – l'esprit encore plein du dégoût qu'il avait éprouvé à violer une morte. Dans ces sinistres instants, il n'avait eu aucun doute qu'elle avait rendu son dernier soupir.

— Puisque je te dis qu'elle était morte ! aboya-t-il en retour.

— Alors cherche son cadavre et tu préviendras le chancelier lorsque tu l'auras trouvé. Moi, je vais expliquer qu'on s'est débarrassés de trois corps d'hommes uniquement. Brûlez-les !

» Et je vous signale que ce n'est pas seulement pour votre bourse que vous devez vous inquiéter, ajouta rageusement le chef.

» Je vous conseille de fouiller Brynt et ses environs. Cherchez une femme commotionnée. Allez dans les chapelles et les hospices, partout où l'on soigne sans poser de questions. Elle se cache forcément.

Non loin de là, Aleda eut un rictus douloureux en entendant la fin de cette conversation. *S'ils savaient seulement que je ne suis qu'à quelques mètres d'eux*, songea-t-elle.

La duchesse avait repris conscience avec la tombée de la nuit. Lorsqu'elle avait été en état, elle avait compris qu'elle se trouvait au fond d'un trou recouvert de branchages. Les ultimes lueurs du couchant venaient jusqu'à elle à travers les rameaux ; elle n'avait pu retenir un hurlement en découvrant qu'elle était couchée sur le corps sans vie de Jorge. Il lui avait semblé qu'une expression de colère luisait dans ses yeux restés ouverts – même si elle savait que la mort efface tout. Il avait été tué en se battant pour l'honneur de sa mère. En larmes, elle avait continué de chercher autour d'elle, découvrant le corps glacé de son autre fils, Daryn. Elle s'était souvenu qu'on l'avait massacré sous ses yeux.

Enfin, tout au fond, elle avait trouvé le corps décapité de son mari ; ses sanglots de désespoir avaient redoublé. Sa tête était à ses pieds ; les assassins devaient rire lorsqu'ils l'avaient jetée. Aleda s'était assise sur les restes de sa famille brisée. Terrassée par le chagrin, elle avait pleuré, berçant contre elle le visage exsangue de son mari. Des heures s'étaient écoulées.

Lorsque ses sanglots s'étaient taris, une pensée l'avait soudain frappée comme la foudre.

— Crys ! avait-elle hurlé en cherchant frénétiquement autour d'elle.

L'absence de son fils aîné lui avait donné la force de se frayer un chemin hors du puits. Elle était tombée à plusieurs reprises. Elle s'était accrochée avec l'énergie du désespoir ; la terre roulait sur ses hommes bien-aimés. Finalement, elle était parvenue à se hisser, s'écroulant à bout de forces et de chagrin au bord de l'immonde trou. Elle n'avait même pas vu ses ongles cassés et noircis, ni ses genoux en sang.

Crys est peut-être encore en vie, avait-elle songé, repoussant de toute sa volonté l'idée qu'il avait été capturé et torturé. Puis elle s'était souvenue de Pil et s'était demandé pourquoi son corps n'était pas là. Repoussant les cheveux tombés devant son visage, elle s'était maculée de boue. C'est à cet instant uniquement qu'elle avait senti les intolérables élancements de douleur dans son corps. C'était une souffrance difficile à cerner, enfouie au plus profond d'elle ; son instinct de femme lui soufflait que ses blessures intérieures pouvaient encore la tuer. Dans le noir de la nuit, le sang sur sa robe ne faisait qu'une tache sombre, mais elle savait ce que c'était ; elle ne se souvenait que trop bien de ce qu'on lui avait fait subir. Elle n'avait pas peur de mourir – c'est le temps qui filait qui était devenu sa crainte. Avec quel bonheur elle aurait accueilli la mort, sans l'espoir douloureusement fiché en elle que Crys était peut-être encore en vie… qu'il avait peut-être besoin d'elle.

En esprit, elle entendait Jeryb lui soufflant de fuir. Épuisée, elle avait remis les branchages sur le puits. Des larmes coulaient doucement le long de ses joues. Crys avait ménagé une cache sur cette colline ; elle se souvenait qu'il s'était vanté de pouvoir surveiller la route du nord sans être vu – au cas où les Montagnards les auraient attaqués. Ce n'était encore qu'un garçon et elle s'était gentiment moquée de lui. Son père en revanche avait loué son initiative et sa clairvoyance.

— On n'est jamais assez bien préparés, mon garçon, avait-il dit en ébouriffant les cheveux de son fils.

Au fil des ans, Crys avait continué d'utiliser sa cachette, l'entretenant avec soin. Un jour, il avait même convié sa mère à venir la visiter ; Aleda avait été époustouflée de son agencement confortable. L'endroit était sec et abrité, relativement protégé sous ces rudes climats et surtout amplement approvisionné. La nourriture avait toujours été une préoccupation majeure chez son fils aîné.

Elle avait rampé jusqu'à cet abri – où elle avait passé deux jours recroquevillée sur ses blessures, remerciant silencieusement Crys d'avoir laissé une outre d'eau. Elle n'avait absolument aucune envie de manger, mais l'eau lui avait permis de survivre et de garder sa colère.

Aleda observait maintenant les hommes en train de charrier les corps des siens vers un grand brasier dans lequel ils les jetèrent sans plus de cérémonie. *Jamais ils ne brûleront le souvenir de ces êtres chéris*, songea-t-elle, tandis que les flammes montaient haut dans le ciel, attisant sa fureur. Elle savait qui était responsable de tout ça.

Un jour, Celimus regretterait que sa magnifique mère lui ait donné le jour. Elle patienta encore une demi-journée dans son abri – juste pour être sûre que tous étaient bien partis. Il n'y avait plus rien à récupérer dans le bûcher. Les hommes avaient éparpillé les cendres pour effacer autant que possible les traces de leur forfait. Tous ses hommes étaient morts désormais, *sauf un*, pria-t-elle. Elle s'accrochait à l'espoir que Crys soit encore en vie. En regagnant la demeure familiale des Donal afin d'y prendre des vêtements de voyage et des remèdes pour calmer sa douleur, Aleda se demandait où son fils avait bien pu trouver refuge. Il n'était plus en sécurité nulle part en Morgravia ; elle non plus, d'ailleurs. Il avait escorté Elspyth jusqu'à la frontière ; en revenant à Tenterdyn, peut-être avait-il assisté au désastre et réussi à fuir. Mais où ? Il pouvait être n'importe où. Il fallait qu'elle se rende en Briavel pour rejoindre Elspyth. La jeune femme aurait peut-être un indice, une idée.

Soudain, elle vit que ce n'était pas seulement le dernier héritier de Felrawthy qu'elle allait chercher, mais le duc en titre. Le savait-il seulement ? Elle avala une gorgée de liqueur de pavot, coupée d'eau pour ne pas s'endormir, mais suffisamment puissante pour faire taire la douleur – pour tenir en selle sur l'âne qui avait mené Elspyth jusqu'à Tenterdyn. Dans un sac, elle mit une gourde d'eau, un morceau de fromage et un quignon de pain, des documents prouvant son identité – et une miniature représentant sa famille aujourd'hui anéantie. Inutile de chercher un cheval aux écuries, les assaillants avaient tout pillé. Le château avait été saccagé de fond en comble ; il ne restait pas la moindre babiole de valeur. Tout cela n'avait plus aucune importance.

Alors qu'elle s'approchait de l'âne placidement occupé à paître dans une prairie, Aleda se demanda ce qui avait bien pu advenir du moine à l'aimable visage que Pil leur avait amené. La pensée disparut aussi vite qu'elle lui était venue ; elle avait bien d'autres choses à penser. Elle ramena l'animal dans les écuries ; après l'avoir sellé, elle glissa dans les fontes son sac de provisions et une gibecière de cuir de Jeryb, dans laquelle reposait la tête décapitée du plus jeune de ses fils. Sans un regard en arrière, Aleda Donal se mit en route en direction de la ville de Werryl. Si Wyl Thirsk croyait en la reine de Briavel, alors elle devait lui faire confiance elle aussi.

Chapitre 29

L'étrange trio de voyageurs fut escorté jusqu'au somptueux pont de Werryl, où on leur demanda d'attendre. Un message fut envoyé à Liryk pour le prévenir qu'un novice de Shar, un noble de Morgravia et une jeune femme de Yentro prétendant avoir une lettre à remettre à la reine Valentyna demandaient l'autorisation d'entrer dans la citadelle.

Le commandant Liryk connaissait le nom de la famille noble – qui n'était pas de ceux qu'on peut ignorer –, mais il n'en secoua pas moins la tête.

— Demandez-leur de remettre leur document et nous examinerons leur requête.

— J'ai déjà essayé, messire, répondit son capitaine. En vain. Ils sont plutôt entêtés.

Liryk examina la situation. Depuis la mort de Romen Koreldy, l'humeur de la reine avait plongé dans ce qui ressemblait fort à un état de dépression. Bien sûr, elle ne montrait rien, mais ses proches voyaient bien que leur souveraine souffrait émotionnellement. Elle accomplissait les devoirs de sa charge avec énergie et dévouement, mais demeurait repliée sur elle-même et comme étrangement détachée.

— Dites-leur que c'est impossible – la reine est épuisée. Qu'ils remettent la lettre et attendent des instructions – sinon qu'ils partent.

Le capitaine salua d'un hochement de tête, puis sortit. Plutôt que de confier la mission à l'un de ses sous-fifres, il vint en personne porter le message aux Morgravians.

— Je suis désolé, mais vous n'êtes pas autorisés à entrer.

Les épaules de la jeune femme s'affaissèrent.

— Donnez-moi la lettre dont vous avez parlé, poursuivit-il. Elle sera lue et votre demande sera examinée.

Le soldat voyait combien les trois Morgravians étaient aussi exténués que dépités.

Par un caprice du destin, Valentyna choisit ce moment pour sortir de son cabinet de travail et faire quelques pas sur les remparts, avisant le trio sur le pont en contrebas.

— Qui sont ces gens ? demanda-t-elle à Liryk qui l'accueillait avec un large sourire.

— Des Morgravians apparemment, Majesté. Ils demandent à entrer dans Werryl pour vous remettre un message. Le capitaine Orlyd cherche à en savoir plus.

Valentyna regarda à nouveau. L'épuisement qu'elle devinait chez eux éveilla sa pitié.

— Sait-on comment ils s'appellent ?

Liryk confirma d'un hochement de tête.

— Le jeune noble prétend s'appeler Crys Donal – un nom qui ne m'est pas inconnu. C'est celui d'une vieille famille de Morgravia, mais pour autant que je sache, cet homme pourrait aussi bien être un imposteur. La femme est originaire de Yentro et s'appelle Elspyth. Le garçon se nomme Pil.

— Une association bien étonnante pour porter un message, observa Valentyna, sourcils froncés.

— Pour le moins ! C'est pour cette raison que j'ai envoyé Orlyd aux informations.

Le capitaine parut sur ces entrefaites.

— Ah, Orlyd. Alors ?

Le soldat tourna un regard prudent vers son supérieur, tout en saluant sa souveraine.

— Que racontent ces gens, capitaine ? demanda Valentyna, avec une gentillesse dans la voix que le jeune officier trouvait irrésistible.

— Majesté, ils m'ont supplié de vous dire qu'ils sont des amis du général Wyl Thirsk. Ils ont aussi cité... Romen Koreldy, bredouilla-t-il, embarrassé.

Il faisait partie du groupe de soldats dans la confidence de la mort de Romen et de son enterrement à Werryl.

Les deux hommes virent les yeux de la reine s'agrandir et le rouge lui monter aux joues subitement.

— Amenez-les-moi ! ordonna-t-elle d'un ton agité. Je serai dans mon jardin d'hiver.

Liryk poussa un soupir, puis se tourna vers Orlyd en hochant la tête.

— Faites-les venir.

Deux soldats leur ouvrirent la marche sur le célèbre pont de Werryl – sous le regard des rois et reines du passé. Malgré le profond chagrin qui l'accablait, Crys exprima son étonnement admiratif. Certains voyageurs passés dans le nord de Morgravia avaient vanté sa beauté, mais il pensait qu'aucun d'eux n'avait su lui rendre justice. Les soldats sourirent, flattés de ces louanges sincères au chef-d'œuvre de la capitale de Briavel.

Des palefreniers emmenèrent leurs chevaux ; à leur grand soulagement, le capitaine demanda à Elspyth, à Crys et à Pil de le suivre sous l'arche majestueuse au fond de laquelle s'ouvraient les lourds battants de l'immense porte. Ils pénétrèrent dans la citadelle de Werryl. Si Elspyth n'avait pas été si perturbée par tout ce qu'elle venait de vivre, elle se serait extasiée de la beauté étincelante des tours de pierre blanche s'élançant vers le ciel. Autant Stoneheart était une bâtisse empreinte de sombre majesté, autant Werryl resplendissait de lumière. Malheureusement, tête baissée, elle n'en voyait rien, appliquée à suivre l'homme qui les menait à leur audience auprès de la « reine de Wyl ». Elle ne parvenait pas à songer à Valentyna en d'autres termes.

— Laissez-moi parler, Crys, dit-elle.

Le jeune duc était encore si abattu par le sort de sa famille que cette demande était quasiment superflue. Il se contenta de hocher la tête.

Ils gravirent un escalier superbement ouvragé, au sommet duquel se trouvait un homme d'un âge respectable.

— Merci, capitaine, dit-il, congédiant le soldat.

Le vieil homme les salua d'une petite inclinaison de la tête. Elspyth apprécia ses manières.

— Je suis le chancelier Krell. Je vais vous conduire auprès de Sa Majesté.

Elspyth lui sourit, avant de lui tendre spontanément une main qu'il saisit.

— Attendons d'avoir rejoint notre reine et le commandant Liryk pour des présentations plus formelles. Suivez-moi, dit-il.

» Vous avez l'air épuisés. Je vais faire servir des boissons.

Pendant qu'ils cheminaient dans les couloirs, Krell héla un page.

— Vous avez l'air affamés également – nous allons apporter quelque chose à manger, pour qu'aucun de vous ne s'effondre aux pieds de Sa Majesté, ajouta-t-il.

Elspyth sourit ; elle l'aimait déjà beaucoup.

— Pourquoi a-t-elle accepté de nous recevoir subitement ? demanda Crys.

Krell sourit aimablement.

— Je vais peut-être laisser à la reine le soin de vous répondre. Nous sommes arrivés.

Il frappa à la porte, avant de l'ouvrir pour laisser passer ses hôtes.

Elspyth savait pour quelle raison la reine les avait autorisés à venir – c'était à cause du nom de Thirsk ou de celui de Koreldy.

Elle avait imaginé que Valentyna était une femme séduisante et Crys avait souvent entendu vanter sa beauté, mais rien n'aurait pu les préparer au choc de cette reine magnifique, grande et sculpturale, qui se tourna vers eux pour les accueillir.

— Majesté, dit Krell, voici Elspyth de Yentro, Crys Donal de Felrawthy et Pil, novice de Shar, auparavant rattaché au monastère de Rittylworth.

D'un signe de tête, Valentyna remercia son chancelier.

— Soyez tous les bienvenus, dit-elle.

» Krell, avez-vous demandé qu'on apporte à boire ? ajouta-t-elle.

Bien sûr, elle savait qu'il y aurait pensé, mais c'était une manière polie de simplifier les présentations.

— C'est fait, Majesté.

— Merci. Entrez, je vous en prie, invita Valentyna, comme les nouveaux arrivants se redressaient après leur révérence.

» Asseyez-vous – j'ai cru comprendre que vous aviez eu un voyage éprouvant.

Ils prirent place, tout étonnés de se retrouver en présence de cette femme éblouissante, dont rien dans la toilette ne clamait le statut.

— Excusez-moi de vous recevoir de manière aussi informelle, dit Valentyna avec un sourire forcé.

» Vous découvrez la reine de Briavel dans sa tenue de travail, ajouta-t-elle, en haussant un sourcil.

Pil ne put retenir un gloussement ; c'était exactement ce qu'elle avait voulu. Ils avaient tous l'air si tendus qu'elle ne pouvait imaginer quelle nouvelle ils avaient à lui annoncer.

— Voici le commandant Liryk, dit-elle encore.

Leurs regards se tournèrent vers l'homme debout près de la baie vitrée – qui salua Crys d'un signe de la tête.

— Je connais votre père, dit Liryk. Un fier soldat, un brave homme.

— Vous le *connaissiez*, messire, répondit Crys.

Il n'avait pas eu l'intention d'annoncer les choses aussi brutalement, mais l'émotion avait été la plus forte.

— Il a été assassiné il y a quelques jours de cela, ainsi que ma mère et mes deux frères.

Elspyth soupira et ses épaules s'affaissèrent. Elle avait eu l'intention de faire preuve d'un peu plus de diplomatie ; il était trop tard désormais. Elle risqua un coup d'œil en direction de la reine, qui lui rendit un regard chargé de sympathie. C'était comme si elle avait deviné qu'Elspyth avait voulu que les choses se passent différemment.

— Quoi ? rugit Liryk. Felrawthy est mort ?

Elspyth savait qu'elle devait reprendre le contrôle de la discussion ; pas question qu'elle trahisse Wyl une nouvelle fois et laisse Crys raconter une histoire – même vraie – que personne en Briavel ne pourrait accepter. Il fallait absolument présenter les choses de la bonne manière pour gagner leur soutien. Elspyth se leva.

— Crys, s'il vous plaît. Majesté, nous avons un bien triste récit à vous faire. Si vous me permettez ?

— Bien sûr, répondit Valentyna avec un geste de la main pour écarter ce qui sonnait comme des excuses.

Elspyth voyait que la reine s'inquiétait pour Crys.

— Mon infortuné compagnon a le cœur brisé. Vous voudrez bien pardonner son intervention inattendue qui a dû vous choquer. Commandant Liryk, Crys Donal est le nouveau duc de Felrawthy.

La reine s'assit, consciente de l'importance de ce qu'elle allait apprendre maintenant.

— Dites-nous tout, dit-elle, tandis que Krell faisait entrer des serviteurs chargés de plateaux de boissons et de nourriture.

» Mais avant cela, restaurez-vous.

Elle encouragea Crys d'un sourire – que lui rendit Pil, littéralement subjugué.

Entre deux bouchées, Elspyth fit le récit de leur triste aventure. Lorsqu'elle eut fini, elle ne put se retenir de serrer la main de Crys. Il n'avait ni bu ni mangé.

— Tous morts, murmura Liryk plein de colère. Vous en êtes sûrs ?

— Pil a été le témoin de tout ce que je vous ai raconté. Il peut confirmer la mort du duc et de ses deux fils jumeaux.

Le jeune moine hocha tristement la tête.

— Ils n'auront sûrement pas laissé ma mère en vie, dit Crys, émergeant soudain de sa stupeur.

— Vous êtes absolument certain que c'étaient des hommes de main envoyés par le roi Celimus ? demanda Valentyna d'une voix devenue glacée.

Liryk se tortilla sur sa chaise. C'était exactement ce dont ils n'avaient pas besoin.

— Majesté, commença-t-il, avant d'être contraint au silence par la reine d'un geste impérieux de la main.

Valentyna reporta le bleu de son regard pénétrant sur Elspyth.

C'était très troublant d'être sous les feux d'une telle attention. Elspyth avait le sentiment que seule son opinion comptait aux yeux de la reine. Wyl lui avait dit que Valentyna avait ce pouvoir de donner à quelqu'un l'impression qu'il n'y avait plus que lui au monde.

— D'après ce que je sais, Majesté, dit-elle avec circonspection, Celimus est capable de tout.

— Ce n'est donc pas une absolue certitude, n'est-ce pas ? répondit la reine sans dévier son regard.

Elspyth cligna des yeux.

— Non, mais Aremys et Faryl, tous deux employés par Celimus, ont confirmé que c'était son intention. Aremys a bravé les ordres du roi pour nous aider. Faryl est venue pour tuer Ylena Thirsk.

— Majesté, nous ne pouvons pas croire la parole de mercenaires. Ils diraient et feraient n'importe quoi pour de l'or, intervint Liryk.

— Nous ne les avons pas payés, répondit Elspyth avec colère, avant de rentrer bien vite ses griffes.

» Pardonnez-moi, Majesté. Aremys est digne de confiance, ajouta-t-elle tout en fouillant dans ses poches.

» J'ai une lettre pour vous de… (Elle marqua une hésitation, lâchant presque le nom de Wyl.) Une lettre d'Ylena Thirsk.

— La sœur de Wyl Thirsk ? s'étonna la reine, sourcils froncés.

— Oui, Majesté. Aremys l'a emmenée quelque part en sûreté.

Krell entra dans la pièce, glissant silencieusement sur le sol. Il se pencha sur sa souveraine pour lui murmurer quelques mots à l'oreille. Valentyna hocha la tête.

— Excusez-moi, dit Valentyna à ses hôtes en remisant la lettre de Wyl. Un message urgent vient d'arriver de Morgravia. Je ne serai pas longue. Installez-vous confortablement et mangez. Vous pourrez bientôt aller dormir.

En son absence, Liryk se sentit obligé de poursuivre la conversation. Il était encore sous le choc de la mort de Jeryb Donal – un formidable ennemi qui respectait les lois de la guerre et, à l'instar de son ancien général Fergys Thirsk, ne menait pas ses batailles pour le simple plaisir de combattre.

— Je suis désolé de ce qui arrive, mon garçon, dit-il dans un silence un peu étrange.

Elspyth se réjouit que Crys parvienne à se montrer suffisamment aimable pour accepter la commisération du commandant.

— Pouvez-vous m'expliquer ce qui vous rend si sûrs que ces hommes agissaient pour le compte du roi ? demanda Liryk, en espérant qu'ils ne le pourraient pas.

— D'après Pil, c'est ce qu'ils ont eux-mêmes déclaré. Ils ont affirmé rechercher Ylena Thirsk, arrachée du cachot de Stoneheart par Romen Koreldy.

Pil hocha la tête.

— C'est exact. Koreldy nous l'a amenée pour que nous lui donnions asile. Elle avait été maltraitée par la Couronne – et je ne dis pas ça à la légère, messire, expliqua le garçon, empourpré d'avoir sur lui l'attention de tous.

Lui aussi avait juré le secret à Wyl et craignait de parler par mégarde.

— Romen l'a laissée sous notre protection.

— Et les hommes du roi auraient alors incendié Rittylworth – et son monastère ? Pour quelle raison ? demanda Liryk.

— Le monastère..., reprit Pil, les yeux embués. C'est le roi qui les avait envoyés, messire, avec l'ordre de raser le village pour le punir d'avoir accueilli Ylena Thirsk. Ils disaient qu'elle avait trahi – sans doute à cause de son frère.

— À ma connaissance, aucun d'eux n'avait trahi, dit Elspyth, en se rendant compte à cet instant qu'elle n'avait aucune bonne raison de connaître Wyl Thirsk.

Heureusement, le commandant était suffisamment troublé pour ne pas relever. Toutefois, cela n'aurait sûrement pas échappé à Valentyna ; Elspyth se dit qu'il lui faudrait redoubler d'attention.

— Le roi a également envoyé Faryl de Coombe aux trousses d'Ylena, ajouta Crys. Cette femme assassin est venue à Tenterdyn – pour la tuer selon toute vraisemblance, conformément aux ordres de Celimus.

» Tout cela, nous l'avons appris par Aremys – censé aider Faryl. Je me rends bien compte que cela fait beaucoup d'assassins, commandant Liryk, mais le roi de Morgravia est déterminé à exécuter Ylena et tous ceux qui la protègent.

— Mais cet Aremys dont vous me parlez, si c'est un mercenaire, pourquoi vous aide-t-il ?

C'était une question pertinente ; Crys marqua une hésitation.

— C'est un ami de Romen, dit Elspyth, en prenant ses compagnons de vitesse.

» Tous deux étaient originaires de Grenadyne, précisa-t-elle encore, se souvenant opportunément de ce détail mentionné par Wyl.

La reine revint dans la pièce. Liryk et Crys se levèrent immédiatement pour saluer – imité par Pil avec un temps de retard. Elspyth se demanda s'il fallait qu'elle exécute une nouvelle révérence – ce qu'elle fit, juste au cas où.

— Je vous en prie, dit Valentyna en repoussant une mèche de cheveux. Duc, Elspyth, Pil, nous avons beaucoup de choses à discuter, mais vous allez d'abord vous reposer. Stewyt va vous montrer vos chambres. Vous pourrez dormir quelques heures, dit-elle, avant de se tourner vers Liryk.

» Commandant, j'ai convoqué une assemblée de la noblesse pour ce soir – Krell s'en occupe en ce moment même. Les nouvelles que nous venons de recevoir de Morgravia sont extraordinaires.

Incapable de trouver le sommeil, Elspyth était allongée dans une petite chambre qui embaumait le romarin et offrait une vue superbe sur les vergers de Briavel. Malgré sa fatigue, elle savait qu'elle ne trouverait pas le sommeil. Après avoir pris un bain et passé des vêtements propres, elle se sentait bien trop éveillée ; c'est donc avec plaisir qu'elle accueillit le coup discret frappé à sa porte, une heure plus tard environ.

C'était Stewyt.

— Sa Majesté demande si vous désirez un peu de compagnie, dame Elspyth ? dit-il avec une petite révérence.

— Bien sûr, répondit Elspyth, surprise et charmée de l'invitation. Je prends mon châle et j'arrive.

Elle suivit le garçon dans un dédale de couloirs et d'escaliers, qui ne semblaient pas mener vers l'intérieur du palais.

Comme s'il avait lu ses pensées, le page reprit la parole.

— Sa Majesté vous attend dans son jardin aromatique.

S'effaçant devant elle, il ouvrit une porte donnant sur l'arrière des cuisines du château.

Valentyna cueillait de la lavande. Elle avait passé une robe violette, mais ne portait aucun bijou. *Elle n'en a pas besoin*, songea Elspyth, en extase devant la beauté naturelle de la reine.

— Je suis ravie que vous soyez venue, Elspyth, dit la reine, avec un sourire chaleureux comme pour accueillir une amie de longue date.

» Merci, Stewyt, vous monterez ça dans ma chambre, dit-elle au garçon en lui tendant son bouquet.

» Venez, reprit-elle à l'intention d'Elspyth. Faisons quelques pas. Ce jardin fait des merveilles sur mon âme.

Elspyth marcha quelques pas aux côtés de la reine, incapable de trouver quoi que ce soit à dire.

— J'ai pensé que vous pourriez parler plus librement sans la présence de vos compagnons, dit Valentyna d'un ton de conspirateur.

— Merci, Majesté. Crys est tellement bouleversé – parler de tout ça lui est difficile.

— Je n'ose imaginer ce qu'il endure – perdre toute sa famille dans des circonstances aussi horribles.

— Est-ce que vous nous croyez, Majesté ? demanda Elspyth, franche et directe comme à l'accoutumée.

Valentyna s'arrêta sous un citronnier, respirant son parfum.

— Oui, répondit-elle doucement.

Elspyth poussa un soupir de soulagement ; subitement, les larmes lui brûlèrent les yeux.

— Savez-vous que Romen Koreldy est mort ? demanda la reine, tout aussi abruptement.

Elspyth hocha la tête.

— Les nouvelles vont très vite.

— Qui vous l'a dit ?

Elspyth se sentait prise au piège ; de toute évidence, c'était sa sincérité qu'on mettait à l'épreuve. La jeune femme voulait être aussi honnête que possible envers la souveraine de Briavel, sans trahir pour autant la promesse faite à Wyl. Elle prit une décision.

— Faryl me l'a dit, déclara-t-elle.

— Et comment le savait-elle ? demanda la reine en se penchant pour humer un buisson de basilic.

La discussion paraissait anodine, mais Elspyth percevait une tension sous-jacente.

— J'ai cru comprendre qu'elle était en Briavel lorsque c'est arrivé.

— Je vois. C'est très intéressant. Pourriez-vous me la décrire ? demanda-t-elle en offrant à la jeune femme une feuille de menthe à sentir, avec un sourire désarmant.

» J'ai de bonnes raisons de vous poser cette question.

Elspyth prit une profonde inspiration.

— Elle est grande et assez athlétique. Une belle femme. Son regard vert doré est très direct, commença-t-elle alors que l'image de Faryl lui revenait.

Le souvenir des terribles minutes après l'arrivée de Wyl à Tenterdyn restait gravé dans sa mémoire.

Valentyna posa une main sur son bras.

— Ah oui, on dirait qu'elle a des yeux de chat, n'est-ce pas ? Et ses cheveux, portés un peu courts pour une femme, sont châtains avec des reflets blonds.

Elspyth se sentit rougir sous le regard dur des yeux bleus de la reine.

— Oui, bafouilla-t-elle. Ça lui ressemble tout à fait.

Les yeux de Valentyna s'étaient assombris.

— Elspyth, je crois que Faryl n'est autre que cette Hildyth qui a assassiné Romen. Ici, personne ne me croit. Peu importe pour eux de trouver qui l'a tué – mais pour moi, c'est très important.

— Elle… elle est au service de Celimus. Aremys m'a confirmé qu'elle était une femme assassin, Majesté, payée par le roi de Morgravia.

Valentyna leva un visage désespéré vers le ciel.

— Je le savais, murmura-t-elle. Elle l'a tué pendant qu'il lui faisait l'amour.

— Asseyons-nous, Majesté, proposa Elspyth, en entraînant la reine par le bras jusqu'à un petit banc de pierre au milieu des massifs odoriférants.

— Merci, dit Valentyna lorsqu'elles furent assises.

Il y eut un instant de silence ; d'un mouvement rapide, Valentyna essuya la larme qui perlait à ses cils.

— Elspyth, puis-je vous confier un secret ?

— Oui, Majesté.

— J'étais amoureuse de Romen Koreldy.

— C'était un homme qu'on ne pouvait qu'aimer, souligna Elspyth, sans savoir précisément ce qu'elle devait dire.

— Vous le connaissiez vraiment bien ?

— Nous nous sommes rencontrés à Yentro. Nous avons été capturés ensemble par les hommes des Montagnes.

— Je sais.

— Vraiment ?

— Romen m'a tout raconté de son périple dans le nord.

Sûrement pas tout, songea Elspyth.

— Alors il vous a parlé de moi, Majesté ?

— Oui, Elspyth – et c'est pour ça que je vous crois au sujet de Felrawthy. Mais tous mes conseillers – et toute la noblesse de Briavel avec eux – veulent me voir épouser Celimus. Il faut que je leur prouve qu'il est cet infâme traître que vous me décrivez.

— L'assassinat de votre père n'est pas suffisant, je suppose ? s'exclama Elspyth avec amertume.

Puis, se rendant compte soudain de ce qu'elle venait de dire, elle saisit la main de la reine pour tomber à genoux à ses pieds.

— Pardonnez-moi, Majesté, supplia-t-elle. Je me suis montrée bien cruelle.

» Vous avez été bonne avec nous – mais je me sens si perdue, si désespérée.

Valentyna sourit doucement à la tête baissée de l'amie de Koreldy, s'étonnant qu'il ne soit pas tombé amoureux de cette jolie fille pleine de vie, qu'il avait rencontrée avant elle.

— Vous êtes pardonnée car vous avez raison, répondit Valentyna. Mais n'oubliez pas, Elspyth, que Briavel ne peut pas se permettre une guerre contre Morgravia. Tout cela n'est que politique, dans sa plus cruelle expression. Pour que mon royaume ait la paix, je dois faire abstraction de la mort de mon père.

» Romen m'avait aussi parlé d'un Montagnard nommé Lothryn, reprit-elle après un instant.

À l'évocation de ce nom, Elspyth tressaillit – ce qui n'échappa pas au regard de la reine. Elle devait faire preuve de la plus grande honnêteté.

— Un homme brave, qui a sacrifié sa vie pour sauver les nôtres. Il s'est dressé contre Cailech – et l'a sûrement payé du plus cher des prix.

— Romen m'a dit que vous étiez amoureuse de lui.

— Je… oui, c'est le cas, Majesté, reconnut Elspyth, profondément troublée que la reine en sache autant sur elle.

» Jamais je ne pourrai aimer un autre homme.

Un sourire triste passa fugacement sur le visage de Valentyna.

— Alors vous savez à quel point ce que je vis est douloureux. Moi non plus, je ne pourrai jamais en aimer un autre, mais je vais devoir épouser celui qui a tramé l'assassinat de mon père et de Romen – et même de Wyl Thirsk qui tentait de nous mettre en garde.

— Refusez, Majesté ! s'écria Elspyth. Faites tout ce qui est en votre pouvoir pour éviter ce mariage.

» Avez-vous lu la lettre d'Ylena ?

— Oui, je l'ai lue. Elle veut que je l'attende – elle prétend vouloir m'aider, répondit la reine avec un petit rire caverneux.

» Mais qu'est-ce qu'une jeune noble de Morgravia, sans appui et pourchassée par son roi, pourrait bien faire pour la couronne de Briavel ?

Elspyth hocha la tête – tout cela avait l'air tellement vain. Elle était au désespoir de ne pouvoir dire la vérité.

— Faites-lui confiance, c'est tout ce que je puis dire. Elle m'a demandé de vous supplier de la croire et de me mettre à votre service.

— Oui, c'est ce qu'elle écrit également. J'apprécie votre amitié, Elspyth, sincèrement. Mais je ne suis pas sûre de bien comprendre son intérêt pour ma cause.

Elspyth se rassit à côté de la reine, sans rien dire.

Valentyna poussa un soupir.

— Le pire de tout est que je ne demande qu'à la croire ! Sa lettre a des accents qui me rappellent ceux de son propre frère, le général, la dernière fois que nous nous sommes vus. Avec Romen, je me sentais en sécurité – et avec Wyl aussi, lorsqu'il m'a demandé de suivre Fynch pour fuir les mercenaires qui venaient de tuer mon père. La lettre de sa sœur me donne cette même impression de force, dit la reine en agitant tristement la tête.

» Fynch me manque – lui aussi est parti. L'avez-vous déjà rencontré ?

En entendant les mots de la reine, Elspyth avait retenu son souffle ; sans le savoir, Valentyna avait parfaitement cerné la vérité. Son instinct ne l'avait pas trompée.

— Non, mais Romen m'avait parlé de lui.

— C'est un garçon exceptionnel – « étrange », diraient la plupart – et incroyablement sérieux, mais il y a comme une aura autour de lui qui ne s'explique pas. C'est comme s'il savait tout – ou du moins comme s'il en savait toujours plus, dit Valentyna, avant de se tourner vers Elspyth pour la regarder au fond des yeux.

» Savez-vous ce qu'il croit ?

Elspyth secoua doucement la tête ; elle devinait ce qui allait suivre.

Valentyna haussa les épaules en signe d'impuissance.

— Il pense que Wyl Thirsk et Romen Koreldy sont liés d'une manière ou d'une autre. Pas parce qu'ils sont amis, mais parce qu'il y a un lien spirituel entre eux, comme s'ils ne formaient qu'un. Comme s'ils n'étaient qu'une seule et même personne, en fait – même si Fynch ne l'a pas dit comme ça. Qu'en pensez-vous ?

Elspyth était au supplice ; la vérité lui brûlait les lèvres. Elle lutta de toutes ses forces contre la tentation.

— Majesté, j'espère que vous ne serez pas offensée si je vous dis que je crois profondément aux liens spirituels. Pour moi, les âmes sœurs finissent toujours par se retrouver. Même après la mort, elles renaissent et ne cessent de se chercher.

— Vraiment ?

Elspyth confirma d'un hochement de tête.

— Oui, Majesté. Et c'est pour ça que je crois que vous et Romen vous retrouverez un jour.

Elspyth louvoyait au plus près de la vérité.

— Mais pas dans cette vie, répondit Valentyna tristement.

— Qui sait, Majesté ? Certains pensent que ceux qui sont trop tôt arrachés à la vie – avant que Shar les accueille – demeurent auprès de ceux qu'ils aiment.

— C'est une belle façon de voir la vie, répondit Valentyna avec un sourire. Vos paroles apaisent mon cœur, même si je ne peux pas les croire.

— Oh, mais vous pouvez, Majesté. Il suffit de le vouloir... d'accepter le risque de croire, dit Elspyth en saisissant sa chance.

» Je crois que certaines personnes se réincarnent. Peut-être devriez-vous écouter votre ami Fynch – je suis sûr que c'est de ça dont il parle. Promettez-moi d'essayer si d'aventure une personne vous touchait émotionnellement comme Romen le faisait – si elle vous rappelait de manière surnaturelle l'homme que vous aimiez.

— Vous voulez dire que j'autorise cet homme à m'aimer ? demanda Valentyna, avec une pointe d'amusement dans la voix.

— Ou cette femme, risqua Elspyth avec un hochement de tête.

— Parce que ça pourrait être lui ? demanda Valentyna, une lueur d'étonnement embarrassé dans les yeux.

— Oui.

C'était un grand risque, mais Elspyth était heureuse de l'avoir pris.

À la grande surprise d'Elspyth, la reine se pencha pour la prendre dans ses bras.

— Je m'en souviendrai. Et maintenant, venez. J'ai déjà trop longtemps différé l'inéluctable. (Elspyth leva un regard interrogateur.) J'ai convoqué une assemblée de la noblesse. C'est important – et c'est pour ça que je suis venue me cacher ici.

— Pour un instant de tranquillité ?

Valentyna hocha la tête ; elle savait qu'Elspyth la comprendrait.

— Et de réflexion aussi. J'ai l'impression de devoir maintenant négocier ma propre vie.

Pil préférait s'épargner les affres du monde de la politique ; il demanda donc qu'on l'excuse pour gagner la chapelle du palais, auprès du père Paryn avec qui il s'était immédiatement senti en harmonie. En revanche, Crys et Elspyth avaient accepté l'invitation à l'assemblée réunissant les personnages les plus éminents de Briavel. Conscient du caractère sensible de la question du jour, le chancelier Krell prenait lui-même note des débats – avec l'intention d'en faire parvenir une copie aux deux nobles absents de la capitale. Des courriers spéciaux avaient été affrétés pour porter des messages dans tout le royaume.

La reine fit son entrée, la mine grave ; la pression sur elle était écrasante. Krell renvoya tous les serviteurs et, lorsque les portes furent refermées, Valentyna s'adressa au premier cercle de ses conseillers, en commençant par présenter Elspyth et le nouveau duc de Felrawthy. Des murmures étouffés parcoururent l'assistance ; tous ou presque connaissaient la réputation de Jeryb Donal.

— Messires, ces Morgravians sont nos invités et jouissent de la protection du royaume. Ils ont risqué leur vie pour nous apporter des informations, chevauchant sans répit jusqu'en notre territoire pour échapper à leurs poursuivants, envoyés pour les assassiner.

Valentyna marqua une petite pause pour que tous saisissent bien le sens de ses paroles.

— Le duc Crys Donal et Elspyth de Yentro nous ont apporté de graves informations concernant le royaume de Morgravia.

Elle attendit à nouveau que s'éteignent les murmures, puis leur dressa un rapide tableau des derniers événements.

Comme on pouvait s'y attendre, la nouvelle de la mort du duc provoqua un brouhaha dans la salle.

— Il ne s'agit pas uniquement du meurtre d'un représentant de la plus haute noblesse, mais également de sa femme et de deux de ses héritiers – tous innocents. Sans la clairvoyance et le courage d'Elspyth ici présente, l'héritier de Felrawthy ne serait pas ici parmi nous.

— N'y avait-il pas trois autres héritiers ? demanda quelqu'un

Crys jeta un coup d'œil à la reine, avant de répondre en son nom.

— C'est exact, messire, nous étions quatre fils. Mon frère cadet a été assassiné par le roi à Stoneheart voilà bien des semaines. Des témoins fiables en ont attesté.

Une conversation effrénée démarra et tout ce que Crys avait prévu de dire encore fut noyé. Elspyth vit que le repos lui avait fait du bien – il avait l'air en meilleure forme et pleinement concentré. L'importance de cette réunion lui avait peut-être rappelé le poids du titre qu'il portait désormais. Elle le gratifia d'un petit sourire et sentit un frisson la parcourir lorsqu'il lui répondit d'un clin d'œil, avant de relever fièrement son menton. Elle l'aimait pour cela – pour la force qu'il montrait afin de faire bonne figure face à ces étrangers importants.

Le duché de Felrawthy est entre de bonnes mains, Jeryb, songea-t-elle.

— Majesté, appela une voix grave et distinguée au milieu de la pièce.

— Messire Vaughan, répondit Valentyna.

— Avec tout le respect dû à notre noble hôte, je dois vous demander en quoi la politique intérieure de Morgravia peut bien concerner Briavel ? Jusqu'à ce que vous épousiez Celimus et unissiez nos deux royaumes, je crois qu'il n'est pas bon pour nous de nous mêler de leurs affaires. Les personnes que le roi fait exécuter sur son sol ne regardent que lui – pour autant que seul coule du sang morgravian.

— J'entends votre point de vue, messire Vaughan, dit la reine. L'ennui est que Morgravia a porté ce problème chez nous – à plusieurs titres. Pour l'heure, je ne vous ai présenté qu'un seul aspect de la question. Comme je vous l'ai déjà dit, un homme de Shar, un novice, a assisté aux massacres du monastère de Rittylworth et de Felrawthy. En ce moment même, il cherche un peu de réconfort auprès du père Paryn, mais je ne doute pas un instant de son témoignage. Il a vu des hommes de paix se faire assassiner pendant qu'ils jardinaient. Les frères supérieurs ont été crucifiés et brûlés.

» Pil est parvenu à s'enfuir en emmenant avec lui une femme appelée Ylena Thirsk, qui pourrait témoigner non seulement du bain de sang de Rittylworth, mais aussi de l'exécution d'Alyd Donal de Felrawthy, qu'elle venait tout juste d'épouser. Je suis bien certaine que vous mesurez l'importance de son nom. (Des murmures pleins de colère s'élevèrent ; elle les fit taire d'un geste.)

» Ylena Thirsk avait été placée sous la protection sacrée de Rittylworth par nul autre que Romen Koreldy. Il m'avait déjà informée de ces faits lors de son passage chez nous. Or, les hommes qui ont attaqué Rittylworth, rasé le village et massacré les frères du monastère, agissaient sur ordre exprès du roi de Morgravia.

— Comment être sûr que c'est vrai, Majesté ? demanda Vaughan d'une voix où perçait l'exaspération.

Valentyna ignora le ton pour se tourner vers Elspyth – qui avait espéré jusque-là échapper à une telle attention.

Vaillamment, elle prit une profonde inspiration, espérant que sa voix ne tremblerait pas.

— Messires, je suis passée à Rittylworth peu après ces tragiques événements. J'ai vu le chaos et la désolation semés par ces hommes – la cruauté et la destruction. J'ai parlé avec le frère supérieur du monastère, juste avant qu'il meure sur sa croix encore fumante.

Délibérément, Elspyth ne leur épargnait aucun détail ; plusieurs détournèrent la tête de dégoût.

— Il pouvait à peine parler, reprit-elle, avec sa gorge déchirée, mais il m'a confirmé que c'étaient les hommes du roi qui les avaient exécutés. Ils recherchaient Ylena Thirsk pour la tuer.

» Apparemment, le roi Celimus ne veut pas risquer une rébellion de la légion, qui est demeurée loyale au nom des Thirsk. Alors, il a envoyé des assassins aux trousses d'Ylena Thirsk.

Elspyth se tut, laissant la parole à la reine.

— Il semble qu'Ylena soit une nouvelle fois parvenue à s'enfuir – cette fois-ci avec l'aide d'un certain Aremys Farrow de Grenadyne. Mais la famille auprès de qui elle avait trouvé asile n'a pas échappé aux griffes du roi – et a été châtiée de la plus atroce manière.

Valentyna marqua une pause pour se tourner vers Crys. Le jeune duc prit le relais.

— Mon plus jeune frère, Alyd, a été décapité pour le seul crime d'avoir épousé Ylena Thirsk. Les autres membres de ma famille ont été assassinés pour l'avoir recueillie. Le roi Celimus est fou, conclut Crys, les yeux brûlants.

Une rumeur outrée monta de l'assistance stupéfaite; Krell lança un regard inquiet à sa souveraine.

— Messires, s'il vous plaît! dit-elle en levant la main. Allons boire un peu de vin pour nous calmer tous.

Malgré le vin, l'humeur générale ne changea guère. Au moins les nobles réunis étaient-ils plus calmes.

Valentyna s'approcha de Krell, qui lui remit un parchemin.

— C'est arrivé de Morgravia aujourd'hui, dit-elle à l'assemblée. C'est une proposition de mariage de la part du roi Celimus, avec une date fixée au dernier jour de l'équinoxe de printemps.

Elle ressentit la joie qu'ils éprouvaient à la perspective de concrétiser cette union. C'était comme une pulsation qui émanait d'eux – et la rendait malade.

— Il me met par ailleurs en garde contre une menace très réelle de la part de Cailech, le roi des Montagnes.

— Briavel et Morgravia seront plus forts réunis, Majesté. Celimus a raison, s'écria un noble de la province du nord.

Elle hocha la tête, sans pour autant adhérer à ce qu'il disait.

— Celimus dit ensuite qu'il a une preuve de cette menace. Selon lui, la famille Donal de Felrawthy a été massacrée sans pitié par les hommes de Cailech.

Crys fit un pas en avant, bouillant de colère.

— Mensonge!

Elspyth se précipita vers lui, mais il repoussa son bras.

— Cailech est bien trop rusé pour risquer les siens aujourd'hui. Il lui suffit de regarder Morgravia et Briavel se déchirer... Vous ne voyez donc rien? rugit-il, en laissant courir son regard sur la salle.

» Le roi des Montagnes n'a jamais mis un pied en Felrawthy. Nos hommes auraient été informés de la plus petite incursion – et à plus forte raison du raid d'une troupe tout entière. Les défenses organisées par mon père sont infranchissables. Croyez-moi lorsque je vous dis que Celimus utilise cette excuse pour se dédouaner et empoisonner l'esprit de Briavel. Tout ce qu'il veut, c'est que ce mariage ait lieu.

La reine hocha la tête; Crys avait parfaitement résumé la situation. Elle observa tous ces hommes réunis, tentant de deviner leur humeur.

— Messires, lors de sa visite à mon père pour demander ma main, Wyl Thirsk m'avait avertie des sinistres intentions de Celimus. En effet, par ce mariage, ce n'est pas peut-être pas tant la paix que recherche le roi de Morgravia, mais plutôt un moyen de s'emparer des terres riches et fertiles de Briavel. Il veut nous soumettre et fouler au pied notre souveraineté – telle est ma conviction. Il se bâtit un empire pour lui seul, messires. C'est pour cette raison que le roi Valor a été misérablement assassiné. Celimus nous voulait vulnérables et prêts à tout pour la paix.

Elle espérait que le subtil rappel à son père lui vaudrait les ralliements qu'elle appelait de ses vœux, mais les regards fuyaient les siens. L'heure était à l'incertitude.

— Au moins aurions-nous la paix, Majesté, déclara plaintivement l'un des nobles les plus vieux et les plus écoutés.

Le cœur de Valentyna se brisa. En cet instant glacé, elle sut qu'elle ne pourrait pas échapper au mariage avec Celimus. Ces nobles accepteraient la domination de l'usurpateur pour peu que leurs fils n'aient plus à partir bravement vers une guerre sans espoir. Les larmes brouillaient sa vue ; elle cligna pour les chasser. Comment pouvait-elle leur en vouloir ? Son propre père avait refusé d'exposer sa vie – s'était même sacrifié pour la sauver. Pourquoi ces pères auraient-ils dû être différents du sien ? Son mariage avec Celimus leur apporterait la paix qu'ils désiraient tant – et la prospérité pour leurs enfants. Son ventre se nouait à cette seule pensée.

— La paix, mais à quel prix, messires ? demanda-t-elle à la salle, passant chacun d'eux au feu de son regard.

» Est-ce donc pour cela que vous vous êtes battus toute votre vie… et vos aïeux avant vous ? Est-ce en cela que mon père m'a appris à croire – épouser la paix, abandonner notre fierté et mépriser le nom de Briavel ?

Son cœur s'était emballé pendant qu'elle prononçait ces vibrantes paroles – qui avaient fait mouche. Les hommes qu'elle avait crus perdus à sa cause s'agitaient maintenant sous le poids de ses reproches.

Mais ce fut messire Vaughan, puissant et respecté, qui parla en leur nom à tous.

— Il nous faut une preuve, Majesté, déclara-t-il d'une voix inflexible dans un silence de plomb.

— Quelle preuve, messires, vous conviendrait ? demanda-t-elle, d'une voix plus tranchante qu'une lame.

Messire Vaughan haussa les épaules.

— Jusqu'ici, Majesté, avec tout le respect qui vous est dû, nous n'avons entendu que des ouï-dire et des récits invérifiables. Certes, dame Elspyth de Yentro nous a raconté ce qu'elle a vu à Rittylworth, mais ce n'est pas suffisant. Amenez-nous Ylena Thirsk… Elle, plus que quiconque, pourra peut-être nous convaincre que les intentions de Celimus sont aussi noires que vous le dites.

Valentyna vit les têtes qu'ils hochaient en assentiment ; son destin était scellé. Ylena Thirsk ne pourrait pas la sauver. Personne ne le pourrait. Elle serait donnée en mariage au roi de Morgravia, de la même manière que l'agneau innocent est mené à celui qui va l'égorger.

Chapitre 30

Wyl et Aremys rallièrent le Thicket par le village de Timpkenny à l'extrémité nord-est de Briavel. C'était un endroit étrange et baigné d'une atmosphère inquiète, qui souffrait d'être le dernier lieu habité par l'homme avant l'embouchure où le Darkstream rejoignait la rivière Eyle. Chez les gens du nord, le Darkstream était l'objet de nombreuses superstitions – issues non pas tant de la crainte de la magie que de la certitude que l'inconnu au-delà était un lieu enchanté interdit aux non-initiés.

Dans les auberges et les échoppes de Timpkenny, personne n'avait su leur indiquer la source du Darkstream – pas même une vague indication. En revanche, tous ceux à qui ils avaient parlé avaient hoché la tête d'un air entendu et confirmé qu'à leur connaissance le Darkstream était l'unique point d'accès pour les Terres sauvages – une fois franchi le Thicket. Aremys avait demandé à un homme pour quelle raison il vivait si près d'un endroit aussi craint. Avec un haussement d'épaules, l'homme avait répondu que la région était incroyablement fertile et le climat régulier. La pluie tombait toujours quand on l'attendait et l'été ne manquait jamais de venir.

—Les bêtes et les récoltes profitent bien, avait-il précisé en haussant une nouvelle fois les épaules.

» Ma famille mange à sa faim.

Wyl et Aremys savaient qu'ils devaient s'estimer heureux d'avoir voyagé sans encombre jusque-là. Depuis Brynt, ils avaient traversé la frontière et mis cap au nord jusqu'au pied des sombres Razors, puis obliqué vers l'est le long des impénétrables contreforts. Les soldats de la garde de Briavel n'avaient pas été longs à les intercepter, mais ils s'étaient contentés de sourire lorsque Aremys avait affirmé qu'ils cherchaient une passe pour s'enfoncer dans les Razors hors de vue de la forteresse de Cailech. C'était l'histoire qu'ils avaient convenu de raconter aux autorités.

Seul le chef du détachement n'avait pas ri lorsque ses hommes lui avaient amené ce couple étonnant.

— Il y a plusieurs passes pour les Razors de ce côté de Briavel, mais si vous allez vers Grenadyne comme vous l'affirmez, il aurait sûrement été plus simple de passer par les montagnes à l'ouest de Morgravia.

— Il y a beaucoup d'agitation sur la frontière, messire, avait expliqué Aremys. Ce serait bien trop dangereux d'emmener dame Farrow par ce chemin.

L'officier avait hoché la tête, d'un air pensif.

— Votre trajet va être trois fois plus long.

Wyl était alors intervenu, notant que l'homme regardait spontanément Ylena d'un œil plus aimable. Il s'était demandé si lui-même agissait de même avec les femmes séduisantes lorsqu'il était soldat. En vérité, il trouvait insultant qu'une femme bénéficie ainsi d'une sympathie immédiate – à moins que ce ne soit du désir ? Il avait dû faire un effort pour dissimuler l'irritation dans sa voix.

— Messire, je dois impérativement regagner Grenadyne. (Le mensonge lui venait avec une facilité surprenante.) Néanmoins, je souhaite attirer le moins possible l'attention sur moi. Je préfère encore perdre une semaine avec ce large détour.

— Et qui voulez-vous éviter ?

— Cailech, bien sûr, avait répondu Wyl, avant de poursuivre d'un ton où perçait l'humeur.

» J'ai entendu dire que le roi des Montagnes pratiquait des exécutions sommaires sur les étrangers.

— Sur les Morgravians uniquement, ma dame. (Il détailla Ylena avec un air suffisant à peine dissimulé.) Vous auriez voyagé plus sûrement par la mer.

— Mais nous n'étions pas près d'une côte, messire. Je ne crois pas nécessaire que vous connaissiez toute ma vie, capitaine, euh… ?

— Dirk, ma dame.

— Capitaine Dirk ? J'apprécie que vous vous inquiétiez au sujet de notre voyage, mais j'ai loué les services d'Aremys qui connaît la région. Tout ira bien, avait dit Wyl, en évitant toute condescendance, mais avec la ferme volonté de faire cesser la curiosité de l'officier.

— Eh bien, dame Farrow, vous allez où vous voulez, cela ne me regarde pas, mais…

— C'est exactement ça, capitaine, l'avait coupé Wyl, du ton aimable que prenait Ylena pour rabrouer quelqu'un.

» Je crois comprendre que vous êtes en charge de la sécurité dans cette partie du royaume. Or, comme vous pouvez le constater, nous ne représentons aucune menace. Nous sommes de simples voyageurs qui ne faisons que traverser. À ma connaissance, aucune loi ne s'y oppose. Soyez rassuré au sujet de notre sécurité – Aremys y veillera.

Pour la première fois, l'homme avait montré un certain amusement.

— J'aillais simplement dire que vous ne me paraissiez pas assez chaudement vêtue pour les Razors, ma dame. Dormir à la belle étoile dans ces montagnes n'est pas une mince affaire. Êtes-vous vraiment prête à relever le défi ?

— Pas de souci, avait alors dit Aremys. J'avais précisément l'intention de faire halte à Banktown pour nous équiper.

Wyl savait que l'officier ne pouvait plus faire grand-chose – hormis les mettre aux arrêts. En outre, il était maintenant évident qu'Aremys connaissait la région. Le capitaine avait peut-être voulu les tester, pensant qu'ils ignoraient tout des villes et villages de cette zone. Finalement, sur un ultime hochement de tête, il les avait autorisés à poursuivre.

Aremys avait veillé à ce qu'ils quittent la patrouille en direction du nord, comme s'ils chevauchaient vers les Razors. Toutefois, il connaissait suffisamment bien le terrain pour les ramener bientôt sur la piste de l'est, sous la relative obscurité des collines couvertes de bois clairsemés. Juste avant la nuit, ils avaient rallié Timpkenny – leur véritable destination –, où ils avaient pris deux chambres dans une auberge très modeste. Au matin, ils avaient vendu leurs chevaux. Wyl savait qu'ils n'en avaient tiré qu'une misère, mais ils n'avaient pas le choix. À partir d'ici, ils devaient poursuivre à pied ; aucun cheval ne pouvait traverser le Thicket. Après avoir acheté quelques menues provisions, ils s'étaient mis en route.

Wyl et Aremys contemplaient maintenant le Thicket, sans savoir que peu auparavant un jeune garçon accompagné d'un chien énorme avait observé le même lieu, pratiquement au même endroit.

— Sa réputation n'a pas l'air usurpée, murmura Wyl. Es-tu déjà venu ici ?

— Non. Je suis passé pas très loin, mais je ne l'avais jamais vu.

— Comment rentre-t-on ?

— On pousse, j'imagine. Mais d'après ce qui se raconte, le Thicket ne laisse entrer que ceux qui sont résolus à passer.

— Il laisse entrer mais pas sortir, c'est ça ?

Aremys sourit à la magnifique jeune femme accroupie à côté de lui, avec une expression maussade sur le visage. Étonnamment, depuis Brynt, il l'avait regardée comme Wyl Thirsk – alors même qu'il n'avait jamais rencontré le jeune général. Il avait vu de ses yeux la magie du don à l'œuvre ; soudain, il lui avait semblé que tout, absolument tout, était possible. Jusqu'alors, il ne s'était jamais demandé s'il croyait ou non à la magie. Dans son enfance en Grenadyne, la question ne se posait tout simplement pas. Aussi loin au nord, les vieilles légendes étaient légion ; on les acceptait comme faisant partie du folklore. Ce n'est qu'au sud de Morgravia qu'il avait rencontré des gens particulièrement méfiants envers la magie.

Depuis qu'il avait vu Faryl devenir Ylena, les histoires colportées sur le Thicket et les Terres sauvages lui semblaient plausibles. Il se rendait compte également à quel point Wyl était vulnérable en tant qu'Ylena. Qui savait ce qui les attendait de l'autre côté du Thicket ? Qu'allaient-ils découvrir ?

Comme s'il pouvait lire dans ses pensées, Wyl lui donna un coup de coude.

— Ne me regarde pas comme ça. Je sais ce que tu penses, mais aussi fort sois-tu, tu n'es pas de taille, Aremys. J'ai peut-être l'air fragile dans le corps d'Ylena, mais je t'assure qu'il n'en est rien.

— Est-ce que Myrren a fait de toi un télépathe également ? demanda Aremys en se retournant vers l'impénétrable lisière devant eux.

— Non, mais on lit en toi comme dans un livre ouvert. Ta mère ne t'a jamais appris à dissimuler tes émotions ?

— Je croyais bien que si pourtant, répondit Aremys, avec une moue de dépit feinte. (Ils échangèrent un sourire, avec toutefois plus d'inquiétude que d'allégresse.) Pour répondre à ta question, il semble que le Thicket ne laisse passer que pour aller de l'autre côté. C'est ce que j'ai entendu en tout cas. D'après la légende, on ne peut pas changer d'avis au milieu et faire demi-tour. Dès lors que tu as pris ta décision et que tu as pu pénétrer, tu es obligé de continuer.

— Extraordinaire, souffla Wyl. Et dire qu'on n'est pas censé croire à la magie, ajouta-t-il d'un ton sarcastique.

Aremys rit à gorge déployée.

— Pour notre part, je crois qu'on est largement fixés sur la question, dit-il.

» Allons-y. Si on doit le faire, autant y aller maintenant. Il y a de la pluie qui s'annonce.

— J'y vais en premier, proposa Wyl.

— As-tu peur ?

— Oui.

— Parfait, soupira Aremys. Je croyais qu'il n'y avait que moi.

Wyl sourit.

— Veux-tu que je te tienne la main ? demanda-t-il avec une pointe de moquerie.

— Non merci. Les femmes d'abord, répondit Aremys, avec un ton de politesse exagérée.

Leur badinage n'était qu'un moyen de retarder l'échéance ; Wyl se força à avancer. Comme il approchait des premiers arbres, il aperçut quelque chose accroché à une branche. Son regard glissa dessus – il cherchait le meilleur endroit où se frayer un passage –, puis ses yeux y revinrent.

— Regarde ! s'exclama-t-il.

En deux pas, il fut devant l'arbre ; une subite exaltation s'était emparée de lui.

— C'est le bracelet de Romen.

Aremys secoua la tête.

— Je ne comprends pas.

— Moi si ! exulta Wyl en nouant la ficelle autour de son poignet délicat.

» Seules deux personnes pouvaient apporter ça ici – et je ne pense pas que ce soit la reine Valentyna qui l'ait fait.

— Alors qui ?

— Fynch !

— Le nettoyeur de latrines dont tu m'as parlé ? Mais ce n'est qu'un enfant.

— Ne le sous-estime jamais. C'est un garçon très doué et doté de plus de courage que nous deux réunis. Si on cherche alentour, je suis sûr qu'on devrait trouver des traces de chien. Fynch et Filou sont passés ici et ont laissé ce signe de reconnaissance.

— Brave garçon, murmura Aremys. Eh bien, si un enfant peut le faire, nous aussi.

Wyl hocha la tête, avant de se baisser pour entrer dans le Thicket. À l'ultime seconde, il héla son compagnon par-dessus son épaule.

— Est-ce que tu sais siffler ?

— Je suppose que c'est une question essentielle à laquelle je dois répondre tout de suite ? demanda Aremys, plié en deux pour emboîter le pas de Wyl.

— C'est juste qu'Ylena ne sait pas. Je n'ai jamais réussi à lui apprendre.

— Merci pour cette information vitale, grogna son ami derrière lui.

— Aremys, siffle, bon sang ! Je ne peux pas, alors tu le feras pour nous deux ! aboya Wyl.

— C'est toujours un plaisir d'obéir, ma dame, mais je ne vois pas bien pourquoi ?

— C'est parce qu'on ne sait pas ce qui se passe là-dedans. Je ne veux pas qu'on soit séparés.

— Oh, répondit Aremys qui comprenait enfin. Très bien.

» Tu veux un air en particulier ? Je me débrouille pas mal avec *Dans les roses et les choux.*

— Siffle, c'est tout, imbécile ! s'exclama Wyl, avec un rire malgré sa peur.

La présence du Thicket était écrasante ; il ne pouvait se défaire de l'idée qu'un danger les attendait juste derrière.

— Puisqu'on parlait des points forts et des points faibles d'Ylena, puis-je me permettre de dire qu'elle a le plus beau cul que j'aie jamais eu l'occasion d'approcher ? dit la voix assourdie d'Aremys, juste derrière lui.

— Siffle, cria Wyl de la voix stridente d'Ylena.

Il savait parfaitement ce qu'Aremys tentait de faire – combattre leur peur par des plaisanteries. Mais ça ne marchait pas. Tous deux étaient si effrayés qu'ils entendaient leurs cœurs battre comme des tambours dans leurs poitrines. C'était comme si le Thicket les aspirait… Mais vers quoi ? Wyl était époustouflé du cran qu'il avait fallu à Fynch pour avancer.

Wyl pénétra dans les ténèbres du Thicket, immédiatement frappé du silence surnaturel qui y régnait ; il se sentit oppressé, sur le point de suffoquer. Il ne pouvait même pas se tenir debout à cause des branches basses inextricablement emmêlées. Respirer lui était difficile ; il défit le premier bouton sur la gorge d'Ylena. Au-dehors, c'était l'après-midi, mais sous le feuillage impénétrable, il aurait pu jurer que la nuit arrivait. Rien ne bougeait, hormis Aremys et lui.

À cet instant, il sentit un poids terrible sur sa poitrine ; c'était comme si l'air était aspiré hors de lui. Il entendit Aremys entrer à sa suite, puis commencer à siffler bien trop fort. Le son s'arrêta brusquement – et il put respirer à nouveau. Wyl se retourna ; Aremys avait dû arrêter, saisi par l'obscurité et le silence oppressant. Son compagnon n'était plus là.

— Aremys ?

Il tendit l'oreille. Rien.

— Aremys ! hurla-t-il à nouveau.

Seul un silence d'épouvante lui répondit.

Valentyna achevait de dicter sa réponse au message de Celimus ; la menace contenue dans sa lettre brûlait encore dans son esprit.

La décision qu'elle avait prise était le fruit d'un long examen de conscience, mais au moins était-elle maintenant arrêtée. Elle savait que c'était l'unique solution dans ces circonstances. Les nobles lui refusaient leur soutien sans Ylena Thirsk ; mais même si Valentyna la leur amenait, que pourrait bien dire la jeune femme pour leur faire changer d'avis ? À leurs visages douloureux, à leurs voix tendues et nerveuses, la reine avait compris l'évidence – la noblesse de Briavel mettait la paix avec Morgravia plus haut que tout.

Plus haut qu'elle.

Elle n'était qu'un gage – le sésame capable à lui seul de transformer Morgravia et Briavel en voisins pacifiques, en alliés. Valentyna voyait clair maintenant ; malgré ce qu'ils avaient dit, les nobles n'avaient que faire des crimes de Celimus ou de ses intentions. Peu leur importait qu'on démontre sa traîtrise – si elle l'épousait, leurs fils n'auraient plus à partir à la guerre. Même si – à Shar ne plaise – Celimus parvenait à se couronner « empereur » des deux royaumes, au moins ne leur ferait-il plus la guerre. Après des décennies de conflit, c'était tout ce que Briavel attendait de sa nouvelle souveraine. Malgré l'adoration qu'on lui vouait, sa personne ne comptait pas. Cette découverte lui avait brisé le cœur, la laissant un instant incapable de respirer. Valentyna n'était reine que pour faire joli ; une fois le mariage prononcé, son propre peuple accepterait parfaitement Celimus.

Soudain, toutes ces discussions sur Ylena et les stratégies pour reporter le mariage paraissaient vaines et futiles. Elle devait épouser Celimus pour le compte de Briavel et sacrifier sa paix pour celle des royaumes.

Alors que ces pensées tournoyaient dans son esprit, Krell venait d'achever la rédaction du parchemin – sur lequel il soufflait pour sécher l'encre.

— J'apposerai le sceau royal lorsque vous l'aurez signé, Majesté.

Il lui tendit la plume. Elle esquissa un geste vers elle, sans la prendre finalement.

— Est-ce que je prends la bonne décision, Krell ?

Le chancelier fixa son regard sur son visage angoissé – qui lui rappelait les traits de la femme magnifique qui lui avait donné la vie. *Comme le roi Valor serait fier de sa fille en cet instant*, songea-t-il. Elle plaçait l'intérêt du royaume au-dessus de ses propres aspirations – et garantissait ce faisant sa prospérité pour l'avenir.

— Majesté, répondit-il avec gravité. Briavel va connaître l'abondance grâce à cette décision que vous prenez.

Elle refoula ses larmes et ses sentiments, luttant vaillamment pour faire venir un sourire tremblotant sur ses lèvres.

— Je ne veux pas l'épouser, Krell, mais je sais que je le dois.

— Majesté, puis-je parler ?

Valentyna hocha la tête. Elle avait toute confiance en lui ; sa solide assurance ne pouvait que la réconforter. Il avait été l'ami de son père et elle savait combien il la chérissait.

Les yeux chassieux du chancelier se posèrent sur elle.

— Si vous vous montrez ferme dès le début, mon enfant, Celimus ne pourra jamais obliger Briavel à se soumettre à Morgravia. Vous êtes une reine de plein droit – ne l'oubliez jamais. Nous avons besoin de la paix, certes, mais lui a besoin des enfants que vous pourrez lui donner ! Un mélange des sangs les plus bleus – une quintessence de royauté, Majesté, dont ni notre bien-aimé roi Valor ni le grand roi Magnus n'avaient jamais osé rêver. Imaginez votre sang, la chair de votre chair, régnant sur deux royaumes dans les temps futurs.

Elle hocha la tête, au bord des larmes maintenant.

— D'accord. Si l'on ne doit se souvenir de moi que pour une chose, que ce soit pour la paix et la naissance des héritiers capables de la faire durer.

— C'est exactement ça, Majesté. Bien rares sont les mariages royaux conçus par un souffle divin. Pour la plupart, ce ne sont que des accords pragmatiques et hautement stratégiques. Celui-ci ne déroge pas à la règle. Votre père – qu'il repose auprès de Shar – ne vous dirait pas autre chose.

La reine sourit tristement. Krell connaissait ses pensées – elle rêvait d'un mariage d'amour. Mais n'est-ce pas le cas de toutes les princesses ?

Incapable de se contenir, elle dit ce qu'elle avait sur le cœur.

— Je dois donc oublier qu'il est derrière le meurtre de mon père, la mort de Wyl Thirsk, l'assassinat de Romen Koreldy, le massacre des moines à Rittylworth et celui de la famille du duc de Felrawthy… et d'innombrables autres encore ?

Sa poitrine se soulevait sous le coup de la colère.

— Majesté, nous n'avons aucune preuve de son implication dans ces tragédies.

— Mais nous le savons, Krell !

— Oui, Majesté, admit-il avec sincérité. Mais en tant que diplomates, nous devons accepter la paix qu'il offre – au risque sinon de voir mourir notre jeunesse. Nous dresser contre lui reviendrait à condamner une génération tout entière. Celimus, je le crains, ne possède pas les qualités de son père – il nous ferait la guerre jusqu'au dernier homme, puis détruirait le royaume… rayerait jusqu'à son nom pour n'en faire qu'une annexe de Morgravia.

Valentyna ne dit pas ce qu'elle pensait au fond de son cœur – qu'il s'emparerait de Briavel quoi qu'il advienne.

— Vous m'incitez donc à contracter ce mariage, en sachant que je me sacrifie pour un homme que ne pourrai jamais aimer.

— Il n'est pas question d'amour ici, Majesté, répondit Krell d'un ton ferme. Il s'agit de politique et vos sentiments n'entrent pas en ligne de compte. La décision que vous prenez est strictement diplomatique… mais c'est la meilleure. Vous serez reine de Morgravia et de Briavel et vous devrez utiliser pleinement ce statut. Ce ne sera pas Celimus, roi de Morgravia, et sa reine consort de Briavel. Vous serez deux souverains égaux avec un poids égal dans la gestion des deux royaumes. Vous seule avez maintenant le pouvoir de faire en sorte que ce mariage fonctionne. Oubliez ce que vous ressentez et ce que vous avez le sentiment de perdre ; voyez uniquement ce que vous gagnez, Majesté. (À l'intense surprise de la reine, le chancelier mit un genou à terre devant elle.)

» Tournez la page sur tout ce qui s'est passé avant. Libérez-vous de ces liens et de ces sentiments. Commencez une nouvelle vie avec Celimus. Soyez la plus forte – soyez celle qui l'emporte.

— Sur lui ?

— Sur lui, sur Morgravia, sur Briavel. Les deux royaumes veulent cette union et l'harmonie qui en découlera. Œuvrez pour la paix au sein de ce royaume, Majesté, et vous serez celle par qui viendront les changements.

Valentyna se sentait piégée, cernée de toutes parts. Il n'y avait plus rien qu'elle pouvait faire. Toutes les mises en garde qu'elle avait entendues – celles de Wyl, de Romen, de Fynch et d'Elspyth encore tout récemment – tournaient dans son esprit. Le messager de Celimus attendait sa réponse ; le temps était son ennemi. Le roi de Morgravia était tout à la fois impatient et impétueux – que ferait-il si elle ne répondait pas par l'affirmative ? Combien de temps pouvait-elle attendre Ylena ? *Et qu'est-ce qu'Ylena Thirsk pourrait bien faire ?* se dit-elle avec amertume.

Après un soupir désespéré, elle saisit la plume pour parapher à la hâte la demande en mariage de Celimus au dernier jour de l'équinoxe de printemps.

— Voilà, dit-elle, avec un dégoût qu'elle était incapable de dissimuler.

» Donnez ça au messager.

— Oui, Majesté, répondit Krell en se relevant.

Il avait l'impression d'avoir perdu quelque chose en forçant la jeune reine à agir contre son instinct – mais Briavel avait trop besoin de cette alliance. Feu le roi Valor et lui-même avaient bien souvent discuté de la vulnérabilité de Briavel si la guerre venait à se déclarer sur deux fronts. Or, Krell avait la conviction que la menace de Cailech se concrétiserait bientôt.

Wyl sentit une vague de terreur le submerger. Aremys avait disparu ; volatilisé. Rien n'indiquait qu'il ait même pénétré dans le Thicket. *Inutile de le chercher*, se dit-il. Si le Thicket était bien un endroit enchanté – comme il avait tout lieu de le croire –, alors celui-ci avait pris la décision de les séparer.

Wyl eut un frisson. La magie…

Comme ces pensées le traversaient, un énorme chien noir sortit des ténèbres pour venir s'asseoir devant lui, parfaitement immobile.

— Filou !

Le chien bondit et Wyl éprouva un instant de terreur délicieuse. Il aurait dû s'y attendre pourtant, car s'il était maintenant allongé sur le dos sous l'immense bête au-dessus de lui, Filou ne faisait rien d'autre que lui lécher frénétiquement le visage.

— Où est Aremys ? demanda Wyl en repoussant les assauts de l'animal.

Filou gronda sourdement. C'était une réponse, mais Wyl ne la comprit pas.

— Il va bien ?

Cette fois, le chien aboya ; Wyl décida que Filou répondait par l'affirmative. Malgré l'incertitude, il devait croire qu'Aremys était quelque part en sûreté – et non pas condamné à errer dans le Thicket.

Filou gronda à nouveau avant de repartir ; Wyl savait qu'il lui montrait le chemin. Le chien noir trottinait et Wyl suivait en aveugle, courbé en deux. Par moments, il avait l'impression saisissante que les branches se baissaient pour l'attraper. Aucune ne le fit pourtant. Le silence était oppressant. Seuls la présence du chien et les battements de son cœur lui disaient qu'il y avait de la vie dans ce lieu de ténèbres. Wyl eut l'impression de marcher pendant un temps interminable ; de l'eau coulait non loin.

Des visions qui n'étaient que l'écho de ses peurs lui venaient – Aremys hurlant perdu à jamais dans le Thicket, Valentyna violée par Celimus, Elspyth pleurant pour l'homme qu'elle aimait, Lothryn suppliant Wyl de l'aider. Romen, Faryl et Ylena marchaient vers lui, avec sur le visage l'expression d'étonnement effrayé qu'ils avaient eue à l'instant de leur mort. Puis l'image se brouilla et il vit le sang et l'horreur répandus sur Tenterdyn. Il avait dans le nez l'odeur du carnage. À la seconde où il fut sur le point de crier à Filou de s'arrêter, de faire demi-tour, ils débouchèrent du Thicket. Ils étaient de l'autre côté, de retour à la lumière du jour. Une pluie s'était mise à tomber.

Wyl inspira profondément l'air humide; ses joues étaient trempées de ses larmes. Filou avait disparu. Au loin, dans le clair-obscur, il apercevait une petite chaumière de l'autre côté d'un petit pont. Sa cheminée fumait joyeusement et de la lumière brillait à sa fenêtre. La chaleur de l'endroit l'attirait irrésistiblement.

Chapitre 31

La duchesse Aleda se mourait. Elle le sentait dans sa chair et, quelque part, c'était très bien ici – du moment qu'elle tienne suffisamment longtemps pour apprendre ce qu'était devenu son fils aîné. Qu'elle sache qu'il était en vie, que le nom des Donal n'avait pas été totalement éradiqué, et elle pourrait mourir en paix. Chacun des pas de son âne faisait naître un éclair de douleur ; toute sa volonté était tendue vers un but – tenir. Si elle tombait de selle, elle n'aurait plus qu'à espérer que la garde de Briavel la trouve avant son dernier soupir.

Ce jour-là, Shar veillait sur elle. Un rémouleur ambulant croisa la route de cette femme couverte de sang et de boue, aux ongles cassés et noircis. Tirant sur les rênes de son cheval, il sauta à bas de son chariot.

— Buvez, dit-il en offrant sa gourde.

Aleda prit une gorgée ; cela faisait des heures qu'elle n'avait rien bu. Peut-être avait-elle oublié – elle ne s'en souvenait plus.

— Merci, coassa-t-elle d'une voix éraillée.

Le marchant regarda nerveusement tout autour. Ils étaient au milieu de nulle part ; il n'y avait aucune aide à attendre. Lui-même avait passé la frontière la veille vers la mi-journée. *Brackstead ne doit plus être loin*, songea-t-il.

De toute évidence, poser des questions ne servirait à rien ; la pauvre femme était trop mal en point pour parler.

— Venez, dit-il, je vais vous conduire à Brackstead.

Aleda ne se plaignit pas ; elle voulait continuer à avancer. Peu importait de savoir qui était cet étranger bienveillant, du moment qu'il l'aidait à se rapprocher de Crys.

— Merci, murmura-t-elle.

— Ne parlez pas. Gardez vos forces.

Ils se remirent en route. La simple présence de quelqu'un à ses côtés rendait un peu de vigueur à la duchesse. Moins d'un quart de lieue plus loin, au sortir d'une grande courbe, ils découvrirent un gros bourg niché au pied d'une colline.

En apercevant Aleda, plusieurs personnes proposèrent leur aide.

— Je ne la connais pas, expliqua le rémouleur. Je l'ai trouvée sur le chemin. Peut-on la conduire à un guérisseur ?

Quelqu'un envoya un gamin chercher un sage itinérant versé dans l'art de guérir.

— Vous avez de la chance, il passait justement ici aujourd'hui.

— Y a-t-il une auberge ? demanda le rémouleur.

Un homme hocha la tête.

— Il y a la taverne de l'Archer habile. Vous voulez y aller ?

— Oui. Elle dit qu'elle a de l'argent.

Trois hommes forts portèrent Aleda à l'intérieur de la petite pension, tenue par une femme à l'allure engageante.

— Shar, prends pitié ! s'écria-t-elle en voyant passer devant elle la duchesse et son maigre bagage.

— Le guérisseur arrive, dit l'un d'eux, en indiquant d'un signe de tête aux autres porteurs de prendre l'escalier.

— Chambre quatre, cria-t-elle dans leur dos, avant de se retourner vers le rémouleur, mal à l'aise dans toute cette agitation.

— Ils viennent juste d'arriver, Nan, dit une femme à la tenancière. J'ai envoyé Rory chercher le guérisseur.

— Je ne sais même pas son nom. Je... je l'ai trouvée sur le chemin, expliqua le rémouleur.

Nan leva la tête en direction de la porte.

— Le voilà – on s'occupera plus tard de ranger ses affaires, dit-elle aimablement. Bel, peux-tu le conduire là-haut, il faut que je reste ici.

Trop heureuse de rester au cœur de l'événement du jour, Bel conduisit le médecin – un homme aux tempes grises et à la voix douce – à l'étage. En chemin, le guérisseur s'arrêta quelques instants pour discuter avec le rémouleur. Ensuite, le marchand ambulant sortit, soulagé de ne plus être au beau milieu de cette frénésie.

Plus tard, resté seul avec sa patiente, l'homme de l'art découvrit toute l'horreur de ce qu'elle avait subi – et pire encore, de qui il s'agissait.

Il lui fit boire un peu d'une potion de couleur pourpre.

— Reposez-vous maintenant, dame Donal, dit-il en lui tenant la main. Nous allons envoyer un message à Werryl.

Sur ces paroles rassurantes, Aleda poussa un soupir ; ses yeux se fermèrent.

Le guérisseur redescendit pour s'entretenir avec Nan – qui à son tour appela Bel.

— Il faut que quelqu'un veille sur elle, expliqua-t-il. Vous serez payée.

— Vous voulez que je reste à son chevet jusqu'à votre retour, c'est ça ? demanda Bel en hochant la tête d'un air entendu.

— Elle ne se remettra pas de ses blessures internes, dit-il.

» Alors oui, quelqu'un doit rester avec elle. J'ai stoppé l'hémorragie – elle va maintenant dormir quelques heures. À son réveil, vous ferez une infusion de ces feuilles. (Il lui tendit un petit sac.) Ça lui fera du bien.

— Il faut lui donner à manger ?

Il secoua négativement la tête.

— C'est la dernière chose dont elle aura envie. En revanche, donnez-lui à boire. Elle sera morte de ses blessures bien avant de mourir de faim.

— Combien de temps peut-elle tenir ? demanda Nan, pas contente du tout à la perspective que le corps d'une inconnue refroidisse dans un de ses lits.

— Elle a du courage – rien que ça la fera tenir deux fois plus longtemps. Un jour ou deux, peut-être.

— Et où allez-vous chercher de l'aide, maître Geryld ? demanda Bel, toujours curieuse.

— Je pars pour Werryl et je reviens aussi vite que possible, répondit-il, attentif à ne rien révéler de l'identité de la blessée.

Tout le monde avait vu qu'elle était noble – il le savait. Néanmoins, il jugeait préférable de ne rien révéler d'autre aux gens du village.

— Je compte sur vous pour la maintenir en vie – avec ma tisane et votre voix.

— Ma voix ? s'étonna Bel, sourcils froncés.

— Oui, parlez-lui. Maintenez-la consciente le plus possible lorsqu'elle sera réveillée. Il faut qu'elle garde ses esprits, expliqua-t-il.

» Et maintenant, je vais partir.

— Combien de temps serez-vous absent, maître Geryld ?

— J'espère être de retour demain – si je peux chevaucher toute la nuit.

Il jeta un dernier coup d'œil dans la chambre. À son grand étonnement, la duchesse ne dormait pas. Pour tout dire, elle était même agitée.

— Je vous ai dit de vous reposer, répéta-t-il d'un ton sévère.

Ses yeux papillotaient sous l'effet de la drogue, mais elle luttait de toutes ses forces.

— Il faut d'abord que je vous donne quelque chose à porter à Werryl. Montrez-le à la reine, messire, répondit-elle avec autorité en pointant du doigt sa gibecière de cuir.

— Qu'est-ce que c'est ? demanda-t-il.

— La preuve dont elle a besoin pour comprendre à quel fou elle pourrait se marier.

Chapitre 32

Aremys reprenait conscience. Est-ce que quelqu'un n'était pas en train de lui mettre des coups de pied ? Il n'en était pas encore sûr. En fait, il n'était sûr de rien – si ce n'est qu'il respirait. Et qu'il avait mal partout. En se concentrant, il perçut des bruits de voix autour de lui – des voix d'hommes. Puis les bruits familiers des chevaux. Il se risqua à ouvrir les yeux, en se demandant au nom de quoi il pouvait bien être là, allongé par terre en plein vent, alors qu'il faisait si froid.

— Ah, tu es donc vivant ? dit quelqu'un.

— Tout juste, répondit-il en grognant.

— Préviens Myrt, dit la voix.

Aremys entendit des bruits de pas crissant sur la neige fraîche. C'était un joli bruit – un bruit qu'il aimait beaucoup dans son enfance.

— Tu peux bouger ? demanda la voix.

— Attends que j'ouvre les yeux, répondit-il en les entrouvrant pour découvrir l'énorme silhouette d'un homme au moins aussi grand que lui, qui se découpait sur un fond blanc éblouissant.

Il referma bien vite les yeux.

Des bruits de pas revenaient. Une nouvelle voix, plus grave, s'éleva.

— Relève-le, Firl.

Aremys sentit des mains qui le tiraient sans ménagement pour le remettre sur ses pieds. Ses jambes, lourdes et faibles à la fois, le portaient à peine. Il se força à rouvrir les yeux, ignorant le dénommé Firl, pour tourner la tête vers l'homme plus âgé, aux yeux gris pénétrants. Une douleur aveuglante s'incrusta au fond de sa tête.

— Désolé, dit-il avec un sourire en biais, ma tête me torture.

— Tu as dû te cogner en tombant, dit celui qui devait être Myrt à la voix grave.

» Comment t'appelles-tu ?

Aremys se gratta la tête. Son crâne tout entier n'était qu'un champ de douleur.

— Je te le dirais si je pouvais. Mais je ne me souviens absolument de rien.

Myrt poussa un soupir.

— Donnez-lui une couverture. Et toi, Firl, prends-le en croupe. En route.

Traversé d'élancements et prêt à s'apitoyer sur lui-même, Aremys fut hissé brutalement sur un cheval. De toute évidence, le dénommé Firl, pour le moins hargneux, n'avait aucune envie de partager sa monture. Ils entamèrent un voyage dont il ignorait le but et la destination... et même le point de départ. Tout ce qu'il savait, c'est qu'il était quelque part dans les montagnes. Or, à sa connaissance, il n'existait qu'un seul massif aussi imposant. C'était ça, sûrement... À moins qu'il soit ailleurs ?

Firl l'ignora pendant une bonne heure. Aremys ne s'en souciait pas ; il avait déjà bien assez à faire pour garder l'équilibre et tenter de se souvenir de son nom. En revanche, il appréciait la couverture qu'on lui avait passée.

— Où est-ce qu'on est ? demanda-t-il finalement.

— Dans les Razors, grogna Firl avec brusquerie.

Aremys n'avait jamais pu souffrir l'imbécillité.

— Ça, je l'avais deviné. Mais où exactement ?

Son ton sarcastique paraissait glisser sur la jeune brute devant lui.

— À l'est.

Comprenant qu'il n'en tirerait pas grand-chose, il se replongea dans ses propres pensées, pareilles à un écheveau emmêlé. Au prix d'un violent effort, il fit abstraction de la douleur pour se concentrer sur le moindre détail. Rien ne vint. Il poussa un grognement de dépit.

— Qui es-tu ? demanda-t-il au cavalier devant lui.

— Firl, répondit l'autre, sur le même ton de désintérêt que précédemment.

» Je croyais te l'avoir déjà dit.

— Et les autres ? poursuivit Aremys, en luttant pour museler son irritation.

— Tu veux la liste des noms ?

— S'ils sont tous comme toi, ce n'est pas la peine. (Il sentit le corps de Firl se raidir, appréciant d'être parvenu à le toucher.) Non, je voulais savoir ce que vous faites par ici ?

— On fait une reconnaissance.

— Pour Cailech ?

— Qui d'autre ? répondit Firl, certainement renfrogné.

— Est-ce que je suis prisonnier ?

Firl renifla.

— Pourquoi tu n'essaies pas de t'enfuir pour être fixé ? Je ne manque jamais ma cible.

— Ta conversation est toujours aussi brillante, Firl ? Je suis sûr que les autres adorent quand tu passes les voir – avec tes reparties et ton ego surdéveloppé, dit Aremys.

» Tu sais ce que c'est au moins, une « repartie » ? À moins que ce soit un mot un peu trop long pour ton petit cerveau ?

À distance, Myrt avait entendu ce que disait Aremys – surtout la pointe de menace dans son ton. Il fit obliquer son cheval pour venir à leur hauteur.

— Un problème ?

— Non, marmonna Firl.

— En fait, si, contra Aremys. Je veux savoir si je suis prisonnier – et si oui, pourquoi ? J'aimerais comprendre ce qui me vaut d'avoir été capturé par une patrouille, pour me retrouver en selle avec ce benêt. Et surtout, j'aimerais connaître mon nom ! rugit-il.

Sa migraine empirait avec sa colère.

— Monte derrière moi. Et toi, Firl, tu pars en tête, ordonna Myrt.

Il y avait comme un ton de remontrance dans sa voix – ce qui n'échappa pas à la brute maussade.

Aremys était plus qu'heureux de monter en croupe du chef de Firl.

— Merci pour ça – et pour la couverture également, dit-il entre ses dents.

» Désolé pour l'incident, poursuivit-il. On dirait bien que j'ai perdu mes manières en même temps que ma mémoire.

— C'est ce que j'ai vu, répondit Myrt en éperonnant son cheval.

» À moins que tu ne sois un espion particulièrement futé…

— Par Shar ! C'est ça que vous pensez ?

— Et pourquoi pas ? Tu es bien de Morgravia, n'est-ce pas ?

— Je… euh… je ne sais pas, bafouilla Aremys.

— Tu es habillé comme eux et tu jures comme eux.

— Alors peut-être suis-je un Morgravian. Je n'ai pas la moindre idée de qui je suis. Mais figure-toi que je comprends le dialecte norrois dans lequel tu parlais avec tes hommes. Qu'en penses-tu ?

— Ah oui ? Et qu'est-ce qu'on disait ?

Aremys traduisit.

— Bravo, étranger. Je suis impressionné, reconnut Myrt.

» La plupart des Morgravians ne le comprennent pas – c'est d'ailleurs pour ça qu'on l'a utilisé devant toi. Quoi d'autre ?

— Pas grand-chose, avoua Aremys. Je connais les Razors, mais je serais bien incapable de dire pourquoi – ni même comment je connais ce nom. Pas de cheval, rien… à part mon épée. (Il secoua la tête.) Pas de souvenirs non plus.

— Peut-être qu'en t'arrachant les ongles on te fera revenir la mémoire ? dit Myrt, avant de rire à gorge déployée en sentant son passager tressaillir derrière lui.

— Par Shar ! s'écria Aremys. On n'est pas obligés d'en arriver là.

— Ne t'inquiète pas. Est-ce que Firl t'a raconté ce qu'on fait ?

— Oui… On a papoté des heures lui et moi.

Myrt ne répondit rien, nullement troublé par l'esprit mordant de l'homme qu'ils avaient récupéré.

— Il m'a juste dit que vous étiez une patrouille de reconnaissance, grogna finalement Aremys.

— C'est exact. Sais-tu que Morgravia a quasiment ouvert les hostilités contre le peuple des Montagnes ?

— Si je l'ai su, je ne m'en souviens plus.

— Tu voudras donc bien excuser notre suspicion, dit Myrt. En tout cas, si tu es de Morgravia – ce qui n'est probablement pas le cas –, tu dois avoir entendu parler de nos problèmes avec le roi Celimus.

Ce nom lui paraissait familier ; en tout cas, il déclencha une série de signaux d'alarme dans l'esprit d'Aremys. Il fouilla les recoins de son cerveau – en vain.

— Pourquoi crois-tu que je ne suis probablement pas de Morgravia ?

— Parce qu'on t'a trouvé du côté Briavel des Razors et que ton accent ne cadre pas. Tu parles comme les gens de Morgravia, mais il y a autre chose derrière. À tout hasard, je dirais que tu es des îles du nord.

Une nouvelle sensation familière lui vint fugacement.

— Je vois, c'est possible. En tout cas, j'aimerais bien trouver quelque chose pour m'aider à y voir clair.

L'homme appelé Myrt hocha la tête.

— Ça viendra. Sinon, pour répondre à ta question, tu es bien notre prisonnier. Cela étant, nous te traiterons honorablement jusqu'à ce que le roi ait décidé ce qu'il veut faire de toi. Je crains que les relations avec Morgravia ne soient tendues en ce moment – ton accent étrange te sauvera peut-être. Comment allons-nous t'appeler en attendant ?

Aremys médita sur sa situation – pas de quoi se réjouir, mais guère d'autre choix sinon coopérer. Sans cheval, ni nourriture, ni presque aucun souvenir, il était perdu quelque part au milieu des Razors où une seule nuit suffisait parfois pour mourir.

— Qu'est-ce qu'il y a comme nom de Montagnard ?

— Que penses-tu de Cullyn ? C'est l'un des plus anciens.

— Ça me va, répondit Aremys en haussant les épaules.

— Cullyn, personne ne mange pour rien dans cette troupe. Nous serons encore sur les crêtes pendant quelques jours. Qu'est-ce que tu peux faire pour gagner ta croûte ?

Aremys éprouva soudain une bouffée de gratitude pour l'homme des Montagnes.

— Je n'en ai aucune idée, répondit-il en secouant la tête.

— Bon, nous n'allons pas tarder à faire halte et installer le camp. Que dirais-tu de nous organiser une distraction ? Un petit assaut à l'épée contre l'ami Firl. Je crois qu'il aimerait assez se frotter à toi.

— Et moi à lui, tu peux me croire.

Myrt partit d'un grand rire.

— J'aime ton arrogance. En tout cas, j'espère que tu n'as pas oublié ton escrime, Cullyn. Firl est l'un des meilleurs des Razors avec une épée.

— Promets seulement qu'il y aura de la bière et inquiète-toi pour ton garçon, répondit Aremys, tout sourires malgré les élancements dans sa tête.

Ils s'installèrent pour la nuit, après avoir parqué les chevaux dans un bosquet de pins, qui leur fournit le bois pour les feux. Myrt menait ses hommes à la baguette. Certains furent assignés à la préparation du repas, d'autres à la corvée de bois, d'autres encore au soin des animaux, tandis que les plus jeunes furent envoyés remplir les outres d'eau. Myrt emmena ensuite Aremys et un autre homme chasser un peu de viande fraîche. À la satisfaction du chef de la troupe, Aremys abattit quatre lièvres sans gaspiller une seule flèche. Chacun d'eux ramenait une petite perche à laquelle étaient suspendues leurs prises. Le gibier fut promptement dépiauté, vidé et mis à rôtir sur la braise.

Entre eux, ils n'utilisaient pas le dialecte norrois – une langue dont l'usage s'était perdu, hormis pour parler en secret ou émailler les conversations de quelques mots étranges. Si Aremys avait eu toute sa tête, il se serait souvenu que cette langue n'avait survécu que grâce à l'amour de Cailech pour la culture des Montagnes. Il avait passé un édit imposant que les grands-parents l'enseignent à leurs petits-enfants afin que la langue reste vivante. Toutefois, au quotidien, ils employaient la langue commune à toute la région – de Briavel à l'est jusqu'à Tallinor à l'ouest. Aremys connaissait le norrois parce que sa nourrice, une vieille femme des îles, lui chantait des chansons dans cette vieille langue lorsqu'il était enfant – un autre souvenir qu'il avait perdu.

Pour l'heure, il ne se souvenait même plus de la veille – de l'instant où il était entré dans le Thicket, derrière les jolies fesses d'Ylena Thirsk, juste avant d'être emporté par une vague de magie. Il n'avait aucun souvenir de l'air devenant épais et solide comme un mur, puis du souffle puissant qui avait ouvert une faille par laquelle il avait été aspiré, inconscient... pour être rejeté sur une crête au nord-est des Razors, pile sur le chemin de la troupe de Myrt, la mémoire brouillée jusqu'au fond de son subconscient.

Pendant que cuisait la viande et mijotait un brouet de légumes dans une marmite, Myrt posta des sentinelles autour du camp, avant de rassembler les onze hommes restants pour les premiers divertissements de la soirée. Au total, ils étaient quinze, tous solides gaillards, mais aucun assez grand pour regarder l'étranger dans les yeux – Firl excepté.

— Comment te sens-tu, Cullyn ?

— D'humeur à faire mal à quelqu'un, marmonna-t-il, déclenchant une vague d'enthousiasme dans l'assemblée réunie et parée pour l'action.

— C'est parfait. Y a-t-il parmi nous quelqu'un qui se sente de donner la réplique à notre hôte ?

Firl s'avança, fendant l'air de sa lourde épée, tenue à deux mains.

— Il est à moi, gronda-t-il.

D'un geste, Aremys se débarrassa de la couverture posée sur ses épaules, tirant sa propre épée. Dans le mouvement, sa lame éclairée par les feux refléta la couleur de la laine ; Aremys tituba sous le choc d'une réminiscence subitement remontée.

— Koreldy, murmura-t-il, à l'instant où lui revenait en mémoire la vision d'une épée à la lame bleue.

Seul Myrt saisit ce mot au vol – interloqué d'entendre un nom que le premier cercle des partisans de Cailech ne connaissait que trop bien. L'heure était mal choisie pour en parler avec l'étranger ; il mit soigneusement cette information de côté. Elle ressortirait en temps voulu... devant le roi. Soudain, cet homme sans souvenirs prenait de l'importance.

Il s'éclaircit la gorge.

— Firl, Cullyn, ce n'est pas un combat à mort. Si l'un d'entre vous tue l'autre, je l'exécute de mes propres mains – c'est compris ?

Aremys confirma d'un hochement de tête. Firl émit un grognement.

— Firl ?

— C'est compris, chef !

— Parfait. C'est un assaut d'exercice, ne l'oubliez pas. Le vainqueur est déclaré au premier sang – nous mangerons ensuite en son honneur.

Les deux hommes amenèrent leurs lames au contact en guise de salut, puis Firl adopta la position de combat des Montagnards – garde à deux mains, pieds écartés, jambes fléchies, prêt à frapper. Aremys surprit tout le monde, lui compris, en levant son épée devant son visage, les deux poings placés en opposition sur la garde. C'était une posture particulière, pratiquée dans une seule région ; tous reconnurent le salut traditionnel des combattants de Grenadyne.

Plus surpris que quiconque, Myrt voulut interrompre l'assaut, mais il était déjà trop tard. Les deux hommes se précipitaient l'un vers l'autre.

Firl frappait sans méthode, mais avec une vraie sauvagerie. Cependant, dès la première passe, Myrt comprit que son homme n'arrivait pas à la cheville de l'étranger. L'escrime de Cullyn – ou quel que soit son nom – était infiniment supérieure ; ses mouvements et sa vitesse ceux d'un soldat aguerri. Jeune, entêté et certainement convaincu d'être invincible, Firl ne s'était jusqu'alors frotté qu'à des Montagnards. Malgré son courage, il était loin de maîtriser la finesse des techniques de combat du sud, fondées sur l'élégance et la vitesse bien plus que sur la force brute.

Cullyn se contentait de parer sans riposter, laissant son adversaire s'épuiser en vaines attaques. Firl frappait avec autant d'énergie que d'aveuglement ; le combattant de Grenadyne jouait avec lui. Tournant la tête vers Myrt, Aremys lui décocha un clin d'œil. Le chef des Montagnards dut se mordre pour ne pas rire – surtout lorsque Cullyn parut prétendument sur le point de succomber sous les furieux coups de boutoir que Firl assenait en poussant des rugissements de colère.

Malgré son inimitié pour Firl, Aremys se sentait désolé pour lui. Tout vaillant qu'il était, il perdrait bien vite la vie dans un combat contre des soldats morgravians. De toute évidence, le jeune homme voulait impressionner ses compagnons en matant l'étranger arrogant ; Aremys comprit soudain qu'il n'aurait rien à gagner à humilier Firl – alors que rien ne lui aurait été plus facile. Les Montagnards n'apprécieraient sûrement pas…

Donc, oubliant sa supériorité, il fit en sorte que son adversaire se sente dans la peau d'un vrai combattant. Étonnamment, Aremys éprouva une certaine satisfaction à se montrer si généreux – mais après tout, Myrt avait été bon pour lui également. Sachant que Morgravia était l'ennemi du roi des Montagnes, ils auraient tout aussi bien pu lui passer une épée dans le corps lorsqu'il était à leur merci sur la neige. Or, ils lui offraient réconfort, nourriture et sécurité, sans compter qu'ils le transportaient. Non, il ne pouvait décidément pas humilier Firl – malgré l'envie qu'il en avait –, ne serait-ce que pour Myrt. Il cligna de l'œil à son intention et le message ne fut pas perdu.

Le combat se poursuivait. Aremys sentait sa migraine peser sur lui. Jusqu'ici, il avait pu en faire abstraction, mais la faim et la fatigue ravivaient la douleur. Cherchant l'ouverture, il déclencha une feinte avec toute la lenteur voulue – même Firl ne pouvait pas la manquer. Le jeune Montagnard frappa et Aremys accueillit la morsure du métal dans sa chair, en haut de son bras libre.

Cullyn poussa le cri qu'on attendait de lui et les spectateurs laissèrent exploser leur joie. Firl affichait un sourire un peu gauche ; dans son regard posé sur son adversaire luisait une note de malaise. Face à face, ils respiraient lourdement.

— Beau combat, Firl, s'exclama Myrt. Ce soir, nous mangerons en ton honneur.

Aremys hocha la tête à l'intention du jeune Montagnard.

— Bien joué, dit-il.

Firl ne répondit pas, maintenant ses yeux fixés sur l'étranger. Les autres s'étaient levés pour le féliciter en lui tapant sur l'épaule. Aremys se détourna du regard mécontent de son adversaire. Firl n'était pas idiot ; il savait que Cullyn l'avait laissé l'emporter.

— Viens, je vais nettoyer ta blessure, dit Myrt. Et ne me dis pas « non », tu es trop maladroit pour le faire.

Soulagé, Aremys emboîta le pas du chef des Montagnards jusqu'au ruisseau à la lisière du petit bois.

— C'était courageux de ta part, dit Myrt en s'agenouillant. Un homme moins avisé aurait cru nécessaire d'imposer sa supériorité.

— Je n'avais rien à y gagner – à part un ennemi.

— Tu es un soldat plein de sagesse, dit Myrt avec un hochement de tête.

Aremys tourna la tête subitement.

— Qu'est-ce qui te fait croire que je suis soldat ?

— Tu combats comme un soldat. Tu en as l'expérience – tu as bien dû le sentir.

C'était tellement frustrant de ne plus se souvenir.

— Un soldat, murmura-t-il pensivement.

» C'est vrai, l'épée me vient bien en main. Tu m'as bien dit que Firl était votre meilleur combattant ?

— J'ai dit ça pour lui faire plaisir. Firl est un brave – mais il est aussi jeune et emporté.

— Il ne fera pas de vieux os, Myrt.

— Alors enseigne-lui.

— Quoi ?

— Tu n'as rien de mieux à faire en ce moment. Alors, apprends-lui à se battre. Apprends-leur à tous.

— Leur apprendre à tuer ceux de Morgravia, tu veux dire ?

Myrt tordit la bouche, tout en nettoyant la blessure. Ce n'était qu'une éraflure superficielle, rien de grave ; même le blessé ne disait rien.

— Tu n'as rien à voir avec Morgravia.

— Et comment sais-tu ça ?

— Cullyn, je crois bien que tu viens de Grenadyne.

Aremys lui retourna un regard plein de colère. Ce nom réveillait quelque chose dans sa mémoire – une image très lointaine. Il pensait à des enfants… une petite fille. Il la voyait maintenant, toute en boucles, avec de bonnes joues et un grand sourire. Elle se jetait dans ses bras pour l'embrasser.

— Serah, dit-il dans un souffle, comme le souvenir douloureux de sa sœur retrouvait sa place dans sa tête.

— Quoi ?

— Je viens bien de Grenadyne, affirma-t-il avec force.

— Tu t'en souviens ?

Aremys hocha la tête.

— Oui, je crois bien. Ça expliquerait pourquoi je comprends le norrois.

— Et pourquoi tu salues à l'épée à la manière de Grenadyne.

— Hmm… Tu cherches à m'impressionner.

— Sache que pas grand-chose ne m'échappe. Qui est Serah ?

Aremys n'était pas disposé à en dire trop à Myrt – même s'il appréciait l'homme. Des secrets dormaient au fond de sa mémoire, il en était sûr, et s'ils devaient lui revenir par bribes, il préférait d'abord tout savoir pour choisir ceux qu'il révélerait.

— Je ne sais pas, mentit-il. Ce nom m'est simplement venu à l'esprit.

— Tu vois, je t'avais dit que tes souvenirs te reviendraient – ce n'est qu'une question de temps, s'exclama Myrt, d'un ton ravi.

» C'est fini, ce n'était qu'une entaille. Et merci encore d'avoir épargné Firl.

— Il a simplement besoin d'être encouragé.

— Et entraîné. Peut-être même qu'on en a tous besoin, ajouta-t-il judicieusement avec un clin d'œil.

Le repas pris au grand air et dans le froid, en compagnie de tous les hommes groupés autour d'un feu, se révéla le meilleur qu'Aremys ait mangé de sa vie. Même Firl s'était quelque peu détendu et faisait preuve d'une nouvelle cordialité, allant jusqu'à dire qu'il apprendrait volontiers quelques coups de Cullyn. Aremys connaissait certaines des chansons qu'ils chantèrent, ce qui le confortait dans l'idée qu'il était de Grenadyne et non pas de Morgravia. C'était rassurant dans une certaine mesure – mais pour quelle raison se sentait-il si proche de Morgravia, ou plus exactement de Briavel ? Il avait la certitude d'y être allé récemment. En revanche, il ignorait toujours ce qu'il pouvait bien fabriquer au milieu des Razors, seul et sans cheval.

Les hommes lui dirent que sa monture s'était certainement enfuie ; tous avaient la certitude qu'ils tomberaient sur sa carcasse un jour ou l'autre. Aremys s'était tâté le crâne sans trouver la moindre égratignure ou la plus petite bosse ; pourtant, il avait des maux de tête parfois si violents qu'il se sentait sur le point de vomir. La douleur était tout entière à l'intérieur de lui – rien à voir avec une chute de cheval. Il n'avait aucune explication. Mais le plus inquiétant, c'étaient les picotements au bout de ses doigts. Une sensation étrange qu'il avait ressentie dès son réveil et à laquelle il n'avait tout d'abord pas prêté attention. Ce n'était pas douloureux, pas même gênant, mais c'était là et il ne savait ni ce que c'était, ni pourquoi c'était là, ni même si cela avait été là avant.

La nuit les enveloppa tandis que les hommes chantaient encore des ballades ; l'obscurité convenait parfaitement à son humeur. Serah hantait ses pensées. Elle et le nom « Koreldy ». Étaient-ils la clé qui lui permettrait de retrouver qui il était ?

Pour l'heure, il était Cullyn. *Je vais devoir faire avec*, songea-t-il en plongeant dans le sommeil.

Chapitre 33

Wyl interrompit sa marche vers l'accueillante chaumière. Il se sentait à la fois désemparé et en colère, soudain perdu sans Aremys – volatilisé sans laisser de traces. Voilà que Filou lui aussi était parti. Le crépuscule n'allait plus tarder à tomber sur la petite vallée ; Wyl frissonna. Il aperçut un homme en train d'allumer des chandelles dans la petite maison. Apparemment, il n'y avait personne d'autre avec lui – aucune famille. Ce type vivait seul au bord d'un endroit de cauchemar. Wyl jeta un coup d'œil derrière lui sur la masse noire du Thicket. Le massif paraissait moins menaçant de ce côté-ci, mais il n'en recelait pas moins bien des mystères. Wyl avait perçu la vibration de sa magie.

Où pouvait bien être Aremys ?

Les choses ne lui disaient rien qui vaille. Il fit demi-tour. Il fallait au moins qu'il tente d'alléger ses angoisses en recherchant son ami. Il ne pouvait pas l'abandonner.

— Non, ne faites pas ça, ma dame, dit une voix.

Wyl pivota une nouvelle fois ; un bonhomme rondouillard s'était engagé sur le pont pour venir à lui.

— Euh… ?

— Je suis Samm, le passeur. Je vous ai vue hésiter et j'ai pensé qu'il était préférable que je vienne vous accueillir. Ça ne doit pas être simple pour une dame de voyager seule, dit-il, en parcourant les alentours du regard.

» Vous êtes bien seule, n'est-ce pas ?

— Je…, commença Wyl, hésitant entre un mensonge et la vérité.

Il opta pour la première option ; moins de gens savaient, mieux c'était.

— Oui, je suis seule. Excusez-moi, je suis dame Rachyl Farrow.

— Voulez-vous entrer ? proposa Samm, en désignant sa maison d'un geste avenant.

— Euh… j'aurais surtout besoin d'un bateau à dire vrai, répondit Wyl.

— Je comprends. Mais entrez quand même. Je vais faire du thé et nous pourrons parler de tout ça.

Sur un ultime coup d'œil à la ronde pour retrouver Filou, Wyl admit qu'il était seul désormais – et accepta l'invitation.

— Pourquoi m'avez-vous dit de ne pas retourner dans le Thicket, Samm ?

— Il y a quelques instants, j'ai senti quelque chose – et je me suis dit qu'il valait mieux le laisser tranquille. Le Thicket a des sautes d'humeur. J'y suis habitué, mais il donne parfois l'impression d'être vivant.

— Et c'est ce que vous avez ressenti ? demanda Wyl, en s'engageant sur le pont derrière Samm.

— Oui, répondit le passeur, sans s'appesantir sur le sujet.

Une fois à l'intérieur, Samm entreprit de préparer du thé.

— Qu'est-ce qui vous amène par ici, ma dame ? demanda-t-il gentiment.

Wyl se décida pour l'honnêteté.

— Je suis sur la trace de quelqu'un. Un garçon.

— Ah, Fynch.

— C'est ça !

— Et son étrange chien noir.

— Filou. En fait, il s'agit de mon chien.

Wyl éprouvait un intense soulagement d'apprendre que Fynch avait traversé sans encombre le Thicket.

— Est-ce que Fynch a des problèmes ?

— Non, pas du tout, s'empressa de répondre Wyl. C'est mon frère.

— Alors vous êtes de Briavel également ?

— C'est exact, répondit Wyl, en se demandant jusqu'où ses mensonges allaient l'emmener.

À ce stade, il n'était déjà plus de Grenadyne, comme il l'avait initialement décidé.

— Votre frère cherchait quelqu'un.

— Hmm… oui.

Wyl n'avait aucune envie de s'étendre sur cette question.

— Voulez-vous un coup de main pour le thé ? proposa-t-il.

— Non merci, ma dame. C'est prêt, répondit Samm en posant une tasse sur la table.

» Du miel ?

— Oui, s'il vous plaît.

— Quelqu'un de votre famille ?

Samm n'avait manifestement aucune envie d'abandonner.

— Oui, répondit Wyl en buvant une gorgée – désespérant d'échapper à l'interrogatoire.

» Combien demandez-vous pour un bateau ?

— Une couronne. N'y a-t-il rien que je puisse dire pour vous dissuader, ma dame ? Votre frère n'est pas revenu des Terres sauvages. Personne n'en revient.

— Je dois pourtant y aller, Samm. Il est si jeune, geignit Wyl d'une voix aussi plaintive que possible.

— C'est un voyage sans retour, ma dame. Les gens partent et les bateaux reviennent vides. Le sien est déjà revenu à son amarre. Perdre deux personnes aimables en si peu de temps – voilà qui ne m'enchante guère. J'ai toujours l'espoir de faire renoncer les candidats au passage.

— Ce ne sera pas pour cette fois.

— C'est ce que Fynch m'a dit aussi.

— Je voudrais partir avant qu'il fasse nuit. Merci pour le thé, dit Wyl.

Il se mit debout et tendit sa petite main fine.

— Pourquoi n'attendriez-vous pas demain matin ?

— Non, Samm. Il faut vraiment que j'y aille.

Le passeur lâcha un profond soupir, avant de se mettre en quête de son grand livre noir. Comme il l'avait fait pour Fynch, il exposa à la jeune dame les termes et conditions de son départ. Son visage si bienveillant d'ordinaire montrait les regrets qu'il éprouvait de voir une autre vie sacrifiée.

— Merci, dit Wyl, après avoir soigneusement épelé son nom.

» À titre de curiosité, qui était la précédente personne passée dans les Terres sauvages avant Fynch ?

— C'est étonnant, mais nous avons eu la même conversation avec Fynch. C'était une jeune dame, comme vous – Emily Lightford, une érudite de Pearlis.

Le nom ne disait rien à Wyl ; il hocha la tête et sourit néanmoins.

— Elle est passée voici vingt-quatre années, précisa Samm. Et puis, Fynch et vous coup sur coup.

— Voici l'argent, dit Wyl en tendant une pièce.

» Comment fait-on ? Je prends un bateau et c'est tout ?

— Celui que vous voulez, ma dame. Je vais vous accompagner. Et ne vous inquiétez pas pour la navigation – le bateau fait ça tout seul.

Wyl sourit nerveusement, puis suivit Samm sur le ponton. Tout comme Fynch, il prit la première embarcation.

— C'est celui qu'a pris votre frère, dit Samm. Et maintenant, tout ce que je peux faire, c'est vous souhaiter bonne chance.

Wyl fit un geste de la main, avant de regarder résolument devant lui. Les branches des deux énormes saules pleureurs de part et d'autre du Darkstream avaient l'air de tentacules prêts à le saisir. L'absence d'Aremys pesait sur son esprit – encore quelqu'un qui lui avait fait confiance et qui avait disparu. Peut-être n'était-il pas mort – mais qui savait ?

Pourquoi le Thicket opère-t-il ainsi un choix ? se demanda-t-il. Puis la pensée disparut lorsque les ténèbres sous les branches l'enveloppèrent. Ses yeux s'accoutumèrent à l'épaisse obscurité ; il s'assit sur le petit banc au milieu du bateau. Il n'y avait pas d'avirons. L'air était froid. Wyl serra les bras d'Ylena autour de lui. La barque franchit une petite courbe et une falaise apparut.

Elle était immense – taillée dans le granit caractéristique des Razors. L'eau s'y engouffrait par un petit passage en arche, tout juste assez large pour un bateau. Wyl retint son souffle, dit adieu à tout ce qu'il connaissait, avant de fermer instinctivement les yeux à l'instant où il fut avalé par la bouche de pierre.

Lorsqu'il les rouvrit, il n'aperçut qu'un noir d'encre absolu. Totalement désorienté, il s'accrocha des deux mains aux rebords du bateau – pour repérer où étaient le bas et le haut et savoir où lui-même se trouvait dans ce néant d'obscurité. S'il avait eu froid avant d'entrer, il était maintenant glacé ; ses dents se mirent à claquer. Ylena n'était pas assez épaisse pour n'être pas transie jusqu'à la moelle. Tremblant comme une feuille dans le corps de sa sœur, il se demandait maintenant si Samm n'avait pas dit vrai – un voyage sans retour dont personne n'était jamais revenu. Un tunnel sans fin où l'on mourait de froid ou d'être seul dans le noir ?

Ces pensées macabres furent ses seules compagnes, tandis que s'éternisait le voyage au cœur des ténèbres jusqu'à un point où toute personne sensée aurait senti monter la panique. Peut-être était-il le jouet de son imagination, mais Wyl avait l'impression que le plafond s'abaissait. Saisi par l'effroi, il n'osait même pas lâcher les rebords pour vérifier de la main. En lui, un étrange combat s'était engagé. Il n'avait jamais eu peur du noir ou d'espaces fermés, mais l'agitation croissante qu'il ressentait lui rappela que sa sœur ne supportait ni l'un ni l'autre. Enfant, son pire cauchemar était d'être enfermée dans un placard ; même adulte, elle laissait toujours une chandelle allumée pour la nuit. Les peurs d'Ylena refaisaient-elles surface en lui ? En tout cas, la situation devenait de pire en pire. Son cœur battait à tout rompre ; la panique vrillait ses nerfs, l'empêchant presque de respirer. De toutes ses forces, il repoussait l'épouvante dans son esprit, relativisant les choses, mais le mur de silence l'étouffait. Le tunnel allait se refermer sur lui...

Les digues cédèrent et Wyl se mit à crier par la bouche d'Ylena. Stupidement, il voulut se lever, mais perdit l'équilibre. Ses cris d'hystérie se noyèrent soudain dans une nouvelle forme d'obscurité – humide et glacée. L'eau emplit sa bouche comme le Darkstream se refermait sur lui, l'entraînant vers ses profondeurs insondables où l'attendait la mort... et peut-être aussi Fynch – et cette Emily dont il se souvenait à peine du nom. Il allait mourir. C'était l'unique chose à laquelle il pouvait penser – mourir pour finir, sans que personne d'autre ne soit sacrifié.

Tout était sûrement mieux ainsi. Sa vie – s'il pouvait l'appeler comme ça – était trop dangereuse, une arme redoutable. *À quoi bon une épée ou des flèches quand je m'empare de la vie de ceux qui me tuent!* Il se faisait horreur ; la mort allait le délivrer. Son corps s'enfonçait dans des abysses de froid et de silence. Tout était simple désormais. Personne d'autre n'allait souffrir.

Wyl laissa filer ce qui lui restait d'air, lâchant dans ce souffle l'ultime étincelle de sa vie.

Quelque chose tirait Wyl avec force ; une douleur fulgurante dans l'épaule l'arracha de sa torpeur. *Bats-toi!* hurla-t-il pour lui-même. Une chose énorme avec des dents et une force immenses l'entraînait. Il n'avait pas la moindre idée d'où il était ; ses pensées éparpillées l'empêchaient de comprendre quoi que ce soit. La mort était toute proche. Quelques instants plus tôt, il s'était attendu à voir le visage accueillant de Shar lui annonçant que tout irait bien désormais.

Il n'y avait plus ni sourire, ni bienvenue – juste un combat pour respirer et une créature qui le tirait. Ils crevèrent la surface du Darkstream.

— Ici, Filou ! cria une voix.

C'était Fynch, debout à côté d'une silhouette.

— Vite ! reprit Fynch. Amène-le ici.

Wyl fut sorti des eaux noires et glacées.

— Laisse, je vais le regarder, dit une autre voix.

— *La* regarder, corrigea Fynch, d'une voix choquée.

Le corps inerte et pâle d'Ylena gisait devant eux. Fynch aida Filou à l'amener sur la berge, avant de grimacer lorsque l'énorme chien s'ébroua.

— C'est bien Ylena Thirsk, dit le garçon avec tristesse.

Son compagnon secoua la tête, navré.

— Je vais m'occuper de lui.

Quelques instants plus tard, le corps d'Ylena frissonna, puis fut secoué d'une énorme toux. Wyl recracha l'eau qu'il avait avalée, avant d'aspirer avidement de grandes goulées d'air. Ses yeux s'ouvrirent.

— Fynch ? murmura-t-il.

Une nouvelle quinte lui déchira la gorge. Le garçon hocha la tête.

— Bonjour Wyl. On a bien cru t'avoir perdu.

Une expression de grande confusion apparut sur le visage d'Ylena. Elle tremblait de tout son corps et toussait à rendre l'âme.

— Qui… ?

— C'est Filou. Il a plongé si longtemps pour t'attraper que j'ai craint pour sa vie à lui aussi.

Filou profita de cet instant pour apparaître et lécher le visage d'Ylena. Fynch prit la main fine et délicate de la jeune femme dans la sienne.

— Wyl, reprit Fynch, voici Elysius, le père de Myrren.

Wyl ouvrit tout grands les yeux de sa sœur, débarrassés des ultimes gouttes du Darkstream, pour les poser sur la personne la plus étrange qu'il eût jamais vue de sa vie.

— Ne dites rien, dit Elysius. Vous tremblez de froid. Il faut d'abord vous sécher et vous réchauffer.

À son réveil, Wyl était dans une petite chaumière de pierres taillées ; il n'avait pas la moindre idée d'où il pouvait se trouver. Sa bouche était sèche et il se sentait faible. Comme il remuait, Fynch fit son entrée et tout lui revint. Il se souvenait du garçon au bord du Darkstream d'où lui-même venait d'être tiré. Il avait failli se noyer.

Fynch vit sa confusion et répondit aux questions qui, à l'évidence, tournaient dans l'esprit de Wyl.

— Filou t'a sauvé. On t'a ensuite donné quelque chose pour dormir.

— Où est-on ? demanda Wyl.

— Chez Elysius. Dans sa maison… dans les Terres sauvages, répondit Fynch.

Wyl voyait les émotions qui agitaient le garçon.

— Je suis content de te revoir, Fynch, dit Wyl en s'asseyant dans le lit pour lui tendre les bras.

— Que s'est-il passé ? murmura Fynch dans un sanglot. Comment se fait-il que tu sois devenu Ylena ?

— C'est une longue histoire… horrible. Je parviens à peine à y croire moi-même et y repenser est une douleur atroce. C'est arrivé il y a quelques jours – je ne me suis pas encore fait à l'idée d'être elle.

Wyl sourit avec le beau visage d'Ylena, avant d'éloigner Fynch de lui pour pouvoir le regarder.

— Tu sais à quel point tu es extraordinaire ? Tu as réussi à arriver tout seul jusqu'ici.

Fynch lui accorda un de ses rares sourires.

— J'ai été bien aidé par mon ami à quatre pattes ici présent.

Wyl tourna la tête pour apercevoir Filou assis sur son arrière-train, le regard insondable de ses yeux noirs posé sur lui. Le chien lâcha un jappement et Wyl sourit.

— Merci de m'avoir sauvé, Filou. J'ai vraiment cru ma dernière heure arrivée là-bas, dit-il, frémissant encore au souvenir du Darkstream.

» Je suis bien content qu'il ait veillé sur toi, poursuivit Wyl en revenant au garçon. Où est Elysius ?

— Il prépare à manger, gloussa Fynch. Mais il cuisine vraiment très mal…

— Je l'ai sans doute aperçu, mais je ne me souviens pas très bien de lui, dit Wyl en secouant la tête.

— Il est… eh bien, son apparence est un peu étrange.

— Que veux-tu dire ?

— Vois par toi-même.

Elysius venait d'entrer.

Wyl avait devant lui ce qui lui semblait être une mauvaise plaisanterie de Shar – le genre de créatures qu'on voyait dans les foires et les cirques parcourant le royaume pour montrer l'homme le plus grand du monde, la femme la plus laide ou l'enfant à deux têtes. Pire encore, Elysius lui faisait à penser à l'un de ces monstres qu'on supprimait dès la naissance.

— Et c'est pour ça que je vis dans les Terres sauvages, dit Elysius comme s'il avait lu dans l'esprit de Wyl, brisant le silence étrange qui s'était abattu.

— Wyl ! murmura Fynch d'un ton de reproche.

— Vous n'êtes pas tel que je vous avais imaginé, dit finalement Wyl, incapable de trouver quoi dire exactement.

— Et toi non plus, mon garçon, répondit Elysius avec un petit sourire oblique sur son visage étrange.

» Ton jeune ami m'avait dit que tu étais sous les traits d'une certaine Faryl de Coombe.

Wyl était littéralement fasciné par l'homme en face de lui. La tête d'Elysius était trop grande pour son petit corps difforme. Posé au-dessus de jambes ridiculement courtes, son torse était massif, mais pourvu de bras dont la longueur ne convenait pas. Chez lui, rien n'était proportionné. Pour s'être naguère inquiété de ses cheveux orange et de ses taches de rousseur, Wyl se sentait rétrospectivement honteux – Elysius était d'une laideur qui défiait l'entendement. Son large front saillant plongeait vers des arcades proéminentes, elles-mêmes en saillie au-dessus de son nez épaté. Lorsqu'il souriait – comme précisément en cet instant –, les commissures de ses lèvres remontaient jusqu'aux oreilles, révélant d'immenses dents chevalines. Pour couronner le tout, au fond de son visage couvert d'hideuses excroissances, stagnait le regard blanc laiteux de ses yeux aveugles – sans doute son trait le plus frappant. Ses cheveux bruns et raides étaient ramenés à l'arrière de son énorme face de troll. La voix était l'unique charme du sorcier. Chaude et veloutée, elle était celle qui avait calmé Wyl lorsque ses cauchemars avaient été sur le point de le submerger.

— Ce n'est pas poli de dévisager les gens comme ça, dit Elysius de son ton de velours.

— Je… je suis désolé, dit Wyl, en se demandant comment il avait pu deviner.

L'étrange personnage qui arrivait à peine à hauteur du lit cessa de sourire, puis saisit la main d'Ylena – à peine plus grosse qu'un oisillon dans son énorme battoir, totalement disproportionné.

— Non, Wyl, si quelqu'un doit se sentir désolé, c'est moi. C'est à cause de moi que tu as tant souffert.

Il y eut un autre moment de silence étrange ; c'était comme si l'importance de ce qui venait d'être dit demeurait en suspension devant eux.

Wyl inspira profondément – tout était du passé désormais. Romen, Faryl et Ylena étaient morts et nul doute que même la magie d'Elysius ne pourrait jamais les faire revenir. Protéger Valentyna et préserver son royaume, voilà tout ce qui comptait pour Wyl désormais – ça et tenir la promesse faite à Elspyth. Sa propre vie n'avait plus aucune importance ; il n'y tenait plus.

— Racontez-moi qui vous êtes... s'il vous plaît, dit Wyl finalement

— D'accord, mais en mangeant. Rejoignez-moi à table. Tu te sens mieux au fait ?

Wyl confirma d'un hochement de tête.

— Vous m'avez fait dormir ?

— Oui, ton corps avait besoin de repos après le choc. Je crains que tu n'aies manqué beaucoup d'heures. Il fait nuit dehors – on n'y voit plus rien.

Ils emboîtèrent le pas de Fynch.

— Je ne suis pas très bon cuisinier, dit Elysius, tout en se dandinant sur ses jambes fantastiquement courtes.

— C'est ce que j'ai cru comprendre.

À la mimique outrée d'Elysius, Wyl répondit par le plus chaleureux des sourires d'Ylena.

— Fynch n'est qu'un ingrat, grommela-t-il. Mon pain de merle et de poisson est délicieux.

Wyl coula un regard inquiet en direction de Fynch – qui se contenta de hausser les épaules.

Au final, le pain de merle et de poisson se révéla meilleur qu'il l'avait imaginé. En outre, il mangea avec plaisir le pain et le fromage qu'Elysius avait préparés également.

— On dirait bien que se noyer ouvre l'appétit, dit Elysius, tout sourires de voir son hôte apprécier sa nourriture.

Wyl lui rendit son sourire. Avec le repos et ce repas dans une atmosphère conviviale, il se sentait infiniment mieux.

— Je vais devoir arrêter de manger quand même – Ylena ne me pardonnerait pas de gâcher sa silhouette.

C'était une pauvre plaisanterie, mais elle fit l'effet d'une gifle à Elysius.

— Je te dois une explication, dit-il en remplissant les verres.

— Commencez par le début, dit Wyl en avalant une gorgée de l'excellente bière.

» Je veux tout savoir.

Elysius soupira, s'adossa confortablement à sa chaise, puis entama son récit.

Chapitre 34

Valentyna partageait un souper tardif en compagnie de ses hôtes morgravians et de ses deux conseillers les plus proches – le commandant Liryk et le chancelier Krell. Une amitié était en train de naître entre les deux femmes ; apparemment le nouveau duc de Felrawthy commençait à surmonter l'horreur de ce qu'il avait subi. Son visage ne trahissait plus autant son état de dévastation intérieure – même si Elspyth, qui l'avait connu un tant soit peu avant le choc, voyait qu'il n'était plus le même homme. Ses sourires n'étaient plus que de vagues échos de ceux qui lui venaient avant ; enfouie au plus profond de son cœur, la blessure ne s'effacerait jamais. C'était une raison de plus pour elle de haïr Celimus. Pour autant, la souveraine de Briavel et ses proches qui le découvraient voyaient les qualités d'intelligence, d'intégrité et d'humour qu'il possédait – autant de marques de son lignage prestigieux.

Krell avait délibérément amené la discussion sur un sujet moins sensible que le mariage de sa jeune reine – qui hantait pourtant l'esprit de tous les convives. Elle avait sûrement assez à faire avec ses propres angoisses pour ne pas vouloir subir en plus le désespoir des Morgravians lorsqu'ils apprendraient la décision qu'elle avait prise. Krell avait pris l'initiative de parler à la jeune femme de Yentro – la plus ouverte à la discussion – pour lui faire comprendre dans quelle position délicate se trouvait la reine Valentyna. Elspyth l'avait écouté, mais son visage n'avait rien dissimulé des sentiments de pitié et de dégoût qu'elle éprouvait ; le chancelier allait devoir tout faire pour convaincre l'ardente jeune femme de ne pas détourner la reine de son devoir.

C'était Krell encore qui avait pris l'initiative de ce souper. Depuis l'arrivée des Morgravians, l'atmosphère autour de Valentyna s'était chargée de tension ; un repas léger dans les appartements privés de la souveraine aiderait sûrement à l'alléger. Ce serait aussi l'occasion pour Liryk et lui-même de plaider la cause de Briavel auprès de leurs invités.

Il avait la ferme intention d'évoquer la question du départ des Morgravians ; en effet, tant qu'ils resteraient auprès de Valentyna, tout ce qu'ils pourraient dire sur Celimus ne ferait que compliquer les perspectives de paix pour le royaume.

Quant à lui, le jeune novice avait préféré rester auprès du père Paryn, pour partager le repas du serviteur de Shar. Peut-être même resterait-il quelque part en Briavel – de préférence loin du palais.

Tout se déroulait au mieux jusqu'à ce que le chef des gardes de faction pour la nuit vienne chercher Liryk. Le commandant revint ensuite pour murmurer quelque chose à l'oreille du chancelier. Les deux hommes se retirèrent.

— Que ce passe-t-il, chancelier ? demanda Valentyna, au retour de Krell, la mine obstinément sombre.

— Un médecin du nom de Geryld, manifestement épuisé et perturbé, demande à être reçu, Majesté.

— Je le connais, s'écria-t-elle en se levant. Mon père faisait parfois appel à lui. Faites-le venir.

— Peut-être conviendrait-il que je l'amène dans votre cabinet de travail, Majesté, répondit Krell avec un coup d'œil en direction des Morgravians.

— Je suppose que c'est urgent, dit Valentyna, sourcils froncés.

Krell confirma d'un hochement de tête.

Elle songea à le recevoir dans son jardin d'hiver, mais aucun feu n'y avait été allumé.

— Amenez-le ici. S'il est épuisé, un peu de chaleur et de nourriture lui feront le plus grand bien. Je ne vois vraiment pas ce qui peut l'amener à cette heure tardive.

Krell se retira, manifestement contrarié de sa décision.

— Quelque chose ne va pas ? demanda Valentyna.

— Nous pouvons nous retirer, Majesté, proposa Crys.

— Non, je vous en prie, répondit la reine. C'est sûrement un problème mineur que nous pourrons régler rapidement. Inutile d'interrompre notre souper.

La reine fit un sourire, auquel Elspyth répondit par une petite moue pincée. Il était clair – à ses yeux tout au moins – que le nouveau duc était sous le charme de la reine de Briavel.

Krell et Liryk revinrent avec l'homme épuisé – qui portait une gibecière de cuir. Valentyna s'étonna que personne n'ait proposé de l'en débarrasser, mais le chancelier prit la parole avant qu'elle ait pu parler.

— Maître Geryld, annonça Krell.

La précision était inutile, mais le chancelier était à cheval sur l'étiquette.

Elspyth et Crys s'étaient retirés à l'écart, dans un coin de la pièce. Malgré les efforts déployés par Valentyna pour les mettre à l'aise, ils avaient quand même l'impression d'être des intrus.

— Majesté, murmura le guérisseur en se risquant à une révérence approximative.

» Pardonnez mon intrusion.

Valentyna lança un coup d'œil inquiet à Krell – qui s'empressa d'approcher une chaise.

— Asseyez-vous, maître Geryld, dit-elle. Mettez-vous près du feu. Vous avez l'air à moitié gelé.

Le médecin secoua négativement la tête, déclinant l'offre.

— Je n'ai pas le temps, Majesté. J'apporte de graves nouvelles – puis-je parler librement ?

— Faites, maître Geryld, répondit-elle.

Son souffle s'était soudain fait court ; la conversation prenait une tonalité inquiétante.

— Une femme se meurt dans le village de Brackstead, Majesté. Il ne lui reste plus que quelques heures à vivre. Ce n'est pas une personne ordinaire, mais une noble – de Morgravia, rien de moins – qui sollicite votre aide. Elle m'a conté une histoire horrible, Majesté, que j'ai tenu à venir vous rapporter en personne.

Elspyth et Crys quittèrent le recoin où ils se tenaient. Une Morgraviane ! Ils étaient concernés au moins autant que la reine de Briavel.

Liryk marmonna quelque chose dans sa barbe, avant de se taire bien vite sous le coup d'œil de sa reine.

— Continuez, maître Geryld, je vous en prie, dit-elle.

Le médecin ne put retenir un frisson.

— En fait, je vais m'asseoir quand même – si vous me le permettez, Majesté. Je ne suis pas habitué à chevaucher dans la nuit.

Il esquissa un sourire nerveux, puis s'assit, tendant ses mains vers la chaleur de l'âtre.

— Buvez quelque chose, offrit-elle en esquissant un geste à l'intention de Krell.

Le chancelier apporta un verre, que le médecin vida d'un trait. Instantanément, l'alcool fort ramena des couleurs sur ses joues. Il s'éclaircit la gorge, puis se tourna à nouveau vers la reine.

— Il s'agit de la duchesse Aleda Donal de Felrawthy.

Un silence stupéfait s'abattit sur la pièce – jusqu'à ce qu'une poigne de fer décolle le médecin de sa chaise.

— Où est Brackstead ? s'écria un jeune homme d'un ton mi-suppliant, mi-menaçant.

— Mais qui êtes-vous ? demanda le médecin, confus et hébété.

— Je suis le duc de Felrawthy – et la femme qui se meurt est ma mère.

Valentyna ramena un peu de calme dans la pièce.

— Laissez-le finir, Crys, s'il vous plaît.

— Excusez-moi, maître Geryld, murmura Crys en reposant l'homme sur sa chaise.

— Ce n'est rien, dit le médecin en prenant la main du jeune homme dans la sienne.

» C'est pour vous uniquement qu'elle s'accroche à la vie. Elle a besoin de savoir que vous êtes vivant… en sûreté. Nous devons partir immédiatement.

Au prix d'un violent effort, le médecin se remit sur ses pieds.

— Ce n'est pas tout, Majesté, dit-il encore.

Valentyna s'arma de courage ; elle ne savait pas combien de chocs elle pourrait endurer encore. Tout ce qu'elle avait eu à supporter ces derniers jours était la faute de l'homme détestable auquel elle allait unir son destin. Cette pensée menaça de la submerger à nouveau – comme chaque fois qu'elle la laissait s'insinuer en elle. Elle lutta pour se ressaisir. Il lui restait encore un peu de temps… Du temps pour quoi ? Elle n'en avait pas la moindre idée – mais du temps quand même avant de se retrouver face à lui, de prononcer son nom et d'échanger un serment.

— Dites-nous, maître Geryld. Ensuite nous partirons pour Brackstead.

Le médecin hocha la tête ; ses idées se remettaient en place maintenant que l'alcool avait répandu ses bienfaits.

— Tout de suite, Majesté.

— Celimus saura qu'elle a survécu, murmura Elspyth.

Chacun de leur côté, Liryk et Krell regrettèrent de ne pouvoir faire taire la jeune femme de Yentro ; elle était bien trop dangereuse pour rester auprès de leur reine. À chaque seconde, la situation devenait plus critique.

— Majesté, je vous en prie, souffla Krell d'une voix douce.

Valentyna hocha la tête.

— Que tout le monde se taise – je dois réfléchir, ordonna-t-elle en se tournant vers le médecin.

» Vous aviez quelque chose à nous dire, maître Geryld ? dit-elle d'une voix aimable, pour ne pas l'effaroucher.

— Oui, il y a quelque chose que dame Donal m'a chargé de vous apporter.

Valentyna s'efforça de conserver un visage sans expression, pour ne pas montrer l'angoisse qu'elle ressentait.

— De quoi s'agit-il ?

— Je ne sais pas, Majesté. Elle m'a uniquement demandé de vous dire que c'était une preuve que l'homme que vous allez épouser est fou… ou quelque chose comme ça, expliqua-t-il d'un air embarrassé.

Liryk roulait des yeux effarés ; Krell avait fermé les siens, saisi par le désespoir.

— Où est cette preuve ? demanda Valentyna, subitement en colère.

Le message du médecin avait touché une corde sensible.

Maître Geryld se pencha pour prendre la gibecière de cuir.

— Voici ce qu'elle m'a remis, Majesté. Je n'ai pas regardé ce qu'elle contient.

Crys eut un sursaut en reconnaissant le sac de son père. D'un regard, Valentyna le contraignit au silence.

— Eh bien, sortez-la maintenant, s'emporta Liryk, incapable de se contenir plus longtemps.

Crys éprouva une soudaine bouffée de pitié pour le médecin contre qui tous tournaient leur hargne. Lui savait ce que contenait la gibecière ; il n'avait pas eu le temps de s'occuper de la tête de son frère pendant les événements à Felrawthy.

— Laissez-moi faire, maître Geryld, dit-il. Mais je peux déjà vous dire ce que c'est.

Le duc de Felrawthy plongea la main dans le sac de cuir, pour en retirer la tête de son frère bien-aimé.

— Voici Alyd Donal, Majesté. Ou du moins ce qu'il en reste après le bon plaisir du roi Celimus.

L'enfer se déchaîna.

Le souper s'était rapidement terminé ; Valentyna avait donné des ordres pour un départ immédiat vers Brackstead. Elle avait insisté pour se rendre en personne au chevet de dame Donal. Après avoir vu de ses yeux ce qui restait d'Alyd Donal, elle se sentait obligée d'apporter son soutien à cette famille et d'assurer la protection du nouveau duc.

— Vous êtes absolument sûr de vous, maître Geryld ? demanda-t-elle.

— Oui, Majesté. Elle n'a plus que quelques heures à vivre – et je vous ralentirais si je venais avec vous.

— Merci, messire, pour tout ce que vous avez fait pour ma famille, dit Crys en se penchant de son cheval pour serrer la main du médecin.

» Je ne l'oublierai pas.

— Vous voir lui permettra de rejoindre Shar heureuse. Dépêchez-vous pour arriver à temps.

Maître Geryld salua la reine, vêtue en cavalière et montée sur son cheval favori – un cadeau de Celimus en l'occurrence. Cette nuit, elle aurait bien besoin de la vitesse et de l'endurance de Bonny. Contre l'avis sincèrement alarmé de Krell, elle était déterminée à chevaucher jusqu'à Brackstead.

— Je vous supplie de laisser cette tâche à nos soldats, avait-il dit.

— Non, chancelier. Je ne suis pas d'accord, avait-elle répliqué, avant de poursuivre d'un ton plus mesuré.

» Cette femme est presque morte pour venir jusqu'à moi. Elle ne pouvait pas savoir que son fils était ici – c'est donc à moi qu'elle voulait parler. Je ne cherche pas – comme vous le pensez peut-être – un prétexte pour manquer à ma promesse. Mais laissez-moi vous dire que je reconsidérerai ma décision si j'obtiens la preuve que le roi Celimus est directement impliqué dans tous ces meurtres.

À cet instant, Krell avait remarqué la ligne de ses mâchoires serrées – exactement la même que son père. Rien ne pourrait la faire changer d'avis ; mieux valait abandonner que de livrer une bataille perdue. Persister aurait été se condamner.

— Comme vous voudrez, Majesté.

Valentyna s'était adoucie.

— Je suis certes reine, mais ce n'est pas pour autant que je dois vivre cloîtrée, enveloppée dans du satin. Mon père m'a élevée pour diriger ce royaume. Je le dirigerai donc – à ma guise. J'estime qu'il serait imprudent de ma part de laisser cette femme mourir sans rien faire pour lui accorder l'entrevue pour laquelle elle a tant sacrifié.

Le chancelier hocha la tête.

— Prenez soin de vous, Majesté.

— Liryk emmène suffisamment d'hommes pour tenir tête à l'armée de Morgravia, dit-elle en s'efforçant de sourire.

Krell ne se dérida pas.

— Ne plaisantez pas, Majesté. J'espère que vous n'aurez jamais à faire face à une telle éventualité, dit-il avant de s'en aller sur un ultime salut.

Elle voulut le retenir, puis renonça. Krell montrait l'une de ses rares colères. Derrière les mots choisis qu'il avait employés, elle avait bien perçu combien il la désapprouvait. *Eh bien, qu'il en soit ainsi.*

« Sois toujours fidèle à toi-même » lui disait toujours son père. « Suis ton instinct, même quand les autres te disent de faire autrement. »

C'est ce que je fais. Je suis mon instinct.

À titre de consolation, Krell et Liryk avaient au moins la satisfaction de savoir que la jeune femme de Yentro n'était pas partie avec Valentyna. Elspyth était allée voir Pil, marmonnant quelque chose au sujet d'Ylena.

— Peu m'importe ce qu'elle fait, avait dit Liryk au chancelier, du moment qu'elle n'est pas avec la reine à lui murmurer des choses à l'oreille.

— Je ne saurais être plus d'accord, avait répondu Krell. Je ne doute pas une seconde qu'elle a subi plus que son lot d'horreurs – mais nous n'y sommes pour rien. Notre devoir c'est de faire en sorte que la reine n'oublie pas son mariage. Or, cette Elspyth pourrait bien constituer une menace…

— Et vous ne croyez pas qu'aller jusqu'à Brackstead pour en entendre de belles sur les frasques de Celimus soit aussi une menace ? avait raillé Liryk.

Krell n'avait pas relevé, convaincu que les nerfs du commandant – tout comme les siens – étaient mis à rude épreuve.

— Je n'ai aucun moyen de l'en dissuader, commandant. Veillez sur elle et ramenez-la aussi vite que vous le pourrez.

Le vieux soldat avait hoché la tête.

— Avec un peu de chance, la noble de Morgravia sera déjà morte, avait-il murmuré. La reine n'aura rien à entendre…

— Reste quand même la tête du fils. Si dame Donal est toujours en vie, elle a sûrement des choses atroces à raconter, avait dit Krell avec une grimace de dégoût.

» Mais ce n'est pas notre affaire, avait-il encore ajouté comme pour lui-même.

— Il est temps d'y aller, avait conclu Liryk dans un soupir.

— Que Shar vous protège.

Le chancelier n'avertit pas le commandant qu'une idée était en train de germer dans son esprit. Bien sûr, elle n'était pas sans risques, mais Krell était inhabituellement agité avec tout ce qui se passait. D'ordinaire, il était homme à conserver une parfaite maîtrise – de ses émotions comme des événements. Or, depuis quelques jours, tout paraissait lui échapper. La reine prenait des décisions contre son avis et, même si elle sollicitait encore ses conseils ou son amitié, elle était tout de même partie ventre à terre pour Brackstead – au secours de Morgravians.

Lorsque le messager de Celimus avait annoncé l'arrivée de Wyl Thirsk, Valor s'était risqué à dire à Krell – alors que tous deux ignoraient encore à quoi pouvait rimer cette mission diplomatique – que le nouveau roi de Morgravia pourrait bien demander la main de Valentyna. Devant l'expression hébétée de son chancelier, le roi n'en avait guère dit plus – ajoutant toutefois que même s'il lui en coûtait de donner à Morgravia le plus beau joyau de Briavel, c'était sans doute la décision la plus inspirée que les deux monarques pouvaient prendre.

Krell n'avait jamais oublié cette conversation – pas plus que l'expression d'extase intimidée sur le visage de son roi à l'évocation de la paix entre les deux royaumes. Les fils de Briavel pourraient grandir en paix et leurs propres fils n'auraient plus à redouter la guerre ou la défaite. Ami et confident du roi Valor, Krell voulait que sa vision devienne réalité. Pourtant, il n'aimait pas Celimus ; derrière son charme, ses manières affables et ses paroles sucrées, ce n'était qu'un hypocrite. Ses yeux étaient froids et calculateurs ; quelque chose de sombre était tapi en lui. Malgré tout cela – et malgré son amour presque paternel pour Valentyna –, il savait qu'elle devait consentir ce sacrifice pour son peuple. Contrairement à ce que pensaient Thirsk et bien d'autres, Krell ne croyait pas que Celimus chercherait à détruire leur reine et son royaume ; il avait la conviction qu'elle aurait la force d'imposer sa volonté à Celimus, de le changer… et de fonder une puissante dynastie régnant sur les deux royaumes.

Krell avait fait sienne la vision du roi Valor ; son rêve était de la concrétiser. Le fait d'avoir conquis la coopération de la reine, de l'avoir convaincue qu'elle agissait au mieux et, pour finir, d'avoir obtenu son paraphe en bas du parchemin de Morgravia, lui mettait du baume au cœur. Néanmoins, les derniers événements menaçaient de mettre le mariage en péril de manière irrévocable. Il ne pouvait pas permettre que cela arrive. Lui, Krell, allait tenter quelque chose… au moins faire un effort pour sauver la situation.

Sa décision était prise ; un nouveau messager allait partir. À coup sûr, le destinataire de sa missive contribuerait à la réalisation de cette union – l'aiderait à éteindre les incendies qui menaçaient de détruire ses rêves de paix.

Au moment où la reine et sa suite traversaient au galop le pont de Werryl pour atteindre Brackstead avant que meure la duchesse Aleda, Krell sonnait un page.

— Qu'un courrier se tienne prêt à partir.

— Bien, chancelier Krell, répondit le garçon aux yeux écarquillés.

» Que dois-je lui dire ?

— Dis-lui qu'il doit porter une lettre au chancelier Jessom de Morgravia.

Chapitre 35

Fynch était aussi fasciné que Wyl par le récit d'Elysius. Pendant que la conversation entre ses deux compagnons se poursuivait comme si plus rien au monde n'avait existé, le garçon se fondait discrètement dans l'ombre – mais il n'en perdait pas une miette.

— Je suis le père de Myrren, commença Elysius, mais mon histoire commence bien avant ça… à l'époque de mon enfance dans la lointaine province orientale de Parrgamyn.

— Là d'où venait la reine Adana ?

— Exactement. Et la cruauté glacée qui courait dans les veines de cette femme est aussi inscrite dans les os de mon jeune frère. Je ne sais pas où il est aujourd'hui – quelque part en Morgravia, je suppose –, toujours est-il que je sens la marque de sa magie et de ses noires activités.

— Comment êtes-vous arrivé ici ?

— Nos parents sont venus avec la suite d'Adana lorsqu'on l'a envoyée à Pearlis épouser Magnus. En tant que l'un des conseillers les plus écoutés de son père – le roi de Parrgamyn –, mon propre père a été dépêché pour l'accompagner – alors même qu'il méprisait Adana et sa détermination à éradiquer la magie. Au bout du compte, il n'a pas eu le choix. Sa famille était son secret, voyez-vous.

— Parce que vous aviez des pouvoirs, dit Wyl.

Elysius confirma d'un hochement de tête.

— Oui, par ma mère – un fluide très puissant chez mon frère et moi, ce qui est plutôt rare d'ailleurs. Normalement, la magie passe chez les femmes bien plus que chez les hommes. Toutefois, ma mère m'a dit un jour qu'il y avait quelque chose de sauvage et d'indomptable dans notre magie.

— Vous êtes donc venus à Stoneheart ?

— Nous n'y vivions pas. Adana avait fait installer les gens de sa suite à Soulstone.

— Oui… bien sûr, dit Wyl, comme les souvenirs lui revenaient.

» Elle préférait donc résider dans le palais d'été du sud ?

Elysius renifla avec mépris.

— Non. Elle détestait en bloc tout ce qui était morgravian. En revanche, elle préférait que les siens soient loin de Stoneheart. Elle haïssait Pearlis et le roi. Sa grande idée, c'était d'avoir deux cours séparées. En fait, elle supportait à peine de passer du temps auprès de Magnus. Puis Celimus est arrivé de manière inattendue – et sa vie en a été transformée. À ce que j'ai compris, même si le roi Magnus n'avait guère de temps à consacrer à son fils, il n'avait aucune envie que son héritier soit élevé au loin, à Soulstone. Il le voulait près de lui, à la capitale. D'après mon père, cette situation mettait Adana en rage. La situation au sein du couple royal était si tendue que nous le sentions même à distance.

— Quel âge aviez-vous à l'époque ? demanda Wyl, en se demandant combien d'années Elysius pouvait compter.

— Nous n'étions que des garçons – j'avais seize ans et mon frère quatorze, répondit Elysius dans un soupir.

» La mère de Myrren était bien plus âgée que moi – et compte tenu de tout ce qui est arrivé, je regrette que mes yeux se soient jamais posés sur elle lors d'une de nos rares visites à Pearlis avec notre père. Mon père était fréquemment appelé auprès d'Adana, mais il n'aimait pas nous emmener avec lui.

— Il s'inquiétait pour vous ?

— Non, pas pour moi. Pour Rashlyn.

Wyl se pencha en avant ; sa bouche subitement était toute sèche. Immédiatement, Elysius perçut le changement chez son interlocuteur.

— Que se passe-t-il ?

— Vous avez bien dit « Rashlyn » ?

Elysius hocha la tête.

— Je l'ai rencontré.

Ce fut au tour d'Elysius d'être surpris.

— J'ai perdu sa trace lorsque j'ai été banni.

Wyl poursuivit sans relever cette étrange déclaration.

— Il est auprès du roi des Razors.

— Cailech ! s'exclama Elysius, avec un air à la fois surpris et choqué.

» C'est donc là qu'il est – mais à quoi peut-il bien servir au roi des Montagnes ?

— À plein de choses apparemment. Il porte le titre de *barshi* – qui signifie « sage » ou « magicien » dans la vieille langue du nord. Le roi et lui sont très proches – mais j'ai l'impression que votre frère exerce une influence malsaine sur lui.

Elysius fit une grimace – découvrant ses grandes dents de cheval.

— Mon frère trouvera quelque chose pour le contrôler. Rashlyn est éminemment dangereux – c'est à lui par exemple que tu dois de me voir sous cette apparence.

— Un déguisement ?

Le sorcier eut un sourire lugubre.

— Il y a tant de choses que tu ignores, dit-il, mesurant soudain à quel point son récit était décousu.

» À dire vrai, j'étais plutôt bel homme autrefois – grand et bien fait. Emily, la mère de Myrren, était une belle femme, que je rencontrais à l'occasion en portant des messages à son mari – le médecin d'Adana. Il était bien plus âgé qu'elle et je pense qu'elle manquait un peu d'activités amoureuses…

» Bref, je lui ai plu à la première seconde, poursuivit-il avec un petit haussement d'épaules. Elle était belle et son esprit brillant – quel jeune homme aurait dit non ?

Les yeux de Wyl étaient écarquillés. Il risqua un coup d'œil en direction de Fynch, totalement fasciné par le récit.

— Elle est tombée enceinte immédiatement – dès la première et unique fois, poursuivit Elysius.

» Ensuite, elle devint comme habitée par moi. J'étais son obsession. Au fond, je crois qu'elle m'aimait – et je l'aimais aussi –, mais notre histoire était vouée à l'échec. C'était bien triste.

» Lorsque mon père a découvert la vérité, il a été horrifié – non pas seulement à cause des faits en eux-mêmes, mais parce qu'il existait un risque que mes talents passent à l'enfant.

— C'est ce qui est arrivé.

— En partie seulement. Myrren n'était pas une sorcière au sens propre du terme, Wyl. Elle n'avait que quelques pouvoirs – essentiellement de guérison. D'ailleurs, si elle avait eu la chance de suivre la voie de son père – je veux dire de l'homme qu'elle appelait son père –, elle serait devenue un très grand médecin.

Wyl était stupéfait de ce qu'il entendait.

— Pas une sorcière ! Mais, le don ?

— C'est moi qui ai tout fait. J'ai agi à travers Myrren.

— Tout comme vous agissez à travers Filou ? intervint Fynch.

C'étaient ses premières paroles depuis bien longtemps. En fait, le garçon s'était montré si discret que leur hôte avait oublié jusqu'à sa présence.

— Oui, mon garçon, répondit Elysius en hochant la tête. J'utilise Filou comme mes yeux et mon corps au loin.

Wyl se laissa aller contre le dossier de sa chaise. Il avait vraiment cru que Myrren était une sorcière – d'autant plus lorsque Filou avait montré ses étranges pouvoirs. Tout ce temps, il avait été convaincu que Myrren avait passé sa vie à dissimuler son art de la magie. Il s'en ouvrit à Elysius.

Le sorcier secoua tristement la tête.

— Pauvre enfant. Elle était innocente de ce qu'on lui reprochait...

Toujours sous le coup de cette révélation, Wyl pressa Elysius dans ses retranchements.

— Mais pourquoi moi ?

Le sorcier haussa les épaules.

— Tu es le seul qui ait montré un peu de pitié ce jour-là. Elle ne méritait pas de mourir – et surtout pas comme ça. Cette jeune femme n'avait jamais utilisé le moindre de ses pouvoirs pour autre chose que faire le bien. Sans ses yeux – hérités de son arrière-grand-mère –, personne n'aurait jamais rien su.

» J'étais en colère, Wyl. Elle voulait se venger de ceux qui la faisaient souffrir – et moi je voulais lui offrir cette possibilité.

— Vous m'avez donc utilisé.

Elysius hocha la tête.

— Je pourrais te dire que tu étais le seul être humain présent à posséder la noblesse dans le vrai sens du terme. Je savais pouvoir compter sur toi.

— Pour quoi faire ? demanda Wyl d'une voix rendue vibrante par la colère.

— Pour tuer l'homme qui avait décidé de sa mort, répondit Elysius d'un ton tranquille.

— Lymbert ? s'exclama Wyl, stupéfait.

Elysius secoua négativement la tête.

— Lymbert n'a été qu'un instrument.

— À ma connaissance, messire Rokan a demandé sa mort, poursuivit Wyl, toujours bouillant de rage.

» Et le roi Magnus a donné son accord.

Le sorcier objecta une nouvelle fois.

— Aucun d'eux. Certes, ils sont responsables à un titre ou un autre, mais ils n'ont pas été la cause première des souffrances de Myrren. Une seule et unique personne a encouragé le roi à signer le décret – une seule s'est délectée de son agonie.

— Celimus, murmura Fynch dans son coin.

Wyl et Elysius se tournèrent vers lui comme un seul homme. Le sorcier hocha doucement la tête.

— Oui, Celimus. Je l'ai entendu se vanter d'avoir contraint son père à autoriser la torture et le jugement.

L'esprit de Wyl était comme un écheveau d'idées emmêlées.

— Comment l'avez-vous entendu ?

— Par l'intermédiaire de Myrren. Tu étais présent toi aussi, Wyl, mais je crois que tu étais jeune, trop choqué – trop concentré peut-être sur le prince en train de fanfaronner.

— Non… non, je m'en souviens maintenant. Le prêtre disait une prière, mais la voix de Celimus couvrait la sienne. Il clamait que ce jugement était son idée, dit Wyl, le front plissé.

— C'est ça. Puis Myrren l'a regardé en face, exigeant de savoir pourquoi le prince héritier du royaume assistait à une telle mascarade.

— Et Celimus a dit que c'était pour parfaire mon éducation. Il m'a pris comme excuse, enchaîna Wyl au désespoir, revivant la scène comme si elle s'était déroulée la veille.

— Myrren avait senti ta haine pour le prince, Wyl. Elle ne possédait pas la magie, mais ses perceptions aiguisées lui permettaient de sentir les gens – elle a lu en toi.

» Ma fille a vu que tu étais loyal et que tu méprisais le jeune homme qui t'avait forcé à voir cette scène atroce. Elle a découvert qui tu étais – que tu avais l'oreille du roi Magnus et que ton statut était synonyme de pouvoir. Elle t'a choisi. Mais c'est moi qui t'ai utilisé, mon garçon.

» Pardonne-moi. Si je pouvais tout effacer, je le ferais.

— Vous ne pouvez pas ? demanda Wyl d'une voix plaintive.

Jusque-là, il avait secrètement espéré que le sorcier serait capable d'annuler le don.

Elysius secoua négativement sa grosse tête, avec un air de profond regret.

— Non. Le sort doit aller jusqu'à son terme.

— Au terme de quoi ? cria Wyl.

Il ne comprenait pas. La voix d'Ylena était montée dans les aigus – et il détestait s'entendre.

Elysius fit une moue qui étira sa large bouche, puis se mit debout. Manifestement troublé, il entreprit de desservir la table. Le tempérament ardent de Wyl prit le dessus.

— Laissez ça ! gronda-t-il en retenant la main étrangement grande du sorcier.

» Il faut que je sache !

Les yeux d'Elysius vinrent se poser à l'endroit où les longs doigts fins d'Ylena s'incrustaient profondément dans sa chair – là où sa colère chassait le sang pour laisser des marques blanches.

Wyl retira sa main comme s'il s'était brûlé.

— Excusez-moi, Elysius. C'est un tel fardeau... Une... une malédiction, marmonna-t-il, écrasé sous le poids du don fait par Myrren.

Le petit homme reprit son nettoyage ; un lourd silence gêné s'abattit sur la vaste pièce où ils avaient mangé, uniquement troublé par le bruit des couverts. Wyl se rassit, maussade et renfrogné ; Fynch ne disait rien. Elysius prépara du thé, puis l'ambiance s'allégea. Elysius vint se rasseoir, plus près cette fois. À la grande surprise de Wyl, il prit dans ses mains gigantesques celles d'Ylena – non soignées mais toujours élégantes. Ses yeux blancs paraissaient voir au fond du jeune homme.

— Je n'ai rien à te pardonner, mon garçon. C'est moi qui te demande de m'excuser. Je regrette terriblement tout ce qui est arrivé et j'aimerais pouvoir extirper la magie qui est en toi – mais c'est impossible. Une fois le sort lancé, il devient son propre maître. Personne ne le contrôle.

— Mais comment s'arrête-t-il ?

Cette fois, la voix de Wyl n'exprimait plus que son immense impuissance. Fynch n'avait pu faire autrement que détourner la tête, incapable de supporter l'abattement peint sur le visage d'Ylena. Lui-même était terrassé de ce qu'il apprenait.

— Ça s'arrêtera, annonça gravement Elysius.

À ces mots, Fynch retint son souffle ; Wyl releva le visage de sa sœur pour chercher les yeux de leur hôte.

— Comment ? dit-il dans un souffle.

Elysius ne put soutenir le regard de Wyl.

— Le sort sera levé lorsque tu seras celui que tu dois devenir – celui que Myrren voulait que tu deviennes.

Wyl déglutit difficilement. Il pensait connaître déjà la réponse à la question suivante ; il ne voulait pas le croire. Elysius prononça les mots que Wyl ne voulait pas entendre.

— Le souverain de Morgravia.

À cet instant, Wyl ne maîtrisait plus du tout ses émotions. Un long cri strident s'échappa de sa poitrine – empli d'un tel désespoir que Fynch commença à pleurer doucement, seul dans son coin.

— Non, supplia Wyl. Elysius, non !

Le sorcier tenait sa lourde tête baissée.

— Je suis désolé.

Wyl repoussa sa chaise pour s'enfuir de la pièce ; Elysius retint Fynch qui allait le suivre.

— Le chien va aller avec lui. Il ne peut rien lui arriver dans les Terres sauvages avec Filou à ses côtés.

Il s'écoula des heures avant que Wyl reparaisse – profondément abattu, mais de nouveau maître de lui-même. Elysius savait qu'il ne s'était guère éloigné – de quelques pas tout au plus autour de la chaumière qu'il avait bâtie de ses mains de nombreuses années auparavant. Wyl avait besoin d'être seul pour apprivoiser son trouble et ses terreurs.

Le magicien avait depuis longtemps porté Fynch sur le petit lit où Wyl avait dormi précédemment. L'aube était encore loin et le silence de la nuit régnait toujours.

— J'imagine que tu as des questions à me poser, dit doucement Elysius.

» Mets de l'eau à chauffer pour le thé, je vais relancer le feu.

Wyl s'activa en silence. Filou vint se coucher dans un coin. L'eau frémissait. Elysius souffla sur les braises. Lorsque de petites flammes s'animèrent, il remit une bûche dans l'âtre. Satisfait, il s'assit dans le rocking-chair qu'il avait également fabriqué.

— Je t'écoute, dit Elysius.

Il percevait le torrent d'interrogations qui se pressaient aux portes de l'esprit de Wyl.

— Comment voyez-vous ?

— J'utilise les autres. Filou est mon préféré, mais ça peut être aussi les oiseaux ou d'autres animaux. Je suis également sourd, Wyl. Les autres sont mes oreilles.

— Les gens aussi ?

— Seulement si je suis disposé à leur ouvrir ma magie.

— Ce qui n'est pas le cas, je suppose ?

— Rarement. C'est trop dangereux. Les animaux ne me prennent rien.

— Mais vous avez utilisé Myrren, dit Wyl d'un ton accusateur.

— Lorsqu'elle était dans son cachot uniquement – par deux fois pour être précis. J'ai dû lui abandonner une partie de mes pouvoirs – juste assez pour supporter les douleurs de la torture.

Wyl hocha la tête, apparemment satisfait par cette manière de procéder.

— Si j'ai bien compris, c'est votre frère qui vous a transformé ainsi, demanda-t-il en veillant à ce que ses paroles ne sonnent pas comme des offenses.

— Oui.

— Pourquoi ?

— Je crois qu'il me haïssait.

— Pour quelle raison ?

— Je ne voulais pas lui donner le secret de la communication avec les animaux. Depuis toujours, je savais que Rashlyn n'était pas fiable, répondit Elysius en grattant d'un ongle son vaste menton.

» Plus que ça, à dire vrai. Je savais que Rashlyn était fou – et cruel au-delà de ce qui est concevable pour un enfant. En grandissant, il est devenu pire.

La curiosité de Wyl était piquée au vif; il ne pouvait s'empêcher de poser des questions sur le petit homme étrange qu'il avait vu dans les montagnes.

— Pourquoi ne possédait-il pas un secret que vous connaissiez ?

— Nos talents sont différents. Les miens s'appuient sur la nature et les êtres vivants. Les siens sont... disons, différents. Il utilise ce qu'on pourrait appeler la magie noire. C'est un pouvoir terrifiant. Combiné à son esprit tordu, il peut devenir la plus monstrueuse des armes.

— Mais il pourrait apprendre à utiliser votre magie ?

— Bien sûr, répondit le sorcier. Tout comme je pourrais utiliser la sienne. Il a proposé de me l'offrir – de répondre à chacune de mes questions – si je lui livrais le secret des animaux.

— Pourquoi le voulait-il tant ?

— Pour les contrôler, je suppose.

— Mais pour quoi faire ?

Elysius eut un sourire sans joie.

— Il dirigerait le monde s'il le pouvait.

Wyl leva un regard incrédule.

— Vous voulez dire en tant que souverain… usurpateur ?

— Et plus encore. Pourquoi pas empereur – seigneur des trois royaumes pour commencer ? Il s'emparerait ensuite de Parrgamyn et de toutes les autres terres. Avec un tel pouvoir à sa disposition, il pourrait mettre le monde à ses pieds.

— Pourquoi alors n'a-t-il jamais rien tenté de ce genre jusqu'à présent ? S'il peut déclencher des tempêtes, il peut très bien causer toutes sortes de destructions.

Elysius hocha pensivement la tête.

— Je crois que mon frère perd peu à peu l'esprit. Je l'avais déjà remarqué pendant toutes ces années où nous avons vécu ensemble. À certains moments, il n'est plus du tout lucide.

— Il est fou – c'est bien ce que vous voulez dire ?

— Dément – et je sens sa folie empirer. Bien sûr, il est parfaitement au courant de son état. Je crois qu'il cherche à influencer plutôt qu'agir – et c'est pour ça qu'il est dans les Razors avec Cailech.

» Tu m'as dit qu'il exerçait un contrôle malsain sur le roi des Montagnes. Je suis sûr que Rashlyn tente de mettre cet homme puissant sous sa coupe. S'il contrôle Cailech, alors il pourra déclencher le chaos.

— Comment était-il lorsque vous étiez plus jeune ?

— Il ne parvenait pas à me contrôler – mon esprit lui restait inaccessible. Rashlyn a toujours désiré le pouvoir, sans jamais l'obtenir – l'éternel problème du fils cadet. Notre père n'a jamais été à l'aise avec nos pouvoirs, mais il m'aimait et moi aussi. En revanche, dès l'enfance, sa relation avec Rashlyn a toujours été tendue. Il sentait une ombre planer sur son second fils. Il m'en a souvent parlé, allant jusqu'à me demander d'utiliser mes pouvoirs pour contrecarrer les siens.

— Pourquoi ne l'avez-vous pas fait ?

Elysius esquissa quelque chose qui pouvait ressembler à un sourire.

— Ça m'avait paru cruel à cette époque. Rien n'allait bien pour lui quand tout paraissait me réussir. Par la suite, j'ai compris mon erreur, mais il était alors trop tard – il était devenu méfiant à mon égard. Quand j'y pense, je m'étonne qu'il ait mis aussi longtemps avant d'exercer ses pouvoirs sur moi. On ne peut pas dire qu'il y avait beaucoup d'amour fraternel entre nous.

— Ne pouviez-vous pas… (Wyl chercha les mots appropriés)… l'empêcher d'utiliser ses pouvoirs sur vous ?

— Me protéger de ses attaques magiques ?

— Oui – je ne sais pas comment on dit exactement.

— Il m'a fallu des années pour apprendre à sentir sa « trace ». C'est ainsi que je désigne la magie – la capacité à discerner les caractéristiques de celui qui manipule des sorts.

— Donc vous pouvez sentir… sa trace lorsqu'il utilise ses pouvoirs ?

— On peut le dire comme ça, oui, répondit Elysius.

» En ce moment, il œuvre à des projets bien noirs – ce qui ne présage rien de bon pour nous tous… pour Morgravia et Briavel, mais aussi pour le royaume des Montagnes qu'il sert si ostensiblement bien.

— Et lui, il peut sentir votre trace ?

— Peut-être, je ne sais pas. N'oublie pas cependant qu'il me croit mort – et que j'utilise ma magie avec parcimonie. Je crois également que le fait d'être ici dans les Terres sauvages camoufle mes actions. Le Thicket filtre tout ce qui relève du monde sensible.

» En bref, je peux le sentir, mais lui ne me sent pas.

— Pourquoi ne m'a-t-il pas reconnu lorsque j'étais Koreldy ?

— À cause du Thicket… Ce lieu a des pouvoirs subtils que moi-même je ne connais pas. Je crois qu'il t'a protégé.

Wyl avait le sentiment qu'Elysius n'était pas totalement sincère, mais il se dit que mieux valait se concentrer sur les grandes lignes du récit du sorcier. Rashlyn n'était pas le premier de ses soucis – du moins, telle était l'impression qu'il avait ; il enchaîna pour connaître toute l'histoire d'Elysius dans les Terres sauvages.

— Que s'est-il passé ensuite lorsque votre père vous a demandé de brider sa magie ?

— J'ai menti en prétendant ne pas pouvoir. J'étais trop jeune et trop stupide pour comprendre que je préparais ainsi mon propre malheur. À la fin, mon père et mon frère n'avaient plus aucun rapport entre eux.

— La fin ?

— Oui, désolé, nous avons fait un grand saut je crois, dit Elysius.

» Lorsque mon père a découvert ce qui s'était passé avec Emily, il m'a banni – renvoyé en Parrgamyn, loin de ma famille. Quitter Morgravia était déjà un lourd châtiment, mais être loin des miens était une douleur immense. Bien sûr, mes parents ignoraient qu'Emily était enceinte – en revanche, Rashlyn s'en doutait. Il avait également deviné que je ne resterais pas toujours dans notre vieille patrie. J'aime Morgravia – en particulier le sud où tout est vert, avec ses bois et ses prairies. Parrgamyn est plus aride, vois-tu. (Wyl hocha la tête.)

» Dans ma colère, j'ai imprudemment dit à Rashlyn que j'entendais sauter du bateau pour revenir en Morgravia – stupidement, je pensais qu'il m'aiderait. C'est tout l'inverse qui s'est produit. Il a menacé de me dénoncer à notre père – à moins que je ne lui livre le secret des animaux. (Elysius eut un rire triste.) J'ai refusé.

— Que s'est-il passé ?

— J'ai promis à mes parents de rentrer en Parrgamyn. En fait, j'avais l'intention de revenir en Morgravia après un certain temps. Je pense que mon père s'en doutait, mais qu'il a préféré l'ignorer.

» En bon fils obéissant, je suis monté à bord du bateau qui quittait Brightstone pour Parrgamyn, mais à peine avions-nous gagné la haute mer pour contourner les Razors en direction de Grenadyne que Rashlyn a envoyé une rafale de sorts noirs et maléfiques afin de faire sombrer le navire. Je suppose qu'il espérait que je me noie avec tous les malheureux à bord – quatre-vingt-dix personnes sont mortes dans le naufrage –, mais j'ai miraculeusement réussi à m'accrocher. Les eaux froides du nord allaient néanmoins m'achever. Avec mes dernières forces, j'ai fait se lever un vent et joué ma vie dessus.

» Je ne me souviens pas de grand-chose de cette nuit de cauchemar. Lorsque j'ai repris conscience, la marée m'avait rejeté sur une petite plage très loin au nord.

» Mais voilà toute la ruse de Rashlyn, Wyl : il avait pris la précaution de lâcher un second sort dévastateur. Si je venais à survivre, jamais plus je ne pourrais vivre normalement parmi les hommes. (Elysius poussa un soupir.) La mort aurait été plus douce et mon frère le savait. Il connaissait mon amour pour la poésie et la littérature. Il savait que je souffrirais sans cette vie sociale où je m'épanouissais si bien.

— C'est donc lui qui est à l'origine de cette… transformation ?

Elysius confirma d'un hochement de tête.

— J'ai découvert ma nouvelle apparence par les yeux d'une mouette. J'avais aussi perdu les sens de la vue, de l'ouïe, du goût et de l'odorat. (Les yeux fixés dans le lointain, Elysius se remémorait ces temps de douleur.)

» Avec l'aide de la mouette, j'ai marché jusqu'aux contreforts des Razors. Puis, en utilisant divers animaux, j'ai longé les montagnes pendant plusieurs semaines. J'étais en état de choc – je n'avais nulle part où aller et ma crainte d'être vu était telle que je devais éviter tout contact avec les hommes.

» Mes amis les animaux m'ont alors parlé d'un endroit enchanté

– les Terres sauvages – où personne n'osait aller. Je les ai suppliés de m'y emmener. Ils l'ont fait… et depuis je vis ici.

— Vous ne pouvez pas lever ce sort ?

— Pas avec ma magie, répondit tristement Elysius. Pourtant, j'ai essayé, Wyl. J'ai essayé…

— Nous sommes tous deux maudits alors.

— Oh ! comme tu dis vrai, s'exclama Elysius. Tu n'es que la troisième personne que je vois depuis que je suis ici.

— Fynch est la deuxième, donc… ah oui, Emily. Je me souviens que le passeur a mentionné son nom, mais je n'avais pas fait le lien. La mère de Myrren est donc venue vous voir ?

— Oui. Elle a affronté le Thicket et le Darkstream pour me retrouver.

— Comment savait-elle où vous trouver alors que tout le monde vous croyait perdu en mer ?

— Je n'aurais pas dû, mais j'ai eu recours à une diseuse de bonne aventure que je connaissais pour la retrouver.

— La veuve Ilyk ! s'écria Wyl, avant de mettre une main sur sa bouche de peur de réveiller Fynch.

Le sorcier confirma d'un hochement de tête.

— Je savais n'avoir rien à craindre d'elle – ses pouvoirs étaient faibles. M'ouvrir à elle ne présentait pas de danger. Je m'étais dit qu'elle prendrait ce qui lui fallait pour améliorer son talent, sans plus.

Frissonnant, Wyl enserra son corps entre les bras d'Ylena.

— Parlez-moi de la veuve.

— Elle et moi nous étions vus à plusieurs reprises – au cours des visites dans le sud et une fois à Pearlis. Je l'avais toujours bien appréciée et j'ai tenté ma chance. Après m'être projeté très haut, j'ai pu la repérer et l'atteindre. Naturellement, elle s'est étonnée d'entendre ma voix dans sa tête, mais de croire à la magie l'a sans doute aidée à rapidement surmonter ses craintes. Elle a accepté de chercher Emily pour lui donner mon message. En échange, elle a pris un peu de mon pouvoir – mais pas trop, ce n'était pas une femme avide. Elle est devenue très douée.

Wyl but une gorgée de son thé noir.

— Extraordinaire.

— Emily est venue. Ma nouvelle apparence l'a terrifiée, bien sûr. Elle m'a dit qu'elle était enceinte – et je lui ai avoué que notre enfant pourrait lui aussi être touché par la magie. Elle ne supportait pas de poser les yeux sur moi – pas même l'idée de rester plus longtemps que l'heure qui s'était écoulée depuis son arrivée. Tous mes espoirs de goûter un peu d'amour – ou simplement de compagnie – se sont évanouis à la seconde où j'ai vu l'écœurement sur son visage. Je l'ai aidée à retraverser le Thicket, sans que le passeur la remarque. Depuis, je n'ai plus eu de contact. Je pense qu'elle n'a jamais révélé à quiconque que j'étais encore en vie.

— Je ne pense pas non plus, dit Wyl en secouant négativement la tête.

» Et comment Myrren a-t-elle réagi en apprenant que l'homme qu'elle appelait son « père » n'était pas son vrai père ?

Une grimace amère passa sur le visage d'Elysius.

— C'était comme si elle s'en était douté sa vie durant – et pourtant, comment aurait-elle su ? Quoi qu'il en soit, elle a pris la nouvelle avec calme lorsque j'ai finalement trouvé le courage de lui parler dans son cachot. En fait, lui dire la vérité a été un soulagement.

» La seconde fois que nous avons parlé a été très brève. C'était après la séance de torture et la mort était déjà sur elle. Elle m'a dit qu'elle voulait se venger du prince par ton intermédiaire. Elle pensait sûrement que tu apprécierais l'idée. Je n'ai pas pu le lui refuser.

— Son don me paraît plus proche de la magie de son oncle – si vous me permettez cette observation. Au fond, je suppose que votre frère et vous avez certains pouvoirs en commun.

— Tu as deux fois raison – il existe des forces que nous pouvons tous deux invoquer. Et il est possible aussi que Myrren ait hérité d'une forme combinée de nos magies, si bien qu'elle a pu teinter ce que je lui ai donné d'une touche de la part sombre de Rashlyn. C'est elle qui a créé les conditions du don – pas moi. Je lui ai simplement transmis le pouvoir de concrétiser son vœu.

— Et moi, je n'ai aucun mot à dire – mon destin est tout tracé, dit Wyl d'une voix lugubre, à la lueur mourante des dernières braises.

— Tu n'as aucun choix, Wyl. Tu ne peux pas imposer la mort – les choses ne fonctionnent pas comme ça. Le don que t'a transmis Myrren a une force qui lui est propre. Il suit son propre élan. Tu ne peux pas le contrôler – c'est lui qui te contrôle.

Wyl secoua la tête.

— Si je demande à Celimus de me plonger son épée dans le corps, le don ne fonctionne pas.

Elysius hocha doucement la tête.

— Pire, il t'imposerait un châtiment. Telles étaient mes conditions – je ne pouvais pas permettre que tu ailles demander aux puissants de t'assassiner. Maintenant que je te connais, je sais que tu ne commettrais jamais une chose pareille – ce n'est pas le pouvoir que tu recherches.

» En tout cas, tu ne peux pas souhaiter que quelqu'un te donne la mort et manœuvrer pour que cela arrive. Le don est soumis aux caprices du monde qui t'entoure.

— C'est-à-dire ?

— Je n'utilise pas ma magie pour réaliser de noirs desseins. Or, cette vengeance que j'ai été contraint d'accorder comporte une certaine noirceur qui va à l'encontre de ma magie. J'ai donc pris la précaution que tu ne puisses pas contrôler le don toi-même – il reste soumis au choix.

— Le choix des autres ?

— Exactement. La mort doit venir sur toi parce que celui qui te tue a choisi de te tuer. Autrement dit, ceux qui agissent sur toi influencent directement la manière dont la magie opère.

— Et ça vous a semblé être une bonne idée ? demanda Wyl, d'un ton empli de dégoût.

Elysius perçut sa rancœur.

— Ça rendait les choses plus simples, Wyl. C'est tout. J'ai pensé que si le choix appartenait aux autres, toi tu serais épargné.

Wyl lâcha un rire dénué de toute joie.

— Et comme vous pouvez le voir, bien des souffrances m'ont été épargnées.

Elysius ne répondit rien ; il n'avait aucun mot de réconfort à offrir.

— Et tout ça s'arrêtera lorsque je serai sur le trône de Morgravia ? demanda Wyl dans le silence de plomb qui s'était abattu.

— Oui, ça au moins j'en suis sûr. C'était le plus cher désir de Myrren – que Wyl Thirsk devienne le souverain du royaume qui avait causé sa perte.

— Parce qu'elle savait que je mettrais un terme définitif à la traque des sorcières.

— Parce que tu interdirais qu'on torture quiconque – y compris les sorcières et magiciens, répondit Elysius à voix basse.

Wyl soupira.

— Bien sûr, elle ne pouvait pas savoir que le roi qui avait causé sa perte allait faire campagne pour éradiquer les Zerques et les persécutions. Elle aurait pu m'épargner bien des souffrances.

— Magnus était un grand roi – même s'il a laissé mourir ma fille, dit Elysius.

— Y a-t-il quoi que ce soit de bon dans le don que votre fille m'a transmis ?

— Une seule chose – plutôt étrange d'ailleurs. Myrren a voulu que tout enfant que tu pourrais avoir soit vraiment le tien.

Wyl haussa les sourcils ; il ne comprenait pas.

— Au fond de son cachot, je crois qu'elle a beaucoup pleuré sur ce qu'elle avait subi en comprenant que le père qu'elle avait aimé n'était pas celui qu'elle croyait – et que son vrai père était un monstre terré dans les Terres sauvages. Elle n'était probablement plus tout à fait lucide. Toujours est-il qu'elle a inscrit cette dimension dans le don – et j'ai respecté sa volonté en élaborant le sortilège.

— Mais qu'est-ce que ça signifie ?

Elysius haussa les épaules.

— Ça signifie que lorsque tu donneras naissance à un héritier au trône de Morgravia, peu importe le corps dans lequel tu seras, ce sera vraiment le sang des Thirsk qui coulera dans ses veines.

C'était une bien maigre consolation pour Wyl – mais une consolation quand même dans cette histoire pleine de tristesse.

Chapitre 36

Aleda avait dormi aussi profondément que le médecin l'avait dit. Lorsqu'elle refit surface, elle nageait en pleine confusion. Elle ne savait plus où elle était ; une femme assise à ses côtés la regardait.

La duchesse se sentait faible. Son temps lui était compté – elle le savait.

— Bienvenue parmi nous, murmura la femme, avec un air de profond soulagement.

— Où suis-je ?

— Vous êtes en sûreté. Dans la petite ville de Brackstead.

— En Briavel ? demanda Aleda nerveusement.

La femme la rassura.

— Oui, en Briavel. Je m'appelle Bel. Je vais vous aider à vous asseoir.

» Et maintenant, il faut que vous buviez ça – jusqu'à la dernière goutte, ajouta-t-elle en lui tendant une tasse.

— Qu'est-ce que c'est ?

— Une infusion. Maître Geryld, le médecin, a bien insisté. Ensuite, je vous donnerai de ses nouvelles.

Des images déferlèrent dans l'esprit de la duchesse.

— Est-ce qu'il est allé à Werryl ?

— Chut..., répondit Bel. Maître Geryld est parti chercher de l'aide à la capitale.

— Il faut que je voie mon fils, geignit Aleda.

— Vous n'êtes pas en état de faire quoi que ce soit.

Bel ne voulait pas lui dire qu'elle ne quitterait probablement plus jamais ce lit.

— Attendons ensemble les nouvelles.

Aleda était déjà fixée quant à son funèbre destin. Elle était trop faible pour s'asseoir.

— Si je tiens jusque-là. Je sens que l'hémorragie a repris.

— Tenez bon, l'exhorta Bel. Buvez maintenant, je vous en prie.

Aleda avala péniblement quelques gorgées avant de laisser sa tête retomber sur l'oreiller.

— Buvez tout si vous voulez vivre, insista Bel, terrifiée à l'idée de la perdre et qu'on lui reproche la mort d'une noble.

— Plus rien ne me rattache à la vie. Toute ma famille est morte, assassinée, grogna Aleda.

Bel tomba dans un morne silence, en espérant que cela inciterait sa patiente à se rendormir. Elle-même s'assoupit – jusqu'à ce qu'un bruit vienne la tirer de sa torpeur.

— Des cavaliers ! s'exclama-t-elle en se redressant.

Un concert de voix excitées montait jusqu'à elles. Puis il y eut un bruit de pas – le pas lourd et déterminé d'un homme gravissant quatre à quatre les marches. La porte s'ouvrit à la volée.

— Mère ! cria Crys, la gorge nouée par l'émotion.

Il traversa la chambre en deux grandes enjambées, pour enfouir son visage entre les bras de sa mère. Un sourire de bonheur ineffable était apparu sur le visage de la vieille femme.

— Mon fils. Tu es sauvé.

Elle était si faible que sa voix n'était qu'un murmure.

Valentyna arrivait sur ses talons. Dans sa confusion, Bel ne reconnut pas la reine. Liryk, qui déboulait lui aussi dans la chambre, la congédia sommairement.

Crys ne s'attarda pas contre le sein de sa mère ; il sentait qu'il allait la perdre bientôt. Il releva la tête sur ce visage qui l'avait toujours fait se sentir aimé et protégé.

— Pil nous a trouvés et a tout raconté… Elspyth m'a emmené en Briavel, plutôt que de me laisser retourner à Tenterdyn.

Aleda voyait sur son visage combien cette décision lui avait coûté – tourmenté par l'idée qu'il aurait pu peut-être sauver les siens en partant dans l'autre direction.

— C'était ce qu'il fallait faire – remercions Shar qu'Elspyth ait vu clair. Tu es vivant, Crys – et maintenant duc de Felrawthy. Que personne ne l'oublie. (La duchesse lutta contre les larmes pourtant bien déterminées à couler.) Ils ne nous ont laissé aucune chance. Celimus les avait envoyés pour nous massacrer – tu serais mort toi aussi. Tu dois te battre maintenant, mon fils. Lève une armée comme Ylena le suggérait, et fais payer à ce roi félon tout ce qu'il a fait – à nous et aux Thirsk.

Crys écoutait ces mots pleins de résolution, émerveillé du courage de sa mère qui, au seuil de la mort, oubliait ses douleurs et son chagrin pour le rappeler à son devoir. Il entendait presque la voix de son père unie à la sienne pour lui crier de se montrer digne du nom de Felrawthy – de se battre contre la Couronne et non plus pour elle. Un frisson lui parcourut l'échine.

— Je t'aime, dit-il.

Et la duchesse mourut, avec au cœur la certitude douce-amère que son fils vivait et que Celimus aurait à supporter le poids de ses actes.

Tout d'abord, il y avait eu de l'animation à cause de l'arrivée soudaine des soldats de la garde de Briavel. Les habitants de Brackstead étaient tout excités à la vue des étendards et uniformes pourpre et émeraude, si brillants dans l'aube grise de ce petit matin de printemps. Puis le bruit courut que le commandant Liryk lui-même était en ville. Ce qui se passait à l'Archer habile était à l'évidence de la plus haute importance pour que le premier soldat du royaume y vienne ainsi sans crier gare.

— C'est à cause de l'étrangère, racontait Bel du ton de celle qui sait à tous ceux qui lui prêtaient l'oreille.

Elle avait été aimablement remerciée pour son travail et plus que généreusement payée.

— Je le sais parce que je me suis occupée d'elle, poursuivit-elle. C'est une noble, c'est sûr, avec un accent de Morgravia. Ce qu'elle pouvait bien faire seule sur les routes, ça, personne ne le sait.

» En tout cas, le jeune homme qui est arrivé soudain m'avait tout l'air d'être son fils, ajouta-t-elle encore en hochant la tête comme si elle venait de résoudre une énigme.

Néanmoins, lorsqu'elle ne fut plus en mesure de répondre aux questions qui se bousculaient, il devint clair que Bel n'en savait guère plus. Pour autant, elle jouissait ce jour-là d'une attention à laquelle elle n'était pas accoutumée.

Lorsqu'un quidam à la fenêtre assura qu'il avait vu leur souveraine en personne sauter de son cheval avec agilité, le brouhaha gravit un degré supplémentaire. Jamais Brackstead n'avait connu pareille effervescence depuis que le roi Valor s'y était arrêté pour boire une bière en rentrant à Werryl trois ans auparavant.

Il fallait encore obtenir confirmation ; Bel estima que c'était son devoir, maintenant qu'elle avait été promue à une position aussi élevée. Elle s'approcha donc de la tenancière de l'auberge, fort irritée d'avoir vu ses chalands habituels chassés par des soldats faisant le va-et-vient avec la chambre quatre à l'étage.

— Dis-moi, Nan, supplia Bel. Sinon, je ne pourrai jamais faire partir cet attroupement, ajouta-t-elle avec une mine de conspiratrice, comme si elle avait un grand pouvoir sur tous les gens du cru.

Nan demeura silencieuse – jusqu'à ce qu'elle comprenne que son amie était dans le vrai. La foule qui s'était massée devant l'auberge ne quitterait pas les lieux si elle ne lâchait pas du lest.

— D'accord, d'accord. C'est bien elle.

Bel se retourna vers les badauds agglutinés.

— C'est bien vrai ! Notre reine est ici !

Il y eut un rugissement et Nan comprit quelle erreur elle venait de commettre. La frénésie était trop importante – personne ne partirait. Son aveu n'avait fait qu'empirer les choses ; on envoyait des messagers porter la nouvelle aux quatre coins de la ville.

Elle poussa un soupir.

— Bière à moitié prix pour tout le monde, mais on sert à l'extérieur, dit-elle à Bel. Et ceux qui ne boivent pas doivent partir.

» Quitte à vous avoir dans les pattes, autant que je me fasse un peu de monnaie.

La nouvelle fut saluée par une salve de vivats.

— Bel, fais en sorte qu'ils se calment un peu. On a demandé du calme – et l'ordre vient d'en haut.

Les yeux de Bel s'agrandirent encore d'excitation ; elle se tourna vers la foule pour passer le mot. Nan rentra à l'intérieur et salua d'une profonde révérence le commandant Liryk sur son passage.

— Messire, j'ai fait de mon mieux, mais je crois qu'ils ne partiront pas tant qu'ils ne l'auront pas vue… euh… messire. J'ai proposé de servir de la bière à condition qu'ils se tiennent tranquilles.

— Merci, répondit le soldat d'un ton bourru.

Il ne doutait pas que Valentyna répondrait aux attentes de la foule. D'un coup d'œil, il vérifia que toutes les portes et fenêtres étaient gardées par des hommes solides. Rassuré, il reporta son regard sur la grande salle de l'auberge où la reine de Briavel hochait la tête en réponse à quelque chose que le duc de Felrawthy lui avait dit. Elle posa une main amicale sur son bras – sans doute lui présentait-elle ses condoléances. Le jeune homme demeurait stoïque, remarqua Liryk – comme il sied à un duc.

—Tranquillisez-vous, Crys, je vous en prie. C'est moi qui regrette de n'avoir pas eu la chance de la voir pour lui offrir mes remerciements, entendit Liryk.

» Elle a apporté une preuve et c'est ça qui compte, ajouta encore la reine.

Le commandant de la garde de Briavel se demanda ce que ce nouvel événement allait impliquer pour le royaume et ses espoirs d'union avec Morgravia.

Crys Donal dissimulait admirablement son chagrin ; son père aurait été fier de lui. S'entendre appeler « duc de Felrawthy » lui écorchait encore l'oreille ; il avait demandé à la reine de l'appeler par son nom plutôt que par son titre, même dans ces circonstances

Elle avait respecté son souhait et il s'en réjouissait. La manière dont Valentyna avait su transformer une situation pour le moins étrange – en compagnie d'un duc morgravian dans une auberge quelque part en Briavel – en quelque chose de simple et spontané ne cessait de l'époustoufler. Son art de mettre les gens à l'aise était un vrai talent, qu'elle avait utilisé avec Pil, Elspyth et lui lorsqu'ils avaient surgi inopinément, porteurs de nouvelles affreuses. Elle l'utilisait à nouveau pour faire en sorte que chacun conserve son calme et que tout se passe au mieux.

Elle s'étira, réprimant un bâillement d'un petit geste élégant, puis ordonna qu'on apporte à manger et des boissons chaudes, afin que chacun se détende. C'était une manœuvre calculée ; il était admiratif et nota dans un coin de sa tête que c'était un savoir-faire qu'il lui faudrait acquérir. Son père avait toujours fait preuve d'un style plus autoritaire envers les gens autour de lui, mais Crys appréciait les manières pragmatiques de Valentyna avec son entourage. Elle restait parfaitement maîtresse d'elle-même – après tout, c'était une reine – tout en écoutant aussi et en veillant toujours à ce que chacun ait le nécessaire. Le vieux commandant de la garde vint s'entretenir avec la reine ; Crys tendit l'oreille. Il lui suggérait de paraître devant les gens de la ville. Elle hocha la tête et Liryk sortit ; Crys savait qu'elle avait accepté d'oublier sa fatigue pour faire plaisir à son peuple.

Valentyna se retourna vers lui.

—Je n'ai pas encore eu le temps de vous dire à quel point je suis désolée, dit-elle en prenant sa main dans la sienne.

— Au moins, j'ai pu la voir… la serrer dans mes bras avant qu'elle meure, répondit-il bravement.

» C'est plus que ce que j'ai pu faire pour mon père et mes frères.

— Ne vous torturez pas, murmura Valentyna avec sagesse. Je parle d'expérience – ça ne change rien et ça ne fait revenir personne. Vous devez maintenant reprendre la tâche que votre père vous a léguée.

Crys sourit.

— Tout comme vous-même l'avez fait.

Le jeune homme perçut la tristesse dans le sourire qu'elle lui rendit. Il avait l'impression d'être seul avec elle dans la pièce.

— Oui… et son fauteuil m'a paru bien grand au début. Vous avez le droit de commettre des erreurs – pardonnez-vous si cela arrive. Et suivez votre instinct, Crys. Je ne doute pas que vos parents vous ont élevé toute votre vie pour vous préparer à ce défi – tout comme mon père l'avait fait avec moi. Le savoir-faire ne vient pas facilement, mais nous sommes tous deux sûrement mieux armés que nous ne le pensons.

Soudain, tous les éléments se mirent en place dans l'esprit de Crys. Valentyna décrivait exactement ce qu'il fallait dire. Elle le faisait se sentir fort – quand toutes les voix dans son esprit s'efforçaient de l'affaiblir.

— Merci, dit-il, regrettant de ne pouvoir l'embrasser – et pas uniquement pour lui exprimer sa gratitude.

Ses voix intérieures lui ordonnèrent de chasser immédiatement cette idée de son esprit.

— Je vous en prie, répondit-elle. Et quoi qu'il arrive, Briavel sera toujours l'ami du duché de Felrawthy.

Sur cette ultime phrase qui le revigorait et emplissait son cœur d'espoir, Crys regarda la reine lâcher doucement sa main, puis ordonner qu'on serve un bon déjeuner lorsqu'elle aurait pris le temps de saluer les habitants de Brackstead – et de s'excuser de n'avoir pas prévenu de sa visite.

L'évocation de la nourriture fit sourire à la ronde. En Briavel, on savait que la reine, malgré sa silhouette de sylphide, avait un appétit féroce. Les soldats de la garde ne l'en aimaient que plus ; il n'était pas rare, le soir, qu'elle vienne sur les remparts leur demander ce qu'ils avaient à leur menu. Mieux, elle s'asseyait sans façons pour goûter ce qu'ils mangeaient ou partager un verre de bière avec eux. Jamais son attitude n'avait l'air forcée ; c'était un vrai talent chez elle de mettre tout le monde à l'aise – sans perdre ni sa grâce, ni son port de reine.

Plus tard, tout en mangeant, ils discutèrent de l'horrible histoire que maître Geryld leur avait racontée.

Crys secouait lugubrement la tête.

— La cache, le moment... tout concorde. C'était l'endroit parfait pour enterrer ma famille dans un puits et les brûler ensuite.

Il ne voulait pas préciser que le corps de Faryl de Coombe était enterré non loin – dans un endroit particulièrement isolé. Les mercenaires de Celimus avaient décidément bien choisi.

Valentyna plongea son visage dans ses mains.

— Vous êtes sûr que le roi est derrière ça ? demanda-t-elle entre ses doigts.

— Je n'y étais pas, Majesté – je ne saurais être catégorique. Néanmoins, tous les événements qui nous ont conduits à cette situation – la mort d'Alyd et celle de Wyl Thirsk, le massacre de Rittylworth, la traque d'Ylena et même l'envoi en mission de Gueryn Le Gant, puis la destruction de ma famille – ressemblent fort à une campagne immonde menée par un jeune roi déterminé à se débarrasser de tout ce qui fait de l'ombre à son pouvoir.

» Il doit être fou pour avoir craint mon père – jamais la Couronne n'a eu plus loyal sujet que Felrawthy, à part Argorn peut-être. Pourtant, Celimus a n'a eu de cesse qu'il n'ait détruit ses deux plus fidèles piliers. Il croit avoir atteint son but, mais je suis en vie et je vais me battre – pas pour lui cette fois. Contre lui !

Misérable, Valentyna se posa une nouvelle fois son éternelle question – devait-elle épouser Celimus ?

— Votre mère m'a apporté la tête de votre frère – pardonnez-moi d'en reparler. Qui l'a fait parvenir à votre famille ?

— La tête d'Alyd a été laissée au monastère par un homme appelé Romen Koreldy. (Crys vit tressaillir Valentyna.) Vous le connaissez ?

La reine hocha la tête.

— Oui, mais il est mort. Il ne peut plus nous être d'aucune utilité. (Elle s'efforçait de parler avec spontanéité, mais les mots lui venaient tristement.) En tout cas, je suis heureuse qu'il ait sauvé Ylena Thirsk.

Crys ne se risqua pas à raconter ce qui était arrivé à Ylena.

— Où est-elle maintenant, selon vous ?

Crys mentit avec facilité, conformément à ce que Wyl avait demandé.

— Comme nous vous l'avons dit, au moment où nous avons quitté Tenterdyn, elle a été emmenée par un homme nommé Aremys Farrow, qui a promis de la mettre en sûreté. Il est originaire de Grenadyne... et connaissait Koreldy apparemment. (Sourcils froncés, Valentyna réfléchissait ; Crys savait quelle allait être sa question.)

» Il semblerait que Koreldy avait demandé à Farrow de passer voir comment se portait Ylena à Rittylworth, répondit alors Crys avec un petit haussement d'épaules – souhaitant de tout son cœur être convaincant.

» Je suppose que c'est en voyant l'état du monastère qu'il a pensé à venir la chercher chez nous – Koreldy avait vraisemblablement dit qu'elle avait épousé un Donal.

— Mais où pensez-vous qu'il l'aura emmenée ? insista-t-elle.

— Aremys nous a dit qu'il serait trop dangereux de savoir où se rendaient les autres. Celimus pourrait s'appuyer sur ces informations pour répandre plus de chaos.

— C'est bien possible, répondit-elle en hochant la tête.

Elle songeait à la lettre qu'Elspyth avait apportée. Une nouvelle voix s'immisça dans la conversation et elle perdit le fil de ses pensées.

— Majesté, je crois qu'il n'est pas sage de tirer des conclusions hâtives, dit Liryk, après un petit raclement de gorge.

— Vraiment ? demanda la reine. Comment pouvez-vous me regarder dans les yeux, commandant, et me dire ça au sujet de l'homme que je dois épouser ?

Elle regretta instantanément sa pique ; c'était une erreur de rabrouer le chef de la garde de Briavel devant des étrangers – morgravians de surcroît.

— Je suis désolée, commandant Liryk, s'empressa-t-elle d'ajouter. Vous avez raison bien sûr. Je dois réfléchir à tout ce que j'ai entendu.

Trop tard, le mal était fait. Mortifié, le vieux soldat ne réagit pas à ses marques de contrition. Pour l'instant, Valentyna ne pouvait rien faire pour panser les plaies de son ego mis à mal. Elle se leva.

— Bon, il n'y a plus rien que nous puissions faire ici. Nous repartons pour Werryl immédiatement. Liryk, prenez les dispositions voulues pour faire transporter dame Aleda à la chapelle du palais. Crys pourra aller prier Shar pour le repos de sa mère.

— Merci, Majesté, murmura Crys.

— J'aimerais pouvoir faire plus, répondit Valentyna en se préparant pour le départ.

Chapitre 37

Aremys attendait devant les grandes portes menant aux appartements privés de Cailech. Il avait fini par se souvenir de qui il était – sans parvenir toutefois à cerner encore tous les autres souvenirs qui le narguaient à la lisière de sa conscience. Il avait la certitude qu'il ne s'en fallait plus de beaucoup pour que toute sa mémoire lui soit rendue ; d'ici là, il avait décidé de feindre l'amnésie complète.

Il était donc Cullyn et il devait rester totalement concentré sur cette identité. Myrt l'avait averti de ne pas jouer les victimes innocentes avec le roi. Malgré ses souvenirs oblitérés, Aremys se souvenait que Cailech était surnommé le « renard de Grenadyne »... et à juste titre. Il tiendrait compte de la mise en garde.

Myrt ressortit.

— Le roi t'attend. N'oublie pas ce que je t'ai dit.

Aremys hocha la tête, puis suivit son nouvel ami dans la vaste pièce pleine de lumière ; un feu flambait dans l'âtre à l'une des extrémités. La vue était saisissante.

— Voici Cullyn, seigneur Cailech – mais ce n'est pas son vrai nom, dit Myrt, en regardant dans la direction d'un homme assis en train de manger au bout d'une table.

Aremys abandonna la vue sublime au-delà des vastes baies pour saluer profondément. D'ordinaire, il se sentait mal à l'aise en présence de souverains, mais celui-ci n'avait absolument rien de royal – pas le moindre signe ostentatoire de son statut. Cailech se leva pour accueillir Aremys, essuyant ses mains sur ses chausses.

— Sois le bienvenu Cullyn... ou qui que tu sois.

— Seigneur Cailech, c'est un honneur, répondit Aremys en se redressant.

Il était plus grand et plus large que le roi des Montagnes – mais bien rares étaient les hommes à pouvoir rivaliser avec lui. Pour autant, Cailech n'était en rien intimidé par sa taille – tout au plus était-il étonné.

— Par le cul d'Haldor, tu es un sacré gaillard, dit le roi avec bonhomie.

» De Grenadyne si j'ai bien compris ?

— Oui, seigneur. C'est ce que nous avons pensé, répondit Aremys en souriant.

» Apparemment, mon accent m'a trahi – plus le fait que je tiens mon épée à la manière des natifs de Grenadyne. Sinon, je comprends le norrois et… je sais que je ne suis ni de Morgravia, ni de Briavel.

— Et qu'est-ce que tu faisais dans les Razors, juste au nord de la frontière de Briavel ? demanda Cailech, allant droit à l'essentiel.

Aremys haussa les épaules, sincèrement déconcerté.

— Je ne sais pas, seigneur Cailech. Pas encore. J'espère que mes souvenirs reviendront bientôt.

Visage hermétiquement fermé, Cailech maintenait Aremys sous le feu de son regard. C'était un test – Aremys le savait. Malgré l'envie qu'il avait de fuir ces yeux qui le scrutaient, il se contraignit à soutenir le regard du roi.

— Tu combats comme un soldat. Et tu es bon, à ce qu'on m'a dit.

Aremys ne savait pas comment répondre.

— Je fais ça d'instinct, seigneur. Je ne me souviens d'aucun entraînement que j'aurais reçu – même si je pense que j'ai été formé au combat.

» Sinon, oui, je suis bon.

— Mercenaire, peut-être ?

Aremys hocha la tête.

— C'est bien possible, reconnut-il. C'est ce que j'avais pensé moi aussi.

— Joins-toi à nous, dit le roi.

Aremys était estomaqué. Cailech qui l'interrogeait l'instant d'avant l'invitait maintenant à partager son repas. Le mercenaire s'assit.

— Merci, répondit-il, confus. Mais je n'ai pas faim.

D'un geste, Cailech indiqua que la chose n'avait aucune importance. Il se remit à manger, ordonnant d'un signe de tête qu'on serve du vin blanc à son invité.

— Goûte-le, l'encouragea Cailech. C'est mon préféré.

Aremys trempa ses lèvres ; c'était effectivement un nectar.

— Cela fait des années que je n'avais rien bu d'aussi bon. Au sud, on préfère le rouge.

Le roi hocha la tête.

— C'était aussi le préféré de Romen Koreldy, dit le roi des Montagnes sur le ton de la conversation.

— Ah, Koreldy… (Aremys fronça les sourcils.) Qui est-ce au juste, seigneur Cailech ?

— Je pensais que tu le connaissais, répliqua Cailech, sans lever la tête de son plat de gibier.

» Myrt m'a dit que tu avais prononcé son nom.

— Vraiment ? demanda Aremys en roulant des yeux si étonnés que même Cailech crut à sa sincérité.

» Et quand ça ?

Le roi se tourna en direction de Myrt, debout devant une fenêtre.

— Attendez ! l'interrompit Aremys. Je me souviens maintenant. J'ai dit « Koreldy » lorsque je me préparais pour mon assaut contre Firl.

Myrt confirma d'un signe de tête à l'intention de Cailech.

— Donc tu le connais ? insista le roi, content malgré tout que le nouvel arrivant se révèle honnête.

— Sûrement – mais je ne parviens pas à me rappeler d'où diable je le connais. Ça doit être… (Aremys s'abîma quelques secondes dans la réflexion.) Oui, c'est ça. C'est quelque chose au sujet de l'épée qui a fait remonter son nom. Est-il de Grenadyne ?

— C'est le cas.

Aremys haussa les épaules.

— Alors voilà d'où je connais son nom. Je n'ai aucun autre souvenir à son sujet.

— Son épée a des lueurs bleutées, seigneur, murmura Myrt.

Cailech ne répondit rien, mais Aremys hocha la tête.

— Je ne me souviens absolument de rien. C'est quelqu'un d'important ?

— Pour moi, oui.

— Pour quelle raison – si je puis me permettre ?

— On a encore une question à régler lui et moi, dit Cailech en observant son invité par-dessus le rebord de son verre.

» À ta mémoire, Cullyn, dit-il encore en levant son verre.

— Je bois à elle aussi, seigneur, répondit Aremys. Qu'avez-vous décidé à mon sujet ?

Cailech reprit son repas.

— Comme tu n'as aucun souvenir, je suppose que tu n'es pas pressé d'aller quelque part – alors pourquoi ne pas rester avec nous ? Myrt m'a dit que tu pouvais enseigner le combat à l'épée à mes hommes.

Aremys n'y voyait aucune objection. Il aimait bien Ceux des Montagnes – et même l'homme qui régnait sur eux lui était sympathique.

— J'en serais ravi. Est-ce que je reste ici en tant que prisonnier ?

Cailech sourit.

— « Invité » me paraît mieux approprié.

Aremys était d'accord. Cailech avait raison – il n'avait pas la moindre idée d'où aller. Alors pourquoi ne pas accepter son « hospitalité carcérale » en attendant que la mémoire lui revienne ?

— Au fait, Cullyn. Concernant le roi de Morgravia, as-tu quelques souvenirs à son sujet ? Que t'inspire-t-il ?

Ça ne peut pas nuire de faire preuve d'honnêteté sur ce sujet, songea Aremys. Au fond de lui, il savait qu'il haïssait l'homme appelé Celimus, même s'il ne savait plus pourquoi – du moins pour l'instant.

— Je le hais, seigneur… Je crois. Lorsque Myrt a mentionné son nom, mon poil s'est hérissé. Ça doit bien vouloir dire quelque chose – même si je ne sais pas quoi.

Cailech hocha pensivement la tête.

— Eh bien nous sommes deux. Je le hais suffisamment pour lui faire la guerre – mais je crains que cela ne revienne pour l'instant qu'à sacrifier mes hommes.

Aremys avait l'air ahuri.

— Mes souvenirs sont incomplets, mais je crois ne pas me tromper en affirmant qu'attaquer la légion de Morgravia serait un suicide pur et simple. Ce sont tous des soldats aguerris. Je sais que le peuple des Montagnes est dur au mal et ne manque pas de courage, mais une guerre ouverte contre Morgravia ne me paraît pas une bonne idée.

— À moins de les attirer dans les Razors. Sur notre terrain, nous serions sûrs de gagner.

— C'est vrai, admit Aremys en toute sincérité. Mais Celimus ne se laissera jamais entraîner ici – il est bien trop malin.

— Tu l'as rencontré, je suppose.

Aremys se gratta la tête, sourcils froncés.

— Vous devez avoir raison, seigneur. J'ai dû avoir l'occasion de le rencontrer pour le connaître ainsi.

Des pensées musardaient à l'orée de sa mémoire, encore hors de portée. C'était une frustration terrible, mais Aremys gardait espoir. *Mes souvenirs finiront bien par revenir*, se dit-il.

— D'autres suggestions ? demanda Cailech, plus pour faire la conversation que dans l'espoir que l'étranger sans souvenirs puisse se révéler de bon conseil.

— Oui ! Engagez des pourparlers. Aussi longtemps que vous serez en négociation, aucun Montagnard ne perdra la vie.

Les yeux glacés de Cailech revinrent se poser sur Aremys. Une lueur amusée y brillait cependant – Cullyn l'avait pris par surprise.

— Continue.

— Pourquoi se battre ? Pour quelle raison ? Vous voulez vraiment conquérir Morgravia ?

— Pourquoi pas ? répondit Cailech, absolument pas disposé à livrer le fond de sa pensée.

— Non, seigneur. Pourquoi voudriez-vous Morgravia ? Votre peuple appartient à ces montagnes. Mais est-ce que ça ne serait pas mieux si le commerce était libre et si les vôtres pouvaient aller et venir de part et d'autre de la frontière sans craindre de prendre une flèche ? Ça vaut la peine de lutter pour ça – sans y perdre la vie.

Myrt esquissa un sourire pour lui-même – Cullyn renvoyait son propre credo à Cailech. Le roi des Montagnes avait passé une partie de sa vie à prêcher pour la négociation. C'était ainsi qu'il avait uni les tribus des Montagnes.

Aremys poursuivait son idée.

— De son côté, Celimus pense peut-être qu'il veut les Razors, mais au fond que ferait-il du royaume des Montagnes ? Aucun Morgravian ne survivrait ici – à l'exception peut-être des habitants du nord accoutumés aux rudes climats. En tout cas, il ne transférerait sûrement pas son palais ici, seigneur Cailech. Tout cela ne rime à rien.

» En discutant avec Myrt – et je dis ça avec tout le respect dû – j'ai eu l'impression que la situation actuelle est ce qu'elle est uniquement à cause de deux monarques obstinés qui refusent de céder quoi que ce soit. Pourquoi ne pas vous réunir pour trouver une solution ? Pourquoi verser le sang ? Qui peut savoir ce qui pourrait en résulter ?

C'était un bien long discours pour quelqu'un comme Aremys, mais les Montagnards ne lui paraissaient pas de taille à affronter la légion – aussi sûr qu'il haïssait Celimus. Une nouvelle idée lui vint.

— De plus, face à une escalade des escarmouches sur la frontière, si j'étais Celimus, je m'allierais à Briavel pour venir vous écraser. Pris en étau entre la légion de Morgravia et la garde de Briavel, les Montagnards mourraient en nombre – malgré tout leur courage.

» Seigneur, vous êtes un problème – je ne trouve pas de meilleur mot – et Morgravia et Briavel pourraient bien mettre leurs différends de côté, ne serait-ce que temporairement, pour faire cesser le danger sur leurs frontières du nord.

Aremys n'avait pas la moindre idée d'où pouvaient bien venir ces connaissances. Des fragments de souvenirs devaient lui revenir.

Il s'était attendu à une vive réaction du roi des Montagnes ; Cailech se contenta de hocher la tête.

— Tu parles d'or, Cullyn. Je veux juste donner une leçon au petit roi de Morgravia – lui faire comprendre que nous ne sommes pas les barbares mal dégrossis qu'il imagine. En vérité, jamais je ne quitterai mes montagnes bien-aimées.

— Mais c'est précisément ce que vous seriez amené à faire si vous envahissiez son royaume. Et puis, il y a plusieurs manières d'écorcher un rat, seigneur.

En entendant ce vieux proverbe du nord, le roi éclata de rire ; dans ses yeux flambait une lueur amusée.

— Tu veux dire qu'il y a d'autres moyens de lui donner une leçon ?

Aremys confirma d'un hochement de tête.

— Exactement. C'est inutile de lui montrer votre puissance – l'intelligence est la clé de tout, seigneur. Prouvez-lui que vous êtes un roi qui veut la paix.

— Tu penses que Morgravia et Briavel s'uniront ? demanda soudain Cailech.

Aremys n'en avait aucune idée.

— Ce n'était qu'une théorie, répondit-il avec un haussement d'épaules. Mais elle n'est pas sans fondement.

» Si j'étais le roi de Morgravia, avec la perspective d'une guerre contre vous, c'est ça que je tenterais de faire. Je ne pense pas me tromper en affirmant que les gens de Briavel sont moins belliqueux, mais ils n'en regardent pas moins les Montagnards avec suspicion.

» Oui, si une guerre avec vous se profile à l'horizon, je pense qu'ils essaieront de se rapprocher de leurs voisins pour vous vaincre.

— C'est exactement ce qu'il est en train de faire, Cullyn. Ton instinct est sûr, mais ta mémoire défaillante ne t'a pas rappelé que Celimus demande la main de la reine Valentyna de Briavel.

Les mots du roi firent remonter des souvenirs enfouis. L'image d'un homme nommé Wyl s'imposa soudain à son esprit. Il ne le voyait pas vraiment, mais il pensait à des cheveux roux... Un général – de Morgravia qui plus est. Malgré tous ses efforts, il ne parvenait pas à mettre un visage sur cette idée. Tout ce qu'il voyait, c'était une femme féline et sensuelle... avec des yeux de chat. Le nom de la reine avait fait surgir le souvenir du Morgravian. Étaient-ils associés ? Il secoua la tête pour en chasser ces pensées confuses ; il les examinerait plus tard.

— Raison de plus pour négocier, seigneur Cailech. Cherchez à établir des liens, à favoriser le commerce, à établir la paix. Vous serez gagnant à la fin. Au bout du compte, votre peuple à plus à y gagner que les Morgravians.

— J'aime ton style, dit Cailech après avoir vidé son verre. Que proposes-tu ?

Aremys prit le temps de réfléchir ; Cailech ne parut pas s'offusquer de cette pause.

— Oubliez votre fierté, dit-il finalement. Menez vous-même les pourparlers. Montrez à son peuple et à celui des Montagnes que cette vision est la vôtre – pas celle de Celimus. Vous ne pouvez pas faire confiance au roi de Morgravia, alors agissez avec prudence.

» Si les négociations venaient à échouer, personne ne pourrait accuser le roi des Montagnes de n'avoir pas agi dans l'esprit chevaleresque. Tout le monde saura que vous avez tendu la main – et offert la paix.

Cailech se leva, tout à la fois impressionné et un peu troublé. Il lui fallait réfléchir à cette audacieuse idée ; peut-être allait-il interroger les Pierres.

— Je t'aime bien, Cullyn de Grenadyne. Nous reparlerons. Rejoins-moi plus tard, nous irons chevaucher. Il faut absolument que tu voies Galapek – mon nouvel étalon.

Rashlyn bougeait les Pierres étalées devant lui. Il était seul – et totalement sidéré. Elles lui parlaient de changement – d'un grand changement, qu'il ne parvenait pas à cerner. Il les lança à nouveau, cherchant fébrilement un signe qui révélerait l'éventualité de la plus grande de ses craintes – la mort du roi Cailech. Il lui avait déjà sauvé la vie une fois, lorsque Koreldy l'avait menacée des années auparavant. Régulièrement, il consultait les Pierres pour connaître l'avenir de son souverain.

Du changement encore – c'était là tout ce que les Pierres lui livraient. Qu'est-ce que cela signifiait ? Sans Cailech, il n'avait plus de pouvoir. Il ne pouvait permettre que sa vie soit menacée – or, voilà que Cailech parlait de partir en guerre ouverte contre Celimus.

Rashlyn marcha à grands pas nerveux vers la fenêtre de la petite pièce de pierre nue où il aimait à travailler, à l'abri, loin de l'agitation de la forteresse. Dans ses rares moments de lucidité, comme en cet instant, il comprenait que son esprit lui échappait peu à peu. C'était un long processus de désintégration de ses facultés ; il espérait que ce n'était pas pour ça que les Pierres ne lui livraient pas plus d'informations. Il tira avec colère sur la barbe broussailleuse qui lui mangeait le visage. Il savait que le temps qu'il passait dans la prison de ses noires pensées s'allongeait inexorablement. Chaque fois que la lucidité lui revenait, il se demandait si ce n'était pas pour la dernière fois. Lui seul savait que les sorts qu'il convoquait si facilement autrefois étaient aujourd'hui de véritables défis pour lui. Bien sûr, il restait un sorcier d'envergure, mais son pouvoir commençait à s'éroder. Plus étrange encore, il revivait de plus en plus fréquemment des souvenirs de son enfance, lorsqu'il jouait avec son frère.

Elysius! Maudit sois-tu! Rashlyn était sûr qu'il était mort; il n'éprouvait aucun remords de l'avoir tué.

Emily avait d'abord rencontré Rashlyn – qu'elle s'était amusée à charmer. Elle avait choisi la cible idéale, tant il était évident que le garçon désespérait d'attirer l'attention des filles et des femmes. Autant il rêvait de toucher, d'embrasser et d'aimer une femme, autant toutes se seraient refusées à lui. Emily avait été une véritable révélation. Même les putains de Pearlis y réfléchissaient à deux fois avant d'accepter son argent ; quelque chose dans ses yeux sauvages et ses manières agressives les inquiétait. Elles n'avaient par tort d'ailleurs – son manque de confiance en lui avait provoqué la mort de deux prostituées, incapables de lui permettre d'être un homme dans leurs étreintes tarifées. Pourtant, ni l'une ni l'autre n'avait ri ou ne s'était moquée ; s'il avait su seulement à quel point cela arrivait souvent au cours de leurs nuits, peut-être n'aurait-il pas perdu contenance. Au lieu de ça, tétanisé par l'angoisse et l'impuissance, il avait lâché ses pouvoirs sur elles, les faisant mourir dans d'atroces souffrances.

Bien sûr, ce n'était pas la première fois qu'il donnait la mort – mais depuis qu'il y avait goûté, il en voulait toujours plus. C'était devenu un besoin – il s'enivrait de la puissance qu'il ressentait à prendre la vie. Il regrettait de n'avoir pas tué son frère plus tôt ; jamais Elysius n'aurait rencontré Emily. Le jour où les yeux de la jeune femme s'étaient posés sur le beau visage de son frère, l'humiliation de Rashlyn avait été totale. Sa passade pour lui était finie. *Qu'il en soit ainsi*, avait-il décidé. *Je trouverai mon plaisir ailleurs, dans des recoins plus obscurs*. C'était ce qui était arrivé.

Il haïssait son frère pour sa beauté et ses manières affables avec les autres – mais par-dessus tout pour son pouvoir de commander aux animaux. Rashlyn, lui, les tenait à sa merci, piégés ou cloués sur une planche ; il ne les contrôlait pas pour autant. Il restait incapable d'entrer en relation avec le monde naturel.

Il espérait que son frère avait lutté de toutes ses forces avant d'être vaincu par la mer ; et si d'aventure il s'en était tiré, qu'il ait connu une fin misérable dans quelque coin reculé du royaume, prisonnier d'un corps difforme.

Depuis ce jour, il n'avait plus jamais perçu la magie de son frère. Pour autant, Rashlyn se demandait si son pouvoir faiblissant était encore en mesure de déceler quelque chose d'aussi subtil que les charmes d'Elysius. Il avait toujours prétendu qu'il pouvait les repérer n'importe où ; la réalité était tout autre. Le fluide du sorcier était agile et délicat – et si puissant en même temps qu'il en restait le souffle coupé. Il avait craint qu'en grandissant Elysius apprenne à dissimuler ses enchantements. Peut-être était-ce le cas… Peut-être était-il en vie, caché quelque part, en train de peaufiner ses sortilèges ?

Depuis la disparition de son frère et sa propre défection pour le royaume des Montagnes, Rashlyn avait consacré toute son énergie à percer le secret du pouvoir sur les animaux et les oiseaux, les montagnes et les arbres. Avec une telle puissance, il pourrait dominer le monde. Ses propres talents ne faisaient de lui qu'un simple sorcier. C'était pour cette raison qu'il s'était attaché au service du roi des Montagnes, intelligent et ambitieux. En l'utilisant comme couverture – et même comme un outil –, Rashlyn pouvait s'imaginer détenir le pouvoir… Et pas uniquement sur les Razors.

Malheureusement, Cailech s'enhardissait – il brûlait de faire couler le sang de Morgravia. Le roi pensait que la magie de Rashlyn et sa capacité de voir l'avenir le préservaient de tout revers. Il avançait avec confiance, convaincu qu'au combat les pouvoirs de son *barshi* épargneraient ses hommes.

Rashlyn avait besoin de temps encore pour édifier ses défenses – préparer de nouveaux maléfices. Récemment, il avait constaté que si la mort était facile à infliger, agir pour prolonger la vie était bien plus difficile. Transformer Lothryn en cheval était le fruit d'années de pratique dans le secret de son domaine au sein de la forteresse – là où nul ne pouvait entendre les hurlements des lapins et des écureuils. Maintenant qu'il était parvenu à dompter ses nouveaux pouvoirs, voilà que sa magie lui faisait défaut. Il se souvenait combien il lui avait été difficile de maintenir la représentation d'Elspyth sur la malheureuse assassinée.

Quelques instants de plus et la vision se serait brouillée. Le sort sur Lothryn – qui avait tant impressionné le roi – avait été réalisé sans grâce ni finesse, même si le résultat était frappant. C'était une abomination, ni plus ni moins. Elysius n'aurait jamais rien fait d'aussi grossier. Oui mais voilà, il n'était pas Elysius.

Ses pensées dérivèrent vers Lothryn ; il se demandait dans quel abîme de douleur il avait bien pu plonger. Au fond de son cœur, Rashlyn savait que si Elysius avait dompté le sort de la métamorphose, il aurait aisément réalisé ce tour de force – sans déformer aussi violemment les membres du pauvre homme, sans briser son âme, sans infliger d'innommables supplices à sa chair et son esprit.

En vérité, Rashlyn n'avait que faire des tourments de Lothryn. Son désespoir n'était qu'une blessure narcissique. Il aurait voulu que sa magie soit somptueuse et limpide – comme celle d'Elysius. Au lieu de cela, elle était brouillonne et maladroite.

Lothryn allait-il mourir ? Rashlyn ne savait pas si l'esprit du pauvre homme survivrait au traumatisme pour maintenir l'animal en vie – ou si au contraire il se dessécherait, tuant le magnifique étalon du roi. L'angoisse de ne pas savoir mettait le *barshi* en rage, mais Rashlyn se rassurait en se disant que sa crainte ne durerait pas. Bientôt, la folie le reprendrait et son esprit repartirait sur les noirs chemins où il ne doutait plus de lui, où il n'y avait ni remords ni compassion, aucun sentiment pour quoi que ce soit, autre que la puissance et le chaos.

Après la transformation de Lothryn, son dernier exploit en date avait été de s'introduire dans l'esprit de Cailech. Il avait appris à s'insinuer dans ses pensées et à influencer ses décisions en fonction de ses propres objectifs. Pour l'heure, ce pouvoir fonctionnait uniquement lorsque le roi était à proximité – réceptif à son intrusion. Parfois, Cailech demeurait totalement fermé, inaccessible. Sans une attention directe et soutenue, il n'était pas capable d'influencer le roi par sa magie. C'était sa grande faiblesse.

La porte s'ouvrit et, comme en réponse à quelque signe silencieux, le roi entra, tirant Rashlyn de ses méditations. Le sorcier se sentit quitter sa sphère rationnelle pour plonger dans la démence. Personne hormis le roi ne venait jamais le voir ici.

— Seigneur, murmura Rashlyn sans même esquisser un mouvement, j'étais précisément en train d'admirer le jour dehors.

Il mit à profit cet instant pour se ressaisir.

— Belle sérénité, répondit Cailech, manifestement très agité. Il faut que nous parlions. Je veux que tu lises les Pierres pour moi.

— Je viens juste de le faire, seigneur.

— Et ?

— Les Pierres prédisent un changement.

— Ah ? Et quelle sorte de changement ? demanda Cailech, dont l'attitude trahissait l'impatience de savoir.

Rashlyn se retourna et vit les joues empourprées de Cailech. Quelque chose l'avait mis sur des charbons ardents.

— Elles ne me l'ont pas dit. Je les ai interrogées à plusieurs reprises, seigneur. Chaque fois, elles m'ont prédit un changement.

Cailech surprit son *barshi* en frappant dans ses mains avant de partir d'un grand rire. C'était une réaction bien joyeuse à une prédiction qui aurait normalement dû le perturber. Rashlyn fronça les sourcils.

— Parfait ! murmura le roi. Est-ce que tu as du vin ici ?

— Euh… oui, bien sûr. Je vais vous servir, proposa Rashlyn, intrigué.

Il remplit deux verres et attendit le toast qui n'allait pas manquer d'être porté.

— Au changement, clama Cailech en levant sa coupe, avant de la vider d'un trait.

Rashlyn imita son souverain.

— Mes prédictions vous conviennent donc, seigneur.

— Oui. Elles confirment ce que je dois faire.

— Et que devez-vous faire ?

— Aller en Morgravia ! répondit Cailech. Ouvrir des pourparlers avec le roi Celimus.

— C'est une plaisanterie, sans doute. Les Pierres ne disent rien de tel, cracha Rashlyn, toute politesse oubliée.

Cailech ne releva même pas, brandissant joyeusement un index devant lui.

— Écoute ce que j'ai à te dire.

Et il lui raconta la capture faite par la patrouille, puis sa rencontre avec l'homme appelé Cullyn.

— Et vous lui faites confiance, à cet étranger ?

— Bizarrement, oui, répliqua Cailech, toujours aussi imprévisible.

— Attendez, l'exhorta Rashlyn. Laissez-moi lire les Pierres à son sujet.

Cailech hocha la tête, puis s'installa confortablement avec un second verre de vin. Son *barshi* prépara les pierres polies couvertes d'étranges signes gravés. Le roi se tint silencieux tandis que Rashlyn lançait les onze Pierres sur le sol. Il s'accroupit ensuite pour les examiner. Au bout d'un long moment, il se releva.

— Alors ?

Rashlyn secoua doucement la tête.

— C'est confus. Les Pierres m'indiquent qu'il dit la vérité, mais...

— Ha ! l'interrompit Cailech, aux anges.

— Mais... il cache des choses aussi. Je ne sais pas lesquelles.

— Il a perdu la mémoire... C'est pour ça. Et puis, nous avons tous nos petits secrets... même toi, Rashlyn.

Oh non, pas toi, seigneur. Tu n'as aucun secret pour moi. Je lis en toi comme dans un livre ouvert, songea le sorcier avec aigreur, sachant que ce n'était pas totalement vrai.

— Je vous recommande la plus grande prudence, seigneur.

— Les Pierres elles-mêmes prédisent un changement – un nouveau cadre, un nouveau cœur, un nouvel idéal, un nouveau plan. Il ne s'agit pas de faire la guerre à Celimus, Rashlyn... il s'agit d'égalité, de commerce, de prospérité. J'ai presque honte de n'y avoir pas pensé moi-même. C'est une idée brillante – j'ai hâte d'aller en parler à Lothryn. Tu crois qu'il peut m'entendre... comprendre ce que je dis ?

Rashlyn eut un soupir silencieux. La décision de Cailech était arrêtée – il allait se jeter dans la fosse aux lions. Eh bien qu'il en soit ainsi.

— Je crois qu'il reste suffisamment de son esprit pour que le cheval soit bien Lothryn, malgré son apparence. Mais je ne peux pas promettre que les choses demeurent ainsi.

— Excellent, répondit Cailech, ignorant l'avertissement. Je suis sûr qu'il sera de mon avis.

— Seigneur Cailech, puis-je vous demander comment vous comptez organiser une action aussi délicate ?

— Pas moi. C'est Cullyn – ou quel que soit son nom – qui va s'en occuper.

Rashlyn hocha la tête, avant de dériver vers un sujet qu'il contrôlait mieux.

— Pour ce qui est du prisonnier, seigneur – le soldat de Morgravia…

— Je n'ai pas l'intention de le rendre à titre de gage de paix, si c'est ce que tu veux savoir.

— Ce n'est pas ça, seigneur. J'ai une idée pour lui. Quelque chose d'amusant qui devrait vous agréer, dit le *barshi* en lançant le sort qui lui permettait d'entrer dans l'esprit de Cailech.

Plus tard au cours de l'après-midi, Aremys partit chevaucher avec le roi. Myrt, Firl et quelques autres Montagnards, dont Maegryn, les escortaient.

— N'est-il pas magnifique ? demanda Cailech à son « invité ».

Que sa mémoire soit incomplète ou non, Aremys devait bien reconnaître qu'il n'avait jamais vu plus bel animal.

— Fait pour un roi, seigneur Cailech.

Son compliment fit plaisir au souverain.

— Je peux le toucher ? demanda-t-il, magnétiquement attirée par la robe noire et luisante de l'étalon.

— Bien sûr, répondit Cailech.

Aremys sauta à bas de l'alezan qu'il montait. Il fit le tour de l'animal qui secouait la tête. Le mercenaire siffla d'admiration.

— Je n'ai jamais vu une bête aussi belle, dit-il en approchant doucement pour ne pas l'effrayer.

— Tiens, Cullyn, donne-lui ça, dit Maegryn en lui lançant une pomme. C'est un animal délicat, il n'aime pas les vertes. Elles le rendent malade.

Les hommes rirent.

Aremys posa le fruit sur sa main ouverte, qu'il tendit vers la bouche du cheval. Fasciné, il observa la bouche de l'animal se tendre avec gourmandise. À l'instant où ses lèvres douces comme du velours touchèrent sa paume, il sentit un frisson le traverser. Dans son esprit, une digue venait de céder et le flot impétueux de ses souvenirs se déversait en lui. Il vacilla en arrière, la tête serrée entre ses mains.

Bondissant du dos de Galapek, Cailech fut le premier à lui venir en aide. Une nouvelle fois, Aremys était stupéfait de sa simplicité. Par comparaison, Celimus était si vaniteux qu'il condescendait à peine à regarder où il posait les pieds.

— Cullyn ! Ça va ? Qu'est-ce qu'il y a ? demanda le roi, soutenant d'un bras Aremys, tandis que son autre main tenait les rênes de Galapek.

Aremys n'était pas prêt à tout raconter. Sa nature prudente l'incitait à examiner d'abord la situation, à comprendre dans quelle situation il se trouvait.

—Je… je suis désolé. Ma tête me fait mal.

En ça, il ne mentait pas. Elle résonnait comme un tambour.

—Ramène-le, ordonna Cailech à l'un de ses hommes. S'il va mieux, nous sortirons demain.

—Je suis désolé, répéta Aremys, toujours sonné.

Ce n'était pas que le choc d'avoir retrouvé ses souvenirs ; il y avait autre chose – une chose effrayante qui le touchait au plus profond. Il se redressa, décidé à livrer à ces hommes inquiets quelque chose sur lui-même.

—Je m'appelle Aremys Farrow, dit-il, en espérant qu'il ne commettait pas une erreur.

Cailech le scruta intensément, puis hocha la tête.

—Alors on connaît ta famille. Tu es de l'île du nord de Grenadyne. Autre chose ?

Aremys secoua misérablement la tête.

—Non, juste ça. Ça m'est revenu en même temps que la douleur, mentit-il. Je suis désolé pour la balade.

—Ce n'est pas grave, dit Cailech aimablement. Je suis content que ta mémoire te revienne. Tu peux rentrer à cheval ?

Se préparant au choc, Aremys tendit de nouveau la main pour flatter l'encolure de Galapek ; il voulait s'assurer de quelque chose. Il caressa l'animal comme pour le saluer. Le frisson revint ; quelque chose passait entre l'animal et lui. Elle était là – la magie ! Il n'avait aucune idée d'où pouvait bien lui venir cette connaissance. L'étalon était enserré dans les mailles d'un sort puissant et maléfique, dont il sentait la vibration dans sa main et tout son corps. La nausée lui venait ; il faillit vomir.

—Je vais aller me reposer, seigneur Cailech, dit-il d'une voix aussi neutre que possible, sans oser rien dire de plus.

—À plus tard, Aremys Farrow, répondit Cailech, avec une expression indéchiffrable sur le visage.

Seul dans sa chambre, Aremys passait en revue tous ses souvenirs – et il était terrifié. Le Thicket s'était dressé contre lui et sa magie l'avait projeté dans les Razors. Il comprenait maintenant que le Thicket n'avait pas voulu qu'il passe avec Wyl.

Il était en train de siffler, les yeux rivés sur les fesses d'Ylena et, la seconde suivante, il n'était plus là. Il se souvenait maintenant de l'air subitement glacé autour de lui. Le souffle épais l'avait enveloppé. C'était comme si des mains invisibles l'avaient poussé pour le projeter ailleurs.

La magie du Thicket avait rayé ses souvenirs de sa mémoire – pendant un certain temps du moins. C'était pour ça qu'il n'avait aucune bosse sur la tête ; tout s'était passé à l'intérieur de lui. Une bouffée de peur pour Wyl l'assaillit – pauvre jeune femme seule et fragile. Aremys savait pourtant que Wyl était de taille à se défendre, mais peut-être pas contre la magie. Et si le Thicket lui avait fait subir le même sort ? Peut-être l'avait-il envoyé lui aussi dans quelque endroit du royaume, sans aucun souvenir ? Peut-être était-il en train de reconstituer la trame de son étrange vie ? Les pensées d'Aremys déferlaient maintenant sous son crâne. Il devait à tout prix fuir les Razors, pour retourner au sud à la recherche de Wyl. Il fallait qu'il le trouve et lui vienne en aide. Si, par chance, Wyl avait trouvé Elysius, alors il devait être maintenant en route vers Briavel et la reine Valentyna – quel qu'ait pu être le résultat de leur rencontre. De ça au moins il était sûr. En revanche, si Wyl avait subi le même sort que lui, il devait être quelque part en Morgravia, les éclaireurs de Cailech n'ayant trouvé personne d'autre dans les Razors.

Des idées de plans tourbillonnaient dans son esprit. Passé les premiers instants de panique, il parvint à réfléchir plus clairement. Peut-être pouvait-il aussi aider Wyl en étant ici. Son ami avait évoqué le sort du soldat Gueryn. Au fond de son cœur, Aremys avait la conviction que l'homme était mort. Rien ne justifiait qu'il ait été gardé en vie – d'autant que d'après ce que lui avait dit Wyl, Gueryn était une vraie épine dans le pied du roi des Montagnes.

Pourtant, Wyl pensait qu'il était en vie… qu'on l'avait gardé en vie comme appât pour faire revenir Romen Koreldy. Aremys fit une grimace. Il se demandait comment réagirait Cailech en apprenant que Koreldy était mort depuis longtemps et qu'Ylena d'Argorn était maintenant le nouvel hôte de Wyl Thirsk. Que se passerait-il si elle venait réclamer qu'on lui rende Gueryn ? Et puis il y avait l'autre homme – le Montagnard qui avait trahi pour aider Wyl et Elspyth à s'enfuir. Wyl lui avait suffisamment répété qu'il reviendrait pour savoir ce qu'était devenu Lothryn.

— Il faut que je les trouve pour Wyl, murmura Aremys en s'asseyant sur son lit. Puisque je suis prisonnier ici, autant que je me rende utile.

Il réfléchit ensuite au plus étrange des phénomènes – le fait qu'il soit désormais capable de détecter la magie. Il avait senti sa pulsation sur le cheval et sa tête vibrait encore de la force avec laquelle elle lui avait parlé. La puissance du choc dans le Thicket avait dû le rendre sensible aux choses invisibles.

Cela avait été une révélation qu'il n'aurait jamais imaginée. Il avait touché le cheval une seconde fois pour vérifier que ses sens ne lui jouaient pas un tour. Aremys secoua la tête ; il ne comprenait rien à tout ça, mais une chose était sûre – il fallait qu'il aille dans les cachots de la forteresse. Si les amis de Wyl étaient en vie, c'était sans aucun doute le meilleur endroit pour glaner des informations.

Un coup frappé à la porte le tira de ses réflexions. D'un coup d'œil par la fenêtre, Aremys vit que le soleil descendait. Cela faisait un long moment qu'il était aux prises avec ses pensées embrouillées.

— Oui, qu'est-ce que c'est ?

— Un messager. Le roi veut vous voir.

Chapitre 38

Wyl s'extasiait devant les réalisations d'Elysius.

— C'est vous qui avez fait ça ? demanda-t-il, en admirant le prodigieux panorama qui s'étendait devant lui.

Ils se tenaient sur une hauteur au milieu d'un bosquet de grands arbres dont les frondaisons brillaient d'un vert resplendissant ; la lumière du soleil traversait le feuillage, jetant des taches translucides sur l'eau tranquille d'un ruisseau. Au loin, il apercevait une falaise d'où chutait une immense cascade venue du cœur des Razors. Ils étaient arrivés ici en se promenant par les prairies depuis la petite chaumière qu'Elysius s'était bâtie sur un promontoire offrant une vue tout aussi somptueuse. Wyl parvenait à peine à croire à la beauté surréelle des Terres sauvages.

Le petit homme aux yeux morts prit son temps pour répondre.

— En Parrgamyn, nous vénérons le dieu Mor. En Morgravia et Briavel, Shar est la divinité. Dans le royaume des Montagnes, Haldor est le dieu vers lequel les hommes se tournent. Et moi, je crois que nous prions tous le même dieu – la nature. Celle qui est capable de nous offrir ça, dit-il en embrassant la vue d'un ample geste du bras.

» Celle qui est capable aussi de donner naissance à des créatures aussi sophistiquées que toi ou moi, aussi gracieuses qu'un cerf, aussi majestueuse qu'un aigle. Voilà une puissance digne d'être adorée.

» Ce qui s'offre à ta vue est l'œuvre de la nature – je n'ai fait que l'embellir ici et là, parce que mes talents sont en harmonie avec elle. La mise en scène des chutes d'eau est de moi, mais en fait tout était déjà en place depuis des siècles. Shar s'en était chargé.

— Toute cette beauté était donc déjà là ? Inviolée et somptueuse… et tellement redoutée.

Elysius hocha la tête.

— Et apparemment, je suis le seul à en jouir. Les premières années, cette vie d'ermite convenait parfaitement au but que je poursuivais. Depuis, ma solitude est devenue une vraie malédiction.

» Il serait toutefois regrettable que Briavel comprenne que les Terres sauvages sont inoffensives – toutes ces merveilles annexées, ces arbres coupés, ces ruisseaux souillés et détournés, cette sauvagerie muselée. Pourtant, je me sens seul. Parfois, je vole avec les oiseaux pour voir par leurs yeux les terres de Morgravia ou de Briavel – pour me sentir homme parmi les hommes.

— Partez, alors. Ne pouvez-vous pas vous transformer pour revenir de l'autre côté ?

Le sorcier sourit.

— Je ne peux pas appliquer ce type de magie sur moi. C'est rageant, mais c'est ainsi.

— Si les Terres sauvages ne sont pas enchantées, alors pourquoi les gens en ont-ils peur ? demanda Wyl, sourcils froncés.

— La magie est partout ici – tu peux en être sûr. Je ne m'explique pas pourquoi – je l'accepte tout simplement. Le Thicket, par exemple, est assez extraordinaire dans son genre et je crois qu'il ne sert qu'à tenir les gens éloignés d'ici. En se plongeant dans l'histoire, quelque érudit pourrait peut-être expliquer pourquoi personne n'a exploré la région – ou percer le secret de ce que l'on craint de manière irrationnelle. À moins bien sûr qu'il ne s'agisse que de souvenirs de choses réelles.

— De vieilles superstitions, j'imagine.

— Plus que ça. Le Thicket existe – c'est un être conscient. Il y a des années, il m'a laissé passer. Puis il a laissé passer Emily, puis Fynch, puis toi, mais je suppose qu'il a effrayé des dizaines d'autres qui tentaient de s'approcher. Il a certainement rejeté ton ami. (Une expression de subite tristesse passa sur le visage de Wyl.)

» Désolé, c'était maladroit de ma part. Je ne crois pas que ton ami Aremys ait eu à souffrir – le Thicket n'a certainement jamais blessé personne, mais il a le pouvoir de choisir ceux qu'il veut laisser passer.

— Qu'a-t-il fait de lui ?

Elysius poussa un soupir.

— Tu es le premier avec qui je partage tout ça… mais tu ne seras pas le dernier. Quelqu'un d'autre doit savoir aussi, répondit énigmatiquement Elysius.

» Plus qu'un obstacle, je pense que le Thicket est un passage.

— Vers quoi ?

— Je ne sais pas. D'autres régions j'imagine. (Elysius haussa les épaules.) D'autres mondes peut-être.

Wyl était soufflé.

— Quoi ?

— Je n'en sais pas assez à son sujet. Je ne l'ai jamais utilisé – et je ne le ferai jamais.

— Vous êtes donc en train de me dire qu'Aremys pourrait se trouver ailleurs, dans un autre monde ?

— Non, non. Je comprends si peu le Thicket que je ne pourrais jamais dire une chose pareille. Je pense simplement qu'il a la capacité d'être une porte vers ailleurs... qu'il permet de voyager... C'est tout ce que je peux me risquer à dire.

Wyl se mit à marcher de long en large.

— Aremys aurait été poussé par cette porte ?

Elysius haussa les épaules une nouvelle fois.

— Je suis désolé, Wyl, mais je ne peux vraiment pas t'éclairer au sujet d'Aremys. Pour ce que nous en savons, il pourrait tout aussi bien être de l'autre côté, en train de boire une bière à Timpkenny. Ce n'est pas important.

— Pour vous, peut-être, répliqua Wyl abruptement.

Il se tourna vers Fynch en train de jouer avec Filou dans le ruisseau.

— J'ai encore été maladroit. Ce que je veux dire, c'est que je pense qu'il est en sûreté, où qu'il soit. La seule chose qui compte maintenant, c'est toi – et les décisions que tu vas prendre.

— Je suis venu ici chercher une réponse, Elysius. Et maintenant, je l'ai. (Wyl se renfrogna, fripant le frais minois d'Ylena.) Je n'ai plus aucune décision à prendre. Je dois juste retourner en Briavel.

— Tu sais qu'elle doit épouser Celimus, n'est-ce pas ?

— Les choses ne se passeront pas forcément ainsi, répliqua Wyl. Et d'abord, comment savez-vous ça, vous qui êtes coincé ici ?

— Je suis très informé, Wyl. N'oublie pas que je voyage avec les animaux – j'entends et je vois beaucoup de choses.

Le calme dont faisait preuve Elysius finissait par jouer sur ses nerfs.

— Comment ! Comment pouvez-vous savoir avec certitude qu'elle épousera le fou de Morgravia ?

— C'est écrit.

— Ah bon, et où ? demanda Wyl, d'un ton légèrement railleur.

— Les Pierres me l'ont dit. Elles ne mentent jamais.

— Les Pierres ! Les mêmes petits cailloux que ceux qu'utilise votre frère pour conseiller à Cailech de faire rôtir des gens ?

La voix de Wyl avait grimpé dans les aigus.

Elysius était suffisamment sage pour comprendre le désespoir et le sentiment d'impuissance de Wyl ; il ne réagit pas.

— Les Pierres ne conseillent rien – elles donnent des réponses à des questions, c'est tout. Ce qu'elles disent n'est pas toujours limpide, mais sur ce sujet, elles sont catégoriques. La reine Valentyna de Briavel épousera le roi Celimus de Morgravia. Et advienne que pourra.

— Alors, espérons qu'il me tue avant, dit Wyl plein d'amertume, car je ne permettrai pas que cela arrive. Je ferai tout ce qui est en mon pouvoir pour empêcher ce mariage.

Wyl haït l'expression de commisération sur le visage d'Elysius ; c'était comme si le sorcier savait que sa cause était déjà perdue.

— Je vais partir, Elysius. Je vous remercie de votre hospitalité et de vos explications.

— Je suis profondément attristé, Wyl. J'aurais aimé pouvoir t'apporter plus de réconfort – ou au moins des conseils plus éclairés. Malheureusement, hormis le terme final du don de Myrren, rien n'est clair dans ton avenir. Le voyage qui t'attend est noyé dans la brume.

Wyl hocha la tête – trop abattu pour dire quoi que ce soit –, puis se mit en marche.

Elysius le rappela ; avec réticence, Wyl s'arrêta.

— Nous ne nous reverrons plus, Wyl Thirsk. Le Thicket te laissera passer. Prends des provisions et pars avant la nuit. N'oublie pas ma mise en garde – on ne peut pas ruser avec le don du Dernier Souffle. Si tu essaies, il te sanctionnera d'une manière que tu ne peux même pas imaginer. Myrren a dit que tu devais régner sur Morgravia. Alors tu régneras…

À ces mots prophétiques, Wyl sentit un frisson parcourir l'échine d'Ylena. Il leva la main pour saluer ; il ne pouvait même plus parler.

— Aie confiance en Fynch – même s'il a son propre chemin à suivre désormais, cria encore Elysius.

Son propos restait énigmatique. Il voulait en dire plus, mais il craignait que Wyl finisse par croire que le don pouvait être trompé. Il se méfiait. Ses yeux morts regardaient s'éloigner la silhouette de la seule personne qui pouvait sauver Morgravia, Briavel et le royaume des Montagnes. Il regarda longtemps, bien après que Wyl eut disparu, jusqu'à ce que sèchent sur ses joues les larmes qu'il avait versées.

Fynch était assis entre les jambes d'Ylena, qui le tenait serré contre elle dans ses bras fins. Filou s'était lové auprès d'eux – si près d'ailleurs qu'il les touchait l'un et l'autre.

— Non, ça ne me dérange pas que tu restes encore un peu. Tout est si beau ici – je pourrais y passer le reste de ma vie, disait Wyl.

— Pourquoi ne peux-tu pas rester encore ? demanda le garçon.

— Je dois rejoindre Valentyna, Fynch. Il faut que je sache tout ce qui a pu se passer. (Wyl se gratta la tête.) Je ne sais même pas si le temps ici passe à la même vitesse que de l'autre côté. Qui sait ce qui a pu se produire en Briavel ?

— Le temps passe à la même vitesse, le rassura Fynch. Tu es sûr que ça ne t'embête pas que je reste ?

— Promis, répondit Wyl, en toute sincérité. Y a-t-il une raison à ça – autre que le calme et la solitude ?

Fynch hocha la tête.

— Oui, mais je ne saurais comment l'expliquer. Je sens qu'il faut que je reste.

Wyl vit que Filou le regardait avec intensité ; il se demanda si Elysius n'était pas là, avec eux par l'intermédiaire du chien. Les grands yeux noirs paraissaient le supplier de faire confiance au garçon.

— Lorsque tu partiras d'ici, viens directement à Werryl. J'espère que j'y serai, mais dans tous les cas, tu es le bienvenu là-bas, tu le sais ?

Fynch hocha de nouveau la tête, l'esprit déjà tourné vers des considérations plus pratiques.

— Comment vas-tu voyager ?

— J'achèterai un cheval à Timpkenny.

— J'ai plein d'argent, si tu veux.

Wyl émit un gloussement. C'était la première fois depuis bien longtemps qu'il entendait le rire de sa sœur.

— Et je suppose qu'avec Filou, tu n'as pas à te soucier des déplacements.

— Exactement, répondit Fynch en se retournant entre les bras d'Ylena.

» Sois prudent, Wyl… Je t'en supplie.

— Promis, je vais tâcher de rester Ylena, répondit Wyl, obtenant en récompense un sourire sur la frimousse de son ami.

» Mais tu sais, rien n'est fini. Elysius dit que le sort durera…

— Aussi longtemps que tu ne seras pas roi de Morgravia, coupa Fynch. Oui, je sais. Mais qui peut savoir ce qui arrivera ?

— Lui dit que ça doit se produire.

— Alors, c'est qu'il ignore tout du libre arbitre. N'oublie pas que le Dernier Souffle est soumis à la volonté des autres – s'il ne l'est pas à la tienne.

Wyl serra le garçon dans ses bras. Quel dommage qu'aucun adulte ne sache apporter le même réconfort que cet enfant. Fynch donnait toujours l'impression de savoir ce qu'il convenait de dire dans chaque situation.

— Je dois partir maintenant.

Ils se levèrent. Wyl se baissa pour embrasser le garçon, puis se tourna vers le chien.

— Veille sur lui. Amène-le-moi entier.

Filou poussa un doux grognement.

Sans perdre plus de temps, Wyl fourra dans un sac du pain et de la viande séchée, plus quelques biscuits et une outre d'eau. Voilà qui devrait suffire. Il s'éloigna de la chaumière, en ne se retournant qu'une seule fois pour un ultime coup d'œil – au cas où Elysius serait venu dire un encouragement. Fynch était seul sur le seuil, une main posée sur Filou, l'autre s'agitant dans l'air.

Ne tarde pas, Fynch, songea-t-il soudain – alors même qu'une heure auparavant, lorsqu'il tenait le garçon dans ses bras, il avait eu la certitude que Fynch était plus en sécurité ici que dans les royaumes voisins. Il ne voyait pas ce qui avait pu provoquer ce subit retournement chez lui. Pourtant, il ne parvenait pas à se défaire de l'idée que Fynch ne serait plus le même à leur prochaine rencontre. Tout en levant la main pour saluer, il prit un instant pour fixer dans son esprit l'image du petit garçon, à la fois sérieux et innocent, et du gros chien noir. Plus rien ne serait jamais pareil ; il en avait la certitude. Il eut envie de le mettre en garde, mais il était déjà trop loin. Il aurait fallu qu'il gravisse une nouvelle fois la colline ; le bateau paraissait l'attendre au bord du Darkstream, à quelques pas seulement.

Contre son cœur, il avança résolument. Ses craintes pour le garçon n'étaient fondées sur rien de rationnel ; or, Wyl était le premier à reconnaître que la nasse dans laquelle ils se débattaient était si étrange et maléfique que nul ne pouvait dire ce qui allait se passer. Il voulait croire qu'il pourrait empêcher Valentyna d'unir Briavel à Morgravia, mais le voile de chagrin entraperçu sur le visage d'Elysius lui disait que la prophétie était réelle – et sa propre cause déjà perdue. Pourtant, il devait au moins essayer… quitte à mourir en se battant. Un sourire triste lui vint – la mort était la seule chose qui l'attendait jusqu'à ce qu'il soit celui qu'il était condamné à devenir.

Quant à Fynch, il suivait désormais son propre chemin. Wyl ne pouvait qu'espérer que rien de fâcheux ne se mette sur sa route. Toutefois, avec Filou à ses côtés, rien – pas même la magie – ne pourrait le détourner.

Il descendit dans le bateau et détacha l'amarre. Immédiatement, l'embarcation partit à contre-courant. Elle remontait sans effort les eaux noires, vers la grande bouche dans la montagne qui une fois déjà l'avait avalé et recraché.

Il éleva une courte prière, demandant à Shar de lui laisser son sang-froid cette fois – qu'il parvienne de l'autre côté sans succomber à la tentation de disparaître à jamais dans le Darkstream.

Chapitre 39

Fynch était tranquillement assis avec Elysius devant sa petite maison de torchis, à observer le ballet des oiseaux des arbres au ciel et des nuages aux prairies. Il avait fait un collier de pâquerettes qu'il passa au cou du chien. Filou ne parut même pas le remarquer, tout occupé qu'il était à renifler une grosse pierre ronde susceptible de remplacer sa balle de chiffon rouge. Dans cet instant de profonde sérénité, tandis que Filou cherchait un jeu et que le garçon tressait des fleurs, Elysius réfléchissait, le cœur lourd, à la meilleure manière d'aborder le terrifiant sujet dont il devait maintenant parler.

— Combien de temps comptes-tu rester, Fynch ? demanda-t-il finalement.

— Le temps qu'il faudra, répondit le garçon, tout en ornant le cou du chien d'un second collier.

— Qu'il faudra pour quoi faire ?

— Pour que vous me disiez ce qui vous brûle les lèvres et vous rend si nerveux.

Elysius était stupéfait. Il ne se trompait décidément pas au sujet du garçon.

— Comment fais-tu ?

Fynch haussa les épaules.

— Je le sens. Près de vous, je perçois facilement votre humeur. C'est là aussi que la magie de Filou est la plus forte. Je crois qu'il m'aide à comprendre toutes sortes de choses. Et puis, il y a aussi le Thicket. Même de l'autre côté de la montagne, j'ai l'impression d'entendre son murmure.

Elysius hocha la tête, littéralement soufflé.

— Tu ne te trompes pas, mon enfant.

Fynch éparpilla les fleurs qui lui restaient.

— Alors dites-moi. Ne soyez pas effrayé.

— Est-ce que tes perceptions t'ont dit quelle était cette chose que j'ai à te dire ?

Fynch secoua négativement la tête.

— En tout cas, c'est important, n'est-ce pas ?

— Et c'est aussi un secret.

— Vous ne l'avez pas dit à Wyl ?

De toute évidence, cette révélation le surprenait. Il fronça les sourcils, puis poussa un profond soupir, comme s'il finissait par accepter une désagréable réalité.

— Non, mais fais-moi confiance si je te dis que le lui révéler l'aurait mis en grand danger.

Fynch admit le fait sans poser d'autres questions.

— Est-ce que je dois être effrayé ? demanda-t-il en tournant la tête vers son compagnon.

Elysius ne savait que dire. Fynch était toutefois si clairvoyant que seule une réponse directe convenait.

— Eh bien, moi je suis effrayé à l'idée de t'en parler.

Fynch hocha la tête avec gravité.

— Alors, dites-moi.

Elysius n'hésita pas plus longtemps.

— Je vais mourir. C'est pour très bientôt.

Le garçon n'eut aucune autre réaction que de tenir ses yeux fixés sur le sol. Elysius le vit se nouer les doigts, comme pour se contenir ; Filou cessa de gambader pour venir se coucher en silence à ses pieds.

— Vous l'avez lu dans les Pierres ?

— Oui, répondit-il. Mais elles m'assurent aussi, à leur manière toute sinueuse, que ma magie n'est pas obligée de mourir avec moi. (Elysius se pencha en avant.) En fait, qu'elle ne doit pas mourir avec moi, ajouta-t-il avec emphase.

Fynch poussa un profond soupir, avant de lever la tête pour plonger son regard au fond des yeux blancs de son ami.

— Et vous avez le pouvoir de me la transmettre.

Elysius ressentit une immense bouffée de gratitude et de pitié mêlées pour Fynch qui avait tout compris tout seul. Toutefois, il avait entendu le regret dans sa voix – et déplorait de devoir passer ce terrible fardeau sur les épaules d'un garçon qui n'avait déjà que trop sacrifié à la cause de Myrren. Néanmoins, cette fois il ne s'agissait plus de Myrren – mais d'un don plus terrible encore, une responsabilité écrasante pour un enfant. Pourtant, Fynch était celui qu'il fallait – Elysius l'avait su dès le jour où Filou avait croisé le chemin du petit garçon de commodités.

— Fynch, vas-tu accepter ?

— Je crains la magie, répondit Fynch sans s'engager.

Elysius était tout étonné que le garçon ne se soit pas dérobé.

— Tout dépend de la manière dont tu l'utilises.

— Je ne comprends pas comment moi je pourrais utiliser la magie, dit Fynch en tendant la main pour caresser la grosse tête de Filou, et lui grattouiller les oreilles.

— Oh ! mais si, tu le sais. Tu l'as toujours su au fond de ton cœur. Tu m'as bien dit que ta mère avait un don de double vue – elle t'a transmis son talent et sa sensibilité. En vérité, je pense que c'est toi qui m'as choisi.

Fynch ne releva pas l'accusation formulée d'un ton aimable.

— Et je devrais l'utiliser pour protéger Wyl – pour faire en sorte qu'il devienne souverain de Morgravia. C'est ça ?

Elysius marqua une hésitation que Fynch perçut. Les yeux du garçon passèrent du chien à son étonnant compagnon.

— Tu aideras Wyl – de ça, je suis bien sûr –, mais le Dernier Souffle n'est lié à rien. Le don de Myrren conduira Wyl à sa destinée, quelle qu'elle soit. Tu... En fait, une tâche plus complexe encore t'attend... et j'aimerais tant pouvoir te l'épargner.

— Que dois-je faire ? demanda Fynch avec de l'effroi dans la voix.

— Ta tâche comporte deux parties. La première est dictée par la magie elle-même et la seconde est une demande que je te fais personnellement en tant que gardien de cette magie, expliqua Elysius, tout aussi effrayé.

Une nouvelle fois, Fynch n'hésita pas une seconde.

— En quoi consiste la première partie ?

L'heure n'était plus aux excuses ni aux consolations. Elysius savait que le poids de cette responsabilité devait reposer sur les frêles épaules de Fynch – et de nul autre.

— La première fois que je suis venu dans les Terres sauvages, guidé par les oiseaux et les animaux, ceux-ci m'ont appelé le « Commandeur de la porte ». Il m'a fallu du temps pour comprendre ce que cela voulait dire, puis des années encore avant de l'accepter. Ensuite, j'ai passé le reste de ma vie à l'éviter. Je n'ai jamais pensé être assez fort.

— Commandeur de la porte, murmura Fynch, comme pour éprouver la sonorité des mots sur sa langue.

» Et qu'est-ce que ça signifie ?

Elysius lui expliqua ce qu'était la porte, tout comme il l'avait fait avec Wyl pendant la nuit précédente.

— Y a-t-il toujours eu un Commandeur de la porte ?

C'était une question pertinente, qu'Elysius salua d'un sourire.

— Non. Peut-être y en a-t-il eu dans les temps passés, mais j'étais le premier depuis bien longtemps. Le Thicket est autonome et parvient généralement à tenir les gens à distance par ses propres moyens. Ceux qui peuvent sont autorisés à le traverser, pour quelque raison que ce soit, puis à discuter avec Samm – et ses prédécesseurs auparavant.

— Samm est très persuasif, reconnut Fynch. Mais pourquoi maintenant ? Pourquoi le Thicket avait-il besoin de vous ?

— Je crois que pendant très longtemps, et jusqu'à récemment, le Thicket n'avait pas besoin de quelqu'un initié dans l'art de la magie.

Fynch le regardait, les yeux emplis d'étonnement.

— Vous en concluez quoi ?

Elysius hocha les épaules.

— Fynch, le Thicket ne m'a jamais parlé de la manière dont il te parle. J'ai toujours communiqué avec lui par l'intermédiaire des oiseaux et des animaux. Or, d'après ce que tu m'as dit, j'ai l'impression que le Thicket lui-même te parle. Je crois que tu n'es pas un Commandeur de la porte ordinaire. (Elysius émit un petit rire empli de tristesse.) Je pense que tu es quelqu'un de très spécial – pas un simple Commandeur de la porte.

— Que voulez-vous dire ? demanda Fynch de nouveau effrayé.

— Je ne sais pas exactement. Je ne fais que spéculer. Peut-être le Thicket a-t-il besoin de toi pour autre chose que surveiller une porte que personne ou presque n'utilise.

Cette idée demeura en suspension entre eux pendant un long moment.

— Si le Thicket dispose de ses propres pouvoirs, pourquoi avait-il besoin de vous ?

— Une fois encore, je ne peux que faire des suppositions. Mon sentiment est qu'il a besoin de quelqu'un qui canalise sa magie pour agir à l'extérieur.

— Produire des changements dans le monde au-delà de ses propres limites.

— Exactement.

Elysius prit une carafe de jus de fruits qu'il avait pressés le matin même. Il fit un signe en direction de Fynch, qui répondit d'un hochement de tête. Tout en servant deux verres, il s'efforçait de mettre en forme ses idées pour expliquer à Fynch ce que serait son rôle – infiniment plus écrasant que ce qu'avait été le sien.

» Je crois qu'il a besoin de la magie sauvage dont parlait ma mère et cherche donc quelqu'un dont le fluide s'appuie sur la nature. Cette combinaison était en moi et je suppose que les précédents Commandeurs de la porte la possédaient eux aussi. Je vais te transmettre ma magie – ce qui va permettre de résoudre une partie de cette étrange équation –, l'autre étant de savoir comment le Thicket te parle. Je ne parviens pas à imaginer comment il va t'utiliser.

Fynch n'avait jamais été aussi effrayé de sa vie. Il prit le verre que lui tendait son ami, pour le vider d'un trait.

— Aremys est donc passé par la Porte ?

Elysius hocha la tête, surpris de ce brusque changement de sujet.

— Je l'ai repoussé. C'était la première fois que j'utilisais ce type de magie.

— Pourquoi l'avez-vous repoussé ? demanda Fynch, yeux écarquillés.

— Il allait compliquer les choses. Je voulais que seuls Wyl et toi veniez me voir – peut-être le Thicket l'a-t-il senti ? Il est capable de prendre des décisions, mais il est aussi étroitement lié au Commandeur. En règle générale, il repousse les gens sans difficulté, mais Aremys est fort – et son amitié pour Wyl profonde. Je comprends maintenant qu'il était en quelque sorte protégé par Wyl et la magie qu'il possède lui-même. Le Thicket m'a sommé d'ouvrir la Porte.

— Où l'avez-vous envoyé ?

— J'ai pris soin de ne pas le pousser trop loin. J'espère qu'il est quelque part en Briavel ou en Morgravia.

Fynch posa une autre question qui le titillait.

— Est-ce qu'il faudra que je reste ici lorsque vous serez… parti ?

Elysius finit son verre et poussa un profond soupir.

— Oui. Au moins pour un temps. C'est pour ça que je t'ai demandé de ne pas suivre Wyl – je suis sûr qu'il t'a demandé de l'accompagner à Werryl. (Fynch confirma d'un hochement de tête.) Reste ici jusqu'à ce que j'en sache plus sur le Thicket et ses intentions.

— Comment ?

Les yeux blancs du petit homme paraissaient emplis de chagrin.

— J'espère qu'il te le dira.

Concentré, Fynch se mordilla une lèvre.

— Et la seconde partie ?

— Attends, tu dois savoir autre chose encore au sujet de la magie de la nature. Je suis désolée qu'elle te fasse payer un tel prix, mais chaque fois que tu l'utilises, pour quelque raison que ce soit, elle t'affaiblit.

— C'est ça qui vous est arrivé, alors ? demanda Fynch.

Elysius était ébahi de la faculté qu'avait le garçon à plonger directement au cœur des choses.

— Elle finira bientôt de prendre ma vie. En fait, je crois que le transfert marquera ma fin. (Elysius vit les yeux du garçon s'embuer.) Non, ne sois pas triste pour moi. J'aimerais pouvoir t'épargner ce fardeau.

— Je mourrai moi aussi ?

— Peut-être, répondit Elysius en toute sincérité. C'est pour ça d'ailleurs que je te conseille d'user de ta magie avec parcimonie.

Fynch hocha la tête ; soudain il paraissait plus vieux d'avoir appris tout ça.

— Et quelle est cette seconde demande personnelle que vous voulez me faire ?

Une nouvelle fois, Elysius résista à la tentation d'adoucir les choses – d'édulcorer sa demande par quelques vaines paroles. Au lieu de ça, il parla sans mettre de gants.

— Je veux que tu traques mon frère, Rashlyn, et que tu le détruises.

— Elysius ! Jamais je ne pourrais tuer quelqu'un ! s'exclama Fynch, choqué au plus profond.

— Je sais que ce que je te demande est difficile.

Le garçon secoua vigoureusement la tête, comme pour chasser les paroles lénifiantes.

— Non et non ! dit-il, contraignant Elysius à se taire. Jamais je ne tuerai quelqu'un pour satisfaire votre vengeance – ou celle de quelqu'un d'autre.

— Pas même Celimus, après tout ce qu'il a fait ?

Fynch resta bouche ouverte. Il voulait répondre quelque chose – sans parvenir à sortir un son. Finalement, il prit misérablement sa tête entre ses mains.

— Je ne crois pas que j'en serais capable… pas même Celimus.

— Fynch, murmura la voix harmonieuse du sorcier. Je ne te demande pas ça pour moi. Je te le demande pour le bien et la sécurité de tous ceux que tu aimes… Wyl, Valentyna, ta famille, Morgravia, Briavel.

» Je crois même que c'est pour ça que le Thicket s'en mêle.

— Que voulez-vous dire ?

— Maintenant que je sais où il se terre, je vois que Rashlyn est en mesure de plonger les trois royaumes dans la guerre. Si, comme Wyl me l'a affirmé, mon frère est en mesure de manipuler le roi Cailech, alors nous allons vers un bain de sang.

— Et en quoi le Thicket est-il concerné si les hommes s'entretuent ?

— Je ne sais pas. C'est à toi qu'il appartient désormais de chercher les réponses à cette question. En tout cas, je pense qu'il est concerné.

— Pourquoi moi ? Pourquoi pas Wyl ? C'est un soldat – il sait manier l'épée et tuer un homme.

Profondément navré, Elysius secouait la tête.

— Mon cher Fynch, comme j'aimerais pouvoir t'épargner ça. Wyl n'est plus qu'une âme errante, piégée dans des prisons de chair et d'os.

— Vous n'avez jamais vu Wyl se battre ! Il est peut-être dans le corps d'Ylena, mais il reste et demeure Wyl Thirsk.

— Mon enfant, tu ne comprends pas ce que je veux dire. Rashlyn est incommensurablement plus puissant que Wyl. Il peut briser une épée à cinquante pas, détourner une flèche, détecter le poison… Il ne peut pas être tué par les méthodes habituelles. Wyl ne constitue pas une menace pour lui. Personne n'est un danger pour lui.

— Que pourrais-je faire alors ?

— Je vais te donner les armes. Bientôt, tu seras un sorcier – mais plus encore tu auras à ta disposition toute la puissance que le Thicket jugera bon de t'accorder. À toi de trouver ce qu'il peut faire. Et à toi de l'utiliser.

Le visage de Fynch s'éclaira ; il comprenait ce que le sorcier voulait dire. Elysius enfonça le clou.

— Rashlyn est un fou – un destructeur. Personne ne peut s'opposer au pouvoir qu'il possède – personne excepté toi. Filou et toi êtes les secrets du Thicket.

Jamais Elysius ne saurait à quel point Fynch était empli de doutes et de craintes – à quel point il se sentait seul et effrayé. Un silence terrible s'abattit comme l'ancien garçon de commodités s'abîmait dans ses pensées pour réfléchir à ce qu'il venait d'apprendre. Soudain, le souvenir des éprouvantes journées de labeur de son enfance – lorsqu'il rentrait épuisé dans la masure de ses parents avec son maigre pécule – lui apparaissait comme les moments les plus heureux de sa vie.

Cependant, même lui se rendait compte que sa relation avec Filou n'était pas due au hasard – le chien le reliait à Myrren par le biais de Wyl, et donc à Elysius et son frère dément. Son rôle dans le sauvetage de

Valentyna n'était pas une coïncidence non plus. Toute sa vie était déjà décidée – il avait été choisi. Ses yeux dérivèrent sur le chien mystérieux assis à ses côtés ; à cet instant seulement, il comprit la vraie nature de la vibration qu'il avait ressentie lorsqu'ils étaient dans le Thicket.

Il prit sa décision.

— J'aimerais pouvoir rester ici, dans cet endroit de paix et de sérénité, sans avoir à tenir ce rôle terrible. Mais je pense aux souffrances qu'endure Wyl. Lui aussi se trouve sur un chemin étrange qu'il n'a pas demandé à suivre. J'ai l'impression qu'on nous demande à tous les deux de faire ce que nous ne voulons pas faire – et pourtant, nous le devons.

» Je sais que je dois faire preuve de courage et accepter la charge de devenir sorcier – même si cela implique de mourir tôt. Je vais donc aider Wyl du mieux que je pourrai – et je traquerai Rashlyn pour vous. Je ne peux pas promettre que je le vaincrai, Elysius, mais je mourrai en essayant.

Elysius sentit monter en lui une bouffée d'amour et d'admiration pour ce petit bonhomme, si plein d'altruisme et de bravoure. Il refoula les larmes qui lui venaient, parlant d'une voix qu'il n'était pas certain de pouvoir maîtriser.

— Une dernière chose, Fynch. (Les grands yeux emplis de confiance de Fynch se posèrent sur le sorcier.) Tu ne dois en aucun cas permettre que Rashlyn s'empare de tes pouvoirs. Il fera tout pour ça, tu peux me croire. Ne perds jamais de vue que tu seras affaibli chaque fois que tu utiliseras la magie – c'est pourquoi je te recommande de partir d'abord pour les Razors. Ne tente pas de pister Wyl. Il doit suivre son chemin… et toi le tien. Tu auras besoin de toutes tes forces pour affronter Rashlyn – tu ne dois pas te présenter à lui diminué. Je te supplie de ne pas oublier ma mise en garde, car s'il s'empare de tes pouvoirs, alors le monde est condamné.

Fynch serra Filou contre lui. Le chien lui lécha le visage comme pour lui dire qu'il comprenait l'importance du moment.

— Lorsqu'il est parti, Wyl paraissait très troublé, dit Fynch, désireux d'oublier un peu leur discussion pleine de mort et de destruction.

— Je ne lui ai pas donné la paix. Il est venu chercher des réponses et je ne lui ai pas offert celles qu'il attendait, dit Elysius, bourrelé de remords.

— J'ai cru comprendre que la lecture des Pierres pouvait donner lieu à différentes interprétations – est-ce vrai ?

— Bien sûr. Les Pierres ne donnent jamais de réponses claires.

— Donc, la crainte de Wyl d'avoir à devenir Celimus dépend peut-être de l'interprétation qu'on en fait ? dit Fynch.

Elysius ne répondit pas immédiatement. Cela ne faisait pas longtemps qu'il connaissait Fynch, mais il savait déjà que le garçon était d'une profondeur rare – jeune peut-être, mais doué d'une intelligence et d'une perception aiguisées.

— Quelle interprétation en donnerais-tu ? demanda le sorcier d'une voix douce.

— Je n'en donne aucune. Je ne fais pas confiance aux Pierres ou à leurs prédictions fumeuses et incompréhensibles. Je ne crois que ce que je vois ou ce que j'entends – ou ce que je sens dans mon cœur.

— Tu crois qu'elles mentent ?

— Non, ce n'est pas ça. Je dis seulement qu'il existe de nombreuses possibilités que nous devons envisager. Les Pierres ont fait entrer une idée dans votre esprit et maintenant vous y croyez. Pourtant, c'est vous qui avez placé la notion du choix et du libre arbitre au cœur du don de Myrren, n'est-ce pas ? (Elysius confirma d'un hochement de tête.)

» Nous ne savons pas ce qui peut se passer, ni qui influencera l'avenir. Celimus peut mourir demain d'une chute de cheval ou de maladie – c'est le grand hasard de la vie. Alors, Wyl n'aurait plus à subir le don.

Elysius prit le garçon entre ses bras pour le serrer très fort contre lui.

— Tu es la personne la plus extraordinaire que j'aie jamais rencontrée, Fynch. À toi tout seul, tu redonnes espoir au monde. Je vais marcher vers ma mort soulagé que ce soit à toi que je lègue mes pouvoirs – honoré d'avoir eu la chance de te connaître.

» Tu as raison – personne n'est sûr de rien.

Fynch suffoquait. Il ne se sentait pas courageux ; il ne voulait pas devenir le sauveur du monde. Il resserra son étreinte, embrassant le petit homme dans un élan d'affection et de chagrin mêlés. Tous deux allaient souffrir à cause de la magie.

— Combien de temps nous reste-t-il ? demanda Fynch après un long silence.

Elysius avait le cœur en lambeaux, mais il n'avait pas le choix.

— Le temps nous est compté. Je dois faire passer mes pouvoirs en toi.

— Et ensuite, vous mourrez ?

— Oui.

— Quand le ferons-nous ?

— Maintenant, mon fils, répondit Elysius dans un souffle.

Épilogue

Le corps de feu la duchesse de Felrawthy était exposé dans la petite chapelle de Werryl, où tous ceux qui l'avaient connue – dont quatre personnes de Briavel seulement – venaient lui rendre un dernier hommage. Le père Paryn murmurait une prière pour qu'elle repose en paix. Pil l'assistait, allumant de petites chandelles à certains moments précis de la cérémonie – une pour la tête, une pour chaque membre et une dernière pour l'âme. Elles brûleraient jusqu'à s'éteindre d'elles-mêmes ; Aleda serait alors auprès de Shar.

Maître Geryld, le commandant Liryk et le chancelier Krell étaient assis derrière la reine. Silencieux et hiératique, le duc de Felrawthy était à sa droite – et Elspyth à sa gauche. La jeune femme de Yentro était la seule à pleurer. Elle avait immensément aimé Aleda ; sa fin tragique et ses efforts aussi courageux que désespérés pour revoir son fils et prévenir la reine l'emplissaient de tristesse.

Valentyna passa un bras derrière les épaules de son amie.

— J'ai donné à Romen le même mouchoir, murmura-t-elle en glissant à Elspyth un magnifique carré de lin rehaussé de broderies.

» Gardez-le. Mes deux meilleurs amis en ont maintenant chacun un.

Touchée par le geste, Elspyth sentit une nouvelle vague d'affliction la submerger ; elle remercia d'un simple signe de la tête – c'était là tout ce qu'elle pouvait faire. Plus tard, après les prières et tandis que les chandelles brûlaient doucement, Elspyth se sentit suffisamment calmée pour parler à la reine.

— Majesté, je vais rester avec Crys quelques instants.

Valentyna sourit en hochant doucement la tête.

— Excusez-moi, j'ai des instructions à donner.

Les huit personnes présentes saluèrent lorsque sortit la reine. Une fois dehors, ses conseillers durent allonger le pas pour rattraper les longues enjambées de leur souveraine.

— Je n'ai pas besoin de vous rappeler que personne ne doit jamais évoquer ces événements en dehors de nous. La mort d'Aleda Donal, ainsi que la présence du duc et d'Elspyth doivent autant que possible demeurer secrètes. (Elle vit Krell esquisser une moue contrariée et devança ce qu'il allait sûrement dire.)

» Je sais que la population de Brackstead est le maillon faible de cette stratégie et qu'en outre Crys et Elspyth ont rencontré les nobles de la cour, mais nous pouvons toujours dire qu'ils sont repartis. Les langues finiront par se taire à Brackstead. Nous devons tout faire pour protéger ce secret du mieux possible.

Krell était tout pâle maintenant. Elle l'interrogea d'un signe de tête, sourcils froncés, mais il ne répondit rien.

— Les Morgravians restent nos invités aussi longtemps qu'ils le désireront, poursuivit Valentyna. Personne ne doit évoquer leur présence en dehors du palais. C'est clair ?

Le commandant hocha la tête ; le chancelier demeura parfaitement immobile.

— Merci messieurs, dit-elle.

» Chancelier Krell ?

— Oui, Majesté ?

— J'ai à vous parler. Dans mon jardin d'hiver.

Avec l'assentiment des deux souverains, Jessom avait organisé un système de messagers, grâce auquel les échanges épistolaires entre Morgravia et Briavel avaient gagné en efficacité. Des relais avaient été établis le long des routes au cours des dernières semaines. Dans chacun d'eux, il y avait toujours un homme prêt à partir sur une monture fraîche, ainsi que d'amples provisions pour le ravitaillement. Grâce à ce dispositif, le temps de transport d'un message écrit – voire d'une communication orale – avait été diminué de moitié.

Le message envoyé par Krell n'avait donc pas mis bien longtemps pour parvenir à son homologue de Stoneheart. Le roi Celimus et son chancelier Jessom étaient dans le cabinet de travail du roi, tous deux pareillement agités.

— Lisez-le une nouvelle fois ! ordonna Celimus.

À n'importe qui d'autre, Jessom aurait fait remarquer que relire le message n'allait pas modifier ce qui s'y disait, mais il retint son commentaire acerbe, obéissant prudemment à son suzerain.

— Il a eu raison de nous prévenir, Majesté, dit Jessom au terme de sa lecture.

— À l'évidence, Valentyna ignore qu'il l'a fait – jamais elle ne l'aurait laissé vous dire tout ça. Non, il a pris cette initiative parce qu'il a peur.

— Des conséquences ?

Celimus passa une main sur ses cheveux soigneusement calamistrés.

— Je pense que c'est plus simple. Krell et ce commandant de la garde ont l'air déterminés à ce que le mariage ait lieu – ils ne s'en étaient pas cachés lors de notre visite. Le peuple de Briavel veut la paix au moins autant que celui de Morgravia. Mais ces deux-là – et Krell en particulier – savent que Briavel n'est pas en position de nous faire la guerre. La diplomatie est la seule arme qui leur reste.

— Je comprends, répondit Jessom – qui avait déjà tout saisi à la première lecture.

Il devait à tout prix ramener le calme dans l'esprit de Celimus – il pensait mieux et plus sereinement alors. Jessom l'avait appris à ses dépens, lorsque le roi était en colère, des gens souffraient autour de lui.

— Quand je pense à ce maudit bâtard qui n'aurait jamais dû nous échapper, cracha Celimus. Dire qu'il se pavane en tant que nouveau duc de Felrawthy. Et cette vipère de Morgravia qui empoisonne l'esprit de la reine. Ils savent tout.

— Pas tout, Sire. Ils ne font que mettre bout à bout différentes histoires, précisa Jessom d'une voix douce – alors même qu'il savait que les mots de Celimus étaient chargés de vérité.

Valentyna avait beau être jeune et inexpérimentée, elle était la fille d'un roi avisé ; et si sa première impression était fondée, elle possédait une tête bien faite sur ses épaules. C'était probablement pour ça d'ailleurs que son homologue en Briavel avait réagi si promptement, commettant l'impensable en envoyant un courrier privé en Morgravia. Sans aucun doute, la reine de Briavel allait être épouvantée par ce que Crys Donal et cette Elspyth de Yentro allaient lui raconter. Jessom passa dans une pièce attenante pour servir un verre de vin à son roi.

— Nous n'avons pas encore pris la pleine mesure du nouveau duc, Majesté. Peut-être pourra-t-il nous être utile d'une manière à laquelle nous n'avons pas encore songé, dit-il en réfléchissant à voix haute.

— Possible, répondit Celimus en prenant le verre. Mais en l'état, j'ai tendance à croire que Valentyna n'a plus aucune intention de m'épouser. Vous en convenez ?

Jessom hocha la tête avec gravité – le roi voyait juste.

— J'en conviens, Sire.

— Si elle refuse, nous prendrons donc Briavel par la force.

Le chancelier ne se sentait pas disposé à appuyer une telle décision.

— La guerre, Sire ?

— La menace d'une guerre tout au moins, Jessom. Valentyna est loin d'être sotte – elle a parfaitement saisi nos paroles d'intimidation. Elle sait quels sont les risques.

» J'admets bien volontiers que le mariage est une manière plus simple – et assurément plus économique – de prendre le contrôle de Briavel. Cependant, si elle ne consent pas à une union dès ce printemps, je lui rappellerai qu'elle n'a jamais été mon égale – quoi qu'on ait pu lui faire croire jusqu'à présent.

À contrecœur, Jessom ne pouvait qu'être d'accord avec le roi.

— Quels sont vos ordres, Sire ?

— Convoquez mon général et ses capitaines. La guerre contre Briavel est désormais à l'ordre du jour, répondit Celimus, avant de vider son verre et de l'abattre sur la table.

» Et tant que nous y sommes, je pourrais bien en profiter pour m'occuper ensuite des barbares du nord, ajouta-t-il avec une note de jubilation dans la voix.

Valentyna avait posé une main sur sa gorge ; l'angoisse s'était insinuée dans chacune des fibres de son corps. Krell venait de confesser son geste.

— Vous avez fait quoi ? demanda-t-elle d'une voix glacée.

Elle s'était tournée vers lui, espérant contre l'évidence avoir mal compris ce qu'il disait. Jamais, dans toute son existence, Krell ne s'était senti aussi peu sûr de lui.

— Il fallait que quelqu'un le fasse, Majesté, dit-il d'une voix faible, au bord de l'effarement.

Subitement, ce message au chancelier Jessom lui apparaissait comme une initiative bien inconsidérée.

— Il fallait que quelqu'un fasse quoi, chancelier Krell ? Me trahir ? Vous ne croyez pas que j'ai déjà assez à faire sans que les miens complotent contre moi ? N'aurait-il pas été plus simple de prendre un poignard pour me le plonger dans le cœur ?

— Majesté, bredouilla Krell d'un ton suppliant. C'était pour le bien de Briavel... pour votre règne. Votre père...

— Je vous interdis, Krell ! aboya-t-elle. Je vous interdis d'invoquer la mémoire de mon père. Oui, il voulait la paix – il ne voulait pas que sa fille livre d'interminables batailles inutiles contre Morgravia, pour la seule satisfaction de respecter les traditions. Mais lui au moins m'aurait fait confiance.

» Jamais vous n'auriez osé agir dans son dos.

Krell s'apprêtait à parler pour sa défense, mais elle le fit taire d'un geste impérieux de la main.

— Mais qu'est-ce qui vous a pris, chancelier ? Qu'est-ce qui vous est passé par la tête pour envoyer cette lettre ?

Krell déglutit avec difficulté ; il ne l'avait jamais vue dans un tel état. Soudain, la jeune reine paraissait possédée – une colère d'ampleur divine. Ses yeux bleus flamboyaient de rage contenue, tout entière tournée contre lui. Pourtant, il ne méritait sûrement pas ça.

— J'ai pensé, Majesté, que le chancelier Jessom pourrait nous éclairer sur cette étrange succession d'événements – qu'il pourrait dissiper tout éventuel malentendu et nous éviter de tirer des conclusions erronées, avec le risque de prendre des décisions hâtives.

— Chancelier Krell, gronda-t-elle, la seule personne à avoir pris une décision hâtive, c'est vous. Vous avez été présomptueux. Le poste que vous occupez et votre relation ancienne avec ma famille et moi-même ne vous autorisaient sûrement pas à envoyer des courriers secrets à nos ennemis.

— Nos ennemis ? dit-il en écho d'une voix d'outre-tombe. Moi, en intelligence avec l'ennemi ?

L'accusation était plus qu'il n'en pouvait supporter.

— Oui, Krell. L'ennemi, répondit-elle en marchant sur lui. Celimus veut s'emparer de Briavel. Il ne me veut pas moi, pas plus qu'il ne veut la paix ou le bien du peuple de Briavel – ou même de Morgravia. Tout ce qu'il veut, c'est annexer notre royaume. Il se bâtit un empire. Il est fou – mais je ne croyais pas avoir à vous l'expliquer. Ses actes sont plus éloquents que tous les discours.

Krell s'efforça de retrouver un peu de sa superbe. Il se redressa ; il ne voulait plus se sentir diminué devant la souveraine en furie qui le toisait.

— Majesté, si vous ne l'épousez pas, il nous fera la guerre.

Valentyna ferma les yeux un instant – comme si elle avait voulu retrouver sa patience perdue.

— Parce que vous pensez que ce n'est pas précisément ce qu'il est en train de préparer... à l'instant même où nous parlons ?

— Mais, Majesté, il fallait que je fasse quelque chose. Qu'étais-je censé penser de vos intentions...

— Je donnais le change, espèce de vieillard imprudent. Je cherche la solution, s'écria-t-elle. (Elle ravala les larmes qui lui venaient.) Je voulais calmer le jeu pour prendre le temps de réfléchir, pour mener une action diplomatique, pour tenir Celimus à distance le temps de trouver comment avancer. Je n'ai toujours pas la réponse à cette question.

» Si vous ne vous étiez pas mêlé de cette histoire, Celimus ne serait pas plus avancé. Il croirait encore à mon consentement à ce mariage et moi j'aurais du temps pour préparer mes plans. Au bout du compte, peut-être l'aurais-je épousé, mais au moins j'aurais été en mesure d'imposer mes conditions. Et pas les vôtres en tout cas !

» Vous nous avez condamnés à la guerre, chancelier. Ça fait quel effet d'avoir autant de sang sur les mains ?

Krell se mit à pleurer.

Valentyna se détestait d'avoir réduit ce brave homme à cet état misérable, mais la colère flambait en elle.

— Hors de ma vue. Quittez le palais.

— Majesté, je vous en supplie, permettez-moi de vous aider.

— M'aider ? s'exclama-t-elle avec un rire amer.

» Je n'ai pas besoin de cette sorte d'aide, Krell, ajouta-t-elle cruellement. J'ai besoin de personnes fiables et, par-dessus tout, fidèles à Briavel et à sa reine. Vous avez trahi les deux et je ne vous le pardonnerai jamais. Partez.

Valentyna attendit que le chancelier ait quitté la pièce, effondré, pour plonger son visage dans ses mains et pleurer comme une enfant. À travers ses larmes, elle ne pensait qu'à une chose – son amour pour Koreldy. Comme elle aurait eu besoin en cet instant de sa force pour la soutenir – de ses bras autour d'elle pour s'y blottir. Lui saurait ce qu'il convenait de faire. Elle n'avait plus personne. Même son ami Fynch et son chien étrange n'étaient pas là pour la réconforter. L'image de son père passa devant ses yeux ; elle ne devait pas oublier qui elle était. Elle ne pouvait compter sur personne, hormis elle-même.

Toute la volonté de la reine de Briavel se cristallisa en cet instant ; lorsque lui fut portée la nouvelle de la mort du chancelier Krell – qui s'était jeté du haut des remparts –, son cœur était devenu dur. Elle ne versa pas une larme ; c'était à cause de lui que Briavel allait partir en guerre et qu'on la tiendrait pour responsable de toutes les vies perdues.

Non, il fallait éviter ça. Que pouvait-elle offrir à Celimus pour l'adoucir ? Dans son esprit fébrile, une seule et même réponse revenait toujours – celle qu'elle avait si souvent contemplée avec horreur. Elle allait se donner au roi de Morgravia. Plus question de tergiverser ou d'espérer échapper à son destin. Peut-être pouvait-elle offrir d'avancer la date du mariage ? Oui, cela complairait au roi et prouverait son attachement à cette union.

Valentyna convoqua un secrétaire. Elle avait des dispositions à prendre – pour les funérailles d'un chancelier… et pour un mariage.

BRAGELONNE, C'EST AUSSI LE CLUB :

Pour recevoir la lettre de Bragelonne annonçant nos parutions et participer à des rencontres exclusives avec les auteurs et les illustrateurs, rien de plus facile !

Faites-nous parvenir vos noms et coordonnées complètes, ainsi que votre date de naissance, à l'adresse suivante :

Bragelonne
35, rue de la Bienfaisance
75008 Paris

club@bragelonne.fr

Venez aussi visiter notre site Internet :
http://www.bragelonne.fr
Vous y trouverez toutes les nouveautés, les couvertures, les biographies des auteurs et des illustrateurs, et même des textes inédits, des interviews, des liens vers d'autres sites de Fantasy et de SF, un forum et bien d'autres surprises !

Achevé d'imprimer sur rotative
par l'imprimerie Darantiere
à Dijon-Quetigny en
octobre 2008

Dépôt légal : octobre 2008
Numéro d'impression : 28-1437
35294056-3

Imprimé en France